KB231261

신채호·주요섭·최상덕·김산의 소설

Series of Korean Literature at China

이 전집은 대산문화재단의 2006년 해외한국문학연구 지원을 받았습니다.

연세국학총서73
중국조선민족문학대계 7

신채호·주요섭·최상덕·김산의 소설

연변대학교 조선문학연구소
김동훈·허경진·허휘훈 주편

보고사

◉ 권 철

중국 연변대학 조문학부 졸업. 연변대학 조문학부 교수로 재직하며 민족연구소장을 역임
하고, 현재 조선문학연구소 고문으로 있다. 저서로『광복전조선민족문학연구』,『중국조선
족문학』 등이 있다.

◉ 김동훈

중국 중앙민족대 중문학과 졸업, 중앙민족대와 연변대 교수를 거쳐 현재 상해공상외대
한국어 학부장으로 있다. 연변대조선언어문학연구소 소장, 북경대조선문화연구소 고문
역임. 저서로는『중국조선족구전설화연구』,『조선족문화』,『중국조선족문학사』(공저),『간
명한국백과전서』(주필),『중국조선족문화사대계』(총주필) 등이 있다.

◉ 허경진

한국 연세대 국문학과 및 동 대학원 졸업. 목원대 국어교육과 교수를 거쳐 현재 연세대
국문학과 교수로 있다. 2005년부터 중국 연변대 겸직교수로 재직중이다.

◉ 허휘훈

중국 연변대 조문학부 및 동 대학원 졸업. 문학박사. 현재 연변대 조문학과 교수로 있다.
연변대 조선문학연구소 소장, 연변민간문예가협회 이사장이다. 저서로『조선민간문화연
구』,『조선문학사』(공저),『중조한일민담비교연구』(주필) 등이 있다.

연세국학총서73
····················
중국조선민족문학대계 7

신채호·주요섭·최상덕·김산의 소설

초판 1쇄 발행 _ 2007년 6월 28일

주편자 _ 김동훈·허경진·허휘훈
　　　　　연변대학교 조선문학연구소
발행인 _ 김흥국
발행처 _ 도서출판 보고사
등　록 _ 1990년 12월(제6-0429)
주　소 _ 서울시 성북구 보문동 7가 11번지 2층
전　화 _ 922-5120/1(편집) 922-2246(영업)
팩　스 _ 922-6990
메　일 _ kanapub3@chol.com
홈페이지 _ www.bogosabooks.co.kr
ISBN _ 978-89-8433-408-3(94810)
　　　　　978-89-8433-401-4(세트)
정　가 _ 32,000원

＊잘못된 책은 바꾸어 드립니다.
＊저자와의 협의에 의하여 인지는 생략합니다.

간 행 사

　우리 조상들이 중국 땅에 이주해온 이후, 오랜 역사를 통해 탁월한 저력으로 독자적인 문화를 창출해냈고 또한 많은 문화유산을 물려주기에 이르렀다. 그 가운데 우리 조상들의 알찬 삶의 지혜와 다양한 경험들이 축적되어 있다. 바로 이 때문에 문화유산 중 큰 비중을 차지하는 구비문학과 기록문학이 소중하며, 다시 읽어야할 보전(宝典)으로 남게 되었다.

　과경(跨境)민족으로서의 중국 조선민족은 19세기 후반이래로 수차의 문화적 격변의 시대를 살아왔다. 이른바 개화기의 격류 속에서는 전통문화와 서구문화사이의 갈등, 한문학과 국문문학 간의 교체를 경험했고, 식민지시대에는 국문문학의 문체혁신과 일제에 의해 책동된 전통문화의 쇄멸 말살이라는 시련을 겪기에 이르렀다. 이런 변화와 역경 속에서도 중국 땅에 망명하였거나 이 땅에서 유·이민 혹은 정착민으로 생활해온 우리 겨레의 지조 있는 애국문인들은 결코 붓을 던지지 않았다. 류인석, 김택영, 신규식, 신채호, 안중근, 리상룡, 김정규, 김소래, 최서해, 염상섭, 주요섭, 최상덕, 강경애, 현경준, 김창걸, 안수길, 박영준, 황건, 김조규, 윤동주, 박팔양, 이육사, 함형수, 리학성, 천청송, 김학철, 윤해영, 채택룡, 설인 등 헤아릴 수 없이 많은 문학도와 시인, 작가들이 바로 필설로 그 시대를 증언해온 대표적인 지성인들이다.

　그들 중에는 고국을 떠나 갈바람에 흩날리는 낙엽처럼 정처 없이 떠돌다 두만강, 압록강을 건너와 허허 넓은 만주벌판, 낯선 이국땅 서러운 추녀 밑에서 간도아리랑을 부른 망향시인이 있었고 하늬바람 불어치는 산해관을 넘어 북경, 서안, 상해, 무한 등 천년고도에 떠돌이로 남아 언론매체를 빌어 '천고'를 울리고 '진단'을 노래하고 청구의 '광명'을 만방에 호소한 청년전위가 있었는가 하면 백산, 흑수, 송료, 제로, 태항, 중원의 고전장에서 융마일생을 수놓아 가며 목숨을 바친 무명용사도 있었다. 여순, 나가사끼, 후꾸오까의 감옥에서 단지혈맹의 뜻을 굽히지 않고 다리를 절단해가면서도 끝까지 혁명의 지조를 지켜왔거나 끝내 '한 점 부끄럼 없이' 꽃처럼 피어나는 피를 민족의 제단 앞에 바친 암흑기의 푸른 별들도 있다. 그들은 문자에 앞서 몸으로 지탱해온 삶 그 자체가 더 고결하고 값진 것으로 여겨왔던 것이다. 그들의 피와 땀으로 가꾸어온 문화의 숲은 헌걸찬 우리 민족의 에너지를 부단히 충전시켜 주는 불멸의 혈맥, 끈질긴 생명력의 고동으로 무성하게 자라고 있으며 영광과 비애의 굴곡, 흥망과 성쇠의 기복이 교차되는 수많은 역사 주체의 명멸을 간직한 채 굳건하고 강인한 기백으로 오늘날까지 민족의 정기를 면면히 이어주고 있다.

그들이 남긴 풍부한 문학유산은 그동안 중외(中外)학자들에 의하여 적지 않게 발굴 연구되었으나, 지금까지의 연구는 단편적인 자료에 근거를 둔 것으로서 그 진면목을 체계적으로 파악하기에는 역부족이라고 할 수 있다. 이런 의미에서 중국 조선족과 광복 전 재중 한인, 조선인들의 문학 자료를 체계적으로 발굴, 정리, 출판하는 것은 정체(整体)적인 민족문학연구에서 대단히 중요한 작업이 아닐 수 없다. 그들이 남긴 문학 자료는 지금도 중국각지와 해외의 여러 도서관, 박물관, 문서보관소에 신문, 잡지, 일기, 필사본, 프린트본, 활자본 등 형식으로 흩어져있다. 이런 현실을 감안하여 본 대계는 선배들이 중국 땅에 남긴 문학 자료들을 집대성하여 후세인들로 하여금 문화민족으로서의 자긍심을 갖게 하고 애국애족의 정신을 계승 발양하며 문학, 언어, 역사, 민속, 언론, 사회 등 여러 분야를 망라한 학계인사들에게 21세기 중국 조선민족문화의 새로운 비약을 위한 계통적인 연구 자료를 제공하는데 그 목적과 의의가 있다.

중국조선민족문학의 진수를 정리, 간행하기 위한 계획이나 준비 작업은 연변대학 조선언어문학연구소(현재의 조선문학연구소)의 창립과 더불어 20세기 80년대부터 본격적으로 시작되었다. 권철교수를 비롯한 연변대학 조선언어문학연구소의 조선문학 관계 선배학자들은 1950년대부터 벌써 재중조선인

문학자료 수집에 착수하였고 1990년에는 권철, 조성일, 최삼룡, 김동훈 등 네 연구원의 공동 집필로 된 ≪중국조선족문학사≫를 공개출판하기에 이르렀다. 1992년 연변대학 조선언어문학연구소(현재의 조선문학연구소)는 한국 숭실대학교 인문대학과의 공동연구과제로서 소재영, 권철, 김동훈, 조규익 교수를 중심으로 집필한 ≪연변지역조선족문학연구≫를 펴냈다. 같은 시기에 김영덕, 최문식 교수를 비롯한 연변대학 고적연구소에서는 ≪류린석전집≫, ≪김택영전집≫, ≪윤동주유고집≫, ≪한양가≫, ≪연변조사실록≫ 등 중국지역에서 발굴, 정리한 17권의 민족고전을 출판하였다.

이와 동시에 문학현장의 사실을 증언하기 위해 두 연구소 산하의 수십 명의 연구원들은 연변의 각 현시와 북경의 백림사, 상해의 서가회, 남경의 용반리, 심양시 서류보관소 그리고 하얼빈, 대련, 서안, 남통 등지의 도서관, 박물관 등 중국 국내 수백처의 자료관을 누비면서 우리 민족의 해방 전 문학자료들이 흩어져 실려 있는 ≪천고≫, ≪진단≫, ≪천고≫, ≪진단≫, ≪독립신문≫, ≪민성보≫, ≪북향≫, ≪만선일보≫, ≪카톨릭소년≫, ≪광복≫, ≪신한청년≫, ≪조선의용대통신≫, ≪한민≫, ≪연변문화≫ 등 신문과 잡지, 그리고 지난 세기 초부터 이 땅에서 유전되었던 ≪백두산민담≫, ≪장백산강강지략≫, ≪초등소학수신≫용 우화집과 ≪싹트는 대지≫, ≪재만조선인시집≫, ≪혈해지창≫ 등 최초의 소설집, 시집 및 극본들을 속속 발굴하였으며 무려 1,500만자에 달하는 작가문학 자료와 800여 수의 민요, 2,000여 편의 전설과 민담을 수집하였다. 그들은 하늘을 비상하는 나비가 아니라 발로 땅을 기어 다니는 지네와 같이 지나간 역사와 문화현장에 파고들어 문학현상 자체를 자기의 피부로 촉감하고 확인함으로써 오늘의 이 방대한 민족문학대계의 탄생을 준비하였던 것이다.

본 대계의 출간과 관련하여 우리는 다음과 같은 몇 가지 원칙에서 이 사업을 추진키로 하였다.

첫째, 본 대계에는 중국 조선족 작가와 재중 한국인, 조선인 작가들이 건국(1949년) 이전에 창작한 시, 소설, 일반 산문, 극작품 등 일체의 문예작품들을 수록한다.

둘째, 우리 문학의 세 가지 큰 갈래인 조선문 문학, 한문문학, 구비문학을 통해 역사적으로 이룩한 모든 양식을 함께 수록한다. 먼저 건국 전에 창작된 작품을 30권에 나누어 1차적으로 간행하고 이를 더욱 확대하여 진정한 의미의 문학대계가 되게 한다.

셋째, 구비문학작품은 건국 전에 수집된 것과 건국 후에 수집된 것을 망라하며, 그 내용이 해방 전에 이미 구전으로 전승되었음을 감안하여 이를 모두 1차 간행분에 포함시킨다.

넷째, 언어상으로나 역사적으로 가치가 있는 일부 원전은 원전과 현대어역을 동시에 수록한다. 현대어역을 통하여 한문과 원전의 감상을 가능하게 하고 정확한 원전의 제시로 그 연구의 자료가 되게 한다. 단 일부 한시와 고문은 번역 사업이 미처 미치지 못해 원문만 그대로 싣기로 한다.

다섯째, 건국 전의 작가문헌은 그 문체들이 발생한 시대적 선후를 염두에 두면서 한시, 현대시, 소설, 산문, 희곡 순으로 배열하고 구비문학은 민요, 전설, 민담 순으로 배열한다. 건국 이후의 작품은 대부분 쉽게 찾아볼 수 있는 것들이어서 2차적으로 그 출간을 계획해보려 한다.

1차 간행에 교부된 작품집 목록은 아래와 같다.

제1-3권 한시집
제4-6권 시집(조선문)
제7-13권 소설집
제14-16권 산문집
제17권 희곡집
제18권 민요집
제19권 문헌설화
제20-21권 전설집
제22-27권 민담집
제28-29권 중국에 번역 소개된 문학작품
제30권 별책(색인)

끝으로 본 대계가 편집 출판되는 동안 관심 있는 모든 분들의 협력과 질정을 바라며 어려운 가운데도 이 사업에 동참해주신 편찬위원, 책임편자, 역주자 여러분과 연변대학 고적연구소 임원들에게 감사드린다.

그리고 본 사업의 취지를 이해하고 편집비를 지원해주신 한국 대산문화재단, 2005년도 연세특성화지원금으로 「중국내 한국관련 문헌자료집성사업단」을 지원해주신 한국 연세대학교의 후의에 감사드리며, 아울러 편집과 교정에서 제작에 이르기까지 노고를 아끼지 아니한 보고사 여러분께도 고마움을 표한다.

2005년 12월 26일

중국 연변대학교 조선문학연구소 전 소장 김동훈
중국 연변대학교 조선문학연구소 소장 허휘훈
한국 연세대학교 국학연구원 허경진

편집위원 명단

명예주필: 권 철
주   편: 김동훈, 허경진, 허휘훈
감   수: 권 철, 전성호

편찬위원: **중국** 권 철(연변대 조선문학연구소 고문, 교수)

　　　　　김경훈(연변대 조선-한국학학원 부교수, 문학박사)

　　　　　김동훈(원 연변대 조선문학연구소 소장, 교수)

　　　　　김병민(연변대 총장, 교수, 문학박사)

　　　　　김영덕(원 연변대 고적연구소 소장, 교수)

　　　　　김호웅(연변대 조선-한국학연구중심 주임, 교수, 문학박사)

　　　　　리광일(연변대 조선-한국학학원 교수, 문학박사)

　　　　　전성호(원 연변문학예술연구소 소장, 연구원)

　　　　　채미화(연변대 조선-한국학 학원 원장, 교수, 문학박사)

　　　　　최문식(연변대 민족연구원 원장, 교수)

　　　　　최삼룡(연변문학예술연구소 연구원)

　　　　　허휘훈(연변대 조선문학연구소 소장, 교수, 문학박사)

　　　　일본 오오무라 마스오(일본 와세다대 교수)

　　　　한국 고운기(연세대 국학연구원 연구교수, 문학박사)

　　　　　김영민(연세대 국문과 교수, 문학박사)

　　　　　김 철(연세대 국문과 교수, 문학박사)

　　　　　유중하(연세대 중문과 교수, 문학박사)

　　　　　이경훈(연세대 국문과 교수, 문학박사)

　　　　　전인초(연세대 중문과 교수, 문학박사)

　　　　　최유찬(연세대 국문과 교수, 문학박사)

　　　　　표언복(목원대 국어교육과 교수, 문학박사)

　　　　　허경진(연세대 국문과 교수, 문학박사)

책임편찬 : 권철, 리광일
편 찬 자 : 권철, 리광일, 김련향

◉ 일러두기

이 ≪대계≫는 다음과 같은 요령으로 엮었다.

1. 중국 조선족의 기록, 구비문학작품을 비롯하여 재중한인(韓人), 조선인이 중국 지역에서 창작한 작품들을 함께 수록하였다.

2. 20세기 전반기에 창작 발표된 문학작품을 일차적 선제대상으로 확정하였다.

3. ≪대계≫ 각권의 출판은 한시, 현대시, 소설, 산문, 희곡, 민요, 전설, 민담 순으로 배열하였다.

4. 한시와 기타 한문(漢文)으로 쓰인 원전은 매 편마다 원문을 앞에 싣고 역문을 뒤에 함께 수록하여 상호 참조하기에 편리하도록 하였다.

5. 원전에 나오는 일부 지명, 인명, 전고, 방언과 알기 어려운 글자, 누락, 오기 등에 대해 필요한 주를 달았다. 주석표기는 원문(혹은 역문)에 번호를 붙이고 해당 면 하단에 각주(脚注)함을 원칙으로 하였다.

6. 고한문 원전은 번체자로 표기하고 이해가 어려운 한자어의 경우에는 괄호 안에 한자를 넣어 병기하였다.

7. 간행사와 일러두기 그리고 해설은 한국에서의, 작품의 맞춤법·띄어쓰기·외래어 표기는 중국에서의 현행 조선말 규범원칙을 따르되, 어학적·민속적 가치가 높은 해방 전 원전은 원문 그대로 수록하였다.

8. 본문은 연변의 표기방식대로 실었으며, 해설은 한국의 표준법에 맞추어서 윤문하였다.

9. 이 ≪대계≫에서 사용한 주요 부호는 다음과 같다.

   1) (   ) : 음이 같은 한자를 병기함.

   2) [   ] : 음은 다르나 뜻이 같을 때나 혹은 풀이한 한문을 병기함.

   3) ≪ ≫ : 책명, 작품명, 대화나 인용을 나타냄.

   4) 〈 ? 〉 : 불확실한 경우를 나타냄.

   5)   □   : 원전 또는 원문에서 누락된 문자를 나타냄.

   6) 주석은 ①②로 표시하여 해당 면 하단에 표기함.

차 례

신채호 편

주요섭 편

중국체험을 통한 작품세계의 구축

일 철

신채호, 주요섭, 최상덕, 김산 등 작가들의 공통점은 그들의 중국체험에 있다. 신채호는 주로 북경과 상해, 주요섭은 상해와 북경, 최상덕은 상해, 김산은 북경과 연안에 체류하였다. 보다시피 이들은 당시 이주민들이 집거했던 간도보다는 산해관 이남에서 많이 활동했다. 때문에 이들의 작품이 주목한 점은 안수길, 김창걸, 현경준 등 작가들과 같이 이주민들의 생존과 진로에 대한 진통이 아니라, 전반 한민족과 국가의 운명 그리고 생활현장에 체험한 중국인들에 대한 직시라고 할 수 있다. 아래에 이들의 작품세계를 중국문화와의 관련 속에서 짚어보려고 한다.

1. 작가 인생에서의 중국체험

가. 신채호

단재 신채호는 우리 민족이 낳은 저명한 민족해방운동의 선구자이고 저명한 사학자이면서 문학가임은 주지하는 바이다. 그의 원명은 채호(蔡浩)였는데 후에 채호(釆浩)로 고쳤다. 호로는 단재, 단심, 일편단심이 있고, 필명은 무아생, 금협산인, 한놈, 적심, 환진, 연시몽인 등이 있다. 그는 충청남도 대덕군 산내면의 한 한사의 가정에서 태어났다. 가세가 기울어진데다가 8세 때에 아버지를 여읜 그는 편모의 슬하에서 아주 가난하게 지냈다. 그러면서도 일찍 정언(正言)까지 지내다가 낙향하여 사숙훈장으로 있던 조부의 엄한 단속 속에서 글을 배우게 되었다. 슬기롭고 재질이 출중하였던 그는 14세 때에 벌써 유학경전들을 거의 통달하다시피 하자 그의 당당한 장래가 촉망되어 인근 마을에서 소문이 자자하였다.

언제나 진취적이고 구지심(求知心)이 불타던 그는 때마침 당시의 권문세가이며 개화적인 대학자였던 신기선 선생의 총애를 받게 되었다. 스승의 지도를 받으면서 그는 양원서고의 책을 널리 섭렵하였다. 그리고 양원 선생의 추천으로 서울 성균관에 들어가 박사의 임을 맡았던 6년 남짓한 사이에 고심한 연찬을 거쳐 덕재(德才) 겸비한 출중한 학자가 되었다. 성균관에서 학문을 닦던 시기부터 시작하여 문동학원에서 강사를 지내던 시기에 와선 벌써 외래의 침략자를 반대하고, 봉건통치배들과 매국적인 무위무능과 죄악을 신랄히 폭로하고 단죄하는 정론과 격문을 많이 써내며, 민중을 계몽하고 반일민족독립투쟁에 열성을 다하였다.

1905년에 명망이 높던 《황성신문》의 논설위원으로 초빙되었고, 1906년에는 《대한매일신보》의 주필 등 중임을 맡아 나서서 당시 논설진에서 아주 중요한 역할을 맡았으며, 또한 자각적으로 민족독립투쟁을 촉진키 위한 정치적 실천에 적극 뛰어들었다. 그는 민족독립운동의 비밀결사인 《신민회》, 《청년학우회》등의 발기에 참가하여 지도자, 조직자적 역할을 담당했다. 1908년 그는 여성들의 계몽운동을 밀고나가기 위하여 《가정잡지》를 간행하였다. 그리고 또 《대한협회일보》와 《기호흥학회》의 주요 집필자로 활약하면서 무게 있는 정론과 사론(史論)을 써냈다. 그는 논설을 통하여 민족주의를 적극 창도하는 한편, 출현할 민족영웅들에게 자신의 정치적 이상의 실현을 기탁하면서, 역대 영웅들의 정신과 업적을 극구 선양하였다. 이에 그는 '과거의 영웅을 사(寫)하여 미래의 영웅을 소(召)할' 목적으로 《이태리 건국 3걸전》(번역)을 내고 이어 《을지문덕》, 《동국거걸 최도통전》, 《리순신전》등을 출판하였으며, 이런 영웅전기와 배합하여 《20세기 신동국지영웅》 등 많은 사론(史論)을 써냈다.

1910년 4월에 이르러 소위 한일합방의 비극이 경각에 일어나게 될 것을 예감한 그는 민족적 비운으로 인한 절통의 정을 안고 민족독립운동을 더욱 밀고나가기 위하여 중국으로 망명하였다. 이는 그에게 민족독립투쟁을 진행함에 있어서, 그리고 민족의 역사를 정확하게 밝히기 위한 거대한 공정을 벌임에 있어서 새로운 출발점이 되었다.

신채호는 단동을 거쳐 청도에 이르러 민족독립운동의 방책을 논의하기 위하여 열린 청도회의에 참석한 후 러시아의 연해주로 갔다. 거기서 그는 민족독립사상을 고취하며 동지들을 모아 정치투쟁에 이바지하기 위하여 선후로 ≪해조신문≫, ≪청구신문≫, ≪권업신문≫을 간행하였다. 그 후 그는 상해에 갔다가 얼마 후에 남만에 이르러 환인에 머물면서 백두산에도 오르고 고구려 옛터도 답사하였다. 남만지대에서 진행한 이와 같은 역사유적답사와 민족사자료 수집 활동은 그 뒤 그가 역사저술사업을 벌이는 데 큰 도움을 주었다.

1915년 북경에 이른 후 역사저술에 달라붙었다. 한편 그는 신정 등과 함께 박달학원을 세우는 데 전력하여, 청년일대에 대한 교육을 도모하고 동인단체 ≪동제회≫의 발기에도 적극 나섰다. 그리고 ≪대동청년단≫, ≪대한독립청년단≫, ≪보합단≫, ≪다물단≫ 등과 같은 여러 반일민족단체들을 일심으로 나서서 도왔다. 그는 이 시기에 북경 ≪중화보≫(한문신문)에도 민족해방투쟁에 관련된 자기의 글들을 발표하였다.

1919년 4월부터 약 1년 동안 상해에 가 조선임시정부의 요직을 맡았었다. 그러나 당시 임시정부 주요 성원들과의 주장이 맞지 않자 단호히 나서서 그들의 오류적 논조를 비판하고 반박하였다. 그 이듬해 곧 상해에서 북경으로 돌아온 후 계속 민족독립을 쟁취하기 위하여 정치투쟁과 문필활동에 정력을 몰아 부었다. 그는 1921년 1월에 ≪천고≫를 간행하는 한편 동지들과 ≪통일책진회≫를 묶었다. 그는 또 그 뒤에 나온 ≪신간회≫의 주요발기자의 한 사람으로 나서기도 하였다.

신채호는 북경에서 생활하던 10여 년 동안 모든 곤란을 극복하면서 역사거작 ≪조선사통론≫, ≪조선상고사≫, ≪조선상고문화사≫와 ≪조선연구초≫를 완성하였다. 그리고 그는 민족의 독립을 실현하려는 정치적 열망과 진보적인 미학사상의 지배하에 시 ≪새벽의 별≫, 단편소설 ≪꿈하늘≫, ≪룡과 룡의 대격전≫, 수필 ≪대흑호의 일석담≫ 등 많은 성과작들을 내놓았다. 그의 작품은 민족의 각성을 촉진하고 새로운 낭만주의문학의 경지를 개척함에 있어서 크나큰 기여를 하였다.

1920년대에 들어서면서 물밀듯이 들이닥치는 여러 가지 사상조류와 날로 심화되는 반제반봉건적인 투쟁현실은 그로 하여금 종래 견지해오던 민족자강론을 근간으로 한 자기의 주장과 방략을 재검토하면서, 기본적으로 폭력에 의한 ≪민중직접혁명론≫을 받아들였으며 무정부주의에 기울어지게 되었다. 그리하여 그는 1927년에는 ≪동방무정부주의련맹≫에 가담하고 이 연맹 기관지인 ≪동방≫ 등을 간행하였다.

신채호는 그 모진 시련 속에서도 자기의 모든 것을 민족의 독립을 실현하기 위한 성스런 투쟁에 고스란히 바쳤다. 1928년 5월 신채호는 ≪동방무정부주의련맹≫의 위촉을 받고 민족해방운동을 추진하는 데 필요한 자금을 취득하기 위해 일본 모지(門司)를 거쳐 대만 기륭항으로 가는 도중에 일본 해상경찰에게 체포되었다. 그 후 대련 일본형무소에 인도되어 2년 가까이 소위 미결수로 심문받다가, 1930년 4월 억울하게도 10년형을 언도받고 여순감옥에 갇혔다. 영어(囹圄)의 몸으로 갖은 고초를 겪으면서도 민족의 기개를 떨치며 단호히 투쟁하였다. 1931년에 이르러 그의 건강이 몹시 악화되자 옥사 뒤에 올 사회적 여론이 두려워 일제는 그의 조건적 보석을 통고하였다. 이때 친일자본가인 한 친척이 나섰으나 그의 정체를 알게 된 신채호는 그에게 자기의 여명을 위탁할 수 없다고 단연 거절하였다. 실로 그는 서서 죽을지언정 엎드려 비굴한 삶을 구걸하지 않았다. 그러던 그는 그렇게 갈망하던 민족의 독립을 보지 못하고 1936년 2월 21일 56세를 일기로 옥중에서 그 빛나는 생애를 마쳤다.

나. 주요섭

주요섭은 한국현대문학사에서 한 페이지를 장식하는 저명한 소설가이다. 그는 1902년 평양에서 태어났고 아버지는 목사였다. 호는 여심(餘心) 또는 여심생(餘心生)이라 하였다. 그는 또한 시인 주요한의 동생이기도 하다. 그는 1915년에 평양의 숭덕소학교를 졸업하였고 숭실중학교 3학년을 다니던 1918년에 아버지를 따라 일본으로 건너가 아오야마학원(靑山學院) 중학부 3학년에 편입하였다. 1919년 3·1운동이 일어나자 귀국하여 지하신문을 발간하다가 출판법 위반으로 10개월의 형을 받았다.

그 후 그는 1920년에 중국으로 건너와 소주(蘇州) 안성중학(安晟中學)을 다녔고, 1921년에 상해 호강대학(滬江大學) 부속중학교를 졸업하였다. 1927년에는 호강대학 교육학과를 졸업한 후 그 이듬해에 미국으로 건너가 스탠포드대학

원에서 교육학석사과정을 수료하고 1929년에 귀국하였으며, 1931년에 동아일
보사에 입사하여 ≪신동아≫의 주간으로 일했다.

그러다가 1934년에 다시 중국으로 건너와 1943년까지 9년간 북경 보인대학
(輔仁大學) 교수로 취직하였다. 광복을 2년 앞두고 그는 일제의 중국침략에 협
조하지 않는다는 이유로 추방령을 받아 귀국하였다.

광복 직후 그는 상호출판사 주간과 ≪코리아타임스≫의 주필을 역임하였으
며, 1953년부터 경희대학교 교수로 취직하였다. 1954년에 국제펜클럽 한국본부
사무국장, 1961년에 코리안리퍼블릭 이사장, 1968년에 한국문학번역협회 회장
등을 역임하였다. 동시에 그는 1959년에 독일 프랑크푸르트에서 열린 국제펜클
럽 제30차 세계작가대회에 한국대표로 참가하였고, 1963년에 미국의 미주리대
학 등 6개 대학에서 '아시아 문화 및 문학'을 강의하기도 하였다. 경희대학 재직
20년이 되는 해인 1972년에 미국으로 건너가려고 수속을 하다가 전신통증으로
병상에 눕게 되었고, 신원조회가 끝났다는 장남의 전화를 받은 지 4시간 만에
심장마비로 세상을 떠났다.

다. 최상덕

최상덕도 역시 한국현대문학의 저명한 소설가이며 동시에 언론인이기도 하
다. 그는 1901년 황해도 신천에서 출생하였으며 필명은 최독견, 독고독이라고
하였다. 1921년 중국 상해의 혜령전문학원(惠靈專門學院) 중문과를 졸업하고
≪상해일일신문(上海日日新聞)≫ 기자로 취직하였다. 그 후 ≪중외일보≫ 학
예부장을 맡기도 하였으며 광복 후에는 평화신문 부사장, 서울신문 편집국장을
역임하기도 하였다. 그는 소설 창작을 하는 한편 연극에도 관여하여 동양극장
지배인(1932년), 연극협회 이사(1940년)를 역임하였고 박진, 리서구 등과 함께
신극단인 청춘좌, 호화선 등을 조직하기도 하였다. ≪상해일일신문≫ 기자로
있으면서 중편소설 ≪유린≫(1921년)을 연재하였고, 이어서 단편 ≪소작인의
딸≫, ≪유모≫, ≪포로수기≫ 등을 발표하기도 하였다. 또한 번역소설 ≪한 사
람이 차지해야 할 땅≫과 단편소설 ≪책략≫, ≪고구마≫, ≪바보의 진노≫ 등
경향성을 띤 작품도 발표하였다. 1927년에는 ≪조선일보≫에 중편소설 ≪승방
비곡≫을 연재하여 많은 애독자들의 절찬을 받은 동시에 최초로 시도한 영화소

설이 되기도 하였다. 광복 후에는 ≪양심≫, ≪낭만시대≫ 등 소설을 발표하기도 하였다. 그러다가 1970년에 서울에서 별세하였다.

라. 김산 (장지락)

김산은 소설가이기 전에 저명한 항일투사이다. 1905년 3월에 평안북도 용천군에서 출생하였고 본명은 장지락이며 별명으로 김산 혹은 염광을 사용하였다. 1925년에 중국공산당에 가입, 선후로 지하당 북평시위 조직부장, 조선혁명청년동맹 중앙위원, 섬감녕변구 소베트지구 조선혁명자 대표를 역임하였다. 1938년 연안에서 억울한 누명을 쓰고 살해당했고, 1983년에 중국공산당 중앙조직부에서 그의 명예를 회복시켰다. 생전에 많은 시와 산문을 창작하였으며, 단편소설 ≪기묘한 무기≫는 북경에서 간행된 잡지 ≪신동방(新東方)≫ 제1권 제4호 (1930년 4월)에 염광이란 필명으로 발표되었다.

상술한 작가들은 한결같이 중국의 북경, 상해, 연안 등지에서 생활하면서 독립투쟁에 투신하거나, 교수로 일하면서 자신의 문학세계를 구축해가는 과정에, 이들 특유의 중국체험으로 하여 그 작품세계의 소재범위가 국내의 기타 작가들에 비해 훨씬 확대되었다.

2. 중국체험을 바탕으로 한 문학세계

가. 신채호

신채호는 중국에 망명한 1910년대 후반부터 소설 창작을 진행하였는데 그 대표적인 작품은 단편소설 ≪꿈하늘≫, 역사소설 ≪백세로승의 미인담≫, ≪류화전≫, ≪건륭황제의 꿈≫, ≪일목대왕의 철퇴≫ 등이 있고, 1920년대 후반기에 이르러 낭만주의 성격을 다분히 지닌 ≪룡과 룡의 대격전≫을 창작하기도 하였다. 이 작품계보에서 그의 대표작으로 인정되는 작품은 ≪꿈하늘≫과 ≪룡과 룡의 대격전≫이다.

20세기 1980년대까지도 신채호문학연구에서 있어서 제일 큰 난제는 일차적인 자료부족이었다. 중국에서 많은 시간을 보냈고 또한 중국에서 타계한 그의 적지 않은 자료들은 세상에 알려지지 않았고, 게다가 6·25전쟁을 겪으면서 더욱 큰 어려움이 첨가되었다. 이런 형편에서 1980년대에 조선에 유학하여 부박사공부를 했던 김병민 교수가 신채호의 문학자료 정리 작업에 큰 기여를 하였음을 짚고 넘어가지 않을 수 없다. 상기한 두 대표작을 손수 육필로 정리하여 세상에 내놓았고, 또한 중국국내에서 처음으로 저서 ≪신채호문학연구≫[1]를 펴냈다. 이 저서는 그 후 한국에서 재판되었고 현재 한국에서 대학원 박사과정 생들의 필독참고서로 활용되고 있다. 그 후 김병민 교수는 신채호연구에 있어서 대표적인 연구자로 인정되고 있다.

그의 대표작으로는 단편소설 ≪꿈하늘≫(1916년)과 ≪룡과 룡의 대격전≫(1927년 경)이다. 단편소설 ≪꿈하늘≫은 작가 자신의 심각한 체험에 토대하여 창작된 역작이다. 작가는 ≪꿈하늘≫의 서문에서 이 소설은 '꿈에 지은 글'이라고 천명하고 "자유 못하는 몸이니 붓이나 자유하자"고 쓴 것이라고 밝히고 있다. 작가는 현실생활에서 도저히 실현하기 어려운 자기의 지향과 미학적 이상을 묘사하기 위하여 작중에서의 주인공 한놈에 대한 묘사거나 사건의 발전 그리고 역사적 생활환경의 선택 등을 환상적으로 설계하고 낭만주의적으로 과장하고 있다. 그러나 이런 환상과 허구는 결코 허망한 것이 아니라 실질적으로는 역사적 생활의 진실에 토대하고 있다. 그러므로 독자로 하여금 이런 환상에 의거한 조건적인 현실 가운데에서도 근대의 시대상과 작가의 미학적 추구를 여실히 볼 수 있다.

주인공 한놈은 우리 민족의 넋과 슬기와 용맹을 겸비한데다가 날개까지 돋아 천국이건 지옥이건 거침없이 다니는 특출한 재간을 가지고 있다. 소설에서는 천국으로부터 지국에로, 지국으로부터 지옥에 빠져들어 갔다가 다시 신계에로 올라가는 한놈의 곡절하고 험난한 투쟁생활을 통하여, 그의 숭고한 애국애족의 정신과 불굴의 투지를 보여줌과 아울러 종당에는 승리를 안아올 민족의 밝은 앞날을 제시하였다. 주인공 한놈은 민족을 위해서라면 물불을 헤아리지 않고 나아갔다. 물론 한놈은 처음 등장한 때로부터 이미 성숙된 인물로 묘사되

---

1) 요녕민족출판사, 1988년.

지는 않았다. 그러나 작중에서 묘사하다시피 항시 민족에 대한 태도로써 옳고 그름을 가늠 하는 시금석으로 삼는 것을 잊지 않았으며 부단한 투쟁가운데서 점차 성숙되어갔다. 그는 복잡다단한 투쟁에서 항상 나라와 민족을 배반한 매국역적과 노예적 근성에 젖은 사대주의자들을 무자비하게 타매하였다. 한놈은 끝내 허다한 곤란과 애로와 유혹을 물리치고 시련을 이겨냈으며 민족독립을 쟁취하는 투쟁의 길에서 승리자가 되었다. 작가는 ≪꿈하늘≫에서 또한 가설의 논리에 의거하여 애국주의적 이상의 구현자로서의 ≪무궁화꽃송이≫, 을지문덕, 강감찬 등 역대 영웅적 형상을 묘사하였다. 이들의 영웅적 형상은 다들 주인공 한놈과 한 계열에 선 인물들로서 한놈의 성격전환에 아주 중요한 작용을 하였다.

단편소설 ≪꿈하늘≫은 예술상에서도 새로운 탐구를 진행하여 새로운 성과를 취득하였다. 작중에서의 기발한 예술적 상상력에 기초한 환상적세계의 도입과 광범위한 역사적 사실에 대한 일반화와 과장, 상징, 비유, 의인화 수법들의 전면적인 인입, 그리고 주정토로를 더욱 강하게 하기 위한 계기에서의 시가의 적절한 인용 등은 매우 특징적이다.

1920년대 후반기에 창작된 단편소설 ≪룡과 룡의 대격전≫은 새로운 사상조류의 영향 하에서 구상작업을 진행한 작품으로서 신채호의 대표작이면서, 아울러 이 시기 낭만주의적 소설창작의 공백을 메워준 징표적 의의를 갖는 작품이다.

단편소설 ≪룡과 룡의 대격전≫은 민족적 및 계급적모순의 첨예화에 의해 일어난 인민대중의 혁명투쟁과 염원과 숙망을 적극적인 낭만주의 수법으로 반영하고 있다. 바로 작중에서 묘사한 바와 같이 상제와 미리의 소굴인 천국과, 드래곤을 위시한 민중들이 살고 있는 지국을 서로 대치시키고 승패를 다투는 첨예한 투쟁을 통하여 당시 통치제도의 본질을 파헤쳤으며, 나아가 전 세계적 규모에서 민중혁명의 도래와 필연적 승리를 예시하였다.

단편소설 ≪룡과 룡의 대격전≫의 전반에서는 침략자와 통치계급의 소굴인 ≪천국≫과 민중들의 나라인 ≪지국≫과의 대치적인 정치적 환경을 조건적으로 설정하고, 일관된 얽음새와 벌어진 사건을 통하여 상제와 미리와 드래곤의 형상을 묘사하였다. 작중에서 묘사한 상제나 미리는 다들 당시 침략자와 통치계급의 대표로 등장하고 있다. 그중 상제는 최고통치자로서 낡은 제도의 정신적이며 물질적인 총주재자이다. 작품에서는 그를 또한 민중을 마음대로 수탈하고 통치하며 온갖 불합리한 제도, 질서, 정책 등을 안출해 내는 원흉으로 묘사하였다. 그는 천방백계로 간계를 꾸며대며 최고통치자의 보좌에서 물러서려 하지 않았지만, 끝내 그 어떤 힘으로도 저지할 길 없는 역사의 흐름 속에서 민중의 반란에 의하여 역사무대에서 물러나고야말았다. 황제는 나중에 도적질을 일삼는 쥐로 되어 뭇사람들에게 쫓기자 굴로 들어가 버렸다. 이와 같이 작중에서는 희화화의 수법으로 그를 풍자하고 타매하였으며 당시의 일제와 반동통치의 죄악적 본질을 까밝히고 그 멸망의 필연성을 예시하였다.

작품에서 묘사한 미리는 상제의 가장 충실한 측근이며 동방을 통제하려 광분하는 침략자의 상징으로서 상제보다도 더 모질게 악독한 형상으로 묘사되고 있다. 그의 내력에 대하여 작중에서는 다음과 같이 교대하고 있다. 그는 드래곤과 일태쌍생(一胎雙生)이었으나 ≪그 뒤에 미리는 늘 조선, 인도, 중화국에서 장성하야 드디어 동양의 룡이 되야 석가, 공자 등의 소극적 교육을 받아 상제의 충신이 되야 늘 복종을 천직으로 알므로 지배계급의 주구인 종교가 륜기가들이 모두 미리를 인세(人世) 모범의 신으로 존봉하여 왔으므로 조선의 신화에나 중화의 유경에나 인도의 불경에다 룡을 비상히 찬미하여 상제에 배(配)하였다. 그래서 상제께서 미리를 발탁하여 동양진수의 대임을 준것≫이다.

그의 잔인하고도 교활하기 그지없는 본질은 그가 안출한 민중진압책에서 더욱 노골적으로 드러난다. 그는 자기가 안간힘을 다 써가며 고안한 계책을 상제에게 다음과 같이 상주하였다.

…식민지 민중처럼 속이기 쉬운 민중이 없습니다. 철도, 광산, 어장, 산림, 량전(良田), 옥답, 상업, 공업…모든 권리와 리익을 다 빼앗으며 세납과 도조를 자꾸 더 받어 모서리나는 착취를 행하면서도 겉으로 너희들의 생존안녕을 보장하여 주노라 하고 떠들면 속습니다. 혁편, 철퇴, 죽침질, 단근질, 전기뜸질,…×심지, × 주리 같은 형법을 행하면서 군대를 동원하여 부녀를 찢어죽인다, 소아를 산채로 묻는다, 전촌을 도살한다, 곡속가리에 방화한다…하는 전률한 수단을 행하면서도 한두 신문사의 설립이나 하고 <문화정치은택을 받으라> 소리치면 됩니다…

속이기 쉬운것은 식민지 민중입니다. 상제여 마음놓으십시오, 세계민중들이 다 자각한다 하여도 식민지 민중만은 아직 멀었습니다. 우리가 식민지의 민중만 잡아먹더라도 몇10년동안은 아무 걱정없을것이 올시다.

미리의 상술한 바와 같은 상주를 다 듣고 난 상제는 ≪아이고 내자식아, 나도 악독하지만 너는 나보다도 더 악독하고나, 네가 아니면 내가 어찌 이 자리를 보전하랴.≫고 하면서 미리의 등까지 다독여주었다.

작중에서는 이와 같은 묘사를 통하여 1919년 이후 일제가 한때 허울을 바꾸어 실시하던 소위 문화정치의 실질을 속속들이 파헤침과 동시에, 상전에 아부하여 더 못 된 짓을 하는 배족적인 망나니들의 성격의 본질과 제반 죄악적 시책을 신랄하게 폭로하고 타매하였다. 그와 같이 잔인하고 교활하기 그지없는 미리였지만, 지상에서 일어나는 혁명을 진압하고 '천국'을 지탱해가려다가, 도리어 드래곤에게 짓부숴져 귀가 떨어지고 눈이 빠졌으며 '대갈통'마저 빠개져 아무 쓸모도 없게 되었으며, 나중에는 용신묘의 토우상이 되고 만다. 그의 이런 몰골과 처참한 말로는 독자로 하여금 당시 침략자와 민족배신자들의 소행을 연상케 한다.

작품에서는 또 상제나 미리와 대립적인 위치에 서있는 드래곤의 형상을 묘사하였다. 드래곤의 내력에 대해서는 다음과 같이 서술하고 있다.

드래곤은 무엇이냐? 상제가 태고인민들의 미신적 봉대(奉戴)를 받아 제위(帝位)에 오르던 제5년에 허공중에서 탄생한 일태쌍생의 괴물이 있었던바 1은 드래곤이요 유(又) 1은 현금 천궁의 시위대장으로 동양총독을 겸한 유명한 미리니, 미리나 드래곤을 한자로는 룡이라 역(譯)한다.

그리고 이어 ≪드래곤은 늘 희랍, 로마 등지에 체재하여 드디여 서양의 룡이 되야 늘 반역자, 혁명자를 교유하야 <혁명>, <파괴>, <악희>를 즐기어 종교나 도덕의 굴레를 받지 않는고로 서양사에 매양 판당과 란적들을 드래곤이라 설명하여왔었다. 근세에 와서는 드래곤이 또××××에 침혹(沈惑)하야 더욱 격렬한 혁명행위를 가지더니 야소기독을 참살한 <흉범>이 된것이다.≫라고 하였다.

이와 같이 그의 내력과 일련의 소행에 대한 묘사와 서술을 통하여 그를 민중의 앞장에 선 선각자이며 낡은 통치와, 세력, 종교, 도덕을 철저히 반란한 혁명자의 형상으로 부각하였다. 드래곤의 형상묘사에 있어서 개념화한 흔적이 보이기는 하나 그는 어디까지나 민중의 선각자이고, 불패의 힘의 원천이며, 자유해방을 실현할 이상의 구현자로 내세웠으며 또한 이 형상을 통하여 당시 민중의 현실에 대한 태도와 미학적 이상을 심각히 보여주었으며 미래의 승리를 예언하였다.

이 작품에서 작가는 또 당시 현실에서 이룩할 수 있는 자기의 미학적 이상을 표출하기 위하여 환상적인 형식과 수법을 사용하였다. 이 작품은 1910년대에 쓴 단편소설 《꿈하늘》의 경우와는 달리 작품에 취급된 내용이나 사건들은 어디까지나 당시 현실생활에서 형성된 계급관계와 정치투쟁을 비유적으로 반영하는 특색을 갖고 있다. 그래서 작중에서는 가상적인 인물이나 사건들을 과장하여 설정하고 상징적으로 묘사하면서도 역사적인 진실과 현실생활의 진실을 떠나지 않았다. 이렇게 함으로써 독자들로 하여금 작중에서 환상적 인물이나 사건과 장면을 접할 때 스스로 사회적 현실에서 왕왕 부딪치는 중요한 인물과 사건과 문제들을 연상케 하였다. 이밖에 작중에서 보여준 광활한 공간과 웅대한 구상, 희화화수법의 도입, 그리고 다양한 문체론적 수법의 재치 있는 운용, 세련되고 풍부한 인민적 언어 등은 작가의 비범한 예술적 재능을 과시하고 있다.

나. 주요섭

작가 주요섭은 1921년에 단편소설 《추운 밤》을 발표하기 전에 단편소설 《깨여진 항아리》가 신문에 입상되었지만 작가로 등단하기는 단편소설 《추운 밤》을 발표하면서부터이다. 그 후 작가는 근 40여 편에 달하는 소설작품과 수많은 수필, 시 그리고 평론을 발표하였다. 1920년대 초 그의 관심을 모은 것은 상해 사회최하층 인간들의 참담한 생활이었다. 이들에게 깊은 동정을 쏟은 그는 이들의 생활을 소재로 한 단편소설 《인력거군》, 《살인》, 《개밥》 등 작품들을 연이어 발표하였다.

단편소설 ≪인력거군≫(1925년)은 하루의 일과에 주인공 아찡이 죽어가는 사정을 집약시키고 있다. 아찡은 어려서 시골에서 남의 집 심부름을 하고 상해에 들어와서는 인력거꾼으로 하루하루를 연명한다. 그는 가족이 없고 끌고 다니는 인력거마저도 남의 것이어서 외톨이에 알거지여서 하루 종일 부지런히 인력거를 끌어도 생활난에서 벗어날 수 없다. 8년을 끌면 죽는 길인 줄을 알면서도 스스로 자진하여 인력거 채를 메야 하는 인생의 비극을 작가는 빈곤에서 연유한다고 인정하였고, 빈곤의 악순환을 거듭하는 당시 사회의 암흑상을 파헤치고 있다. 아찡은 마침내 고된 일에 지쳐 병을 얻고 무료진료소를 찾아가는데, 거기서 한 신사의 말을 듣게 되는데, 아찡이 받는 고통은 원죄 때문이라고 한다. 이에 아찡은 '금반지 끼고 인력거나 마차나 자동차만 타고 다니는 사람들'은 이런 형벌을 받지 않고 평생 호강하며 잘 사느냐 하고 의문을 갖게 되고, 희미하게나마 사회의 빈부차이와 그로 인한 부조리에 의심을 갖게 된다. 이러한 의심을 품은 채 아찡은 자가의 허름한 방에서 인력거를 끌며 살아온 8년 동안의 쓰라렸던 일들을 뇌리에 되새기면서 참담하게 죽어간다.

단편소설 ≪살인≫(1925년)과 ≪개밥≫(1927년)도 빈부의 차이로 하여 사회에서 일어나는 비극을 묘사하였다. 단편소설 ≪살인≫은 상해를 무대로 하여 먹고 살기 위하여서는 몸을 팔고 모든 인간적인 굴욕을 참아내야만 하는 창녀 우뽀의 참담한 처지와 반항을 보여주었다. 주인공은 보리 서말에 도로건축공사 십장인 서양놈에게 팔리고, 또 그 부하들인 성격이 거칠고 무식한 노동자들의 시달림을 거쳐서, 다시 돈 칠 원에 팔려 상해에 와서 창녀가 된다. 하지만 그녀는 왜 이렇게 불행한가 하는 원인을 생각할 겨를이 없다. 매일 몸을 팔며 동물처럼 될 대로 살아가다가 우연히 만난 한 젊은 청년을 짝사랑하게 되었다. 그러나 얼마 못가서 자기는 그런 청년과 가까이 할 수 없음을 알고 절망에 빠진다. 그리하여 그녀는 여태껏 자기의 피와 살을 빨아먹은 기생집 마누라를 살해하고 자기는 더 깊은 구렁에 빠져버린다.

이 작품은 사회최하층에서 허덕이면서 밑바닥 인생을 살아가는 한 여인의 불행과 반항의식을 여실히 보여줌으로써 당시 평단의 호평을 받기도 하였다. 즉 이 작품은 "기교나 유희의 세계에 안주한다던가 혹은 쓸데없이 관능적 퇴폐한 기분속에 방황, 침익하는 경향보다 백배나 더 유익하고 사람다웁고 진실하다"[2]고 평가하였다.

단편소설 ≪개밥≫에서는 잘사는 집의 어멈으로 일하는 여인의 비극을 다루었다. 주인집나리는 한 사냥꾼의 집에서 얻어온 서양개 바둑을 몹시 아끼면서 사람조차 먹기 힘든 우유나 흰밥에다 고깃국을 먹이게 하였다. 마침 어멈에게는 단성이란 세 살짜리 딸애가 있는데 제대로 먹지 못해 앙상하게 여위였다. 개는 쌀밥에 고깃국을 먹는데 사람인 딸애는 먹지 못해 앙상하니 기막힐 노릇이었다. 다행히 개는 고기만 먹고 밥은 쳐다보지 않기에 어멈은 그 개밥을 딸애에게 먹였다. 헌데 후에 개도 밥에 맛을 들였기에 딸애는 먹을 것이 없게 되었다. 하여 점점 여위여가고 설상가상으로 앓기까지 하였다. "엄마, 나 흰밥에 고기국이나 좀 주렴" 하고 칭얼대는 딸애의 청을 들어주기 위해 개밥을 덜어내려다가 결국은 개에게 물리게 된다. 이에 화가 꼭두미까지 치민 어멈은 개를 물어 뜯어버렸다. 작품은 이와 같이 먹이를 놓고 벌어지는 어멈과 개의 사투, 그리고 눈물겨운 딸애의 최후를 통해 당시 사회의 최하층인간들의 고초를 잘 보여주었다.

다. 최상덕

최상덕은 일찍 ≪상해일일신문≫ 기자로 있을 때 중편소설 ≪류전≫을 신문에 연재하였다고 하나 원본을 찾을 수가 없다. 하기에 현재 볼 수 있는 작품계보에 따르면 1925년에 발표한 단편소설 ≪정화≫를 첫 단편소설로 간주할 수밖에 없다. 그의 작품세계에서 단편소설 ≪유모≫와 ≪바보의 진노≫를 주목할 필요가 있다.

단편소설 ≪유모≫(1926년)는 당시 농촌에서의 가혹한 수탈로 인하여 도탄속에 빠진 빈농민 박 서방과 그의 아내가 겪은 고통을 사실주의적으로 묘사하였다. 이들 부부는 일 년 내내 뼈 빠지게 일하였으나 가을에 꾼 빚도 갚지 못하여 큰마음을 먹고 농촌 시변으로 들어갔다. 그러나 막벌이조차도 그들을 기다리고 있는 곳은 없었다. 그리하여 사처로 헤맨 결과 아내가 겨우 찾은 것이 젖먹이인 자기 아들은 암죽을 끓여 먹이면서도 부잣집 아이에게 젖을 먹이려고 유

---

2) ≪개벽≫, 1925년 9월호.

모로 들어갔다. 하지만 부잣집에 들어가서도 박 서방의 아내는 늙은 집주인의 성화는 성화대로 받고 망신은 망신대로 당한 후 그 집에서 쫓겨나는 신세가 되었다. 이들 부부는 당장 밤중에라도 떠나고 싶었지만 갈 곳이 없었다. 실로 당시 째지게 가난하였던 빈민들은 그 앞길이 가면 갈수록 심산유곡이었다.

단편소설 《바보의 진노》(1927년)는 "법 없이도 살 사람"인 머슴 배 서방이 끔직한 일, 즉 살인을 하게 된 과정을 사실주의적으로 묘사하였다. 종의 자식으로 태어난 배 서방은 "거치른 음식을 돼지같이 먹고 소같이 일하고 명견같이 주인에게 충성하였다. 그는 마치 이 세가지 사명을 다하기 위하여 세상에 나온 것 같았다. 그는 불평을 몰랐다." 상전에게 충실한 그는 상전의 "주선"으로 서른 살 되는 해에 겨우 장가를 들었고 그로 하여 더한층 상전에게 충성하였다. 이런 배 서방을 두고 동네사람들은 "법 없이도 살 사람"이라고 하였다. 다만 머리가 둔하고 무식하고 바보라는 게 흠이었다. 이런 배 서방의 아내가 난산을 당하여 모진 고통을 겪자, 배 서방은 주인을 보고 의사를 청하자고 조르지만 번번이 거절당하였다. 주인의 허가를 기다릴 수 없었던 배 서방은 거짓말을 대고 의사를 청해오지만 집에 와보니 아내는 이미 사망하였다. 이 광경을 눈도 깜박하지 않고 돌장승처럼 보고 있던 배 서방이 갑자기 괴성을 지르며 헌 상 밑에서 다듬이방망이를 들고 주인내외를 쳐 죽이고는 어디론가 달아나버렸다. 《벙어리 삼룡이》이와 비슷한 작품이라고 하지 않을 수 없다.

3. 작품이 갖는 의의

신채호는 평생을 민족해방과 나라독립에 이바지해왔다. 하기에 그는 이주민의 생활에는 눈길을 크게 돌리지 못했고 아울러 그의 작품에 드러나는 작가의식은 "서서 세수하는"3) 고집스러움과 마찬가지로 민족과 국가에 고도로 집약되었다. 하기에 상술한 그의 작품들에 드러나는 사상도 그러하지 않을 수 없었다.

단편소설 《꿈하늘》은 한놈을 비롯한 여러 감명 깊은 영웅적 형상을 통하여

---

3) 신채호는 북경체류기간 이광수와 함께 있었는데, 서서 세수했다는 일화가 전해지고 있다.

당시 민족독립운동에 나선 애국지사들의 평탄치 않은 투쟁의 노정과 모진 시련을 예술적으로 집약하면서 시대적 요구와 조선민족의 염원과 의지와 열망을 깊이 있게 반영하였다. 아울러 그 시대의 모순된 현실을 비판하고 환상적 형식에 의거한 자기의 진보적 이상을 돋보이게 함으로써 인민들을 반일사상으로 고무하였다는 데서 의의가 크다. 또한 이 소설은 1910년대 조선족의 진보적 낭만주의문학을 특징짓는 중요한 작품의 하나가 되었다.

단편소설 ≪룡과 룡의 대격전≫은 당시 새로운 사회사조의 도움 밑에서 그 시기 역사적 현실이 제기하고 있는 심각한 사회정치적 문제에 일정한 해답을 주는 낭만주의적 형상을 창조하였다. 이와 아울러 이 소설은 선행시기의 낭만주의 소설 ≪꿈하늘≫에 비하여 착취계급의 본성을 드러내고 비판함에 있어서 보다 더 예리하고 신랄하며 인민대중의 힘과 승리에 대한 확신을 예술적으로 힘 있게 집약하여 제시하고 있다.

이 소설은 1920년대의 불합리한 현실과 착취제도를 반대하는 인민대중의 투쟁과 염원을 낭만주의 창작방법에 의거하여 반영한 작품으로서, 작가 신채호의 창작생애와 조선족의 진보적 낭만주의 문학발전에서 커다란 의의를 가진다.

주요섭의 경우, 중국에 두 번이나 다녀갔었고 어릴 적에는 상해, 그리고 9년 교직생활은 북경에서 지냈다는 점이 주목된다. 동년체험과 기억이 있었기 때문일까. 그의 작품의 배경은 마냥 상해에 있다. 상해 최하층 빈민들의 생활을 제재로 한 그의 작품들은 1920년대 빈민층의 처참한 빈곤상을 냉철하게 살피고 그들의 반항의식을 보여주었으며 이런 주요섭의 작품들은 조선의 신경향파문학에 동조하고 있다. 그러면서도 주요섭의 작품은 당시 신경향파작품에서 흔히 볼 수 있는 도식적이거나 경직적인 경향과 수법을 탈피하여 비정하리만큼 암울한 현실을 파헤치고 있으며, 그 밑바닥에는 또한 짙은 인도주의가 여울치고 있음을 감지하게 된다.

최상덕의 소설에 대한 연구는 깊이 있게 진행되지 못한 상황이고, 김산의 소설은 앞으로 계속 조심스런 접근을 해야 하기에 여기서 속단을 금하기로 하였다.

참고문헌

김병민, ≪신채호문학연구≫, 요녕민족출판사, 1988

조성일·권철·최삼룡·김동훈, ≪중국조선족문학사≫, 연변인민출판사, 1990

권철, ≪중국조선족문학≫(상), 연변대학출판사, 2000

임범송·권철 주편, ≪조선족문학연구≫, 흑룡강조선민족출판사, 1989

중국조선족발자취총서편집위원회 편, ≪불씨≫, 민족출판사, 1995

金虎雄 主編, ≪來華朝鮮-韓國名人事迹述略≫, 黑龍江朝鮮民族出版社, 2006

장백일, <휴머니즘으로 찾는 人間救濟>, ≪三省版韓國現代文學全集2≫, 주식회
사 삼성출판사, 1985

신채호 편

苦樂有數[●]

대저 사람이 육심세계에 와서 있을 동안 이 멀지 아니한 그 멀지 아니한 일평생에 고락화복과홍망성쇠가 기계의 바퀴로 돌아가듯 한느지라。 그 고되고 화되고 망하고 쇠함은 다 가게 하며 낙되고 복되고 홍하고 성함을 오게 함은 다 자기에 있건마는 사람마다 미리 알지 못하고 당하는 대로 다 운수로 돌려 보내니 이것은 사람마다 수유간 전생을 미리 알지 못하는 연고이라。

경성 중부 아래 다방골 십통 사호에 사는 장울산 홍균이라는 사람은 자기가 적수기가하여 수만석거부요, 아들 삼형제와 딸 형제를 두었는데, 맏아들은 수만금 자본을 가지고 구리개 일통 팔호에서 전당국 영업하고, 둘째 아들은 또한 수만금 자본을 가지고 두석골 구통 팔호에서 건재약국 영업하고, 셋째 아들은 박동 보성전문학교를 졸업하고 전 한국 융회 삼년[一九零九년]도에동경 가서 유학하고, 맏딸은 안동 칠통 이호에 사는 이청산 근일의 맏녀느리가 되어 가고, 십팔세 된 둘째 딸은 수원 북문에서 사는 김병사 정선씨 며느리가 되어 가니 낭자에 나이는 십구세요, 이름은 동현인데 지벌이에 금슬이 좋아 집안이 항상 웃음이요, 노비가 구비하며 편하기는 하이 없고 세상에 더 구할 것이 없더라。

첫 에 아들을 나서 세 살에 잃고 그 다음에 딸을 낳아서 잘 기르다 별로 괴로울것이 없이 살다니 우연히 그 남편이 병이 들어 백약이 효험 없음에 밤낮없이 근심으로 지내다가 하루는 세상을 버리는지라, 천지가 무너지는듯하고 설움이 한이 없고 세상 만사에 뜻이 없어 눈물로 세월을 보내니 차라리 죽어서 잊어버리는 것이 옳을까 하여 여러번 자결하려 하는 모진 목숨이 사생은 임의로 못하는 고로 죽지 못하고, 한번은 그 어린 딸을 안고 큰 강에 가서 물에 넣어 죽이고

[●] 이 작품은 1913년 3월 시천교월보에 발표되였다.

자기도 빠져 죽으려 다가 차마 못하고 집으로 돌아와서 항상서러워하며, 그 시조모와 시부모의 사랑도없어지고 밤이나 낮이나 적적한공방에 기쁜 일은 전혀 없고 한숨만 쉬며, 그 딸을 보면 더욱 미워 생각하되 세상에 쓸데없는 것은 살아 있고 귀한 아들은 죽었다고 한탄으로 세월을 보내더니, 하루는 그 이웃집에 중매 잘 하는 늙은 할멈 하나가 있는데 자주 다니며, 슬픔도 위로하고 고담 이야기도 하고 항시 불쌍히 여기더니, 하루는 와서 은근히 말하되아무데 이러저러한 곳으로 팔자를 고쳐가면 신세가 평안하리라 하며 그럴듯한 말로 만단개유하며 어러번 꾀거늘, 열 번찍어 아니넘어가는 나무 없는지라, 그 말을 곧이 듣고 몸 빠져 나가기를 꾀하는데 자기의 의복 한 벌과 신던 신을 전에 가서 빠져 죽으려 하던 강가에 놓아 두고 그 시부모로 하여 그 자기 모녀가 강물에 빠져 죽은 줄로 알게 하니라.

그리하고 중매하던 할매를 앞세우고 그 딸과 함께 가마를 타고 가서 그 남편 될 사람을 본즉, 술을 많이 먹고 대취한 거동이 눈은 거슴치레하고 코는 주독이 올라 유자덩이 같고 입은 아래 입술이 아래로 축 처지고 행동과 말하는 양을 보니 장차 고생을 면하려고 팔자를 고쳐 온 것이 도리어 고생을 얻으러 온 듯한 지라, 온 일을 휘회하고 그 할매더러 도로 가자고 하니 두말없이 그리하자하기로 분명히 도로 갈 줄을 알고 그 딸을 안고 가마를 타려고 가서 보니 할매와 교군들이 다 간데 없는지라 기웃기웃하며 주저주저하다가 할 수 없이 그 남편 될 자에게 붙들리어 두 번도 쳐다보기 싫은 사람을 남편이라고 그렁저렁 사는 데 어언간 또 딸은 하나 낳아서 기르나 남편자는 본래 방탕한 사람이라, 술먹기 와 노름하기로 나가서 삼사일씩 혹 십여일씩 들어오지 않고 굶기는 부자집 밥 먹듯 하고 나무가 없어서 울타리를 다 뜯어 때고도 삼척 냉방에 그 데리고 온 딸이 캐어다 주는 나물을 소금에 무쳐 먹고 지내니, 슬프다. 이 내 신세여, 이렇게 고생하는 줄을 누가 알리오.

사람이 다 죽은 때를 당하면 하느님을 부르기는 사람의 떳떳한 정이요 사람이 장차 죽으려면 그 말하는것이 착하다는 것과 같이 극궁한 때를 당한즉 근본을 생각하는도다. 자기의 혼잣말로 이것은 다 전생에 도를닦지못하고 이생에 착한 일을못한연고라 한탄하면 무엇이며, 후회하면 쓸데 있으랴. 마음을 다시 먹고 살려 한즉 남편 되는 자는 심히 미워하는 중에 술이나 먹고 들어오면 가라고 날로 구박이 자식하더니 하루는 다듬이 방망이로 후려 때리는 바람에 옆구리를 맞아서 굴신할수없는지라. 가엾은 이 내 신세는 아무리 생각해도 부지할 수가 없어서 다시 생각하되 친정이나 가서 어머니에게 의지하여 있든지, 그렇지 않으면 산중에 들어가서 머리를 깎고 승이 되어 세상을 잊으리라 하고 데리고 간 딸을 데리고 나서니 동서남북을 분간치 못하는 사람이 어디로 가리오. 친정은 갈 줄을알지 못하되 서울로 가면 자연 친정을 가는 줄 알고 서울로 향하여……

一九一三年 三月 侍天敎月報

꿈하늘

序

「꿈하늘」이라는 이글을 짓고나니 꼭 讀者에게 할 말삼이 세가지가 잇슴니다.

一. 한놈은 元來 쑴만흔 놈으로 近日에는 더욱 꿈이 만허 긴 밤에 긴잠이 들면 쑴도 그와 갓이 길어 잠과 꿈이 서로 終始하며 또 그 쑨만안이라 곳 멀건 대낮에 안저 두눈을 멀둥멀둥히쓰고도 쑴갓흔 디경이 만허 넘나라에 들어가 檀君께 절도 하며 번개로 칼을 치며 평생 미워하는 놈의 목도 끈어보며 飛行機도 안이타도 한몸이 헐헐 날너 萬里天空에 돌아도 단이며 놀앙이 검덕이 신동이 불근 동이를 한집에 모와 노코 노래도 하여보니 한놈은 발서부터 쑴나라의 백셩이니 讀者 여러분이여 이 글을 꿈꾸고 지은줄 아시지 말으시고 곳 쑴이 지은줄로 아시압소서

二. 글을 짓는 사람들이 흔히 排鋪가 잇서 몬저 머리는 엇더케 내리리라 가온대는 엇더케 버리리라 쪼리는 엇더케 마르리라는 大意를 잡은 뒤에 붓을 댄다지만 한놈의 이글은 아모 排鋪업시 오직 붓끗 가는대로 백기여 붓끗치 하늘로 올라 가면 가며 안지면 짤어안지며 셔면 짤어셔서 마듸마듸 나오는대로 지은 글이니 讀者여러분이시여 이글을 볼 째에 압뒤가 맛지 안는다 위아래가 文體가 달다 그런 말은 말으소서

三. 自由못하는 몸이니 붓이나 自由하자고 마음대로 놀아 이글속에 美人보다 향내나는 꽃과도 니야기하며 평시에 사모하던 옛적 聖賢과 英雄들도 만나보며 올흔팔이 왼팔도 되야 보며 한놈이 여들놈도 되여 너무 事實에 갓갑지 안한

◉ 이 작품은 김병민 편, ≪신채호문학유고선집≫(연변대학출판사, 1994)에 수록된 작품을 기준으로 하였다.

詩的神話도 잇지만 그 가온데 들어말한 歷史上 일은 낫낫이 古記나 三國史記나 三國遺事나 高句麗史나 廣史나 繹史 갓흔속에서 參照하야 쓴 말이니 讀者 여러분이시여 셕지말고 갈너보시소서, 讀者에게 말삼은 긋낫슴니다. 이졔 著者의 졔 말할거시 두가지가 잇슴니다.

一. 책짓는 사람들이 모다 그책을 만히 사보면하는 마음이 잇지만 한놈은 이마음이 업슴니다. 다만 바라는 바이 우리안 어늬곳에 던지 한놈갓히 어리셕어 두팔로 太白山을 안으며 한넙으로 東海물을 말니고 기나긴 半萬年時間안의 노픈뫼, 나진골, 피는꽃, 지는 넙흘 세면서 넉없시 안져 눈물흘니는 또 한놈이 잇서 이 글을 보면 할 쑨이니이다.

二. 책짓는 사람들이 흔히 그 책으로 무삼 影響이 잇스면하지만 한놈은 그러치 안함니다. 다만 바라는바 이 글보는 이가 우리 나라도 美國갓허져라 德國갓허져라 하는 생각이나 업스면할쑨이니이다.

檀君 4249년 3월 18일
한놈씀

第一章

째는 檀君 紀元 四千二百四十몃해 어늬 달 어늬 날이던가 째는 서울이던가 시골이건가 海外 어대던가 도모지 記憶할수 업는대 이몸은 어대로서 왓는지 듯지도 보지도 못하던 크나큰 無窮花 몃 만길 되는 가지 위 널으기가 큰 房만한 꼿송히에 안젓더라 별안간 하늘 한복판이 딱 갈너지며 그 속에 불그레한 光線이 쎄쳐나오더니 半空에 데를 지어둘우고 그위에 뭉을뭉을한 고흔 구름으로 갓쓰고 그光線보다 더불근 비츠로 두루매기 입은 天官이 안저 올흔손으로 번개칼을 둘으며 우래갓흔 소리로 워여갈오대 「人間에는 싸흠쑨이니라 싸흠에 니기면 살고지면 죽나니 님의 命令이 이러하니라」 그 소리가 딱 그치며 光線도 天官도 다 간곳 업고 햇살이 탁 퍼지며 왼바닥이 번듯하더니 이졔는 사람소리가 시작한다. 동편으로 닷동다리 갓춘빗혜 둥근테를 둘은 五圓旗가 쓰며 그 旗밋혜 사람이 덥혀오는데 머리에 쓴것과 몸에 裝束한것이 모다 異常하나 말소리를 들으매 分明한 우리 나라 사람이오 다만 身體의 壯健과 威風의 凜凜함이

前에 보지못한 이들이더라. 또 西편으로 左龍右風 그린 旗밋혜 數百萬군사가 몰여오는데 쑐도 치고 꼬리도 친놈 목업는놈 팔업는놈 처음 보는 괴상한 물건들이 달려드는데 그 뒤에는 찬바람 탁탁 치더라

이째에 한놈이 송구한 마음이 업지 안 하나 또는 好奇心이 버럭나 이몸이 곳 無窮花가지 아래로 나려가 구경코자 하더니 꼿송히 비글비글 우스며 「너는 여긔 안저거라 이곳을 쩌나면 天地가 캄캄하여 아모것도 안이 보히리라」 하거늘 들던 궁둥이를 다시 부치고 안지니 난대업는 구름ㅅ쟝이 어대서 쩌둘어와 해비츨 가리우며 소낵비가 노날니듯 퍼부어 平地가 바다 되얏는대 한편으로 울으로 쌍쌍 소리가 나며 거의 「모질」다는 두字로만 形容하기 어려운 바람이 일어 나무를 치면 나무가 꼭거지고 돌을 치면 돌이 날고 집이나 山이나 닥치는 대로 부시는 그 氣勢로 바다를 건드리니 바람도 크지만 바다도 큰물이라 서로 지지안하랴고 바람이 물을 치면 물도 바람을 처 바람과 물이 半空中에서 接戰할새 미리가 우는듯 고래가 쮜는듯 千兵萬馬가 닷는듯 바람이 클사록 물결이 놉하 왼地球가 들먹들먹 하더라.

「바람이 불거나 물결이 치거나 우리는 우리대로 싸워보자」 하는소리가 들이더니 악가보던 동편의 五圓旗와 西편의 龍鳳旗밋헤서 모와잇는 두편 將卒들이 눈들을 불읍써고 서로 죽이러 달녀드니 바다에는 바람과 물의 싸흠이오. 물우에는 두편 將卒의 싸흠이더라.

그러나 이 싸흠은 東洋歷史난 西洋歷史에서 보던 싸흠은 안이더라. 싸우는 사람들이 손에는 아모 연장도 가지지 안코 오직 입을 짝짝 블이면 그 목구멍에서 불도 나오며 물도 나오며 칼도 나오며 활살도 나와 칼이 칼과 싸우며 활이 활과 싸우며 불과 물이 서로 치다가 내종에는 사람을 마추니 그 맛는 사람은 목이 떨어지면 팔로 싸우며 팔이 떨어지면 또 다리로 싸우다가 꼿꼿내 살이 다 떨어지고 쎠가 한아도 업시 부서져야 고만두는 싸흠이라. 멧時멧分이 못되야 죽음이 千里나 덥히고 비린내 쌍에 코를 들을 수 업스며 피를 하도 쏠여 하늘쩌지 발가게 물들엇도다.

한놈이 이를 보고 「宇宙가 잇갓치 慘惡한 마당」인가 하며 참다 못해 눈을 감우니 꼿송이가 다시 빙글빙글 웃으며 「한놈아 눈을 써라 네 이대지 약하냐? 이것이 宇宙의 本面目이니라 네가 안이 왓스면 할 일 업지만 임이 온바에는

싸움에 參加하여야 하나니 그러치 안하면 도로혀 너의 責任만 放棄함이니라 한놈아 눈을 쌜리 쩌라」 하거늘 한놈이 할일 업시 두손으로 눈물을 닥고 눈을 들어 살피니 그 새이에 발서 싸움이 끗난는지 天地가 괴괴하며 風雨도 쏘한 멀니 간지라 해는 발근들어 왼바닥이 쌋쌋한대 깁흔 구름을 헤치고 신션의 풍류소리가 나려오니 인졔부터 慘惡한 소리는 물너가고 平和한 소리가 대신함인가 보더라. 이 소리 밋헤 나오는 사람들은 곳 별사람들이 안이라 악가 五圓旗를 밧고 동편 陳에 섯던 將卒들이니 대개 西편陳을 깨쳐 數百萬賊兵을 씨업이 죽이고 勝戰鼓를 울니며 돌아옴이라. 一員大將이 압머리에서 인도하는대 金花折風巾을 쓰고 억개엔 魚鱗章이며 몸엔 皂衣를 입엇더라. 그 얼골이 말근듯 위엄 잇고 매운듯 인자하야 얼는 보면 부처갓고 一邊으로 범갓터 보기에 사랑도 실업고 무섭기도 하더라 그가 한놈의 안진 無窮花나무로 향하야 오더니 문득 쏫을 보고 눈물을 흘니며 「허허 無窮花가 피엇고나」 하더니 壯烈한 音調로 노래를 한쟝한다.

이쏫이 무삼 쏫이냐
피엽슬음한머리(大白頭山)의 얼이오
불고스음 고혼아참(朝鮮)의 빗히로다
이쏫을 붓도두랴면
비도 말고 바람도 말고
피물만 쑤래주면 그 쏫이 잘 잘하리
녀날 우리 全盛할째에
이쏫헤 구경가니 쏫송이가 크기도 하더라
한엽흔 黃海渤海를 건너 大陸을 덥고
쏘 한 엽흔 滿洲를 지나 우수리에 늘어젓더니
어이해 오날날을
쏫이 이다지 여웻느냐
이몸도 일즉 當年蔭水平壤 모든 싸움에
팔쑥으로 비짱삼고 가삼이 방패되야
쏫밧허 을노릇해

    西方의 들어운물
    震壇의 봄빗헤 물들지 못하도록
    젖먹은 힘써지 들이엇다
    이꼿이 어이해
    오날을 이꼴이 되엿느냐
    님이 이를 아시리니 물을 조곰

    한쟝 노래가 다 마추지못한 모양이나 목이 메여 더하지 모하며 눈물을 씨시니 無窮花송이도 그 노래에 무삼 늑김이 잇섯던지 눈물을 흘니며 淸新한 노래로 화답하는데

    보비슴의 고흔치마 님이 나를 주시도다
    님의 恩德갑흐랴하야
    내 얼골을 씨다듬고
    비바람과 싸우면서
    震壇의 아름다움 쉬임업이 자랑하랴고
    나도 이리 파린한다
    英雄의 시원한 눈물
    烈士의 매운 피물
    사발로 박아치로 동의로 가져오너라
    내 너무 목말으다

    그 소리 더욱 압흐고 절이여 頑惡한 돌이나 나무들도 모다 일어나 슬픔으로 서로 화답하는듯 하더라. 꼿송히 위에 안젓던 한놈은 두 노래 씃헤 크게 늑기여 쌍에 업들여서 울며 일어나지 못하니 꼿송이가 쏘 가만히 「한놈아」 불으며 꾸짖되 「울음을 썩 그처라 世上일은 슯다고 닛는것이 안이니라」하거늘 한놈이 고개을 들어 左右를 살피니 악가 노래하던 大將이 곳 압헤섯더라 그 얼골을 자세히 쓰더보니 마치 언제 뵈온 어른갓다. 한참 서슴다가 「아— 인졔야 생각나는고 눈매듭과 니마살과 채수염이며 쏘 裝束한것을 둘우본즉 일즉 平安道安州南門밧

碑石에 삭여잇는 彫像과 갓흐니 재가 꿈에라도 한번 보면 하던 乙支文德이신 져」하고 일어나 절하며 무삼 말을 물으랴 하나 무엇이라고 稱號할는지 몰나 다시 서슴우니 異常타 乙支文德 그이는 檀君二千年頃의 어른이오 한놈은 檀君 四千二百四十一年에 난 아기라 그 어간이 二千年이나 되난대 二千年前의 어른 이로 二千年뒤의 아기를 맛나 慈愛한 품이 마치 친구나 집안 갓다. 그이가 곳 한놈을 향하야 우스시며 「그대가 나의 稱號에 서슴느냐? 곳 선배라 불음이 가 하니라 대개 檀君한배께서 太白山에 나리사 三神五帝를 위하시며 三京五部를 베푸시고 이를 萬里世子孫으로 하여곰 직히게 하랴 하실 새 三符五戒로 倫理 를 세우시며 三郎五加로 敎育을 맛게 하시니 이것이 우리 나라 宗敎的武士魂 의 發生한 처음이라. 이 魂이 三國時代에 와서는 드대여 꼿피듯 불붓는듯하야 사람마다 武士를 놉히며 절하고 서로 아름다운 일흠을 지어 자랑할 새 新羅는 少年의 武士를 사랑하야 도령이라 일흠하니 三國史記에 젹힌 仙郎이 그뜻 번 역이오 百濟는 壯年의 武士을 사랑하야 수두라 일흠하니 三國史記에 젹힌바 蘇塗가 그 音 번역이오 高句麗는 君子 실어온 壯士를 사랑하야 선배라 일흠하 니 三國史記에 젹힌바 先人이 그 音과 뜻을 이올나한 번역이라 이제 나는 高句 麗의 사람이닌 그대가 나를 선배라 불으면 가하니라」 한놈이 잇대 다시 高句麗 의 졀로 한무릅은 세우고 한무릅은 꿀어 공손히 졀한 뒤에 「선배님이시여 악가 동편서편에 갈너서서 싸우던 두 陳이다 어늬 나라의 陳이냐」물운대 선배님이 대답하되 「동편은 우리 高句麗의 陳이오 서편은 수나라의 陳이니라」 한놈이 놀레며 의심빗흐로 압해나아가 갈오대 「놈은 듯자오니 사람이 죽으면 착한이의 넉슨 天堂으로 가며 모진이의 넉슨 地獄으로 간다더니 이제 그말이 다 그진 말이미닛가? 그러면 靈界도 肉界도 갓하 항상 칼로 질으며 총으로 쏘아 서로 죽이는 慘狀이 잇습니다.」 선배님이 허허 탄식하시며 하시는 말이 「그러하다. 靈界는 肉界의 射影이니 肉界에 싸움이 쯔치지 안는 날에는 靈界의 싸움도 쯫 치지 안느니라. 대져 宗敎家始祖된 釋迦나 예수가 天堂이니 地獄이니 한말은 별로히 寓意한곳이 잇거늘 어리석은 사람들이 그말을 집어먹고 消化가 못되야 亡國滅族 모든 病을 알는도다. 그대는 부대 내말을 삭이어 들을지어다. 소가 개를 나치못하고 복숭화나무에 오얏열매가 맷지 못하나니 肉界의 싸움이 엇지 靈界의 平和를 나흐리오. 그럼으로 肉界의 아희는 靈界에 가서도 아희요 肉界

의 어른은 靈界에 가서도 어른이며 肉界의 샹전은 靈界에가서도 샹전이오. 肉界의 종은 靈界에가서도 종이니 靈界에서 놉다 낫다 슮다 질겁다하는 가비(鬼神)들이 모다 肉界에서 밧던 꼴과 한가지라. 나를 말하더래도 일즉 살물(薩水) 싸움의 勝利者됨으로 오늘 靈界에서도 항상 勝利者의 자리를 차지하고셔 隋主 楊廣은 그째의 戰敗者됨으로 오날도 이갓히 패하야 군사를 二百萬이나 죽이고 슮히 돌아감이어늘 이제 亡한 나라의 種子로서 흑부처에게 빌며 上帝께 긔도하야 죽은 뒤의 天堂을 구하랴하니 엇지 눈을 감고 해를 보랴함과 달으리오」 乙支선배의 말이 끈치자마자 하늘에 불근 구룸이 닐어 스사로 글씨가 되야 씨엇스되 「올타올타 乙支文德의 말이 참 올타 肉界나 靈界나 모다 勝利者의 판이니 天堂이란것은 오직 주먹큰자의 차지하는 집이오 주먹이 약하면 地獄으로 쫏기어 가느니라」 하얏더라

第二章

(一)왼몸이 올흔몸과 싸우다

(二)薩水戰役의 情形이 이러하다

(三)乙支文德도 暗殺党을 組織하얏더라

(四)沙法名이 구름을 타고 지나가다

한놈이 일즉 내나라 歷史에 눈이 쓰자 乙支文德을 崇拜하는 마음이 간졀하나 그의 對한 傳記를 짓고십은 마음이 밧버 미처 모든 글월에 考據하지 못하고 다만 東史綱目의 적힌바에 의거하야 필경 傳記도 안이오 論文도 안인 『四千戰第一偉人乙支文德』이라한 조고마한 冊子를 지어 世上에 發佈한 일이 잇섯더라. 한놈은 대개 처음 이 누리에 나려 올째에 情과 恨의 뭉턱이를 가지고 온몸이라. 나면 갈곳이 업스며 들면 잘곳이 업고 울면 미들만한 니가 업스며 굴면 사랑할만한 아오가 업시 한놈으로 와 한놈으로 가는 한놈이라 사람이 고되면 근본을 생각한다더니 한놈도 그리함인지 하도 의지할 곳이 업스매 생각하는것은 죠샹의 일쑨이라. 東明聖祖의 귀가 얼마나 길던가. 眞興大帝의 눈이 얼마나 크던가. 落花巖에 쩔어지던 美人이 몇치던가 隋楊帝를 쏘던 壯士가 누구던가 東明帝의 臨流閣의 놉히가 백길이 못되던가. 眞平帝의 聖帝 帶가 열발이 더

되던가 東牟의 놉흔 山에 大祚榮太祖의 자최를 조상하며 熊津의 가는 물에 階伯將軍의 매움을 눈물하고 솔나무를 보면 率居의 그림을 본듯하며 새소리를 들으면 玉寶高의 노래를 듯는듯 하야 멋치못되는 골이 기나긴 五千年時間속으로 오락가락하야 쑴에라도 우리 先代의 큰사람 한번 만나고자 그리던 마음으로 이졔 크나큰 乙支文德을 맛난판이니 뭇고싶은 말이며 하고십흔 말이 엇지 한아 둘 쑨이리오만은 이상타 그의 靈界에 對한 니야기를 들으며 골이 펄덕펄덕하고 가삼이 더근배근하야 아모말도 물을 경황이 업고 의심과 무섬이 五月하늘의 구룸모히듯 하더니 드대여 心身의 이상한 作用이 닌다.

올흔손이 졀잇졀잇 하더니 차차 거져 어대써지 쎄첫는지 그 쏫홀 볼수 업고 손가락 다섯이 모다 손 한아식 되여 길길히 길어지며 그 손가락 쏫헤 다시 손가락이 나며 그 손가락 쏫헤 다시 손이 되여 아들이 손자를 나며 손자가 증손을 나니 한손이 멧萬손이 되고 왼손도 여보라드시 올흔손대로 되여 쏘 멧萬손이 되더니 올흔손에 쌀닌 손들이 낫낫히 풀은 긔를 들며 왼손에 쌀닌 손들은 낫낫히 불근긔를 들고 두편을 갈너 싸움을 시쟉하는대 풀은 긔밋헤 모힌 손이 일졔히 범이 되여 아가리를 쌱쌱 버리며 달녀들더니 불근긔 밋헤 모힌 손들은 노루가 되여 달어나더라. 달어나다가는 큰물이 압헤 쏵 막키여 할일 업는 디경이 되니 노루가 일졔히 고기가 되여 물속으로 들어간다. 범들이 배암이 되야 쏘치니 고기들은 쒱이 되여 썰썰 푸두둑 ㅆㅓㅇ이 되여 물밧긔로 향아햐 날더라

배암들이 다시 매가 되여 쏘친즉 쒱들이 늘흔들에 가 나려안저 큰뫼가 되니 배암들이 이에 불덩이가 되여 뫼에 대고 탁 튀여 뫼는 쏘가 쏘각 부서지고 왼바닥이 불빗치 되더라.

부서진 뫼쏘각이 하늘로 날아가며 구룸이 되여 비를 퍽퍽 주니 불은 쩌지고 바람이 닐어 구룸을 헤치랴고 天地를 뒤집는다.

이 싸움이 한놈의 손쏫에서 난 싸움이지만 한놈의 손쏫흐로 말니울 도리는 아조 업다. 구경이나 하자 눈을 부비더니 안진밋헤 無窮花송이가 혀를 차며 하는말이 「애달다 무삼 일이냐 쇠가 쇠를 먹고 살이 살을 먹는단말이냐」 한놈이 그 말슴에 소름이 몸에 쏵 끼치며 입이 벙벙한이 안젓다가 「무삼 말슴임닛가 언졔는 싸우라 하시더니 인졔는 싸우지 말나함닛가」하며 돌녀물으니 쏫송이가 어엽분소리로 대답하되 「싸우거던 내가 남하고 싸워야 싸움이지 내가 나하고

싸우면 이는 自殺이오 싸움이 안이니라」

  한놈이 밧쫙 달녀들며 뭇되 「내란 말은 무엇을 가라치시는 말임닛가? 눈을 크게 쓰면 宇宙가 모다 내몸이오 적게 쓰면 올흔 팔이 왼팔다려 남이라 할만하지 안함닛가」꽂송이가 날캅게 깨처갈오대 「내란 範圍는 時代를 짤어 줄고 느나니 家族主義의 時代에는 家族이 내요 國家主義 時代에는 國家가 내라 만일 時代를 압서 가다가는 다리가 찌저지고 時代를 뒤서오다가는 머리가 불어지나니 네가 오날이 무삼 時代인지 아느냐 찌리시는 地方熱로 强國의 資格을 일코 인도는 部落思想으로 亡國의 禍를 어드니라」 한놈이 이 말에 크게 늑기여 感謝한 눈물을 쏠이고 인해 왼손으로 올흔 손을 만지니 다시 전날의 올흔손이오. 올흔손으로 왼손을 만치니 쏘한 전날의 왼손이러다 겻헤는 乙支文德이 해빗흘 안고 안저 神誌秘詞의

　　우리 나라는 져울과 갓다 扶蘇서울은 져울몸이오
　　百牙서울은 져울머리요 五德서울은 져울추로다
　　모든 대적을 하로에 깨처 세곳에 난워 서울을 하니
　　기울미업서 나라되리니 셋에 한아도 일치말어라

를 외으더니 한놈을 돌아보며 갈오대 「그대가 이글을 아는다」 한놈이 「鄭麟趾가 지은 麗史속에서 보앗나이다」하니 乙支文德이 갈오대 「그러하니라 옛적에 檀君神祖께서 모든 敵國을 깨치고 그짜를 난워서 서울을 세울새 첫 서울은 太白山東南朝鮮짜에 두니 갈온바 『扶蘇』요 다음 서울은 太白山 西편 滿洲짜에 두니 갈온바 『百牙岡』이오 셋재 서울은 太白山東北滿洲 밋 沿海洲짜에 두니 갈온바 『五德』이라 이 세 서울에 한아만 일흐면 後世子孫이 衰弱하리라 하사 그 豫言을 적어 神志에게 주신바어늘 오날에 그 서울들이 어대인지 아는이가 업슬쓴더러 이글쩌지 니젓도다. 鄭麟趾의 高麗史에 이를 쓰기는 하엿스나 術士의 마로 돌넛스니 그 잘못함이 한아요 高麗의 地志를 쏘차 檀君의 三京도 모다 大同江以內로 말하얏스니 그 잘못함이 둘이니라. 한놈이 『이 세서울 일흔 原因이 어대 잇느냐』뭇자온대 乙支文德이 갈오대 『악가 내가 權力이 天堂에 가는 대가리란 말을 넛지 안하얏는가 우리 震壇사람들은 이 뜻을 아는이 적은고로

支那二十一代史 가온대마다 朝鮮烈傳이 잇스며 朝鮮烈傳 가온대마다 朝鮮人의 天性이 인후하다 하얏스니 이 인후 두자가 우리를 쇠하게 한 原因이라. 同族에 對한 인후는 興하는 原因도 되건이와 異族에 對한 인후는 망하게 하는 原因이 될쑨이니라』

한놈이 그말이 꿋나기를 기다리지 안코 곳 박론하야 갈오대『우리가 異族에 對하야 너무 인후함으로 망하시얏다 하심은 한놈도 同情하난바언이와 다만 선배님의 하신일도 이 허물을 면치 못할가 하나이다. 처음 隋煬帝가 二百萬大兵이로선배님이게 패하야 겨오 一千멧백명이 살어돌아 갈째에 선배님이 만일 군사를 몰고 遼河를 건너 그 殘弊한 나라를 두드리지 안코 도리어 니긴 군사를 內地에 가두고 進取할 생각이 업섯으니 이는 한번 인후하야 큰 機會를 일홈이며 隋煬帝의 第二次 덤빌째 그나라 留守된 楊玄感이 叛하고 煬帝의 서울이 싸지게 되며 隋煬帝의 參謀로 兵部侍郎을 兼한 解斯政이 歸化하며 隋의 內政도 우리가 뒈게 되얏스며 또 翟讓王世充의 무리가 四方에서 틈을 이웃보아 國勢의 危急함이 눈압헤 잇섯거늘 이째에도 내짜의 직힘을 長策으로 알고 攻勢를 取치안하야 잡수라는 나를 먹지 못하얏스니 이는 두번 인후하야 큰 形勢를 놋침이며 隋煬帝의 第三次 덤빔은 더 愚夫의 일이라 제나라가 크게 뒤집혀 精神찰일수 업는판에 오히려 병든 백성을 책직하야 군사를 삼으며 업는 곡식을 글거 군량을 삼고 여러번 니긴 高句麗와 결으고자하니 이째는 더욱 쌜니처서 隋煬帝잡고 國威를 大陸에 쓰칠째에는 이졔 그 和親을 허락하야 賊魁로 하여곰 편안히 돌아가게 하얏스니 이는 세번 인후하야 큰 功業을 버림이니 엇지 애달지 안한가? 이럼으로 멧해 못되여 드디어 李世民으로 하여곰 隋를 차지하고 그 파란 힘을 길너 다시 高句麗를 이웃보게 하고 그 未流의 禍가 李勣의 군사로 하여곰 平壤을 陷落하고 高句麗를 망침에 일은지라. 後世의 歷史 읽는 쟈도 오히려 책을 다치고 嗟歎함을 말지 안하거늘 선비님은 그째의 大臣이로 功이 크고 싸움에 익은 사람으로 이갓히 敵國을 용서하여 뒷날의 禍가 되도록 함은 무삼 까닭이뇨』乙支文德이 허허 탄식하더니 슬픈 音調로 노래한마듸 불은다

太白山아 네 얼골이 넘어도 희다

구름이 모여야 비가 되고 바람이 불어야 꽃이 피나리라
나의 갈길 꽉 갈우막여선 太白山아 한거름만 물너다고

노래를 마추더니 한놈의 손목을 끌며 갈오대『내가 일즉 高句麗의 自守政策에 속이 압허 피를 토코자 한바리니 이졔 千萬古아래에 同志者를 어덧스니 내 가슴이 조곰 시원하도다. 그러나 그 째의 歷史는 모다 업서지고 우리 사람이 다만 支那의 疎略하며 自尊에 병든 歷史를 가저 古代일을 의론함으로 그대 의심이 내게까지 미침이로다. 내가 當日의 情形을 자세히 말할수 업스나 그대의 쌔달을 만치는 말하리라 대개 薩물 싸움의 니기던날부터 文德이 곳 主張하되 이 군사를 가지고 곳 西으로 돌아들어가 隋나라를 징게하고 大陸을 평뎡하야 後患을 끗차하나 다만 잇대 高句麗는 나라의 큰일을 五部臣族이 서로 의론하야 一致된뒤에 施行하는 合議政體어늘 이 가온대서 몬저 意見이 한결갓지 못하니 그 어려움이 (一)이오. 朝廷의 모다 大將을 의심하기를 만일 支那에 향하야 큰功을 일우면 그 聲勢가 너무 커저 잡어부리지 못할가하니 그 어려움이 (二)요. 또 몃部分의 僻者見가 잇서 도적이 우리를 범하거던 우리가 이를 처서 물닐쑨이니 만일 싸움니김을 能事를 알어 다시 도적의 싸를 쌔스면 이는 내가 또 도적이 됨이며 또는 우리 種族은 원래 인후로 근본을 삼어 徐偃王의 德으로 二十六國을 朝貢밧어 氣勢가 누리에 덥힐만하다가도 남과 戰爭함이 어진쟈의 일이 안이라하야 王位쩌지 바린일도 잇스며 北夫餘盛時에 漢高祖 劉邦이 項籍을 垓下에서 처랴고 구안을 청하거늘 北夫餘가 梟騎로 도와 勝戰케하고 그 報酬로 주는것을 밧지안엇스며 本朝는 더욱 仁厚를 主張하야 國祖大王 美川大王의 英武로 남의 나라를 먹으랴만 아조 쉬운 일이지만 남의것을 가진임이 不義인줄 아심으로 오직 거만한쟈를 征服할쑨이니 이졔 隋의 土地에 침을 흘님은 妄發이라 하야 百方으로 님금과 백성의 마음을 蠱惑케하니 그 어려움이 (三)이라. 이 세가지의 어려움으로 因하야 文德의 말이 시행되지 못하고 千載에 두번 오지 안할 機會를 놋첫도다」

말이 이에 밋치더니 文德이 칼을 쌔여 땅을 치며 憤慨한 눈물이 쌍에 듯더라. 한참만에 憤을 갈아안치고 말을 니여 갈오대「일이 틀어짐매 文德은 할일엄시 벼살쩌지 쌔기고 시골에 돌아가 누엇스나 나라의 큰일을 엇지 니즐수야 잇스리오. 風便으로 隋의 內亂이 나서 어듸 道가 빠젓다 어늬 골이 부서젓다 어늬 城이 亂軍의 차지가 되엿다 어늬 鎭이 賊黨의 물건이 되엿다 어늬 倉庫가 暴徒에게 불질엿다 어늬軍隊가 叛黨에게 돌아섯다 하는 소문이 들닐제마다 피줄이 씜을 금치 못하얏노라. 밋 隋의 兵部侍郞 斛斯政이 그 參謀部의 文簿를 훔처가지고 歸化하매 隋의 軍政內容을 손바닥갓치 드려다 보겟고 坐隋의 全國이 물 쓸틋 란리난 情形도 더욱 거울속갓히 된지라 文德이 참다못하야 곳 隋를 進攻할 機會라고 힘써 意見을 政府에 陳述하나 소경이 엇지 해달을 보리오. 다만 文德의 입만 압흔쑨이러라. 뎌 어리석은 隋煬帝가 제 나라의 危急함은 돌보지 안코 敎鍊업는 백셩의 군사를 거나리고 第三次 도적질로 들어오니 이는 더욱 독의든 쥐어늘 庸臣들이 國政을 잡은지라 오직 苟安만 탐하며 말로는 『싸움이 자저 백셩이 살수 업다』는대 빙자하고 드듸여 媾和를 의론하니 勝利者로 안저 危亡이 눈압헤 있는 敵國에 향하야 媾和하랴함은 千古의 奇聞이오 斛斯政은 비록 隋의 叛臣이나 우리의 忠臣이라 富貴와 福祿을 암만 주어도 악갑지 안하거늘 이제 叛臣을 利用하야 敵國을 이웃봄은 어진자의 일이 안이라하야 드듸여 隋煬帝의 쳥구에 응하야 斛斯政을 돌녀보냄으로 媾和條約을 삼어 敵國의 원수를 갑게 하니 이는 千古의 奇見이로다. 文德이 안마음에 이갓히 압흔 일이 업지만은 政府에 말함은 다만 히만큼 품들닐쑨이오 아모 유익이 업슬줄 쌔닷고 이에 暗殺을 행하야 敵國의 님금을 죽이고 媾和를 쌔랴하여 드대여 媾和談辦에 副使의 맵시를 차리고 上使를 쌀어 隋陳에 일으로 쇠노로 隋煬帝의 가슴을 쏘아마추니이에 隋軍은 을이 쌔지고 高句麗男子들은 피가 모다 살어 和局이 쌔어지고 싸움이 다시 되여 勝利가 마참내 高句麗로 돌아오니라 그대도 三國遺事記를 보앗스리라 「엇던 사람이 쇠노로 隋煬帝를 쏘고 달어낫다」함이 곳 내의 일이로다

「이샹타 당당한 大臣이 쏘 千古의 偉人이신 乙支文德으로도 暗殺者가 되다는 말이 무삼 말가」하는 의심이 한놈의 골을 쌱 질너 곳 압헤나 안지며 「그일은 선배님의 할일이 안인가 하나이다」한대 乙支文德이 허허 탄식하며 갈오대 「내가 薩물싸움에 서 軍事上의 大任을 맛하 敵陣의 虛實을 알고자하나 適任할 사람이 업설 거짓 使臣이 되야 偵探의 職務가지 시행하매 當時에 나를 偵探大王으로 조롱하는 이가 잇더니 오날에 쏘 暗殺이 大臣의 일이 안이라고 책망하

는이 잇도다. 갓히 나라에 충성하자는 사람들이지만 그 意見이 이갓히 한결갓지 못하도다. 한놈이여, 이러케 생각말지어다. 털끗만치라도 나라에 유익할진대 무엇을 도라보리오」한놈이 다시 「나라에 유익하면 하지만 暗殺이 무삼 유익이 잇슴닛가」물은대

乙支文德이 막 대답하려 하더니 별안간 東天에 풀은 구룸쓰며 그 구룸위에 한사람이 안저오는대 아참해의 불근 光線을 걸어 머리에 돌녀쓰며 무지개로 씌를 삼아 허리에 씌고 두손에 번개칼을 잡엇스며 몸에는 人間에 업는 萬色꼿흐로 수노흔 옷을 입엇도다. 살째갓히 몰아지나다가 싹그치고 乙支文德을 불으며 「오날 저녁의 놀음이 질거운냐」 乙支文德이 「오날 저녁의 즐거움을 나홀로 가지기 어려우니 어르신네도 이자리에 갓히 함을 바라노라」 그이가 「나는 東城大帝의 불으심을 입어가는 길이니 그대의 뜻은 감사하나 허락하지 못하노라」 하더니 바람챗직으로 구룸수레를 처몰고 西天으로 날아가더라.

한놈이 「그가 누구냐」 물은대 乙支文德이 갈오대 이 어른은 檀君二千八百二十年頃의 百濟征虜將軍邁羅兼王沙法名이 신이라 어른이 일 즉 百濟東城大帝를 슴겨 兵官佐平이 되니 잇대 百濟가 高句麗長壽王에게 패하야 文周帝가 亂中에서 돌아가 都城이 殘破한지가 멧해 못된 째 어른이 東城大帝의 뜻을 밧어 안으로 陸軍를 擴張하야 高句麗를 막고 밧그로 海軍 擴張하야 支那大陸에 勢力을 세울새 八年이 못되여 高句麗의 군사가 雉壤城을 지나지 못하며 支那의 薺(今日山東省)遼(今遼東)蘇(今北京等地)를 처서 쌔더니 支那北朝魏孝文帝가 復讐軍百萬명을 들어배에 실고 吳(今江蘇)의 海面부터 遡流하야 가만히 薺의 丹野에 下陸하거늘 沙法名어른이 安國將軍贊首流와 威將軍禮昆을 식혀 要害를 웅거하야 갈우막어처서 말가케 平定하고 다시 廣威將軍木干那를 식혀 海軍을 거늘여 壹舫을 음습하야 쌔게 하니 魏가 다시 머리를 들지 못하며 멋해만에 浙江을 처서 차지하니 百濟의 功德이 이에 더할수 업섯나니 만일 그 功德을 조회에 긔록하자면 천장됨도 가하며 만장됨도 가하거늘 이제 우리 歷史를 보면 三國史記에 『百濟盛時 北據薺浙』이라 썻스나 어늬 時代의 일인지는 쓰지안하며 東國通鑑에 『東城王十年魏浮海伐百濟不利而還』이라 적엇스나 어늬 地方의 일인지는 적지안하고 沙法名 세글자는 난대가 업스니 英雄을 薄待함이 이다지 심하뇨. 오직 支那南齊書(二十四史의 一)에 東城大帝의 國書가온대 沙法

名의 戰功을 찬미한것을 記載하야 後世사람이 沙法名이 잇는줄을 알게되얏스니 비록 내나라의 史筆업심은 눈물할만 하나 쏘한 다행이라 할니로다. 한놈이여, 그대는 닛지 말지어다 百濟는 우리 海上活動의 代表요 沙法名은 쏘한 百濟人物의 代表니라.

第三章

乙支文德의 沙法名에 對한 니야기가 곳 한놈이 골(腦)을 콕 질너 平日에 이일로 하야 머리알톤 歷史上의 모든 問題가 일계히 소사난다. 한놈이 이에 乙支文德의 압흐로 닥아안즈며 뭇자오대 「선배님이시여 우리의 國史가 말되게 결단나자 자최업서진 英雄이 얼마인지 몰으며 흔젹업시 그림자도 업서진 事實이 얼마인지 몰으게 되얏건이와 그남아 잇는것도 모다 몹슬년석의 주먹에 마저 총감토가 後生된쟈-거의 소경 한가지가 되얏스니 엇지 짝하지 안함닛가. 한놈이 항샹 쎠압흐도록 멋가지 잇스니 (一)檀君神祖께서 敎와 政治를 세우사 우리의 始祖가 되시고 疆域은 南北이 萬里가 되며 萬代에 밋첫사오나 그러나 엇지해 當時의 記錄은 神志秘詞 여들싹밧게 傳치 못하얏던가 (二)檀君太子 父婁가 五帝와 五行의 리치로 夏禹氏를 가라처 九年洪水를 다사리게함은 吳越春秋란 책에 보아알수 잇사오나 夫婁의 帝業은 엇더하던가 (三)檀君一千六百餘年頃에 우리 朝鮮이 齊桓公의 組織支那聯合軍에게 패하야 그前에 차지하얏던 令支,孤竹,卑離(今直隷山西等省)等地를 바렷슴은 管子와 文獻備考에 보앗스나 當初에 이갓히 늘흔쌀를 차지하고 支那族을 號令하던 처음 人物은 누구이며 (四)支那周武王趙襄子가 다 三神을 위하야 깁흔 精誠을 들엇는대 檀君의 敎義가 이다지 늘니퍼젓다가 엇지해 本土이나 外國에 모다 업서젓는가 (五)神志의 震壇圖가 잇고 朝鮮世紀에 三韓이 다 古代의 震國이라 하고 大祚榮도 國號를 震이라 하며 弓裔도 摩震이라하고 高句麗째에도 三韓이 다시 震壇되기를 긔도한일이 잇스니 그러면 우리가 古代震壇으로 國號하얏슬째에 國光이 煊赫하얏슴을 볼지어늘 굿대 帝王의 일홈끼친이가 檀君夫婁들쑨에 지나지 안함은 무삼 일인가 (六)東北兩夫餘는 檀君의 血孫이오 高麗百濟의 先祖이라. 맛당히 멋권의 專史가 잇서 後世에 傳하야 될지어늘 그 帝王의 歷史도 자세치 못함에 엇지

할가 (七)高句麗慕本大帝太祖大王의 大陸에 뜰치던 武功이며 百濟古爾大王
東城大帝의 海上活動이 더러텃 偉大하건만 알것은 그림자 쑨이오. 歷歷한 事
實은 아수 업스니 무엇으로 補充할가 (八)新羅眞興大王은 中古의 第一理想家
이라. 위로 檀君의 宗統을 니으며 아래로 萬世의 心源을 열어 花郞의 道를 세
웟것만 그 글도 업서지고 그道를 傳한이 업스니 엇지하면 그 靈光을 다시 發揮
할가 (九)亡國의 壯烈함은 東西古今에 百濟갓흔이가 업나니 成忠과 興首의 忠
潔은 가비(鬼)를 울닐만하며 階伯의 壯烈은 木石도 녹길만하고 王宮의 美人들
쩌지도 모다 落花巖에 쓸어저 물가비가 될지언정 언뎡 도적의 손에 덜업힘을
입지 안하야 新羅의 英雄과 唐國의 武士들도 탄복케 하얏스며 마주막에 福神
의 雄略이 能히 區區한 孤城으로 몃백배나 되는 두 敵國을 니기고 敗亡을 뒤잡
어 成功을 삼으니 비록 暴君의 시긔를 받어 掌心쒜이는 惡刑에 죽엇스나 그
쓰거운 피가 千古의 史冊을 붉일만 하며 甕山城主와 遲受信諸將은 나라 망한
뒤에 오히려 조고마한 골로 몃달씩 몃해씩 직혀 불어진 敵國의 쓸개를 서느라
케 하얏거늘 이제 하치못한 史冊에 百濟滅亡의 형지가 몃줄이 못되여 後世靑
年이 본 쓸곳이 업슴에 엇지할가 (十)創業의 굉장함은 渤海를 세힐지라 新羅의
위염이 암세와 갓흐며 唐國의 强盛함이 덜닌째 안이건만 大祚榮이 一個亡命으
로 高句麗의 나문 무리를 모와 찬바람과 싸우며 모진눈과 싸워 天門嶺을 넘고
唐將을 꾀여들여 독안의 쥐잡듯하며 번개치듯 우레울듯 神速한 兵略으로 일흔
쌍을 모다 찻고 大震太祖高皇帝자리에 올으니 그 多匆한 功烈은 歷史안에 비
길 나라가 업스며 그 第二世大武藝가 뭇흐르 幽州를 치며 바다로 登州를 홀여
堂堂한 復讐軍이 唐國君臣의 넋을 나게 하얏거늘 이제 三國史記東國通鑑 等
책자에다 渤海를 째엿스니 그 자세한 歷史를 어대가 차질가. 이밧게 官制의
沿革이며 地志의 沿革이며 宗敎風俗의 變遷이며 文學美術의 盛衰이며 이것은
무엇이며 뎌것은 엇던한가 하는 等 알고자하는 問題가 몃백 몃쳔이오나 그 가
온대 가장 답답히 넉이는것이 이믜 陳述한바 열가지이니 바라건대 선배님은
깁히 사랑을 베푸시사이 열가지 問題에 대답을 주소서」

　乙支文德이 그말은 대답지안코 품을 더듬더니 눌운 金으로 맨든 손궤를 내
는대 궤 등에는 震壇四千二百四十年거울이라 썻더라. 궤를 여니 거울 몃백개
가 그속에 들엇스며 거울등에 모다 朝名地名을 썻더라. 乙支文德이 그 가온대

서 高麗松京이라 쓴 거울을 들더니『한놈아 이속을 듸려다보라』한놈이 고개를
숙이며 자서히 듸려다 보니 피흔젹이 얼은얼은하는 善竹橋이며 草家집이 드문
드문한 杜門洞이며 進鳳山의 철죽꼿이며 저룹ㅅ대로 가리운 高麗山川이 精氣
를 막 모라가지고 崔瑩將軍의 遺墟이며 本朝五百年 새이의 理學家로 웃음될
만한 徐花潭先生의 공부하던 精舍가 낫낫히 눈에 씌이더라. 乙支文德이 한 보
리빗니렁이 쎄쓸쎄쓸한 두던위를 가라치며『여긔가 어대냐』『거긔가 滿月臺
이 님이라』『王建太祖의 眞影되신 眞殿이 어대이냐』『안이 보임니다』『仁宗
大王의 金國을 치랴고 妙淸大師와 가만히 의론하던 便殿이 어대이냐』『안이
보임니다』『白首老將으로 壯心은 늦지 안하야 李太祖를 보내여 遼東을 치게
하며 高句麗僧軍制度를 본받어 중을 쏩아 敎鍊하던 崔瑩將軍의 판을 드던 花
園이 어대이냐』『안이 보임니다』『毅宗大王 그림그리던 房이 어대이냐』『안이
보임니다』『拓俊京이 李資兼 잡던곳이 어대이냐』『아니 보임니다』『文武官이
편을 갈너 手搏하던 마당이 어대이냐』『아니 보임니다』『天祭지내던 壇이 어
대이냐』『안이 보임니다』『高麗四百七十三年宮闕과 人物이 한아도 안보이느
냐』『한아도 안보임니다』乙支文德이 이에『허허』불으지지며『그러면 네 어대
가서 古代歷史를 차지랴 하느냐』한놈이 이 말에 뜻을 깨닷지 못하야 한참 서
슴으니 乙支文德이 갈오대『압사람이 짓거던 뒤사람이 직혀야 하나니 뎌 滿月
臺로 말하면 高麗五百年새이에 님금이 게시던데요 英雄의 밥던데요 詩人의
읇던데요 書籍의 쌔힌데요 萬姓의 울어보던데라 만일 李氏王朝에서 그 몃가
치만 保全케 하얏더래도 古代文明의 寫眞이 되며 後世研究家의 標本이 되여
國民의 進步心을 책질할지어늘 이제 주초돌한낫토 업시 부시여 업시하얏도다.
이갓히 無情한 人間에서 옛 歷史를 차질수 잇소리오』

　한놈이 그 거울 몃낫흘 모다 들여볼새 高句麗平壤서울의 거울을 드니 大同
江沿岸의 빨내소리만 쌍쌍나며 百濟夫餘서울의 거울을 드니 쎠족쎠족한 洋制
집이 보이며 渤海서울하던 寧古塔을 드니 감옷감옷한 淸人들만 단이더라. 한놈
이 늑김을 니기지 못하야 나아가 엿잡되『우리 人間에 요처럼 保守를 못하엿사
오기 新羅京及國內歷史를 선배님에게 뭇나이다』한대 乙支文德도 눈물을 쏠
이며 갈오대『이것은 할수업다 그대가 님나라 (神國)에는 무삼 별별 史冊이
잇는줄아나. 그러나 님나라에서 보는 책은 모다 사람나라에서 가저오나니 사람

나라의 업서진 책을 엇지 님나라에 와 차지리오 돌아가 人間에서나 더 구할지
니라』

한놈이『그러면 님나라에서는 무삼 책을 봄니가』물은대 乙支文德이 갈오대
『대개 七百七十七年만큼 下界의 訴狀을 받음은 님나라의 定式이라. 檀君三千
八百八十五年에 第五回의 訴狀을 맡을새 遼東직함 가비가 알외되 中華의 뭇
둑가비들이 遼陽에 달여가려것들을 쫏고 白塔을 쎄아서 차지하랴 한다함으로
檀君이 文德을 명하사 가보라 하시기에 文德이 곳 摩下壯士를 거나리고 遼陽
에 달여가 뎌것들을 쫏고 白塔을 둘우본즉 그낫헤 唐太宗이 高句麗를 니기고
尉遲敬德으로 紀功하느라고 싸흔塔이라 썻더라. 허허 이런 無嚴한 일이 어대
잇스리오. 무릇 이 塔은 文德이 隋를 물니치고 그 紀念으로 맨든 塔이라. 文德
이 人間을 쩌난뒤에 唐太宗이란쟈 이 支那에 님금되여 이 塔이 뎌의게 큰 북그
림이라 高句麗에 媾和를 청할새 黃金과 眞珠 몃 萬斤을 보내고 그 報酬로 이
塔을 허라지이라 하나 이쌔 淵蓋蘇文이 莫離支로 當局하야 그 使臣을 쫏고
國書로 그 侮慢함을 쑤지젓거늘 이졔 唐書에는 곳 使臣을 보내여 이 塔을 흔쥴
로 써고「唐書에 唐太宗觀二年遣使猷高麗京觀이라하니 京觀은 支那人이 戰勝
記念塔을 가리치는 말」그 後人들이 거진말을 더 보태여 이塔을 唐將尉遲京德
의 塔이라 하는대 우리 나라 사람들은 분변치못할쑨안이라 쏙 그런것인쥴아니
엇지 싹하지 안한가. 文德이 이쌔 크개 憤慨하야 드대여 朝鮮八道로 돌아단이
며 모든 歷史를 차저본즉 그 거진말이 남의 歷史보다 더 하더라. 남들은 우리가
뎌의 敵國이오 원수인고로 거진말로 욕함이언이와 八道百姓이야 엇지해 제죠
상을 소기여 욕하나뇨. 그대가 그 싸닭을 알으리니 빨리 말할지어라」

이야기가 이에 일으며 한놈의 알랴하던 님나라는 멀어지고 할수업시 몃백년
동안 녯 歷史업시하던 판으로 들어간다. 한놈이 슬픈 빗흘 씌고 대답하되「新羅
가 약하고 적은 나라로 全國의 힘을 다하고 쏘 外援을 쓸어 高句麗 百濟 두
強國을 치니 대개 數十年의 품을 딀엿스며 백성이 松皮를 벅기여 량식을 한고
로 밋 이란리가 平定되매 兵革을 슬여하는 마암이 나며 社會가 苟且에 기울어
지는 판에 儒敎가 輸入되여 孔子의 偃武修文이며 孔子의 事大樂天이 차차 勢
力을 박으며 더욱 그 主義에 心醉한 崔致遠 等이 支那에서 留學하고 돌아와
邪說로 人心을 蠱惑하여 드대여 우리 한아배의 주신 歷史의 尙武精神을 排斥

하게 되니 이것이 古代歷史의 殘缺된 原因을 이엿나이다. 밋 高麗中葉에 와서 두 黨派가 나니 (가) 獨立派는 내나라 先聖을 높이며 國民敎育의 宗旨를 삼고 서울을 西京에 옴기여 支那大陸을 이웃보자하는대 이 派는 妙淸이 수되고 (나) 事大派는 崔致遠이 씨친 主義를 주서 삼가 中國을 사괴고 鴨綠江 西편은 아조 니짐이 올타하니 이 派는 金富軾이 수두되여 서로 싸오던 結果에 妙淸이 金富軾의 손에 패하여 죽으매 金富軾이 드대여 妙淸黨 鄭知常이 지은 歷史를 불질으고 쏘 古代에 傳하여 오던 神誌詩史며 古記며 仙史며 花郎世紀 갓흔 萬歲 보배 되는 文獻을 업시하고 그 事大思想으로 結晶된 三國史記를 刊行하니 이 것이 우리 歷史의 첫란리요 그 뒤에 蒙古가 强盛하야 東西洋에 橫行할 째에 우리나라도 그 壓迫을 받어 政治制度나 禮敎나 文獻에 獨立國體面으로 볼만한 것이면 모다 고처라 할시 松京을 皇京이라 못함도 이째며 國君을 天子라못함 도 이째요. 國史를 가저다가 그 獨立自尊으로 볼 글월 낫낫히 업시케함이 무릇 세번이라. 그 뒤에 敬孝大王이 崔瑩과 瑠印을 보내여 鴨綠을 건너 蒙古의 八站 을 깨치고 國尉를 쓸첫스나 그 多物한것은 五大王의 廟號쑨이오. 精神되는 歷 史는 밋처 돌보지 못하고 말엇스니 이것이 우리 歷史의 둘재란리오. 李成桂가 威化島의 回軍으로 高麗를 망치고 明에 모내여 支那歷史속에 우리나라가 支那 처서 니긴 事實은 거의 改正케 할새 내종에 鄭曉吾 學編속에 崔瑩將軍이 明太 祖 先元障과 싸워 그 所謂 征東大都僕眞을 죽이고 三萬군사를 뭇질넛다는 말 써지 改正하여 달나 하다가 이는 도리여 明에서 野史에 잇는 것이야 다 고칠 必要가 업다 하얏스니 이는 歷史의 材料될만한것은 外國써지 쪼차단이며 업시 함이니 이것이 우리歷史의 셋재란리요. 李朝에서 檀君東明聖帝神聖母의 遺書 實錄이며 그 밧긔 歷史秘史를 民間에서 걷어모다 內閣에 감추엇다가 壬辰兵火 에 씨업시 탓스니 이것이 우리 歷史의 넷재 란리요. 政府에서 사람을 取하며 오직 漢學을 標準하고 敎育方針은 오직 孔敎의 尊君抑臣을 鼓吹하매 드대여 國學을 일삼은 學者가 업스며 國史읽이는 私塾이 업서지니 이것이 우리歷史의 다섯재 란리라. 이 큰 란리를 다섯번 지나니 어대 歷史가 잇슬릿가 距今 百餘年 前에 修山 李種徽와 順庵 安鼎福이 비로서 文獻의 덧거침을 눈물하야 매오 이에 精力을 딀엿스나 安은 儒敎에 홀니여 그 지은 東史綱目에 歸化한 백성箕 子로 始祖를 삼음이 큰 妄發이며 李는 그의 지은 檀君夫餘 等 世紀와 靑丘人物

志가 크게 獨立精神을 發揮하얏스나 精搏함이 安에 밋지 못하고 이 남어지는 눈에 들만한것이 한아도 업슴니다」

乙支文德이 이말을 듯더니 슬퍼 한숨쉬여 갈오대 「이러하거니 엇지 안이 망하리오 나라는 힘으로만 직히며 꾀로만 직히는것이 안이라 情으로 직한다 함도 가하니 사람마다 山도 내 나라 산이 죠흐며 물도 내 나라 물이 죠흐며 人物도 내 나라 風俗이 죠하 내 나라것이 귀에 졋고 몸에 물들어야 이에 내 나라를 사랑하며 쏘 聖賢의 죠흔 言行과 英雄의 씩씩한 事實과 烈士의 매운 節槪갓흔데 대한 聞見이나 이와갓히 잘 아라야 이에 내나라를 代表하야 남과 결을 째 勇猛이 나는법이어늘 이졔 歷史가 이러케 업는 판에서 엇지 참다운 愛國者가 나서 몸을 놋고 대적과 싸우는 이 잇스리오」

대개 乙支文德은 이러케 人間니야기를 말하랴 하며 쏘 들으랴 하나 한놈은 곳 그의 反面에 안저어서 어서 듯고 십은것이 넘나라의 니야기인고로 그 말삼의 씃내기를 기다려 쌜니 「악가하던 말삼을 하여 쥽소서. 그래 선배님이 八道에 단이시며 歷史의 어이 업슴을 보시고 잇지 하섯슴니가」 乙支文德이 이를 檀君神祖께 엿잡고 크개 調査하여 못된짓 한 쟈를 모다 벌주랴할 새 돌아오는 길에 檀朝史官神스승님을 맛나 이말을 살의니 스승님이 품안에서 한책을 내는대 거죽에 「오날 震壇의 變도 九變속의 하나이라. 넘이 마련하신 變局을 뉘감히 막으리오. 그대는 多事치 말라」 하시기에 文德이 이에 史冊이 비록 적은것이나 한번 大變 잇스면 만가지가 모다 쌀어가나니 적은것이라고 엇지 免하리오 하고 고만두엇노라.

아모리 어른의 말슴이지만 한놈의 듯기에 엇지 결이 나던지 와락 니러서며 「그것이 무삼 말삼임닛가. 어대 震壇九變局圖가 잇단말슴임닛가. 만일 人間興亡이 이와 갓히 一定한 運命이 잇슬진대 압허도 뛰지 말며 슯허도 울지 말며 죽어도 사랴하지 말미 올치 안함니가. 그러면 알는다고 약 먹을것 잇스며 곱흐다고 밥 먹을것 잇슴닛가 그러면 넘어지는 나무를 치는 이가 슬금 한 사람이 오망하는 나라를 붓잡으랴는 이가 어리석은 졔아비란 말임닛가. 한놈도 일즉 書雲觀에 震壇九變局圖가 잇는 말을 들엇스니 이는 대개 李太祖가 억지로 高麗王氏의 자리를 쌔앗고 居心이 不服할가 하야 震壇圖이니 鄭勘錄이니 하는 책자들을 맨들어 李朝五百年은 옛 聖賢도 미리 말삼한 天定한 連數라고 百姓

을 쇠김이거늘 선배님도 이것을 미드심닛가 李氏朝가 이로서 創業함으로 그
망함에 당하여는 님금이나 신하나 백성이 다 씨하되 五百年이 되엿스니 인졔는
망하리라 하야 한아도 흥할 쑴은 꾸지 안하고 물그럼히 안저 망하엿거늘 선배
님은 님나라 사람으로도 이것을 미드심니가」

　말이 올아서 대답하지 못하는지 너무 지각업시 하는말이라고 대답할수 업서
그래넌지 乙支文德이 한참 먹먹한이 안젓더니 노래 한쟝 불은다

　　쌍웅이가 돌아간들 네 압히야 짜대리랴
　　님의 잠문 잠을쇠를 네 열대로 엇지 열나
　　봄에 쏫피고 겨울에 눈 오는건 네 눈에 보이지만
　　소리업시 엿닷치(開闔)는 흥망의 큰 門이야 내귀로 들을 소냐
　　쏫핀다고 웃지 말며 쏫진다고 울지 말어라
　　宇宙의 돌아가는 물네줄 잡으리 뉘 잇스리

　노래가 마침에 하늘에 달닌 별도 짜박짜박 讚美하는듯 한눈압헤 벌린 萬壑
千峯도 늑기는듯 춤추는듯 하더라. 한놈은 오리려 의심을 확 깨지 못하여 다시
뭇되「그러면 사람이야 무삼일하리잇까 모다 運命에 맥기야 올치요」乙支文德
이 손을 흔들며「안이다 안이다 그래도 運命의 일은 運命이 하고 사람의 일은
사람이 하나니 여름이 되면 홋옷 입고 겨울이 되면 솜옷 입지 안느냐」한놈이
「그러면 흥할째 흥할 일이고 망할째 망할일이란 말슴임니가」한대 乙支文德이
「그것이야 말이야 順한 運은 마저들이고 逆한 運은 막어 싸울지니 그럼으로
진날은 나뭇신을 신나니라」하다가 한참 무엇을 생각하는듯 하다니 말을 니어
갈오대「대개 神志九變圖에 발서 지난 變局이 셋인대 順變局이 한번이고 逆變
局이 한번이오 順逆새이의 變局이 쏘 한번이니 檀君이 처음 나라를 세우실새
地理는 南北은 烏嶺부터 黑龍江에 일으고 東西는 內蒙古와 直隷等地부터 東
海에 일으며 宗敎는 三神五帝를 위하며 倫理는 三符五戒로 세우며 政區는 三
京五部에 난우며 治制는 三于五加로 행하여 萬歲의 터를 잡으신 뒤로 우리
子孫된 쟈가 모다 이를 조차 國粹로 나라를 하여간고로 그 새이에 歸化한 箕子
도 오직 夫妻가 夏禹에게 傳하신 五行說을 되가지고 오실뿐이니 이 二千餘年
동안이 처음 變한 順國이오 밋 檀君 二千一百餘年頃에 우리 種族의 中心되는

震國(古史에는 辰國)이 쓸어지고 匈奴의 左方과 支那族 衛滿이 合勢하야 덤비
매 三漢이 南으로 나아가고 夫餘가 內蒙古 等地로부터 滿洲로 서울을 옴기며
未久에 夫餘가 다시 四分하니 解慕漱天王은 今 哈爾濱에 잇서 北夫餘가 되고
解夫婁는 迦葉原(今琿春)에 나와 東夫餘가 되고 東明聖帝는 松讓國(今興京等
地)을 차지하야 卒本夫餘 곳 高句麗가 되고 溫祚大王은 慰禮城(今廣州)에 일
으러 百濟 곳 南夫餘가 되니 이는 人中遷動의 變이며 三韓은 망하야 新羅와
百濟가 되고 三扶餘가 合하야 高句麗가 되여 三國이 對峙하다가 다시 南北國
곳 新羅, 渤海가 對峙하니 이는 封建制度가 차차 破壞하야 統一로 돌아 가라는
變이며 孔子와 釋迦의 敎가 들어와 檀君과 對峙하니 이는 信仰의 變이며 新羅
의 三姓祖傳과 高句麗의 五部누蔭과 百濟의 六官佐平이 비록 檀君皇祖의 三
于五加의 制度에 각가우나 未流에 간간 支那式의 官制가 採用되니 이는 政法
의 變이며 이밧게 禮敎風俗 倫理 文物 等에 모다 조곰식 變함이 잇도다. 이째
는 國粹와 外化가 서로 싸우는 變이라. 싸움이 곳 檀君三千三百年에 北엔 渤海
帝國이 망하고 南엔 高麗成宗이 나자 깃첫나니 이 一千二百年동안은 두번째
變한 半順半逆의 局이오. 檀君一千三百餘年뒤부터는 왼 바닥이 모다 變한 大
變局이라. 新羅의 三姓傳賢하던 貴族共和도 업서지며 高句麗의 大對盧(今總
理大臣)合義選擧로 三年一違하던 衆議政體도 업서지고 오직 唐制를 본받어
尊君抑臣의 바람만 세여지니 이는 政治의 大變이며 檀君과 扶餘神은 비록 民
間의 粗한 祭는 받어 잡수나 (香山祭聖母祭等)信仰界의 大觀은 아조 孔子와
釋迦에게 돌아가고 高句麗의 仙人이나 百濟의 蘇塗나 新羅의 花郎 갓흔것은
그 일흠도 아는이가 업스니 이는 宗敎의 大變이며 아모 골이니 아모 뫼니 하는
우리글로 지은 地名은 적은 마을에 그치고 큰 郡이나 道갓흔 것은 다만 支那字
로 지어 楊洲니 京畿道니 하며 무슨 쇠니 무슨 놈이니 하는 우리 말로 지은
人名은 賤한 아희에 그치고 所謂 班族의 成人은 모다 支那式을 맏아 金甲이니
李乙이니 하며 열다섯에 成冠하면 衛滿의 稚 로 檀君의 編髮을 대신하며 스물
에 行世하면 宋明의 道服으로 高麗의 져고리를 가리우며 學堂의 책을 씨면 東
明赫居는 뉘집 죠상인지를 몰으나 漢唐宋明의 歷代를 꿰이며 詩場의 선배가
되며 慰禮 半月은 어늬 서울인지 몰으나 長安洛陽의 沿革을 외우며 夫餘의
무당이 階伯의 넋은 불우지 안코 唐士賊將蘇定方을 위하며 積城의 나무군이

劍牟岑 일흠은 알지 못하나 高麗叛臣 薛人貴를 노래하니 이는 思想과 風俗의 大變이라. 째가 위로 하늘서 비롯하야 알로 쌍에 일으히 그 새이에 變치안이것이 업도록 國粹가 문어지니 所謂 朝鮮사람은 일흠뿐이오 그 실샹은 모다 朝鮮에 쪄난 사람이라 이와갓히 朝鮮사람 업는 朝鮮으로 오다가 마참내 半萬年神器를 하니안은 島醜에게 내여주니 대개 一千三百餘年부터 차차 變한 無順唯逆局이니라. 震國九變國에 三變은 이러케 지나갓고 五變은 아직 올째가 아니나 一變은 現在에 그대와의 幷世한 國民이 當한 바니라」

秘訣의 迷信이라면 힘자라는 대까지 排斥하는 한놈이지만 이니야기에 엇더케 자미를 들인지를 몰으며 쏘 우리의 맛난 一變이 엇지 될셈인지 매우 궁금하야 바싹 닥아 안지며 「이단하여 오는 一變이 엇지 되겟습닛가」乙支文德이 한참 머뭇머뭇 하더니 「이는 님이 잠으신 잠을 쇠라 내가 가비여히 말하기 어려우나 쏘한 深奧한것은 말할것 업고 눈압혜 보이는 現狀으로 말하자. 아직 國祖의 魂이 完全히 돌아오지는 못하얏스나 그러나 조고마치라도 나라를 위한다 하는 이면 오늘 이 檀君紀元 몃해인지는 알며 一方面에 外國에 同化되는 劣種도 업지안하나 그러나 얼마큼 사랑 탈을 쓰난 쟈라면 우리말 우리글이 尊重한지는 알며 仙人과 花郎의 遺訓을 외우는 이는 아직도 볼수 업스나 國史의 研究가 차차 盛할수록 古道가 다시 밝을지며 三國과 南北國의 武神이 아직도 살어오지는 안하햿스나 苦痛을 깁흠을 쌀어 근본으로 돌아가게 되나니 이는 차첨차첨 國粹主義로 돌아오는 順國이라. 샹금에는 몃백년 나려온 逆國의 餘孽이 잇서서 싸우는 가온대지만」

한참 자미잇게 乙支文德은 니야기하며 한놈은 듯는판에 별안간 동편하늘이 싹 갈너지며 그 속으로 불칼 불활 불돌 불총 불대포 불화로 불숫 불범 불사쟈 불개 불고양이 쎄들이 쏘다지니 乙支文德이 깜짝놀내며 「뎌것! 이 원 일이여」하더니 무지개를 타고 쌜니 그속으로 향하여가더라

第四章

가는 선배님을 붓드지 못하며 내몸으로 쏘차가랴도 쏫지 못하며 먹먹하게

안진 한놈이 「나는 어대로 가리오」한대 쥬인(主人)으로 잇는 꼿송히가 고흔 목소리로 「네가 몰으느냐 님(神)과 가비(魔)의 싸홈이 닐허 乙支선배님이 가시는 길이다」한놈이 쌀쌀 깃거하며 「나도 가게 하시압소서」한대 꼿송히가 「암 그럼 가야지 우리나라 사람이 다가는 싸홈이다」한놈이 「그대로 가면 엇더케 가릿가」물은대 꼿송히가 「날애를 주마」하더니 한놈이 겨드랭이 밋흘 만저보니 문득 날애들이 달엿더라. 꼿송히가 쏘 「동무와 함께 가거라」하거늘 울어도 홀로 울고 우서도 홀로 우서 四十平生에 동무 한아업시 자라난 한놈이 이 말을 들으매 스사로 눈에 눈물이 쏙드는다. 「동무가 어대 잇습닛가」한대 「네 하늘에 향하여 한놈을 불으라」하거늘 한놈이 힘을 다하여 머리를 들고 한놈을 불으니 하늘에서 「간다」대답하고 한놈 갓흔 한놈이 나려오더라 쏘 「네가 쌍에 향하여 한놈을 불으라」하거늘 한놈이 쏘 힘을 다하여 머리를 숙이고 한놈을 불으니 땅속에서 「간다」대답하고 한놈 갓흔 한놈이 소사나더라. 꼿송이가 식이는대로 동편에 불너 한놈을 얻고 서편에 불너 한놈을 얻고 남편 북편에서도 각기 다 한놈을 얻으지라 세여본즉 원래 잇던 한놈이와 불러나온 여섯 한놈이니 합이 일곱 한놈이러라. 낫도 갓고 쓸도 갓고 목덕도 갓지만 일흠이 갓흐면 서로 분간할수 업슬까 하여 차례로 일흠을 지어 한놈 둣놈 셋놈 넷놈 닷째놈 엿째놈 잇놈이라하다.

「싸홈터가 어대이냐」웨니 「이리오라」고 동편에서 소리가 나거늘 압흐로 갓 한마듸에 그곳으로 향하더니 꼿송히가 「칼브름」이란 노래로 送한다

내가 나니 뎌도 나고 뎌가 나니 나의 대젹이라. 내가 살면 대젹이 죽고 대젹이 살면 내가 죽나니 그러기에 내올째에 칼들고 왔다. 대젹아 대젹아 네 칼이 세던가 내칼이 션가 싸워를 보자.

알타 죽은 넋은 쌍속으로 들어가고 싸우다 죽은 넉슨 하늘로 올나간다. 하늘이 멀다마라 이 길로 가면 한쎔쑨이니라. 하늘이 갓갑다마라 쌍길로 가면 萬里나 된다

아가아가 한놈 둣놈 우리 아가 우리 대젹이 뎌긔 잇다. 해너젓다 눕지 말며 밤들엇다 자지마라. 이 칼이 成功하기 前에는 우리 너의 쉬힐쌈이 업다.

그 소리 悲壯慷慨하야 울만도 하며 뛸만도 하더라. 한놈 일곱사람의 代表로

「내동무」란 노래 대답하엿는대 윈머리는 다니저 이책에 쓸수 업고 오직 첫마듸의 「내가 나자 칼이 나고 칼이 나니 내동무다」 한귀만 생각난다. 答歌를 마치고 일곱사람이 서로 손목을 잡고 동을 바라고 가니 날도 조코 곳곳이 꼿향긔 새소리로 우리를 위로 하더라. 멋 거름 못 나아가 한을이 캄캄하며 찬비가 쏘다진다. 일곱사람이 갓히 「찬비가 오거나 더운비가 오거나 우리는 간다」하고 압길만 찻더니 또 바람이 모질게 불어 흙과 몰애가 석기여 나니 눈을 쓸수 업다 「눈쓸수 업서도 가자」하고 작고가니 멋거름 못나가서 가시밧히 잇거늘 「은야 가시밧히라도 우리가 가면 길된다」 하고 눌너 것더니 쏘 멋거름 못가서 짱에다 시퍼런 칼 갓흔것을 모로 세워 밥는대로 발리 찌저저 피발이 된다 「피발이 되여도 간다」하고 서로 붓들고 가던니 무엇이 멀이를 꽉 눌너 허리도 펼수 업고 주둥이가 한발식이나 되는것이 살을 꽉 물어쩨여 압흐고 갈여워 견댈수 업고 머리털 타는듯 고추타는듯한 냄새가 코를 들을수 업고 압뒤로 불덩이가 날너와 살이 모다 데히니 잇놈이 짝 잡바지며 「애고 나는 못가겠다」 한놈과 밋다섯동무들이 억지로 쯔일이키나 안이들으며 「여긔 누니 압흔대가 업다」 하거늘 한놈이 「싸흠에 가는 놈이 편함을 구하느냐」꾸짓고 할수업시 일곱동무에 한아를 버리니 여섯사람쑨이다. 「우리느 뎌와 못견대지 말자」하고 서로 권면하나 길이 어둡고 몸이 졀여 기다 것다 굴다 쮜다 윈갓짓을 다하며 나아가더니 웬 할미가 압혜 지나거늘 일졔히 소리를 처 「할멈 싸흠터를 어대로 가느냐」하니 지팽이를 들어 「이리가라」가라치는대 지팽이 끗헤 환한 光線이 버치더라. 이곳이 「어대냐」 물은대 「고됨ㅅ벌이라」하더라.

光線을 짤어 나아가니 눈압히 환하고 갈길이 탁 트힌다. 一邊으로는 반갑기도 하지만 一邊으로는 눈물이 줄으로 쏘다진다.

살거던 갓히 살고 죽거던 갓히 죽자고 옷고롬 맷고 맹세하며 갓히 오던 일곱사람에 잇놈이 한아만 바리고 우리 여섯은 다오는고나. 잇놈이여 네 조곰만 견대엿스면 우리 갓히 이구경을 할쩔 네 너무도 참지 못하야 우리는 오고 너는 갓고나 그러므로 마주막 씰흠에 잘하여야 한다 말도 잇고 最後五分鐘을 잘 지낼란 말도 잇는것이다. 그러나 슬대잇나. 이뒤에 우리 여섯이나 죠심하자하고 밧고 차며 니야기 하며 가더니 이것이 어대관대 이다지 죠흔가. 나무그늘 가득한곳에 금잔듸는 짱에 쌀니고 꽃은 피여 휘덥혓는대 새들은 졔 世上인듯이 쩩

쨱이고 범이 오락가락하나 사람보고 물지안코 왼갓풀이 모다 향내를 피우며 길은 옥으로 쌀엇는대 어른어른하여 그 속에 한놈의 무리 엿섯이 비취여 있고 金剛山의 萬物相갓히 일흠짓는대로 보히는것도 만흐며 平壤모란峯처럼 웃둑 소아 그린듯이 쌔난 뫼며 南漢山의 花柳이며 北漢의 丹楓이며 廣州의 三奇八怪며 元山의 明沙十里海棠花며 浩浩蕩蕩 漢江물에 쒸노는 鯉漁이며 天安三거리 널어진 버들이며 松都 朴淵에 구술 쑴듯 헤치는 瀑布이며 淳昌玉果 대바치며 왼갓 風景갓추어 잇서 한놈의 동무 여섯사람으로 하여곰 압흠ㅅ벌에 받던 苦痛은 씨슨듯 간대업고 몸이 것든하고 시원함을 니기지 못하여 서로 돌아다보며 「이곳이 어대인가 님의 나라인가 님의 싸흠터도 지나지 안하얏는대 어늬새 왓슬수 인나」하며 얼업시 가는 판이더니 별안간 사람의 눈을 부시게 비치 燦爛한 山이 멀니 보이는대 그 우에 붉은 글씨로 「黃金山」이라 색이엿더라. 압헤달려보니 純金으로 싸흔 몃 萬길되는 山이오 한雙 玉童子가 그 내 니마에 안저 노래를 한다

잰사람이 그 누구냐 내 이 山을 내여 주리라. 이 山만 가지면 옷도 잇고 밥도 잇고 高臺廣室 놉흔집에 足過平生 잘 살리라. 이 山만 가지면 맛아들은 皇帝되고 둘째아들은 諸侯되고 세째 아들은 芭蕉扇 밧고 네째 아들은 쌍가마 타고 네압헤 절하리라.

이山을 가지랴거던 檀君을 바리고 나를 한아비하며 震壇을 더지고 내집에서 네 살님하여라. 이 山만 차지하면 金剛石으로 네 갓하고 眞珠구슬로 네 목도리하고 紅寶石으로 네 옷 말녀주마 잰 사람이 그 누구냐 너희들도 어리석다 싸움에 다달으면 네 목은 칼바지며 네 눈은 살관혁이며 네 몸은 탄알밥이다. 人生이 얼마라고 호강을 실타고 압흔길로 드느냐. 어리석다 불상하다 너희들

노래소리 말고 고화 들는 사람의 귀를 콕 질으니 엿놈이 그 압헤 턱 업들어지며 「애고, 나는 못가겟소 언이들이나 가시오」한놈의 동무가 쏘 한아 업서진다. 긔가 막히 뫼히며 쑤지즈며 싸리며 쓸며 하나 엿놈이 그 山에 싹 들어붓고 안이 닐더라

할일 업서 한놈이 인자 네 동무만 다리고 가더니 큰내ㅅ물이 압헤나서거늘

한놈이 동무들을 돌아보며 「이 내가 무슨 내인가」하며 그 일흠을 몰나 각갑한
즉 냇물에서 무엇이 대답하되 「내 일흠은 새암이다」 「새암이란 무슨 말이냐」
한대 「새암은 재죠업는 놈이 재죠있는 놈을 미워하며 공업는 놈이 공잇는 놈을
실여하여 죽이라함이 새암이니라」 「그러면 네일흠이 새암이니 남의 집과 남의
나라도 만히 망처겟고나」 「암 그럼 檀君神祖째에 내 비록 이 마음이 잇스나
道德의 아래라 감히 나타내지 못하다가 夫餘의 末年부터 내 일흠이 비로소 나
타날새 金蛙의 아들들이 내 맛을 보고는 東明聖帝를 죽이랴하며 沸流란 사람
이 내 맛을 보고는 溫祚大王과 갈너지고 遂成王(곳次大王)이 내 맛을 보고는
國祖의 父子를 죽이며 烽上王이 내 맛을 보고는 達賈갓흔 功臣을 버이고 加가
東城大王을 죽이며 霸業을 썩금도 나의 꾀임이며 左可慮가 故國千大王을 실여
하여 椽那에 叛함도 나의 홀님이라. 나의 물결이 가는 곳이면 반다시 禍患을
내여 三國의 强盛이 더 느지 못함이 내 솜씨에 말미암음이라고도 할지니 그러
나 이 째는 오히려 正道가 세고 내가 弱하야 크게 橫行치 못하더니 밋世降俗末
하여 三國의 末葉이 되매 내가 간곳마다 成功하여 百濟에 들매 義慈의 君臣이
서로 새암하여 成忠이며 興首며 階伯 이 갓흔 賢相猛將을 멀니하여 亡함이
일으며 高句麗에 들매 男生의 兄弟가 서로 새암하여 平壤이며 國內城이며 蓋
牟城갓흔 名城을 敵國에 밧처 悲運에 빠지고 福信은 萬古의 名將으로 豊王의
새암에 掌心쮀이는 惡刑을 받어 中興의 事業이 쑴결로 도라가며 劍牟岑은 蓋
世의 烈丈夫로 安勝王의 새암에 凶慘한 죽음이 되여 多勿의 壯志가 이슬갓치
살어지고 이 뒤부터는 더욱 내판이라. 高麗 王氏朝나 朝鮮 李氏朝는 모다 내손
에 공긔노듯하여 君臣이 의심하며 上下가 미워하며 文武가 싸우며 四色이 서
로 잡어먹으며 二百萬紅巾賊을 물물넌 鄭世震도 죽이며 數十年海陸戰에 드날
니던 崔瑩도 베히며 八年倭亂에 바다를 鎭定하여 海王의 雄名을 가지던 李舜
臣도 가두며 一個書生으로 倭將淸正을 부시고 威鏡道를 찻던 鄭文孚도 죽이며
드대여 錦繡江山이 비린내가 나도록 하엿노라」 한놈이 그 말을 듯고는 몸에
솔음이 찌처 동무를 돌아보며 「이물이야 건닐수 잇느냐」 하니 넷놈 닷놈이 우
스며 「그것이 무삼 말이여요 伯夷叔齊가 貪泉물을 마시면 그 마음이 흐릿가요」
하더라. 벗고 들어서거늘 한놈 둣놈 셋놈 세사람도 勇氣를 내 뒤에 달어서며
都統使崔瑩의 지으신

가마괴 눈비마저 희난듯 검노매라
夜光明月이 밤인들 어둘소녀
님향한 一片丹心 가슬줄이 있으랴

한 時調를 읊으며 건느니라. 밋 뎌편 언덕에 다달너서는 서로서로 냇물을 돌아보며 「요마한 물이 엇지 丈夫의 마음을 변할소냐 우리가 아모리 어리다해도 혹 國史에 힘써 花郞의 敎訓을 받은 이도 잇스며 혹 漢學의 素養이 잇서 孔孟의 道德에 션이도 잇스며 혹 佛學를 硏究하여 釋迦의 道를 들은이도 잇스며 혹 禮拜堂에 出入하여 洋夫子의 新約도 공부한이 잇나니 엇지 졉시물에 빠저 兄弟가 서로 새암하리오」하고 더욱 씩씩한 꼴을 보이며 길에 올으니라

싸움터가 각가워 온다 님나라가 각가워 온다 긔발이 보이날 북소리가 들닌다 어서 가자 재촉할새 가쟝 날내게 압서 쒸는 놈은 셋놈이러라 넷놈이 쌀으랴 하여도 쌀으지 못하야 허덕허덕 하며 매오 죠치못한 낫흘 갓더니 뎌긔 敵陣이 보인다 하고 實彈박은 총으로 쏜다는것이 敵陣을 쏘지안코 셋놈을 쏘앗더라

어화 일곱사람이 오던길에 한 사람은 苦痛에 못니기어 써러지고 쏘 한사람은 黃金에 마음이 박구여 썰어젓스나 오날갓히 서로 죽이기는 처음이고나 새암의 禍가 참말 독하다 죽은 놈은 할수 업건이와 죽은 놈도 그져 둘수 업다 하며 곳 넷놈을 잡어 태워 죽이고 한놈 둣놈 닷놈 무릇 세사람이 同行하니라. 人間에서 알기는 가비가 님에게 대하여 맛나면 으례히 항복하고 싸우면 으례히 진다 하더니 밋 싸흠터에 와보니 이례케 쉽게는 말할수 업더라. 님의 키가 열길이 되더니 가비의 키도 열길이되며 님의 손이 닷발이 되더니 가비의 손도 닷발이 되며 님의 눈에 번개가 치면 가비의 눈에도 번개가 치며 님의 입에 우례가 울면 가비의 입에도 우례가 울며 님이 날면 가비도 날며 님이 쒸면 가비도 쒸며 님의 군사가 九九 八十一萬名인대 가비의 군사도 꼭 그 수효이더라.

高句麗史에 보면 東川大王이 倭將 母丘儉을 처음이 니기고 우서 갈오대 이 갓히 썩은 대젹을 치는대 엇지 큰 군사를 쓰리오 하고 正兵은 다 뒤에 안젓게 하고 다만 五千名으로써 젹의 累萬名과 決戰하다가 도리혀 큰 危險을 격근일이 잇더니 님나라에서도 이런것이 잇도다. 싸흠이 시작하자 님이 령을 날리사대 오날은 全軍이 다 나갈것이 업시 다만 九分의一 곳 九萬名만 나서며 쏘 연장

은 가지지 말고 맨손으로 싸워 가비의 무리가 우리 재조에 놀내여 다시 덤비지 못케하여라 하니 左右는 안될것이라고 諫하니 님이 안이들으신다.

陳이 사괴매 님의 군사가 비록 날내나 엇지 연장가진 군사와 결우리오. 칼이며 총이며 불이며 물이며 왼간것을 다해 님의 군사를 치는대 슬프다 님의 군사는 뷘 주먹이 칼에 부서지며 흰가슴이 총에 쒸다가 불에 타며 기다가 물에 째저 살길이 아득하다. 입으로는 「우리는 正義의 아들이다 惡이 아모리 강한들 엇지 우리를 니기리오」불으지지나 强力밋혜야 正義의 한아비인들 쓸데 잇느냐. 죽는이 님 군사오 업치는이 님의 군사리라.

늘으나 늘은 큰 벌판에 正義의 죽음이 널이엿스나 强力의 칼은 그치지 안는다. 한놈의 同行에 둇놈은 고개를 쉬기고 탄식하되 「인졔는 님의 나라가 고만이러고나. 나는 어대로 가노」하더니 靑山白雲間에 사슴의 친구나 차저 간다고 봇짐을 싸며 닷놈은 왈카나서며 「丈夫가 엇지 이러케 寂寞히 살수야 잇나 종질이라도 하며 世上에서 어뎡거림이 올타」 하고 敵陳으로 향하니

이째에 한놈은 엇지할가 한놈의 짐을 지고 왓스며 너의들은 각기 너의들의 짐을 지고 왓나니 짐 버서더지고 달어나는 너의 들을 짤어가면 한놈이 안이오. 가는 놈들은 가거라. 나는 나대로 하리라함이 正當한 일인듯하나 그러나 너는 내 손목을 잡고 나는 네 손목을 잡어 죽으나 사나 갓히 가자 하던 일곱사람에 단 셋이 남어 나박게는 네 언이 업고 너 박게는 내 아오 업다하던 너의들을 쏘 바리고 나홀로 돌아섬도 쏘한 한놈이 안이로다. 한놈이 이에 오도가도 못하고 길겻헤 주저안저 홀로 「世上이 元來 이런 세상인가. 한놈이 동무를 못 얻음인가 말짜드시 맹세하고 오던 놈들이 고되다고 달아난 놈도 잇고 돈잇다고 달어난 놈도잇고 할수 업다 달어난 놈도 잇서 일곱놈에 나 한놈 남엇고나」 탄식하니 해는 西山에 너웃너웃 넘어가 사람의 事情을 돌보지 안터라. 이러나 더러나 갈판이라고 두주먹을 불으쥐고 달니더니 난데업는 구룸이 모와들어 하늘이 캉캄하여지며 범과 이리와 사자와 온갓 김생이 꽉 갈우막어 뒤로 물너 갈길은 보이지만 압흐로 나아갈 길은 업더라. 할수 업시 다시 오던 길을 차저 뒤로 멋거름 물너서다가 「쌘 칼을 다시 박으랴」 소리를 질으고 압흘 혜치며 나아가니 님의 갓흔 보이지 안하나 님의 말소리가 귀에 들닌다. 「네 오나냐 너 홀로 오나냐」하시거늘 한놈이 고되고 외로워 엇지 할 줄 모르던차에 仁慈하신 말슴의

늑김을 받어 눈에 눈물이 핑 돌며 목이 탁 메여 겨오 대답하되 「예 홀로 옴니다」
「온야 슬워말라 올흔 사람은 매양 무덕이 고생을 받고야 동무를 얻나니라」하시
더니 칼을 한아 던지시며 「이 칼은 三千九百二十五年 壬辰倭亂에 義兵大將
鄭起龍이 쓰던 三寅劍이다 네 이것을 가지고 敵陳을 처라」하시더라. 한놈이
칼을 받어들고 나서니 하늘이 개이며 해도 다시 나와 범과 사자들은 모다 달어
나 압길이 탁 틔이더라

　몸에 님의 命令을 씌고 손에 님의 주신 칼을 들엇스니 무엇이 무서우리오
敵陳이 여호고개에 잇단 소문을듯고 그리로 향하니 가는 한놈은 자욱소리도
업고 가진 칼만 번적번적 하더니 찬바람이 치며 비린내가 코를 질으거늘 「에구
敵陳이 當頭하얏고나」 하고 칼을 즈으며 들어가니 累百萬敵兵이 물결 갈너지
는듯 하는지라 그 새이를 쑤르고 짓처든즉 엇더한 얼골 怪惡한 賊將이 궤에
비겨 壬辰戰史를 보는대 한놈의 손에 든칼이 부르르 썰어 그 賊將을 가라치며
소리치되 「뎌놈이 곳 壬辰倭亂에 朝鮮을 드럽히랴던 日本關白 豊臣秀吉」이라
하거늘 원수를 외나무다리에서 만난 한놈이 엇지 용서가 잇스리오. 두눈에 쌍
심지가 올으며 憤氣가 뎡수박이를 쿡 질너 곳 한칼에 이놈을 고기쟝을 맨들리
라 하야 힘끈 견워치랴한즉 豊臣秀吉이 썩 처다보며 뱅그레 웃더니 그 怪惡한
얼골은 어대가고 一代美人이 되여 안젓는대 꼿본 나뷔인듯 물찬 제비인듯 도다
오는 半月인듯 한놈이 그것을 보고 팔이 썰으로 해지며 차마 치지 못하고 칼이
쌍에 덜넝 나려 지거늘 한놈이 칼을 집으랴하여 몸을 굽힐 새 발서 그 美人이
변하여 개가 되여 겅겅 짓즈며 믈랴고 드나 한놈이 칼을 집지 못하여 맨손으로
엇질수 업서서 三十六計의 上策을 차지랴다가 발이 쑥 믹그러지며 「아차」 한마
듸에 어대로 쩌러져 나려가는지 千길을 나려가는지 萬丈을 내려가는지 한참만
에 平地를 얻은지라. 골이 깨여지지 안하엿나 손으로 만저보니 깨지지는 안하
엿스나 무엇이 쇠뭉치로 뒤꼭지를 싹싹 싸리여 압허 견댈수 업고 쏘 쇠사슬이
어대서 오더니 두손을 꽉 묵그며 왼몸을 屈伸할수 업게 얼그며 불침이며 불칼
이며 머리부터 시쟉하여 발끗꺼지 쑤시는도다. 한놈이 쌈짝 놀내며 「애고 내가
地獄에를 들어왓고나 그러나 내가 무삼 죄로 여기를 왓나」 하고 짜에 썰어진
날부터 오날꺼지 하는대로 무릇 三十餘年 새의 일을 세여보나 무삼 죄인지 몰
으겟더라

左右를 돌아보니 한놈과 갓히 形具를 가지고 안진이가 멋멋히 잇거늘 「내가 무삼 죄로 왓느냐」물은즉 잘몰은다 하며 「너의들은 무삼 죄로 왓느냐」 하야도 몰은다 하더라. 한놈이 소리를 질으며 「사람이 엇지 아모죄로 왓는지 몰으고 이속에 갓첫스리오」하니 다 대답하되 얼마 안되여 巡獄使者가 오신다니 그에게 물어보라 하더라.

<h2 style="text-align:center">第五章</h2>

압흠도 압흠이연이와 가쟝 갑갑한것은 「내가 무삼 죄로 이속에 왓는지」를 몰음이라. 「巡獄使者가 오시면 안다하니 언졔나 巡獄使者가 오나」하며 싸지는 눈을 억지로 참고 멋칠을 기다리더니 하로는 三百예순쉰다섯가지 풍류소리나며 新任 巡獄使者高麗門下侍郎 同門章事姜邯贊이 듭신다하더니 왼 獄中이 괴괴한대 한놈이 左右의 낫흘 살펴보니 엇던 사람은 「나야 무삼 죄가 잇나? 셜마 巡獄使者쎄서 곳 노아보내겟지」하는 뜻이 잇서 깃거운 낫흘 가지며 엇던 사람은 「내죄는 이보다 더 慘惡한 地獄에 갓칠터인대 巡獄使者가 오시면 엇지하나」하는 뜻이 잇서 걱뎡실어운 낫흘 가지며 엇던 사람은 「애고먼니 인제는 큰일낫고나 내죄야 잇는지 업는지 몰으겟다만 巡獄使者가 아마 덥퍼놋코 죽일실걸」하는 뜻이 잇서 재빗갓흔 낫흘 가지며 地獄이 무엇인지 天堂이 무엇인지 巡獄使者가 오는지 몰으고 안진 사람도 잇스며 「온야 地獄에 가두어라. 가두면 쟝 가두겟나냐? 나가는 날에는 또 도덕질이나 하자」하는 사람이도 이스며 「우리 어먼이가 내 일을 알면 오죽 울겟나. 巡獄使者시여 졔발 나 노아줍소서」하는 사람도 잇스며 「獄이고 깨묵이고 밥이나 좀 먹엇스면」하는 사람도 잇스며 「巡獄使者가 오기만 오너라 내 죽자 사자 해여보겟다 人間에서 하던 고생도 만흔대 또」하는 사람도 잇스며 「내가 돈이 百萬兩이 잇스니 巡獄使者의 역그레만 쓱 질느면 되지」하는 사람도 잇스며 「나는 기집인대 巡獄使者가 밉지 안한 나야 셜마 죽이겟니」하는 사람도 잇서 빗도 각각이오 말도 각각이더니

獄中에 瑞氣가 돌며 巡獄使者 姜邯贊이 드시는대 키는不滿五尺이오 꼴도 매오 矮陋하지만 두눈에는 精光이 쑥쑥듯고 머리우에 御賜花가 펄펄 난다. 이

째에 당하여는 四面을 돌아보니 억센놈도 어대가고 다리 진 놈도 어대가고 겁만흔 놈도 어대가고 돈만흔 놈도 어대가고 얼골 조흔 아가씨도 어대가시고 왼 獄中의 잇는 산아희나 기집이나 모다 오래 젓에 줄인 아해가 어미옴을 보는듯 하여 콱 업드러져 훅훅 늑기어가며 운다.

姜邯贊이 보시더니 불상히 넉이사 물으시되 「왜 처음에 地獄이 무서운줄 몰낫더냐 죄를 왜 지엇느냐」하니 獄中이 먹먹한이 아모 대답이 업거늘 한놈이 나서며 여짜오대 「우리가 나고십단 말도 업선는대 님이 우리를 人間에 내시고 우리가 오겟다고 원하지도 안하얏는대 님이 우리를 地獄에 느시니 우리들이 님이 일이 답답하여 우나이다」 姜邯贊이 우수시며 「님이 너의들을 누가 내시고 누가 이리 오게 하섯슴닛가」 姜邯贊이 크게 소리를 질너 「네가 네일을 몰으고 누구에게 뭇느냐」하고 쑤지즈시니 왼 獄中이 모다 한놈과 함쯰 황송하여 일제히 그 압헤 업덜이며 「미련한것들이 아지 못하오니 使者님은 크게 사랑하사 迷惑을 열어주소서」

姜邯贊이 지팽이를 격구로 받으시더니 모든 獄囚에게 말슴하사대 「너의들이 죄를 짓지 안으면 地獄이란 일홈이 업스리니 그럼으로 地獄은 님의 지은것이 안이라 곳 너의들이 지은 地獄이니라」한놈이 닐어서 살우되 「우리 지은 地獄이면 쌔기도 우리 힘으로 쌜수 잇슴닛가」姜邯贊이 갈아사대 「적은 죄는 제손으로 쌔고 나아갈지나 큰 죄는 제손은 고만두고 곳 님이 쌔여주랴 하여도 쌜수 업나니 千劫萬劫을 地獄에서 썩을 문이니라」한놈이 뭇되 「엇던 죄가 큰 죄오닛가」姜邯贊이 갈아사대 「처음에 檀君神祖가 五戒를 세우시되

(一)나라에 충성하며

(二)집에서 효도하고 우애하며

(三)벗을 미덥게 사괴며

(四)싸움에 두거름질 말며

(五)生物을 죽임에 골나죽임이라.

옛적에는 五戒에 한아만 犯하여도 큰 죄라하여 地獄에 나리더니 이졔 와서는 나라일이 급하여 다른 죄는 이로 다사릴수 업서 오직 나라에 대한 죄만 큰죄라하여 地獄에 나리느니라」한놈이 「나라에 대한 큰죄가 멋치시니가」물은대 姜邯贊이 「네가 안저 들어라」하시더니 한아씩 세신다

첫째는 國賊을 두고 地獄이 일곱이니

(가)國民의 付託을 맛혀 님금이 되거나 大臣이 되여 나라의 興亡을 억개예 메인 사람으로 金錢이나 私利만 알다가 敵國의 利用한바이 되여 나라를 들어 남에게 내여주어 죠상의 歷史를 드럽히고 同胞의 生命을 끈나니 百濟의 任子며 高句麗의 男生이며 渤海의 末帝諲譔이며 大韓末日의 閔泳徽 李完用 갓혼 무리가 이라. 이 무리들은 살닐수 업고 죽이기도 악가움으로 혀를 쌔며 눈을 까고 쇠비로 그 살을 쓸어 쎠만 남거던 다시 살니고 쏘 이러케 죽이되 하로 열두번을 이대로 죽이고 열두번을 이대로 살니여 죽으면 살니고 살면 죽이나니 이는 큰 賣國賊을 처지하는 겹겹地獄이니라.

(나) 백셩의 피를 쌀어 제몸과 妻子를 살지우던 놈이니 이놈들은 독속에 너코 빈대와 배얌 갓흔 벌레로 그 피를 쌀게하나니 이는 줄줄地獄이니라

(다) 혀바닥이나 붓긋흐로 敵國의 政策을 노래하고 어리석은 백셩을 몰아 그물속에 들도록 한 演說家이나 新聞記者들은 혀를 쌔고 개혀를 주어 날마다 「컹컹」짓게 하나니 이는 개야지地獄이니라.

(라)목구멍이 捕盜廳이라고 해 먹을것업스니 偵探질이나 하리라 하여 뜻잇는 사람을 잡어 敵國에게 주는 놈이니 돗겁줄을 씨워 「꿀꿀」소리나게 하나니 이는 도야지地獄이니라.

(마) 것흐로 志士인 체하고 속으로 적 심부름하던 놈은 그 소위가 더욱 밉다. 이는 머리에 박쥐로를 씨우고 쏭집을 쌔여 소리개를 주나니 이는 야릇地獄이니라.

(바)짝각짝각 나무신을 끌고 거름거름 敵國놈의 본을 쓰며 옷닙고 밥먹는것도 모다 달무랴 하며 자식이 나거던 내 말을 바리고 敵國말을 가라치는 놈은 목을 잘너 불에 느며 다리를 끈어 물에 던지고 가온대 토막을 주물너 나나리를 맹드나니 이는 나나리地獄이니라.

(사)敵國놈에게 시집가는 년들이며 敵國의 년에게 장가가는 놈들은 불칼로 半身을 끈나니 이는 半身地獄이니라.

둘째는 亡國奴를 두는 地獄이니

(가)나라이야 亡하얏건말엇건 耶蘇나 잘 미드면 天堂에 간다하며 孔子의 글이나 읽고 山林에서 獨善其身한다 하며 죠상의 歷史가 결단남도 몰으며 父母

나 妻子가 모다 남의 종된지는 생각도 안코 오히려 善과 天堂을 찻는 놈들은 쏭물에 튀하여 쇠가죽을 씨우나니 이는 쏭물地獄이니라.

(나)政見을 가진 黨派는 잇서야 하지만 오직 地方으로 갈으며 宗敎로 갈으며 私感으로 갈으며 身分으로 갈너 한 나라를 열쪽에 내여 서로 海外에 단이며 싸우고 이것을 일로 아는 놈들은 맷돌로 갈어 업시하야 새싹이 안 날지니 이는 맷돌地獄이니라.

(다)말도 남의 말만 알고 風俗도 남의 風俗만 좃고 宗敎나 學問이나 歷史갓흔것도 남의것을 졔것으로 알어 俄國에 가면 俄人이 되며 美國에 가면 美人되는 놈들은 배알을 쌔여 게갓히 맨드나니 이는 엉금地獄이니라.

(라)東洋의 아모 나라가 잘 되여야 우리의 獨立을 차지라하며 西洋의 아모 나라이 우리 일을 보아 주어야 무엇을 하여 볼수 잇다 하여 外交를 依賴하며 國民의 思想을 弱하게 하는 놈들은 그 몸을 주믈너 댕댕이를 만들어 큰 나무에 감아두나니 이는 댕댕이地獄이니라.

(마)義兵도 안이요 暗殺도 안이오. 오직 할일은 교육이나 實業갓흔으로 차차 백셩을 깨우자하여 덤덥 더운피를 차게 하고 산녁슬 죽게 하나니 이놈들의 갈 곳은 어둥地獄이니라.

(바)黃金이나 女色갓흔대 쌔저 잇던 뜻을 바리는 놈은 그 갈곳이 단지地獄이니라.

(사)知識이 업서도 아는치하고 熱誠이 업서도 잇는치하며 죽기는 실으나 名譽는 차지하랴 하여 거진말로 남쇠기고 단이는 놈들은 불로 지저 쓰거움을 보여야 하니 이는 지짐地獄이니라.

(아)머리알코 피 토하여 가며 나라일을 硏究하지 안코 오직 남의 입내만 내여 마신니의 少年伊太利를 본쪄會의 規則을 맨들며 孫逸仙의 軍政府約法을 번역하여 自家의 主義를 삼어 特有한 國性이 업시 印板으로 事業하려하는 놈들의 갈 地獄은 잔납이地獄이니라.

(자)잔쬐만 가득하여 일업는 째는 칼등에서 춤이라도 출쓰시나서다가 일잇슬째는 싹 돌아서 눌 곳을 보는 놈은 그 기름을 쌔야 될지라. 고로 가마에 느코 삼나니 이는 가마地獄이니라.

(차)아모래도 슬대업다 맨손으로 총을 막으며 뷘입으로 군함쌜가. 망한판이

니 망한대로 놀자 하는 놈은 무쇠두겅을 씨워 다시 하늘을 못보게 하나니 이는 쇠숫地獄이니라.

(카)돈 한푼만 잇는 學生이면 料理집에 다리고 가며 어수록한 사람이면 英雄으로 췩겨 세워 제의 利用品을 맨들고 이를 手段이라 하여 不道德한 社會를 맨드는 놈의 갈곳은 餓鬼地獄이니라.

(타)孔子가 엇더하다 예수가 엇더하다 拿破論이 엇더하다 와싱톤이 엇더하다 내나라의 聖賢英雄을 한아도 몰으는 놈은 글을 다시 배워야 하나니 이놈들의 갈곳은 종아리地獄이니라.

이박게도 地獄이 멋멋히 더되나 너의들의 알어둘 地獄은 이만하여도 넉넉하니라.

왼 獄囚가 앙마구리 울듯하며 「使者님은 크게 어진 마음으로 죄를 용셔하시고 이곳을 쩌나게 하소서」 姜邯贊이 「功은 功대로 가며 죄는 죄대로 간다」하고 부채로 썩 가리우니 모든 獄囚가 어대 잇는지 보지는 못하나 마음에 그 慘刑당할 일에 애닲어 姜邯贊의 압헤 나아가 賣國賊 갓흔 큰죄는 할수 업건이와 그 남어지는 다 노아 보냄을 청하니 姜邯贊이 한놈의 등을 만지며 「그대가 이런 마음으로 님나라에 갈만하지만 다만 두사랑이 잇슴으로 이곳쩌지 옴이로다」하거늘 한놈이 그계야 「美人의 홀님으로 豊臣秀吉을 놓치던일」을 생각하고 뭇자워 갈오대 「나라 사랑하는 사람은 美人을 사랑하지 못하오릿가」 姜邯贊이 쌍위에 노힌 칼을 가라치며 「이 칼 노흔 자리에 다른것도 쏘 노흘수 잇느냐」 「안될말임니다 한 물건이 한시에 한자리를 차지할수가 잇슴닛가」 姜邯贊이 이에 손을 치며 「그러하니라 한 물건이 한시에 한자리를 못차지 할지며 한 사상이 한시에 한머리속에 갓히 잇지 못하나니 이 줄로 밀워보아라 한사람이 한平生에 두사람을 가지면 두사랑에 한아도 일우기 어려운고로 니야기도 일으되 두절개가 되지 마라하니 그 부정함을 남으램이니다」 한놈이 쏘 뭇되 「그 줄이 잇슴닛가」 姜邯贊이 대답하되 「소경은 귀가 밝고 귀먹이는 눈이 밝다함은 한길로 가는 까닭이라. 그러키에 釋迦如來가 안해와 아들을 다 바리고 보리나무밋헤서 아홉해를 지내심이니라」「愛國者의 일도 宗敎家가와 갓흐오릿가」 「한아는 出世者의 일이오 하나는 入世者의 일이니 일은 달으지만 宗敎家가 信仰박게 다른 사랑이 잇스면 宗敎家가 아니며 愛國者가 나라박게 다른 사랑이 잇서도 愛國者

가 안이라. 그럼으로 사람마다 몸은 안 아끼는 이 업지만 忠臣이 일에 당하면 열두번 죽어도 사양치 안하며 뉘가 妻子를 안 어엽버 하리오만 烈士가 나라를 위함에는 家族꺼지 犧牲하나니 이와갓히 나라박게는 짠 사랑이 업서야 愛國이어늘 이계 나라도 사랑하며 술도 사랑하면 술로 나라 니즐적이 잇슬지며 나라도 사랑하며 美人도 사랑하면 美人으로 나라 니즐 째가 잇슬지니라」 한놈이 절하며 그 고맙한 쯧을 올니고 그러나 地獄에서 나가게 하여 달나 하니 姜邯贊이 갈오대 「뉘가 못 나가게 하나냐」 「못나가게 하는 이는 업사오나 몸이 쇠사슬에 묵기여 나갈수 업습니다」 姜邯贊이 우스시며 「뉘가 너를 묵더냐」하니 한놈이 이말에 大徹大悟하여 本來 묵기지 안한 몸을 어대 풀것이 잇스리오 하고 몸을 쓸치니 쇠사슬도 업고 한놈의 한몸만 웃둑하게 섯더라.

第六章

님 나라(天國)는 하늘 위에 잇고 地獄은 쌍밋헤 잇서 그 샹거가 千里나 萬里인줄 알은 人間의 생각이라. 實際는 그러치 안하여 쌍도 한쌍이오 째도 한째인대 재치면 님나라며 업지면 地獄이오 실우쒸면 地獄이오 날면 님나라며 놋치면 地獄이니 님나라와 地獄의 샹거가 요쑨이더라 地獄이 이믜 부서지매 한놈이 눈을 드니 금으로 지은 집에 옥으로 싸은 담이 얼은얼은 하고 쌍에 쌀닌것은 모다 眞珠며 金剛石이오. 말고 향내나는 空氣가 코를 질너 밥안먹고도 배불으며 나무마다 곳히 피어 봄빗을 장랑하며 새는 鸚鵡 孔雀 金鷄 쇠꼬리 갓흔 듯고 보기다 죠흔 새들이며 김생은 사람 물지 안는 文虎文豹 갓흔 김생들이오. 거리마다 新羅의 萬佛山을 벌어노코 집집에 高句麗의 獸毛褥을 쌀엇스며 입은것은 夫餘의 紋繡와 辰韓의 縑布며 둘운것은 渤海의 紬와 新羅의 龍綃며 들리는것은 弁韓의 가야고며 新羅의 萬波쉬는져며 百濟의 공후도 잇고 高麗의 國樂도 잇더라. 한놈이 깃붐을 니기지 못하여 「인계는 내가 님나라에 다달엇고나」하고 깃거워 나서니 님나라의 모든 물건도 모다 한놈을 보고 반기는듯 하더라. 님을 보이랴 하나 하늘갓히 놉흐시고 바다갓히 늘으시고 해갓히 맑으시고 달갓히 둥그시고 봄갓히 짜쑷하시고 가을갓히 매우사 한놈의 좁은 눈으론 볼수도 업고 그 左右에 모서 안지신 이는 信仰에 구드신 東明聖帝 明臨答夫, 政治制 에 밝으신 百濟肖古大王, 渤海宣帝, 理想에 놉흐신 眞興大王, 薛原郎, 歷史에 놉흐신 神志先人李文眞, 高興, 鄭知常, 國文에 힘쓰신 世宗大王, 薛聰, 周時經, 陸軍에 능하신 渤海太祖, 淵蓋蘇文, 乙支文德, 海軍에 용하신 沙法名, 鄭地,李舜臣, 疆土를 開拓하신 廣開土大王, 東城大帝,尹瓘,金宗瑞,法典을 編纂하신 乙巴素, 居柒夫, 亡國末葉에 雙手로 하늘을 밧드던 百濟夫餘의 福神,高句麗의 劍车岑, 板蕩時代에 한칼로 外寇를 물니고 나라를 편이하던 高麗의 崔瑩, 姜邯贊, 李朝 朝鮮의 林慶業, 外地에 植民한 徐偃王, 奄國始祖, 孤竹始祖, 他國에가 王된 高雲, 李正己, 金俊, 死後에 龍이 되여 日本을 屠戮하랴던 新羅文武大王, 鷄林의 개라도 日本의 臣民은 안된다던 朴堤上, 紅巾賊二百萬을 討平하고 奸計에 죽던 鄭世雲, 本局八聖을 祭하고 金國을 치랴던 妙淸, 支那 洪水에 五行治水의 줄로 夏禹를 가라치신 夫婁太子, 一葦로 大海를 건너 島國蠻種을 開化식힌 慧慈禪師, 王仁博士, 安市城에서 唐太宗 李世民의 눈을 째던 楊萬春, 龍仁邑에서 撒禮塔의 가슴을 마추던 金允候, 敎育界의 宗主되여 四海를 쓸니게 하던 永郎, 南郎, 國粹의 문어짐을 놀내여 花郎을 中興하려던 李知白, 同族에 對한 義憤으로 渤海를 구원하랴던 郭元, 王可道, 王室을 多勿하랴하여 피흘니던 李穡, 鄭夢周, 杜門洞七士賢, 强者를 制裁함에는 暗殺이 唯一神聖으로 깨다른 密友 紐由, 黃昌, 安重根, 넘어지는 大廈를 붓들랴고 義旗를 잡은 李康年, 許蔿, 全海山, 蔡應彦, 죠촐한 震壇의 女子의 몸으로 엇지 도적에게 더럽히리오 하던 落花岩의 妃嬪들, 壬辰年의 論介, 桂月香, 出世한 사람으로 나라일이야 이즐소냐 하던 高麗의 七佛, 高麗의 玄麟禪師, 李朝의 西山大師, 泗溟堂, 國學에는 비록 도움이 업지만 一方의 敎門에 通達하여 朝鮮의 빗홀보탠 佛學의 元曉, 義相, 儒學의 晦齋, 退溪世上에 상관업는 物外閑人이지만 淸風古節의 韓惟翰, 李資, 玄鍊眞 修道의 礦始, 鄭昆, 建築으로 거룩한 臨流閣, 皇陵寺 等의 建築者, 美術로 신통한 萬佛山紅氈兪의 製造者, 算術로 夫道, 그림으로 率居, 音律로 于勒, 玉寶高, 칼을 잘 맨드는 駕洛의 工匠, 猛虎를 맨손으로 째려잡는 渤海의 壯士, 星曆의 伍允孚, 異術의 田禹治, 歸歸來來詩로 物質不滅의 原理를 말한 花潭 徐敬德, 暴君은 베여도 可하다하여 忠臣不事二君의 奴說을 反對한 竹道鄭汝立, 鐵鑄字 發明한 바치, 飛行機始祖 鄭平九, 이밧게도 눈큰이 입큰이 팔긴이

뭄굴근이 어늬째 外國과 싸워 익인이 어늬 곳서 백성에게 큰 功德을 깃친이 哲學에 밝은이 道德에 놉흔이 物理에 사모친이 文學에 잘한이 한놈이 듯지보지 못하던 先民들도 만흐며 쏘 한놈이 그자리에서 보고 이졔 긔억지 못할 이도 만허 이책에 올니지 못하건이와 대개 이쌔 한놈의 마음은 넘나라의 옴만 반가울쑨 안이라 여러 先王先賢先民들을 뵈옴이 고맙더라. 넘나라에는 이러케 모아서 무삼 일을 하시는가 한놈이 눈을 들어본즉 이상도 하고 긔졀도 하다. 다른것 하는것은 아모것도 업고 오직 낫낫히 비를 맨들더니 긴막대에 쮀여드니 그 길이 멋 천길 멋 만길인지 몰을너라. 그 비를 일졔히 들더니 하늘에 대고 썩썩 쓴다. 한놈이 놀래 일어나며 「하늘을 웨 쓸닛가 싸에는 몬지나 잇다고 쓸지만 하늘이야 웨 쓸닛가」 모다 대답하시되 「하늘을 못 보느냐 오날 우리 하늘은 싸보다도 문지가 더 무덧다」 하시거늘 한놈이 하늘을 둘우 살펴보니 윈 하늘에 몬지가 보얏게 덥히엿더라.

멋천 멋만 비들을 드리대고 불이나게 쓸지만 이리쓸면 뎌 짝이 보얏케 되고 뎌리 쓸면 이짝이 보얏케 되여 파란 하늘은 어대 갓는지 예 책에나 예 니야기에나 듯지보지 못하던 흰하늘이 머리위에 덥히엿더라.

『하늘도 보얀 하늘이 잇슴닛가』한놈이 소리를 질너 물으니 누구인지 눌은옷 입고 붉은 씌 씐 어른이 대답하신다.『나도 처음 보는 하늘이다. 넘 나신지 三千五百年頃부터 하늘이 날마다 풀은 빗흔 날고 보얀 빗히 시쟉터니 한해지나 두해지나 밋四千二百四十餘年 오날에 와서는 거의 풀은 빗흔 다 업서지고 소경 눈 갓치 보얏케 되얏다. 그런즉 대개 七百年동안의 난變이오. 이 압세는 이런 變이 업섯나니라』하더니 고만 목을 놋코 우난대 울음소리가 長短에 마저 노래가 되더라.

하늘이 졔빗흘 일흐니 그 남어야 말할소냐
太白山이 놉히가 줄어 석자도 못되고
鴨綠江이 터를 쩌나 五百里나 이사갓고나
악아악아 우리 악아
아모리 어려도 잠 좀 깨여라
無窮花쏫 핀 가지에 찬바람이 후려친다

그이가 노래를 맞추더니 『한놈아』불으며 서편을가라치거늘 한놈이 처다보니 해와 달이 나란히 써올으는대 테둘에가 다 네모가 나고 빗흔 다 새캄엇거늘 보는 한놈이더욱 놀래여 『하늘이 보얏고 해와 달이 네모지며 쏘 새카마니 이것이 넘나라의 人間과 다른 特色임닛가』한대 그이가 깜짝 쒸며 「이것이 무삼 말이냐 하늘이 풀으고 해와 달이 둥글며 흼은 넘나라나 人間이 다 한가지인대 지금 이러케 된것은 큰 變일니라」 한놈이 「넘의 힘으로 이를 엇지 하지 못합닛가」 그이가 눈물을 흘리더니 갈아사대 『넘 나라에야 무삼 變이 나겠느냐 쌔로는 항상 봄이오 싸는 모다 금이오 김생도 사람 갓히 착하니 무삼 變이 나겠나냐 다만 二千萬 人間이 지은 孼로 하늘을 드럽히고 해와 달도 빗이 업게 맨들엇나니 아모리 넘의 힘인들 이를 엇지 하리오」한놈이 『人間에서 孼만 안이 지으면 해도 옛해가 되고 달도 옛달이 되고 하늘도 옛하늘이 되겠슴닛가』그이가 갈아사대 『암 그일을 말이냐 대개 高麗末葉부터 별별 하늘이 우리 震壇에 들어오는데 孔子 釋迦는 더말할것 업고 심지어 菩薩의 하늘이며 帝君의 하늘이며 關羽의 하늘이며 道士의 하늘까지 들어와 넘의 하늘을 가리워 二千萬사람의 눈이 한쪽으로뒤집혀 보고 하는일모다 쌘젼이 되어 國典과 國寶가 턱턱 문어지기 시작할새 歷史의 第一章에 우리 넘 檀君읈배고 殷室亡命客 箕子를 쓰며 夫餘를 제치고 漢家叛賊 衛滿으로 正統을 가지게 하며 高句麗의 血統인 渤海을 물니여 北貊이라 하며 百濟의 勇武를 실어 하야 이르 無道之國이라 하며 우리의 倫理 곳 三符五戒갓흔 것흔 되놈의 것이라하여 支那의 文敎로 대신하고 만일 國粹를 保全하랴 하는 이 잇스면 도리혀 惡刑에 죽을새 竹島先生 鄭汝立이 九月山에 들어가 檀君께 祭하여 忠臣不事二郡이 聖人의 말 안이라고 웨첫나니 이는 思想界의 獅子吼어늘 鎭安竹寺에서 無道한 칼에 肉漿이 되고 그남어 賢相이며 名將이며 偉人이며 才子壯士며 俠客이 이 보얀 하늘밋혜서 몹쓸 죽음한이가 얼마인지 알수 업나니 이졔라도 人間에서 지난 일의 잘못됨을 뉘우처하고 갓히 비를 쓸어 주면 이 하늘과 이 해와 이달이 졔대로 되기 어렵지 안하리라』하며 눈물이 비오듯 하거늘 한놈이 크게 늣기여 『그러면 한놈부터 내 責任을 다 하리다』하고 곳 『비를 줍소서』하여 하늘에 대고 죽을판 살판 쓸새 무릇 三七 二十一日을 지나니 손이 부풀어 이리져리 터지고 팔이 압혀 들을수 업고 두눈이 몃칠 굴믄 사람처름 쑥 드러가 힘을 다시 더 쓸수 업는대 하늘을 처다본즉 如前히 보얏터라. 한놈이 이에 『내힘은 더 쓸수 업스나 쏘 내 뒤를 니어 이대로 힘쓰는 이 잇스며 슬마 하늘이 푸르러질 날이 잇겟지』하고 이 뜻으로 가갸풀기를 지잇는대

가갸거겨 가자가자 하늘쓸너 거름거름 나아가자
고교구규 고되기는 고되지만 구든 마음 풀닐소냐
그기고 그믄 밤에 달이 나고 기운해 다시 쓰도록
나냐녀녀 나 죽거던 너가 하고 너 죽거던 나 또 하여
노뇨누뉴 노지안코 하고 보면 누구라서 막을소냐
느니ㄴ 느진 길을 늣다말고 니 악물고 주먹쥐자
다댜더뎌 다달은들 칼안이랴 더 갈사록 매운 마음
도됴두듀 도령님의 넋을 받어 두려운놈 배이 업다
드디ㄷ 드릴 곳이 잇스리니 디경 쌀어 서고지고
라랴러려 라팔불고 북도첫다 러려말고 칼을 쌔자
로료루류 로동하고 싸흠하여 루만명에 첫째되면
르리ㄹ 르르릉 아라 르릉 아리아 자개 아들갓치
마먀머며 마마님도 구경가오 먼 동 꼿혜 봄이 왓소
모묘무뮤 모든 사람 모다 몰아 무쇠팔뚝 내둘으며
므미ㅁ 믄대던지 갓갑던지 미리치며 나아갈쌘
사샤서셔 사람마다 올코보면 서슬잇서 푸르리라
소쇼 수슈 소름깃는 독갑이도 수켓에야 어이하리
스시ㅅ 스승님의 뜻을 받어 세로 가로 쮜고지고
아야어여 아모런들 내아들이 어미업시 컷다마랴
오요우유 오즉이나 오랜 나라 울이박달 울이곁에
으이ㅇ 응응 우는 아기라도 이 정신능 차리리라

막 『자쟈저져』를 읽으랴하니 보얀 하늘 한가온대서 새팔안 하늘 한쪽이 내다 보이며 그속에서 소리가 난다. 『한놈아 네아모리 誠力은 깁지만 한갓 誠力으로는 功을 일우기 어려우리니 그리말고 님의 씰시한 『도령군』을 가서 구경하

여라』한놈이『도령군이 무엇임닛가』무른대『아 도령군을 몰느냐 歷史 본 사람으로』하거늘 한놈이 눈을 감고 안저 歷史 생각하니『대개 도령은 新羅의 花郎을 일음이라 三國史記 樂志에 薛原郎이 지엇다는 徒領노래가 곳 花郎의 노래니 徒領은 도령의 音譯이오 花郎은 그 意譯인대 花郎의 처음은 新羅 째에 된것이 안이라 곳 檀君神祖가 太白山에 나려오실 째에 三郎과 三千徒를 거나림이 花郎의 비롯이오. 天王 卽 解慕漱가 徒者數百을 거나리고 熊心山에 모힘도 또한 花郎의 놀음이오 高句麗의 先人은 곳 花郎의 別名인대 東盟은 또 先人의 天祭이며 百濟의 蘇塗도 花郎의 別名인데 天君은 또 蘇塗祭의 神名이라. 名號난 時代를 짤어 變하엿스나 精神은한가지로 傳하여 冒險이며 尙武며 歌舞며 學識이며 愛情이며 團結이며 熱誠이며 勇敢으로 서로 引導하야 古代에 이로써 宗敎的尙武精神을 일워 직히면 익이고 싸우면 물니처 크게 國光을 發揮한 것이라.新羅의 眞興大王 더욱 큰 理想과 널흔 排鋪로 弊될 것을 덜고 美와 굳셈을 더 보태여 花郎史의 新紀元을 연고로 永郎 南郎의 敎育이 四海에 펴지고 斯多含, 金欽 春 等 少年의 피꼿히 歷史에 빗내엿나니 비록 拜華奴의 金富軾으로도 花郎二百의 芳名美事를 讚嘆함이라. 그뒤에 文獻이 殘缺됨으로 엇데케 哀하고 엇더케 업서짐을 자세히 알수 업스나 그러나 高句麗에 보매 顯宗 째 契丹이 數百萬大兵으로 우리에게 덤비매 李知白이 써하되 花郎을 막을 精神이 잇스리라 하며 睿宗이 詔書로 南郎 永郎 等 모든 花郎의 자최를 보전하랴 하며 毅宗도 八關會의 花郎을 뽑아 古風을 쯔칠 뜻을 가젓섯나니 이 째꺼지도 도령군 곳 花郎의 道가 國中에 한자리 가젓던 일을 볼지나 이 뒤로 난 엇더케 되엿나』외우며 생각하고 생각하며 외우더니 하늘이 다시 소리하기를『네가 歷史속에 잇는것을 어려히 생각한다만은 다만 한가지 또 잇다. 高句麗崔瑩傳에 崔瑩이 明太祖 朱元璋과 싸우랴 할새 써하되 高句麗가 僧軍三萬으로 唐兵百萬을 째첫스나 이졔도 僧軍을 쏘으리라 하얏는대 그 일은바 高句麗 僧軍은 곳 先人軍이니 마치 新羅의 花郎갓흔것이라. 그 婚姻을 멀니하고 家事를 돌보지 안함이 僧과 갓흔 고로 古代에도 혹 그 일흠을 僧軍이랴고도 하며 崔瑩은 더욱 先人이나 花郎의 制度를 恢復할수 업서 僧으로 대신하랴 하며 참말로 僧家의 僧을 뽑음이나 만일 崔瑩이 죽지안코 高麗가 망치 안하얏더면 님의 세우신 花郎의 道 가 五百年 前 에 발서 中興하얏스리라』하시거늘 한놈이고마운 마음을 니기지 못하여 짜에 업들여 절하고『한놈이 도령軍 곳 花郎이 우리 歷史의 쎄오 나라의 쏫힌 줄을 안지 오래오며 쏘 이르 發揮할 마음도 간절하오나 다만 神志의 詩史나 居柒夫의 仙史나 金大問의 花郎世紀 갓흔 책이 업서짐으로 그 源流를 알수 업서 짝업는 遺恨을 삼엇더니 이제 님이 도령군을 구경하라 하시니 마음에 感謝함이 대일곳 업사오니 원컨대 밧비 길을 引導하사 平生에 보고지고 하던 도령군을 보게하옵소서』하며 어린아기 어미찻듯 작구『님』을 불으더니 하늘로서 紅燈 한개 나려오며 압을 引導하야 五色 내를 지나 玉뫼를 넘어 한곳에 다달으니 돌문이 잇는대 금글씨로서 색엿스되『도령군 놀음곳』이라 하엿더라

　문압헤 한쟝수가 서서 직히는대 한놈이『님나라로부터 구경하려 왓스니 들어 가게 하여 주소서』한즉『네가 밧칠것 이서야 들어가리라』하거를『밧칠것이 무엇임니가 돈임닛가 쌀임닛가 무삼 보배임닛가』한대『그것이 무삼 말이냐 돈이던지 쌀이던지 보배이던지는 人間에서 貴』한것이오. 님나라에서는 賤한것이니라』『그러면 무엇을 밧칠닛가』다른것 안이라 대개 情이 만코 苦痛이 깁흔 사람이라야 우리의 놀음을 보개 쌔닷는 배 잇스리니네가 人間三十餘年에 눈물을 몃줄이나 흘엿느냐 눈문 만흔이는 情과 苦痛이 만흔 이매 이 놀음에 참여하여 上等 손이 될지오 그 남어는 中等손 下等손이 될지오. 아조 젹은 이는 들어가지 못하나니라』『어려서 졋 달라고 울던 눈물도 눈물임닛가』『안이다 그 눈물은못 쓰나니라』『열 한아 열두 먹던 째에 남과 싸우다가 분하여 운 눈물도 눈물임닛가』『안이다 그 눈물도 갑 업나니라』『그러면 오직 나라 사랑이며 동포사랑이며 대적에 대한 의분의 눈물만 쓸닛가』『그러니라 그러나 그 눈물에도 眞假를 골으느니라』이러케 밧고 차기로 말하다가 左右를 돌아보니 한놈의 平日親書들도 어대로부터 왓는지 문압히 그득하더라 이에 눈물의 졍구가 되는대 한놈의 생각에는 내가 가쟝 쏫히 되리로다. 나는 元來 無情하야 나의 人間에 對하여 쑤린 눈물은 몃방울인가 세히랴

百歲老僧의 美人談◉

一

「두만강물에 말을 씻고 백두산 돌에 칼을 갈어 격군을 토평하리라」의 호기로운 노래를 불우던 남이(南怡)장군은 그 안해 권씨가 얼골과 자태만 졀대 미인일쑨더러 쏘한 장군에게 지지안할 총명과 지혜를 가진 부인이라 남이장군이 매오 사랑하얏다. 장군이 언제는 니웃의 동무 두사람과 함끠 서울 동대문 박호국사란 절에 놀러 나아가 니야기가 자기의 안해자랑에 밋처 「내안해는 그 외양만 사랑할만할쑨 안이라 그 속마음까지도 쳘셕갓하 참 미들만한 녀자라」고 자랑하니 그 두동무도 장군과 갓흔 미인의 안해를 두엇던지 덩달너 각기 「내 안해도 남만 못한 녀자는 안이라」고 자랑하얏다. 그리하야 내 안해가 나으니 네 안해가 나음니 내안해가 미들만 하니 네안해가 미들만 하니 하며 한창 말다툼이 되는데 머리싹기에 게을네 눈빗갓흔 머리털이 더펄더펄하게 두 귀를 더픈 늙은 중이 그 겨테서 듯다가 「남자가 잘나면 역적질을 하고 녀자가 어엽부면 서방질을 함니다. 서방들은 어엽분 안해를 밋지 마시요」하며 쌀쌀 웃는다. 그중은 나히 멧친지 모르나 중으로 그 절에 와서 륙십여년을 지냇스니 적어도 백살은 되얏겠다고 하는 늙은 중이며 만법개공(萬法皆空)의 진리를 깨달란노라고 졔가 졔일홈을 오공화상(悟空和尙)이라고 지은 중이라 그러나 중을 천대하는 시절에 아모리 늙은 중일지라도 이갓히 남의 말끗헤 토다는 당돌한 중을 누가 용서하리오. 일행 세사람잉 일제히 노하야 「서방님네의 말끗헤 중놈이 무삼 참견이냐」고 주먹을 들어 치랴한즉 「네, 로승이 죽을 죄를 지엇슴니다마는 서방님네의

◉ 이 작품은 김병민 편, ≪신채호문학유고선집≫(연변대학출판사, 1994)에 수록된 작품을 기준으로 하였다.

말을 듯다가 지난 일이 감촉되야 죄 짓는지를 몰으고 죄를 지엇습니다. 용서하시면 로승이 미인의 안해 까닭에 중된 니야기를 하겟습니다.」남이장군은 서걱서걱한 화반의 자대라 그 말을 듯고 두사람을 달내고 로승의 언권(言權)을 허락하얏다. 그리하야 제 신세를 진술하는 싯헤 력사상에 빠아진 송도말년의 조선 몽고 중국 세민족의 이목을 놀내던 대 사건이 로승의 입부터 다시 알게 되얏다.

二

「로승이 중 되기 이전에는 전답도 만코 다른 재산도 상당하게 가젓던 고려때 부귀가의 아들이엿습니다. 십칠세에 송도에 유명한 재상 황씨의 딸과 결혼하얏습니다. 어리석은 놈이 제게집을 자랑한다 하니 로승도 어리석어 그런줄 몰으나 아모커니 로승의 눈에는 그뉘에 굿대 로승의 안해이던 황씨 갓흔 미인은 보지 못하얏습니다. 세상에서 흔히 얼골만 반반한 게집이면 미인이라 합듸다마는 황씨는 아마 머리씃부터 발굼치까지 미인 안인곳이 업엇습니다. 그갓흔 미인의 안해를 가젓던 로승이 웨 중이 되얏겟습니가?

고려 때에는 중이 매오 존귀하얏습니다. 그러나 로승은 그 존귀를 위하야 중이 된 놈이 안임니다」

말이 이에 미처서는 한숨을 쉬고 눈물을 두어줄 흘으더니 다시 말을 계속한다 「서방님네가 고려사(高麗史)를 보섯스면 고려말년에 몽고의 압제 밧던 사실을 알으시리라. 그 때에 몽고가 강성하야 중국을 먹을 뿐이안이라 중국의 북방으로 나아가아 멧 십국을 먹엇습니다.

몽고의 적병이 고려에 침범하매 처음에는 송도군신들이 전력을 다하야 방어하얏습니다. 몽고가 아모리 강하다 하나 만일 상하가 화목하야 방어를 잘하야왓스면 나라가 안전하얏슬는지도 몰을것입니다. 그러나 이째는 문무당(文武黨) 싸흠 끗치요 최씨가 세도하는 판임니다. 그리하야 문신과 무신이 서로 잡아먹으랴 하며 황실과 최씨가 서로 잡아먹으랴 하야 마침내 서로 몽고의 세력을 쓸을어 자긔 미운파를 업시하랴 하얏습니다. 그리하야 최씨가 망하고 무신이 망하고 그 박에도 망한 놈이 만흠니다. 그러나 필경에는 너나 할것업시 다 망하게 되얏습니다」

「몽고가 고려를 침범한지 六十년만에 마침내 그 내란을 인하야 고려 정치에 간섭하게 되얏슴니다. 말이 간섭이지 어늬 무엇을 간섭하지 안한것이 업서 백성이 다 죽게 되얏슴니다. 그러나 그가운대 가장 압흐고 쓸이고 북그러워 말할 수 업는 일은 곳 녀자의 략탈이엇슴니다. 몽고 황제가 자긔의 쌀 한아씩을 뽑아 우리 님금의 황후로 주고는 그 갑세 전국녀자를 일년에도 멧십명씩 쏩아다가 자긔의 황후나 첩이나 쏘 그 왕공귀인의 안해나 첩을 맨듬니다. 몽고 태조 성길사한(成吉思汗)이 죽을때에 자긔의 어든 쌍이 동에서 셔에 가기가 남에서 북에 가기가 각기 한해길이라 하얏으니 그러면 이 하늘아래에 륙지가 접한 곳은 몽고쌍 안한 곳이 업섯슬쯧 함니다. 고려는 나라일흠이 잇섯스니 몽고황제의 쌍이라 할수는 업섯지만 엇지하야 녀자는 고려의 녀자만 쌔아서 가랴하던지 몰으겟슴니다. 아마 미인이 우리 나라에 가장 만하던 까닭 갓슴니다. 해마다 처녀를 쏘으러 나오는사신이 옴니다. 고려사에도 대개가 긔재 되얏지만 그 사신이 나오는 째에는 왼나라사람이 모다 놀냄니다. 말은 처녀르 쏘아 간다 하지만 실상이야 처녀쑌이게슴니가 어엽부기만 하면 남의 유부녀라고 쌔아서 감니다. 그러므로 쌀을 나면 숨기어 키울쑌 안이라 사람마다 그 안해르 쌔앗길가 하야 문박게를 못 나아가게 하얏슴니다. 녀자가 내외한다 하고 남을 보지 안는 풍속이 고래부터 그런줄 알며 혹은 유교의 례법이 성행하면서 녀자를 규방에 가두기 시작한 줄아나 이는 다 사실이 안임니다. 로승은 그째에 더욱 어엽분 안해를 가진 까닭에 더욱 공구가 만헛슴니다. 그리하야 엇지 내 안해의 얼골을 박색을 맨들고 하는 생각이 나며 단장과 수식 갓흔것을 못하게 하나 그 련연한 미색이야 변할수 잇슴니가? 깁흔방에 가두고 남이 못보게 하지만 그러나 그것도 쓸대업섯슴니다. 아모의 안해는 절대 미인이란 소문이 불길 갓히 올나왓슴니다……

三

그리하야 재산 얼마를 팔아 금은 주옥 갓흔 경보등속을 맨들어 가지고 길을 써낫슴니다. 그때에는 매양 서북방의 관계가 만하 세가 자제들이 아희 째 부터 몽고말 중국말들을 배운던째라 로승도 중국말도 알고 몽고말도알므로 아모 어려운 일업시 몽고황제의 서울인 북경까지 삿슴니다.

북경에는 갓지만 북경 멧십만호에 어늬집 에 내게집이 들어안진지 알겟습니
가. 잡히어 가기는 사신에게 잡히여 갓지만 사신의 잡아간 게집들이 황궁에 들
어가 황후되는 수도 잇고 혹 후궁에 들어가 고향산천을 바라보고 눈물을 쑤리
며 청춘을 그대로 보내기도 하니 내게집이 황궁으로나 들어가지 안하얏는가?
만일 황궁에 들어가기만 하얏으면 설영 황졔의 눈이 멀어 손으로 매저 본다
할지라도 아마 황후나 황비가 되얏을 터인대 그러나 그 중의 일을 알어본즉
당시의 황비가 고려 녀자라 하나 로승의 게집은 안입듸다. 어늬 귀인의 처나
첩이 되얏는가 하나 하다만흔 귀인에 어느 귀인인지 알수 잇습니가? 그것을
알기 위하야 일년동안이나 북경에 체류하얏습니다. 그러나 잘못하다가 소문이
나면 게집 잇는곳을 알기전에 내목숨부터 떨어질 넘려가 잇서 자조 려관을 옴
기여가며 비밀히 탐문하너라고 가저간 금은만 소비하고 게집잇는 곳은 몰낫슴
니다.

四

「연산설화대여석(燕山雪花大如席)이라 한말과 갓히 째는 십월초순인대 주
먹갓흔 눈이 퍽퍽 소다짐니다. 로승이 려관 한상에 눕엇다가 창박게를 내다 보
고 쌈짝 놀래여 아아 저눈이나 올째 오던 눈이 안이냐? 하고 벌썩 일어나서
손을 곱아보니 꼭 북경간지가 일주년이 되얏더이다. 속이 답답하야 견댈수 업
서 대문박그로 나아가 큰길로 향하얏습니다. 길에서 엇던 남여를 탄 여자를 만
낫습니다. 녀자라면 행길에 걸어가는 녀자라도 혹시 내 안해가 안인가 하야 세
거름에 한번씩 발을 멈추고 돌아보는 째인데 하물며 남여탄 녀자겟습닛가 그리
하야 남여의 류리창으로 가만가만 여웃보앗스난 내 안해는 안닙듸다. 할일업시
한숨을 짓고 도라서랴 하는 판인대 남여안에 안진 녀자는 몽고말로 하인에게
남여를 나리어 노라 하더니 다시 고려말로 로승을 령감님이라 불읍듸다. 그 소
리에 엇지 반갑던지 달녀들어 재셰히 보앗슴이다. 그러나 누구인지 알수 업슴
듸다. 그 녀자는 령감님이 나를 니즈셋나요? 하며 인사를 하나 주제주제하고
대답을 못하얏습니다. 흥 남자나 녀자나 잘먹고 잘차리면 아조 짠 사람이 되는
것입니다. 다시 살피어 보니 다른 녀자가 안이라 로승의 집에서 부리던 녀종입

되다. 「아이고 네냐 아조 몰라보게 되앗고나」 한즉 「소녀는 얼골이나 몰라보게 되얏지만 아씨는 마음까지 몰으게 되얏슴니다」. 그말이 뜻이 잇는 말이지만 그 째에 그런 말을 색이여 듯지 못하얏슴니다. 그래서 그 녀종에게 황씨가 곳 당시 에 황계의 충신으로 유명한 몽고장수 차손다다의 부인이 되야 고국생각을 니즐 만치된 안락에 싸아지고 년종은 그 집의 비자로 쏘한 상당한 영화를 누리는줄 을 재세히 알앗슴니다 「어더케 하여야 아씨를 만나 보겟느냐?」 「아씨는 맛나 무엇을 하랴늬가? 이 길로 곳 고국으로 돌아 가십소서. 고국으로 돌아 가시지 안하다가는 황천으로 돌아가시리다」 「황천으로 돌아갈지라도 아씨를 맛나보고 야 돌아가겟다」 한즉 그 녀종이 한참이나 무엇을 생각하더니 당장 얼골 빗치 새파래지며 로승의 수죄를 합듸다.

령감 들으시요. 산아희란 것이 무엇으로 산아희라 하압난닛가 적국이 내 나 라에 침입하면 칼들고 활메이고 젼장에 나아가서 적병을 물니치고 개선가를 불으며 돌아오거던 그의 안해는 낫에 봄빗을 쓰고 나아가 맛게 하거나 그러치 못하면 차라리 전장에 싸우다가 죽어 바리어 울긋불긋한 피두루막이 입은 송장 으로 돌아오거든 그의 안해가 눈물을 쑤리며 나아가 맛게 하는 것이 산아희의 일이 안임니가 적국의 정복으 바더 죽 도사도 못한 몸이야 제게집이나 쎄앗기 지 안하랴고 깁히깁히 도량속에 가두어 노코 그 속에서 부처의 행복으 누리랴 하얏스니 네가 무삼 산아희냐?

게집이 그러케 악갑거던 게집으 쎄앗길때에 당장에 칼을 쎄여 게집쎄아서가 는 놈의 목을 질으거나 그러치못하면 그 칼에 자살함이 산아희이 일이어늘 「인 제 가면 언제 볼가」 가련한 노래나 불우고 그 악가운 게집을 남의 품안에 들어 가도록 하얏스니 네가 무삼 산아희냐?

게집이 아모리 중대하지만 네게집이 외에 게집보다 중대한것을 얼마나 쎄앗 기엇느냐? 나라안에 모든것을 다 쎄앗기고도 차줄줄을 몰으면서 엇지 게집 차 즐 줄은 아느냐? 그런 지각도 업시 산을 넘고 물을 건너 만리 타국에를 나온단 말이냐? 네가 무삼 산아희냐?

게집의 잇는 곳을 알엇다 하자. 안인 밤에 담을 넘어들어가등에다 부듯처 업고 도망하겟느냐?이러케 생각하얏스면 참 딱한 생각이다. 녜가 무삼 산아 희냐?

　　남자도 게집을 사랑하다가 더 어여분 게집을 보면 마으미 변하듯이 녀자도 본 서방보다 더 산아희다운 산아희를 보면 본서방을 닛는 것이다. 하물며 너느 제게집을 쌔앗긴 놈이 되고 차손다다장군은 남의 게집으 쌔아슨 놈이 되얏는데 게집의 생각에 엇던 놈을 산아희로 보겟느냐? 그 게집으 보랴고 왓스니 네가 무삼 산아희냐?

　　산아희 안인 산아희놈이 엇지 게집은 아느냐? 네가 무삼 산회냐?

　　네생명을 보전하랴거던 곳 이길로 돌아나아가거라. 그러나 나는 모른다. 네 마음대로 할것이다. 나는 간다. 네가 무삼 산아희냐?

　　이러케 일장수죄를 하고는 고만 하인을 불으더니 남여에 올라 안저 갑듸다. 지금에 생각하면 그 째 그 녀종의 말이 귀귀관주(句句貫珠)요 자자비뎜(字字批点)이 올시다. 로승이 정신이 부족하야 낫낫이 생각이 안남니다마는 아마 만고 문장이라도 그 보다 더 용한 명작(名作)이 업슬것임니다. 그러나 그째에는 저런 죽일 년이 잇는가 내 옷 입고 내 밥 먹고 내집에서 잘안 년이 나를 이다지 욕을 보이는고나 분이 장박이부터 발굼치까지 쎄치도록 낫지만 그러나 이 경위에 쌔아진 까닭에 이런 욕을 당하는 판이니 무삼 회답을 하릿가 아모 말업시 우득 한이 섯다가 려관으로 돌아왓슴니다. 게집 차질 생각은 이대로 날어가고 엇지하면 그녀종을 죽일가 하는 생각쑌이엿슴니다. 그러나 그는 잠시 동안이오. 엇지 내 안해를 맛나보나 하는 마음이 다시 불 일어나듯 하야 홀로 방안에서 건일다가 다시 「아이고」하고 한숨 쉬이며 「나를 대면하야 그갓히 욕하는 년이 의례히 차손다다장군을 맛나면 내가 왓다고 고백하겟지? 고백만하면 나는 어늬 귀신이 잡아가는지 몰으게 잡아다 죽이겟지? 그러나 당면하야 나를 욕하얏스면 그만이지 무삼 원수가 잇다고 고백까지 할가? 그러나 세상일은 몰라? 하고 공구한 마음에 행장에 풀어 그 가운데 금은등속을 가지고 그 밤중에 옴기엇슴니다.

五

　　황금이 잇스면 귀신도 부린다더니 그말이 참말입듸다. 차손다다장군의 집을 이믜 안지라 황금을 주고 그집의 문방하인을 사귀어 차손다다장군의 입직한 날을 타아 깁픈 밤에 그집을 들어가 그 하인의 지도로 차손다다 장군 부인의 침방으로 향하얏습니다. 혹시나 그 못된 녀종에게 들키지나 안이할가 하야 거름거름 멈침하며 열어 중문을 지나 부인의 침방문 압헤 가서 지도자는 도로 나아가고 로승이 홀로 문틈으로 들이여다 본즉 촉불은 낫갓흔대 복색은달으나 얼골이 의구한 내 안해가 그압헤 안저 무삼 책을 봅듸다. 곳 문을 부시고 들어가 움키여 안고 십지만 방문으 두다리엇습니다. 소위 전날의 내 안해이면 이째의 차손다다장군의 부인 황씨 그게집이 귀를 기울이더니 「게 누구이냐? 엽분이냐?」 「엽분」은 곳 그녀종의 일홈입니다. 「안이요 나요」 「내라니 일홈 업는 「내」가 누구란 말이냐?」 「이곳에 고려말 하는 이는 엽분이 박게 업는데 네가 누구이냐?」 「나요 문을 좀 열으시요 문을 열어보면 누구인지 알지요」 「목소리는 익으나 생각이 안이 나다」 하고 그게집이 문을 열웁듸다. 방안에 썩 들어서며 반가운 마음에 손목을 턱 잡앗습니다. 그 게집의 마음에도 너무 쯧박기라 처음에는 한참이나 의심하는 눈으로 보다가 내종에는 「아이고 이것이 누구인가요 그러나 손목을 노으시요 여긔가 어대임닛가 령감의 살길부터 생각하여야 하지요」 로승은 그래도 손목으 노치안하얏더니 「노으시요 노으시요 대관절 엇지된 일인가 말삼을 하시요」 로승이 할일업시 잡은 손목을 노코 서로 작별한 뒤에 간절한 생각을 니기지 못하야 물불을 헤아리지 안코 차저온 말을 한즉 「그러면 이 깁흔 밤에 엇더케 들어 왓슴니가 감을 넘어 들어 왓슴니가」 너무 밧버 긴긴 말을 다 할수 업슴으로 「에 담을 넘어 들어왓슴니다」 「아참 몇해를 갓치 살아지만 령감의 근력이 그처럼 대단한지는 몰낫슴니다. 그러나 나 시기는 대로 하여야 살지 그러치 안하면 목숨이 위태합니다」

「아이고 목숨이 다 무엇임닛가 우리 부처가 맛나보앗스면 고만이지요」 「맛나보기만 하면 무삼 리익이 잇슴닛가 살아야 장래를 보지요 위션 저 협실로 들어가시요 남의 눈에 쯔이면 큰 일임니다」 로승은 령문을 몰으고 참으로 살곳을 가라처 주는 줄로 밋고 협실로 들어갓슴니다. 들어간즉 박그로 문 딱 장굼듸다. 의심은 나지만 그래도 설마 내안해가 나를 죽이랴 하얏슴니다. 찬물 한 먹음 못먹고 가처 사흘을 지내니 차손다다장군이 출직되얏슴니다. 침방과 협실이 벽 한겹을 새이한고로 무삼 말이던지 다 들이는대 그 게집이 반갑게 차손다다 장군을 영접하는 꼴입듸다. 밧고 차기로 무삼 니야기를 한참 하더니 그 게집이 말이 「고국서 본부가 차저 왓슴니다. 엇지할가요」 「본부가 왓서요 본부가 누구란 말이요」「본부를 모르시요 고국에서 갓히 살던 남편이 차저왓서요」「그러면 쌀어가오」 그말을 듯더니 그 요악한 게집년이 고만 웁듸다 울다가 「나를 그러케 쏘치랴면 웨-잡아왓소 이 자리에서 나를 죽이시요 어서 죽이여 주시요」 차손다다 장군이 그 꼴을 보더니 고만 그 게집의 허리를 세여 안은 꼴입듸다 「그것은 작란의 말이다 내가 죽을 지어정 너를 어대로 보내것느냐」「작란의 말이요 그런 작란의 말은 하는이 차라리 나를 죽이시요」 얼마동안 울며붙며 하다가 다시 화락하야 집듸다. 로승이 협실에서 보다십이 그 광경을 들을 째에 죽기 무서운 마음은 어대로 가고 머리속만 확근확근 합듸다. 차손다다장군이 「그래 그놈이 어대 잇다는냐?」 물은즉 대답이 업스니 아마 손으로 협실을 가라치는 꼴인듯 합듸다. 「그놈이 엇더케 하야 협실에까지 와 잇느냐?」 한즉 밤에 담을 넘어 들어온것을 유인하야 가둔 니야기를 합듸다. 장군이 한참 그 게집의 지략을 칭찬하더니 「그러나 그놈이 담을 넘어왓으니 힘이 장사인것이로고」 하며 칼찬장사 멧을 불우더니 「여긔 힘센 도적 한아를 잡아 협실에 가두엇스니 잡아다가 저 건너 뷘방에 가두어라 이짜위 놈은 관가에까지 알닐것 업다 집에서 죽이지」 그 말이 써러지자 협실의 채운 문을 열고 로승을 쓰는다가 그 말대로 건너 뷘방에 가두고 담넘어 들어왓다는대 놀냄인지 문의 위아래로 좌우로 못을 치고 쇠사슬로 얼어놉듸다.

六

「죽기는 죽엇다만 분하야 엇지 죽나 죽음이 분한것이 아니라 그 게집을 살니어노코 내가 죽나. 협실에서 건너방으로 이수되야 홀로 안저 겨을에 잘은 낮을 기나긴 여름날 갓히 보내고 밤을 당하얏는대 침방으로부터 년놈의 웃는 소리 니야기 하는소리 하인 불우는 소리 문 여닷는 소리가 한아도 쌔아짐 업시 귀창으로 들어옵듸다. 얼마만에야 인적이 괴괴하얏집듸다. 인제는 다 자는가보다 문을 차고 나가고 십지마 쇠사실을 엇지할수 업고 벽을 문늬고 나아 가랴 하나 송도의 궁장 갓히 듯터운 벽을 어늬 장사가 문늬리오 방속에서 그추운 날이지만 열이나서 홀로 호도독거리는 판에 문박에 인긔척소리가 나더니 모긔소리만 한 소리로 「주무십니가」 하는 뭇는 말이 들닙듸다. 「누구이냐」 한즉 「엽분이 올시다」「엽분이-엽분이이가 무삼 일로 나를 찾느냐?」 한즉 「목소리를 나지막히 하옵소서 얼마나 배가 곱으심닛가」 이 지경에 배곱븐 생각이 다 무엇이냐고 대답하얏지만 실상은 배곱버 죽을 지경이라. 음식이 눈이 번하게 보이엿습니다. 창문역으로 먹을 것을 들이기에 줄인 범이 무엇 바더 먹듯이 낫낫히 바더 입에 털어너흐니 살것 같습듸다. 먹고 나서는 엽분에게 무수히 치사하얏습니다. 「나는 일젼에 네가 그 갓히 올흔말 하는것을 그 째에는 죽으랴고 눈이 뒤박구엿던지 너를 원수 갓히 보앗다. 인제는 네가 산아희 보담 훌륭한 녀자인줄 알겟다. 엇더케 나를 좀 나아가게 하야다고. 나아가기만 하면 내가 너의 은혜를 닛겟느냐?」「은혜요 그런 말삼은 말으옵소서. 손네가 본래 어려서부터 무의무탁한 년으로서 령감마나님의 은덕을 입어 살어왓는데 돌이어 령감마난님이 손네의 은혜를 갑년다 하심닛가? 일젼에 손네가 졸디에 무엄한 말삼을 하야 령감마난님에게 득죄 하얏습니다마는 인제는 령감마난님이 엇더케 생각하심닛가」「네가 부처님갓히 보이고 네가 하던 말을 부처님의 말보다 더 거룩하게 안다」「안이 올시다 쉰네가 젼일에 살외운 말을 엇더케 생각하느냐고 뭇는 말이 안이 올시다. 인제도 다시 아씨를 생각하시며 이 문을 열고 나오실수 잇다하면 엇더케 하겟슴니까?」「이 방문박에 나설수만 잇다면 내가 죽더라도 그 년놈이야 죽이고 말것이다. 만일 그대로 내 목숨을 보젼한다 하면 이는 참말로 네말과 갓히 산아희란 일흠을 쩨여놋는날이다」「올케 생각하섯습니다 쉰네가 발서 이 못을 쎄고 쇠사슬을 끌고 자물쇠를 열을 제구를 다가졌습니다」합듸다. 남자에 협객이 잇느의 렬사가 잇느니 하여도 어데 엽쁜이 같은 이가 잇겟슴니까? 그 말을 맛히고 집게로 못을 쎄고 쇠사슬을 끌으며 열쇠로 잠을쇠를 열읍듸다 그리 하자니 엇지 소리가 안 낫겟슴니가마는 련행으로 발각이 안이되얏습니다. 그리하야 함정에 든 범이 살아나왓습니다. 다시 엽분이가 훔쳐온 칼을 어더 손에 들고 그 년놈이 쎄여안고 자는 침방으로 들어가니 촉불이 환함듸다. 송도 당시에 어늬 남자이고 검술을 몰으는 남자가 업섯슴니다. 로승은 소년시졀에 더욱 검술로 유명하얏섯습니다. 칼을 잡고 바로 차손다다의 올흔쪽 머리쌔밋흘 질러 한 칼에 씩소리도 못하고 죽숫듸다. 칼을 쎄여 그 년을 죽이랴 하나 아 미인이란 것이 참 요물입듸다. 차손다다가 소리도 업시 죽엇지만 그 게집이 곤하게 든 잠결에도 무엇이 감촉이 되얏는지 깜짝 놀래여 닐어 안느대 촉불에 비추는 달

갓흔 얼골 옥갓흔 살빗 형용할수 업시 긔묘한 눈맵씨가 사람의 정신을 홀이여
「아이고 내 손으로 저것이야 엇더케 죽이나 차라리 이 칼로 내가 자살하지」
생각이 닐어나며 칼잡은 손이 살으로 풀어지는듯 합듸다. 그러나 마치 의협녀
장부 엽분의 책망이 나리는것 갓히 용기가 와락 나아 참아 그 칼로 그 목을
첫습니다. 그러나 지금까지도 말이나 멧마듸 물어보고 죽이엇더면…… 하는 생
각이 각금 남니다. 한칼에 두 사람을 죽이고 나서니 눈과 달이 빗츨 새워 낫
갓흔데 사방이 괴괴하고 엽분이만 뜰에 섯습듸다. 「너도 나를 짤아 갓히 가자」
한즉 「갓히는 고사하고 혼자 나아 갈수는 잇습니가」, 로승은 황금먹은 문직이가
그대로 잇는 줄로 밋고 「대문으로 나아가자」 하거늘 대강 그 들어 올째의 니야
기를 한즉 「아이고 령감 들어와 협실에 가두이신 그날 밤에 그 문직이들은 어대
로인지 달아나고 짠 놈들이 세놈이 나서서 직힘니다.」 그 말을 들으매 나아갈
길이 망연하대 엽분이는 그 집안의 모든것을 자세히 아는 고로 어대서 새다리
를 가저옵듸다. 고만 새다리르 노코 담을 넘어랴다가 내가 니즌 일이 잇다하고
다시 그 사신방으로 들어가 손가락에 피를 찍어 벽에다 죽인 사실을 대강 적고
그 밋헤 로승의 속성명을 쓰고 담에 올나 엽분이의 짤아오기를 재촉하니 엽분
은 올라오지 안코 로승의 가진 칼을 던저주면 잠간 쓸일이 잇다하기에 황망중
에 깁히 생각하지 못하고 칼을 던젓습니다. 칼을 바든 엽분은 「한사람도 다라나
기가 어려운대 엇지 두사람이 갓히 갈닛가」하더니 그 칼로 목을 질너 죽읍듸다.

七

엽분이를 서방님들은 이러케 죽엇다고 충비(忠婢)로 아시리다. 안이 올시다.
충비가 다무엇임니가? 엽분의 눈에 내 나라의 님금도 업고 남의 나라의 황제도
업섯습니다. 하물며 상전이 다 무엇입니가? 그러면 엽분이 누구를 위하야 자살
하얏느냐? 이것은 로승이 잘 을읍니다. 위선 엽분의 사적부터 대강이야기 하리
이다.

로승의 아비가 고려의 평장사로 잇섯습니다. 평장사는 지금의 령의정임니다.
어늬해 흉년에 로승의 아비가 길에서 엇던 녀자가 죽어 잡버젓는데 어린 게
집아이가 그 어미송장에 매달리어 우는것을 보고 불상히 넉이여 그 송자을 무

더주고 그 게집아이를 달니어다가 길으며 얼골이 절묘함으로 엽분이라 일흠으로 지엇슴니다. 아비가 엽분의 령리함을 사랑하야 글을 가리처 로승과 함끠 한둥잔미케서 글을 읽엇슴니다. 언제는 「국고조사」를 읽다가 엽분이가 윤과(尹瓘)을 영웅이 안이라 하얏슴니다. 아비가 그 리유를 물은즉 녀진(女眞)은 우리 나라를 복종하는 종이오 계단(契丹)은 우리 나라를 침범하는 도적인대 도적을 치지 안코 종을 친것이 무삼 영웅임닛가」하고 엽분이가 대답하얏슴니다. 아비가 매오 긔특히 넉이어 매양 의심나는 일이 잇스면 엽분이에게 물엇슴니다. 물으면 서슴치 안코 당장에 판단을 나리고 그 말대로 하면 아모리 나라의 큰 일이라도 잘못 된 일이 업섯슴니다. 몽고의 세력이 날로 침입하야 나라가 언제 망할지 몰을 시기가 날로 닥치매 아비가 답답하야 엽분으 불너

아비; 엽분아 네가 비록 어린 게집아이나 어른보다 산아희보다 초등한 게착이 만흐니 엇지하면 나라를 구하겟느냐? 말하여 보아라

엽분; 몽고군사가 륙지에는 잘 달니나 물에는 익지 못하야 전일에도 서울을 강화로 옴기면 몽고가 다른곳으로 단이며 로략으 할쑨이오 강화는 들어갈 생의를 못 하얏스니 강화로 서울부텀 옴기어야 함니다.

아비; 강화로 서울을 옴긴다 하자. 몽고가 각처로 돌아단이며 백성을 살육할 것이 안이야? 전국 백성이 다죽으면 강화 한골로 나라 노릇으 할수 잇느냐?

엽분; 그러기에 서울을 강화로 옴기고는 싸워야 되지요

아비; 싸우다니 과불적중(寡不敵衆)이라는대 적은 적은 고려로 만흔 몽고를 엇더케 당하겟느냐?

엽분; 대감이 무삼 까닭에 고려는 적고 몽고는 만흔줄을 아심닛가? 가령 몽고사람 백만명이 잇다 하면 그 백만명이 다 몽고임니다. 우리 고려는 백만명이 잇다하면 그 중에량반이 잇고 농예가 잇고 상놈이 잇고 잡색이 잇서 백만명에 구십구만명은 고려가 안이오 게오 일만명이 고려임니다. 일만명의 고려로써 백만명의 몽고를 대적하게됨으로 매양 「과불적중」의 한탄이 생기는 것임니다. 근일에 각도의 장수들이 몽고와 사울째에 노예문서(奴隷文書)를 불살으고 몽고만 텨 물니치면 노예도 량반의 동등으로 대위한다 선언하야 싸움을 니기고는 노예문서를 다시 쑤미게 됨으로 상놈과 노예들은 다 랑망하야 나라일에 죽으랴 안함으로 싸우는 군사가 날로 저잔하니 오늘에 전국의 노예문서를 업시하야

노예라도 공만 일우거던 놉흔 벼살을 줄것이 제 (一)급무임니다. 세가대족들이 아모 재조와 공로도 업시 선대에 바든 사파쌍을 가지고 그것도 부족하야 남의 짜을 쌔아서 안저놀며 게집과 술로 세월을 보내다가 몽고가 들어온다면 먼저 달아나니 이 짜위 귀인의 토지를 쌔아서 백성에게 난우어주고 몽고의 방어에 힘을 쓰라면 전국백성이 춤을 추며 달니어 올것이니 이것이 제(二)급무임니다. 우리 나라는 바다로 둘은고로 종고로 해군을 두어 태조문성대왕도 해군 대장으로 왕이 되지 안하얏슴닛가. 근세에 서북의 방어에만 전력하야 해군이 아조 페지되다. 십히 되얏스니 참말 가석한 일임니다. 직히는 놈 열이 도적놈 한아를 못막는다고 進攻을 피하고 방어만 하랴면 방어도 못됨니다. 오늘에 연해 각디에 군함을 지어 해군을 설하고 바다를 건너 중국의 남방으로 들어가 송(宋)나라의 후예를 세워 몽고를 쏫는다면 중국반폭어 모다 향응할것이니 해군부흥이 제(三)급무임니다. 북방의 녀진이 원래 우리 나라에 복종하다가 금나라가 망하야 스사로 대국이 되야 돌이어 우리 나라를 멸하더니 이제 금나라가 망하야 몽고에게 복속하얏스니 그중에 호걸들이 불복하야 매양 반긔를 드니 군사로 녀진으 원조하야 금나라의 일흠을 회복하게 하면 녀진이 쏘한 응종할것이니 북방의 경영이 제(四)급무임니다. 몽고가 무섭다하나 몽고의 사람이 무서운것이 아니라 몽고의 말이 무섭슴니다. 군사 한아가 말을 십여필씩 몰고 가다가 배가 곱흐면 말을 잡아먹고 나문 고기는 다른 말에 실음으로 만리를 횡행하여도 량식을 격정안하니 이것은 쌀밥 먹는 고려 사람의 배우지 못할일이니 이것이 것정임니다. 그러나 중국은 평원광야가 만흠으로 말의 유린을 당하건이와 고려는 산이 만하야 몽고의 말을 막기에 매오 편의하니 먼저 노예잡색 등 명목으 페지하며 놀며 먹는 게급을 업시하며 국경을 정리하야 백성에게 위신을 세운뒤에 북방에 산성을 만히 싸하 몽고마병의 출몰을 막으며 남방에 해군을 두어 중국연해의 중요한 요새을 응거하야 몽고의 병력을 막우면 몽고의 말도 피페할 날이 잇서 마침내 사람에게 항복할것임니다.

　아비; 오늘 조정안에 너의 말한 정책을 실행할만 이가 누구냐? 행할수 업는 말이야 쓸대 잇느냐?

　엽분; 손네가 아모 무엄한 말삼을 할지라도 용서하신다면 사람을 천거하겟슴니다.

아비; 내가 너를 사랑하는 터에 무삼 말이나 용서할것이 안이냐?

엽분; 손네에게 국정을 맥키십시오.

로승의 아비가 고만 얼골비치 조치 못하야지며 아모 말이 업섯습니다. 그러나 그 뒤에도 엽분을 사랑하시는 마음은 변치 안하야 매양 며느리를 삼으랴 하얏스며 로승도 엽분이가 안해가 되얏스면 하얏습니다.

그러나 로승의 아비는 엽분을 항상 녀개소문(女蓋蘇文)이라 일홈하야 엽분이 만일 남의 집이나 나라를 맛흐면 아조 흥망의 판단을 낼 게집아이라 하시며 로승의 어미는 더욱 실여하야 어대서 온 쎄인지도 몰으며 엇지 나의 아들과 짝을 삼으리오 하야 긔쓰고 반대하며 로승아비의 친구들도 그 말으 듯고는 놀래여 만일 네가 엽분을 며느리를 ……(이하 인멸됨)

로승이 황씨를 죽인 뒤에 비록 말은 하지 안하얏스나 속마음으로 「오냐 당초에 잘못이다. 엽분과 부처 되얏더면 내가 이 디경이 되얏겟느냐? 이번에는 돌아가 문벌이니 무엇이니 하는 것은 아조 집어바리고 엽분을 정실로 삼아 다리고 살으리라 하얏습니다…… 엽분이도 그런 눈치를 의례히 채울 지혜가 잇지만 그러나 이것도 저것도 다 실타고 자살하고 말앗습니다.

엽분은 죽을 째까지 정결한 처녀이엿습니다. 그러나 이것이 정조를 직히너라고 처녀로 잇슨것이 안이라 이 세상에는 내 서방 될 산아희가 업고나 하고 교만한 마음에서 나온 일임니다. 그 자살한 째의 심사도 로승이 암니다. 「네가 무삼 산아희냐 당초에 너희 정실이 되얏슬지라도 내가 억지로 서방이라 인정할터인대 인제와서 내가 너의 게실이 되겟느냐 하는 긔과한 심사에서 나온 사실임니다.

八

로승이 그 길로 려관으로 돌아와 문을 두다리니 려관의 하인이 문을 엽듸다. 「어대를 가섯다가 메칠만에 이 밤중에 오심닛가?」 하거늘 긴급한 일이 잇서 그리되얏노라 하고 들어가 촉불을 켜고 평상에 그라안저 밤 을 새우고 상자안에 너허둔 멧덩이 황금을 내여 몸에 진이고 옷을 내여 갈아 입고 려관의 식비를 갑고 새벽에 나서 북경성 남문을 나오니 갈곳이 아득합듸다. 이즉째지 관게 업스나 얼마 안되야 차손다다장군의 집안에서 장군부처의 흉보를 황제에게 올닐

것이다. 그리되면 북경 성안성외가 발근 뒤놀것이오. 그 뿐안이라 온 중국안에 죄인 잡으라는 엄칙이 나릴것이이오. 고려로 나아가는 연로에는 더욱 행여 죽기가 십상팔구라 인제야 내가 살 생각이나 하겟다 하고 춥고 배는 곱프나 아즉 일흔 아침이라 음식뎜에 문연 집이 업슴으로 그대로 참고 우득한이 서서 하늘을 처다보며 갈길을 물어도 대답이 업습듸다. 그러다가 문득 생각나는 일이 잇습듸다. 로승의 아비가 사신으로 중국에 들어 단일 째에 보조화상이란 중과 친절히 지내엿는대 그 중은 대명산대명사(大明山大明寺)의 중이오 대명산은 북경셩 북짝백에 잇는 산이라던 니야기가 생각됩듸다. 그러나 북경에를 다시 들어가기 실히여 셩을 안고 돌아 동북문 부근에 일을어 음식집에 들어가아 요기를 하니 엽분이가 문구녁으로 주는 썩쪼각 멧쪽을 바다 먹은 외에는 사흘이나 굴믄 씃히지만 음식이 음식맛이 업고 나무나 돌을 씹는것 갓습듸다. 대명산을 물어 로정긔를 맨들어가지고 한나지못되야 대명사에 들어가 보조화상을 물으니 죽은지가 발서 삼년이랍듸다. 보조화상이 죽엇다는 말을 들으며 내가 인제 죽엇고나 하는 소리가 가만히 목안에서 나옵듸다. 다시 어대로 더 가랴하야도 갈 힘이 업서 그만 그 절에 쓸어져서 하로 밤을 잣습니다. 저녁은 맛이 업서 변변히 못 먹엇스나 아침에는 달아날 욕심으로 억지로 밥 한 그릇을 다 먹고 다시 북경으로 향할째원종일 거른것이 계오 대명산에서 륙십리 되는 고려령을 오니 해도 넘어가랴 하고 더 갈힘도 업서 려관을 차저들엇습니다. 로승이 몽고인이라 가장하고 려관에 들어가 선박을 사먹고 엇지하야 이 마을 일흠이 고려영이냐 물은즉 고려 개소문이 당태종과 싸우던 곳인 고로 고려령이란 일흠이 전하야 왓다 합듸다. 중국인은 고구려 고려를 분별업시 쓸니다. 「아 녯적의 고려는 싸움하러 이곳에 왓섯는대 오늘의 고려는 도망하다가 이곳에 왓구나」하는 탄식이 남모르게 나옵듸다. 밤을 자고 닐어나아 식비를 치루어주고 나서랴더니 웬 라졸(羅卒)한명이 들어와 치보고 나리다 보더니 벼락갓히 두손을 묵급듸다. 그래서 잡히여 북경으로 향하더니 그 라졸이 홀연히 한숨을 지며 내가 잡기는 올케 잡엇다마는 쇠가 쇠를 먹는다고 내 손으로 너를 잡다니……하며 눈물을 흘닙듸다. 그러나 로승을 「온냐 네가 누구를 생각하니 잡히여 가면 이르나 저르나 죽은 몸인즉 어대 저놈이 엇던 놈인가 시험이나 하야 보리라 하고 졸지에 「이놈아 이 눈먼 놈아 아모 죄도 업는 나를 웨 잡아가느냐?」고 꾸지젓슴니다. 「내가 눈이 먼것은 안이다 내 마음이 변하얏다」 「마음이 웨 변하얏느냐?」

「내가 본래 고려 남경사람으로 거금 십오년전에 내 나히열여들살이엇다. 그 째에 새로 안해를 어더 한창 금실이 화락하게 지내는데 몽고사신이 처녀를 쌉으러 나왓더라. 말은 처녀를 쌉는다 하지마는 남의 새로 혼인한 게집을 막 쌔아서 가더라. 나쁜안이라 그 째에 게집 쌔앗기는 놈 쌀 쌔앗기는 놈이 무수하얏지만 금이나 은을 주면 도로 내여줌으로 부자들은 그래도 거의다 차 저오고 가난한 놈만 게집을 일는다 쌀은 일는다 하얏다. 나도 그째 조곰만 그 사신의 입을 씨서 줄 것이 잇스면 게집을 안이 일어슬것이다. 그러나 두손 텅 빈놈이 할수 잇더냐? 고만 게집을 일헛다. 그째부터는 이 세상에는 금이 잇서야 잇스면 하리라 작정하얏다. 그러나 마음이 본래 약한 놈이라 금생길 긔회도 만히 참아 못하는 마음으로일허바리엇다. 요새이말을 들으니 대개 쑤미는 말이 안이오 쏘는 량심도 아즉 남어잇는놈 갓슴되다. 그래서 우리 나라 말로 그러면 「네가 나를 엇지 죄인으로 알고잡느냐?」 한즉 다시 한번 놀나운 빗을 씌고 돌아보며 「네가 몽고말을 좀 하지만 거름거리가 고려놈이오 얼골이 고려놈이오 네가 옷에 피무든 자리는 업지만 비린내 나는것이 이상하다 그래서 잡앗다」 「낵가 참말 고려놈이오 쏘 차손다다장군의 부처를 죽인 죄인이다마는 죽인 싸닭을 네가 아느냐?」 「듯지는 못하얏다마는 필연코 장군의 처가 어엽분 싸닭에 통간하라다가 안됨으로 그 부처를 다 죽인것이다」 쇠약한 고려사람으로 강성한 몽고사람가운대 서슬이 풀은 장군의 처를 통간하랴 하얏다는 말을 들으매 너무도 긔가 참되다.

그러나 그런 리유를 캐여 변명할것이 업서 곳 그 경과한 사실을 대강 니야기 하얏더니 그 라졸이 고만 란배를 하며 「어서 다라나십시요 소인이 그대로 죽을 지언정 엇지 서방님갓흔이를 잡아 가겟슴니가」 로승이 다시 밧삭 대여들엇슴니다 「네가 나를 살이어다고. 내가 생면강산에 어대로 달아나느냐? 네가 나를 살니지 안하면 나는 죽는 놈이다」 라졸이 머리를 극더니 「그것은 참 어려운 일이요 방이야 한방에 눕어자지만 먹을것이 업슴니다.」 「너 먹는 것은 잇겟지 밥 한글웃이면 둘이 나누어 먹자고나」 「아이고 내가 집에서 먹을것이 잇으면 조켓지만 어대 그럼닛가? 나는 영문에 입직하여 잇고 집에는 녀편네 혼자 잇슴니다.」 「네가 금방 안해를 일헛다더니 언제 차저느냐?」 「차진것이 안이라

여긔 돌아가아 나를 승기어다고. 나 가진 황금이 나 잡으라는 현상금 갑절은
된다. 그것만 가젓스면 그대로 위선 살아가지 안컷느냐?」「갑절이라니 이천량
이 잇서요」「그러타」 대답하니 라졸이 크게 깃버 다시 제집잇다는 고려영으로
향할때 라졸의 말이 「위선 거짓 내 아오 노릇을 하십시요. 그리하야 될것갓슴
니다.」「아오랄것업시 참 아오가 되기를 원합니다.」 하고 그집에 당도하니 곳
고려영 남쪽 한가의 움막집입듸다. 「네가 라졸로 움막을 진이고 잇스니 악한
짓은 안이 한 사람인가 보다」속으로 말하얏습니다 라졸이 제 녀편네 다려 「내
아오를 일흔지 십여년만에 맛낫소」 하며 들어갑듸다. 로승을 시동생으로 알엇
습니다. 절하고 본뒤에 로승이 허리에 씐 황금 이천여량가량을 풀어 라졸에게
주며 형님이 이것을 두고 쓰시요 한즉 「아모리 아오의 것이라도 내가 엇지 남
의것을 써어--? 위선 먹을것이나 내여노치」 합듸다. 「인제는 그것이 형님의
것이요」 하니까 라졸이 깁분중에 놀래는 모양입듸다. 그리하야 움막속에서 저
역을 썩 잘하야 먹엇습니다 차차 알어보니 라졸도 저의 조부째까지는 상당하
게 살어왓스며 저의 처음 결혼 할 째까지도 구차하지 안하얏더니 그 결혼한
안해를 사신에게 쌔앗길 째에 그 재산을 다 팔아 안해를 차지랴고도 하야 보앗
스나 그 째에 안해나 쌀을 찾는 사람은 적어도 만량이나 가저야 되는데 라졸의
재산은 그 십분의 일도 부족한지라 게집은 게집대로 쌔앗기고 재산은 재산대
로 업서저어 살길이 업슴으로 안해나 차저보겟다고 북경으로 와서 돌아단인지
십년이지만 안해의 종적은 묘연하야 찾지 못하얏스나 그동안 북경말은 아조
능난하게 되야 고려인으로 아는 사람이 업스며 라졸된지가 다섯해요 그녀자는
이년전 흉년에 빌어 먹으러 나선 하남 삶의 쌀을 자긔 수중에 잇는 오십량 은
을 톡톡 털어주고 산것이라는대 그러나 그 얼골이 중등은 되겟다 하겟습듸. 그
녀자도 재남편을 중국사람으로만 아는 모양입듸다. 그 닛튼날은 라졸이 번을
들어가는 날이라. 인제 아오의 돈으로라도 이집을 좀 옴기여야 할터이나 내가
들어가면 누구에게 맥길수가 업는 일이니 나의번 나오기까지 참어라. 형편이
할일업시 그 동안은 수숙이 한방에 잇서야 할터이니 거북하게 생각마시며 나
제는 누가 차저오기가 수우니 알넌다고 핑게 하고 이불을 막쓰고 누엇스라 합
듸다. 그 애연한 진정이 사람으로 하여금 눈물이 흐르게 합듸다. 그래서 그 라
졸은 번을 들어가고 로승이 남의 절믄 녀자와 위아래 묵을 갈너 열흘을 한방에

서 잣습니다.

九

열흠만에 라졸이 나오니 들을 니야기가 참으로 만습듸다. 북경 셩내 셩외에 관리와 몽고인의 집을 쌔여노코는 그 박게는 수(이하 인멸됨)

一目大王의 鐵槌[●]

一

　외통이 대왕(一目大王)이 저혼자 제자랑을 한다.

　「내가 텬문도 잘알지 지리도 잘알지 글도 잘하지 불교하면 불교의 각종 각파를 내가 다 알지 유교하면 유교의 칠서오경을 내가 몰으는 것 업지 셰상의 모든 지식이나 능력을 내가 가지지 안한것이 잇나? 나의 공업을 말하자. 신라도 처서 니기고 백제도 처서 니기고 발해도 처서 니기고 (契丹)도 처서 니기엇지 중국과는 내가 싸워보지 못하얏지만 중국이 계단을 범보다 더 둘여워하야 해마다 수백만량의 폐백을 밧친다는데 내가 계단을 니기엇스니 중국을 니기것이나 다를것이 잇나? 해군대장 (王建)이 륙젼을 하면 내에게 지겟지만 해젼을 하면 나를 니길것이엿다. 하난 왕건은 나의 신하니까 왕건의 해젼 잘하는 것이 내가 해젼 잘하는 것이나 다름 잇나? 이만하면 다른 나라놈들도 나 모르는 놈이 업슬터이니 내 나라안이야 더 말할것잇나? 아마 간곳마다 내송덕이겟지―」

　말을 마추고는 룡상을 텩치고 곤룡포를 홱 멋더니 평복을 입고 철장을 들고 대궐문 박그로 나온다. 그뒤에 항상 대왕을 뫼시고 단이는 근신 두 사람이 쌀어 가는것은 물론이다.

　이째는 신라력대의 데왕들이 불교를 확장하야 량반이나 상민을 가릴것 업시 집집마다 부처를 위하던 째라 외눈통이 대왕계신 서울안도 가는 곳마다 아미타불을 불우는 소리가 안이면 석가여래를 찬송하는 소리다. 대왕이 궐문 박게 나오시며 이 소리를 들으시고는 「아아 이 나라가 궁예(대왕의 성명)의 나라가 안

　● 이 작품은 김병민 편, ≪신채호문학유고선집≫(연변대학출판사, 1994)에 수록된 작품을 기준으로 하였다.

이오 석가여래의 나라구나」 하며 대단히 불쾌한 생각을 가지섯다. 그래서 딸아오는 근신불어

「서울안에 부처 위하지 안는 집이 업느냐?」

물으시니 근신이

「예-유교하는 사람들은 부처를 위하지 안습니다」

고 대답한다.

「그러면 어대 유교하는 집에를 차저가 보자-」

하시고 근신과 함끠 마람맘 유교하는 자의 강당을 차저 갓다. 간즉 거긔는 공자 박게는 다른 것은 몰으는 사람들이 들너

안저

「공자가 안이 나섯더면 사람들이 모다 아비도 어미도 몰으는 김생과 갓헛스리라」

하는 공자에 대하야 찬송하는 소리뿐이오. 한놈도 궁예왕의 공덕을 노래하는 놈은 업다. 대왕이 더욱 생각이 조치못하야 근신을 돌아보시며

「어허-이 나라는 쏘 공자의 나라로구나」

하시고 더 들으시다가 실히여 불이야불이야 즉시 환궁하시다.

二

그 닛흘날에 해군대장 왕건이 백제국과 싸워 백제국의 군함수백척을 파하고 천여명의 군사를 사로잡고 쑥딱쑥딱 승전고 울니며 서울로 들어온다. 전날갓흐면 대왕이 승전한 긔별을 바듦대에 한량업시 반기어 그 얼골에 춘풍이 돌것이오. 승전한 장수가 돌아오면 대왕이 친히 위봉루에 좌긔하시고 비단 멧만 필을 나리어 상금도 주고 호군도 식히엿슬것이다. 하나 오늘은 대왕이 게오 당직 대신에게 명령하야 해군대장 왕건이하 제장과 군사들의 상금을 난우어 주라하시고 혼자 룡상에 누워 알는다.

왕후강씨가 들어와 보이랴 하야도 허락하지 안하시더니

「내 아들보다도 더 귀이 넉이는 왕건이야 한번 안볼수 잇느냐?」

하시고 즉시 해군대장 왕건의 폐헌을 명령하신다. 왕건이 청초마를 타시고

궐문에 당두하야 말께 나리어 걸어서 들어와 텬폐압헤 업들인다. 궁감(宮監)이 맑은 목천으로 해군대장 왕건의 현신을 알리으니 대왕이 모든 레식을 다 고만두고 왕건을 용상 압흐로 불어들이엇다 왕건이 공손하고 조심하는 말소리로

「폐하시여 무삼 병환이 게심닛가?」

물으니 대왕이 붉근 널어 안지며

「왕건아 네 왓느냐? 내가 무삼 병이 잇겟느냐? 패전한 까닥으로 병이 낫다. 아─왕건아 너는 오늘에 승전하고 돌아 왓다만은 나는 간밤에 패전하고 돌아와 병이 낫다」

왕건이 짱에 업들이며

「폐하의 말삼을 알어듯지 못하겟삽나이다. 폐하쎄 압서 뷘주먹을 들고 초야에서 널어나사 동남으로 신라와 백제를 처어 조공을 밧고 서북우로 압록강을 건너 발해와 계단을 처어 요동짱 삼분의 이분을 차지하사 고구려 오륙백년만에 차첨차첨 개척한 강토를 폐하쎄옵서는 이십년동안에 일우엇으니 폐하 갓흐신 공덕은 예도 업고 이제도 업슴니다. 한데 간밤에 폐전하셧다 하시닌 싸운곳에 어대이며 싸운 대젹은 누구인지요. 이 세상에 폐하와 싸워 니기는 놈도 잇슴닛가? 신은 폐하의 하시는 말삼을 알어듯지 못하겟슴니다」

대왕이 왕건을 붓들어 니럭히시며

「왕건아 너는 칼이나 활로 싸우는 싸움만 싸움으로 아느냐 그 박게 그 보다 더 큰싸움이 잇느니라」 왕건이 뭇기전에 대왕이 곳 말을 니어

「왕건아 네가 신라와 백제와는 싸워 보앗지만 석가여래와 공자와도 싸워 보앗느냐?」

왕건이 그제야 대왕이 말하는 속뜻을 대강 짐작하얏다. 하나 왕건은 음흉한 사람이라 매양 대왕의 압헤서는 부러 바버의 수작을 잘하는 사람이다. 그래서 이 째에도 두눈을 휘둥구런히쓰고 대왕다려 뭇기를

「석가여래와 공자가 지금까지 살어 잇슴니가? 그러면 신도해군을 거나리고 대왕의 뒤를 짤아서 싸우러 가 겟슴니다」

대왕이 허허 우수시며

「왕건아 석가여래와 공자가 살어잇슬것 갓흐면 나혼자 주먹만 가지고 싸워도 그 대가리를 부시여 노켓다만 하나 석가여래와 공자는 발서 죽엇다. 죽은

놈과 싸우자니 싸우기가 힘이 든다」

왕건은 더욱 바버의 태도를 가지고 대답하기를

「페하시여 죽은 놈들과 싸울것이 잇슴니가? 이세상에 산놈들이 만흐니 먼저 산놈들과 싸워 이놈들을 다 강복한 뒤에 내종에 죽어서 죽은 놈들과 싸옵소서」

대왕이 왕건의 손을 잡으시며

「안이다 석가와 공자가 죽엇다하니 참 죽은줄 아느냐? 그 몸은 죽엇지만 그 혼은 살어 잇다. 팔만대장경은 석가의 혼이오사삼경은 공자의 혼이다. 그래서 석가와 공자의 혼이 우리나라에 왕 노릇을 하고잇다. 이 하늘미테 륙전에는 내가 뎨일이요 해전에는 네가 뎨일이라 하자……」

왕건이 해전은 네가 뎨일이란 말에 놀내여 대왕의 말도 맞나기전에 짱에 업흘어저 머리를 조으며

「페하시여 신이 무삼 해전을 할줄 암닛까? 몃번 싸홈을 니긴것은 모다 페하의 지휘를 바더서 행한것이라 니기엇스되 신은 엇지되야 니긴지도 몰음니다」

대왕이 속으로 왕건의 겸손함을 긔특히 여긔신다. 하나「그러케 겸손할것이 잇느냐?」하시고 다시 젼에 하시던 말삼을 니어「그래 내가 륙군을 거날이고 너를 식히여 해군을 거나리고 이 하늘 미테 모든 나라를 처서 항복한다 하자. 일홈은 궁예가 대왕이오 페하이오 상감이지만 모든 백성들은 석가나 공자의 공덕이나 찬송하고 대왕이오 폐하요 상감인 궁예의 공덕은 몰으니 그러면 이나가 뉘나라이냐? 석가나 공자의 나라이냐? 궁예의 나라이냐? 석가와 공자의 세력이 이러케 큰것은 달음안이라 다 경문(經文) 몟권이 잇는 까닭이다. 하난 그 경문들이 그리 대단하냐? 석가는 이세상의 고통을 못니기어 산으로 달아난 패전자인 까닭에 그 경문이 세상사람을 권하야 이세상을 닛고 극락세계란 짠 세계로 가자는 말이오. 공자는 벼살을 어더 하라고 세략가에 아첨하던 노예인 까닭에 그 경문이 이세상을 권하야 백성들은 사대부에게 종노릇을 잘하고 사대부들은 공경대신들에게 종노릇을 잘하고 공경대신들은 님금에게 종노릇을 잘하라는 말이니 그갓짓 썩은 경문이 무엇이 그리 대단하랴만은 다만 시대가 오래야 밋는 사람이 너무 만흐니 이것이 걱정이다. 내가 간밤에 성안을 돌아보고는 석가와 공자의 세력이 내세력보다 몟백쳔 갑절이나 더 큰줄을 알엇다. 하난 내가 긔어히 경문을 지어 세상에 반포하고 석가나 공자의 경문을 폐지하랴 한다.

네 뜻에는 엇더하냐?」왕건이 짜에 업드리며

「신은 활이나 쏘는 쇠쌀러기 올시다. 엇지 그런 큰일을 알닛가 폐하께압서 그리하시면 신은 반더시 행할 쑨이올시다」

이러케 군신새이에 수작이 한창 느거러진판에 계단국에서 사신이 와 중국비단 만필과 계단국 수달피 삼백장을 바치고 계단황데아보긔의 화친을 비는 국셔를 올닌다고 빈부대신이 알외움으로 왕건이 물어나오니 대왕이 닐어나 작별핫고 혼자 말로

「저놈이 아모리 하야도 흉물이지 하난 내가 제아비의 부탁을 바더 자식갓히 길어내엿스니 설마 나를 배반하랴?」하더라

三

외통이대왕이 죠정의 비상한 큰일이 안이면 상관하지 안코 문닷고 들어안진지 석달만에 궁예대왕경(弓裔大王經)이십권을 지엇다

궁예대왕경의 젼문은 해군대장 왕건이 궁예를 죽이고 님금의 자리를 쌔아슨 뒤에 불에 태워 그 한귀졀도 셰상에 젼한것이 업스나 그 대의는 알에와 갓헛섯단다.

나(대왕이 자긔를 가리친 대명사)는 하늘에서 나려온 미륵불(彌勒佛)이다. 미륵불이 나려온 뒤에는 아미타불도 쓸대업고 석가여래도 쓸대업고 공자나 맹자도 쓸대업다. 이셰상은 리륵불의 셰상이니 다른 부처나 다른 셩인을 위하는 자는 미륵불의 죄인이다. 옛적에 부처에게 득죄하면 죽어서 디옥에 간다 하얏지만 오늘에 미륵불에게 득죄하면 살아서 쳘토를 밧는다

옛적에 부처를 잘 위하면 죽어서 텬당에를 간다하얏지만 오늘에 미륵불을 잘 위하면 이 셰상에서 쳘토의 벌을 바들쑨안이라 죽어서도 쳘토의 벌을 바들것이오 나를 미륵불인줄 알고 쏘 복종할지도 혹 계오른 태도를 가저도 쳘토를 바들것이오 조석으로 미륵불 잇는곳을 절을 안하여도 텰토를 바들것이오 미륵불을 밋지안는 사람을 보고도 이를 곳치도록 경계하지도 못하고 발각하야 죽이지도 못하면 쳘토를 바들것이오. 미륵불에게 세랍을 바치지 안하야도 쳘토를 바들것이오. 다른 불경이나 유교의 글을 읽어도 쳘토를 바들것이다. 복을 바드

랴면 나를 미륵불로 잘 미더 나식 히는대로 하고 죄를 짓지안하면 곳 복을 바들
것이다.

손이나 발로 짓는 죄만 죄가 안이라 마음을 짓는 죄도 죄다.

미륵불은 온세상사람들의 하는 일만 알뿐이안이라 무슨마음을 가지는지도
다안다. 너히들이 만일 죄될마음을 가지면 미륵불이 반듯이 죄를 주고야만다.

대왕이 이 경문을 반포하시고 쌀아서 모든 불경과 유교서적을 다시 읽지말나
는 조칙을 나리시고 쏘 세상의 여론이 엇더한가 궁금하야 하로는 달업는 캄캄
밤에 평복을 입고 서울안을 돌으시다가 그째에 엇내 서울안에 가장 큰절로 엄
지손가락으 곱는 왕불사의 담을 넘어들어가 중들의 거동을 여웃보더니 마참
주장중 석총이 불경을 강연하다가 그 뎨자한놈과 문답이 시작된판다.

뎨「스승님--지금에 대왕께서 궁예대왕경을 반포하시고 다른 불경 못읽게
하섯는데 우리가 여전히 불경을 읽다가는 들키면 큰 죄를 반지안할가요?」

주「우리가 부처님의 망극한 은혜를 바더 이절에서 밥을 먹으면서 부처님의
은혜를 니즐수잇느냐? 문박에 나아가서는 궁예대왕경을 읽을지라도 문안에서
는 불경을 읽자고나 그리하면 우리의 일을 우리가 알뿐이지 누가알으랴」

뎨「대왕께서 이 세상의 사람들이 무슨 마음을 먹던지 모도 아신다는데?」

주「알기는 졔가 무슨 재조로 알어 우리가 말하기젼에야……」

뎨「그러면 대왕이 하늘에서 나리어온 미륵불이란 말이 거짓말입닛가?」

주「미륵불? 대왕의 졔말이지 다른사람이 누가 대왕다려 미륵불이라 하더
냐? 미륵불이 엇지 그러케 심술이 만켓느냐」

뎨「대왕이 심술이 만흐신 님금임닛가?」

주「심술? 심술이 만흐면 여간 만켓니 그심술이 안이더면 눈도 멀지 안하얏
슬것이다」

뎨「대왕이 심술째문에 한눈이 멀엇슴닛가?」

주「그럼」

뎨「그거 증거가 잇슴닛가?」

주「잇고말고 너는 그 이야기를 못들엇느냐 내가 그 사실을 말하리라. 대왕은
송악군동면궁골 사람이오 애명은 영발이다 영발은 심술만키로 유명하고 니웃
에 국룡이란 아이는 욕심만키로 유명하얏섯단다. 하로는 영발이와 국룡이가 동

무하야 홍왕사부처님께 빌너갓더니 령검한 부처님이 말삼하시기를 너희들이 내게 무엇을 빌너왓느냐? 복을 빌면 내가 복을 줄것이오. 화를 빌면 내가 화를 주리라. 하나 내종 비는 사람에게는 먼저 비는 사람보다 갑절은 주리라 하시니 국룡이는 욕심이 만혼고로 영발아 네가 먼저 빌어라 하얏다. 하나 영발이는 자기가 차라리 화를 당할지라도 남의 복밧는 것은 실어하는 심술이라 그래서 예계눈 한짝으 멀니어 주소서하얏다 부처님이 거짓말 하시겟느냐? 그말이 떨어지자마자 영발이는 한눈이 멀고 국룡이는 그 갑절로 두눈이 멀엇다. 지금에 우리 대왕은 그 때에 그러케 눈먼 영발이라 그 심술이 지금까지 남어 그 조혼 불경도 못읽게한다. 그리하다가는 그 남어 한눈까지 마저 멀으리라」

대왕이 듯다가 긔가 맥히여 그 슷을 더듯지 안코 담을 넘어 나오섯다.

돌아오시다가 한집에를 지나니 궁예 대왕경을 읽는 소리가 난다. 대왕이 퍽 조아서 또 그집 담을 쮜여들어가 한창 자미잇게 들으시며

어녀――래일아침에는 내가 너희들에게 상금으 나리고 벼살도 식히리라고 생각하신다. 그런데 그 방에서 엇던 늙은이 목소리로

「이애들아 그갓지 못슬 글으 고만두고 론어맹자를 좀들읽어라」한다. 그말 대담으로 엇던 소년의 목소리가 난다.

소년 「글이란것은 세상에 쓰이랴고 읽는것이 안임닛가? 궁예대왕경이 쓰이는 세상에 론어맹자가 쓸대잇슴닛가」

로인 「흥 궁예대왕경이 멧칠갈 줄아느냐 론어 맹자는 만년이나 나가리라」

소년 「웨요?」

로인 「진시왕이 공자의 글을 금하더니 두대만에 망하고 공자의 글읽던 사람들은 한나라에 와서 크게쓰이엿다. 궁예대왕이 멧칠이나 갈줄아느냐? 대왕이 일이 엇지 그리 진시황과 갓흔지 공자의 글을 금하는 것도 갓건이와 이박게도 쏙 갓흔것이 퍽만치」

소년 「무엇이 또 쏙갓흐요?」

로인 「진시황의 셩이 영가이지만 실속은 려불위의 아들이오. 셩이 려가이더니 지금에 대왕은 셩이 궁가라 하지만 실속은 김가요 신라 헌안왕의 아들이지」

소년 「그런증거가 잇나요?」

로인 「증거가 잇고말고 대왕의 눈이 그 증거이지」

소년 「어대 그 니야기를 하서요?」

로인 「이런 말이 박게 나아가면 큰일 나지--너희들만 알으렷다」

소년 「예--」

로인 「요전에 대왕이 어의 절에를 지나다가 그벽에 걸닌 신라 헌안왕의 화상을 보고 대왕이 칼을 쌔여 목으 티며 신라가 당나라군사를 쯔어들이여 고구려를 망첫스니 이런 큰죄가 어대 잇느냐? 내가 반듯이 그 원수를 갑호주리라고 말하얏단 소문으 너희도 들어겟지--」

소년 「예--들엇습니다」

로인 「홍 고구려를 위하야 복수한다는 말은 짠소리지. 실을 자긔아비를 미워서 한일이지 내가 그 사실을 니야기할것이니 너의들이 자세히 들으렷다. 대왕은 원래 신라헌안왕의 첩의 아들인데 오월오일에 남으로 사주장이가 헌안왕에게 말하기를 이 아이가 오월 오일에 낫스니 장래의 반듯이 나라의 해가 되리이다 한대 헌안왕이 그 말을 밋고 죽이랴하야 사신을 보내야 놉흔루 마루위에서 그 아이를 들어 그알로 던지더니 유모가 불상히 넉이여 던질쌔에 바스다가 거룻손가락으로 그눈을 찔너 멀니고 안고 달어나와 길어낸것이 신긔를 만나 왕까지 되얏다. 자기는 헌안왕의 아들이란 말을 안이하나 그 먼눈이 증거를 대는데야 엇지하랴. 아모리 헌안왕이 대왕을 버리엇지만 그래도 헌안왕은 대왕의 아비가 안이냐? 아비화상의 목으 치는 자식이 아비의 목을 치는 자식이나 한가지니 이갓흔 불효자가 엇지 오래 대왕의 자리를 가지랴」

대왕이 그말을 듯고는 분하지 안할수가 업섯다.

「아아 불교의 대장경과 유교의 경셔를 금한 갑세 돌아오는 욕이로구나. 하난눈한아 먼 력사가 이러케 야단시러워 불교도는 심술로 멀엇다하고 유교도는 유모의 손가락에 찔니어 멀엇다. 남을 흘라면 못맨들어 낼 소리가 업는법이다」 하고 환궁하다

四

멧칠된 뒤에 대왕이 조칙을 나리어 강도(講道)란 큰계를 연다하고 미륵교도나 화랑도나 유교도나 불교도나 서교도를 무을것업시 학문잇는 사람들은 석달

안에 서울로 모이여 도의 종지를 강론하기로하고 내탁의 곡식을 내여 신라신대의 반승(飯僧)하던 의식을 대략 모방하야 원근에 모이여드는 사람들을 먹이게 하여라. 긔한이 밋치메 모든 교의 학자들이 사오천명이나 서울로 들어왓더라. 대왕이 왼손에 궁예대왕경을 들고 바른손에 철토를 들고 놉흔 백달마에 안저 수백명무사의 호위로 궐문을 나와 오봉루에 좌긔하시고 금군이 만명을 풀어 전쟁중에 계엄하듯이 오봉루 알에 모여선 학자를 포위하게 하고 대왕이 대중에게 명령을 나리신다.

너희들이 나의 명령대로 강도계에 참예하기위하야 각처에서 서울로 모여 들엇스니 괴특하다. 하나 도는 한아쑨이오 둘이 안이거늘 수천년동안에 모든 거짓 부처와 거짓성인들이 도를 어지러어 한아인 도 백도가 되고 천도가 되얏다. 내가 그 도를 바로잡아 백도천도가 다시 한도로 돌아오도록 하랴 하야 하늘로서 이 세상에 나리엇더니 무지한 인간들이 나를 밋지 안한다 내가 할일업시 밋지 안는 자를 죽이고 밋는자에게 도를 강하야 주랴하야 오늘 이 계를 열은것이다 너희들이 나를 볼째에는 나를 밋는다 하고 돌아서서는 쓰드며 입으로 나를 올타하고 마음으로 안이라하니 엇지 이갓히 교활하냐? 하나 쓸대잇스랴? 내가 눈을 쓰면 너희 얼골을 보고 내가 눈을 감으면 너희 마음을 본다. 오늘 내가 너희들가운대 나를 밋지아는 마음가진 놈을 죽이고 그남어지나 밋는 놈들에게 도를 주랴고 모인 계(계)니 그리 알엿다. 이 명령이 나리매 대중이 모다 쓴다. 당초에 강도계인줄 알고 왓더니 살인계가 될줄이야 누가 알엇스랴? 대왕이 철토를 들어 무사를 대휘하야 그 대중가운대서 불교도 한놈을 잡어나니 그는누구이냐? 곳 전날 왕불사에서 대왕이 심술로 한눈이 멀엇다고 하던 주장중이니 그 일홈이 석총이다. 석총이 압헤 나와 대령한즉 대왕이 모진 소리로 「네가 네 죄를 아느냐?」 뭇는다 「아모죄도 업습니다」 한즉 대왕이 「네가 아모달 아모날 밤에 이러이러한 말으 안하얏느냐?」 한다. 석총이 고개를 숙이고 약간 생각하더니 「이것이 엇던 놈의 고발이 안이면 누가 여웃들은 것이로구나 죽는 경위에는 강경한 태도로 나 죽으리라」 하고 고개를 번적 들며 「그랫습니다 대왕이 심술까닭에 눈이 멀엇다고 하얏습니다. 엇지 그 쑨이겟습닛가 대왕의 맨들어낸 궁예대왕경은 다 요괴한 이단(異端)의 소리 장래에 대왕이 두눈까지 멀니라고 하얏습니다.」 대왕이 「네가 지금에도 회게하지 안느냐?」 물으니

「회개가 무삼 회갯이겟슴닛가 지금에 죽을지라도 신의 혼이 그 생각을 가지고 잇겟슴니다」

대왕이 다시 더 뭇지안코 철토로 그 머리를 부시여 죽이다. 대왕이 쏘 철토를 들어 무사를 들어 무사를 다위하야 유교도 한놈을 잡어내니 이는 쏘 누구이냐? 곳 전날에 대왕을 신라헌안왕의 아들이라고 말지어낸 학구선생이니 그성명은 리자평이더라. 대왕이 「네가 네 죄를 아느냐?」 물으니 낫낫히 자복하고 목을 노코 울며 「살이어주시옵소서. 신이 공자의 글을 읽어 그것으로 밥을 빌어먹다 가 대왕께 압서 궁예대왕경을 반포하사 공자의 글을 못읽게 하니 신의 학구질하 는 밥줄이 썰어지는 판이라. 그래서 그갓흔 거짓말을 지어내여 하늘이 놉흔지를 몰으고 대왕으 욕하얏슴니다. 살니어 주십시요」 대왕이 무사를 식히여 뒤로 끌 고 가더니 죽이엿는지 살니엇는지 그 뒤일은 전설이 각기 달너 알수업더라.

대왕이 쏘 철토를 들어 흐을 잡어내라 하더니 「네가 지금에 나를 흉포한 님 금이라고 욕하지 안하얏느냐?」 물었다. 「업슴니다. 엇지 그런생각을 하얏슬닛 가」하거늘 대왕이 「이놈아 내가 네 마음속을 들이어다보는데 업단말이 무엇이 야」하고 철토로 곳 그 골을 깨여죽인다. 대왕이 쏘 철토를 들어 한놈을 잡아내 라 하더니 「너는 지금에 대왕이 아모랴면 석가여래갓히 모든일을 알수 잇느냐 고 생가하지 안하얏느냐?」 「안이 하얏슴니다」 한즉 대왕이 쏘 철토를 들어 골 을 깨여죽인다. 이러케 대왕이 사람들을 불너서 네가 무삼 생각한다 물어 안이 라면 곳 철토를 처어 죽이고 말일 대왕의 말과 갓히 「참 그런생각을 하얏슴니 다. 엇지 모다 아시는 대왕압헤서 속임말을 하리잇가?」 하는 놈들은 거의 다 살이엇다 씨째가 되면 음식을 주고 밤이 되면 사방에 장병들으 달어 마음의 점고를 다하고 나니 무릇 열흘동안에 사람죽인 수효가 오백여명이더라

대왕이 그 점고를 마추고는 하로 동안쯤 궁예대왕경을 강연한 뒤에 대중을 허터 보내더라……

개척한 강토를 직힐만한 정신이 잇슬것이다 잇것은 내가 일전 어늬 밤에 미 행하다가 사방에서 널어나는 렴불과 공자 니야기를 듯고 어든 감상이다

왕건 「예--신은 오즉 대왕페하의 식히는대로 봉행할쑨이 올시다」

대왕 「글을 맨들자면 범서(梵書)나 한자(漢字)나 계단자(契丹字)에 참고하 야 맨들것이나 륜니와 도덕의 조목은 남의 것으로 맨드는것이 안이라. 우리의

풍속과 습관에 맞추어 션과 악의 표준을 세워 학리로써 설명할쑨이다. 우리 부
모가 나를 날째에 텬신이 공중에서 「이세상을 위하야 미리를 나리어 보내니
그리알나고 웨엿단다. 과거의 부처는 아미타불이오. 현재의 부처는 석가여래요.
미래의 부처는 미리라고 불경에 쓰인 말이 잇지 안하냐? 그러면 나는 하늘이
보낸 「미리」닌 조선쑨안이라 잘래 왼 세계가 나의 덕화안으로 들어올것이다.
내가 지은 새글에 새 경문이 나거던 너는 힘써 봉행하여라」

왕건 「신은 페하의 집을 위하야 충신되고 페하의 도를 위하야 수뎨자가 되랴
함니다」

대왕이 왕건의 등을 어루만지며

「석가의 문에 가섭이 업스면 석가가 될수업고 공자의 문에 안연이 업스면
공자가 될수업다. 궁예의 문에 왕건이 업스면 궁예가 될수 잇느냐? 나는 모든것
을 너만 밋는다. 내가 조선의 옛것을 업시하랴함이 안이라 곳 단군, 고주몽, 박
혁거세, 부여온조, 진흥대왕, 남량, 술량, 모든 조선의 셩인이 하여 온것을 더욱
발휘하야 왼 세계에 페랴함이다」

왕건 「예……」

대왕의 말이 끗치고 왕건이 물너 나아가니 대왕이 특별히 보내며 혼자 속말
로 왕건아 네가 엇지 나의 아들이 되지 안하얏더냐?

五

대왕이 석달동안 재계하며 새 글 이십팔자모를 맨들어 그글로 경문 이십권을
지어 일흠을 「궁예대왕경」이라 하고 십일월 동지날에 대왕이 황금쑥갈을 쓰고
사방포를 입고 위봉류에 좌긔하사 백관과 만민을 모와 조칙을 나리어 그들과
그 경문을 반포한다.

나는 하늘에서 내려온 미리다. 이 세상을 위하야 이 글과 이 경문을 반포하노
니 너희 백관만민들은 오늘부터 중국 글을 바리고 이 새글을 배워야 할것이며
팔만 대장경이나 십삼경을 업새야 할것이다.

너희들이 션렴을 먹던지 악렴을 먹던지 졋눈을 감고 속눈으로 보면 거울속
드리어다 보듯한다. 조심하여라. 속마음으로라도 이글과 이경문을 반대하는 놈

이 잇스면 내가 다 알고잇다. 나의 마음은 너희의 죄를 용서하지만 나의 칼은 용서업는 줄을 알으어라. 이글 반포한 뒤 석달--디방은 조칙밧는 날부터 계산 --이면 공사문자에 이 글로 쓰고 모든 서당은 이 경문을 읽게 하렷다. 모든 직분가진 벼슬아치들은 더욱 착실히 거행하얏다.

조칙의 랑독을 마추니 백관만민들이 다 만세를 불은다. 대왕이 당시에 이판 (泥版)으로 박은 그 글과 그 경문 수만장을 뭇사람에게 나우어주고 환궁하사 무슨 대전쟁에 셩공한것보다 더깃버하얏다.

석달이 되니 과연 각디방에서 올나오는 공문들은 모다 일목대왕이 맨든 새글로 쓰엿다. 대왕이 크게 깃버 「인제는 내가 맨든 글에 내가 지은 경문을 읽으니 석가나 공자를 찬송하던 소리 쑥 들어가고 나를 찬송하겟지. 내가 한번 가만히 나아가 알어 보리라 하고 그제는 시신도 몰으게 어둔밤에 혼자 철창에 한아만 집고 궐문을 나아가 동대문으로 나아가 언능말이란 동리로 드어가아 불교강당에 향하야 창박게 서서 중들의 하는 쏠을 수탐한다.

방안에 등불이 침침한데 주장 중이 수십명 뎨자들과 함끠 안젓다. 주장 중의 말이 「너희들 오늘은 글을 안읽느냐?」 「새글로 쓴 궁예대왕경으 읽을까요?」 하고 뎨자들이 다시 뭇는다. 주장 중이 골을 버럭내며 「이애 새글도 그 것을 글이라고 읽어? 예날에 중국의 글을 창힐이가 지엇는데 창힐은 눈이 넷인가 지엇는데 거로가 눈이 천인고로 천안불(千眼佛)이라 하는것이다. 지금에 우리 대왕은 눈이 한아쑨인고로 일목대왕이라 하는것이니 일목대왕이 지은 글이 무슨 글이랴」 「대왕은 웨 한눈을 못봄닛가? 배안의 병신임닛가? 후텬의 병신임닛가?」 「아하 너희들은 그것도 몰으느냐? 암 후텬의 병신이지--」 「후텬의 병신이면 무삼 죄를 짓고 그리 되얏슴닛가?」 「심술이 만흔 죄로 그리 되얏지--」 「심술이 만흐면 한눈이 먼닛가?」 「가만히 잇거라 내가 그 니야기를 하야주마. 대왕의 셩명이 궁예가 안이냐? 궁예가 지금도 심술이 만치만 소시에는 더 하얏던가 보더라 애호박에 말쑥박기 물동이에 팔매질하기 노는 아이 쌜여주기 이짜 위 가지각색의 못된 심술은 다 가젓던가 보더라. 그런데 궁예의 동무에 썩룡이란 아이가 잇섯는데 썩룡이는 쏘 욕심만키로 아마 셰상에 뎨일이 엿던가 보더라. 하로는 궁예과 썩룡이가 함끠 합천해인사로 놀러 갓더란다. 해인사대웅뎐의 부쳐님이 조음 령검하냐? 두사람을 보시고 입을 열으섯다. 그 두사람다려 너희들이 내게 무엇을 빌나느냐 누구던지 먼저 비는 놈보다 내종에 비는 놈에게는 갑절을 주리라 하섯다. 그래 썩룡이는 욕심이 만흔 놈이라 어대 짜지던지 제욕심에 차도록 복을 만히 달나고 십지만 하나 부쳐의 하신말이 이슨즉 제가 만석군 되기를 원하면 궁예는 이만석군이 될것이오 이만석 군되기를 원한다면 궁예는 사만석 군이 될것이오…… 그박게 무엇을 빌던지 먼저 비는 날이면 궁예가 저보다 갑절을 차지할것이다. 그래 썩룡이가 궁예다려 먼저 빌나 하얏다. 그는 썩룡이 생각에 무슨복이던지 궁예보다 갑절을 더 차지하랴 한것이지만 하나 궁예는 심술이 만하 저잘되는 이보다 남못되는 것을 더 바라는 놈이다. 그래 궁예가 나서서 제눈 한아를 멀게하야 줍소서 하얏다. 아하 얼마나 령검한 부처님이냐? 그 즉석에 궁예는 눈 한짝이 멀고 썩룡이는 그 갑절로 두눈이 다 멀엇다. 대왕이 오늘까지 그 심술이 긔지 남엇다. 그래서 조흔 능엄경 화엄경 법화경…… 모든 불경을 못 읽게하고 그 되지도 못한 궁예대왕경을 읽으라지. 하나 고러케 심술을 불이다가는 그 남아 한짝눈까지 다 멀어 일목대왕이 무목대왕이 되겟지 하하……」

그 주장중의 하하 소리끗헤 대왕도 노염석은 우슴으로 쏘한「하하」하얏다. 주장 중의「하하」는 대왕을 저주하는「하하」언이와 대왕의「하하」는 네 --이놈 --오늘밤만 자고 나서는 내손에 좀 죽어 보아라 하는「하하」더라. 그 촌안에서 다시 유교도의 강당을 차저 쏘 창박게 서서 그 하는짓을 여웃본다. 학구선생과 그 뎨자들이 쏘한 수십명이나 잘 되는데 혹은 론어, 혹은 맹자, 혹은 춘추를 읽는 판이오. 궁예대왕경 읽는 놈은 하나도 업다. 얼마만에 글소리가 그치고 니야기가 시작된다. 한소년이 선생다려「우리가 글을 읽어서 무엇하자는 것입닛가? 세상에 나서 써먹자는 것이아님닛가?」「암 그러치」「그러면 우리가 님금이 읽으라는 궁예대왕경은 안이 읽고 공자맹자의 글을 읽어서 어대에 써먹자는 것임닛가?」「오--너는 궁예대왕경이 멧칠이나 갈줄아느냐? 옛날에 중국의 진시황은 공자의 글을 폐지하고 진라 사긔만 읽게하더니 두 대에 망하야 그 때에 산속에서 공자의 글 읽던 사람들은 한조(漢朝)에 와서 잘씨여 먹엇느니라」「선생님은 대왕이 진시황 갓히 망할줄 알음닛시가?」「암 그것이야 몰나? 대왕이 진시황 갓흔 일이 퍽 만흔데」「무엇이?」진시황은 셩은 염씨라 하지만 기실은 려씨요 려불위의 아들이안이냐? 대왕은 셩이 궁씨라하나 기실은 김씨요 신라

헌안왕의 아들이니 이것이 갓고 진시황이 무력으로 륙국을 멸하더니 대왕도 무력으로 신라, 백제, 발해, 계단 갓흔 여러나라를 멸하랴 하니 이것도갓고 진시황이 공자의 글을 불살으더니 지금에 대왕도 공자의 글을 못 읽게하니 이것도 갓다. 대왕이 망하지 안할것 갓흐면 진시황도 진시황도 망하지 안하얏슬것이지」「대왕이 궁씨가 안이오 김씨라 하시니 무삼증거가 잇슴닛가?」「암잇지 눈한아 먼것이 그 증거이지」「웨요?」「흥 내가 그 사실을 말할터이니 들어보라 신라 헌안왕의 첩이 궁예를 배여 가지고 그 친정에 가서 오월 오일에 궁예를 낫핫는데 궁예가 날째에 발서 니(齒)가 다잇고 나던날에 무지개 갓흔 기운이 그 집 집웅에 널어 빗히 하늘에 쎄치여더란다. 그래 일관이 헌안왕쎄 알외우기를 이 아이가 크면 장차 나라의 큰 해가 되리이다 함으로 왕이 사신으 보내여 놉흔 다락위에서 집어던것더니 유모가 살니랴고 몰래 그 떨어지는 것을 밧다가 손가락에 눈이 쎌니어 한짝이 멀엇단다. 한나 살니워 키워낸것은 그 유모의 덕이란다」「대왕도 그런 줄을 알음닛가?」「암 알기에 신라를 미워하지……」대왕이 듯다 못하야 발씰을 돌리니 「그럴이다. 불교하는 놈이나 유교하는 놈이나 너희들이 이미배박게 나오면서 본것이 그 것이오 들은것이 그 것이라 그 것으로 밥을 어더먹고 그것으로 지식을 자랑하고 그것으로 천추만세의 명예를 도모하다가 나의 새글과 새경문이 나아 그것을 다 집어치우라하니 허무한 말을 지어내여 나를 쓰들박게 잇느냐? 하지만 내일에는 좀죽어 보아라」

六

일목대왕이 그 닛흔날에 강도회(講道會)를 연다고 조칙을 나리엇다. 그 조칙의 대의는

길은 탄탄한 큰길 한아쑨이다. 한데 백이 백말하고 천이 천말하야 이 세상사람들로 하여금 갈길을 몰으게 한다. 내가 이제 강도회를 열고 이 하늘 미데 모든 학자를 모아 도를 토론하랴 하니 궁예대왕경을 읽힌 사람쑨안이라 이박게 불교나 유교나 션교나 국션교를 물을것업시 오래 그 교에 힘을쎠어 아는 바가 잇는 학자이거든 모다 본년 팔월이십오일에 서울로 와 한번 토론하야 각교의 장단득실을 비교할 일, 정개 원년 오월 일이라하얏더라. 밋 팔월 이십 오일의 긔한이

당두하매 각교의 사람들이 모이여 드는데 일목대왕의 관할하에 잇는 가도 각진 각군은 물론이오. 신라, 백제, 발해, 계단, 중국 모든 나라의 졔왕들은 대왕의 위세에 눌니어 사신을 보내여 참관하는 동시에 그 나라의 각교 교도들은 쌀아 온 이가 만코 인도, 페시아, 대식의 모든 나라장사들도 구경으로 모이여 들어 삼만명 내외의 사람들이 풍천원 서울문 안박게 가득하게 되얏다.

그날 평명에 일목대왕이 황금쪽같에 사방포에 찬란의관을 차리고 금실로 갈 기을 쟝식한 조흔 백달말을 타고 악공들이 좌우에 서어 신라셜타의 노래와 대 화산의 왕수금의 악부를 알외우고 황량산으로 전도하야 남대문 위봉루에 좌긔 하니 대왕의 시신이 수백명이오 옹위한 군대가 삼천명이오 대왕의 뎨자라 칭하 야 궁예대왕경을 찌고 황량산 압에 방진을 짜고 선자가 만여명이오 그 다음에 길의 좌우를 갈너선 각교의 교도 삼만명가량인 대 의외를 방비하야 금군 오만 명이 긔치 창금을 세우고 그 박글 포위하얏더라. 대왕만세 소리가 쯔치자 대중 이 고교하야 숨소리를 낫치어 가지고 대왕의 말 쩔어지기를 기다리더니 얼마만 에야 대왕이 대중을 향하야 입을 버린다.

「나는 사람의 탈을 쓰고 하늘에서 나려온 「미리」다. 미리는 눈을 쓰면 중생의 얼골을 보고 눈을 감으면 중생의 마음을 본다. 그래서 너희들이 비록 쳔리 말리 박게 잇슬지라도 너희들의 하는 노릇을 내가 다 안다 쌕하면 쌕하는 줄 알고 쌕하면 쌕하는 줄 안다. 너희들의 마음속에 무삼 생각을 가지던지 내가 쏘 몰으 는 것이 한아도 업다. 착한 생각을 하면 착한 생각하는 줄 알고 모진 생각을 하면 모진 생각하는줄 안다. 너희들이 무삼죄를 질을지라도 다 용서할수 잇지 만 다만 나를 「미리」가 안이라 생각하거나 나의 지은 궁예대왕경을 잘못되얏다 생각하거나 나의 하는일을 올치못하다 생각하거나 그런 생각을 가진놈들은 용 서못할것이다. 너희들이 용서못할 죄를 지엇슬지라도 나의 뭇는 곳헤 명백히 말하고 아조 곳처 바리면 혹 살아날길이 잇스런이와 그러치 안하고 숨기거나 곳치지 안하면 죽음의 길박게 갈대 업슬것이다. 그리알엇다」하고 시위장관 김 억남의 재경으로 그 열어 만여명가운대서 언능말불교강당의 주장 석총과 유교 강당 학구선생 리경을 쏙 찍어내여

「네가 평일에 나의 눈 한짝이 엇더구 어젓다 나의 지은 궁예대왕경이 엇더 하다고 말한 일이 잇지」하고 대왕이 친이 뭇는다.

「예--」하며 석총이 대왕을 처다 보더니 죽음을 면치 못하게 될줄을 짐작하고 불교의 충신이나 되자는 결정이 생기엇던지

「예--그런일이 잇슴니다 대왕 대왕 되기 전에 궁예란 일홈만 가지고 단일째에 해인사의 부처님 압헤서 욕심만흔 썩룡의 두눈을 멀니랴는 심술로 대왕의 한눈을 멀게 하여 달라고 빌어 필경 눈 한아가 멀엇다고 하얏고 대왕이 아즉 심술이 남어 조흔 불경을 못읽게 하고 되지도 못한 소위 궁예대왕경을 내여돌이니 필경은 그 남은 한짝 눈 까지 마저 멀어 무목대왕이 되리라 하얏지요」하고 두눈을 쓰고 대답하다.

「지금은?」하고 대왕은 소리로 놉히여가지고 물으니

「예--지금은 더하지요. 궁예대왕경은 요괴한 마귀의 말이니 대왕이 만일 이 경문을 불에 던지지 안하며 살아서 불그렁이에 올나 안질것이요 죽어서는 십팔청 디옥에 썰어지라고……」

그 말이 채곳도 나지안하야 일목대왕이 철자으로 그머리를 나리처서 골이 탁 터지며 피가 사방으로 투여 대왕의 방령포압자락까지 어룽어룽 하여지고 석총은 업퍼져 죽는다. 그 다음에 대왕이 학구선생 리경다려 「너도 네죄를 알겟지」 하니 리경이 고만 쌍에 푹 업퍼져 통곡하며 하는말이

「예--신이 신의 죄를 압니다. 대왕페하의 하늘 갓흔 쌍에 갓흔 셩덕으로 살니어 주소서. 신이 어렷슬 째부터 못슬조조가 좀 잇섯슴니다. 그래서 셔당에서 중국력사를 읽을 째에 진시황이 시셔(詩書)를 불질으고 선비를 학대한까닭에 선비들이 진시황을 미워하야 그갓히 무참한 욕을 력사에 써노흔 것인줄을 알엇슴니다. 하나 평생에 배운것이 겨오 공자의 글이라 그 글로 어더 먹으며 그글로 남에게 선생의 대우를 밧다가 불의에 대왕이 나라를 위하야 백성을 위하야 그 조흔 글과 경문으 맨드시니 신이 마모리 우매한들 엇지 셩의를 몰을닛가만은 다만 신의 생활에 영향이 미치기에 마치 무지한 인간이 하늘을 꾸짓는 셈으로 감히 중국선비의 진시황 욕하던 못된 방법을 배워 대왕페하에 대한 거짓말을 맨들어 대왕이 궁가가 안이오 신라왕 김씨의 자손이라하얏슴니다. 하늘을 욕한들 놉흔 하늘이 나저질잇가? 해를 욕한들 밝은 해가 어두어질잇가? 신을 살니어 주옵소서. 신을 살니어 주옵소셔. 신의 아비도 늙고 어미도 늙고 자식이 어림니다. 신을 살니어 주옵소서……」 대왕이 철장을 들어 「오 녀 아첨 잘하는 너를

살린진대 차랄이 석총이를 살니엇겟다」하고 쏘한 골을 째여 죽이다. 석총과 리경을 죽인뒤에 일목대왕이 한참 눈을감고 안젓다가 다시 불교에 도통하얏다는 「혜오」를 불너 「네가 전날에 궁예대왕경을 보고 속으로 마귀의 말이라고 욕하지 안하얏느냐?」 「업슴니다」 「이놈아 업는것이 무엇이어?」 하고 철장으로 쳐죽이고 유교에 엄지손꼽는 학자박홍을 불너 「네가 마참 속으로 맹자의 불기살인자능이리지(不嗜殺人者能一之)란귀졀을 외우지 안하얏느냐?」 「안하얏슴니다」 「이놈아 누구를 쇠기여? 나는 눈을 감우면 남의 마음을 본다는데도……」하고 쏘 철창으로 쳐죽이고 별안간에 자긔의 뒤에 선 시신 한아를 보며 「이놈아 네가 엇지 나의 쳘자이 너무 맵다고 욕하얏느냐?」하고 쏘 철장으로 쳐죽이고 군사를 명령하야 대왕의 손가락이 가리치는 대로 모이여선 사람중에서 륙백여명을 잡어내여 「이놈들이 다 지금에 가만히 석가나 공자의 글을 외우고 궁예대왕경을 훼방하얏스니 형장에 잡어가지고 가서 처참하여라」하니

그 명령을 밧던 군사가 륙백명의 사람으 잡어가니 통곡하는 소리에 짱이 꺼질쯧하나 사람피에 목말은 일목대왕은 눈도 쌈작하지 안한다.

그래고는 일목대왕이 다시 수만명의 대중에 향하야 너희중에 아즉도 죄잇는 놈이 잇스니 특별히 용서하야 살길을 열어 주는것이니 이길로 돌아가 궁예대왕경을 잘 공부하야 죽음 길로 들지 마라라 하니 대중이 다 대왕만세를 불너 두번 살닌 은혜를 사례한다. 대왕이 곡부(令度支部)를 명하야 백미 삼천석을 내여 대중을 치송하게 하더라

七

그날에 그 다수한 사람을 참혹하게 죽이던 날에 일목대왕이 저물게야 환궁하야 왕후 강씨의 침방에를 드니 강씨가 눈물이 게워 수건으로 얼골 가리우고 목이 메이도록 운다

대왕 「왕후께서 웨 이러케 웁니가? 무삼일이오?」

왕후 「……」

대왕 「말슴을 좀하시요」

왕후 「나라가 망하야 대왕페하의 이십여년 물속이나 불속으로 드나들며 죽

을판 살판 닥거논 공업이 허디로 돌아갈가 하야 움니다」하며 메인 목소리로
간신히 대답한다.

대왕「웨?」

왕후「사람을 칼로 정복함닛가 덕으로 정복함닛가?」

대왕「칼과 덕을 아울너 써야지요」

왕후「안이올시다 적궁르 정복하랴면 칼로 하련니와 백성의 마음을 정복하
랴면 덕으로 하는것이 올시다」

대왕「……」

왕후「대왕의 지혜로서 엇지 첩의 아는것을 몰으시릿가? 이십여년동안 위염
으로 적국을 징계하시며 사랑으로 백성을 다사리시던 대왕이 엇지 첩이 아는것
을 몰으시릿가? 첩은 당초에 농가의 계집으로 이십안에 홀어미가 되야 눈물로
날을 보낼쑨이다가 의외에 대왕을 맛나 버리시지 안함을 입어 옥톄에 갓가히
함을 엇고 참남히 왕후까지 되얏스니 아마 이것이 복에 넘처 운명의 신이 시긔
하야 무삼 재앙을 주랴고 사랑만흐신 대왕이 졸디에 마음이 변하야 내 백성을
적국으로 알고 그갓히 사람을 만히 죽이심인가함니다」

대왕「……」

왕후「……」

대왕「왕후쎄서 아마 나의 오늘에 사람만히 죽인것을 불가하게 아는것인가
봄니다. 하난 이놈들은 안이 죽이면 안될 놈들이 올시다. 내가 이 나라의 님금인
데 이 나라 백성가온대 불교하는 놈들은 석가를 밋고 나를 밋지 안함니다. 유교
하는 놈들은 공자를 좃코 나를 좃지 안함니다. 그러면 한 나라에 님금이 셋이나
된다하야도 가함니다. 나는 항상 두가지의 생각이 잇슴니다 (一)은 한 하늘 밋
톄는 나라가 한아쑨이라야 한다 나라가 한아만 되자면 신라도 멸하고 백제도
멸하고 발해도 멸하고 계단도 멸하고 중국의 량(梁)도 당(唐)도 다 멸하고 우리
나라 한아쑨이라야 할것이다. 그리하자면 그 모든 나라를 다처서 쎄아서서야할것
이오 쏘(一)은 한나라 안에는 님금이 한아가 되자면 님금이란 일흠은 업시 님금
의 실권으 가진 불교도 멸하고 유교도 멸하여야 할것이다. 그리하자면 불교도
나 유교도를 다 죽이여야 할거서이라 함니다. 내가 이쎄상에 나선지 이십 여년
에 모든 나라들을 다 멸하지 못하얏스나 신라, 백제, 발해 세나라는 거의 내손안

에 들어오게 되얏고 계단과 중국이 잇스난 이것도 내가 그 멸한 방책으 가젓습니다. 한즉 나라를 한아로 맨들 일은 그리 어렵지 안한줄 암니다. 불교나 유교의 세력은 너무도 뿌리가 깁허 그 세력을 다 업시하고 님금의 셰력 한아만 맨들자면 좀 어려웁니다. 하나 내가 칼이 잇것다 창이 잇것다 강한 군사가 잇것다 무엇이 그 놈들을 무서워하릿가. 오늘 부터는 그 놈들을 죽이여 씨지우기로 하얏습니다. 그래서 사람을 만히 죽이엿습니다.」

왕후 「안이올시다 칼로 맨든 세력은 칼로 부실수 잇건이와 칼로 맨든 것이 안인 셰력은 칼로 부시지 못합니다. 신라나 백졔나 발해나 ……그 모든 나라들은 칼로 셰운것이니 대왕이 강한 군사와 날카러운 무긔를 만히 가젓스면 째리여 부실수 잇지만 석가나 공자의 세력은 당초에 도덕과 문자로 셰운것이오 칼로 셰운것이 안이니 대왕이 비록 백만정병을 가질지라도 부시지 못할것입니다」

대왕 「그러기에 내가 새로 글도 맨들고 경문도 지어 석가나 공자의 교를 대신하랴 하지 안함닛가? 하나 글이나 경문을 주어도 밧지 안하는 놈을 죽일박게 업는 것입니다.」

왕후 「이 나라안에서 어늬 놈이 감히 대왕의 글과 경문을 밧지 안는 놈이 잇습닛가 쳡은 듯지 못하얏습니다.」

대왕 「것흐로는 밧지마는 속으로는 밧지 안합니다. 그래서 나를 대하면 그 글이 죠코 그 경문이 조타하다가 내가 보이지 못하거나 듯지 못하거나 하는 경우를 맛나면 그 글과 경문만 훼방할 쑨안이라 글과 경문을 맨든 나의 신분까지 훼방하야 턱업는 말을 다 지어내니 이놈들을 죽이지 안하고 엇지 하릿가」

왕후 「왼 세상사람을 다 인도할만한 길이 「도」가 안임닛가? 왼 세상사람을 다 감복하게 하는 사랑이 「덕」이 안임닛가? 대왕이 글과 경문을 지어 대왕의 「도」로 세상을 인도 하시랴면 사람을 사랑하여야 합니다 사랑이 업스면 사람들이 더욱 더욱 반감이 나아 대왕이 가라는 길로 안이 가고 짠 길로 달어 남니다. 여긔에는 칼이 쓸대 업습니다. 만일 우리 백셩이 칼을 들고 닐어나 대왕의 경문을 배척한다하면 대왕이 칼로 정복하시려니와 대왕이 보지도 듯지도 못하는 곳에서나 속마음으로 대왕을 훼방하거던 사랑으로 정복사소서」

대왕 「사랑을 밧지안하면……」

왕후 「사랑이 깁흐면 안이 밧지 못합니다」

대왕 「남자가 녀자를 사랑하야도 그 녀자가 혹 밧지 안는수가 잇슴니다.」

왕후 「올슴니다 (갑)이란 남자가 잇서 (을)이란 자를 사랑하는데 (을)은 (갑)의 사랑을 안밧는 수가 잇슴니다. 하난 이것은 (을)이 반듯이 (갑)이란 남자박게 그 보다 더 마음에 맞는 (병)이란 남자가 잇는 까닭임니다. 그와 갓히 백성들의 마음에 대왕이 맛지 아니면 신라나 백제를 사랑할것임니다. 그리되면 대왕의 나라도 망하고 신라나 백제가 통일할것임니다.」

대왕 「내 백성들이 나보다 신라왕이나 백제왕을 더 사랑하는 놈은 업겟지만 공자를 나보다 더 사랑하고 석가를 나보다 더 사랑하는 놈들은 잇스니 이것이 가통하다는 말암니다.」

왕후 「석가의 말에 과거의 부처는 아미타불이오 현재의 부처는 서가 자고요 미래에는 이 셰사을 위하야 「미리」란 부처가 난다 하고 맹자는 오백년만큼 셩인이 난 다하지 안하얏슴닛가. 지금에 석가나 공자 죽은지가 천여년에 불교난 유교가 다 부패하야 모든 사람이 미리의 오기를 바라는 째인데 대왕이 이 째에 나서 백성을 구하는 미리가 되시니 불교도나 유교도가 다 석가나 공자를 버리고 대왕에게로 돌아올것임니다.」

대왕 「셩인이나 미리가 계집의 말로 될수 잇슬가요?」

왕후 「물론이지오 우리나라의 동명셩왕이나 신라시조나 중국의 요순이나 주문왕, 무와잉 다 내조로 되얏고 석가도 그 도를 닥그러 산으로 들어갈 째에 아비는 몰낫스되 그 안해 「야유타」는 알엇슴니다. 남녀의 비밀한 니야기는 문박게 나아가지 안한 즉 그보다 더한 도움이 만헛슬것이나 다만 사책에 쓰이지 안하얏슬 쑨임니다.」

대왕 「아이구 나의 야유타……」하며 왕후의 허리를 안는다.

八

하로 동안에 무고히 오륙백명 사람의 목으 볘이던 째에 그만흔 사람의 울음소리가 짱이 쩌저도 눈도 쌈짝 안이하던 악마갓흔 대왕이 왕후의 멧방울 눈물에 마음이 절이어 그 모든 경계에 고개를 숙이니 녀자의 매력(魅力)이냐? 남자의 약점이냐? 하늘밋튼 고만두고 곳 하늘 위를 올라 갈지라도 나 한아 쑨이라는 자부심을 가진 일목대왕도 할일업시 그 사랑하는 왕후 강씨 압헤는 무릅으 꿀엇다. 하나 이것은 다만 강씨의 자색을만이 안이라 강씨와 일목대왕 두 새이에 원래 보통 부처보다도 특별한 관계가 잇다. 그 관계를 말하자니 자연 일목대왕의 래력과 눈 한짝 먼 사실을 말할박게 업다. 일목대왕의 성이 궁가지만 그 시조는 궁가가 안이오 곰가요. 그 사는 골은 곰골이니 곰골은 지금 황해도 문화현이다. 곰가가 엇지 궁가가 되얏느냐하면 이는 가우리(高句麗)의 음에는 한문 글자의 활궁(弓)을 활곰이라 읽고 문득 홀(忽)을 문득골이라 읽은 고로 곰골을 「弓」「忽」이라 쓰더니 가우리가 망하고 신라가 그 싸를 차지하매 신라는 「활곰」이라 읽지 안코 활궁이라 읽으며 문득골이라 읽지 안코 문득홀이라 읽어 곰골이 드대여 궁홀이 되고 곰가가 궁가가 되얏다. 궁가가 신라로 이사한 뒤에 궁복이란 이가 중국에 궁가가 업는 까닭에 행세하기 아조 불편함을 활궁에 긴 장(長)을 보태여 장가라 하고 중국에 「ㄱ」발음이 업는 까닭에 복을 「보고」(保皐)라 하더니 고국에 돌아와 젼장에 공을 세워 「청해진대사」란 벼살을 하다가 간신의 시긔에 몰니어 죽고 그 자손이 사방으로 허터저 혹은 궁가의 본성으 가지고 혹은 장가의 변셩으 가지니 일목대왕은 그 본성을 보전한 송악군 궁가의 자손이더라. 일목대왕의 력사를 볼 쌔에 누구던지 대왕의 얼골이 금고 붉고 쎄드렁 니에 외퉁이 눈에 매부리코에 구척장신에 긔괴하고 흉악하게 생긴것을 그리겟지만 실제는 아조 이와 정반대로 얼골이 옥갓고 니마가 탁 트이고 입살이 자칫 얄고 코가 놉고 키는 호리호리한 중키에 지나지 못하며 눈도 처음에는 외퉁이가 안이라 새별갓히 두렷한 두눈이오 신체도 골고루 발달하야 보기에 사랑시러운 미남자엿다. 날쌔에 무지개 갓흔 서긔가 돌고 오색구름속에서 신인이 미리르 바드라고 웨우거늘 그 아비가 「예」하고 대답하고 나니 아이의 울음소리가 남으로 「예」라 일흠하얏다. 하나 열살에 부모를 일코 그 골 세달사에 가서 중이 되니 스승이 그 얼골과 재조를 긔특히 넉이여 선죵이란 일흠을 주고 불경으 가라친 지 멧해 못되야 불교의 죵지와 불경의 깁흔 쯧을 모다 풀어 알고 다시 유교의 글을 섭엽하야 십삼경의 대의도 통달하더라. 하나 선죵이 중의 규율을 직히지 안코 작란으 죠와하며 언론도 쏘한 발월하야 중의 내가 나지 안하얏다. 항상 하는 말이 이 세계를 디옥이라하면 이 디옥을 파괴하여야 할것이다 한데 석가는 이 디옥을 파괴하지 못하얏다. 서가다래 물으면 제가 디옥을 파괴 하얏노라

하지만 나는 그말을 밋지 안한다. 밋지 안할 뿐안이라 나는 곳 입을 찌즈랴한다. 소리개 들에 채이여가는 병아리가 소리개를 찾아가노라 하며 이 세계의 디옥에서 나서 늙어서 병들어서 죽은 석가가 이 디옥을 파괴하얏노라 함이 쏙 갓흔 거짓말이다. 한데 사람들이 석가의 말을 미듬은 소리개등의 병아리를 미듬과 쏙 갓흔 일이다. 어늬때 든지 참으로 이 세계를 파괴하야 텬당을 맨드는 사람이나 나거던 우리가 그에게 절함이 가하니라」하며 쏘 공자를 미워하야 「공자의 일은바 「중용」은 곳 팔팔 끌는 쓰거운 물도 못 쓴다 함이오. 어름갓히 찬물도 못 쓴다 함이니 그러면 미지근한 물밧게 쓸것이 업쓸것이다. 사람이 이 미지근한 물 갓히 되면 이 셰계는 무엇이 되랴? 생긔도 업시 요맹도 업시 걸어 다니는 산송장이 되고 말것이다」하더라. 여러번 스승의 경계를 밧고도 곳치지 안함으로 파문의 벌을 밧고 쏘기어나아 해각승으로 돌아 단니다가 지셩왕이 녀자로 님금이 되야 모든 미남자를 쏩아 자긔의 잠 동무로 정하고 그 유희와 행락을 위하야 사방에 사자를 보내여 백성의 재물을 쎄아서 인심이 비상히 소요하거늘 션종이 이에 동지들 모아 송악군을 치랴 하야 군수의 생일잔치를 긔획하야 삼십명 장사를 쏩아 화라의 장식을 차리고 군쳥을 습경하랴다가 그 계획이 고발되야 션종의 무리가 그 회의하던 집에서 관군의 습격을 당하야 비참한 학살을 당하고 션종이 홀로 담을 쮜여 넘어 나제는 달으며 밤에는 풀속에 숨어 사흘동안 먹지 못하고 죽주(竹州)돌우매로 들어가 밥을 빌어 먹으랴다가 강씨를 만나게 되얏다.

龍과 龍의 大激戰

一. 미리님의 나리심

나리신다, 나리신다, 미리(龍)님이 나리신다. 新年이 왓다고, 新年戊辰이 왓다고, 미리님이 東方亞細亞에 나리신다.

太平洋바다에는 물결이 친다, 蒙古의 沙漠에는 大風이 닌다, 太白山쏙대기에는 五色구름이 모이여 든다. 이 모든것의 모도가 다 미리님이 나리신다는 報告다. 미리님이 나리신다는 보고에 우랄山 以東의 모든 衆生들이 일제히 머리를 들엇다. 富者와 貴者들은 勿論 미리님의 입에 맛도록 支那料理, 西洋料理 等 가즌 음식을 쟝만하야 미리님이 귀에 흐뭇하도록 거믄고, 伽倻琴 피아노등 모든 音樂을 대령한다. 그러나 可憐하고 헐벗고 굼주린 貧民들은 미리님께 精誠을 들이랴 하나 아모 가진 것이 업다. 가진것은 그 쌜간몸뿐이다. 이에 할일업서 피를 쏩아 술을 빗고 눈물을 짜아 쩍을 맨들어 莊嚴한 祭壇위에 창피하게 모양업시 벌이어 노코 미리님의 나라심을 기다린다.

一月一日 上午二時 첫 닭이 홰를 치자 아모 긔별업시 구름의 飛行機 탄 미리님이 닥치섯다. 一般 富貴者는 노래하며 춤추며 거룩하신 미리님을 마지하는데 모든 貧民들은 일제히 땅에 업허저 운다. 울면서 미리님께 빈다. 「님이시여 미리님이시여 今年에는 稅納이나 만히 안물니도록 하여 주옵소셔 今年에는 賭租나 만히 안달나게 하여주옵소서. 今年에는 監獄구경이나 안케하야 주옵소서. 今年에는 生活難의 鐵道自殺이나 안케하야 주옵소서. 今年에는 他國 他鄕의 빌엉거지나 안되게 하야 주옵소서. 今年에는 他國 他鄕의 빌엉거지나 안되게

◉ 이 작품은 김병민 편, ≪신채호문학유고선집≫(연변대학출판사, 1994)에 수록된 작품을 기준으로 하였다.

하야 주옵소서. 今年에는 이 興旺하게 하야 주옵소서」 하면서 손이 발이 되도록 빈다. 그러나 그 비는 소리가 미리님의 귀에는 들니지도 안하고 다만 그 可憐하고 모양업는 祭物만 미리님의 눈에 씌엿다. 그래서 미리님이 골을 잔쑥 낸다 「이놈들 精誠을 내지 안코 幸福을 찻는 놈들 죽어보아라」 하고 아가리를 쌱 벌니인다.

아이구 어머니 그 아가리가 놀보의 박이던가 그 속에서 쏭통쓴 皇帝이며 쇠가죽 두룬 大元帥며 니마가 반질어운 財産家며 대통이 뒤로 달은 大地主며 냄새 피우는 巡査며 其他……모든 초란이들이 쏘다저 나온다. 나와서는 모든 貧民들을 잡아먹는다. 피를 싸먹고 살을 쓰더 먹고 내종에는 쎠까지 밧삭밧삭 쌔물어 먹는다 먹히지 안하랴면 彈알의 바지오監獄의 책임이다 地獄의 世界---可憐한 人民---

二. 天宮의 太平宴, 叛逆에 對한 걱정

죽음에 쌔아진 人民들의 哀呼憤叫 그 소리가 九重天門을 振動하야 잠 깊헛던 上帝가 쌈짝 놀래여 쌔엿다. 그래서 이것이 웬 소리인가 알어들이라고 天使에게 命令하얏다. 天使가 「이것은 미리가 生存을 要求하는 人民들을 죽이어내는 소리올시다」고 回奏하니 上帝가 갈아사대 「어--미리는 참 聰明한 賢臣이여--,要求가 쇠면 反抗이 되고 反抗이 쇠면 革命이 된나니 要求하는 人民을 죽이어야지--, 어--미리는 참 賢臣이여」 하시고 미리를 불너 人民죽이는 功으로 勳章을 주시며 爵位를 놉히시다. 그리고 天上의 모든 神仙, 地上의 모든 鬼靈, 歷代의 帝王將相들을 召集하야 天宮에서 太平宴을 設하다. 地上의 人民들은 배가 곱하죽는대 天宮의 宴會에는 배들이 터져 죽을 지경이다. 上帝가 배가 죽을 틀키어 쥐고 모든 鬼臣들을 돌아보시며 「人民들일란것은 先天的으로 反逆性을 타고나아 툭하면 叛旗를 드나니 엇지 조흐랴? 空中에다 地球만한 大砲를 걸고 탕탕 쏘아 모조리 죽이잔즉 全地球가 破壞하야 人民들이 씨가 저서 우리들이 쌀아먹을 피가 업서지리니 그것도 안이 될 일이요. 그놈들의 自由解放을 許하잔즉 解放된 뒤에는 그놈들이 우리에게 피를 쌀니지 안하랴 하리니 그것도 안될 일이라. 엇지하면 고놈들의 叛逆性을 쏙 어내여 산송장을 맨들어

노코 우리들이 아모 念慮업시 고놈들의 정수박이붓허 발씃까지 깨물어먹고 거죽붓허 속까지 빨아먹고 아비자 식붓허 孫子까지 孫子붓허 그 멧代 孫까지 잡아먹게 되랴?

「너희諸臣들은 각기 方策을 올니어라」 하시니 天使--엿자오대 「소와 갓히 코뚤내하고 굴네하고 챗직질하야 쓰웁시다」 「하하 싹한 사람--우리의 모든 政策法律이 코뚤네보다 더 殘惡하지 안하냐? 倫理道德이 굴네보다 더 凶慘하지 안하냐? 軍隊의 총과 警察의 칼이 챗직보다 멧萬倍나 더 戰慄한 武器가 안이냐? 그래도 고놈들이 叛逆을 도모하는고나--」

「그러면 一等 싹터를 불너 魔醉藥을 製造하야 고놈들을 永遠히 魔醉식히여 우리에게 잡히여 먹히는줄 모르고 잡히여 먹이게 합시다」 「흥--그 藥도 내가 써보앗지--孔子놈을 식히여 名分說을 지여 貧者 賤者는 貧賤의 天分을 安受하야 勢力者의 命令을 잘바더 忠臣烈士의 名譽를 後世에 씨치라」고 속이며 釋迦놈과 耶蘇놈을 식혀 「너희들이 남에게 苦痛을 밧을지라도 이것을 反抗업시 安過하면 죽어서 너희의 靈魂이 天國으로 蓮花臺로 가리라」고 속이엇다 이러한 魔醉藥들이 쏘 어대 잇겟느냐? 二千年동안이나 크게 그 藥效를 보앗더니 至今에는 그 藥力도 다하야 고놈들이 점점 自覺하야 叛逆이니 革命이니 하고 써드는고나」

「그러면 오날은 科學 文學 等이 크게 威力을 가진째의 多數한 科學者 文學者들을 꾀여다가 富者 貴者一支配階級의 走狗을 맨들어 學說로써 支配階級의 權利를 擁護하며 詩와 小說로써 支配階級의 莊嚴을 謳歌하면 될가함니다」 「오! 이것은 내가 方令 實施하야 非常한 效果를 보는것이다. 그러나 學者놈들이 間或 내의 命令을 어긔고 民衆속으로 쮜여 들어가아 叛逆을 꾀하는 놈이 잇고나」

三. 미리님이 按出한 民衆鎭壓策

이와갓히 上帝쎄서 叛逆性을 품은 人民에게 對하야 無數히 걱정하시다가 한숨을 후--쉬며 「人生에 百年의 長策이 업거던 天上에 엇지 萬年의 長策이 잇스랴--술이나 마시고 고기나 먹고 그러구러 해를 보낼일이지 걱정이 쓸대잇스랴--」 하고 「天皇堂 압 뒤쓸이 문어진들 엇더하리--萬壽山 두령측이 엉키

진들 엇더하리--」하는 斂업는 時調 한章을 불으신다. 미리가 압흐로 나와 俯伏
하고 엿자오디 「上帝는 尊嚴하사 億萬衆生이 瞻仰하는 바이올시다. 엇지 이갓
흔 不詳한 말삼을 하시나잇가? 地上의 人民들이 비록 叛逆性을 가젓스나 이를
鎭壓하야 永遠한 活地獄에 가둘수 잇습니다.

上帝갈아사대 「오--미리야 너는 참 智勇이 兼備한 鬼物이니 長策이 잇거든
말하여라」미리가 다시 엿자오디 「地上의 民衆을 대개 두部分으로 난울수 잇으
니 (一)은 强國의 民衆이오 又 (一)은 植民地의 民衆이 올시다. 强國의 民衆은
아즉 그 惰力의 愛國心을 가진 同時에 國 을 支配階級의 國으로 誤認하야 勢力
을 擴張增進케 하는 일을 愛國으로 誤信하야 그 愛國心이 僞愛國心이 되고
말었습니다. 그런즉 强國의 民衆에게는 얼마큼 普通選擧의 權利갓흔것 勞動賃
金의 增加갓흔것이나 許하여주고 一面으로 그 僞愛國心을 獎勵하야 弱小國民
衆을 征服케 하며 植民地의 民衆을 壓迫케 하야 支配階級--資本主義의 先鋒
이 되게 하면 彼等이 곱흔배(腹)가 다시 이 利益 업는 虛榮에 불너저어 우리가
비록 멧 十年동안 彼等의 피를 쌜아먹어도 압흔지를 모를것이오. 植民地의 民
衆은 그 苦痛의 程度가 다른 民衆보다 萬倍나 되지만 매양 그 虛妄한 僥倖心을
가져 굴머 죽는 놈이 僥倖의 飽食을 바라며 얼어 죽는놈이 僥倖의 暖衣를 바라
며 絞首臺에 목을 듸민놈이 僥倖의 生을 바람니다」

그래서 反抗한 境遇에도 反抗을 잘 못합니다. 그런즉 植民地의 民衆처럼 속
이기 쉬운 民衆이 업습니다. 鐵道, 鑛山, 漁場, 森林, 良田, 沃畓, 商業, 工業……
모든 權利와 利益을 다 쌔앗스며 稅納과 賭租를 작구 더바더 모서리나는 搾取
를 行하면서도 것흐로 「너의들의 生存 安寧을 保障하여 주노라」고 써들면 속음
니다. 革鞭 鐵椎 竹針질, 단근질, 電氣씀질, 甚至於 口頭에 올니기도 慘惡한
「×××」「×××」갓흔 刑罰을 行하면서도 軍隊를 出動하야 婦女를 찌저죽인다
小兒를 산채로 뭇는다 全村을 屠戮한다 穀粟가리에 放火한다……하는 戰慄한
手段을 行하면서도 한두 新聞社의 設立이나 許可하고『文化政治의 惠澤을 바
다라』고 소리하면 속음니다. 學校를 制限하야 그 知識을 업도록 하면서도 國語
와 國文을 禁止하야 그 愛國心을 못나도록 하면서도 彼國의 人民을 利殖하야
그 本國의 民衆을 살곳이 업도록 하면서도 惡刑과 虐殺을 行하야 그 種族을
滅亡토록 하면서도 부어터질 同族同文의 情誼를 말하면 속음니다『建國』『革

命』『獨立』『自由』等은 그 名詞까지도 니저바리라고 一切 口頭 筆頭에 올어지도 못하게 하지만 옴올나 갈 自治參政權等을 주마하면 속음니다. 보십시오 저 亡國祭를 지낸 戀愛文壇에 女學生의 단 입살을 쌔는 靑年들이 제世上을 자랑하지 안합닛가 故國을 쌔앗기고 驅逐을 當하야 天涯 外國에서 더부사리하는 男子들이 누울곳만 잇스면 第二故國의 安樂을 노래하지 안함닛가--共産黨의 大潮流에 獨立軍이 쩌나감니다 乞아지政府의 演劇에 大統領의 자루도 쌔짐니다. 속이기 쉬운것은 植民地의 民衆이니 上帝시여 마음 노십시요 世界民衆들이 다 自覺한다 하야도 植民地 民衆만은 아즉 멀업슴니다. 우리가 植民地의 民衆만 잡아먹더라도 멧동안은 아모 걱정 업슬것이 올시다』

上帝쎄서 말을 들으시고 「아이고 요 내자식놈아 나도 惡毒하지만 너는 나보다도 惡毒하고나 네가 안이면 내가 엇지 이자리를 保全하랴」하시며 미리의 등을 툭툭 두다리신다.

四. 復活할수 업도록 慘死한 耶蘇

「드래곤이 왓다 드래곤이 왓다 인제는 天國의 末日이다」 아이 소리가 무삼 소리냐? 어대서 오는 소리냐? 上帝가 미리님의 陳奏을 들으시고 心神이 爽快하사 한창 쒸노는 판에 이 무삼소리냐? 이 소리의 나는곳을 쌜니 알어드리라고 上帝쯰셔 동동 거름을 치시니 미리 以下 諸臣들이 다 惶恐하야 四方으로 偵察하나 아모것도 보이는것은 업고 다만 「드래곤이 왓다 드래곤이 왓다 인제는 天國의 末日이다」 의 소리만 어대서 붓허 쌍쌍 울니어 와서 天宮의 壁, 大障, 門, 窓, 기둥, 마루, 柱礎가 들먹들먹한다. 西天佛祖 釋迦如來를 불너 온갖 呪文, 온갖 眞言을 다 읽어도 그 소리가 더욱 놉하가고 天宮全體가 더욱 들먹들먹한다. 上帝쎄서 크게 不安하사 宴會을 罷하야 諸臣들을 다 돌니어 보내고 宮女들과 밤을 새우시는데 너무 焦燥하사 입에 침이 밧삭밧삭 말으신다.

안이나 달으랴? 그 翌日 새벽에 『「號外號外」—號外를 사시오--』하는 소리에 天京 數十萬 鬼衆들이 모다 단잠을 쌔엿다. 天使가 上帝를 朝見할 次로 오는길에 그 號外를 보니 곳 天京에서 發行하는 三十萬年의 老齡을 먹은 「天國新聞」의 號外이다 劈頭에 特號大字로 上帝의 외아들님 耶蘇 基督의 慘死라 쓰고

그것헤 二號大字로 「드래곤의 煽動이라」쓰고 記事를 아래와 갓히 썻다

　上帝의 외아들님 耶蘇基督이 지방의 農村耶蘇敎堂에서 상제의 道를 講演하더니 不意에 同地方農民들이 「이놈--제아비일홈을 팔어 一千九百年동안이나 挾雜하야 먹엇스면 무던 할 것이지 오늘 까지 무삼 개소리를 치고 단이느냐?」고, 一千九百年동안 쌧어간 우리 人民의 피를 다 어대다 두엇느냐?」고 「西洋에서 挾雜한것도 적지 안할터인에 웨 쏘 동양까지 건너와 詐欺하느냐?」고, 「當日 예루살렘의 十字架 못맛을 쏘 좀 보겟느냐?」고 발길로 차며 주먹으로 싸리며 末乃에 호미날로 퍽퍽찍어 耶蘇基督의 全身이 곤죽이 되야 인제는 아조 부활할수 업시 慘死하고 말엇다

　耶蘇基督의 慘死의 下手者들은 民衆이지만 그 下手의 首犯들은 드래곤이라 한다. 드래곤은 아즉 出處가 不明한 怪物인데 數日前붓허 同地에 와서 上帝를 「잡어먹어도 시원치 못할 惡物」이라고 辱說하며 耶蘇基督을 「제아비보다도 더 奸凶한놈」이라고 指斥하고 上帝及基督의 罪惡을 列擧한 九十條의 檄文을 돌니고 同日에 맛참 基督의 來臨함을 機會하야 民衆의 先鋒이 되야 이갓치 基督을 慘殺하는 凶行을 犯한것이다.

　하고 同紙에 다시 「復活할수 업는 耶蘇基督」이란 題下에 論說하야 갈오대 『耶蘇基督은 그 聖父인 上帝를 쎄쏘듯한 奸譎險惡한 性質을 골고루 가지신 聖子이엿섯다 그 出生後에 聖父의 道를 펴랴다가 겨오 三十이 넘어 예루살렘에서 猶太人은 너무 얼찐 百姓이엿던 째문에 다 잡히엿던 耶蘇를 다시 놋처 十字架를 진채로 逃亡하야 『復活』하다 自稱하고 歐洲 人民을 쇠기시사 모다 그 敎旗下에 들게 하셧다. 十字軍 그뒤에 『十字軍東征』, 『三十年戰爭』갓흔 大戰爭을 誘發하야 一般民衆에게 사람이 사람 잡는 術法을 가라쳐 주엇스며 늘 『苦痛者가 福밧는다 逼迫者가 福밧는다』는 거짓말로 亡國民衆과 無産民衆을 거룩하게 속이사 實際의 敵을 닛고 虛妄한 天國을 꿈꾸게 하야 모든 强權者와 支配者의 便宜를 주엇스니 그 聖德神功은 萬古歷史에 쓰고도 남을 것이다』

　그러나 이번에는 너무 慘暴하게 被殺하얏슬 뿐아니라 오늘 自覺의 民衆들과 非基督同盟의 靑年들이 相應하야 붓과 칼로써 죽은 基督을 더 죽이니 後今以後의 基督은 다시 復活할수 업도록 아조 永永慘死한 基督이라. 基督이 永永慘死하얏슨즉 老境에 慘滅을 본 上帝의 身世도 可憐하건이와 저 基督敎人이

다시 누구의 일흠으로 上帝께 祈禱하랴……』

　天使 그 號外를 보다가 終篇이 못되야 顔色이 土장빗이 되야 天宮으로 달니어 들어가아 손을 벌벌 쓸며 그 號外를 上帝께 올닌다.

五. 미리와 드래곤의 同生異性

　上帝께서 그 號外를 보시고는 을싸진 사람갓히 물구럼히 마주선 천사를 바라보다가 床上에 폭 업허지신다. 天使가 달니어들어 上帝를 붓들어 닐으키며 『上帝陛下시어 이갓히 天國存亡에 關係되는 重大事件을 當하야 陛下께서 精神을 노으시면 엇지 됨닛가--陛下--陛下--……』라고 목마친 말로 上帝를 진정 식히는 판에 미리 以下……모든 鬼大監, 鬼令監들이 上帝를 慰問하랴고 차례로 들어온다. 天使가 미리를 보더니 두눈에 불이 쑥쑥 썰어지고 怒氣衝天, 얼골이 샛밝아야지며 『이놈--미리야 네가 東洋에 『쏭쏙』인가 무엇이 되야 엇더케 人民을 잘 感化하얏기에 이갓흔 言語道絶한 凶慘한 事件--上帝님의 외아들이신 지긋지긋하신 耶蘇基督을 復活할수도 업게 아조 죽이여 바린 事件이 發生하도록 하얏느냐--이놈--네대가리에는 칼이 들지 안느냐……』하고 주먹으로 天宮의 壁을 치며 미리를 叱責하니 미리는 아모 말업시 랭가슴을 알는 벙어리갓히 얼골만 쑤푸리고 안젓다. 이래는 판에 『왓다 왓다 드래곤이 왓다 인제는 天國의 末日이다』란 소리가 쏘 天宮을 振動한다. 天使는 말을 쑥끗치고 미리는 눈만 둥그럿타. 昏倒하셧던 上帝가 床에서 벌쩍 닐어난다 『드래곤!드래곤 내자식 耶蘇를 죽인 드래곤! 그놈 드래곤을 잡아 밧치라』고 풍癲한 語調로 嚴急한 命令을 나리신다. 이에 天京의 警察隊 偵探隊가 總出動하야 야던법석을 쓸지만 다만 『왓다 왓다 드래곤이 왓다……』의 소리만 사방에서 닐고 드래곤의 正體는 그림자도 보이지 안는다.

　이와 갓히 天京의 警察隊 偵探隊들의 大活動에도 아모 端緖를 못어든 드래곤의 寫眞과 歷史가 翌日에가 大地東西 惟一한 民衆의 新聞으로 等하는 『地民國新聞』에 揭載 되얏다. 그러나 『드래곤의 眞影』이란 一張에는 다만 多數한 『ㅇ』을 그릴쑨이오 그 左方에 五號小字로 說明을 加하얏다. 그 說明은 左와 갓흐니 一天國의 全滅되기 前에는 드래곤의 正體가 오즉 『ㅇ』으로 表現될 쑨이다. 그러나 드래곤의 『○』은 數學上의 『○』과는 달으다.

數學上의 『○』은 자리만 잇고 實物은 업지만 드래곤의 『○』은 一도 二도 三도 四도 乃至 十百 千萬 等 모든 數字로 될수잇다.

數學上의 『○』은 자리만 잇고 實物은 업지만 드래곤의 『○』은 총도, 칼도, 불도, 베락도, 其他 모든 『테로』가 될수 잇다 今日에는 드래곤이 『○』으로 表現되지만 明日에는 드래곤의 對象의 敵이 『○』으로 消滅되야 帝國도 『○』, 天國도 『○』, 其他 모든 支配勢力勢力이 『○』될것디. 모든 支配勢力이 『○』되는 째에는 드래곤의 正體的建設이 우리의 눈에 보일것이다--하고 『드래곤의 歷史』란 題下에 이러케 썼다.

一드래곤은 무엇이냐? 上帝가 太古人民들의 迷信的奉戴를 바더 帝位에 올으던 第五年에 虛空中에서 誕生한 一胎雙生의 怪物이 잇섯던바 (一)은 드래곤 곳 그것이오 又(一)은 곳 現今天宮의 待衛將軍으로 東洋總督을 兼한 有名한 미리니 미리나 드래곤이 漢子로는 다 『龍』이라 譯한다. 그뒤에 미리는 늘 朝鮮, 印度, 中華 等 國에서 長成하야 드대여 東洋의 龍이되야 釋迦 孔子等의 消極的 敎育을 바더 上帝의 忠臣이 되야 늘 服從을 天職을 알므로 支配階級의 走狗인 宗敎家, 倫理家들이 모다 미리를 人世模範의 神으로 尊奉하야 왓으므로 朝鮮의 神話에나 中華의 儒經에나 印度의 佛經에 다 龍을 非常히 讚美하야 上帝에 配하얏다 그래서 上帝께서 미리를 拔擢하야 東洋鎭守의 大任을 준것이오. 드래곤은 늘 希臘, 羅馬 等地에 滯在하야 드대여 西洋의 龍이 되야 늘 叛逆者, 革命者들과 交流하야 『革命』 『破壞』 等 惡戲를 질기어 宗敎나 道德의 굴네를 밧지 안는고로 西洋史에 매양 叛黨과 亂賊들을 드래곤이라 別命하야 왓섯다. 近世에 와서는 드래곤이 또 虛無主義에 深感하야 더욱 激烈한 革命行爲를 가지더니 마참내 耶蘇基督을 慘殺한 凶犯이 된것이다--하얏다. 이 新聞을 바든 天國의 君臣들이 비소 미리와 드래곤의 本來 兄弟임을 알고 놀내지 안는이 업섯다.

六. 地國의 建設과 天國의 恐慌

미리가 비록 上帝의 寵臣으로서 累千年 東洋總督의 重任을 가저왓스나 이제 叛賊 드래곤이 上帝의 愛子를 慘殺한 事實이 그 管理區域內에서 發生하는 同時에 그 미리가 드래곤의 親兄인 證據가 民衆의 新聞에 까지 發布되매 天京의 輿論이 모다 미리가 드래곤과 同黨이 안인가를 疑問하며 上帝도 震怒치 안할수 업섯다. 그래서 미리의 東洋總督이 職을 奪하고 天使로써 代하야 卽日任所에 馳赴하야 드래곤을 逮捕하고 叛民들을 屠殺하랴 嚴命하섯다.

天使가 命令을 바더 天陛에서 謝恩하고 發程하랴 할 지음에 天國通信官이 할짝할짝 하며 쒸여들어와 한장의 地上通信을 上帝께 올린다. 上帝께서 바다본즉 『地國民衆들이 耶蘇를 죽인뒤 未久에 孔子, 釋迦, 마호멧도 ……等宗敎 道德家 等을 다 째리여 죽이고 政治, 法律, 學校, 敎科書 等 모든 支配者의 權利擁護한 書籍을 불질으고 敎堂, 政府, 官廳, 公廨, 銀行, 會社……, ……等 建物을 破壞하고 過去의 社會制度를 一切否認하고 地上의 萬物은 民衆의 公有임을 宣言하얏다.

모든 支配階級들이 叛民을 征服하랴하야 軍人을 召集하나 元來 民衆의 속에서 온 軍人들인고로 다 民衆의 便으로 돌아가 바리엇다. 多數의 賞金을 걸고 新軍을 募集하나 一人의 應募者도 업섯다. 그래서 山砲, 野砲, 速射砲……等이 山積하얏스나 一丸도 發射할수 업섯다 이에 支配階級者들이 각기 自己들이 血戰하기로 決議하얏스나 民衆보다 너무 小數일쭌더러 또 돈, 게집, 其他 모든 所有를 가진者로서 戰死하기가 寃痛하야 모다 鐵甕城으로 逃亡하얏다가 民衆의 包圍를 입어 먹을것이 업서 餓死하얏다. 그러나 그 餓死者들의 手中에는 平均 百萬圓의 金錢을 잔쓱쥐고 죽엇다.

支配階級이 이미 滅亡하매 民衆들은이에 全地球를 總稱하야 地國이라 하고 天國과의 交通斷絕을 宣言하얏다고 하얏다. 다른 事件이야 엇지 되얏던지 가장 上帝의 머리를 찌르는 거슨 天國과의 交通斷絕이란 句語이다. 왜? 上帝나 天使나 其他 天國의 鬼衆들이 멧 萬年동안이나 아모 勞動도 안코 地上에서 올니는 貢物과 祭物를 바더먹고 살어왓다. 그런데 이제 地國이 建設되야 交通의 斷絕을 宣言하니 貢物 祭物이 올수업다. 그러면 모든 鬼衆이 다 餓死할것밧게 업다. 上帝도 餓死할것 박게 업다. 上帝가 이 通信을 모든 鬼臣들에게 돌이어 보이니 다 非常히 憤怒하야 卽日에 上帝의 命令을 發하야 全體民衆을 다 撲殺하야 바리자고 主張한다. 하나 上帝는 고개를 혼든다. 『民衆이 우리를 밋던 째에 우리가 勢力이 잇섯지 至今에야 우리가 무삼 勢力이 잇느냐? 勢力업는 우리로서 民衆을 撲殺하랴다가는 한갓 撲殺을 當할뿐이니 民衆撲殺--쓸대도 업는 말이다』이 말삼에 모든 불갓흔 憤怒들이 푹 꺼지고『그래도 使者를 地國에 보내여 交通의 恢復과 祭物 貢物의 如前 進奉함을 民衆에게 懇請하야 봅시다』한다.

그러나 人情世態에 經驗 만흐신 上帝는 貢物이니 祭物이니 하는말도 한갓 民衆을 더 憤怒식힐 有害無益한 말로 아심으로 이것도 不可하다 하신다.『그러면 엇지 하나요? 안저서 굶어죽을가요?』上帝 한참 默默하시다가『이제는 한가지 박게 업다. 무엇이나 하면 곳 使者를 民衆에게 보내여 우리 天國의 鬼衆의 數爻대로 박아지나 하나씩 달나고 請求하자』『박아지는 무엇하게요』上帝가 눈물을 흘니시며『別道理가 잇느냐--우리들이 每日 民衆의 門앞헤 가서 박아지를 쑤다리며 民衆할아버니 밥한술 담어 주오 하지……』하고 목이 마처 말을 끗치지 못한다『그것이야 엇지……저희들이야……하물며 尊嚴하신 上帝……』하고 모든 鬼臣들이 목을 노코 운다. 神仙의 바독, 天安의 거문고가 다 어대가고 울음소리가 天宮을 振動한다. 그러나 今日에 울고 明日에 울어 三百六十五日을 울지라도 쓸대 잇스랴 마참내 울음을 것고 박아지의 請求의 發論이 可決되고 말엇다.

七. 미리의 山戰과 上帝의 憂慮

『그러면 박아지 請求의 使者를 누구를 보내랴』고 上帝께서 群鬼에게 下詢하섯다. 天使가 對答하되『이것은 미리가 가장 合當합니다. 臣이 昨日에 確信을 들은즉 民衆들은 아즉 그러케 天國을 排斥하지 안는데 원수놈의 드래곤이 民衆의 머리속으로 돌아단이며 上帝와 上帝以下 乃至 人世의 支配階級의 勢力은 모다 民衆의 是認으로 存在한것인즉 民衆이 만일 徹底히 否認만 하면 모든 勢力이 秋風의 落葉이 되리라고 작구 民衆들을 꾀와 民衆이 이갓히 叛起하얏다 합니다. 그래서 民衆들이 今日의 드래곤을 前日의 上帝보다 더 밋는다 합니다. 만일 드래곤의 同意이면 民衆들이 우리에게 박아지 하나씩은 줄쏫합니다. 미리든 드래곤의 親兄인즉 미리를 보내면 아마 드래곤의 同意를 엇기가 쉬울가

합니다』

　上帝가 올타 하시고 卽日에 미리를 獄中에서 불너 손목을 잡고 눈물을 흘니어 『내가 聰明치 못하야 하마트면 너갓흔 賢臣을 죽일번 하얏고나』하고 박아지 請求의 決意된 經過를 ——히 말삼하신즉 『안됨니다 안됨니다 그것은 絶對로 안됨니다 박아지는 거지가 차는것이오 上帝가 차는것은 안이올시다. 거지가 박아지를 차고 民衆의 門앞헤 가서 한술 주시오 하면 民衆이 同情의 밥을 줍니다. 그러나 上帝께서 박아지를 차신다면 『야--上帝거지 前日의 尊嚴을 어대다 두엇느냐』고 손가락질나 할것이올시다.

　『前日에 우리에게서 쌸어먹은 피를 다시 吐하야 내노라』고 주먹질이나 할 것이 올시다. 바가지를 주기커녕 차고 간 바가지나 쌜것이 올시다. 그리고 惶悚하올시다마는 上帝의 니마까지도 ……안됨니다 안돔니다 박아지 請求는 絶對로 안됨니다』고 미리가 울면서 諫한다

　『그러니 엇지 하잔 말이냐 鐵道 自殺이나 하얏스면 조켓다만 天宮에 어대 鐵道가 잇느냐? 칼로 自殺은 참아 못하겟고……』『臣이 입을 한번 버리면 帝王, 統領, 資本家……等 物들이 나옴니다. 臣이 地國에 나리가아 쏘 입을 버리어 보겠슴니다』『오늘 날에야 쏭작대기만한 힘도, 업는 帝王, 統領, 等物이 아모리 吐하야 노혼들 民衆이 무서워하겟느냐 그것도 前날 말이지』『臣이 地上에 나리어가아 强國民衆의 愛國心을 鼓吹하야 植民地 民衆을 잡아먹게 하고 植民地 民衆에게는 自治나 參政權을 준다고 속이여 强國 民衆에게 잡히여 먹게 하야 民衆이 相食하는 틈에 天國의 權利를 恢復할가합니다』『自覺한 民衆들이 그런 쐬임에 속느냐 그것도 옛말이지』『그러치만 上帝께서 絶對로 박아지를 차서는 안됨니다. 如何間 臣이 地國에 나리어가아 親히 實地의 情形을 偵察하고 돌아오리다. 싸울만 하면 싸우고 그러치 못하면 天國君臣이 다 손을 잡고 餓死하쌴이언정 박아지를 차서는 안됨니다』하고 미리가 곳 上帝께 하직하고 雲車를 타고 地國으로 向하야 發程할새 上帝, 天使 以下 仙宮, 仙吏, 仙女, 眷屬들이 모다 주린 가슴을 틀키여 쥐고 雲頭까지 쌀아나와 一齊히 손을 들고 목마친 소리로 『미리님 萬歲』를 불우니 이 소리가 곳 天國의 興亡存廢를 한등에 실은 미리를 지송하는 소리더라.

　『미리님? 내가 昨日에는 天上의 미리놈이오 地上의 미리님이러니 今日에는

天上의 미리님이오 地上의 미리놈이로고나 --天地의 位置가 이다지 變換하얏
고냐--』라고

　미리가 속으로 홀로 생각하고 눈물이 두쨈에 젓는다. 半空에 일으지 못하야
天使가 헐썩이며 쏘차와서 『다시 잠간 돌아오시랍니다. 上帝께서 할 말삼이 잇
다고 그램니다. 미리님--』하고 불으거늘 미리가 곳 回軍하야 上帝를 가본즉
『오날 激怒한 民衆을 威力으로 눌러서는 안될 일이니 아모조록 情理로 哀乞하
소. 이말이 或 나의 그대에게 주는 最後의 付託이 안이될가--』하고 上帝가 미
리의 손을 잔쓱 쥔다. 미리가 『예--上帝는 너무 憂慮치 마소서. 地國에 가서
臣이 모든 일을 千思萬思하야 行하리이다』하고 다시 총총히 登車하다.

八. 天國의 大亂 上帝의 飛去

　미리를 發送식힌 뒤에 上帝以下 왼 天宮鬼衆들이 모와안저 운다. 이 울음이
미리의 써남을 우는 울음이 안이라 곳 天國의 滅亡을 우는 울음이다. 天國의
滅亡을 우는 울음이 안이라 각기 自身의 不幸을 우는 울음이다. 그런데 가장
悽慘하게 우는이는 上帝의 가장 寵愛하는 仙女 『쏙구』다. 上帝가 너무 『쏙구』
에 對한 불상한 생각이 나서 自己의 울음을 그치고 귀를 기울이어 쏙구소리를
가만이 들으니 우는 소리가 안이오 곳 『왓다 왓다 드래곤이 왓다 인제는 天國의
末日 이다』하는 咀呪를 하는 소리다. 上帝가 大怒하야 『이년아 드래곤이 오면
네게 시원한 일이 무엇이냐』하고 칼을 쎄여 쏙구의 목을 치니 아! 불상한 쏙구
목이 쏙 떨어져 죽는다. 上帝가 쏙구를 죽이고는 다른 『년』『놈』의 울음소리를
들은즉 모도가 다 『쏙구』다. 『쏙구』와 갓히 『왓다 왓다 드래곤이 왓다 인제는
天國의 末日 이다』한는 소리다. 『아--이것이 웬일니야 天宮의 親屬들이 다 叛
하야 드래곤黨이 되얏느냐?』하고 이에 自己가 울며 自己의 귀로 들어본즉 自己
의 울음소리도 울음소리가 안되고 『왓다 왓다 드래곤이 왓다 인졔는 天國의
末日 이다』하는 咀呪가 되고 만다. 上帝가 할일 업서 이에 自己의 울음을 그치
고 곳 嚴酷한 命令을 나리어 『天宮안에 만일 우는 者가 잇스면 死刑에 處하리
라』한다. 그러나 『내가 웨 平生愛人 『쏙구』를 죽이엇느냐? 미리의 回報가 웨
업느냐? 天國이 亡하면 내가 엇지 되냐?』하야 悔恨과 憂鬱과 苦痛이 작구 上帝

의 머리에로 올나와 견댈수 업는 頭痛이 생긴다. 上帝가 손으로 그 머리를 바치고 止痛할 藥을 좀 달나라 하야 藥室에를 들어간즉 아--참 奇怪하다 藥室안에는 우는 이도 업건마는 『왓다 왓다 드래곤이 왓다 인제는 天國의 末日이다』란 소리가 猛烈하게 난다.

上帝가 매우 疑惑하야 그 소리나는 곳을 가만가만 차저본즉 硝强水의 甁속이다. 上帝가 대노하야 칼을 빼어 硝强水甁을 치니 硝强水는 어대가고 불칼이 번쩍나와 天宮의 들보를 친다 기둥을 친다 집웅을 친다 柱礎를 부신다 하야 쑥--싹--짱--꽉--왈으르--울으르--天宮全體가 불地獄이 되얏다.

上帝께서 『비가비』(雨神)를 불너 비를 좀 주어 불을 꺼라 하시더니 『비가비』는 안이 오고 『바람가비(風神)가 달니들어 냅더 猛風을 불어 불이 더욱 蔓延하야 天宮부터 天京까지를 燒蕩한다. 大勢가 가고보니 威權이 行할소냐 上帝가 할일업서 불을 避하야 宮門으로 나아가다가 猛風의 휩싼배 되야 어대로 날너가바린다.

天使가 上帝를 救하랴다가 바람이 너무 셈으로 엇지하지 못하야 『인제는 天國의 末日이로구나』불우짓는다. 그러나 天使는 亡하나 上帝를 쌀으리라. 天上에서 쏘 天上, 地下에서 쏘 地下를 갈지라도 내가 긔어히 上帝를 차즈리라 하고 이에 朝鮮의 行客갓히 집신감발을 차리며 支那의 苦力갓히 勞動服을 입고 上下八方으로 돌아단이며 上帝의 게신곳을 探問한다.

九. 天使의 行乞과 道士의 神占

天使가 『上帝를 찾자면 먼 獨一無二 全知全能의 上帝를 잘 찻던 歐美 各國으로 가 보리라』하고 런돈이니 파리니 로마니 벨린이니 니우육이니……하는 有名한 都市를 다 지나보앗다. 그러나 神父나 牧師 等物만 눈에 씌우지 안할뿐 안이라 곳 皇帝大王이니 大統領이니 國務總理니……하는 名詞더 들을수 업고 銀行이니 會社니 트라쓰트니……하는 建物도 볼수 업고 風俗이나 習慣이 한아도 옛날것대로 잇는것이 업다. 그러나 天使는 上帝를 찾기에 다른것을 알은체하지 못하고 모도 『走馬看山路』을 지날쑨인고로 그 詳況은 알지 못하얏다. 예루살렘을 지나다가 바울을 만나 『바울은 篤信한 上帝의 信徒이니 上帝의 게신곳을 알으리라 하야 바울란『上帝가 어대게시냐』고 뭇다가 바울이『이놈--미친놈--至今에도 上帝를 찻는 미친놈아』하고 天使의 쌤을 주여질르는통에 天使가 쌤이 퉁퉁 부어 달아 나섯다.

支那 北京에를 들어와 正陽門박 十里許 잔나무밧속 天壇을 지나니 冕旒冠에 袞龍袍 잡수신 大淸國 大皇帝가 天祭를 올린다고 구경군이 모와든다.『허허 그래도 中國이 거룩한 나라여--復璧이 쏘 되야 祭天禮를 恢復하얏고나』하고 天使가 달이들어 上帝를 찻더니 웬사람이 손바닥을 보기조케 쏙 펴들고『이놈아 꿈쑤지 말어라 이것은 民衆 慶節의 演劇이다. 上帝가 무슨 쏭쌀 上帝--』하고 쏘 天使의 쌤을 내갈긴다. 아--上帝의 忠臣노릇하노라고 天使의 쌤에 부끄가 나릴 날이 업다.

天使가 압흔쌤을 만지며 天橋(天壇西)를 向하야 나오니 길가에 머리를 쏫고 道巾을 쓰신 老道士가 占床을 바처노코 床위에는『有問必答禮金十枚』의 八個 大漢字를 써부친것을 보고『하--저 老道士--참 稀貴한 老人이다 오늘까지 머리도 싹지안코 伏羲氏의 八卦를 信奉하는고나「禮金十枚」라니 不過銅錢 열닙이면 上帝의 게신곳을 물어보겟다』하고 주머니를 뒤저본다. 하나「銅錢 열닙은 고만두고 귀떨어진 葉錢한푼도 업다」고 주머니가 방귀를 픽 쒼다.

이 地境에는 天使도 눈물도 안 흘을수 업다「드래곤이 오기前 내가 上帝의 左右에서 侍從할 쌔에는 내손이 한번 주머니에 들어가기만 하면 金剛石도 紅寶石도 白金도 黃金도 美國의 쌀라도 法國의 푸랭크드 袁世凱(中國銀錢)의 대가리도 나오라는 대로 나오더니 오늘에는 銅錢 열닙에 주머니의 퇴박을 맛낫고나……」그러나 天使가 占처보고 십흔마음이 懇切하야 微笑를 씌고 老道士의 압헤 허리를 굽히며「여보 道士님—占한괘 처주시오 내가 只今에 돈이 업슴니다만은 日後에 돈이 생기거던 禮金十枚는 말말고 千枚萬枚라도 밧치지요」「그러시오 오늘은 돈이 쓸대 업는 世上이지만 나는 愛錢의 舊習을 닛지못하야 작란으로 하는것이 올시다. 하나 禮金이 무삼 關係잇슬잇가 占을 처드리이다. 대관절 占은 무삼 占인가요」天使가 上帝를 들추다가는 쏘 쌤이나 마질가 십허 한참 머믓머믓 하다가「예--달은 占이안이라 上典을 찻는 占이올시다. 우리 上典이 어대가신지 몰나서요……」『허허 요새 世上에도 上典을 차저단이는이가 잇단말이요? 당신은 참 忠奴 올시다』하고 占筒을 흔드니 乾之遯卦가 나온다

道士가 大驚하야『아--어--乾은 天이니 上帝요 遯은 逃亡이니 당신이 上典을 찾는 奴子가 안이라 逃亡한 上帝를 찾는 天使인가봅니다』

天使가 이 말에 놀내지 안할수 업다 그래서 두 무릅을 끌고 공손이『上帝의 게신곳을 가라처달나』하니 道士가 풀어 갈오대『乾卦初爻의『子』가 遯卦初爻의『辰』으로 變하고『辰』이 回頭하야『子』를 克하얏습니다 辰은 龍이오 子는 쥐니 上帝가 龍(드래곤)의 亂에 逃亡하야쥐구녕으로 들어갓습니다』

古語에『天開於子』라하더니 오늘은『天閉於子』올시다 쥐구녁에가서 上帝를 차지시요』

十

天使가 上帝를 차질 마음이 밧버 卽時 道士를 拜謝 하고 쥐구녁을 차저 간다. 쥐구녁을 찾다가 意外에 龍神廟를 發見하고 天使가 大驚하얏다.『龍은 미리님의 別名이니 미리가 여긔에 와잇는거시다』하고 廟中에 들어가 보니 果然 미리가 잇기는 잇다마는 昔日에 風, 雨, 雷, 霆의 造化를 부리던『미리』가 안이오 一個 土偶像의『미리』이다. 귀가 썰어젓고 눈이 빠아젓고 니마가 깨여젓다. 그압헤는 한점시 祭物도 노이지 안앗스니 드래곤에게 敗戰하고 이곳에 와서 退居한것이 明白하다

『미리야 이놈--上帝는 어대다 두고 너 홀로 여긔에 와잇느냐? 나는 上帝를 닛지 못하야 이러케 차저단이는 길이다……』고 天使가 미리를 大責한다. 미리는 冷笑한다.『天使야 이놈--上帝는 차저무엇하느냐? 天宮에 잇던째에 죽은 上帝이다. 죽은 上帝는 산 쥐색기만도 못하다. 말하자면 上帝도 滅亡하여야 올치--其實 내나 네나 上帝가 모다 上古 民衆의 一時 迷信의 造作이 아이엿더냐.

民衆의 造作으로서 얼마나 민중의 害를 끼처왓느냐 上帝自身만 호강하얏슬 뿐안이라 上帝의 祭物 貢物이라 핑게하고 民衆의 돈을 挾雜한 놈이 업섯더냐? 上帝의 命을 奉承하얏다하며 世界皇帝도 行惡한놈이 업섯더냐?

最近 世界大戰에 多數한 民衆을 죽이어낸 各國 皇帝 元帥 總司令官……들이 모다 上帝의 일흠으로써 하지 안하얏느냐? 남의 나라를 먹고 그 나라의 遺民의 쎄대귀를 녹이는놈들도 쏘한 上帝의 뜻이라 하지 안하느냐? 오늘은 迷信이

깨여지니 上帝도 또 깨여젓다. 上帝에 附屬하얏던 네나 내가 안 깨여질소냐?
億萬民衆들은 고양이가 되고 過去 모든 勢力者는 쥐가 되얏다. 上帝를 차지랴
거던 쥐구녁으로 가 보아라……』天使가 미리의 말을듯고 괘씸히 생각하얏지만
그 마음이 발서 上帝에게 떠나 돌닐수 업는바에야 多言이 쓸대잇스랴. 上帝나
차저가리라고 廟門을 나아오니 鼠疫防止를 爲하야 쥐를 撲滅하랴고 出動한民
衆들을 맛낫다. 天使 문득 道士의 占에 上帝가 쥐구녁에 잇스리란 말을 생각하
고 울면서 「여보시오 쥐를 잡지말으시오 쥐는 곳 하늘에서 逃亡하여온 上帝
올시다」하나 이말에는 대답이 업고 다만『왓다 왓다 드래곤이왓다 인제는 쥐의
末日이다』하는 소리만 四方에 닐쌘

柳花傳●

一. 高句麗 建國의 略史와 始祖 朱蒙의 偉大한 事業

高句麗 始祖 牟는 北夫餘王 解慕漱의 庶子라、解慕漱王이 일찍 遊獵하며 遠近 山川에 나가 돌아다니더니 한 곳에 다달으니 一村莊院이 있는데、뒤에 靑山이 둘러 있고 앞에는 淸江 一帶가 洞中을 꿰뚫어 흐르니 眞實로 絕勝한 洞天이라。

王이 兵馬를 몰아 들아오다가 이 곳에 이르러 車馬를 멈추고 淸溪邊 亭子 위에 올라 다리를 쉬며 술을 마시며 즐기더니、문득 바라보니 上流 川邊에 浣紗하는 계집들이 仙女같이 보이거늘、王은 本來 豪俠한 男子라 하물며、이 때는 春末 夏初요 芳草 綠陰이 艷陽이 濃美하여 豪興이 일어남을 鎭定치 못하고 左右를 불러 浣紗하는 계집들을 불러 오라 하니、아이요 삼개 女子 亭子에 이르거늘 王이 한 번 보매 眞實로 美色이라 앞에 불러 姓名을 물으니 柳花·萱花·葦花 三兄弟요、芳年이 모두 二十세 內外의 絕代佳人이라、이곳은 松花江 부근이니 莊重한 長者가 있으니 姓은 張이요、名은 大吉이라、家産이 심히 豊足하고 膝下에 다만 無男 三女를 두어 오니 곧 柳花·萱花·葦花 三兄弟니、그의 夫婦 掌中實玉같이 사랑하여 매양 花柳春景이나 佳節良長이면 三女를 命하여 들에 나가 꽃도 꺽어 오고 亭子에 올라 말도 구경함을 許諾하므로、이때 마침 春期佳節이므로 淸溪에 나아가 봄빛도 구경하고 浣紗도 하고 돌아오려 함이더라。三女가 모두 當代의 美人節色으로 遠近에 所聞이 狼藉하나、아직 나이 다어리고 사랑함이 極하여 그들의 靑春行業을 自由에 맡겼더라。

● 이 작품은 ≪개정판 단재신채호전집≫(단재신채호선생기념사업회, 형설출판사, 1977)에 수록된 작품을 기준으로 하였다.

柳花는 長女니 年이 十九歲라、月態花容이 더욱 뛰어나고 識見이 特異하여 尋常한 閨中處女의 비할 바 아니라. 그 母 趙氏가 처음 柳花를 배일 때에 하늘 仙女의 一朶仙花를 받았고 、分娩할 때에 꽃주던 仙女가 鶴을 타고 笙簧을 불며 空中으로 내려와、趙婦人의 産點을 보살피고 도로 하늘로 올라갔다 하니、원래 柳花는 凡骨이 아니라 將來 大貴할 徵兆를 뵈었으며 天性이 慧敏하고 婦德이 넓어 隣里에서 稱讚이 藉藉하더라.

때로 學藝를 익혀 古今事를 涉獵함이 많으니 天生麗質이라 女中君子러라.

解慕漱王이 한 번 보고 精神이 恍惚하여 가만히 생각하니、내 一國 富王으로 後宮에 美色을 充滿하였으나 저런 傾國之色은 처음 봄이라.

그러나 帝王으로서 民衆女子를 私奸함은 道理가 아니니、이제 저에게 野緣을 맺고 還宮後에 人馬、를 보내어 後宮을 定하리라 하고、이에 左右를 물리치고 柳花를 붙들어 雲雨夢을 이루니 繾綣함이 비길 데 없더라.

王이 車馬를 재촉하여 還宮하니라.

이 때 國法이 王室에서는 豪族·貴族·이 아니면 結婚하지 못하고、庶民과 結婚한다면 國朝大法을 犯한 줄로 아는 까닭으로、王이 마침내 柳花를 돌아보지 아니하였더라.

이 때에 柳花의 父母가 王이 自己 딸을 私通하였다 하는 말을 듣고 憤함을 이기지 못하여、三女를 불러 嚴重히 責하고 柳花를 잡아 내어 優渤水中에 던져 죽이니、이 때 그 나라 民俗은 庶民과 結婚하나、男子가 반드시 女子의 父母에게 親히 가서 弊帛을 드리고 사위 됨을 再乞 三乞한 뒤에 그 父母의 許諾을 얻어 結婚한 뒤에도、男子는 女子의 父母를 위하여 그 집에서 머슴살이 하듯이 三年間 苦役을 하고야 비로소 딴 家庭을 이루어 自由로운 生活을 하게 됨이라.

張大吉은 그 곳에서 名望大家라 柳花가 이미 犯行 罪人 되었으니、아무리 사랑하는 딸이라도 淫婦 賤婦의 惡名을 쓰고 苟且히 살려 두는 것이 차라리 없이 하느니만 같지 못하고 또한 家風을 損傷치 아니 하리라 하여、마침내 水中에 넣어 죽인 것이다.

이 때에 柳花는 父母의 嚴命을 받고 優渤水를 向할새、한편으로 王을 怨望하고 한편으로 父母의 天倫이 薄함을 悲痛해 하며 水邊에 이르려、가만히 하늘게 祝辭하고 치마자락으로 얼굴을 가리우고 물가운데 뛰어드니 江水는 嗚咽하고 天地가 愁慘하더라。

이 때에 柳花가 물 가운데 뛰어들어 물결 따라 쫓아 中流로 떠내려 가더니、마침 江 가에 고기 낚던 漁夫가 물 위에 떠내려 오는 사람을 보고 일변 배를 저어 가 건지니 한 아름다운 處女라。배 뜸위에 눕히고 젖은 옷을 벗기고 마른 푸개를 둘러 물을 吐하게 하니、이윽고 입으로 물을 吐하며 生氣가 돌아오니 漁夫가 심히 기뻐하며 친절히 看護하며 精神들기를 기다리더니、그 女子가 눈을 떠살펴보니 어떠한 一位老人이 鶴髮蒼顔이요、몸에 蓑笠입고 自己 머리맡에 앉아 看護하거늘、문득 놀라며 向曰

『老人은 누구시관대 물에 빠져 죽는 사람을 이같이 救하여 주시나이까?』

하며 感動하는 눈물을 흘리거늘、漁夫 慰勞曰

『나는 江上에서 고기 낚아 生涯하는 사람이거니와 그대를 보니 靑春 貴人이라、무슨 厄運이 있어 이 險한 물에 生命을 끊으려 하였으며 어느 곳에 살던 사람이며、姓은 누구인가?』

柳花 울며 答曰

『少女는 姓은 張이요 名은 柳花라。이 물 上流 右岸 張家莊에 사는 張大吉이 저의 父親이올시다。내 구태여 살고자 아니하오나 老丈에 生活하신 恩德을 입었사오니 어찌 欺罔하리까。月前 北夫餘王 解慕漱가 出遊하다 우리 三兄弟、川邊에서 浣紗하는것을보고、불러다 보고 少女를 犯行한 고로 父母께서 알고 少女를 물에 넣어 陋名을 伸雪하고 家風을 損傷치 아니케 함이오니、岐嶇한 少女의 運命이라 뉘를 怨望하오리까。』하며 悲痛 嗚咽하거늘、漁夫 듣고 놀라며 曰

『張大人을 일찍 顔面치 못하였으나 一江 沿岸에서 聲望을 들은 지 오래더니、今日 다행히 小姐를 이 같이 만나 事情을 들으니 참으로 哀惜한 일이로다。老夫 마땅히 이 길로 張大人을 찾아가 小姐의 애달픈 事情을 말하고 다시 살아난 말씀을 告하여 이 世上에서 將來 幸福을 누리도록 하리니、너무 傷心치 말라。』

하거늘、柳花 벌떡 일어나 절하며 울어 가로되

『老丈의 恩惠는 夏海가 같사오나 少女를 爲하여 少女의 父親을 찾아 간다

하심은 萬萬不可하나이다。少女 이미 再生의 道를 얻고자 할진대 이 길로 다른 먼 地方으로 蹤迹을 감추고 姓名을속여 우리 父母로 하여금 아주 이 世上에 없고 水中 孤魂이 된 줄로 아시게 함이 事理에 合當할 듯하오나、를 爲하여 마음을 허비치 마옵소서。』

漁夫가 머리를 숙이고 한참 묵묵하다가 다시 가로되

『小姐가 다시 저 물에 빠지려 함은 결단코 許諾치 못하려니와 張大人에게 찾아가 事情을 말함은 疑惑이 없지 아니하니 잠간 더 생각하여 方針을 定하자。』

하고、일변 노구에 밥을 끓이며 낚은 銀鱗玉尺으로 생선을 끓여 小姐를 勸하니 柳花 辭讓치 아니하고 먹는지라、漁夫 다행히 여겨 사랑이 乏盡하여 한 計巧를 생각하고 曰

『이 곳은 北夫餘 땅으로 가 小姐의 앞일을 處함이 좋을까하노니 小姐의 뜻이 어떠하뇨?』

柳花 또한 눈물을 머금고 한참 생각하더니 答曰

『老丈이 少女를 再生하시고 또 그같이 念慮하시니 비록 사는 것이 죽는 것 같지 못하오나 少女의 運命이라 마땅히 사랑하시는 뜻을 쫓아 行하겠나이다、』

漁夫 기뻐하며 일변 뱃머리를 돌려 松花江을 遡上하여 올라오니、柳花는 어디로 가는지도 모르고 川이 險峻하고 山林이 茂盛하여 人跡이 심히 稀少한지라 兩人이 수풀을 헤치고 小路로 찾아 점점 나아가니 일개 村庄이 있고 人家 무수하거늘、酒幕을 찾아 療飢하고 主人더러 地名을 물으니 이 곳은 곧 東夫餘 西部 孤山村이더라。

다시 主人더러 東夫餘 서울 里數를 물은대、主人 答曰

『여기서 서울이 五百餘里니 山險水深하고 山林이 많으며、虎豹豺狼아 行人 過客을 傷함이 많으니、보건대 兩人行裝이 심히 蕭條한지라 中路에 무슨 逢變이 없지 아니할까 하노라。』

하거늘、漁夫와 柳花가 그 말을 듣고 罔然히 서서 어찌할 바를 모르다가 다시 問曰

『이 곳에서 얼마나 가면 이 같은 村庄이 있느뇨?』主人曰

『예서 三十里를 가면 西部薩伊가 駐鎭하는 옛날 丸都舊地니、道路의 發展

과 人物의 繁華가 우리 僻村에 비할 바 아니라』하거늘、兩人이 大喜하여 길을 재촉하여 東便을 向하고 가더니、柳花는 閨中弱質이요、平生에 문밖 길을 걸어 보지 못하였고、더구나 水中에 죽었던 몸이 여러 날 風水에 시달렸으매 全身이 苦痛되고 다리 힘이 없어 行步하기 極難한지라、漁夫 念慮하여 손목을 붙잡아 行하다가 路邊에 수삼 酒幕이 있거늘、主人을 찾아 一夜 宿泊을 定하고 더운 자리를 請하여 柳花의 몸을 調攝케 하더라。

이 漁夫는 別人이 아니라 遠磨山 白岳道人이니、일찌기 仙姑의 부탁을 받아 優渤水에 내려와 漁夫로 變하고 柳花小姐를 救하고 다시 柳花 小姐의 佳緣을 찾아 주기 위하여 東夫餘 서울을 向함이니、柳花 小姐의 將來 幸福을 가히 測量치 못하리로다。

柳花가 몸이 疲困하여 자리에 누웠더니、문득 하늘에서 일개 仙女 彩雲을 타고 玉瓶에 金露水를 가지고 내려와 柳花 小姐앞에 절하며 問候하고 金露水는 天宮仙藥이오니 紫薇 仙官이 보내며 貴后의 病을 調理함이로소이다。』하고 꽃 한 가지를 머리 위에 꽂아 주고 飄然히 하늘로 날아 올라 가거늘、柳花 小姐 慌忙히 바라보다가 놀라 깨니 病枕 一夢이라。金露水 香氣 아직 입 안에 가득하고 精神이 灑落하고 心氣가 희환하여 일어 앉아 가만히 하늘을 向하여 謝禮하고 밤을 지낸 후 漁夫더러 夢事를 說話한대、漁夫 微笑 答曰

『小姐는 貴人이라 하늘이 小姐의 苦難함을 살피고 仙藥을 下送하여 小姐의 몸을 健康케 하심이라、앞길이 멀지 아니하여 小姐 榮貴하리니 잠깐 苦難을 근심치 말라。』하고 깊이 慰勞하더라。

柳花 小姐 가만히 漁夫의 恩惠를 생각하니 白骨이 흙이 되어도 다 갚지 못할지라、이 世上에 惡한 사람보다 착한 사람이 많으나、이 漁夫같이 착하고 어질고 친절한 사람이 또 어디 있을까?

또한 나를 위하여 自己의 몸을 잊어 버리고 生涯의 길을 떠나、千里 萬里 水陸을 하루 한결같이 하여 나를 保護하고 나를 사랑하니 이 世上 사람은 아닐지라。내가 眼目이 무디고 智慧가 부족하여 사람을 알아보지 못함이 아닌가。여러 날 동안 水陸에 困한 내 몸이라、한 번 眞情으로 老丈에게 물어 보려 하였으나 겨를치 못함은 나의 罪過가 많도다。하고 漁夫더러 조용히 물어 가로되

『老丈은 어떠한 사람이관대 나를 이같이 愛護하시나니까? 내 나이 어리고

배움이 없어 뼈에 사무치는 恩惠를 받은 지 여러 날이오나 한번도 조용한 敎訓을 請하지 못하오음은 少女의 罪라. 請컨대 老丈의 뜻을 알고자 하나이다.』한 대 漁夫 웃음을 띠고 答曰

『나는 山野의 間人이라 山에 오르면 藥도 캐고 물에 내리면 고기도 낚아 한 平生을 그대로 지내는 사람이라, 무슨 다른 말이 있으리오. 잠깐 小姐로 더불어 苦難을 같이 함은 또한 우연한 因緣이 아니리니 후일 自然 앎이 있으려니와, 老夫 小姐와 함께 지나 날이 멀지 아니할까 하여 나의 마음있는 데까지 小姐를 愛護할 뿐이로다.』

小姐 더욱 놀라 問曰

『少女와 同居할 날이 멀지 아니하다 하시니, 老丈은 少女를 버리고 어디로 가시려 하나이까?』하며 悲感한 빛이 얼굴에 가득하거늘, 漁夫 慰勞曰

『人生 百年에 苦樂이 相半이라, 小姐의 今日 苦難이 비록 長時間은 아니나 이미 받은 苦難이 너무도 酷毒하여 五十年을 겪는 것보다 심하니, 앞에 돌아오는 幸福이 가장 빠를지라 무슨 後悔가 있으리오. 서로 떠나는 날 다시 말하리니 바삐 行裝을 收拾하라.』하고 兩人이 다서 길에 오르니라.

점점 大路를 찾아 數十里를 向하여 한 곳에 이르니, 山이 높지 아니하고 물이 넓어 原野 通敞하고 景槪 絶勝하니, 不問可知의 主人이 말하던 西部薩伊의 周察한 府門이 不遠하더라. 다시 十餘里를 나아가니, 大城廓이 長江을 휩싸여 둘러 있고 人家가 즐비하고 市街가 絡繹하여 道路의 修築과 市井의 列路가 처음 보는 者로 하여금 일대 都城임을 알리라.

날이 이미 저물고 此處에서 며칠 留宿하여 앞 일을 硏究하는 것이 가장 便하리라 하고, 한 客館을 찾아 行李를 安頓하고 柳花小姐의 身病도 調攝하며 小姐의 앞 일을 議論하더라.

이 곳은 곧 西部薩伊 衙門 있는 곳이니, 西部薩伊는 곧 東夫餘 五部大臣의 하나이요 薩伊는 夫餘의 官名이라. 檀君 때부터 定한 三都 五部制를 東夫餘國에서도 國祖의 遺制 그대로 씀이라. 三都는 中央 서울이니 임금 있는 곳이요, 五部는 東·西·南·北·中央 五部로 定하고 每部에 一大臣이 있어 政治를 主管하며 國中에 大事가 有하면 五部大臣이 서울에 모여 會議하여 決定하는 法이라. 이곳 西部薩伊는 于今忽이니, 東夫餘國에 功勞사 많고 人品이 純

厚하고 政治에 能 하므로、東夫餘 五部大臣中 제일 人物이요、임금이 가장 恭敬 禮待하는 大臣이라、東夫餘 西部는 北夫餘와 國交가 重하므로 名望이 北夫餘 民衆에게까지 들리었더라.

漁夫 數日 지내며 가만히 생각 曰『柳花 小姐의 厄運이 이미 다하고 吉運이 왔으니 마땅히 西部蓬伊를 보고 柳花를 薦擧하리라。』柳花더러 가로되

『그대는 凡人이 아니라、貴人이 아니면 小姐의 平生을 依託할 수 없으니 내 이제 小姐를 위하여 西部蓬伊를 보고 小姐를 薦擧하리니 어떠하뇨?』한대、柳花는 아무 말도 答치 아니하고 한숨 쉬며 눈물을 禁치 못할 따름이라。漁夫 다시 가로되

『小姐는 天定한 因緣이 있나니、생각컨대 나의 말이 小姐의 平生을 그르치지 아니 하리라。』

하며 慰勞하더라.

이튿날 漁夫 밖으로 나아가더니 夕陽을 띠어 돌아오거늘、小姐 終日 앉아 煩悶을 느끼며 漁夫의 간 곳을 몰라하다가 돌아오는 것을 반김이 極하여 일어 맞으니、漁夫 웃으며 앉아 말할새、기쁜 빛이 얼굴에 나타나고 漁夫의 模樣을 자세히 보니 원래 鶴髮蒼顔에 기위한 氣像이 있는데、이 날에는 服色이 그런 服色이 아니요、道人의 산건야복을 입고 손에 羽扇을 들었으니 眞實로 先風道骨이라 小姐 疑訝함을 禁치 못하여 가만히 생각하다가 문득 晃然히 깨달아 曰

『이 老丈은 漁夫가 아니요 仙官이라、내 미련하여 大位仙官을 한 자리에 모신 지 여러 날 동안에 그와 같은 은혜를 힘 입었으나 罔然히 모르고 자못 한 漁夫로 알았더니、오늘 돌이켜 생각하면 仙翁에게 죄 됨이 많은지라 어찌하여 그 恩惠를 萬分之一이라도 謝禮하랴。』

하며、감히 말을 내지 못하고 곁에 모셔 말씀을 들을 뿐이더라。仙丈이 가로되

『老丈 今日 西部大臣을 찾아 보고 小姐의 賢淑함을 薦擧하였으니 생각컨대 小姐에게 기쁜 일이 있을까 하노라。』하거늘、小姐 더욱 惶悚하여 한 말도 對答치 못하고 命令만 받을 뿐이다.

그날 밤을 지낼새 이 때는 정히 夏午 天氣라、客館이 비록 通敞하고 居處가 심히 淸潔하나 薰蒸한 여름 더위가 愁心 있는 사람으로 하여금 편히 잠들지 못하게 하는지라。仙翁이 小姐더러 曰

『여름 더위 심하고 이 밤 달 빛이 明朗하리니 뒷동산 石臺에 올라 달 빛도 구경하고 소회하여 돌아옴이 어떠하뇨?』하거늘、小姐 微笑하며 뒤를 따라 石臺 위에 오르니、石臺 甚히 높지 아니하나 一幅城市를 가히 굽어 볼 만하고 地境이 또한 고요하여 消暢할 만하더라. 仙翁이 石臺에 앉으며 小姐와 慇懃 酬酌할새、이 때는 夏月 初旬이라 半輪 新月이 碧空에 걸리었고 숲으로 좇아 나오는 저녁 바람이 石臺上에 들어오니 더운 기운이 물러가고 精神이 灑落하여 마음이 심히 통쾌한지라、仙丈이 中天에 달을 가르키며 小姐 보아 曰

『小姐는 저 半輪月 같은지라 달이 둥글면 이지러지기 쉽나니、半輪月은 장차로 둥그러지나니、이제 小姐의 앞길이 圓滿하기 저 달과 같으리라. 』하며、消暢한 빛을 띄어 小姐의 등을 어루만지며 曰

『내 小姐와 잠깐 因緣이 있어 今日까지 苦楚를 같이 하다가 이제 서로 떠날 날이 멀지 아니하니 오늘 밤이 곧 우리 둘이 마지막 酬酌함이라、老夫 일찍 이 곳 西部 大臣과 顏面이 깊기로 小姐를 부탁하여 貴人을 만나게 하였으니 小姐는 明日 衙門에서 車馬가 이르거든 辭讓치 말고 薩伊 大人의 指導를 받으라. 小姐는 본래 前世 仙娥로 東夫餘國에서 良緣을 맺고 將來 一國帝王의 太上后가 될것이요、小姐의 배 가운데 創業할 帝王을 배었으니 老夫의 말을 怪異 알지 말고 비록 앞으로 千萬 橫厄이 있더라도 별로 狼狽됨이 없으리니、貴公子를 잘 養育하여 建國 大業을 이루고 最貴 幸福을 安享하라. 老夫 비록 멀리 있으나 小姐를 위하여 祝福하리니 길이 安心하여 모든 일을 順成하라. 』

하며 氣像이 십분 慷慨하거늘、小姐 이 말을 듣고 놀라며 仙翁의 무릎을 붙들고 울며 答曰

『少女 猥濫히 仙丈의 愛恤하시는 惠澤으로죽은 몸이 다시 살고、또한 萬里 風霜에 水陸을 同甘하며 骨節에 사무치는 사랑을 입었사오니 하늘 같은 德을 어찌 다 謝禮하리까. 父母에게 버린 몸이요、兄弟 있으나 情近이 끊어졌사오니 어린 精誠이 仙丈을 한 시간이라도 떠나지 못하겠사오며、또한 情況을 측은히 여기사 依託할 곳을 指示하신다 하더라도 한 平生을 仙丈을 모셔 苦樂을 같이 함이 少女의 至願이오니、바라건대 仙丈은 少女를 버리지 마소서. 』

하며 嗚咽한 눈물이 비오듯 하여 우는지라. 仙翁이 慰勞曰

『나는 본래 山人이라 일찍 道場에 올라 人間의 富貴 苦樂을 잊어 버리고

閒雲野鶴과 같이 物外의 與趣를 좋아하므로 月前에 達磨山에 갔더니、仙姑가 나더러 優渤水에 가서 柳花 小姐를 救하여 幸福의 길을 指導하라 하므로 小姐와 오늘 因緣을 맺음이니、老夫와 平生을 같이 함은 後日에 있거니와 今日 잠깐 서로 離別함을 너무 설어 말라』하며、袖中으로서 碧珠 일매와 玉環 一個를 주며 曰

『이 玉環은 小姐의 保身物이니 손에 끼고 버리지 말고、碧珠는 護身寶니 分娩한 후에 貴公子 몸에 간직하면 아무런 禍厄이라도 犯하지 못하리니 銘心하여 잊지 말라。』또 가로되

『小姐 明日 西部 大臣을 보면 自然 서울로 올라가 後宮에 들어갈 것이니、多少 災殃이 있다 하더라도 마음을 敦篤히 하고 輕率한 뜻을 두지 말라。이 또한 天定이니 人力으로 할 배리오。』

또 다시 부탁 曰

『小姐 몸이 北夫餘王에게 犯한 바 되었으나 또한 天定이라、他日 貴人을 만나 貴公子를 生하면 一時 苦楚가 있을지나 구태어 北夫餘王의 일을 吐說치 말고 小姐의 뜻대로 答하여 神氣를 漏泄치 말라。』하더라。

柳花 小姐 仙翁의 가르치심을 받고 더욱 悲愴함을 이기지 못하여 어찌할 줄 모르다가、仙翁의 慰勞를 저버리지 못하여 겨우 精神을 鎭定하며 碧珠와 玉環을 받고 이미 늦으매、한가지로 客館에 돌아와 밤이 새도록 한 잠을 이루지 못하고 仙丈과 離別할 일을 생각하니、더욱 가슴이 무너지는 듯하더라。

일찍 일어나 仙翁께 問安하니、仙翁이 曰

『小姐의 얼굴을 보니 십분 자지 못하였으니 오늘부터 더욱 關心하고 앞길을 밟아 나아갈지라。』

하거늘、小姐 머리를 숙이고 한참 말이 없다가 微笑를 띄어 對曰

『어제 밤 받은 敎訓은 어김이 없겠사오나 仙丈이 오늘 떠나심은 차마 당하지 못하겠사오니 다른 敎訓을 받고자 하나이다。』

仙丈이 또한 묵묵 良久에 曰

『어린 小姐의 情景을 내 놓아라。種種한 機會에 만나 마음을 慰勞하리닌 安心하라。』하더라。

朝食을 罷한 지 須臾에 門밖이 설레며 衙門으로서 一坐彩轎와 數十名 官卒

이 一位 官員을 따라 客館 문 앞에 이르러、白岳道人의 客室을 묻고 名牒을 드리거늘 仙翁이 마중 나와 맞아 坐定하고 茶를 勸할새、한편으로 玉箱을 열고 彩衣一襲을 드리니 이는 柳花 小姐의 衣裳이라。仙翁이 받아 柳花小姐에게 傳하며 裝束을 재촉하니 小姐 받아 입는지라、仙翁이 다시 小姐를 引導하여 官員에게 謝禮하니 그 官員이 몸을 일어 자리를 避하고 공손히 答禮하는지라。원래 이 官員은 다른 사람이 아니요 西部薩伊 于今忽이니、일찍 白岳道人에게 學術을 배운 弟子라。

道人이 柳花 小姐를 薦擧하여 東夫餘王 後宮을 定케 함이니、西部薩伊의 位重 望尊하므로 後宮을 揀擇함에 어찌 이같이 輕率하리오마는、白岳道人은 곧 仙人이요 西部薩伊는 道人의 敎訓이라면 水火를 무릅쓰고 精誠을 다하여 無條件으로 服說함이요、柳花 小姐의 淑德과 姿色을 白岳道人의 畵本으로 안 지 오래어 機會를 苦待하던 바이니、어찌 凡常한 媒者의 뜻할 바리오。柳花 小姐의 畵本이 西部薩伊에게만 있을 뿐 아니라 東夫餘 王宮 御殿에도 걸린지 오랫나니、白岳道人이 柳花 사랑하는 뜻이 얼마나 깊은 것을 볼 것이다。

道人이 柳花 小姐에게 다시 敎訓이 있은 후에 宮人을 재촉하여 衙門으로 들어가게 하니 小姐의 心事가 장차 어떻다 하리오。하릴없어 仙翁께 새로운 눈물을 뿌려 절하여 下直하고 轎子에 올라 薩伊 府中에 들어가고 仙翁은 柳花를 보내고 薩伊에게 신신 부탁하고 道場을 向하여 가니라。東夫餘王 解金蛙가 天性이 好色하여 正宮 蘇氏 병들었고 두 姜이 있으며 宮女가 三百이라。그러나 天下 美人 絶色을 貪하여 일찍 五部薩伊에게 美人을 物色하여 들이라는 命令이 三申 五令하니 各部薩伊들이 王의 뜻을 어기지 못하여 美色을 廣求하더니、西部薩伊 于今忽이 또한 詔令을 받고 있던바、白岳道人에게 柳花 小姐를 後宮에 들게 함이니 어찌 時日을 遲延하리오。

하루는 薩伊가 柳花 小姐를 불러 보고 서울로 올라가 後宮에 들어감을 말하고 車馬 行裝을 準備하여 甲士 數十名으로 護衛하여 서울로 治送할새、이 때 柳花 小姐의 나이 十九歲 라。비록 風霜 苦楚는 겪었으나 衙中에 들어온 후로 條飾 을 鮮明히 하고 고운 옷 繡놓은 緋緞으로 丹粧을 더하니 본래 天生麗質로 月態花容이 前日 柳花가 아니요 짐짓 玉京仙娥라。그 傾國之色과 窈窕한 맑은 態度를 어찌 붓으로 그리고 말로 形容하리오。裝華服으로 薩伊께 下直하고

彩轎에 올라 서울로 向하니라。

　여러 날 만에 山과 물을 지나 東夫餘 서울에 이르니、山川의 清肅함과 景槪의 絶勝함을 처음 보게되며、宮城의 壯麗함과 市井의 熱鬧함이 天府金蕩이요、金甌玉殿이라、風景을 顧眄하면서 車馬 城中으로 들어가 行李를 安頓하고 召令을 기다리더니、數日이 되매 金轎 玉鸞에 八個 宮娥 王勅을 받들어 客館에 이르러 西部 官員을 通하고 柳花 小姐 寢室에 들어와 허리를 굽혀 恭遜히 禮하고 入宮함을 請하거늘、柳花 小姐 慌忙히 일어 答禮하고 西部 官員이 勅旨를 읽어 뵈인 후 金轎에 오름을 재촉하는지라。柳花 小姐 一喜一悲하여 몸을 일어 轎子에 오를새 姿態 雍容하고 擧止 端雅하며 華麗한 氣像은 둥근 달이 碧空에 오르고 雪 花容은 仙宮 姮娥 廣寒殿에 내림 같으니、八個 宮女 顔目이 眩慌하고 精神이 迷亂하여 서로 돌아보며 稱讚하기를

　『우리 오래 宮中에 있어 天下 美色을 구경함이 많았으나 저 같은 美人은 처음 보도다。』

　하며、더욱 恭敬함이 더하더라。

　金轎를 받들어 宮中에 들어가 後宮 一位室에 安頓케 하고 內殿을 通하여 王上께 奏達하니라。이 때 後宮 三百과 妃嬪 宮妾들이 다투어 구경하며 柳花 小姐의 美德을 欽羨하여 嘖嘖 稱讚하더라。그중의 宮妾 兩人은 王에게 가장 寵愛를 바다는 者이라、兩人의 美色이 東夫餘에 所聞나고 宮中에 들어 온 후로 三百餘 宮女 中에 人物이 가장 으뜸이더니、이 때 柳花 小姐의 姿色을 보니 과연 人間 人物이 아니요 이는 곧 仙女라。서로 바라보고 문득 猜忌하는 마음이 생겨 서로 수근거리며 각기 寢所로 돌아가니、이는 柳花의 福이 아니요 도리어 敵國이 되었더라。

　翌日 金蛙王이 後宮에 들어가 柳花를 볼새 비단장 繡놓은 자리요、구슬발 玉屛風에 大宴을 베풀고 柳花를 請하니、柳花 丹粧을 아름답게 하고 蓮步를 옮겨 上下에 나아가 恭遜히 八拜之禮를 行하니、이는 짐짓 月宮 嫦娥玉京搖臺에 朝食함이요、人間 사람이 아니라 王이 한번 보고 마음에 놀라 말하기를

　『朕이 一國 美人을 다 본다 했더니 어디서 저런 仙娥가 이 世上에 있었던가。』하여 滿心 歡喜하여 恭遜히 答禮하고 數百 宮女로 宮中樂을 아뢰며 크게 잔치하고 즐기더니、날이 저물매 王이 柳花와 東宮에 나아아 就寢할새 王이

물어 가로되

『그대는 어떠한 집 女子이며 兩親이 俱存하냐?』하거늘、柳花 머리를 숙이고 仙丈의 敎訓을 생각하고 여쭈어되

『賤妾은 어려서 일찍 父母를 잃고 外家에서 자라 났사오며 또한 다른 兄弟도 없삽고 十歲에 外家의 祖父母가 죽으매、몸을 僧堂道館에 依支하여 八、九年의 歲月을 지내어이다。』王이 또 물어 가로되

『이번에 宮中에 들어오게 됨은 어떠한 因緣이 있었나뇨?』對曰

『賤妾의 師父 白岳道人이 西部薩伊에게 薦擧함이 하나이다。』

王이 白岳道人의 弟子란 말을 듣고 가로되

『白岳道人은 朕이 들은 지 오래나 敬慕함이 많았노라。그래 이미 白岳道人에게서 學術을 배웠을지니 그 抱負를 가히 알지라。이제 後宮에 들었으니 朕의 福이라 從今 以後로 後宮의 內助가 많을까 하노라。』하며 사랑하는 情을 어찌 測量하리오。새벽 鐘이 동동하고 宮中 漏水 짧음을 恨歎하더라。

翌日에 王이 諸臣의 朝會를 받고 柳花로 後宮을 定할 議論을 내리우니 諸臣이 일제히 일어나 萬歲를 불러 祝賀하는지라、이에 三日 大宴을 排設하고 즐기니라。

王의 正宮은 蘇氏이니、항상 몸에 病이 있어 깊이 正宮에 누워 醫藥을 일삼고、두 개 宮妾은 于氏와 方氏니 姿態 出衆하고 저으기 嬌色이 있어 王이 가장 사랑하는 바라。

그러나 新宮을 맞은 後로는 兩妾을 돌아보지 아니하고 柳花 宮寢을 떠나지 아니하여 거의 國政을 잊을 만하니、柳花 조용히 王 앞에 나아가 여쭙기를

『賤妾이 猥濫되이 宮中에 들어와 君王의 寵愛를 입사오니 하늘 같사온 恩德을 測量치 못하나이다。그러하오나 賤妾이 入宮해 온 후로 于・方 兩氏가 孤昧함이 많을지니 이 어찌 妾의 마음이 편안하리까。바라옵건대 王上은 恩惠를 고루이하사 同列들로 하여금 向隅之歎이 없게 하소서。』

王이 이 말을 듣고 柳花를 더욱 사랑하며、于・方 兩氏의 宮中에 들어갈 때 있으나 興味가 매우 淡然하여 도리어 于・方 兩氏의 愁心을 더하게 하더라。

于・方 兩氏 當日 柳花의 月態花容이 世上에 다시 없는 美人이라 하여、도리어 君王의 恩寵이 떨어질까 하여 猜忌하는 마음이 점점 더하더니、과연 君王

이 新宮에 蠱惑하고 한 번도 돌아보지 아니하매 憤氣 날로 더한지라、于·方 兩人이 날마다 한데 모여 무슨 議論이 秘密 難測하더라。

그러나 柳花는 副后의 地位를 얻었고 저들 두 사람은 妃嬪 宮妾에 지나지 못하니、어찌 감히 副宮을 謀害하며 君王의 뜻을 보건대 姿色이 絶對한 中에 厚德이 太姒 같다 하니、이 일을 장차 어찌하리오 하여 날이 갈수록 猜忌하는 마음이 變하여 含毒한 마음으로 점점 惡化하니、이 또한 宮中 大事요 柳花에게 禍厄이 미칠 端緖로 되었더라。

二. 柳花聖母 誕生 牟 聖祭하고、金蛙王이 廢後宮·安置別苑 하다

柳花 新后 入宮한 지 數月이라、君王의 恩寵이 날로 더하고 몸에 胎氣는 달이 지남을 따라 腹部가 점점 불러 오르니、일찍 君王에게 말한즉 優渤水의 厄運이 또 미칠 것이요、君王을 속여 말하지 않으면 하루 이틀 일이 아니요、畢竟 解産期를 당하게 되는 날에는 이 일을 장차 어찌하리오 하여 밤이면 君王을 모셔 泰然한 氣色을 보이나 君王이 없은즉 滿腔 愁心이 가슴에 사무쳐 밥맛을 잃고 呻吟할 때 많더라。

하루는 仙丈의 가르침과 仙丈이 이미 잉태 했음을 알고 나더러 臨時 處變하라 하고、碧珠와 玉環을 주었으니 반드시 큰 禍는 받지 않을 것이요、뱃 속의 아기가 新國家 創業主라 하였으니 내 마땅히 내 뜻대로 定하여 方便을 取하리라 하고、스스로 慰勞하로 스스로 一喜一悲하더라。

이 때 于·方 兩妃가 날마다 新后를 害할 計巧를 생각하나 方法이 나지 않는지라、이에 가로되

『俗談에 열 번 찍어 아니 꺽어지는 나무 없다 하였으니、우리 마땅히 宮娥들을 사귀어 恩義로 서로 맺고 理解로 달래어 우리 心腹을 많이 얻어 한편으로 新后의 過失을 살피며 기틀을 엿보아 君王을 恐動하여 張后를 讚訴하면、제 아무리 太姒의 德이 있고 西施의 色을 가진 者라도 열 사람 스무사람의 手段에 빠질 것이니、우리의 이 議論이 가장 勝利한다。』하며、兩人이 서로 웃으며 計劃을 定하고、翌日부터는 氣色을 고쳐 快活한 成功이나 한 듯이 喜喜樂樂하며 財物을 흩어 宮女를 사귀며 仁慈를 베풀어 同列들을 和樂하니、모든 宮女

들이 歡心으로 兩妃를 받들어 恭敬하며 서로 가로되

『兩妃 처음 宮中에 들매 君王의 恩寵이 많고 우리보다 높은 地位에 있는 듯이 驕奢하고 傲慢하여 우리 同列을 업수이 여김이 심하더니、近日 와서는 우리에게 대한 感情이 매우 두텁고 우리를 自己同列만치 알아 주니 이 또한 어진 사람들이라。』

하며 稱讚이 자자하니、그 中에 다소 識見 있는 宮女는 속으로 웃으며 日

『저 兩妃의 近日 態度는 이미 짐작하는 바라。君王의 恩寵이 前日 같고 宮中의 姿色이 저희 둘뿐이면 우리들에게 무슨 사랑과 人情을 쓸 줄 알았느냐? 참으로 可笑로운 일이로다。』

하여 비웃는 者도 많더라。

歲月이 如流하여 柳花 入宮한 지 이미 半年이 지난지라 腹中에 있는 아이는 외 자라듯 하여 배는 남산같이 불러지고 君王의 恩寵이 날로 더하나 敵國 같은 于·方 兩氏의 陰謀가 날로 심하니、柳花 自然 기운이 점점 沮喪하고 心身이 散亂하여 자리에 누워 呻吟할 때마다 점점 宮女들의 疑心을 뵈이게되니 이 일이 장차 어찌될 것이냐?

自古로 사람의 禍福은 貴賤이 一般이라 柳花의 當年 苦難과 萬古聖雄 高句麗始祖의 出生한 原因과 生後 初年에 그 苦難 當함을 볼진대 貴賤이 무슨 分揀이 있으며 禍福이 어찌 定한바 있으리오。

그러구러 가을 지나고 겨울이 당도하니 柳花의 産氣가 곧 당한지라、金蛙王이 柳花의 態度 점점 파리하고 腹部가 점점 높아 감을 깨닫고 놀라 물어 가로되

『副后 近日 受胎가 얼굴에 나타나고 腹部가 저같이 불렀으니 畢竟 産漸이 있는지라。그러나 만난지 반년에 胎漸이 저같이 차지는 않을지니 무슨 다른 病이 아닌가。』

하고 그의 眞情을 묻거늘、柳花 瞬間에 惶怯하여 미처 對答하지 못하고 머리를 숙이고 아무 말이 없는지라、王이 더욱 疑訝하여 再參 묻기를

『朕이 宮后를 사랑함이 極한지라 무엇을 隱 할 바 있으리오。』하거늘、柳花 對答하되

『妾이 道場을 떠나 山에 내린 지 八、九朔이라 그 때부터 몸이 매우 괴로와 무슨 病이 몸에 든가하여 白岳 道人에게 물은즉、道士 즐겨 말하지 않으며 妾

에게 말하되『얼마 아니 지나서 몸에 苦難이 있으리라。』하며 몇 마디 敎訓을
받았사오나 아직 發表할 時期가 아니므로 감히 아뢰지 못하오나 妾의 생각에는
무슨 病이 아닌가 하여 安心하오니、王上은 後日을 기다려 道人이 가르치신말
씀을 들으소서。』

하니 王이 더욱 疑心이 勃하여 다시 묻고자 하다가 白岳 道人이 무슨 가르침
이 있다 함을 듣고 아직 더 기틀을 보아 決定하리라 하고、甚히 근심하는 빛을
띠고 나가니라。

이 때 宮中에 柳花의 産氣가 不遠하다는 所聞이 狼藉하게 되매、于·方 兩
氏 더욱 알고자 하여 宮婢를 보내어 柳花의 氣色과 動靜을 探知하며 親히 宮中
에 들어가 자주 問安도 하며 柳花의 態度를 살펴보니 과연 胎氣가 滿朔이라、
한편으로 疑心하고 한편으로 가만히 기뻐하며 柳花의 入宮한 날짜와 胎氣 저
같이 危急함을 보고 속으로 무슨 큰 成功이나 본 듯이 自己 寢所로 돌아와 兩人
이 서로 웃으며 말하기를

『世間에 美色이 絶等한 女子로서 品行을 잘 가지는 女子는 없나니、柳花는
絶代佳人이라 男子로서 한 번 보고 蠱惑하지 않을 리 없으리니、一個 單身으
로 僧堂 道館에 다니면서 어떤 行實이 있었는지 可히 推測할지라。설사 君王
에게 受胎되었다 하면、半年 동안에 어찌 저렇듯 分娩期가 되리오。이는 반드
시 曲折이 있도다。』

하고、여러 宮女를 불러 柳花의 일을 말하고 그中에 늙은 心服 婢子를 불러
가만히 묻기를

『너는 서울 사람이요、또한 宮中에 있은지 오래니、城中에 親한 사람이 많
을 것이요、또한 宮中의 秘密한 일까지도 잘 理解할 것이라。내 이제 愼重히
부탁할 말이 있으니 可히 들을소냐。』

婢子 대답하기를

『小人이 무엇을 알리이까마는 무슨 일이라도 命대로 擧行하리이다。』于·
方 兩氏 가로되

『그러면 다른 일이 아니라 長安에 胎占 잘하는 産婆 하나를 求하여 秘密히
宮中으로 데려오면 긴히 쓸 일이 있으니 한 사람을 求해 오라。成功한 후 다시
重賞하려니와 白金 스무兩을 먼저 주노니 빨리 나가 周旋하라。』한대、婢子

기쁨을 이기지 못하여 下直하고 곧 關門을 떠나 어데로 향하니라.

이 婢子의 이름은 고도쇠니, 어려서부터 宮中에 있어 數百宮女의 秘密을 모르는 것이 없고, 그들의 말이라면 물불을 가리지 않고 誠心을 다한다. 그러나 老鍊한 手段이 많아 自己 배를 채우지 못할 일은 눈으로 듣고 코로 對答할 뿐이요, 그 눈치와 코치를 보아 擧行하는 者이다.

이 날 于·方 兩氏의 付託을 받고 기쁨이 상투 끝까지 차서 한 달음에 南城 밑 自己 아우 집으로 나간다. 고도쇠가 가만히 생각하기를 「産占 잘하는 産婆를 데려오라니 또 저것들이 무슨 일을 저질렀도다. 그러면 于·方 兩氏의 自己들 일인가, 또한 어떤 다른 宮女中에 일인가.」하며, 속으로 웃으며 「하여간 저들이야 일을 저질렀건 벼락을 맞건 나는 배나 잔뜩 채웠으면 그만이지」하며 동생 집에 이르니, 無數한 건달들이 모여 술 마시고 떠들다가 고도쇠를 보고 「에고, 우리 거거」니, 「우리 형님」이니 하며 나와 붙들어 들어간다. 고도쇠가 숨이 차서

『애들아, 急히 볼 일이 있다. 방울쇠야! 뽕똘아! 바삐 들어와 내 말을 들어라!』

한다. 건달들이 무슨 큰일이나 난 듯

『이 兄님이 무슨 큰 일이 났어요. 아주머니 喪事가 났어요? 解産마다 落胎를 했어요? 그 무슨 일이 그렇게 急한일 있어요.』하며 눈이 둥그래져 야단법석으로 묻는다.

고도쇠가 생각하되 이 일이 成功되기 前에는 구태여 여러 사람에게 알리지 않는 것이 좋다 하고

『아닐쎄, 잠깐 두 아우와 相議할 일이 있으니 그대들은 술이나 먹고 앉아 놀게, 장차로 이야기해주지.』한다.

원래 이 집은 고도쇠의 아우 방울쇠와 뽕똘의 집이요, 이 건달들은 고도쇠 三兄弟의 밑에서 심부름이나 하여 주고 얻어 먹는 乾達들이라, 고도쇠 말을 듣고는 술청으로 나와 지껄이며 서로 수군거리며 또 宮中에 무슨 일이 있는가 보다, 이번 일은 내가 맡아 보겠네 네가 맡아 보아라 하며, 큰 福덩이나 생긴 듯이 저희끼리 야단이다. 그러면서 고도쇠의 命令을 科擧 場中에 待榜하듯 기다린다.

얼마 후에 뽕똘이가 어디로 휙 달아나더니 한 時間이 될락말락하여 한 老婆를 데리고 안으로 들어간다。 그 老婆를 보니、 얼굴에 粉毒을 하고 허리에 신방울 달고 손에 算筒을 가졌으니 不問可知 産占한다고 長安에 돌아다니면서 貴族의 妻妾을 호려 먹는 西門 안 장 메리라、 눈치 빠른 乾達들이 옳다、 알았다。 日前에도 저 物件을 데리고 宮中에 들어 가더니、 돈 百 돈 千이 잘 생긴 模樣이더니 또 무슨 밥이 생겼나 보다 하며、 서로 지껄이며 떠들더라。

아이요、 고도쇠와 장 메리가 門에 나와 轎子를 타고 宮中으로 들어오니라。 고도쇠 老婆를 데리고 于·方 兩氏 宮에 이르러 復命한대、 于·方 兩氏 불러 보니 과연 占婆를 데려왔더라。 인도하여 들어오라 하며 차를 주고 물어 가로되

『老婆의 재주를 들었더니 이제 보도다。 老婆를 請함은 조용히 相議할 일이 있음이니、 아직 머물러 機會를 기다려서 仔細히 말하리라。』하고 宿所를 吩咐하여 나으니라。

于·方 兩氏 이 날부터 柳花를 極端으로 害할 計巧를 議論하니 柳花의 身世가 장차 어찌되리요 兩人이 秘密히 計策을 定하고 말하기를

『풀을 베이매 반드시 뿌리를 뽑고、 사랑을 죽이매 반드시 피를 본다 하니、 萬一 서투르게 일하다가는 도리어 그 殃禍를 받을지라。』하고 、 그 날 밤에 가만히 宮人 한 사람을 請하여 柳花의 事實을 말하며 가만히 後宮에 들어가 問安하고、 柳花의 動靜을 살펴 親切히 慰勞하고、 宮醫를 請하여 診脈하고、 病을 治療함을 말하고 돌아와 占婆를 데리고 들어가 宮中에 있는 宮醫라 하고 診脈학 ㄴ돌아오라 한대、

宮人이 命을 듣고 後宮에 들어가 柳花에게 恭遜히 問安하고 말하기를

『近日 後宮 心氣不便하다 하시니、 무슨 症勢이시며 別로 苦痛이나 없나이까?』柳花 對答하기를

『내 病은 내가 아는 病이 風霜에 傷한 몸이라、 猥濫히 貴人의 몸이 되어 居處가 아름답고 一身이 閑暇하여 아무 일이 없으니、 밥 잘 먹고 잠 잘 자는 病인가 하노라。』하며 微笑를 띠고 宮人을 손으로 어루만지며 사랑함이 더욱 親切하며 問病하는 뜻을 感謝하고、 다시 말하기를

『구태여 病될 것이 없으니 宮醫를 請함이 더욱 不可할까 하노니 데려오지 말라。』하니、 宮人이 가로되

『宮醫는 항상 宮中에서 宮人의 病을 맡아 보는 者이오니, 무슨 弊될 것 없사오니 念慮 마옵소서。』

하거늘、柳花는 仁慈한 사람이라、宮人의 말을 甚히 막기 어려워 마지 못하여 許諾하니、宮人이 下直하고 돌아와 于·方 兩氏를 보고 後宮에 가서 后와 酬酌한 말을 話한데、兩人이 大喜하고 一邊 占婆를 불러 귀에 대이고 한참 동안이나 무슨 말을 付託하고 신신 당부하여 기틀을 漏泄치 말라 하고 後宮에 宮人을 따라 보내니라。

이 때 柳花 宮人의 懇請을 拒絶치 못하고 甚히 憫惘하여 생각하기를『나의 産占이 重한지라 아직 내 秘密을 吐說하지 아니하고 臨時로 處變하여 態度를 取하려 했는데、이제 萬一 宮醫가 들어와 診脈을 한다면 반드시 나의 秘密을 漏泄하리라』하고 憫惘함을 참지 못하더니 과연 얼마 안 되어 宮人이 한 女醫를 데리고 들어오거늘、柳花 할 일 없어 들어오라 하여 자리를 주고 앉기를 請하니 占婆 宮人을 따라 柳花앞에 나가 恭順히 禮하고 자리에 앉아 宮候를 잠깐보니、이는 天上 仙女요 人間 사람이 아니라、花容 月態와 通明한 資質에 擧止 端雅하고 辭令이 雍容하여 짐짓 사람으로 하여금 그 和悅 感服케 함을 알리라。宮候 물어 가로되

『그대가 宮醫라 하니 잠깐 愁苦를 아끼지 말고 나의 脈을 診斷하라。』한대、宮醫가 恭遜히 앞으로 나아가 玉 같은 팔을 받들고 한참 동안을 짚어 보고 물러 앉으며 말하기를

『宮候의 病이 別로 危險치 않사오니 安心하소서。腎臟과 腹部에 血經이 微弱하고 上焦에 火氣가 조금 成하여 飮食이 달지 아니하고 양편이 조금 不便할까 하나이다。』柳花 말하기를

『老婆는 能한 才操가 있도다。내 몸이 老婆의 말한 바와 같으나 무슨 病이 아닌가 하고 醫藥을 구태여 쓰고자 아니하노라。』宮醫가 仔細히 宮候의 容貌를 살펴보고 마음에 생각하기를 참으로 貴人의 資稟이 있도다。腹中에 든 아이는 滿期를 기다린 지 오래니 分娩이 멀지 않을 것이요、宮候의 眉間에 잠깐 厄禍가 있으니 멀지 않아 무슨 苦難이 몸에 미칠지라、于·方 兩人의 말을 듣건대 宮候를 陰害하는 일이 分明하나 宮候를 보니、반드시 太姒의 德을 가진 貴人이라 이 일을 장차 어찌하리요、하여 스스로 마음이 焦燥하여 여짜오되

『血氣를 도와 주기 위하여 두어 貼 藥을 써 두시면 無妨할까 하오니 어떠하시리까?』

柳花 말하기를

『며칠 지내 보아 다시 老婆를 請하여 말하는 것이 좋을까 하노라。』

하니、老婆가 유유 復命하고 下直하고 宮人과 한 가지로 于·方 兩氏의 寢所로 돌아오니 이에 左右를 물리치고 占婆더러 産症을 들은대、占婆 말하기를

『後宮의 脈을 診斷하고 症勢를 占쳐 보오니 果然 男胎가 滿期되어 分娩이 멀지 아니 하더이다。혹다른 症勢 없는가 하여 두루 살폈으나 別로 病은 없고 다만 이마에 땀 痕迹과 입술에 흰 빛이 나타나니、上焦에 火氣가 成하여 가빠하는 모습이 뵈옵기로 藥貼이나 썼으면 좋을까 하여 말씀한즉、對答하기를「내 病은 내가 아니 조금도 念慮할 바 아니요、藥을 먹지 아니한다。」하오니、그같이 滿朔된 몸을 自己가 그렇게 숨기려고도 아니하고 얼굴 빛이 泰然하여 다른 態度를 보지 못하였나이다。

于·方 兩氏 서로 보며 빙긋 웃으며 또 물어가로되

『占婆는 産症에 經驗이 많으니 孕胎한 지 五、六朔 만에도 解産하는 사람이 있는가?』

占婆 말하기를

『原來 産氣는 十個月이 原則이오나 百에 하나 千에 하나는 十個月로부터 十三、四個月로 延期되어 分娩하는 이도 있고 十八、二十個月도 있으나 이는 萬에 하나 쉽지 못하고 十個月 以內로는 八個月 九個月을 줄여 解産하는 이도 있으며、五、六個月에 出産한다면 이는 墜胎이요、生産은 아닐까 하나이다。』

于·方이 듣고 웃으며 서로 눈짓하여 말하기를

『占婆 이제 後宮의 産占을 쳤으니 몇 달이나 되었더뇨?』

占婆 沈吟하면서 가만히 생각하기를「于·方氏가 나를 秘密히 불러 後宮 産占을 치게 하는 일은 그中에 반드시 妙脈이 있는 일이요。産氣의 長短을 알려고 함은 또한 怪異하도다。내 처음부터 于·方의 눈치와 그 무슨 黑幕이 그 가운데 있는 줄은 짐작하난 이제 後宮을 보니 참으로 王后 될 姿色이 있고 人品이 仁慈하고 醇厚하여 一國 皇母 될 德氣를 보았으니 내 비록 잠간 보았으나 恭敬하는 마음이 서로 뵈일 때 같으니 이는 國家에 福이라、그러나 于·方 兩

氏의 모든 말이나 눈치를 보면 後宮에게 무슨 陰謀가 있는 듯하니 이 일을 장차 어찌하리요。』하고、疑心이 그치지 아니하여 對答하기를

『妾이 어찌 仔細히 알리이까 마는 제 생각 같아서는 앞으로 한 달이면 멀다 하고 十日이면 適當한 産氣일까 하나이다。』

『于·方氏 占婆의 재주를 칭찬하고 銀子를 후히 주어 後日 다시 만남을 말하고 보내리라。

占婆 關門 밖에 나오며 가만히 생각하기를 「이는 반드시 後宮에 크게 不利한 일이라」하며 스스로 恨歎함을 마지아니하며 돌아가니라。于·方 兩氏 占婆를 보내고 말하기를

『柳花 이제 王上께 大罪를 지은 淫婦 됨이 綻露되었으니 이는 우리의 뜻을 이룰 때라、잠시를 遲滯치 말고 王上과 正宮으로 하여금 柳花의 罪를 알게 하여 그 罪目을 밝혀 定하여 공번된 國法으로 處理케함이 可하니 우리 구태여 이런 일을 陰謀로 하여 우리에게 무슨 嫌疑가 돌아오지 않게 함이 좋다。』하여 兩人이 서로 여차여차히 計巧를 行하리라 하고、

一邊 禮服을 갖추고 正宮에 들어가 蘇候의 病을 問安하고 여쭙기를

『낭랑이 오래 病席에 계시매 宮內의 大小事를 아시지 못할지라、妾 등이 듣자오니 後宮이 入宮한지 불과 半年에 胎氣가 滿朔하와 당장 呻吟中에 있다 하오니 낭랑은 이 일을 아시나이까?』

한대、蘇候는 病든 後로 正宮에 깊이 누워 宮中 大小事를 전혀 묻지도 아니하고 또한 王上이 分付하여 絶對 外人을 禁하고 무슨 消息을 傳하여 病中에 마음을 擾亂케 말라 하므로、아무 일을 알지못하고 柳花가 일찍 後宮으로 들어왔다는 일과 그 姿態와 婦德에 대하여 들었을 뿐이요、柳花가 正宮 現身한다는 것을 蘇候가 病낫기를 기다려 불러 오려 하였을 뿐이요、그 後 消息을 穩全히 아지못하려니、이제 于·方氏의 말을 듣고 놀라 가로되

『이 말은 처음 듣는 바라 그 무슨 曲折이뇨?』

하며 자리에 일어 앉으니、于·方 兩氏 또한 慌忙하여 여쭙기를

『妾 등의 생각에는 낭랑께서 먼저 아셨을 줄 믿삽고 稟達하였삽더니 아지 못하신다 하오니、더욱 惶恐하여 감히 上達치 못할까 하나이다。』蘇氏 말하 기를

『무슨 嫌疑할 바리요。病든 몸이 世上 일을 잊어 버리고 있는 몸이라 잠깐 들으니、그 일이 尋常치 않은 國朝 大事이니 낭랑 등은 숨기지 말고 아는 대로 말하라。』한대、兩人이 다시 여쭙기를

『妾 등이 일전 後宮 娘子의 傳하는 말을 듣삽고 처음은 그 말이 虛誕함을 責望하였더니、그 後에 宮人들이 傳하는 말이 또한 如出一口하오므로 妾 등이 親히 가서 問安하고 後宮의 氣色을 보오매、과연 몸이 그 前 몸과 같지 않고 孕胎 있는 겹몸임을 짐작하였사오나 五、六個月이 滿期라 함은 疑心이 없지 않사와 宮中에 있는 占婆를 보내어 診脈하고 産占을 하여 본즉 十日 以內의 産氣가 急하다 하니、後宮이 入宮하신지가 겨우 半年이온지라、占婆의 말을 믿기는 어려우나 일찍 所聞을 듣사오니 占婆의 産占은 百發百中하여 한 번 말하면 하루를 어김 없다 하오니 眞實로 듣지 못한 바로소이다。』

한대、蘇候 이 말을 듣고 한참 默默하다가 말하기를

『일이 가장 怪異하도다。내 近日 病勢 甚히 중하지 아니하니 마땅히 後宮을 불러 親히 물어 보면 自然알리라。』

하며、일러 가로되

『이 일은 가장 愼重하니 낭랑 등은 아직 煩說치 말라。』

하며 다시 자리에 누우니、兩人이 일어나 下直하고 寢所로 돌아오며 말하기를

『낭랑이 親히 보신다 하오니 우리 다시 무슨 計巧를 쓸 것이 없고 그 下回를 기다려 다시 꾀하리라。』하더라。

蘇候 兩人을 보내고 자리에 누워 가만히 생각하되「于·方 兩人은 王上의 寵愛를 받는 宮妾이라 後宮이 入宮하기 前에는 王上의 恩寵이 갈리지 아니하다가 近日 와서는 반드시 後宮과 새암이 생겼을지라 于·方 兩人이 이를 나에게 말함은 가장 疑心이 없지 아니하니、내 마땅히 後宮을 불러 親히 보고 그 中의 무슨 挾雜이 있고 없는 것을 判斷하리라。』하고 宮人을 불러 分付하여 後宮에 가서 내가 부름을 傳하라 하니、宮人이 命을 받들고 後宮께 正宮이 命召하심을 告한대、柳花 奉命하고 禮服을 갖추고 宮人의 引導를 좇아 正宮 蘇氏를 볼새 恭遜히 拜禮를 行하고 말하기를

『賤妾이 猥濫히 天恩을 입사와 後宮에 귀염을 받사오니 惶恐 不敢하오며、宮中에 들어오던 날로 낭랑 殿下께 拜謁을 請하였삽더니、낭랑이 오래 病들어

계시사 宮禁을 嚴肅히 하고 外人의 出入을 禁하므로、낭랑의 分付를 받아 命
召하는 날을 기다리라 하옵기로 禮節에 어김과 事情에 함이 많사와 向慕하는
精誠을 이루지 못하고 어진 敎訓을 받지 못하와、어린 마음이 惶恐 瘝窳한 態
度 어찌 凡常한 사람에게 比할 바리요。또한 事情을 들으니 閨中 內側의 法道
를 배운 사람이요、이는 尋常한 家庭에서 자란 사람이 아니로다。』하고、먼저
사랑하는 情을 이기지 못하여 자리에 앉으라 하고、茶菓禮를 行하며 蘇候 말하
기를

『나는 病人이라 後宮이 일찍 보기를 請한 줄 아나、그 때 病이 더하여 사람
을 대하지 못하겠으므로 오늘을 기다림이니 허물할 바 아니요、내 또한 宮中에
大小事를 全然 모르나니 實로 버린 사람이라、後宮을 이제 봄이 어찌 慊然치
않으리요、바라노니 後宮은 내 몸을 代身하여 우으로 君王을 모셔 國情을 돕
고 안으로 宮中 大小事

를 선히 보살펴 引導하라。』

하거늘、柳花 더욱 惶恐하여 惟惟 承命할 뿐이다.

蘇候 다시 于·方氏가 傳하던 말을 생각하고 柳花의 氣色과 擧動을 살펴보
니 十分 疑訝가 없지 않은지라、얼굴에 누른 빛과 입술의 푸른 氣運 비록 脂粉
을 丹粧하였으나 잠깐 氣色이 나타나고 몸집이 앞으로 오르고 앉아서 呼吸하는
模樣을 보니 아무리 禮服에 싸인 몸이라도 홀몸은 아니라 入宮한 지 半年이
넘었으니 孕胎함은 當然한 일이라。그러나 産氣 十日 以內라 함은 미친 占婆
의 妖妄한 말이 아닌가 하고、도리어 柳花의 資質을 사랑함이 極하여 좋은 말
로 서로 즐기다가 柳花 오래 앉았음이 病에 害될까 하여 恭敬하는 뜻을 다하지
못하고 下直을 告하니、蘇候 또한 病을 잊고 柳花를 사랑하다가 後日 다시 만
남을 말하고 보내니라.

柳花 나오며 혼자 마음으로「蘇候는 과연 大事의 德은 가져 國母 됨이 부끄
럽지 아니하도다. 그 嚴然 정정함과 그 厚德한 德讓이 사람으로 하여금 感化
케함이 많고 雄麗한 德氣가 비록 病中이나 사람을 경복하니、이는 國家의 福
이라。」하더라.

柳花의 産氣가 점점 가까와 오매 이 어째 큰 근심이 아니리요。柳花 自然
心思 恐惶하고 氣像이 沮喪하여 飮食에 맛이 없고 寢席이 便치 아니하매 종종

腹痛이 일어나니 이는 産漸이 迫到함이라。밤이면 잠을 이루지 못하고 다만 하늘을 向하여 祝願하며 또한 白岳道人 만나기를 懇切히 생각하며 가만히 말하기를 「나의 産漸이 이름 없는 胎期라 나는 스스로 믿는 바이나、내 몸이 宮候 貴人이 되었으니 만일 解産하여 貴子를 얻어 一國의 創業主가 된다 한들 어찌 내 몸이 解産한 後에 살기를 바라며、또한 産兒의 命을 어찌 保全하여 創業을 세우게 하리요。」하여、心身이 더욱 散亂하여 궁촉을 대하여 悲感悄愴함을 禁치 못하여 눈물이 나상을 적시며、스스로 歎息하기를 「父母의 慈愛中에 곱게 자라나 나이 二八이 되도록 人生의 苦樂과 세상 風霜이 무엇인지 알지 못하다가 遇然히 北夫餘 王을 不期에 만나 나의 몸을 犯케 하여 父母의 버린 바 되고 水中에 죽은 몸이 苟且히 다시 살아 別別 苦楚를 다 겪고 이제 몸이 後宮에 들어와 榮貴를 누리지 못하고、또한 죽을 厄運에 빠지게 되었으니 運命이 어찌 이다지 崎嶇하뇨。」하며 서러워하다가、다시 白岳道人의 恩惠와 그 가르치던 말씀을 생각하고 가로되 「道人은 神仙이라、나를 그같이 救援하고 이 곳까지 와서 國母의 榮貴까지 주며 母子의 生命을 保護한다 하였으며、배 속의 아이가 一國의 創業主라 하였으니、그 말씀이 조금도 어김이 없으리니、오늘 當할 苦難은 미리 아는 바라 구태여 애닯게 傷心함이 不可하다。」하고、마음을 너그러이하고 때만 기다릴 뿐이라 하며、또 말하기를 「君主이 나의 氣色을 알고 아직 病으로 疑心하나 그러나 이제는 속일 수도 없고 隱諱할 일도 아니니 形便을 보아 王上께 事情을 알림이 옳도다。白岳道人이 일찍 나에게 臨時 處變하라 하였으니、내 또한 생각한 바라、이미 이 地境에 이르렀으니 무엇을 거리끼며 무엇을 주저하리요。나의 運命으로 미룰 뿐이라。」하고 王上의 入宮함을 기다리더라。

원래 柳花는 尋常한 婦人이 아니요、하늘 性情으로 人間에 直降하여 東方 大國 高句麗 始祖 车를 誕生할 婦人이라、이때 東方 隣國의 競爭이 날로 甚하고 서로 侵略을 일삼아 百姓이 塗炭에 들어 隣國의 統一과 聖王의 建國을 바란 지 오래더니、上帝 下民을 陰測히 여기사 東方에 大聖人 车를 내이사、高句麗 大國을 建設하여 萬民을 淨化케 하심이니、柳花婦人이 구태여 免하려 아니하고 그 氣像이 泰然하여 當하는 苦難을 기쁘게 받을 것이요、天命에 順從할 뿐이라 하루는 君王이 後宮에 들어오니 柳花 일어나 맞아 坐定한 後에 王이 柳花

의 얼굴을익히 보고 그 擧動으 살피더니 말하기를

『後宮의 近日 氣色이 甚히 前日과 같지 아니하니 이 무슨 緣故뇨?』

하거늘、柳花 문득 얼굴이 붉어지며 默默 서서 아무 대답이 없다가 말하기를、

『賤妾이 猥濫히 宮中에 들어와 王上의 恩寵을 많이 입사오니 妾이 감히 무엇을 隱諱함이 있사오리까만、妾이 道場을 떠날 때 崎異한 病을얻어 그 後부터 몸이 항상 괴로움을 느끼옵더니 近日에 이르르ㄱㄴ 神氣가 더욱 不便하와 神色이 점점 衰弱하옵고、이따금 腹痛이 일어나 밥맛을 잃고 잠을 편히 이루지 못하여 自然 病色이 얼굴에 나타나는가 하여 그러하난이다。』

王이 일찍 心中에 疑心함이 있다가 지금 보매 더욱 前日만 못함으 보고 그 的實히 病 根源을 알려 함이라。王이 또 묻기를

『그러면 後宮의 病이 무슨 病이뇨?』柳花 對答하기를

『妾이 나이 어리고 처음 當하는 病이오매 그 症勢를 알길이 없나이다。』王이 말하기를

『일찍 白岳道人을 떠날 때부터 그러하다 하니 그 때에 무슨 놀라운 일이 있었나뇨? 또한 어떤 느낌이 있었는가 請컨대 숨기지 말고 자세히 말하라。』하니、柳花 艶容 對曰

『妾이 道場을 떠나기 며칠 前날에 道人의 命을 받아 天壇에 올라가 祭禮를 마치고 몸이 疲困하여 잠깐 壇下에서 쉬더니、非夢似夢間에 一導 光線은 없어지고 머리에 떨어진 物件을 집어 보니 碧珠 一枚와 玉環 一枚라、이 무슨 일인지 깨닫지 못하고 말하기를「이는 柳花의 高貴한 꿈이요、그 實物은 柳花의 護身寶니 깊이 간수하여 몸을 떠나지 말라。』하옵기로 疑心이 없지 않아 다시 묻사온즉、道人이 웃으며 말하기를「天機를 미리 漏說함은 不可하나 柳花 반드시 太陽 光線의 受胎를 받았으니 生男하면 大吉하리라。』하고「또 앞에 厄運이 있다。」하더니 果然 그 때부터 몸이 疲困하여 그 前과 다르오나 道人과 西部아문에 올 때까지는 別로 苦痛이 없삽더니 宮에 들어온 後로는 점

王이 그 말을 듣고 문득 얼굴이 변하여지며 默默히 말이 없더니 얼굴을 찡그리고 壁을 바라보며 말하되

『後宮의 말이 가장 우습도다。世上에 어찌 太陽에 受胎한다는 말이 있나

뇨。朕이 娘을 極히 사랑하고 믿었더니 오늘이 말은 妖妄한 말에 지나지 못함이라、娘은 다시 辨明치 말라。』하고、일어나 宮에 나가는지라。

柳花 어이가 없어 겨우 宮門 밖에 나와 餞送하고 寢室로 들어와 새로운 눈물을 흘리며 歎息하기를「내 이제 죽으리로다。王上이 怒함이 그른 것이 아니요、나의 運命이 極히 險함이니 누구를 怨望하리요。다만 크게 念慮되는 바는 腹中 胎兒를 保全하여 죽이지 아니하고 이 世上에 살려 둠이라、내가 스스로 생각하여도 복중 애가 凡常하지 않을지니 胎兒를 어찌하면 保全하랴。』하여 그날 밤 한잠을 이루지 못하고 스스로 울고 부르짖으며 자주 하늘을 向하여 祝壽하더니 밤이 이미 五更이라、베개를 의지하여 잠깐 졸더니 문득 청년道人이 門을 열고 들어와 善果 二매를 주며 말하기를

『婦人은 安心하라。내 이미 護身寶를 주었으니 困難을 받을지라도 참고 견디어 時運을 기다리라。오늘 東夫餘王에게 한 말이 매우 符合되었으니 어떤 困難을 받더라도 두 말로 變하지 말고 그대로 始終을 보라。』하거늘、柳花 말하기를

『妾의 몸은 이미 仙丈에게 맡긴 몸이오니 敎訓을 지켜 一毫 어김이 없겠사오나、腹中兒를 保全할길이 없을까 하나이다。』道人이 웃으면서

『이는 今日 알 바 아니라、하늘이 東方 大震神邦의 創業主로 이 世上에 내심이니 東夫餘王이 어찌 하리오。』

하며、몸을 일으켜 나아가거늘 柳花 붙들어 따르려 하다가 깨달으니 몸이 依然히 베개를 의지하였더라。悲感함을 이기지 못하여 宮門 밖에 나와 達磨山을 向하여 消暢함을 마지않더라。그러구러 날이 이미 밝은지라 그날부터는 梳洗를 破하고 罪人으로 自處하여 後宮 正寢을 떠나고저 하여、宮人을 불러 廊下에 한間 宿舍를 定 하여 居處하게 하고 、이에 君王께 한 장 글월을 올리니、그 글에 대강 쓰기를

『後宮 賤妾 柳花는 百拜하옵고 王上殿下께 罪를 무릅쓰고 글월을 올리옵니다。妾은 賤한 蹤迹이라 天佑神助하와 猥濫히 後宮의 榮貴함을 입삽고 王上의 무거운 恩寵을 받사옴은 참으로 분수에 넘치는 사랑이라、妾이 어찌 뜻한 바오리까? 妾이 이제 天寵을 저버림이 아니오라、몸에 실린 病이 發明할 바없삽고 또한 王上은 妾의 重罪를 다스리사 法網에 紊亂함이 없게 하소서。妾이 今日

부터 後宮을 떠나 罪人의 몸으로 自處하와 嚴命을 기다리오니 속히 處分하심을 請하옵고 감히 글월을 올리나이다.』하였더라.

이 때 王이 後宮에 다녀 온 후로 後宮 일을 처치할 方法을 생각하니、自然 心事 散亂하여 數日 朝會를 받지 아니하고 다시 後宮을 한 번 보고 秘密히 일을 處決하려 하더니、今日 後宮의 上書를 보고 沈吟良久에 批答을 내리지 아니하고 다시 後宮에 들어가 後宮을 보려 하니、이미 西편 行閣에 居

請罪하거늘、王이 잠깐 그 形狀을 보니 비록 綱常大罪를 졌다 하더라도 측은한 생각이 앞서는지라. 丹粧을 破한 지 오래고 때묻은 衣裳을 입었으매 얼굴의 눈물 痕迹이 마르지 아니하고 氣像이 甚히 憔悴한지라. 그러나 月態花容과 窈窕한 姿態 本色을 變하지 아니하고 맥맥한 愁恨이 가슴에 가득하여 차마 보지 못할지라.

王이 꾸짖기를

『娘이 만약 綱常大罪를 犯하였을진대 나라에 반드시 法이 있어 公正하게 다스릴 것이요、또한 暧昧한 陋名을 입음이라 하면 法으로 살펴 處理할 일이어늘、王命을 기다리지 아니하고 猥濫히 罪人으로 自處하여 後宮을 떠나 自便함을 取코자 하니 이 또한 무슨 일이뇨.』

비록 罪가 重大하나 産漸이 滿期된 겹몸이라 이에 돌이켜 생각하고、아무러나 解産함을 기다려다시 처치함이 옳도다. 하고 이에 宮人을命하여 도로 自己居處로 보내어 恪別히 動靜을 살피고 解産하는 날까지 恪別히 保護하라 하고、正殿으로 나오니라.

이 때 于·方 兩人과 모든 宮女들이 이 光景을 보고 서로 비웃기도 하며、서로 불쌍하고 아끼는 생각을 가진 者도 있더라.

柳花 다시 낭원으로 돌아와 悲傷함을 이기지 못하여 寢食을 全廢하고 呻吟하는지라、원래 侍婢 兩人이 柳花 앞에 伏待하니、하나의 이름은 선이요 다른 하나의 이름은 연이라. 모두 나이 十五歲이니、爲人이 영리하고 性品이 어질어 後宮 內殿의 모든 일을 맡아 하며 柳花의 淑德과 그 賢哲한 品性을 恭敬하고 思慕하여 비록 마주 對하여 말해 본 일은 없으나、一動一靜을 手足같이 敏捷하게 보살피니 柳花 또한 믿고 사랑함이 至極하더니、柳花가 이 地境이 되어 낭원으로 감을 보고 가장 마음이 心亂하여、柳花가 눈물 흘릴 때면 兩婢 또한

돌아서서 눈물을 禁치 못하니、이는 어린 마음이 心弱하여 그러함만 아니라、柳花를 神仙같이 알고 極盡한 誠心으로 받들다가 一朝에 이런 境遇를 당하는 것을 보니、하도 어이 없고 하도 불쌍하게 되어 만약 柳花가 죽을 罪를 自己가 대신 죽어 柳花를 求할 수 있다면 조금도 辭讓치 않을 뜻을 가진 까닭이라.

낭원에 居處를 옮긴 후로 兩婢 또한 따라 모셔 더욱 精誠을 다하여 받드니、柳花 또한 感動하여 後宮에 있을 때는 서로 무슨 말을 못할 것이 없고 한 兄弟 分揀이 없이 지내어 柳花의 마음이 도리어 慰安이 될 때가 많더라.

三. 柳花 聖母가 別苑에서 聖帝를 誕生하고 白岳仙人이 柳花婦人에게 秘機를 말하다

하루는 柳花가 全身이 떨리고 惡寒이 일어나며 腹痛이 甚하여、이마에 찬땀을 흘리며 坐不安席하고 呻吟하는 소리가 門밖에 들리는지라、선·연 兩婢 惶怯하여 팔다리르 주무르며 배를 쓸어 症勢를 鎭靜하려 하나 듣지 아니하고、더욱 苦痛이 甚하여 하거늘、선이 연에게 親切히 看護하라 하고 서로 눈짓하며 무슨 말을 하고 밖으로 나아가더니、後宮 台監을 보고 말하기를

『낭랑이 문득 症勢 重하니 台鑑은 빨리 宮醫를 불러 相議하고 藥으 進御케 하라.』

하며、가만히 말하되

佛手散 몇 貼만 지어 오라.』하니、台監이 또한 그 눈치를 아는지라 빙긋이 웃으며 바삐 藥房으로 가더니、두 貼의 藥을 가지고 오거늘、선이 다시 묻기를

『이 藥은 宮醫가 親히 지었느냐、或是 다른 사람이 이런 말을 들었느냐?』台監이 말하기를

『이는 佛手散울이니 宮醫 가 親히 저울을 가지고 지은 것이라.』하거늘、선이 點頭하고 바삐 돌아오니、낭랑이 痛勢 더욱 急한지라 바삐 藥을 달여드리니、柳花 말하기를

『이 무슨 藥이냐?』선이 對答하기를

『낭라의 病勢를 斟酌하건대 臨産한 苦痛인가 하와 佛手散을 宮醫에게 지어 왔나이다. 柳花 한참 생각하다가 다시 말하기를

『내 病을 너희들도 아는 바이니 果然 解産할 症勢ㄴ가 하나 藥을 씀에는 반드시 삼가하지 않을수 없나니 그 和劑 있거든 가져오라!』

하거늘, 선이 藥貼에 同封한 和劑를 올리니 果然 佛手散에 加減한 和劑라, 當歸·川芎·熟地·生地·개모·백구·黃芩·澤瀉·甘草에 白芷黃·연황부 各 한 돈중씩 더한 것이라.

柳花 이에 마음을 놓고 한 그릇을 다 마시고 다시 누우니, 柳花는 원래 尋常한 婦人이 아니라, 自己 몸이 비록 受胎로 因하여 網常大罪로 指目되어 죽기로 自處하나, 그러나 或是 藥을 먹음에 어떤 奸詐나 없는가 하여 和劑를 본 후 그 藥을 먹었으며, 비록 自己 몸은 죽을지라도 腹中兒를 順産하기만을 第一重大事로 아는 고로 診斷받지 않고 철 모르는 선이 지어 온 藥이므로 이같이 찰찰하게 생각함이라. 藥을 먹은 지 한 食頃이 되더니 이에 한 貴童子를 順産하니, 선·연 兩婢 神奇함을 이기지 못하여 産具를 갖추어 侍湯을 부지런히하며, 낭랑께 賀禮하기를

『낭랑은 安心하소서. 賤婢 등이 낭랑을 위하여 죽기로써 精誠을 다하여 公子를 保護하겠사오며 낭랑의 罪 至重하다 하와 嚴重한 處分이 내리더라도 王爺께서 낭랑을 寵愛하시던 옛날 정이 아직 그대로 있사오니 설마 어떠하오리까?』연이 또

『낭랑이 만일 慘酷한 運命을 마치게 되신다 하오면 小婢 또한 죽기로써 낭랑의 몸을 대신하려다가 못하게 되오면 낭랑을 따라 같이 運命하려 하나이다. 』하거늘, 柳花 兩婢의 손을 잡고 두 눈에 눈물이 비오듯 하며 말하기를

『내 入宮한 後로 너희 두 아이의 신세를 힘 입어 오늘까지 아무 患難을 보지 아니하고 지내었으니, 너희 兩人의 恩惠를 感動함이 많도다. 그러나 지금 나에게 當하는 禍厄은 내가 구태여 免하려 아니하고 産兒가 다행히 같이 禍를 받지 아니하고 이 世上에서 살게 된다면 오늘 죽는 것이 내 무슨 恨이 있으리오. 나의 일이 끝난 뒤에 天佑神助하와 어린것의 運命을 내 알 바 아니니, 너희들은 나를 한 兄弟와 같이 알고 힘이 미치는 데까지 安保하여 주면 九泉에 가더라도 잊지 못하겠노라. 』

하며 鳴咽하여 우니 兩婢 또한 울며, 慰勞하기를

『公子를 보오니 非凡한 氣像이 當日에 나타나는지라, 이는 하늘이 내신 仙人落胎오니, 비록 어떠한 苦難을 받을지라도 運命이 長遠하오니 낭랑은 너무 悲傷하지 마옵소서. 』하더라.

때는 紀元前 二百十年頃이라。 이는 곧 高句麗 建國 始祖 车(朱蒙)의 降世니라。

柳花가 生男한 消息이 宮中에 傳播되고、 王上과 正宮 蘇氏 또한 傳報로 들은지라。 王이 먼저 正宮에 들어가 蘇候에게 後宮의 解産한 말을告하고 말하기를

『내 일찍 後宮을 불러 보니 非凡한 女子라、 그 擧止 動靜과 言語 學識이 반드시 教訓 있는 家庭에 자라났으며、 그의 父母를 早喪하여 父母의 教訓이 없다하면 반드시 가르치신 사람이 있었을까 하으니、 그 같은 資質과 그 같은 教育을 받은 女子로서 淫行을 犯하였다 하옴은 실로 哀惜하오나 이미 受胎되어 生男까지 하였으니、 後宮을 爲하여 辨明할 餘地는 없어오나 妾이 어찌 擅斷하여 말씀하오리까。 王上의 處分대로 하는 것이 좋을까 하나이다。』

王이 말하기를

『朕이 또한 아직까지 疑心이 없지 아니하여 後宮의 그 爲人과 容貌 淑德을 사랑함이 많았고 그 배운 禮節과 學識이 眞實로 女中 君子의 本色이 있음을 믿었더니、 今日에 와서 보건대 그 犯行함을 發明할 바 없는지라 이를 어찌하여야 穩當할까。』

하며、 근심하는 빛이 龍顔에 나타나는지라。 蘇候 여쭙기를

『朕이 月前에야 그 動靜을알고 後宮에게 물은즉 별로 辨明하지 않고 達磨山 白岳道場에서 下山할 때에 震壇에 올라 하늘에 祭祀하고 몸이 노곤하여 非夢似夢間에 一途 光線이 全身을 包圍하더니、 머리 위에 무슨 物件이 떨어짐에 놀라 깨니 한 꿈이요、 碧珠 一枚와 玉環이 있어 가지고 돌아와 白岳道人에게 물은 즉 道人이 여차히 말하더라 하더이다。』蘇候 듣고 이상히 여겨 다시 여쭙기를

『白岳道人은 어떠한 사람이라 하더이까?』王이 말하기를

『白岳道人은 朕도 그 이름을 들었으니 道術이 高妙하여 世人이 다 白岳道人이라 하나니 그 眞否는 모르나 後宮말이 그러하더이다。』蘇候 말하기를

『後宮의 入宮한 因緣은 누구의 薦擧를 들었나이까?』王이 말하기를

『西部 蘿伊의 薦한 바이니다。』蘇候 沈吟하더니、 다시 여쭙되

『妾의 생각에는 西部 蘿伊를 불러 먼저 白岳道人의 眞僞와 後宮 薦擧한 經過를 한 번 물어 보고 차차 相議하여 處置함이 좋을까 하나이다。』王이 晃然히

깨닫고

　蘇候의 말이 極히 有理하다 하고、이에 正殿에 돌아가 諸臣을 命하여 西部 薩伊를 命召하니라.

　그럭저럭 十餘日이 되매 西部 薩伊 于今忽이 서울에 이르러 榻前에 뵈이거늘、王이 朝會를 破하고 特別히 于今忽을 請하여 便殿에 들라 하여 賜饌하고 조용히 酬酢할 새 王이 말하기를

　『朕이 이제 卿을 命召함은 國朝의 큰일이 아니라 잠깐 친히 물어 볼 일이 있음이라、卿이 일찍 後宮을 揀擇하였으니 반드시 後宮의 來歷을 알 것이요 또한 그 爲人을 알 것이니 卿은 아는 대로 말하라.』한대 于今忽이 對答하기를

　『臣이 일찍 王上의 後宮을 揀擇하라는 勅令을 받삽고 各 軍에 傳教하와 後宮을 物色하오나 賢哲婦人을 求치 못하와 惶悚中이옵더니 하루는 臣의 先師 白岳道人이 美人圖 두 幅을 주시며「이는 東夫餘王의 後宮이니 그대는 알아 薦擧하라」하옵기로 機會를 기다리옵더니、그 後 數十日이 지나더니 先師 또 와서「後宮을 데리고 왔으니 바삐 서울로 모셔 入宮케 하라」하옵기에 時刻을 遲滯치 아니하옵고 府臣을 代行하와 모셔 서울에 와 入宮함이로소이다.』王이 말하기를

　『그러할진대 卿은 道士의 말만 듣고 後宮의 前後 事情으 모르는도다.』于今 忽이 對答하기를

　『臣이 先師에게 多年 學業을 배웠사오니 師弟間의 誼分이 깊었삽고 先師는 高尙한 道人이라 그 指

　王이 點頭하고 于今忽에게 後宮의 事實을 대강 말한대 于今忽이 크게 놀라 階下에 내려가 俯伏請罪하거늘、王이 侍臣을 命하여 殿에 오르라 하고 다시 말하기를

　『朕이 卿을 罪 주려 함이 아니요、宮中 일을 말하고 處할 道理를 相議하자 함이니 卿은 慊然치말라.』하고、다시 座를 주니 于今忽이 더욱 惶恐하여 등에 땀이 젖음을 깨닫지 못하니라.

　王이 다시 酒餐을 가져다 慰勞하며 다시 묻기를

　『예로부터 男子의 配合이 없고 受胎한 사람이 있나뇨.』한다. 于今忽이 正色하고 여쭙되

『이제 後宮이 太陽 光線에 受胎되었다 하옴은 古今에 듣지 못한 바라、그 遵信함이 不可할 듯하오나 古書를 보오니 帝 高辛氏는 玄鳥의 輪卵함을 보고 誕生하였다 하고、周王 發은 巨人의 자취를 보고 受胎되어 誕生하였다 하오니 이것이 神話에 가까운 말이오나、傳한 지 오래옵고 太陽光線에 受胎 生男이라 함은 듣지 못하였나이다。』

『卿의 말이 近理하도다。그러나 高辛氏와 周王 發은 中國의 聖帝 明王들이라、하늘이 大聖을 내어 萬民을 化育하심이니、어찌 男子의 配合이 없다고 聖人이 誕生치 않으리오。이것이 後宮이 朕을 만난 지 六個月이라 滿期 生男은 實로 怪異한 일이나 自己가 이미 太陽 光線의 受胎함을 證明함니、비록 믿기 어려우나 一理가 없지 아니하니 卿은 다시 處置方法을 생각하라。』

하신대、于今忽이 對答하기를

『이는 宮部의 大事라 臣이 어찌 擅斷하리까마는 臣이 잠깐 생각하오니 臣의 愚見으로는 諸臣을 모으시고 議論을 내리어 意見을 參酌하여 하심히 좋을까 하나이다。』王이 말하기를

『이 가장 難處하도다。이 事件이 생긴 後로 宮中 上下의 謠言 飛語가 流行하고、同列間에 議論이 紛紛하니 이를 速히 處理치 아니하면 불쌍한 事件이 疊生할까 하니、구태여 廟堂 諸臣에게 下問할것이 아니요 卿과 朕의 意向이 符合하니 正宮 蘇候와 相議한 後 조용히 處置함이 옳도다。』

하고、于今忽을 便殿에 머무르라 하고 王이 蘇候를 가 보고 西部 薩伊의 入關함과 들은 말을 傳하니 蘇候는 또한 王의 뜻을 알고 말하되

『이 일을 가장 愼重히 處하올지라 白岳道人이 指導한 바요、後宮이 또한 凡常치 않은 사람이오니、만일 輕率히 하다가 後悔됨이 있을까 저어하오니 王上이 조용히 處置하신다 함이 極히 穩當하오며、生命의 害가 됨이 없게 함이 좋을까 하나이다。』王이 唯唯하고 가로되

『朕이 그 爲人을 미워함이 아니라 그 일이 怪然함을 근심함이니、구태어 生命을 害할 바 있으리오。』하고、便殿으로 나와 于今忽을 보고 蘇候의 뜻을 말하니、于今忽이 더욱 王恩이 寬弘함을 謝禮하더라。

金蛙王의 后妾의 所生이 七兄弟니、長子 大蘇는 正宮 蘇候의 所生이요、其他는 다 衆妾이 낳은 바라 于·方 兩宮이 各各 두 아들씩 낳았으며 嬪妾의 所生

이 三子라、다 나이 어리나 그 生母된 者들은 恒常 自己 아들을 重히 알므로 서로 子息을 猜忌하여 柳花의 生男함을 더우기 衆妾들이 注目함이 甚하더라.

于·方 兩氏 柳花 解産한 후로 그 動靜을 살피기 爲하여 心腹 宮婢를 보내어 王上의 意向을 探偵하며、서로 기른 빛을 띠어 가로되

『後宮이 제아무리 淑德이 있고 姿色이 絶等하여 王上의 寵愛를 獨占하였으나 이제는 마지막이라. 男子르 姦通치 아니하고 受胎란 말이 어디 있으며、六個月이 解産期라 함은 古今에 없는 일이라. 제아무리 證明하고 아무리 手段이 能하다 한들、網常大罪를 어찌 免하며 王上이 아무리 蠱惑하였은들 淫女를 알고야 또 무슨 恩寵을 더하리오. 우리 마땅히 處置하는 것을 보아 만일 용서하여 母女의 生命을 그대로 살려 둔다면、將次로 우리 子息들에게 큰 害가 미칠 것이니 마땅히 虛疏히 알 바 아니라. 』

하며、時間을 두어 柳花 母子에게 大禍 내림을 기다리더니、하루 이틀이 지나고 十여 일이 되도록 아무 動靜이 없으니 마음이 着急하고 心思 不便하여 서로 무슨 큰 失敗를 본 듯이 눈썹을 찡그리고 밤에 잠을 이루지 못 하더니、한 計巧를 생각하고 말하기를

『우리 마땅히 正宮에 들어가 問候하고 柳花의 일에 대한 意向을 물어 보면 가히 그 內容을 알지니、먼저 그 內容을 안 후 반드시 우리 두사람의 計巧를 씀이 옳도다. 』

하고、兩人이 正宮에 들어가 朝會를 請하니 蘇候 들어오라 하거늘、들어가 禮하고 病을 問安하니 蘇候 자리를 주어 앉히고-물어 가로되

『近日 後宮이 解産한 후로 別別 所聞이 많으니 娘 등은 아는 대로 말하라. 』

하거늘、兩人이 여쭙기를

『後宮 낭랑이 오래 産漸으로 苦痛하시다가 解産한 後로는 別로 病症이 없는가 하나이다. 』

蘇候 가로되、

『女子의 順産은 大幸함이라 産後에 病 없음은 母子의 福이 되리니、이는 이미 들었거니와 後宮의 半年間 生産은 宮中 府中이 다 疑心하던 바라 낭랑은 어떻게 생각하뇨?』兩人이 對答하기를

『半年이 産期라 함은 古今에 듣지 못하였사오니 다만 駭怪하게 생각할 뿐이

옵고 다른 意見이 없나이다.』

蘇候 원래 于·方 兩娘의 才德이 不足하고 또한 巧詐함이 많은 고로 비록 體面으로 禮待하고 사랑하나、內心으로는 깊이 許諾치 아니하므로 柳花의 일을 더 묻지 아니함이라.

兩人이 蘇候의 눈치를 보다가 여쭙기를

『賤妾 등이 入宮하온 지 數年에 猥濫히 낭랑의 恩愛를 깊이 입삽고 王上의 慈寵을 받사와 悚懼憧憧함을 이기지 못하오며、또한 後宮 朗朗이 入宮하신 후 惠愛를 받음이 많삽다가 이제 저런 불쌍한 일이 생기오매 마음이 더욱 憂慮가 되와 낭랑께 稟達하하와 그 일이 將次 어떻게 處分될는지 알고자 願하오니 惶悚하오나 낭라은 下敎하소서.』

하거늘、蘇候 듣고 不快히 생각하나 妖妄함을 責하지 아니하고 正色하여 말하기를、

『娘 등이 宮中에 同處하니、宮中 大小事를 干涉함이 많을 것이나 後宮의 일을 구태어 干涉함은 不可하도다. 위로 王爺가 계시고 비록 病들었으나 내가 있으니 後宮일을 自然 處置함이 있을지니 구태어 낭랑 등이 이 일을 알려 함은 무슨 일이뇨.』하거늘、兩人이 惶怯하여 殿에서 내려 請罪하기를

『賤妾 등이 배움이 없사와 다만 낭랑 陛下의 사랑을 믿삽고 輕率히 天意를 거슬렀사오니 마땅히 罪를 請하나이다.』蘇候 돌이켜 慰勞하기를

『이 무슨 罪를 犯함이리오. 此後로는 모든 일을 操心하여 婦德의 損傷함이 없게 하라.』

하시며 돌아가라 命하거늘、兩人이 魂不附身하여 머리를 두드려 謝恩하고 寢所로 돌아오니라.

翌日 王이 西部 薩伊 于今忽을 請하여、한 가지로 後宮에 전자하고 柳花를 불러 親히 指問할새、柳花 嚴命을 받들고 後宮에 들어와 陛下에 伏地 請罪하거늘、王이 大怒하여 꾸짖기를

『娘은 欺君罔上한 網常大罪를 犯한지라 마땅히 刑部에 내리어 刑律을 밝힐 것이로되 後宮은 皇家의 尊貴한 副后의 地位를 가졌으므로 特別히 恩惠를 베풀어 禮待함이니、낭이 犯行한 事實을 隱諱치 말고 말하라.』

하거늘、柳花 업디어 눈물이 비오듯 하여 敢히 한말도 하지 못하거늘、王이

다시 꾸짖기를

『낭이 반드시 形具를 받아야 吐說하려 하느냐。』

하고、號令이 秋霜 같은지라、柳花 다시 精神을 收拾하고 꿇어 앉아 여쭙기를

『賤妾이 이미 大罪를 犯하였아오니 國家의 刑律을 기다릴 뿐이오니、어찌 敢히 天陛 上達하올 말씀이 있사오리까。』

한대、王이 柳花의 慘酷한 形容을 보고 自然 마음이 沮喪하여 西部 隆伊를 돌아보며 歎息하기를

『朕이 차마 보지 못하리로다。』하며、龍顔에 자못 愁慘한 빛을 띠우며 宮人을 命하여 後宮 別院에 가두어 外人을 嚴禁하고、두 侍婢로 守護하라 하고 다시 處分을 기다리라하니、이는 王이 柳花를 極히 寵愛하였을 뿐 아니라、그 貞靜之德과 規範 諸節이 놀라움은 欽服함이 많았는 고로 咫尺에 그 形狀을 보고 衷心에서 솟아 나는 惻隱之心을 抑制치 못하므로、비록 죽을 만한 罪로아나、차마 하지 못하고 사랑하는 情이 조금도 變치 아니하여 이같이 別宮에 留置함이니、後日 다시 柳花에게 가까운 사랑을 回復하려 함이더라。

柳花 天恩 祝手하고 宮人을 따라 別宮으로 가니라。

이 때 于今忽이 王上을 모셔 柳花의 模樣을 보매 果然 눈을 들어 자세히 보지 못할지라、혼자 말하기를「柳花는 凡人이 아니라 그 所生한 아이 또한 凡常치 아니하리니、이 같은 三焦 風霜을 겪으며 그 아이의 命을 保全하기 어려우리니 어찌면 저 아이를 保養케 하리오。』하며「仙師 반드시 凡常한 일로 나에게 付託치 아니 하였으리니 내 마땅히 서울에 있어 救援할 方針을 研究하리라」하고、陛下에 내려가 謝禮하여 여쭙기를

『後宮의 이러한 일은 小臣의 罪責이 많사오니 먼저 臣의 罪를 다스려 此後로 欺君罔上하는 者로 懲戒가 되게 하소서。』하거늘、王이 말하기를

『卿은 過念치 말라、朕이 卿의 忠誠을 日月같이 비쳐 아노니 무슨 허물이 있으리오、다만 朕이 薄福함이라。』하며 禮待 더욱 隆崇하더라。王이 또 宮監을 불러 下敎하기를

『宮中에 만일 後宮에 對한 일로 謠言 飛說과 不測한 일이 있으면 嚴法으로 다스릴지니 銘心하여 追悔함이 없게하라。』하니、이 또한 여러 宮妾들이 後宮에게 天寵이 많음을 猜忌하여 柳花에게 이롭지 못한 일이 있을까 念慮하여 이

같이 嚴命함이니、君王이 柳花를 사랑함이 어떠한 것을 가히 알리라。于今忽이 王을 모시고 後宮을 나와 돌아오니라。

이 때 于·方 兩氏 蘇候의 嚴責을 들은 後로 敢히 柳花에게 對한 陰謀를 實行치 못하고 恒常 마음에 不樂하여 王上이 柳花를 처치함을 기다리더니、이 날 王이 後宮에 들어와 柳花를 불러 아무 刑罰도 주지 않고 다만 嚴責만 하고 後宮 別院에 留置하며、또 그 所生을 害치 아니하고 保養케 함을 보고 마음 더욱 忿憤하여、서로 말하기를

『이제 王上이 柳花에게 蠱惑하여 그 網常大罪를 다스리지 아니하고 그 所生을 養育케 하니 이는 國家 將來에 큰 禍源이 될지라、방금 蘇候의 所生은 正宮 娘子이니 王統을 繼承할 것이요 우리의 所生은 次子들이니 王統을 候補함이 國朝의 當然한 일이니、만일 柳花로 하여금 王寵이 떨어지지 아니하고 그 所生을 그대로 長成케 한즉 이는 大不當한 일이 될 것이요、또한 들으니 그 所生이 凡然치 않다 하니 두렵건대 將來 그 母子의 동티가 적지 않을지라 우리 마땅히 힘을 다하여 미리 計劃을 세움이 옳도다。』

하며、柳花 母子를 害할 計巧를 뼈에 사무치게 하며 寢食을 全廢하고 傍系 曲徑으로 이를 硏究하더니、于氏 문득 한 計巧를 생각하고 方氏에게 말하기를

『우리 일찍 蘇候에게 嚴責을 들음은 너무도 輕率하였음이니 이제는 모든 行動을 침밀히 하여 밖으로 그런 責望이 없게 하고 안으로 우리의 目的을 成功함이 옳도다。』하고、또 말하기를

『지금 王上이 아직 太子를 對하지 아니 함은 衆子 七兄弟 중에 그 人格과 爲人을 觀望하고 또한 아직 다 나이 어리므로 後嗣를 定하지 않음이니、이 정히 우리 일을 成功할 기틀이라 우리 마땅히 생각하여 正宮 蘇氏를 激動시켜 王位 繼承 關係가 絶對한 것으로 말하면、蘇候 아무리 厚德이 많은 분이나 반드시 王上께 아뢰어 柳花 母子를 영원히 처치케 하리니、설사 王上이 柳花를 사랑하여 柳花의 죽을 罪는 容恕한다 하더라도 그 所生만은 죽일 것이니 하물며 洴胎한 子息이리오。』

方氏 듣고 말하기를

『이는 바로 내 뜻과 같도다。』하고、蘇候 꾀일 計巧를 생각하더라。

金蛙王의 長子 大蘇는 곧 蘇候의 所生이니 나이 七歲라、아직 나이 어리나

人物이 出衆하고 爲人이 聰明하여 父王이 사랑하는 바요 蘇候의 獨生子라、蘇候가 믿고 사랑함이 어찌 王에게 比할 바리오。

蘇候 오래 病들어 있으며 太子를 對할 議論을 아니하였으나、王과 蘇候와 滿朝 諸臣이 大蘇를 儲宮으로 아나니、비록 다른 子息이 많으나 敢히 生心을 못하는 바이라。

이 때 于·方 兩氏 비록 柳花를 害할 마음이 뼈까지 사무치나 王上이나 蘇候에게 直接 柳花에 대한 是非르 알릴 수 없음을 깨닫고、이에 金帛을 흩어 殿內의 親信한 重臣을 꾀하며 正宮에 出入하는 宮人 월향을 親切히 賂物로 사귀어 柳花 母子의 生命을 앗고자 하니、自古 以來로 王家의 衆妾間의 嫉妬와 猜忌로 말미암아 國家의 興亡盛衰에 관계가 절대한 것이다。

于·方 兩氏의 所生이 또한 四兄弟라 柳花가 비록 君王에게서 受胎한 子息이라도 猜忌하는 마음이 없지 않아 하거든 하물며 淫行하여 수태한 子息、그대로 容恕하여 保養케 함을 보고서야 어찌 多幸한 일로 생각할 者 있으리오。

于·方 兩氏가 柳花 母子르 害하려 함이 당연히 婦人間 없지 못 할 事實이라、그러나 王法을 기다리지 아니하고 傍系曲徑으로 陰謀에 陰謀를 다하고 酷毒한 手段을 가져、반드시 柳花 母子의 피를 보고야 말미 痛快하다 하면 이는 실로 過할 생각일 것이다。

하루는 于·方 兩人이 월향을 請하여 厚히 待接하여 가로되、

『우리는 入宮한지 數年이 되었으니 宮中에 일찍 親한 사람을 사귀지 못하여 우리 두 사람이 날로 같이 앉아 消遣하는 外에는 항상 심심한 대 많으니、그대는 正后의 宮人이라 宮中의 大小事를 涉獵함이 많을 것이요、또한 낭랑에게 親信하니、우리 항상 그대와 親하여 많은 顧護를 받는 同時에 時間있는대로 자주 尋訪하여 같이 놀 좋을가 하노니、허물치 고 자주 오기를 바라노라。』

월향이 말하기를

『낭랑께서 오래 病席에 계시옵고、侍湯에 責任이 몸에 있사오매 별로 奔走하지는 않사오나 閑暇한 틈이 용이하지 못하와 일찍 와서 자주 問安아니 드리려 하였사오나 뜻을 이루지 못하오니、容恕하소서。』于氏 말하기를

『그대는 겸연치 말라。우리도 한 宮人이라 猥濫히 嬪妾의 列에 있어 門 밖 出入을 自由로이 못하여 同列들을 마음대로 尋訪치 못하여 그대 같은 사람을

서로 思慕만 할 뿐이었느라。』

　　하며、또 묻기를

『近日 後宮이 別苑에 들어간 후로 낭랑의 뜻이 어떠하시더요?』월향이 對答하기를

『別한 기미를 알지 못하오나 柳花의 淑德이 아깝다 하시며、매우 그 일을 조심하는 모양이더이다。』于氏가로되

『그대의 생각에는 그 일이 장차 어찌 될 것을 짐작하리니、이 또한 宮中 일이라 우리 다 같은 宮人으로 서로 意見을 아는 것이 무슨 허물할 바 있으리오。그대는 親히 모든 光景을 본 者이니、우리 두 사람이 日前에 正宮 낭랑에게 訓責을 받았으나 이제는 秘密한 일이 아니요 宮中 府中이 다 아는 바이라、구태어 우리끼리 서로 隱諱할 바 있으리요。』한대、월향이 가만히 생각하기를 「兩人이 日前에 正宮에 와서 낭랑께 하던 말을 살피니 반드시 後宮의 일을 仔細히 알려고 애를 쓰는 것은 이미 알았거니와、나더러 또한 後宮 일과 낭랑의 뜻을 알려 함은 정연코 苗脈이 있음이라、내 구태어 于·方 兩氏를 도와 주고 柳花를 해 주려고 함이 아니니、아는 대로 한 번 말함이 無妨하다。』하여、이에 對答하기를

『日前에 王上께옵서 後宮에 들어와 後宮을 拷問하실새 낭랑의 命을 받아 後宮으ㅔ가서 그 光景을 보온즉、처음에는 秋霜 같은 嚴旨로 後宮을 불러 陛下에 꿇리고 震怒하신 態度로 後宮더러 實情을 告하라고 威勢 십분 危險하시더니、後宮이 뜰에 엎디어 아무 對答이 없고 눈물이 비오듯 하며 울기만 하더니 王上이 또 소리를 높여 바삐 아뢰라 하신즉、後宮이 이에 精神을 차려 여쭙기를 「賤妾은 이미 網常大罪를 犯한 罪人이 되었사오니、다시 아뢸 말씀이 없삽고 다만 國法으로 처분하시기만 바라나이다。」하며、冤痛하여 하는 빛이 나타나고、그 아름다운 花容月態가 문득 變하여 霜風寒雪이 이은빛을 띠었으니、보는 자로 넋이 사라지고 그 惻隱한 마음을 禁하기 어렵거든 하물며 王爺 寵愛하심이 거의 政事도 잊고 잠시도 後宮을 떠나지 못하던 마음이리까。王이 그 擧動을 보시고 문득 기운이 沮喪하시며、龍顔에 서러운 빛이 나타나사 한숨을 한 번 쉬시더니、말씀하시기를 「朕이 차마 못하리로다。」하시고、宮人을 命하여 「別宮에 安置하라。」하시며、다시 「後日 處하리라。」하시니、王爺가

後宮을 사랑하시는 뜻을、그만하면 알지라。」일로조차 正宮 낭랑께서도 柳花의 爲人을 稱讚하시나 다만 그 意向을 살피은즉、柳花의 所生에 대한 感情은 없지 아니할까 하나이다。』

于・方 兩氏 宮人의 일장 說話와 蘇候의 뜻을 짐작하고 宮人을 至極히 사랑하며、사랑하며、茶菓를 待接하며、말하기를

『이는 낭랑께서 다 아실 바요 그 所生에게 對하여 무슨 處 없지 않을까 하노라。우리 또한 王上의 恩寵을 같이 받는 者요、後宮 낭랑이 또한 같은 恩寵을 입는 者이니、결코 矯飾하는 말이 아니라、柳花를 同情하고、그 景狀 당하는 것을 생각할 때마다 毛骨이 竦然하도다。그 측은한 마음이야 다 어떻다 하리오。그러나 王上께서 前日 恩寵이 그대로 減하지 아니하시고、또한 사랑하심이

날로 더하다 하시더라도 그 所生은 犯行으로 좇아 생긴 物件이니、낭랑께서 어찌한 가지고 王子之列에 같이 愛養하실 뜻이 있으리오。우릴 ㄴ비록 嬪妾之列에 있고 所生이 있으나、柳花의 所生과 한자리에서 놀고 同列로 許諾할 수 없으니 하물며 皇帝의 極貴한 大蘇 太子이리오。』하더라。

월향이 謝禮하고 돌아올새、兩人의 親切함과 은근함이 至極하여 서로 자주 만나 消遣함을 再三付託하고 보내니라。

兩人이 월향의 말을 들은 후로 柳花 所生 牟를 害할 마음이 決定되었으나、다만 正宮 蘇氏의 마음을 돌려 처치함이 좋도다 하며、再三 월향을 通하여 正宮을 激動하여 듣지 아니하면、親히 計劃하여 한 시간이라도 牟르 이 세상에 머무르지 못게 하려 함이니、이 어찌 可笑할 일이 아니냐?

作者 이에 이르러서는 붓을 놓고、天理 人事와 世代 興亡이 반드시 모든 運命에 맡김이 그르지 아니함을 깨닫고、成敗 苦樂이 人生界에 無常한 條件임을 느끼었다。柳花으 所生한 아들은 곧 高句麗 創建 始祖 牟이니 史記에 쓴 東明聖王이며 또한 高朱蒙이라 한다。

월향이 正宮에 들어와 問安하고 于・方 兩氏의 請함을입어 가서 酬酌한 말을 대강 告한대、蘇侯듣고 말하기를

『于・方 兩人 後宮에게 奪寵하고 甚히 煩惱되리니、後宮에게 대한 感情이 좋지 못하던 끝에(三字脫落・편집자)을 보고 반드시 空論이 많을 것이다。이 또한 女子의 常情이니 무엇을 탓하랴』

하며 사기 泰然 하거늘、월향이 또 여쭙되

『于·方 兩氏 또한 後宮 낭랑에 대한 王爺의 恩寵으로 말미암아 생긴 感情이 어떠한 程度까지 미쳤는지 알지 못하오나、다만 한가지 重要하게 말하는 바는 後宮 낭랑의 所生을 황실 동기로 許하여、上으로 皇帝 殿下와 아래로 諸公子로 同列케 함은 심히 원치아니할 뜻이 있는 듯하여 저더러 橫說竪說하는 것이 무슨 깊은 意味가 있는 듯하더이다。』蘇候 沈吟하다가 말하기를

『이 정히 나도 念慮가 없지 아니한다。내 마땅히 時期를 보아 王上과 相議하리라。』하더라。

하루는 兩氏 또한 婢者를 正宮에 보내어 월향을 請하니、월향이 蘇候께 告하고 이르거늘、兩人이 반가이 맞으며 말하기를

『일 없는 사람이 자주 請함이 매우 실없도다。近日 낭랑의 通患은 어떠하시며 별로 바쁘지나 않는지?』월향이 對答하기를

『낭랑이 近日 매우 차도 있으매 제몸이 별로 바쁘지 아니하나이다。』

兩人이 기쁜 빛을 가지며 말하기를

『낭랑께서 患後 平復하심은 國家의 福이라、어찌 다 頌祝할 바리오。그대 마침 별일 없고 奔走치아니 하니、오늘 함께 재미 있게 消暢하며 놀리라。』하고 일변 侍婢를 命하여 대발을 들이며、風流를 가져 戱弄하니 월향은 나이 어리나、또한 拙하지 않는 人品이라、항상 낭랑 자리를 떠나지 못하고 별로 同列들과도 즐겁게 놀아 본 일이 드물더니、이 날에 心身이 快活하여 매우 즐겁게 생각하며 于·方 兩氏의 ○○(二字脫落)함을 歎服하더니、于·方 兩人이 묻기를

『近日 後宮 소식을 들었으냐?』한대、월향이 말하기를

『별로 仔細히는 듣지 못하였사오나 別院에 들어간 後 매우 寂寞하여 하는가 하나이다。』

『그 所生은 어떠하냐?』월향이 대답하기를

『乳母 초심이 맡아 別院에서 保養하나이다。』對答하기를

『알지 못하옵거니와 王爺께서 일찍 雜人을 嚴禁하라 하셨사오니 누구 감히 出入하리까。』

兩人이 曰

『別院의 居處는 어떠하뇨?』對曰

『當日 듣사오니 後宮 낭랑은 아무 設備를 願치 않는다 하더이다. 』

兩人이 서로 돌아보며 무슨 눈치를 하는 모양이더니 또 말하기를

『그대는 正宮侍女라 後宮에 出入이 無關하리니、한 번 親히 보고 우리에게 알려 줌이 어떠하뇨?』

월향이 曰

『낭랑이 命하시면 한 번 出入은 어렵지 않을까 하오니、機會를 보아 하려 하나이다. 』

兩人이 點頭하고 또 묻기를

『그 所生에 對하여 낭랑께 무슨 말씀을 들은 일이 있나뇨?』對答하기를

『日前에 말씀하시기를、그 所生이 아직 배꼽도 안 떨어졌으니、미리 할 말은 아니나 王上과 相議하여 方便을 取하신다 하더이다。』兩人이 듣고 기뻐하는 빛이 잠깐 눈 밑에 들며 말하기를

『우리가 일찍 後宮이 말한 말을 들은 것이 있으나 너무 愼重한 말이기르 우리 두 사람만 알고 있었더니、그대가 이미 우리와 동기같이 사랑하고 믿는 고로 잠깐 말하리라。』

하며 한참 또 생각하다가 가로되

『이 말은 絶對 愼重하지 않으면 안 되리니、그대가 들은 후라도 우리 입에서 이 말이 났다는 말은 絶對로 하지 말라。』하며、쥐도 새도 못 들을 만치 꺼낸다.

『王上께서 後宮이 入宮한 지 두 달이 못 되어 後宮에게 蠱惑하사 政事를 잊으시매 後宮이 告하되「正宮 낭랑께서 오래 病席에 계시고 妃嬪 衆妾들이 妾을 猜忌하는 者 많사오니 王上은 妾의 處地를 살피사 後宮 別院에 옮겨 宮人들의 出入을 嚴禁하와 妾의 마음을 편하게 하소서。」하니 王上께서 許諾하시며 가로되「지금 蘇候는 늙고 病들고 婢妾은 朕의 뜻에 合當한 者 없으니 장차 宮后로 正宮을 對하고、所生하는 것이 男子면 王事를 잇게 하리라。」하시매 그 후부터 後宮의 교앙이 더욱 甚하다。』하니、과연 이 말이 있었는가、이는 참으로 重大한 말이기로 들은지 오래이나 감히 發說한 곳이 없노나. 월향이 듣고 놀래며 가로되

『이 무슨 말씀입니까。이는 國朝 大變이라、만일 그 말이 眞正이라면 일찌

기 낭랑께 稟達하여 빨리 處할 일이오니 그 말 傳한 사람에게 親히 더 알아 봄이 좋을까 하나이다. 』

兩人이 문득 얼굴 빛을 變하며 손으로 월향의 입을 막으며 말하기를

『그대는 조심하라. 이는 우리 세 사람만 알고 第三者에게 煩說치 말아야 할지라. 만일 이 말이 王上께나 後宮에게 들리면 우리가 禍를 免치 못하리니 王上과 後宮의 秘密을 함부로 發說하였다가는 大變이 있으리라. 그대는 다시 開口치 말라. 』

한대、월향이 가만히 생각하기를 「이 말이 怪異하다。兩人이 어디서 들었으며、王上이 과연 그런 말을 後宮에게 하였을까?』하여 兩便으로 헤아려본다.

「낭랑이 이미 病이 깊으시고 年晩하시니、後宮을 寵愛하심은 당연한 일이나 그러나 낭랑의 所生 大蘇가 나이 七歲에 人物이 俊秀하고 氣像이 出衆하여 王爺 사랑하심이 比할 데 없사옵고 太子를 對하려 하시나、낭랑의 患候 平服하심을 기다려 典禮를 行하려 하심이 朝廷 上下가 다 아는 바이어늘 後宮에게 아무리 蠱惑한다 하더라도 이러한 말씀을 내었을 리 만무하거늘 兩人이 그런 말을 알았다하니、이것이 中間 浪說로 생긴 말인가? 兩人이 失寵하고 後宮을 陰害하여 말을 지어 낸 말인가? 이를 반드시 硏究하지 않으면 안 되리라。』하고、다시 묻기를

『이 말이 가장 愼重한 말이니 國家에 큰 일이라 알고서 오래 묻어 주지 못할 말이요、설사 王上이 實情을 말씀한 일이라도 王爺의 마음을 돌려 將來로 그런 일이 없도록 할 일이오니 그 出處를 仔細히 알았으면 좋을ㄲ가 하노니 請컨대 다시 한 번 말씀해 주소서。』兩人이 말하기를

『俗談에 불 아니 때인 굴뚝에서 연기 날 리는 없으니、반드시 事實일 것이나、만일 이 일을 들어 王上 귀에 및게 되는 날에는 王上께서 그 말이 없었다 하고、煩說한 우리들에게 禍가 내리면 그대는 어찌하려 하느뇨。이에 대하여서는 우리가 冷靜한 생각을 가지고 그 말을 그대로 飜譯하여 들리지 않게 하고 正宮 낭랑께 後宮 所生 處置에 대한 뜻이 생기도록 周旋하여 만일 處置만 하게 된다면、이 말 저 말 아니하고도 國朝 大事를 穩健하게 처리할 수 있나니、구태여 그 말만을 가지고 그 出處를 조사함이 적당치 않을까 하노라。』월향은 본래 영리한 여자요、宮中에서 자라났으매 經驗이 많으므로 于·方 兩氏의 그

말을 듣고 晃然히 깨닫고 말하기를

『事理 그러하오니、後宮 所生을 그대로 기르고 아무 處置가 없다면 少女 不敏하오나 마땅히 낭랑께 알리어 바삐 處置케 하나이다。』하며 사기 열렬하거늘 兩人이 일변 통쾌하고 일변 悚懼하여 再三付託하기를

『그대는 忠義를 兼全한 女子라、나라의 將來를 爲하여 조석의 危殆함을 念慮하고 大事를 負擔하니 우리로 미칠 바 아니라、우리 오늘 이 議論은 실로 東夫餘國의 興亡 關係라 할지니 삼가 조심하며 신신당부하니、월향이 下直하고 正宮으로 돌아오니라。

이 때 월향이 于·方 兩氏의 눈치를 보고、그 말이 뿌리 없이 지어낸 말인 줄 알고 兩人의 心思를 비웃으나、그러나 後宮 일에 對하여 王上이나 蘇候는 別로 重大視 아니하고、그 所生을 그대로 保養하여 만일 長成하여 무슨 不祥 事가 생긴다면 이는 養虎遺患이라。또 들으니 後宮 所生이 太陽의 受胎니、道人의 指導니 하니、반드시 그 아이 凡常치 않을지라。他日 우리 正宮 殿下에게 利치못할 일이 생길진대 病드신 낭랑의 心事 어떠하시며、國家의 體面이 어떠하리오。내 아무리 于·方 兩人이 籠絡함인 줄 아나 爲國하는 忠義는 男子와 一般이라 마땅히 낭랑의 뜻을 激動하여 急히 處置함이 옳다 하고、計劃을 定하였다。월향이 翌日 蘇候께 여쭈어 물어 가로되

『後宮 낭랑이 別院에 들어가신 지 여러 날이라 雜人의 出入을 嚴禁하와 감히 請치 못하오니、小婢 한 번 들어가 問安이나 하고 그 景狀을 보고 오면 좋을까 하나이다。』蘇候 가로되

『정히 궁금하여 너를 한 번 보내어 보려 하였더니、네 그같이 말하니 今日 들어가 問安하고 그 動靜과 그 所生의 얼굴을 보고 오라。』

하거늘、월향이 청명하고 別院에 가니、重門이 五겹이라 各 門에 把手를 세웠으며、들어오는 곡절을……

머리말

朴象義라 하면、온 世上이 다 『地中 白骨이 子孫의 禍福을 맡았다』하는 新羅 末年의 導詵이 쓰다 남은 文書를 가지고 다니며、쇳대를 차고 人間을 속여 먹던 地術쟁이로 名將으로 淸太祖・淸太宗 兩皇帝가 겁내던 一等 人物로서 不良한 社會制度의 壓迫을 받아 하릴없이 第三次나 退步하여 地術쟁이로 늙어 죽었다 한다.

말쟁이의 말이냐、참 事實이냐。그 眞假는 姑捨하고 아직 그 傳說대로 적어 두려 한다.

1

李朝 第十四代 宣祖大王이 돌아가고 光海祖가 登極하니、이 때는 壬辰倭亂은 이미 過去의 꿈이되었지만、滿洲의 淸太祖 누르하치(奴爾哈赤)가 한창 勃興하는 때다.

光海祖 十二年 己未에、明 神宗이 遼東經略 楊鎬(壬辰亂에 朝鮮을 援助하러 들어왔던 明朝의 將帥)를 命하여 軍士 一十四萬名을 奉天에 集中하여 滿洲를 치려 할새、우리 朝鮮에서는 明朝의 壬辰年에 援助하여 준 厚意에 報答가지고 明兵의 應援으로 鴨綠江을 건너 寬甸縣으로 向하여 明의 남로 대장 劉綎과 合陳하였다가 劉綎이 敗亡하고 弘立 등이 投降하고 楊鎬가 敗走하여、이

一戰에 淸太祖의 勢力이 아주 東亞의 天地를 震動하게 되었다.

淸太祖가 이 싸움을 지낸 뒤에 더욱 中國을 倂呑하려는 野心이 굴뚝 같았다。 하나 中國을 치려면 먼저 朝鮮을 征服하여 後顧의 憂를 없도록 하리라 하여、龍骨大(淸史의 英俄 垈)를 命하여 朝鮮의 內政을 偵探하려 보내었다。 한데 이 때 光海의 同婿로、光海의 信任을 받는 朴曄은 퍽 才能이 있어 黃金을 써서、淸太祖의 動靜을 먼저 偵探하여 알고 있는 사람이다.

하루는 그 親信하는 門客 一、二人을 불러

『술 한병과 脯肉 몇 쪽을 가지고 무악재[母嶽峴]에 가서 기다리다가、容貌 若何若何하고 衣服은 若何若何한 사람들이 오거든、그 遠行을 慰勞하며 술과 脯肉을 먹이라!』

하므로、門客들이 그 말대로 무악재 고개 위에 가서 기다리더니、과연 容貌와 衣服이 朴曄의 指示하던 것과 같은 사람들이 말을 타고 올라 온다.

이것은 곧 淸太祖가 보낸 龍骨大의 一行이다。 龍骨大가 朴曄의 門客을 만나 自家의 모든 秘密이 朴曄의 手中에 있음을 깨닫고 大驚하여 그 門客에게 生命의 保存을 哀乞하였다.

원래 朴曄의 뜻이 우리가 너의 갖은 陰謀를 다 미리 알고 있다는 表示를 하여 淸太祖를 敬服하려함이요、龍骨大一人을 잡아 죽이려 함이 아닌 고로 龍骨大를 놓아 보냈다.

그 뒤에 成川府使로 赴任하였더니、淸太祖가 精兵 數千을 보내어 成川을 侵入하거늘、朴曄이 軍奴를 시켜 散炙을 구워 淸兵에게 보내어 하나 앞에 한 꼬치씩 돌려 먹이는데、散炙꼬치와 淸兵의 數가 꼭 맞아 떨어지니、淸兵이 『城中에 神人이 있다。』고 놀래어 즉시 回軍하였다.

이 두 가지 일을 겪은 뒤에는 淸太祖가 다시 朝鮮을 侵犯할 생각을 못하였다 한다。 하나 이 같은 神秘한 偵探術 은 朴曄이 제가 案出한 것이 아니오、모두 그 廳直의 所爲라 하며 그 廳直은 누구냐 하면 곧 少年時代의 朴象義라 한다.

2

朴曄이 그 뒤에 成川府使로서 平安監使로 陞職하여 光海의 信任은 날로 더 깊었으나、不幸히 光海의 嫡母(太后 仁穆 大妃 金氏)가 光海와 爭權하여 光海가 永昌大君 㼁(金氏의 所生子)를 죽이고 金氏를 西宮에 가두매 臣民들이 光海를 嫡母에게 不孝한 罪로 廢黜하고 仁祖大王을 擁立하였다.

光海가 發黜되었은즉、光海의 同婿로 光海의 信任을 받던 平安監使 朴曄은 監使의 地位뿐 아니라、그 生命까지도 危殆할 것은 黨爭이 激烈한 時代에 三尺童子라도 明白히 알 일이다. 그래서 朴曄이 그 變을 듣고는 홀로 촛불을 켜 놓고 한숨을 치쉬다가 내리쉬다가 하던 차에 朴象義가 들어왔다.

들어와서

『사또께서 서울의 소식을 들었읍니까?』

『들었다. 』

『들었으면 어떻게 하실 작정이십니까?』

『지금 너에게 물어 가지고 作定하려 한다. 』

『그러시면 小人의 上·中·下 三策이 있으니 사또가 골라서 쓰시옵소서. 』

『무엇이 上·中·下 三策이냐?』

朴象義가 이에 上·中·下 三策을 아래와 같이 陳述하였다.

『平安道의 軍士를 뽑아 小人이 隊長이 되어 거느리고 臨津江을 건너 漢城을 치면 十의 九는 勝利가 사또에게 있으리니 이것이 上策이올시다. 北으로 滿洲와 和親하고 南으로 臨津江을 막고 다른 한 나라를 建設할 수 있으니 이것이 中策이올시다. 하나 上策과 中策을 行하려면 빨리 번개 같은 手段으로 兵使와 郡守 몇을 誘引하여 베이고 平安·黃海 兩道를 手中에 넣어야 할 것이니、그 成敗의 數를 미리 알 수 없은즉、사또 一身의 生死를 하늘에 맡기고 朝廷의 命令을 기다리는것이 下策이올시다. 』

朴曄이 이 말을 듣고 한참 아무 말 없이 앉았더니、한숨을 휴-쉬며

『나는 너의 下策을 나의 上策으로 쓰려 한다. 』고 하였다. 朴象義가

『그러면 小人 물러 갑니다. 』하고 逃亡하여 간 곳 없이 달아났다.

朴曄이 죽고 朴象義가 逃亡한 뒤 四年을 지내니 곧 仁祖大王 四年이다.

龜城府使 韓明璉이 李适을 따라 叛하였다가 适과 같이 敗死하고 明璉의 두 아들 瀾과 潤이 雪中에 逃亡할새 짚신을 거꾸로 신고 滿洲로 들어가、淸太宗을 보고 朝鮮을 치라고 꾀이니、淸太宗이

『朝鮮에 다시 朴曄과 같은 人才가 없느냐?』

고 물었다。韓潤의 對答이

『朴曄이가 人才가 아니라 원래 그 廳直 朴象義의 말을 잘 들은 까닭에 人才란 虛名을 가졌었읍니다。』

『그러면 朴象義가 살았느냐? 朴象義가 살아 있으면 朝鮮을 친들 이길 수 있으랴?』

『예、朴象義는 살아 있읍니다。朴曄이 죽고 나니 朴象義도 죽은 것이나 다름 없읍니다。』

『어찌해 그러냐?』

『朝鮮은 門閥을 崇尙하는 까닭에 朴象義가 아무리 大才 大智가 있을지라도 쓸 데가 없는 사람이올시다。겨우 朴曄을 만나 廳直이가 되어 대강 그 才操를 보였을 뿐이었읍니다。하나 朴曄의 죽은뒤에는 그와 같이 廳直이 노릇 할 곳도 없을 것이올시다。』

清太宗이 이 말을 듣고 大喜하여 貝勒阿敏을 보내어 三萬兵을 거느리고 鴨綠江을 건너 多數한 官吏를 害하고 平山까지 들어와 兄弟의 盟約을 定하고 가니、이것이 이른바 丁卯胡亂이다。하나 당시에 仁祖大王은 江華로 播遷하고、留都大將 金尙容도 漢城의 倉庫를 불지르고 逃亡하였으니、만일 清兵이 長驅 直進하였으면 南漢의 恥辱이 어찌 十年 以後의 丙子를 기다렸으랴마는 清兵이 겨우 平山까지 왔다가 退却함이 異常하다。或者는 말하기를 이것도 清太宗이 일찍 朴象義의 指導로 된 朴曄의 才略에 너무 驚歎하였으므로、阿敏의 入寇할 때에 深入하지 말라는 遺戒가 있던 까닭이라 한다。

3

仁祖 十四年 丙子에 仁祖가 太廟에 祭享을 올리려 가는 길에、어떤 乞人이 突然히 護衛隊의 行列을 헤치고 駕前에 달려 들어

『未久에 滿洲 胡兵이 들어와 大亂이 始作될 터이니 臣에게 兵權을 맡기소서。』하고 呼訴하였다。

萬朝가 大驚하여 이것이 間人이 아니면 狂男이라 하여 위선 浦廳에 잡아

넘겨 嚴勅을 하게 하였다。하나 乞人이 內外의 形勢를 들어 滿洲兵은 반드시 今年에 나올것이요、우리의 虛弱한 軍備로는 滿洲를 막을 수 없으리라 하며、態度가 安閑하여 査問의 下에 조금도 畏懼의 色이 없을 뿐더러 兼하여 淸將 龍骨大(淸史의 英俄 垈)가 仁烈王后의 喪차로 들어왔다가 一邊의 儒生과 大臣들의 排滿的 風潮가 浩大한 機微를 알며、一邊에는 朝廷 禮遇의 疎忽함을 疑心하다가 마침 喪幕의 後에 練習차로 모이는 都監砲手의 武器 携帶함을 보고 놀래어 逃亡하여 달아나매 朝野가 騷動하여 捕廳에 간힌 一個乞人같은 것은 問題에 오를 사이가 없다。그러다가 十二月이 되어 설날이 가까와 오매『되놈도 名節은 쇠일 줄 알 것이니 설마 十二月 섣달 대목에야 動兵하겠느냐』는、迂濶한 信念이 사람 사람의 頭腦를 支配하여 漢城 數萬戶가 다시 安定하여 떡을 친다、술을 담근다、바지 저고리르 누빈다 하여 한창 奔忙한 판인데、突然히 淸兵 十三萬이 鴨綠江을 건너 벌써 平壤에 왔다는 都元帥 金自點의 狀啓가 들어왔다。

이에 上下가 惶㤼하여 大臣들이 御前會議를 들고 江華로 播遷하려하여、우선 時原任 大臣을 命하여 宗廟 神主와 王宮의 嬪屬과 元孫과 大君을 모시고 江華로 가게하여 王과 王太子는 朝廷의 大事件을 대강 처리한 뒤에 가려 하더니 淸兵이 벌써 弘濟院에 到着하여 陽川江을 遮絶하였다 하므로、大駕가 南大門으로 나아가다가 다시 돌아와 인제는 江都의 길이 끊어졌으니 南漢山城을 向할 밖에 없다。

하나 賊勢가 하도 急迫하여 南漢도 갈 時間을 얻을 수 없었다。

或 乞人이나 무슨 神奇한 計策이 있나 하여、捕廳에 몇 달 말없이 가두어 두었던 乞人을 불러 내어

『네가 大亂을 날 줄을 미리 알고 兵權을 주면 防禦한다 하였으니、지금에 너를 隊長을 拜하면 되놈을 물리칠 才略이 있느냐?』고 물으니 乞人의 對答이

『敵兵이 城下에 臨한 뒤에야 비록 千古의 名將인들 어찌하리이까。지금은 大駕가 南漢山城으로 들어가 固守하고 和親을 請하는 수 밖에 없읍니다。』

『敵兵이 이렇게 逼眞하였으니 南漢에나 갈 사이가 있느냐?』

『그것은 위선 大臣을 보내어 動兵하는 理由를 詰問하여 그 進軍을 遲滯케 하고、그 틈을 타 南漢으로 감이 可하나이다。』

朝廷이 하릴없이 그 乞人의 議를 採用하여 漢城判尹 崔鳴吉이 牛酒를 갖추어 가지고 李景稷과 함께 淸陣에 가려 한즉、乞人이 密花 갓끈 한 벌을 바치며 『갓끈을 달고 가소서』하니 、崔鳴吉이 그 뜻을 알고 十二月 寒天에 密花 갓끈을 달고 西大門을 나아가 沙現에 가、淸將 馬夫大의 先陣을 만나 그 動兵하는 理由를 詰問한즉、淸將이

『我가 貴國이 盟約을 破壞하는 理由를 물으려고 옴이니、이는 貴國 王을 보고 할 말이오 貴下와할 말이 아니니 어서 돌아가라! 行軍하기가 바쁘노라。』

崔鳴吉이 이와 같이 迫逐으 당하여 돌아올새、짐짓 갓끈을 밟아 갓끈에 꿰인 密花가 낱낱이 흩어지거늘、하나씩 주어서 다시 갓끈에 꿰이는 동안이 한참 되었다。그 동안을利用하여仁祖가 南漢으로 播遷하였다。그 乞人은 그 뒤에 居處없이 어딘가 숨었다 하며、或者는 또 乞人이 곧 十餘年 前 朴曄의 廳直 朴象義였었다 한다。

4

以上에 陳述한 바 朴曄의 廳直이가 참말 朴象義더냐? 漢城의乞人이 참말 朴象義더냐? 이것은 무슨 「기다、아니다」를 判斷한 證據가 없거니와、近世에 風水先生으로 돌아다니던 朴象義가 있었던것은 明白한 事實이다。한데 風水家의 傳說을 들으면 朴象義의 風水질한 것은 원래 風水先生으로 擅名하려는 것이 아니요、一種의 野心을 懷抱하고 風水질을 배운 것이라 한다。

무슨 野心? 自己가 帝王이 되지 못하면 他人의 帝王이라도 製造할 野心이었었다。

대개 累百年來 風水의 迷信이 社會에 弥滿하여 제 墓를 잘 쓰면 王太祖나 李太祖도 될 수 있고、남의 墓를 잘 써 주면 國師의 導詵이나 無學도 될 수 있는 줄로 믿었더니、朴象義가 微賤한 사람으로 달리 出身할 道理가 없으매、或 社會의 迷信을 利用하여 무슨 反逆의 行爲를 하려고 風水질을 하였던지도 或 모를 일이다。

그 傳說에 가로되 朴象義가 그 주인 朴曄을 잃고、丁卯胡亂·丙子胡亂·兩次 大亂을 지나 뒤에、이世上에서 自己 才略을 施行하 땅이 없음을 自覺하

고 드디어 地術冊 몇 卷을 읽어 가지고、보따리를 둘러 메고 쇳대를 차고 千村
萬落을 돌아다니며、自己가 가리키는 山에 墓를 쓰면 帝王도 나고 將相도 나
고 進士도 及第도 난다고 떠들고 다니더니、언제는 어떤 喪主가 自己의 親父
를 葬事하려고 朴象義를 請하였다.

朴이 따라갔더니 家勢는 비록 豪富가 아니나 朴에 대하여 飮食供饋가 至誠
을 다하므로、朴이 또한 그 喪主의 뜻을 아니 맞추어 줄 수가 없었다. 踏山차
로 나아자 朴이 한 곳을 가리키며

『몇 代의 文科가 날 자리니 여기에다 墓를 들이소서。』

하나、喪主는 머리를 흔들며 그보다 좀 나은 자리를 얻어 달라 한다.

하릴없이 다시 며칠을 더 다니다가 한 곳을 가리키며

『이 자리는 參判·判書가 몇 十名 날 곳이니 여기가 어떠하냐?』하나 喪主는
또 머리를 흔들며

『그보다 조금 나은 자리가 없느냐?』한다. 그래서 다시 며칠을 다니다가 한
곳을 가리키며

『이 자리는 참 얻기 어려운 자리올시다。 三十餘 大將相이 날 자리올시다。』
朴이 이 말을 할 때에 喪主가 반드시 기뻐 뛸 줄로 알았더니、의외에 喪主가
또 머리를 흔들었다. 朴象義가 大驚하여

『그러면 그대의 뜻이 天下의 제일 높은 地位를 가지려 함이냐?』喪主의 말이

『이것이 남의 귀에 들릴 수 없는 말이나 나의 뜻은 참 그러합니다。』한다

朴이 가로되

『그러면 진작 말할 것이지。』하고、함께 다른 深山으로 向하여 며칠 다니다
가 한 곳을 가리키며

『이것이 그 자리올시다。』한즉、喪主가 그만 두 팔을 걷어 붙이고 달려 들어

『이놈!天下에 妖妄한 놈、네가 무엇이기에 네가 進士도 내고、及第도 내
고、參判도 내고、判書도 내고、將帥도 내고、政丞도 내고、帝王까지 낸단
말이냐。』고、朴象義를 죽도록 亂打하였다.

朴象義가 이 두로부터는 墓자리를 잡아도 帝王 날 땅은 못 잡았다 한다.

또 或者의 말에는 朴象義가 그 喪主의 매를 맞고 나서는

『아 帝王이란 것이 참 무서운 것이다. 참말 帝王은 거짓말 帝王도 낼 수가

없다.』하고 쇠 지남철을 부수고 山으로 들어가 다시 風水질을 안하였다 한다.

<東國人物業記>에는 朴曄의 廳直을 龍骨大라 하였다. 하나 龍骨大는 淸史의 英俄嬰垈니、朝鮮人이 아니요、淸太祖의 臣下에 鄭命壽란 者가 朝鮮人이나 이것은 洪茶兵·宋秉晙의 類요、무슨 才略이 있는 賢士가 아니니、아마 完全한 浪說인 것이다.

또는 <東國人物業記>에는 朴曄을 一代의 巨人같이 記錄한 것이 많으나、대개 神話에 近하여 遵信할 수 없거니와、朴曄이 平安監使로 殺戮을 濫行하여、지금까지도 平安道에는 朴曄의 朴監使 때에는 찍하면 찍한다고 죽이고、쨍하면 쨍한다고 죽였다 한다. 한데 <東國人物業記>에는 朴曄이 少時에 어떤 유명한 四柱匠이에게 四柱를 보이니、그 四柱匠이가

「汝殺千人、不殺千人、千人將殺汝」란 三句르 써 주는 고로、朴曄이가 「千人」을 사람 千名으로 알고 平安監使가 되어 千名의 數를 채우려고 無罪한 사람을 자꾸 죽이더니、마침내 仁祖에게 朴曄을 죽이자고 主張한 이는 朴曄을 一個의 貪暴한 官吏로 썼을 뿐이요、그 죽을 때에 仁祖가 반정하였다는 소식도 모르고 宣化堂에서 妓生들과 뚱땅거리고 노는 판에、密旨가 都元帥 韓浚謙에게 내리어 韓浚謙이 平壤留防 別將에게 密令하여 朴曄을 잡을새、闔禁이 甚嚴하므로 留防隊의 軍士들이 담을 넘어가 門鐵을 打破하고 들어가、元帥府 傳令을 보이고 칼을 씌워 끌어 내어 목을 매어 죽였다.

朴曄이 죽을 때에도

『내가 大罪가 없는데 此가 何故이냐?』하였다 하고、<日月錄>에는 仁祖反正 後에 曄을 죽이려하나、그 才能을 畏하여 急使를 發하여 죽이므로、曄이 죽을 때에도 時國의 變함을 모르고 禁府都事더러

『죽는 曲折이나 좀 알자!』하였다 都事가

『某某 등이 仁祖를 推戴하고 前王은 廢黜하였다.』한즉、朴曄이

『某某 등이 政局에 앉아 나를 죽이느냐?』하니、대개 仁祖反正의 功臣이 거의 曄의 親舊인 고로 曄이 이같이 嘆息을 發함이라 하였다.

그러면 曄이 죽을 때까지도 仁祖의 反正한 事實을 몰랐다는 것이 一說이요、죽을 때에 都事의 말을 듣고야 비로소 反正의 事實을 알았다는 것이 一說이요、反正 後에 朴曄이 곧 그 消息을 듣고 朴象義의 下策을 썼다는 것이 또

一說이니、三說中에 何說이 是하냐?

善惡을 勿論하고、社會上에 무슨 勢力을 가졌었거나 影響을 끼친 人物이면、그 事蹟을 事蹟대로 적어 줌이可하거늘、우리 歷史에는 너무 失敗한 人物을 薄待하여、淵蓋蘇文이 唐書 때문에 傳하고、弓裔大王의 事實이 몇 줄이 못되고、近世의 鄭汝立 같은 이도 또한 一時에 傑出한 學者로되 그 一句의 遺文이 傳치 못하니、어찌 可惜하지 안하냐。

朴曄이 비록 人命 濫殺의 大罪는 있다 할지라도、其實은 庸劣한 帝王 將相의 一生에 直接 間接으로 죽인 人命이 각기 千名뿐이 아닐 것이니、어찌 홀로 朴曄만 罪하며、또한 그 罪로 인하여 그 天才的 對外手腕까지 掩蔽함은 너무 不當한 일이 아니냐、設或 傳說과 같이 朴曄의 對外才略이 모두 朴象義의 가르침이라 할지라도、그 가르침 받은 人物도 또한 庸才는 아닐 것이다。

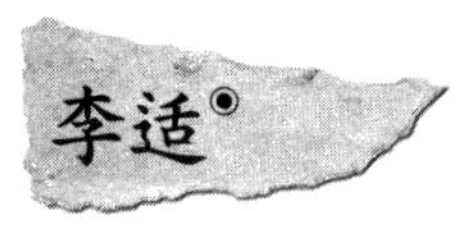

머리말

李朝 五百年間에 外邑에서 擧兵하여 漢城을 侵入하여 본 者를 李适 一人을 친다 하나, 기실은 李适 平生에 다만 一代의 老政略家의 手中에서 놀다가 그 最後르 마치었을 뿐이다.

累百年來 漢文의 좀책 속에서 자라난 戰略家들이 비록 外國의 强寇을 征服하는 戰略들은 없었으나 自家의 울안에서는 無上의 大權을 가진 帝王의 生殺도 감쪽같이 하는 재주가 있었거든, 하물며 일개 麤悍한 武夫, 나의 쓴 <李适>을 보면 그 一部分을 짐작할 것이다.

一. 仁祖 友正의 謀 內幕-李貴의 美人計

光海를 廢하고 仁祖를 세운 首功이 누구이냐? 혹은 李适 이라 하지만, 칼날이 사람을 죽이는 것이 아니라 칼자루를 잡은 사람이 사람을 죽이는 것이니, 이 때의 일을 말하자면 李貴는 칼자루를 잡은 사람이요, 金 와 金自點은 칼자루요, 李适을 칼날이다. 李适이 칼날로써 매양 칼자루와 잘자루 잡은 사람의 功을 無視하였으니, 이것이 그의 愚悍한 所致이다. 어찌하여 그러하뇨?

대개 光海가 嫡母-仁穆太后-의 謀害에 죽기가 싫어, 드디어 嫡弟-永昌大君-을 죽이고 太后를 廢하여 西宮에 가두어, 母로 待接하지 안함은 累百年來 儒敎의 網常에 젖은 人心에 크게 違反되는 不孝의 大罪인 데다가 다른 虐政도

적지 안하였으니、敗亡의 條가 이미 具備하였다 하겠지만、하나 만일 宮中에 李貴와 締結한 金 개똥(國史에 金介屎-筆者 注)이 없었다면 그렇게 쉽게 敗亡하지도 안하였을 것이다。金 개똥은 누구이냐。원래 宣祖의 老宮人으로 奸惡한 手段이 있어 光海가 비록 임금이 되었으니 항상 金 개똥의 手中의 노리개였었다。아무리 美色의 宮女라도 金 개똥의 許可가 없이는 光海가 데리고 자지 못 하였다。

한데 光海의 때에、朝廷에 三개의 黨派가 있으니 西人·南人·北人이다。北人이 갈리어 大北·中北·小北·緩北·急北 등 十六北이 있으나 大北이 가장 多數이다。小北·中北 등 보다 多數일 뿐 아니라 西人이나 南人보다도 多數이었었다。

光海가 西人이나 南人이나 中北 以下 各派의 北人을 다 쫓고 오직 大北黨을 써써 大小의 官職으 주어 自己에게 盡忠함을 바라며、大北黨도 光海가 亡하면 自家黨派도 全減할 줄을 알므로 盡力하느 판이다。

한데 李貴 등은 西人이다。그러면 李貴가 光海를 廢逐하려 함은 儒敎이나 李氏의 宗社를 붙들려는 忠義에서만 나올 뿐 아니라、또한 失勢한 西人의 權力을 回復할 野心도 적지 안하였을 것이다。

그런데 李貴의 딸 하나가 金自點의 아우 金自兼의 아내가 되었다가 일찍 寡婦가 되어 靑春의 空房을 견디지 못하여、當時 소위 兩班 寡婦의 守節을 버리고 佛堂에 가서 阿彌陀佛도 찾으며、市井에도 光海가 그 소문을 듣고 軍을 命하여 잡아다가 問하더니、金寡婦가 宮中에 들어와 侍仲함을 願하거늘、光海가 그 꽃 같은 얼굴에 홀리어 「그리하라」고 許하니、아! 알았으랴? 일개 寡婦의 入宮에 光海大王의 十六年 王位와 大北黨 策士·智士의 數年 닦아 온 基礎가 一朝에 顚覆될 줄을

冊을 펴 놓고 「光明正大」를 찾을 때에는 점잖은 宰相이요 儒賢이지만、政權을 競爭하는 판에 들어가면 淸濁을 돌아보지 못하는 것이다。李貴도 後來의 賢宰相이라 하나、光海를 쫓고 大北을 몰아내는 판에는 그 操行이 不貞한 自己의 親딸-金寡婦를 利用하게 되었다。

金 寡婦가 入宮한 뒤에 金개똥을 어미로 定하고 自己의 親어미 以上으로 恭敬하며、李貴와 金自點은 밖에서 自黨中으로 金銀財帛을 거두어 金寡婦에

게 주어 金 개똥에게 바치게 하고、李貴등은 四方으로 돌아다니며 처음에는 失脚한 名士 金鎏·金自點·沈器遠·張維 등을 締結하며、나중에는 武將 申景禛·具宏 등을 連絡하여 綾陽君 곧 仁祖大王을 推戴하기로 酌定하였다.

三年、四年을 두고 往來謀議하매、大北들도 그 機微를 짐작하고 光海께 告하여 貴 등을 逮捕하려함이 屢次였으나 金寡婦가 매양 金 개똥에게 呼訴하기를

『이는 다만 大北이 西人을 미워하여 그리하는 것이요、其實은 아비 貴나 아주범 自點이 다 王朝의 忠臣이라。』

하면、金 개똥은 그 呼訴에 動한다느니보다 그 賂物을 貪하여、光海에게 辯護하여 줌으로 李貴 등이 마음을 놓고 그 陰謀를 實行하게 되었다.

이 때에 李适은 원래 武將 중에 글도 잘하고 글씬 ㄴ잘 쓰고 또 才略이 出人하다는 好評이 있는 사람으로、适의 親戚 金元亮이 李貴의 아들 時白에게 紹介하여 反正의 陰謀에 參與하게 되었다.

二. 反正의 成功과 李适의 參動

光海 十五年 正月에 大北黨의 正言 韓惟翔 등이 光海에게

『李貴와 金自點이 謀叛하는 形迹이 있으니 조사하자。』고 奏請하였다 하나、이름은 光海가 임금이나 기실은 金 개똥이 임금이다. 金 개똥이 밖으로는 鄭夢弼이란 情夫를 두고 안으로는 光海를 籠絡하여 大北黨 奸魁의 李爾瞻보다도 勢力이 있는 판이다. 이 때에 마침 光海와 後苑에서 잔치하다가 韓惟翔의 奏章을 받고 金 개똥이 王의 손을 잡고 깔깔 웃으며

『李生員(이 때에 李貴가 平山 府使인데 生員이라 稱함은 輕視의 뜻이 있다……筆者 注)金書房이 설마 叛意가 있으랴. 별별 우스운 소리가 다있다。』

하니、光海가 그만 韓惟翔을 돌아보고

『無形한 말로 忠良을 害치 말라。』하고 듣지를 안하였다.

李貴 등이 이에 綾陽君의 家産을 팔아 義士를 募集하여 擧事하려 하나、마침내 이것으만으로는 成事될 수 없다 하여、兵權을 가진 訓練大將 李興立을 誘引하였다.

興立도 西人이요、李貴의 同鄉 親友이나 이 때 大北 首領 朴承宗과 새로

査頓이 되었으므로、얼마 주저하다가 張維의 아우 張紳-李興立 愛婿-을 보내어 李興立의 許諾을 얻었다.

그래서 李貴가 謀主가 되고 金瑬가 大將이 되어、三月 十二日 夕에 弘濟院에 모여 十三日 未明에 犯闕하기로 하고、各處 同黨에게 그 기일을 布告하였더니 十二日에 同黨中 金蓋國이 朴承宗에게 고하였다.

朴承宗이 大驚하여 急足을 發하여 闕門을 두드리어 叛賊 李貴·金 등이 弘濟院에 軍兵을 모으고 訓練大將 李興立이 內應됨을 告하게 하고、承宗은 빨리 政院에 들어가 大臣과 禁府堂上을 불러 闕下로 모이더니、이 날에 金自點이 갖은 美酒와 盛饌을 차려 金 개똥에게 올리어、光海가 한창 모든 宮女들과 잔치하느라고 闕門이 닫히어 靑天霹靂 같은 소리를 지르니 닫힌 闕門이 열릴소냐?

朴承宗이 하릴없어 다른 大臣들을 闕門外 備邊司에 기다리게 하고、다시 私家로 돌아와 訓練大將 李興立을 誘引하여다가 그 事實을 査問하니 興立과 承宗이 비록 査頓이나 庶子 庶女의 結婚한 査頓이요、李貴와 同謀한 張紳은 興立의 嫡女를 장가든 愛婿라. 庶子·庶女는 子女로 알지 않는 것이 當時의 風氣이니、興立이 차라리 自己가 죽을지언정 愛婿를 죽일 수 없으며、또는 이번 일이 失敗되면 西人은 아주 滅亡하는 판이니、私黨을 나라보다도 더 위하는 그 때에 西人 李興立이 大北首領 朴承宗과 무슨 査頓의 情이 있으랴. 그러므로 朴承宗의 甘言과 威이 마침내 李興立의 眞情한 招辭를 吐케 할 道理가 없었다.

그러다가 朴承宗의 子 自興이 밖에서 들어오거늘、興立이 달려들어 自興의 허리를 안으며

『사람을 살리라!』

고 소리를 지르니、自興이 아직 曖昧한 말로、새 査頓을 죽일 수 없다 하여 興立을 놓았다.

李适은 며칠 前에 北兵使의 任命을 받아 發程하더니 申景禛이 그 아우를 보내어 弘濟院의 期日을 告하고 그 行을 停止케 하였다.

十二日 夕에 李适이 軍官 二十餘名으 데리고 弘濟院에 이른즉、四方이 寂寂하고 一人도 오지 안하였으므로 适이 狼狽 躊躇하는 판에 李貴·金自點 등이 募集한 軍人 數百名을 거느리고 왔다. 하나 隊長 金瑬도 오지 안하고 長湍

郡에 들려 온다는 軍兵도 오니 안하여 人人이 危懼하여 散走하려 하거늘、李貴가 입을 李适의 귀에다 대고

『이번에 그대로 헤어지면 다시 모일 수 없기는 姑捨하고 한갖 逆賊罪로 處斬을 當할 뿐이다。隊長 金瑬는 오지 않고 나는 書生으로 軍事를 모르니 不可不 令監이 隊長이 되어야 羣情을 鎭靜할 것이다。』하니까 李适이 慨然히 許諾하거늘、이에 李适을 上座에 앉히고 李貴가 절하며

『나부터 아하 諸人이 隊長의 命令을 어기거든 處斬하라。』

하고、李适이 이에 軍人의 隊伍를 갈라 모두 「義」字로 써서 등에 붙이고 進行하려 한다。

그러면 金瑬는 어디 갔더냐?

朴承宗이 上變하였단 奇別으 듣고 어찌할지를 몰라 집에서 彷徨하더니 沈器遠 등이 달려와서

『機會 시작이 벌써 當頭하였는데 何故로 이러고 앉았느냐?』金瑬가 가로되

『拘拿의 命令을 기다리려 한다。』

沈器遠이 가로되

『이미 旗를 들고 북친 뒤인데 앉아서 拘拿 命令을 기다리려 하느냐? 이 境遇에야 拘拿命令이 무엇이 尊嚴하며 禁府都事가 무엇이 무서우냐?』

金瑬가 그제야 깨닫고 軍服을 내어입고 말에 올라 慕華館에 이르니 沈器遠이 招募한 軍人 二百餘名이 留待를 目的한 西人一派의 叛軍으로서 一은 金瑬가 隊長이 되고、他一은 李适이 隊長이 되어 一軍의 兩隊長이 되었다。

金瑬가 慕華館에서 隊長의 命令으로 李适을 부르니、李适이 一時에 아니 忿할 수가 없었다。그리하여 對抗하려하니 李貴가 무수히 달래어 金瑬에게로 가서 隊長은 金瑬에게 讓하고 李适은 副가되었다。

綾陽君은 諸將들 가운데、或 自己 推戴의 約을 翻覆하려는 이 있을까 하여 親히 말을 타고 延曙驛에 나온즉、長湍서 올라 오는 叛軍의 先鋒將 李起築이 軍人을 領率하고 來到하여 拜謁하거늘、綾陽君이 입은 옷을 벗어 李起築을 입혀 全軍의 先鋒將을 삼는다。

金瑬가 全軍을 檢閱하려 한즉 沈器遠·李時白 등이

『時間이 遲滯되면 도리어 大事에 不利하다。』

하여、諸將이 各其 自己의 招募한 軍人을 領率하고 彰義門으로 向한즉、光海는 그제야 大驚하여 宣傳官을 보내어 彰義門을 閉鎖하려다가 李起築의 도끼에 맞아 죽었다 하니、이 때에 政府가 迅速한 處置로 訓練大將 李興立을 罷免하고 다른 大北派의 信望 있는 사람으로 大將을 내어 拒戰하면 오히려 政府의 편짝이 强할지어늘 異哉라、그것도 興亡의 定運이던지!

朴承宗은 一代의 傑物이요、李爾瞻은 또한 老鍊한 奸雄이지만 大變의 臨頭에 兵權은 告變章에 든 李興立에게 맡기고、空手의 文臣들이 政院에 앉아 鞠廳을 設하고 宣傳官·禁府都事를 發하여 逆賊拘拿의 嚴命을 내렸다.

李興立은 간밤 朴承宗의 집에서 간신히 목숨을 保全하여 가지고、訓練大將에 들어와 새벽에 闕內로부터 叛軍을 討滅하라는 勅命이 내렸으나、벌써 언제부터 가만히 叛軍에게 內通한 李興立에게 그 勅命이 쓸 데 있으랴. 다만 都監砲軍의 全部를 出動하여 闕門 洞口에 羅列하여 통 한 방울 빼지 못하게 하고 叛軍의 成功만 기다린다.

그래서 叛軍은 아무 故障없이 彰義門으로 들어와 鐘路 大 를 지나 六曹 앞에 들어와 政院에서 나오는 宣傳官·禁府都事 들의 머리를 끊고 鞠廳을 들이치려다가、먼저 王位부터 正함이 迅速하다 하여 도끼로 敦化門을 패고 들어가니、이에 光海가 쫓겨나고 仁祖가 들어서며 大北의 全滅하고 西人이 得勢하는 一幕이 開始되었다. 그 多少한 詳情은 仁祖反正 實記에 參照할 것이다.

本篇은 李适의 仁祖 叛正의 關係만 이야기한 것이다.

三. 李适의 不平-功大官小의 妄見

以上의 事實을 보면 仁祖 反正의 諸將卒은 其實 그 表面의 裝飾이요、成功의 核心은 一、二人의 陰謀이니、弘濟院의 集會에 만일 李适이 慨然히 隊長으로 出頭한 일이 없을지라도、成功 못 될 일은 없는 것이다. 설혹 李适이 軍伍를 分配하며 諸將을 指揮한 功이 있다 할지라도 戰爭으로 한 成功이 아니요 陰謀로 한 成功인즉 李适의 功이 그리 크다 할 것떠 없는 것이다.

하나 愚悍한 사람은 매양 自己의 小功을 大功으로 생각하는 것이다. 그러므로 李适은 仁祖反正後에、反正功臣의 第一等第一人은 못 될지라도、적어도

第一等第二人 或 第三人은 自期하였다.

이것이 원래 兵曹判書 같은 高官을 李适을 주려 함이 아니라 다만 李适을 치살리어 籠絡하려 함이다.

하나, 李适도 눈치가 있어 그런 籠絡에 빠질 사람은 아니다. 이에 仁祖에게 奏하되

『臣이 무슨 功勞가 있읍니까、만일 일에 當하여 謀避하지 안할 뿐이올시다. 昨日에 金瑬가 隊長으로 時間에 대여 오지 안하였기에 臣이 金瑬를 處斬하려 하다가 李貴가 굳이 말리므로 그만두었읍니다. 』

适의 말이 떨어지매 萬座가 다 色을 失하며 金瑬는

『兵法에 先至者를 斬이니 그 때에 李适이 斬罪를 지었다. 』한다.

『어디 그런 方法이 있느냐!』한즉

『吳子에 있다』한다. 李适이가 가로되

『吳子에 一卒이 命을 不從하고 先登하면 斬한다 하였지 어디 先至者를 斬한다 하였느냐. 』하여 一場에 風波가 났다. 이는 李适이 愚悍한 까닭이다. 만일 弘濟院 當日에 李适이 金瑬의 後至를 罪하여 칼을 빼어 그 목을 베이고 全軍을 統御하였다면 모르거니와、그 때에 實行치 못한 일을 이 때에 와서 빈 총을 노니、이것은 陰謀派에게 나를 죽이어 달라고 그 몸을 내어 놓는 것과 다름이 없는것이다. 이뿐 아니라 이 날에 仁祖大王이 크게 牛酒를 備하여 慕華館에 大宴을 排設하고、反正功臣들을 먹일새 功의 高下로 座次를 定하더니、李貴가 扈衛大將으로 북편에 앉고 金瑬는 擧義大將으로 李貴의 上에 앉고 李适 以下는 東西에 座次를 나누어 앉힐새、李适이 怒氣가 勃發하여 눈을 흘기어 金瑬를 바라보고 앉으려 안하니、李貴가 겉으로 和解를 붙였으나 그 和解의 裏面에 벌써 「李适의 목을 베이」이 往來하였을 것이다.

이 때에 滿洲에 淸太祖가 새로 興起하여、날로 軍糧을 貯蓄하여 軍器를 장만하여 軍隊를 敎鍊하여 朝鮮을 엿보는 때다. 黨爭과 權利爭에 汲汲한 諸臣들이지만 밖으로 體面은 좀 차리는 李朝 中傑인 까닭에 平安道에 重兵을 두어 滿洲를 防備하지 안할 수 없는 판이다.

그래서 이 해 五月에 張晚을 都元帥를 삼아 平壤에 開府케 하고、李适을 平安兵使 兼 副元帥를 삼아 寧邊에 開府케 하고、仁祖가 親히 慕華館에 나와

餞送할 새 适이 顯然히 不平한 氣色이 있거늘、申景禛이 손목을 잡고

　『令監이 이번 길은 우리 武將의 依例의 일이니 令監이 갈린 뒤에는 내가 代하려 하나이다。』

　适이 가로되

　『사람을 쫓아 내면서 속이지나 말라。』하였다。

四. 暗昧한 告變

　專制時代의 逆賊들이 거의 暗昧한 告變으로 逆賊이 되었다。李适은 五百年間 唯一한 擧兵 犯闕한 逆賊이지만 适에 대한 告變章은 실로 暗昧하다。그 事實을 아래 陳述하리라。

　仁祖反正이 李氏王家 王統의 爭奪戰이라느니보다 西人·北人·兩派의 興亡關鍵 됨은 이미 前述하였거니와、反北 以後에 大北의 全部가 거의 斬殺 혹 竄逐을 당하매 그 餘黨이 報復할 뜻이 굴뚝 같은것은 물론이라。李貴·金瑬 등이 그런 줄을 알고 四方에 偵探을 벌리어 形迹이 疑心스러운 者면 모두 一紙의 告變章을 憑藉하여 逆賊罪로 誅殺하였다。

　그래서 仁祖反正은 癸亥 三月인데、그해 七月에 一代 文士로 有名한 柳夢寅은 楊州 西山에 隱居하였다가 逆謀한다고 被誅하고、그 해 八月에 金德元 등、十月에 黃睍 등이 被誅하니、이는 다 大北餘黨이다。

　하나 黨派의 싸움은 매양 칼로 금으 근 것 같이 彼黨、此黨이 對戰하는 것이 아니라、西人이 失敗하여 謀叛하면 北人의 不平한 者가 혹 同志되는 수도 있고、北人이 失敗하여 西人의 不平한 者 혹 同志되는 수도 있는것이다。

　李适은 원래 奕奕한 西人이 아니요 다만 反正 功臣에 參預하여 西人이라 하게 되었으나、매양 朝廷이 自己의 大功을 抑壓한다 하여 怏怏不樂하는 중에 軍術이 있고 兵權을 가졌은즉、大北들이 이를 利用하려 할 밖에 없고、适도 大北과 交通하려 하였을 것이다。그러면 李貴 등이 當時에 權勢를 잃은 빈주먹으로 閭閭에 숨어 있는 大北들도 誅滅하며 씨를 없이 하려 하거든、하물며 兵權을 가진 李适이랴。

　朝廷의 權利를 주지 안하려 하여 适을 外方으로 쫓아으나 手中에 兵權이

있은즉、 이는 없지만、 하나千古의 政治史는 거의 이것으로 裝飾된 것이다。

李适은 李貴 등을 미워하며 自然 大北 餘黨과 接近되는 同時에 李貴 등은 金銀을 가지고 大北黨中의 薄弱者를 買收하여 李适의 陰事를 探知한다。 그리하더니 과연 文昧・李佑 등이 甲子 正月 十四日에 李适 謀 告變章을 올리었다。

그 告變章의 內容이 무엇이던지 알 수 없으나、 日月錄・公私見聞・荷潭錄 等 書와 朴弘耉 獄後廟堂通諭文을 參考한즉、 告變章의 大意가 左와 같다。

故承旨 尹敬立의 庶子 仁發이 李适과 适의 子 㫑과 往來하여 逆謀를 하다가 李㫑이 适 을 따라 寧邊에 간 뒤에、 龜城府使 韓明璉 父子도 同黨이 되었는데 仁發은 매양 便紙로 相通하였다。 仁發은 文昧의 父가 罪誅하였은즉、 文昧도 반드시 朝廷을 怨望하리라 하여 癸亥 正月 文昧를 끌어 謀叛에 參하려 하였다。

그런데 文昧는 거짓 許諾하고 또 資財를 대어 주어 그 內容을 詳探하여 가만히 李 貴 등에게 알리어 주었다。 한데 尹仁發은 그 해 十月에 죽어 버리었다。

仁發은 죽었으나 지금 在京한 叛黨으로 그 便紙 往來에 同參한 者-鄭溗・鄭邦說・韓訴・韓浚哲 등 十餘人을 拘拿하였다。

太祖 以來로 매양 外方에 兵權을 가진 將帥에 대한 謀叛의 證據를 얻으면、 秘密히 宣傳官과 禁府都事를 보내어 不意에 突入하여 王命이나 혹 上部의 公文을 傳하고 卽地에 捕殺하는 것이 普通이었다。

李貴 등이 그 告變章으로 因하여 拘拿된 被告人 등의 自服이나 혹 誣服으 받으면 이것으로 證據-證據의 眞僞는 不問-를 삼아 唯一의 眼中釘인 平安兵使 李适을 捕殺하려고 갖은 惡刑과 毒杖으로써 被告人을 審問하나 一個도 自服하거나 말거나 즉시 禁府都事를 보내어 李适을 捕殺하려 하나다만、 兩種의 障碍가 있으니 무엇이냐?

一은 仁祖가 李适 등의 推測를 받아 貴 등을 信任하지 안함은 아니나、 그 同時에 貴 등의 事權을 惡(오)하여 隱隱히 딴 黨派를 援助하여 貴 등의 勢力을 減殺하려 하므로 덮어 놓고 貴 등의 말을 들으려 하지 안하며、 이는 朝廷에 淸流로 自許하는 儒臣들은 매양 功臣 등의 無理한 行爲를 排斥함으로 被告 등의 不服이 李貴 등의 陰謀에 對한 非常한 打擊을 주는 것이다。

　그래서 毒杖으로 被告 등의 自服을 받으려다가 被告中 一人인 韓訴를 죽였다. 이에 鞠廳에 參與한 淸儒派의 審問官들이 크게 功臣들의 濫殺에 憤慨하여 그 反對로 告變한 文晦와 李佑를 誣告罪로 殺하여 獄案을 翻覆하려 한다.

　이에 金瑬는 거짓 淸儒派를 符同하여 李适이 叛할 理가 없음을 主張하며 李貴는 여전히 李适이 꼭 叛하리라고 固執하여 兩便의 爭論이 매우 激烈하더니 무슨 謀計를 썼던지 翌 三日-正月 十七日에 가서 意外에 鄭涤의 自服을 받았다.

　自服한 말이 무엇이라 하였더냐? 이 날에 鞠廳에서 鄭涤의 아비 鄭龍榮을 때리려 한즉 涤이 忽然히 나서며

　『吾父를 때리지 말면 내가 自服하리다.』

　審問官 등이 이에 龍榮으 놓고 涤을 불러 물은즉、涤이 가로되

　『李适이 이 달 그믐에 叛旗를 들고 价川·順川·谷山·遂安 等地를 지나 京城을 犯하려 한 것인데、이제 文晦가 미리 告變하였은즉 适이 반드시 내려가는 禁府都事와 宣傳官으 죽이고 그믐 前에 擧兵할 것이올시다. 나는 實로 叛함이 아니요、그 內容을 알기 위하여 參與한 것인데 我兄은 韓明璉의 사위인 故로 또한 그 詳細를 探知하려고 韓明璉에게 내려갔읍니다. 한데 今明間에 上來할 것입니다.』

　審問官이 가로되

　『그러면 韓明璉도 适의 同謀이냐?』涤이 가로되

　『아니올시다。하나 适에게 威 을 받아 同叛할는지는 모를 것입니다.』

　『奇自獻도 适과 同謀이냐?』涤이 가로되

　『同謀지만 書札의 往來는 없읍니다.』

　『汝父도 너의 일을 아느냐?』

　『子의 所爲를 父가 어찌 모르리까.』

　金瑬가 이에 거짓 大驚하며

　『自己가 李适의 不叛을 保하여 朝廷에 罪를 지었다.』고 하더라.

　이에 涤의 父 龍榮을 불러 물은즉 대개가 다 그 아들의 말과 같다 하고、다만

　『去年 十月에 죽었다는 尹仁發이 죽은 것이 아니라、其實은 尹仁發이 李晦와 往來하던 書信이 文晦에게 들린 故로、마침 利父峴에서 盜賊에 죽은 사람

의 죽음을 自己의 죽음으로 알리려고 自己의 옷을 벗겨 입히었읍니다。그 面皮를 벗김은 他人이 몰라 보게 한 뜻이요、그 아래것을 베임은 自己의 아내가 보아도 모르리라는 뜻이올시다。그리하고 仁發 自己는 寧邊으로 逃亡하여 李适의 謀主가 되었읍니다。』하매、淸儒派의 推官들이 모두

『尹仁發은 이미 죽어서 그 집에서 埋葬하였는데 逃亡하였단 말이 무슨 말이냐?』하고、龍榮을 잡아내리어 매질을 한다。하나 最後의 決定은 仁祖에게 달렸다。仁祖가 命을 내려 위선 在京한 奇自獻등 四十餘人을 拘拿하게 하고 急히 宣傳官과 禁府都事를 發하여 龜城府使 韓明璉과 李适의 子 李栴을 拘拿하라 하니、李貴가 가로되

『李适의 子를 拘拿하고 李适을 拘拿치 안함은 危險한 일이니、适의 父子를 一時에 拘拿하였다가 罪가 없거든 适을 還任케 함이 可하나이다。』하나、朝廷이 듣지 안하였다。

五. 李适의 擧兵과 張晩·李貴 등의 敗潰

却說、李适이 平安兵使로 赴任하니 手下兵이 一萬二千名이요、壬辰降倭가 一百三十名이요、光海때에 아무리 政治가 濁亂하였다 하나 十五年間 해마다 八道에 大豊이 든 중、平安道는 北胡-方興하는 淸國을 防禦하기 위하여 四方에서 水運하여 쌓아 놓은 軍糧도 充足하다。

본래 軍事에 爛熟한 李适이 癸亥 五月 到任하던 날부터 熱心으로 士卒을 敎鍊하며 器械를 修整하여、그 해 三秋와 三冬을 지내니 그 軍力이 敵國과도 一戰할 만하였다。

沈光世란 者가 李适의 幕僚가 되어 매우 相得하여 지내다가 서울에 올라와 李貴와 平安道의 時事를 이야기하더니、李貴가

李适이가 딴 마음이 있는 놈이라。』한다。光世가 그 말을 가져 适에게 便紙하였더니、李适이 病을 稱하고 辭職疏를 上하였는데、그 疏의 大意가

『臣이 到任 以來 軍事에 全力하여 兵卒의 精銳와 器械의 堅實이 足히 北胡를 防禦할 만하나、다만 臣이 身病이 甚하여 길래(길게) 本職에 있어 聖恩을 報答할 수 없다。』

하여 隱然히 反感的 意思를 發表하였다.

그리하다가 翌年 甲子 正月 十七月애 文晦 등의 告變章을 ㄴ因하여 二十一日에 宣傳官과 禁府都事가 그 아들 李旃을 拘拿하러 내려왔다.

李适이 굳이 營門을 닫고 心腹 李守白·奇自獻 등을 불러 告하여 가로되

『내가 다만 一子뿐일 뿐더러 子가 拘拿되고 父가 穩全할 理가 없으니 男兒가 어찌 머리를 숙이고 死에 就하랴。』守白 등이 다 異口同聲으로

『宣傳官과 禁府都事를 죽이고 擧兵함이 可하나이다。』

适이 이에 軍事會議를 열고 中軍 李胤緖、別將 柳舜·李珏 등 더러 그 計策을 말하고、劍을 빼며 가로되

『異議를 發하는 者 있으면 死하리라。』하니、諸將이 다 恐懼하여『예예!』할 뿐이더라.

适이 이에 陣을 벌리고 門을 열어 都事를 들이어 一號令에 軍校로 하여금 그 목을 베이니、全軍이 震恐하여 다 适의 命令에 服從하더라. 适이 同日 亥時에

『近邑 守令에게 翌日에 本營으로 와서 緊急한 軍事 會議에 參席하라!』는 傳令을 내어 龜城府使 韓明璉 을 押上하는 禁府都事를 베이고 明璉을 빼앗아 오게 하고、二十二日에 寧邊에서 出發할새 諸將은 먼저 平壤을 쳐 都元帥 張晚을 破하자 한다. 하나 李适은

『兵法은 迅速을 主한다。』하고 平壤으로 向하지않고 价川으로 들어가 間道로 京城을 犯하더라.

傳說에 가로되

『처음에 适이 軍人을 敎鍊할 때에 沙土를 바지 가랑이 속에다 매일 얼마큼 돌궈넣고 行走를 시키다가 및 犯京할 때에는 그 沙土를 다 쏟아 내므로、그 行軍이 風雨 같아 一日 百餘里를 行하였다。』한다.

都元帥 張晚이 适의 叛報를 接하고 諸將더러 가로되

『适이 萬餘名의 軍士로 叛旗를 들매 그 精銳한 鋒鋩을 당할 수 없는데、나는 元帥라 名하나 實은 部下兵이 數千에 不過하니 對戰할 수 없다。』하고、列邑 守令에게 傳令하여 軍兵을 거느리고 平壤으로 오라 하여 固守의 計를 作하더니、安州防禦使 鄭忠信이 肅川府使 鄭文益을 시켜 安州를 守하라하고、都

元帥府의 傳令도 없이 輕騎로 平壤에 들어오거늘、晚이 拿入하여 治罪하려
한즉、忠信이 가로되

『李适의 計가 빨리 京城에 들어감에 있은즉 반드시 安州로 由하지 안할 것이
요、설혹 安州]로 由할지라도 孤城弱卒로 抵當할 수 없을지라、차라리 元帥府
에 와서 指揮를 들으려 함이올시다。』

張晚이 오히려 安州를 버릴 수 없다 하여 精兵 數百名을 주어 軍官 趙時俊
과 함께 가서 安州를 守하게 하더니、忠信이 가다가 中路에 다시 돌아와 報告
하되

『李适이 价川으로 向하였은즉 安州는 벌써 敵兵의 背後에 있는지라 空城에
坐하여 君父의 危難을 不救함이 不可함므로 다시 돌아왔다。』하더라。

李适이 鄭忠信이 張晚에게로 감을 듣고 憮然히 畏憚의 色이 나타나며、部下
同黨과 함께 李貴 以下 朝廷 諸將의 才能을 論하다가 다 우습게 말하고 홀로
鄭忠信에 至하여는

『이는 흩볼 人物이 아니라。』하더라。鄭忠信이 張晚을 勸하여 빨리 李适을
쫓자 하나、張晚이 李适을 겁내어 平壤을 固守하다가 敵兵이 오거든 防禦함이
可하다 하고、듣지 안하다가 部下의 議論이 자자하므로 同月 二十八日에야 겨
우 出兵을 議할새、또

『是日은 直星이 七殺이니 兵家의 忌하는 日이라。』하여 進軍코자 안하거
늘、鄭忠信이 가로되

『父母의 病報를 듣고 擇日하여 길 떠나는 者가 없으며、또는 義師의 行動이
어찌 구구한 日月의 吉凶을 보겠느냐。』하니、衆人이 다 贊同하여 이에 鄭忠
信은 前部大將、朴永緖는 前鋒將、柳孝傑·張暾은 左右協、南以興銀繼援
將、趙時은 突擊將、平壤判官 陳誠一은 殿後將、安夢尹은 管餉官、崔應一은
響導將、定州 千揚 洪沈은 斥候將、朴震英은 別將이 되어 全軍 一千百餘名을
거느리고 떠나니、是日은 日暮하여 겨우 大同江을 건너고 말았다。

筆者는 按하니 全軍이 모두 一千八百餘名이라 함은 모를 말이다。前者의
張晚이 「部下兵 數千」이라 自述하였고、또 그 뒤에 列邑兵이 來援한 者가 있
은즉、어찌하여 줄어서 不滿二千의 兵이 되었느냐? 대개 이 때의 記錄은 모두
李貴·張晚 등 黨派에 屬한 사람들의 記錄인 고로 衆寡不敵으로 敗戰한 理由

를 삼아 그 罪를 가리우려 하여 兵數를 줄이고 적을이니、그러면 晩의 兵 數千이라함도 不可信함이다。

　二月 二日에 張晩·鄭忠信이 李适을 쫓아 黃州 薪橋에 至한즉、适의 部下 許銓 등을 쫓고 許銓등은 빨리 官軍에게 馳向한즉、官軍은 許銓의 投降을 來襲으로 알고 一時에 崩壞하여 別將 安玏、斥候將 吳 先鋒將 朴永緒가 适의 俘虜가 되다。

　그러나 朝廷에서 보낸 督戰御史 崔晛、副察使 李時發、黃海監使 林惰를 平山 山城에 會合하여 進軍을 議하더니、張晩·鄭忠信이 敗軍을 收拾하여 가지고 新任 副元帥 李守一과 함께 平山으로 오고、南兵使 申景瑗도 精兵 八百名을 거느리고 또한 來參하였다。

　二月 六日에 李适이 猪灘에 오거늘、防禦使 李重老·李德符、豊川府使 朴榮臣、平山府使 李廓、延安府使 李寅慶、瓮津縣監 尹廷俊 등이 灘을 拒守하여 持久戰을 作하려 하더니、适兵의 一部가 가만히 淺灘으로 건너 突擊하여 重老 등 全軍이 戰歿하였다。

　李适이 重老 등 七將軍의 머리를 말에 실어 보내니 張晩 一軍의 勇氣가 沮喪하더라。

　連路에 追擊하던 官軍이 다 敗潰하매、李适의 威名이 大震한다。그래서 李貴와 李興立과 朴孝立이 각기 累千名의 軍士로 臨津江을 守하다가 适軍이 온다는 消息을 듣고 一時에 崩壞하더라。

六. 仁租와 朝廷 百官의 逃走

　처음에 朝廷에서 李适의 叛報를 接하고 督戰御史 崔晛을 보내어 張晩의 進軍을 재촉한 뒤、날마다 捷音을 기다리더니 및 猪灘 敗戰한 報道가 오매、上下가 震驚하여 할 바를 모르는 중 그래도 僥倖히李貴 등이 能히 防禦할까 하였더니、및 李貴가 逃亡하여 돌아와 仁祖를 보고 南方으로 逃避하여 四方의 救兵을 請함을 主張함에、仁祖가 드디어 그 말을 쫓아 二月 八日에 倉卒히 南大門을나서 南幸하는 길을 떠났다。

　한데 이 중에 一段趣史가 있다. 무엇이냐?

中宮과 東宮은 江華로보내고 仁祖와 慈殿-仁穆大妃-는 함께 南行하는 판인데、大妃가 南大門밖까지 나왔다가 突然히 侍衛者를 命하여 輜軍을돌려 그 사위 永安尉 洪柱元과 함께 잠두江 上路로 向하였다. 仁祖와 陪行하는 諸臣들이 銅雀江에 이르러 그 奇別을 듣고 모두 大驚하였다. 이것이 어찌 仁祖가 嫡母에 대한 孝誠으로 그러함이라.

대개 世宗 이래 儒教의 名分主義가 政治·風俗 기타 모든 것을 支配하는 때인 고로、仁祖가 慈殿 虐待로 써 光海를 托名하여 逐出하였는데 만일 이제 慈殿이 仁祖를 따라가지 아니하면……

○○○ 府院君으로 犬子◉

忠州 사는 吳進士 덕영이 科擧를 위하여 몇 해 留京費로 自家 田畓을 팔아 葉錢 七百兩을 마련하여 가지고 서울에 올라왔었다. 우연히 興宣 都正 李昰應 –後來 大院君–의 집을 지나다가

『오, 내 李昰應과 一面之交가 있는 親舊니, 한번 들어가 人事나 하고 가리라。』

생각하고 들어 갔었다.

급히 房 안에 들어서니, 李昰應이 얼굴빛이 흙빛이 되어 앉았거늘

『이 사람, 자네가 무슨 걱정이 이리 甚한가。』물으건대

李昰應의 말이

『내가 아들 兄弟를 둔 가운데에 맏놈은 흘리어 사람이라 할 것이 못되고 끝의 놈이 좀 똑똑하니, 近日에 그놈이 疫疾이 들어 落汗을 못하여 죽게 되었네. 그런데 名醫의 말이 上等 鹿茸 한두대를 먹으면 살겠다 하는데, 그 값을 물은즉 七百兩 가량이나 있어야 하겠는데, 자네도 알거니와 내 어디서 七百兩을 얻을 곳이 있는가. 하릴없이 아들 놈을 죽일 수밖에 없으니, 돈 七百兩에 아들 죽이는 놈이 무슨 世況이 있겠느가?』하거늘

吳進士가 듣고는

『아 그것 참 안 되었네. 그러나 俗談에 일렀거니와 「사람 나고 돈 났지 돈 나고 사람 났나」하지 안하였는가. 내게 마침 留京費』로 가져온 七百兩이 되니 자네가 갖다가 鹿茸을 사서 자네 아들을 먹이게 하게。』

◉ 이 작품은 《개정판 단재신채호전집》(단재신채호선생기념사업회, 형설출판사, 1977)에 수록된 작품을 기준으로 하였다.

李昰應이 크게 기꺼하며

『하, 사람이 살라니까 자네 같은 이를 만나나베.』

하고, 곧 吳進士의 뒤를 따라와서 그 돈을 가져다가 鹿茸을 사서 그 疫疾에 落汗 못한 둘째아들을 먹이어 즉시 落汗하고 살아나게 되었더라.

그 뒤 三年 되던 해에 哲宗大王이 嗣續이 없이 崩逝하니, 擧朝가 遑遑하여 繼統할 임금을 求할새, 李昰應이 宮人 張氏를 끼고 百般으로 운동하여 吳進士의 留京費 七百兩으로 鹿茸을 얻어 먹고 살아난 그 둘째아들 初名 載晃 改名 熙 곧 後來 四十餘年 在位하다가 亡國 末主된 光武皇帝가 卽位하니라.

光武皇帝 卽位 以前 李朝의 政權이 旁落한 歷史를 대강 이야기하여야 하겠다.

李朝가 宣祖 때부터 東西가 分黨하고, 東人이 또 南·北으로 갈리며, 肅宗 때에 와서는 西人이 또 老論·小論으로 갈리며, 英宗 때부터 國家大權이 아주 老論으로 돌아갔는데, 그 原因은 老論이 世世로 皇室과 結婚하여 宮中에 勢力을 가진 까닭이러라.

正祖 以後로는 南人과 小論이 아주 失勢하고 老論의 磚洞 趙氏와, 長洞 金氏가, 번갈아 勢道를 잡았으며, 哲宗 때에는 金氏가 더할 나위없이 跋扈하여 哲宗은 한 허수잽이가 되고, 金汝根·金炳冀 등이 君主의 實權을 가져 百官의 黜斥과 人民의 生殺을 모두 그 任意로 하였었다.

哲宗이 微時에 江華에 있을 때에 그 受學한 바 스승이 哲宗이 임금이 된 림없이 哲宗의 陵幸하는 짬을 타서 玉輦 앞에서 擎錚하였다. 哲宗이 보고

『어찌 이 때까지 白頭이냐?』물었다. 스승이

『小臣 같은 愚物이 어찌 天恩을 바라리까마는 聖上이 잊으시지 않으면 이제라도 白頭를 免할까 하나이다. 』

한 대, 哲宗이 다시

『내가 某月에 너를 某陵 參奉을 시킨 일이 있지?』하고 물었다. 스승이

『없읍니다. 』하였다.

哲宗이 손목을 잡고 落淚하며

『그러니 나도 할 수 없다. 아마 너의 運이 그런가 보다. 』하였다.

스승이 하릴없이 돌아오더니 金炳冀가 가만히 捕將에게 슈하여 그 스승을

잡아다가 죽이었다한다.

宗親의 一人인 李某가 일찍 그 아들의 陞職함을 哲宗에게 奏請하니, 哲宗이 許諾하였다. 그러나 金炳冀가 前奏曰,

『안 될 말이올시다. 宗親으로 그런 벼슬은 못합니다. 』

하니, 哲宗의 百許인들 어찌 金炳冀의 一反對를 당하랴. 그 陞職의 特許가 그 자리에서 곧 無效가 되었다.

李某가 기가 막히어 나오다가 주먹으로 闕門을 치며

『朝鮮은 임금이 둘 이로구나. 』

하였더니, 그 말이 金氏의 귀에 傳聞되어 上自 大臣으로 下至 小官까지 무릇 金氏의 血族이나 婚戚들은 모두 憤怒하여 辭職 를 던지고 일어서니, 이에 各 官廳이 텅 비었다. 그래서 李某는 귀양가고, 그래도 未足하여 李某를 押下하여 죽이려다가 마침내 哲宗이 崩逝하여 중지되었었다 한다.

이 한두 가지의 이야기로도 넉넉히 金氏의 威力과 李氏의 衰力함을 알 것이니라.

그러나 外族이 이같이 跋扈함은 매양 그 勢力의 根據를 宮中에 둔 까닭이라, 바꾸어 말하면 곧 王太后나 王后가 宮中에 있어 그 後援이되는 까닭이라. 純祖 때에 金氏의 勢力은 純祖의 할미 되는 貞純王后 金氏의 준 바며, 宗 처음에는 趙氏의 勢力은 宗의 어미 되는 神貞王后 趙氏의 준바며, 哲宗 때에 金氏가 다시 勢力을 잡음도 貞純王后 金氏의 준 바라. 哲宗이 崩逝하매 王室 近親으로 承統할 資格을 가진 이는 光武皇帝가 最近한지라, 그러므로 哲宗이 崩逝한 뒤에 그 承統問題로 宗親과 大臣들이 宮中에서 會議를 열새, 이에 앞서 벌써 李昰應이 敏速한 手腕으로 多年 締結하여 둔 宮女 張氏의 紹介로 趙后를 內通하여 昰應의 第二子로 承統케 하자는 議를 發하니라.

이 때에 趙后 外에도 宗王后 洪氏와 哲宗王后 金氏가 있어 宮中에 鼎族의 勢力을 가져 承統問題에 可不權을 가진 寡婦들이라. 그러나 知覺없는 寡婦들이 李朝의 萬年 宗社를 위하려 함보다, 自家 親庭의 勢道 잡는 榮光을 보려는 마음이 간절하였다.

갈아 말하자면 洪后는 新王을 宗의 統을 承케하여 洪氏가 勢道되었으면 하며, 金后는 新王 宗의 솜씨에 慘殺되던 至痛이 있음에 또한 한 판 차리려는 마음이 가장 많았더라.

李昰應 第二子 載晃으로 承統하자는 議가 可決되어 院相 鄭元容이 李載晃을 맞아들이매, 金后는 宗族의 强盛함을 믿고 新王이 절로 哲宗의 統이 되리라 하고 있는 판인데, 趙后가 와닥닥 宮簾을 걷어치고 外殿으로 나와 李載晃을 안고 들어가며

『新王이 翼宗의 統을 承하여 大位에 登하므로 中外에 布告하라!』

하니, 이 때에 잘못하다가는 逆賊의 감투를 쓰고 모가지가 달아나는 날이라, 뉘 敢히 拒逆하리오. 諸大臣이 놀라 서로 돌아보며 奉行하니, 李載晃은 翼宗의 承統子가 되고 趙后는 翼宗王后로 唯一한 당시 政治의 中心勢力이 되니라.

九尾狐와 五帝●

수긍은 어려서 그 스승 태화仙人에게서 글을 배웠다. 태화仙人은 그를 매우 사랑하여 그와 더불어 道를 말할 수 있다고 생각하였다.

그가 學業을 끝마치고 집으로 돌아가려 할 때, 仙人은

『어떤 異人이너를 찾아 오거든 곧 내게 알리라。』고 당부하였다. 그래 수긍은 응락하고 집으로 돌아와 며칠 있노라니, 과연 어떤 나그네가 지나다 들렀다。 수긍이 그와 더불어 天文·地理·政治·學術이며, 사람들의 日用 必需品에 이르기까지 또는 萬物의 創造 起源에 대하여 물어보니 대답하지 못함이 없었다。 그래 수긍은 크게 敬歎하여 이 사람은 天下의 奇人이요, 學術의 巨匠으로서 우리 先生도 그를 따르지 못 할 것이라고 생각하였다.

나그네는 하루 밤 쉬어서 곧 떠나 갔다。 수긍은 스승 태화仙人에게 달려와서 顚末을 세세히 이야기하였더니, 태화仙人은 수긍에게 壁을 마주하고 앉아 呪文을 三六五回 외우라고 하였다.

呪文이 끝나서 수긍과 태화仙人은 몸도 가벼이 둥둥 떠서 구름 밖으로 날아 東쪽으로 七日 동안 가다가 한 곳에 이르렀다。 그 곳은 네 모가 반듯한 섬이었는데 四方이 各各 四百里씩 되고 그 中間에 큰 나무가 한 그루 서 있었다.

나무의 둘레는 數千尺이나 되는데, 東쪽으로 벋은 가지는 푸르고 南쪽으로 벋은 가지는 붉고 北쪽으로 벋은 가지는 검고 西쪽으로 벋은 가지는 희고 가운데 가지는 누른 빛인데, 그늘이 온 섬을 덮고도 남음이 있었다.

태화仙人이 누른 가지 하나를 꺽어서 게다가 黃帝라 쓰고 다음으로 푸른 가

● 이 작품은 ≪개정판 단재신채호전집≫(단재신채호선생기념사업회, 형설출판사, 1977)에 수록된 작품을 기준으로 하였다.

지, 붉은 가지, 흰 가지, 검은 가지에다 그 빛깔대로 東쪽은 靑帝, 南쪽은 赤帝, 西쪽은 白帝, 北쪽은 玄帝라 썼다. 그리고는 그것을 소매에 넣고 돌아왔다.

태화仙人이 수궁을 北쪽으로 向하여 앉게 하고 自己는 南쪽으로 向하여 앉았다. 그리고 黃帝를 가운데 놓고 中軍元帥라 任命하고 靑帝는 左軍元帥, 白帝는 右軍元帥, 赤帝는 前軍元帥, 玄帝는 後軍元帥로 各各 任命하였다. 그렇게 하고는 태화仙人이 嚴肅하게 衣冠을 바로잡고 呪文을 三六五回 또 외웠다. 다음 슈을 내리기를

『敵이 侵入했으니 中軍元帥는 前·後·左·右 四軍元帥를 거느리고서 나가 싸우라.』하였다.

말이 채 끝나기도 前에 門 밖에서

『하늘에 오르면 모든 별들이 머리르 숙이며 땅에 들면 魔鬼들이 엎디어 기나니, 나를 對敵할 者있으면 이리 나오라.』고 호통하면서 우레로 북을 삼아 치니 하늘이 震動하고 무지개로 깃발을 삼아 내거니 구름 위에 펄펄 날리더라.

赤帝가 前軍이 되어나가 싸우다가 한참만에 돌아와 敗戰을 告한다. 그 다음 黃帝가 親히 出戰하여 七日 七夜를 싸워서 끝끝내 이기었다. 그리고 그 妖物의 머리를 잘라 왔다 하거늘, 수궁과 仙人이 나와 보니 이 妖物은 뻘건 머리에 꼬리는 아홉, 길이는 서른 발이나 되는 여우였다.

『이게 무엇이냐?』고 수궁이 물은즉

『이것이 바로 네가 神靈같이 尊敬하던 그 나그네이다.』

고 대답하는 것이었다. 수궁이 깜짝 놀라며

『그 나그네는 본시 사람이었는데 엊지 죽어서는 여우로 되었나요?』

『오전에는 妖妄한 놈이 너의 精神을 죽였으므로 너는 여우를 사람으로 보게 된 것이요, 이제는 네가 도리어 여우를 죽였으니 여우를 여우로 알아보게 된 것이다. 너는 무엇이 여우로 된 줄 아는냐?』

『모릅니다.』

『그럴 것이다. 이 여우는 본시 天宮의 眷屬으로서 香飯을 훔쳐 먹다가 罪를 입어 여우가 된 다음 이미 五萬年이 되었다. 그리하여 익은 것도 안 먹고, 草木의 열매도 안 먹고, 오직 智慧 있는 사나이들을 迷惑시키고는 그 精血을 빨아 먹는다. 지나 번 네가 英名한 異人이라 해서 잘 待接하였기 때문에 인제는 神

力이 아니고는 이놈을 잡아 버릴 수 없을 것으로 생각하고 五帝將軍으로 하여 금 힘을 合 하여 죽여 버리게 한 것이다. 多幸히 成功하였으니 인제 너는 걱정할 것 없다. 』

수긍이 묻기를

『五帝는 天神의 助力者인데 어떻게 先生이 이를 부렸으며 五色나무는 무슨 나무이기에 神이 이 나무에 依據합니까?』

『이 나무 이름은 扶桑이라 한다. 一名 無窮花나무라고도 한다. 世上사람들이 扶桑을 뽕나무의 一種으로 아는데 이것은 옳지 않다. 無窮花는 夫餘의 神聖한 나무인데 그 잎이 뽕나무 비슷하다 하여 扶桑이라 일컫는다. 世上에서 흔히 말하는 扶桑은 우선 五色이 나지 않고 오직 無窮花만 五色이 나나니, 天地間에 나서 天宮 아래서만 자라난다. 바람·비·눈·서리·벌레·새·짐승, 또는 사람들의 侵害도 받지 않으므로 다섯 가지 精氣를 독차지하였으니, 能』히 五色을 갖추어 變치 않는 것이다. 五帝의 神이 이를 사랑하여 늘 여기 와 노는데 실로 神을 이미 알고 그 神을 능히 부릴 수 있는것은 오직 나 하나뿐이다. 』

수긍이 다시 절하고 엎드려 눈물을 흘리면서

『제가 前에는 先生을 사람으로만 알았더니 이제야 우리 先生이 神임을 알았나이다. 』라고 하니, 仙人은 또 말하기를

『너는 가기도 七日 오기도 七日 一四日을 자지 못했으니 오죽 疲困하겠느냐! 어서 가 자거라. 』하였다. 수긍은

『네。』하고 물러 나와 잠을 七일 간 자고 나서 잠을 깨어 보니 방 안이 텅 비어 있었다. 문 밖에 나와 살펴보니 죽은 여우조차 어디로 갔는지 알 길 없었다고 한다.

外史氏 曰-원래 神話란 모두 怪歎한 것으로서 읽을 것이 못되나, 옛사람의 思想과 習俗은 이룻서 짐작할 수 있으니, 古事를 研究하는 이는 이를 無視할 수도 없다. 夫餘의 五加·신라의 五幢은 이상 五帝의 說話에서 빌어 온 것이 아니겠는가? 그러나 中國은 여우를 吉한 것으로 여기고 우리 나라에서는 凶한 것으로 치니, 이는 다 그 나라의 風俗이 다르기 때문이다.

鐵馬 코를 내리치다°

마울과 배당은 다 檀君 時節 사람이다. 太白山 東쪽과 西쪽에 갈려서 살았는데 사람들이 이들을 두려워해 服從치 않는 者 없었다.

마울은 智慧가 놀랍고 배당은 힘이 세었다. 배당이 일찍이 활을 메고 칼을 차고 가실원으로부터 바다·들 할 것 없이 골고루 돌아다니며, 土産物은 더 말할 것 없고 珍貴한 보뼤들을 모조리 土索하였다. 이리하여 해마다 朝貢 바치는 나라가 七十餘國이었다.

마울에게는 弟子 하나가 있었는데 이름을 여수기라 했다. 그도 힘과 勇猛이 天下에 드날렸다.

일찍이 학반령에서 사람들이 모여 술을 마시는데 문득 큰 범이 나왔다.

사람들은 자리를 피하여 도망치는데 여수기만은 태연하게 얼굴 빛 하나 變하지 않고 덤벼들어서 범의 꼬리를 잡아 땅 바닥에 내리쳤다. 또 鐵槌를 잘 사용하기 때문에 그와 맞서서 겨룰 者가 없었다.

사람들은 天下의 壯士는 배당이라고 일렀다.

그래서 하루는 말을 타고 달려 가 그 집 문을 두드리며

『배당이 있느냐?』고 소리쳤다.

배당의 아내가 나오며

『사냥을 가고 없읍니다. 』고 대답하였다. 그러자 여수기는

『남편이 있었더면 몽둥이로 뚜들기려 했더니 분하게 되었다. 』고 하면서 돌아갔다.

● 이 작품은 ≪개정판 단재신채호전집≫(단재신채호선생기념사업회, 형설출판사, 1977)에
  수록된 작품을 기준으로 하였다.

그리고는 自己 스승 마울에게 그 말을 했더니 마울이 깜짝 놀라며

『넌 이제 죽었다. 배당이 天下壯士로 매양 사냥하러 가서 山으로 오르내리는 것이 마치 나는 것 같고 온 종일 接戰해도 疲困을 모르며 힘이 어찌 센지 數千 사람이 잡아 끌어도 까딱하지 않는 사람이라. 네 어찌 그를 對敵할 수 있겠느냐!큰일났구나. 그러나 내게 한 꾀가 있으니 너를 죽음에서 免 하게 하리라. 』하더니 여수기를 뒷山에 숨겨 두고는 그가 죽었다고 헛소문을 내었다.

그리하여 弟子들로 하여금 素服 입고 發喪하고 門 밖에 큰 鐵馬 하나를 세워 놓게 하고는 배당이 오기를 기다렸다.

이윽고 배당이 팔을 뽐내고 눈을 부릅뜨고 큰 소리로

『여수기 이놈, 나오너라!』

고, 외치면서 달려드는 바람에 나무 풀 할 것 없이 左右로 모두 쓰러지는 것이었다.

그런데 그는 문득 哭聲을 듣고

『웬 哭聲인고?』라고 물었다.

『여수기가 죽어서 방금 發喪했다』고, 하니

『왜 죽었느냐?』고 하며

『發狂을 해서 죽었다. 』고 하니, 배당은 웃으면서

『어린 놈이 감히 와서 나를 侮辱하더니 응당 미쳤던 게로다. 』

하고, 옆에 鐵馬를 보며

『이건 또 무엇이냐?』

고 물었다. 마울이 눈물을 머금고

『이 鐵馬는 내 弟子 여수기가 살았을 때 가지고 놀던 것이다. 』

고 했다.

『가지고 논다니 어떻게 두고 하는 말인가!』

마울이

『여수기 같은 사람이야 엊지 古今에 드문 力士가 아니겠는가. 鐵馬는 무게 三千餘斤이나 되닌 비록 壯士라 하더라도 능히 들지 못하려든, 여수기는 이것을 외손으로 집어 구름 위로 치쳤다가 내려오는 것을 코 끝으로 받는다. 그런데 여수기가 이미 故人이 되었으니 비록 鐵馬는 남았어도 내 다시는 그런 재주

를 보지 못할지니 어찌 섭섭하지 않겠는가。』고 했다.

　배당이 성을 내면서

『너는 이런 장난을 여수기만 可能하다고 생각하는가!이제 또 내가 하는 것을 좀 보려므나。』

　하고, 그는 팔을 걷어 올리고 앞으로 썩 나서며 鐵馬를 들어 空中에 던졌다. 그리곤 얼굴을 젖혀 내려오는 鐵馬를 코로받았다. 鐵馬는 사정없이 코를 때려서 마침내 그는 피를 흘리며 땅에 꺼꾸러져 죽었다.

　外史氏-日

　지금도 이 두 사람을 追慕하여 祭祀하는 사람들이 있는데, 마울을 祖上이라 일컫고 배당을 山神이라 이른다. 마울의 智慧는 欽慕할 법도 하거니와 배당과 같은 者는 힘은 세지만 하나의 미련한 작자라 무슨 祭祀할 것이 있겠는가.

주요섭 편

치운밤°

어쩐 치운밤이엇다 좁쌀알가튼쌀애기눈이 부슬부슬 地面을덥고 살을베이는 듯한 치운바람이 눈보래를지어 모든 地面을 눈으로 平面을 만들어 노핫다. 밤은깁헛다. 거리에는 行人하나이업고 집집마다는 平和스러운 단잠에 呼吸소리가 끈힘업시 바람소리와和햇다. 四面廣野에싸힌 이족으만洞里가 다 고즈낙한 現世를쩌난 꿈의나라이되엇다. 조차서 집집마다에 시컴은窓들이 지독히부는 바람에 哀願하는듯한 무슨소리를 들으며 물그럼히 눈나리는 한울을내다보고이 섯다. 마치 房안에서 단꿈을꾸는 사람들을 이 寒氣에서 保護하고잇는듯이.

모든窓은검엇다. 다만 洞里한곳족으만 다 문허저가는 오막살이에 窓이 다 죽은가운대 혼자 살아잇는것가티 히미한 불빗을 어두운空氣에 내보내고 잇섯다. 그집은 한번만보아도 貧寒한집이엇다. 三年前에잇고는 아즉잇지못한 草家영이 몹시도 凶하게 썩어젓고 이끼야자로 발랏던 얄븐담이 비와눈에 부대끼어 여긔저긔 구멍이낫다. 猛烈한바람이 私情업시 썩어진영을 날리고 집을문허질듯이 毒한 목소리로 둘러쌋다.

이 千兵萬馬에게 둘러싸힌듯한 느낌이잇는 小屋속에 今年十三歲의 어린丙瑞가졸린 눈으로 괴로웁게 숨을쉬는 어머니를바라보고잇섯다. 그리고 쏘 입에 웃음을쯰우고 平和스럽게잠든 그의누의동생인네살난 애기의 얼굴을바라보앗다. 그리고 다시 눈을들려 여긔저긔 쑬러진 구멍으로 들어와 싸힌 힌눈을보앗다. 그리고 오슬오슬썰며 눈물이펑돌앗다.

힌 누덕이 하나로 몸을겨우가리우고 누운 病母가 다시悲鳴을發하며 돌아누 윗다. 괴로운숨소리가 房안에 零圓氣를더하엿다. 丙瑞는 걱정스러운 눈으로

● 이 작품은 ≪개벽≫(1921.4)에 발표되였다.

물그럼히 어머니를 바라보앗다. 그러고 아즉 비여잇는 그의父親의 입울을얼른 들어다가 어머니를덥허주엇다. 어머니는 실타는 듯이 두서너번 손을 들엇스나 가만잇고 말엇다. 어머니는 눈을쓰지도안코 그저 속으로알아듯지못하게 중얼중얼 무슨말을하고잇섯다. 丙瑞는 꼭꼭입울로 어머니몸을덥고 다시 머리마테 쑤굴이고안젓다. 그의 어린눈에서는 恐怖와愛憐의이 넘쳐쓰거운눈물이 거침업시 흘럿다. 그러고 눈물이 뺨우에서 얼엇다.

바람은如前히 그에獨特인 異常한소리를發하며 炳瑞의집담 쑬려진구멍으로 들이쳐본다. 차디찬눈이房안에 허터젓다.

炳瑞는 單一分間의 睡眠에서 째엿다. 그는거의 얼어죽을地境이엇다. 그는 눈을쓰고 四方을 둘러보앗다. 『아버지는 아즉도……』하고 원망스러운듯한목소리로 중얼거리고 치움에 발할쩔엇다. 『밥도몹시도길다』하고 생각했다. 그리고 어서 아츰이 되엇스면했다. 어머니의 呼吸소리는 漸漸急하여젓다.

한울은如前히 컴컴하엿다. 바람은 亦是 칩고 매왓다.

열흘前부터 病席에누은 그의어머니는 몹시도 피곤하엿다. 죽한번도 변변히 쑤어들어지못하고 藥한봉지도사다들이기를못한어떤 炳瑞의 마음은 터지는듯하다.

病人은벌서 自己의最終期를 째달은듯하엿다. 그는슨힘업시 炳瑞를불럿다. 쏘 애기를불럿다. 그러나 그에목소리는 모기소리가티 弱하고도 슯흡을쯴 呻吟소리어엇다.

母親은 견딜일수업는듯이 얼굴을쩡기며 힘업는팔로 잠든애기를안앗다. 히미한 아주까리기름 燈잔등불히 비추이는 그의쩡긴얼굴에는 그의마음속에 타는듯한苦悶을 쏙쏙히 들어냇다. 그는『휘-』하고 한숨을쉬고는 다시 炳瑞의 손을 맥업시 잡엇다. 그는벌서 自己의 最后를 覺悟한듯이 그의뺨에 눈물이흘럿다 그러고 무엇인지 알지못할 어떤悲聲을 겨오 發했다.

炳瑞는 그만 견딜수업시되엇다. 그는 어머니를불럿다. 자꾸자꾸 어머니를 불럿다. 그러나 그어머니의 입은 永遠히 다시열지 아니하려는 듯이 꼭담을엇다. 炳瑞는 소리를 내어 울엇다. 그러고 제얼굴로 어머니의 얼굴을 문질럿다. 그는 쉬지안코 어머니를 불럿다. 휘-하는 한숨 소리와 가티 어머니는 눈을 쑤쯤쩟다. 그러고 炳瑞를 바라보는 그눈은 참으로 死人의 눈 그것과 가탓다。 어머니는 쩔리는손으로 炳瑞를 안앗다。 그러나 그손은 족음도 힘이업섯다 그는 무슨말을 좀해보려고 애쓰는것이 그의부들부들써는 입술과 熱情에 쓸는, 그리고도 힘업는 그 半쯤쓴눈우에 쏙쏙히들어낫다。 그는한참만에겨우

『炳瑞야-』하고 말을쓰어냇다。 말을더 이을 힘이 업는듯이 어머니는 다시 괴롭게 숨을쉬다가

『애기야-』하고 다시 입술을 쩔엇다。 그리고 그는 自己最后의힘으로 炳瑞를 껴안앗다。 그리고 잘들리지도 안는 슯흔곡조로

『炳瑞야-너……』어머니에말은 中道에 쓴허지고 말엇다。 炳瑞를안앗던 그의팔은 맥업시 풀리엇다。

어머니는 가슴이찌저지는듯한 목소리로 그에 苦痛을呼訴하는듯이 부르지젓다。 炳瑞는 어찌할줄을몰라 어머니 가슴을 집고 부르르썰기만햇다。 그의놀라서 크게 쓴 눈에는 눈물이 말랏다。 그의 氣막힘과 슯흔 눈물로써 나타내일程度에 그것은 아니엇다。 그의 슯흔 눈물로써는 到底히 나타내일수업는 눈물以上의極度에 슯흔것이엇다。 그의크게쓴눈이나 벌닌입이나 부르르써는손들이 그의 이 極度에 놀람과 슯음을 넉넉히 들어냇다。

몹시부는 極寒에 바람에 등불이 거의 꺼질듯꺼질듯하며 펄덕어리엇다。 조차서 여름내 파리 쏭으로 새캄어케된 그의天井에 불그림자가 커젓다 작아젓다 소리업시 움직이엇다。

어머니 의 머리마테 노힌 요강속에 어머니의 게워노혼 밥찌씨가 짠짠하게 얼어서 或은 빗나게 或은컴에케 보혓다。 웃간모퉁이에 하야케 싸혓던 눈이 어썬 바람을바다 하야케 성애가쓴 습한 담으로 기어오르다가는 다시 나려지기도 햇다。

病母는 손을내어저엇다。 그 손을내어젓는것이 三十年이라는 쌀으면 쌀으다고 할수잇고 길다면 길다고할수잇슬 그동안에 그가 넘우도 학대를밧고 몹시도 버림을밧던 이無情한 世上을 하직하노라고 作別의 인사를 하는것가티 보엿다。 마는 또한便으로는 그러케도 괴로움을밧고 그러케도 버림을바닷슬지라도 그래도 이世上과는 무슨인연이 잇는지 참으로 써나기가실혀서 그의눈아페 와섯는 死의神을 막노라고 내어젓는것가티도 보엿다。 적어도 이것이 無精神狀態에잇는 病人은 이두가지쯧을 다 兼하야 그의 손을 내어엇슬것이다。

그러나 그의손은 넘우도 힘이 업섯다. 그는 다시 팔을늘어털이고 가만히 잇섯다.

한참만에病人의 最后에 힘을 모아 炳瑞를 껴아앗다. 그러고 呻吟의 소리를 連發하며 힘업는 눈으로 물그럼히 그를 드려다보앗다. 그 눈은 마치 炳瑞에게 이러케 말하는것가탓다.

『불상한炳瑞야! 내가죽으면 너는 어쩌케하겟니 쏘 애기는! 아아! 너는참으로 불상한 아이이다. 그러나 炳瑞야 決코 너이 아버지는 원망치마라 그러고 쏘 이치운겨을에 너를 내어버리고 혼자가는 이어미를 야속되게 생각치마라. 죽음 이라는것은 到底히 自己힘으로는 할수가업는것이니라 너는 只今 어렷스니싼 잘모르겟지만 너도이제 크면 알게되리라. ……참으로 이 世上이란것은 괴로우니라. 참으로 나는그새 눈물도 만히 흘리고 氣맥히는 일도 만히當햇다. 너도 그사이에 如干當 하기는 햇지만……아아! 炳瑞야 이치운 겨을에 너혼자 어린 애기를 다리고 어쩌케 지낼터이랴 아아!너이아버지는 넘우도 無心하다. 그러나……그러나 決코 죽음도 원망치는말아라……. 아니 나는 죽지안는다. 결단 코 너를두고 애기를두고 어쩌케죽겟니……』

炳瑞는 무슨말로 어머니를 慰勞해주고 십헛다. 그러고 鴂코 죽지아니리라 구 밋고십헛다. 그러나 그는 엇더케 말을 쯔내야 될지를몰라 그저 가만히 熱情 잇는눈으로 드려다 보고잇섯다.

炳瑞는 저를드려다 보는 어머니의 눈이 次次 흐려지는 것을보앗다. 그러고 그를안는 쇠약한팔이 次次强하여 지는것을 느꼇다. 마츰내 母親에머리가 맥업시 늘어지엇다. 그러고 炳瑞를 안는팔은 永遠히 炳瑞를 노치안흐려는듯이 꼭 쥐엿섯다.

그에머리는 벼개아래로 맥업시 느러지엇다. 거의 다빠진 검은 머리털이 그의 이마에 되는대로 허터지고 뺨우를지나 자리우에 엉키어잇섯다. 비웃는듯한 微 꼿를씌운 그의 입술은 다시 썰지안핫다. 그러고 그의고요하게감은 작은눈이 그 의 슯음을 들어내는듯하엿다. 그가 멋칠을씃어오던 그 괴로운 숨소리가 끈어지 고 말엇다. 그러고 그의가슴을 짜내는듯하던 슯흔 呻吟이 슬어지고 말엇다.

炳瑞는 무서움에 썰엇다. 그러고『돌아가섯나!?』하는 생각이 번개가티 그의 머리를 스첫다. 그러고 限업는 슯흠에 그의 가슴이 쏘개질듯햇다. 그는 눈물먹

음고 썰리는 목소리로 어머니를 불럿다. 마는 어머니는 다시 對答이 업섯다.

그는 미친듯이 어머니 얼굴에 數업시 입마추고 울며 쓸어젓다. 그의 얼굴은 푸르고 히엿고 그의 입술은 몹시도 떨엿다.

몹슨바람은 如前히 나는모른다 하는듯이 요란히 門窓을 울니우고 房안으로 차고 흰눈을 드려밀엇다 가늘고 흐린 燈불이 吊喪하는듯이 바람에 펄덕어리고 잇섯다. 딸아서 모든 불그림자들이 亦是 우줄우줄 슯음을 띠우고 吊喪을하는 듯하엿다.

한참만에 炳瑞 얼굴을 들엇다. 찬바람이 그의 쌤을 시츨때 그는 어썬銳敏한 感覺이 그를 썰게함을 깨달앗다.

그는 그의 어머니의 얼굴을 드려다 보앗다. 아까 그의最後에 一呼吸을쓸던 그瞬間에 띠엇던 비웃는듯한 微笑는 如前히 그의입술에 써돌앗다. 그 쏙 담은 입술은 마치

『나를 이지경에 이르게한것은 그 누구인가』하는 원망하는듯한 表情이엇다.

『아아! 어머니! 』하고 그는 외첫다.『어머니를 이지경에 이르게한것은……그것은……그것은……아아!아버지……아니……아니』하고 그는 마티 무슨 수수썩기나 풀여는듯한 表情을지엇다. 그리고 그는 이 어머니의 찬얼굴이 뭇고잇는 그무름에 對答을 求해내려고 무한히 애썻다. 어썬생각이 猛烈히 그의가슴을 衝動시켯다.

『아아! 어머니를 이지경에 이르게 한것은!』하고 그는 외첫다. 그리고 그는 견디일수업는 마음과 憎惡의念을 感햇다

『아아! 그것이다. 그것이다!』하고 마치 무슨 物件이 보이는듯이 손을 내어 저으며 외첫다. 그는 다시 업디엇다.

只今 그의눈아페는 사흘前 지낸일이 쪽쪽히도 追想이되던것이엇다. 그의눈 아페는 사흘前날밤에 그의 아버지가 집으로 돌아오던 모양이 넘우도 分明히 나타낫다. 그째 그의 아버지는 얼굴과 衣服에 흙칠을하엿섯다. 그리고 그의 거름은 完全한 사람의 거름이 아니엇다. 그에 몸에서는 퀴퀴한 내음새가 나고 그의입에서는 쓸대업는 잔소리와 입에 담지못할 더러운 소리가 새여나왓다. 그의주머니에는 어머니에게 죽을쑤어 드려야할 돈이 하나도업섯다. 그리고두 一圓돈이나 빗을것다구 자꾸 炳瑞에게 돈을내어 노흐라고 협박을하엿다. 마츰

내 그는 비틀비틀하는 거름으로 어머니의 病床으로 거러갓다. 그리고 그때 그 아버지는 어머니를 病난 어머니를 때렷다……』

炳瑞는 더 생각 할수가 업섯다. 그는 벌떡 일어섯다. 그리고 精神업시 외첫다.『아아 그것……그것……그것……그것이 우리어머니를……』

그는 一種의 寒氣가 그의 몸에 핑돌믈 깨달앗다. 그러구 그는 미친듯이 밧그로 뛰어나왓다. 그는 精神업시 土房에 세워 두엇든 지개 비티개를 들고 눈우으로 다름박질하여 갓다. 그에몸은 확근확근달고 그에눈에는 불꼬시이 날엿다.

그는 마츰내 어떤집아페 웃둑섯다. 別로 조치도 못한 그집 窓으로는 히미한 불빗이 흥분한 어린炳瑞의 얼굴에 비추엇다.

그집 周圍에는 견딜수업는 惡臭가 四方으로 허터젓다.

그는 全力을다해 房門을 열엇다. 房門은 쉽게열엇다. 확근확근 더운김이 그의 언코를 막히게햇다.

그는 피빗이된눈으로 얼른 房안을 한번둘러보앗다. 單一秒동안에

房안에는 불을 켜노흔채 三四人이 되는대로 누워잇섯다.

農夫들의 無曲調한 집을 울리는 코구는소리와 알콜과 탄산까쓰가 合한 怪惡한 내음새가 그를不快케만할뿐아니라 精神을 아득하게 하엿다. 그의 이는박박 갈리고 그의 몽동이를 든 손은 부르르떨엿다. 그러고 소름이 오싹하며 온몸에서는 땀이 흘넛다. 그는 윈 웃간의 배를내여노코 누어잇는 그의 아버지를 보앗다. 그러고 一種 원망스럽고도 경멸스러운 眼光으로 그를 一秒間쏘아보앗다. 그러고는 곳 살이피둥피둥한 이집主人 곳 술장사인 老人을 보앗다. 그러고 견댈수 업는 增惡의念이 그의마음을 괴롭게햇다. 그는 다시 그에 父親을 보앗다. 아무 근심 걱정 업는듯이 단꿈을 꾸고잇는 그의 父親이 슯흐기도하고 원망스럽기도햇다. 그래서 칵들어가서 쓸어안고 실컷 울고 또한 어머니의 臨終의 어찌하엿던 것을 一一이 말도하고 십헛다. 만일 그가 그일을 實行하기에는 그의 마음은 넘우 急急하엿다. 그는 뛰어들어가 집主人영감을 실컷 따려주고 십헛다. 그러나 그가 그房알에묵 머리마테노힌 술단지를볼때 그의 全視力과 全精神 全能力은 다 그리로 모이고 말엇다. 쓰거운 피가 쫙 머리로 모엿다. 그는 바삐 뛰어들어가.

『이 미운놈아』하고 몽둥이를 들엇다. 一擊之下에 그 몽동이는 猛烈한 소리

와 한씌 그술잔치를 째쳐버리고 말엇다.

그는 솨르르하는 술흐르는 소리와 이 意外엣 音聲에 잠을쌘 主人의 呻吟소리를 들엇다. 그러고 그의발이 液體에 저즌것을 感햇다. 그러고는 제衣服바람에 겨오 팔락거리던 燈불이 죽어버린것을 보앗다. 그리고 그는 쮜여나왓다.

그는 精神업시 아싸왓던 길을 돌오 쮜어갓다. 그의마음은 얼마 만침 報復을 行한듯한 서언한 感이잇섯다. 그러나 그가 다시 自己집房문을 열엇슬때 그의 마음속에는 다시 怨恨과 슯흠으로 가득찻다. 그는 좀더 원수를갑고 십헛다. 그러고 이世上에 잇는 모든 술집들을 다 呪詛하고십헛다. 그는 房문을 열어논 채 펄석주저안저서 팔을쌥내고 제목소리를 다해서 고함첫다.

그는 견딜수업서다. 그는모든 술집들을 咀呪햇다. 그러고 술을마시는 사람들을 곳自己아버지부터라도 不德한사람이라고 斷言햇다. 어쩐偉大한 人物이 생겨서 이天下의 모든술집을 다 헐어버리고 오늘제가 小部分으로 實行한것가티 이世上 모든 술독들을 모두다 째려부시어 업시할수가 잇게되기만 爲하야 祈禱하엿다. 熱心으로 誠心으로 그것을 바랏다. 그러고 이제 이내 그런人物이 날것을 밋고 십헛고 쏘그러케 미덧다.

치운밤에 鬼聲가튼 소리는 自己의 이熱心잇는 希望의 祈禱를 한울우의 한우님 압싸지 傳해주는使者에 소리가티 그의 귀에는 들리엇다. 그러고 自己가 願하는 그일의 實行이 目前에 臨迫한것가튼 快感을 째달앗다. 그러고 소리업시 내리는 힌눈은 곳所願을 일우어 주리라는 한우님의 啓示가티 생각되엇다

어머니의 『나를 이지경에 이르게 한것은 누구인가』하는 무름을 包含한듯한 얼굴의 表情이 그로하여곰 더욱더욱 슯음을 感케햇다. 잠간동안 가만히안저 어머니의 얼굴을 드려다보던 그는 다시 새슯흠에 새눈물을 흘리며 제힘껏 소리 첫다.

『아아 咀呪를 바들너 너는 萬歲前으로부터 幾萬의生命을 殺害햇고 現今에도 쏘한 數업는사람의 生命을 害하는구나 쏘한 이뒤로도 너는 너의 毒한行實을 쩌림업시 發揮하겟구나. 咀呪를바드라 이奸惡한者여 우리人生에게 모든不安과 恐怖와 不幸과 罪惡과 害毒을 끼치는 너惡毒한者여 永遠한 咀呪를바드라 하고 부르르썰며 술을 咀呪햇다 그리고 술을마시는者를 가르쳐 (勿論自己父親까지) 『불상한者여!』하엿다.

이모든 소리에 困히잠들엇던 애기가 깨엿다。애기는 울듯울듯하다가 炳瑞를보고 방긋웃엇다。炳瑞는말업시 쓴웃음웃으며 애기를 일으켜안앗다。그리고 어머니의 屍體우에쓸어젓다。몸이 오싹오싹하고 甚한졸림이 오는것을깨달앗다。

그는처음에 어머니의 死를생각하고 슯히 울엇다。이제 다시는 어머니를맛나볼수가 업다하는 생각이그의가슴을 몹시도괴로웁게하고 슬프게했다。애기도 꼼작도아니하고 가만히잇섯다。새벽이되어오는지空氣가 次次더욱 차저엇다。

쉼힘업시나리던 쌀아기 눈도 어는새 뚝끈치고 살을베히는듯한 찬바람이 如前히 눈을휩쓸며 족음이라도 구멍만잇는대면 한군대도 아니 남겨놀러는 듯이 쐬쐬불엇다。

炳瑞는 다시 얼굴을 들지안핫다。그래서 그의어머니의『나를이지경에 이르게한것은 누구임니까』하는 그表情도 보지 안핫다 한참동안이나 술에對한憎惡의念이 猛烈히 다시 그의가슴에쓸엇다。그러다가 그怨恨의念은 집에는 불쌜나무도업고 밥지을쌀도업시 저혼자 나단이며 술을마시는 그의 父親에게로옴것다。그러다가는 또 그원한은 술을파는 李서방에게로갓다가는 다시또 술이라는 물건 自體로갓다가는 또다시 自己父親에게로갓다。해서어느것이 果然낫븐것인지를 알수가업섯다。그래 그는 마츰내 이러케 생각했다。『술을먹는 사람이나 술을파는 사람이나 술을파는 사람이나 술그自體이나 다한가지로 낫븐것이라고』

그러나 그가 이런생각을 하는것도 오래동안은 아니엇다。그는 그의 족으만 집에 집웅이 벗겨지고 한울門이 크게 열린것을보앗다。그러고 그리로부터 저의어머니가 눈이부시는 찬란한옷을입고 날아나려오는姿態를보앗다。그는 황홀히『어머니!』하고 외첫다。어머니는 사랑스럽게 웃으며서 그와 그의 애기를 兩手에안고 여러가지 재미잇는말로 慰勞해주엇다。그는이제는 칩지안핫다。슬프지도안코 괴롭지도안코 다만 짜스하고 즐거웟다。그는 그의 즐거움을 마음껏 즐거할수가잇섯다。

이튼날아츰 밝은해는다시 열어논 그의窓門으로 들이비추엇다。찬世上을 永遠히 떠난 어머니의 表情은 亦是『나를 이지경에 이르게한것은 누구임니까』하는 어제밤表情 그것이엇다。어머니여페 쓸어진애기의 쌤에는 밤새도록 운눈물

이 얼음이되어잇섯다。 그는 꼭 어떤 재미잇는 꿈을꾸는 얼굴가탓다。 어머니의
가슴우에 쏘굴이고 안저 永遠히 잠자는 그의얼굴에는 『나는 幸福이외다』하는
表情이 쏙쏙히나타낫다……。(終)

人力車軍●

밤 새로두시에야자리에누엇든 아씽이 아직날이채밝기도전에 조름오는눈물을부비면서닐어낫다. 자리라는것이 곳 닥는대로얼거리해노흔 막사리속에누덕이와집을석거서 쌀아노흔도야지우리가튼자리이엿다. 그속에서아직도 도야지가티쏭쏭한동거자(同居者)가훙훙거리며자고잇는것을 쌔여니리켜가지고아씽이는코를훙하고 풀어문턱에째려뉘이면서 찌그러진문을열고밧그로나왓다.

잠자든거리가째기시작하는째이엿다. 상해시가의이백만백성이 하루밤동안싸노흔배설물을 실어내가는 대변구루마들이요란한소리를내이며 잔돌쌀아 우두럭투드럭한길우흐로 이리달니고저리달니고하느것이 아씽의눈압에나타낫다. 동편으로해가쩌오르려하는째이다. 일즉니리난 동네집부인님네들이벌서일본사람의밥통비슷하게생긴 쏭통들을부시 느라구 길가에 죽-나서서 어성버성한참대쑤시개로 일뎡한리듬을가진소리를내이면서 분주스럽게수선거리엿다. 아씽이와쏭쏭바위는 약조햇든드시한쩌번에하품과 기지게를길게하고 바로마즌편 썩집으로갓다. 거리로향한 왼편구석에 널판지얼거리가잇고 그얼거리우에 원시뎍기분롱후한검언질그릇속에쩨죽쩨죽하게콩기름에지저낸 유재쎄(조반죽반찬하는썩)가담쑥곳쳐잇고 그엽헤는방금지지노흔먹음직한쏘쎙(썩)들이 북규측하게담겨잇는우호로는 벌서잠코밝은파리친구들이몃마리달녀와서웡-하면서 이썩저썩으로도라다니며 먹고십흔대로실컷 그고수하고 짭잘한맛을쌀아들이고잇섯다. 이선반 바로뒤에는사람으중키만이나하게놉히싸흔 우리나라물독비슷하게생긴가마가노혓고 그가마밋네모난구멍에지금썩굽는사람이풀무를갓다대고풀덕풀덕하며 가마안엣물을활활피우고잇고가마우 나무쑥셩 아레에서는길죽길죽하게빗고 한편에깨몃알뿌린쏘쌩들이우구구하면서 쓰거운진흙가에모래찜을하고잇섯다。그것들이 모래찜을실컷하야엉뎅이가감아특특하게되면 그손톱이세치식이나자란 썩굽는이의손이들어와서하나식하나식잡아내다가압헤노힌 선반파리무리잔채터에던저주는것이엿다。바로이썩가마왼편에는기-다란붓두막을가진 가마가걸녓고그우에서지금 유자깨들이 오그그그그하면서 콩기름속에서부어오르고잇섯다。그러고역시헹길짝으로향한이편한모퉁이에는 네모방정한붓두막우헤 보름달만츰이나크게둥굴둥굴한 서양털쑥경을덥흔깁다란가마들이너다섯개쌩둘너걸녓고붓두막바로 중앙에는직경이두치밧게아니될쇠통이뚤녀잇서서 이가마직이가잇짜금잇짜금그조마코뚱그런 쑥생을열고는바로그붓두막안측에싸한둔물에저즌 석탄가루를한부삽식쪼르르쏫는것이엿다。그러면그구멍속으로부터는 쌈안내와빨간불길이훌깃훌깃하고 밧그로치내미는것을서양털쑥경으로덥허막아버리고는 놋으로만든물푸개를바른손에들고 왼손으로이편가마쑥경을처들고는 부글부글끌는맥물을퍼서 저편가마속에쭈루루쏫고는 쏘다시왼편가마속들을퍼다가바른편가마에넛코 이러케 쭈룩쭈룩소리를내ㅣ면서분주스리퍼옴기고 쏘다음기고하다가는 엽전두닙 나무조가서너개식을가지고와서 쌩둘에 엽전두푼에한물푸개식주룩룩 그절절끌는물을담아주는곳이다。

아쨍과쓸루(도야지)라는별명을가진 동거자는어둑컴컴한부억속으로들어가서 둥그런탁자를가운데놋코뒤바치업는교의에 쌩둘너안즌때무든옷닙은친구들틈에끼여안저서 썩두개식과꺼륵한묵물을한사발식마시고쩔렁쩔렁하는전대속에서 동전을여섯닙쓰내탁자우에메치고 코를싱싱방바닥에풀어붓치면서걸어나아왓다。

둘이서는잠잠히걸엇다。조악돌을깔아울투툭 불투락한좁은골목을꿰여나와뎐차길을끼고한참을나가다가다시녹오만골목으로 죽음들어가서人力車세방압헤다다랏다。벌서숫한人力車군들이와서 널쥐한창고속에줄서 기와해어저쩌러저가는 조회에돌돌싸둔大洋八十錢을人力車하로세선금으로 支拂하고票한장을엇더들고어둑한창고로들어가 제차례에오는 人力車를한채 돌돌끌고거리로나아왓다。그는잠싼우두미니서서 분주스럽게도왓다갓다하는群衆을바라다보다가 人力車뒤채를부득부득밀면서 나아오는 쑹이에게이리케말햇다。

『오늘엇재신수가궁한것갓해!어제밤꿈이수상하더라니!』

쏭쏭이는이말을대답할새도업시 벌서저편마즌거리에서오라구손질하는 西洋女子를보고설마남에게쌔앗길사라 줄다름질을처가서 人力車압채를척내려놋코그女子를태왓다.

아찡은절반이나니저버려서 무엇인지잘생각도아니나는꿈을되푸터해보 려고애를쓰면서停車場쪽으로向해갓다.

맛침南京서오는막차가 새벽에停車場에다핫다. 齊燮元이가盧永祥이를드리친다구 風說이한참을낫슬째에이번車가아마마즈막車 일는지도모른다구 소주서곤산서쓸어오는避亂民이넓은 停車場이찌여저라하고밀려나아왓다. 停車場正門은벌서그동안各處에서들녀든 避亂民들의일허버린짐짝으로가득채와 交通단절이되고 左右門으로쓸녀나오는群衆들이문간에守直하고잇는 軍人들의수색을當하면서 이리밀치우고저리밀치우고흐늑흐늑하고잇섯다.

아찡은이기회를아니토치리라구 이리기웃저리기웃하며 기회만엿보고서잇섯다. 저편한구석으로아니가라나늙은한머니한분,젊은새악시한분,쏘돈푼이나잇서보히는젊은사내하나이 고리짝,참대궤짝,보구니등수십개의짐짝을겨오수색을맛추고 세멘트길바닥에싸하놋코 짬들을쌧고잇섯다. 아찡은곳그리로쮜여가려고 하다가『이놈아!』하고웨치는 前巡査고함소리밋헤쮜죽은드시 한편으로물너서면서 앗가운드시 그쪽만을바라보앗다. 짐은산덤이처럼싸하놋코 촌닭이관청으로온모양에 두리번두리번하든젊은사내가 마츰내짐짝을녀인들에게잘보라구부탁하고 인력거를부르려뎡거장 구의로나아왓다. 아찡은人力車를한모퉁이에집어던지고번개처럼달녀들엇다. 벌서네다섯 다른人力車들도 달녀와서이젊은이를에워쌋다.

『어데가시려오?어데요?려관에갈녀오?』

젊은이는어찌해야조홀넌지몰으겟다는모양으로 한참이나 어릿어릿하다가겨오 상해말은아닌엇던사투리로려관까지얼마에가겟느냐고물엇다.

『四馬路까지가면六十錢이오』하고한人力車군이즐거운드시우스면서말햇다.

젊은이는다시우물우물하다가

『二十錢에가면가고 그러치안으면고만두어!』하고모기소리만치중얼거렷다.

人力車군한서넛이펄적쒸면서한꺼번에웨첫다.

『어듸를 우리그러케에누리아니한담니다。』

『그자村놈일다。 상해말도할줄몰은다。』하고 人力車쑨하나이고함을첫다. 그들은이시골쑥이를 잠쏙골러먹으려고 그냥六十錢을내라구쩌들엇다。 얼마동안에오고가는말이 게속되다가 갑은마츰내 每人人力車에四十전式(보통定價의 四倍)에작정이되엿다。 아쩡도식전새벽에 이게웬쩍이냐하고 새벽好運을웃고 쩌들어서 祝賀하는동무人力車쑨들과석겨서停車場구내로들어가서 고리짝을한개들어내왓다。 아쩡은큰고리짝한개와 어더먹다남앗는지반찬대가리싼 쪽으만 보쑤레미한개를올녀놋코 압짱을서서줄곳다름질해나아갓다.

四馬路에려관은려관마다避亂民으로가득찻다。 그래그들은짐들을실고 이려관저려관으로 한참이나왓다갓다하다가마츰내엇썬어렵고족으마한려관에가서 남은房은업스나 응접실에서자기로하고하로에방세 二圓식주기로하야마츰내자리를잡앗다。 人力車쑨들은그동안여긔저긔쓸녀단녓다는것을 펑게로해가지고 한참이나 요란스럽게쩌들어서마츰내每人大洋一圓식을쩨여내엿다。 아쩡도그에윈손바닥에노힌 번들번들하는은전大洋一圓을눈이부신드시바라다보면서 지구리압짜락으로흘너내리는짬을씻고잇섯다.

그가人力車채를되는대로질질쓸면서 다시 큰거리로나아올때 그는혼자서

『이게웬쩍이냐!꿈에신수가궁하면 정말은신수가조흔법이야』하면서속으로는 좀잇다가방장에 선술집에가서한잔할깃븜을예상하면서 그번들번들하는 큰돈을 허리춤전대에잘간수했다.

정말로그날은特히運이조왓든지큰거리에척나서 자가랭이널분바지를니고? 펭갱이가튼모자를쓴 美國海軍하나를태우고팔레이쓰호텔까지갓다주고 海軍들이보통하는버릇으로 그냥막집어주는돈은 밧아헤여보니二十錢이한닙동전이열두닙이엿다.

그는넘우나조화서빙글빙글우스면서 電車궤도를건너人力車停留所로들어가車를내려놋코 그손살대우해면안히기러안저서行商하는어린애를불너다가 동전두푼을주고쏘빙(쩍)을두개를더사서 차물로목을축여가면맛이잇게먹엇다.

해는벌서거의午正이되엿슬라구 그가생각한째제차태가와다앗다。 方今팔레이쓰호텔문직이印度人이망치를휘둘으면서 『人力車쑨』하고부르는소리를듯고

달녀가려고펄석니러서다가 아씽은그만벌쩍나가잡바젓다.

아씽뒤에서 참새눈쌀가튼눈을도록도록하고잇든 쏘족이가번개가티 아씽엽흐로쒸여나가손님을태이려달녀갓다.

아씽이는다시니러나면서 저도몰으게『에코』하고신음을햇다. 한停留場안에서雜談들을하구잇든동료들이열아문이나죽둘너서서웬일인가물어보앗다. 아씽이은겨오몸을니르켜人力車우헤걸터안즈면서『오륵』하고바로그압헤다가 방금먹은것을고채로게워노핫다. 동료들은한편으로는놀나면서도 한편으로는우수워서 하하우스면서그를나려다보고잇섯다. 그는머리가횡하고왼몸이 노군한것을쌔달앗다. 五分,十分,十五分,그는   다시제기운을채리려고努力햇스나無效이엿다.

동료중에그중나히좀먹은곰보녕감이마츰내 동정하는드시갓가히와서 아씽의싸늘하게식은손을주물느면서이러케말햇다.

『여보게 요골목도라서四川路靑年會에가면 돈안밧고病보아주는醫師어른게시다 그리가보게그적게우리장손이가갑작이압하서거긔가서 약두봉지타다먹구나핫다 네어서가보게』

아씽은無意識하게고개를쯔득이엿다. 아마곰보녕감말을들어야할가보다하고흐릿하게그는생각햇다. 그러나!『어제밤꿈이不吉하더라니!』엇던 무서운생각이번개가티지나갓다. 그러면서이반작하는던기가그를쒸여오르게햇다. 그는人力車도아모것도니저버리고홋몸으로쒸처나와 다름질처서南京路로들어섯다.

그는 그가엇던모양으로 여긔까지왓는지를긔억할수가업섯다. 하여간이사람저사람에게물어판잔을먹어가면서 여긔까지차자는왓다. 房안에는 저外에 서너勞働者들이몬저와안저서 아모말도업시 서로번번히처다보고들안저잇섯다. 한사람은어데서구루마에치엿는지 그냥피가쑥쑥흐르는팔을추켜들고『흐흐』하면서부들부들떨고잇섯다. 아씽은한참이나벽을지대고 반씀누어잇다가, 차차정신이드는것을쌔달앗다. 이제는정신은쏙쏙한데몸이그저사시나무떨니듯우들우들떨니고멋지를안엇다.

의사님은어데갓는가?

下人가튼사람하나히 비를들고들어왓다. 아씽은거의本能的으로

『의사님어데가섯소』하고물엇다. 下人은대답업시 비로방안을두어번 슬적거

리고나서는 기지개를하면서

『規則이 의사님이새루두시에야。어데든지갓다가두시에오라우!두시전에는
의사님이아기오는規則이야하고다시방을쓸기시작햇다。아찡은풀석풀석비가
는대로 널어나는몬지를흠빡바드면서 니몸이쩍쩍마조부터서떨니는소리로다시
말햇다。

『지금멧시쯤됏소?』

『열한시』하고下人은時間을짜로외고다니는드시빨니말햇다。

세시간이잇다。그러나 여긔저기다릴밧게업다。이모양으로는아모데도갈수
가업다。웨이러케몸이작고떨널가?

아찡이한참이나정신이업시잇다가 다시정신을채턴째에는 떨니는증세는모다
업서지고 그저머리를무슨몽둥이로 어머마진드시뭉덩할쑨이엿다。팔부러진사
람은아직도그냥『호 호』하고안젓고 다른사람들은일질나는상판업다하는드시턴
정들만처다보고잇섯다。두려운암시를주기알마즌침묵이엿다。흐리멍텅한 아
찡의귀에는밧그로썡썡 쓰르르하고오고가는자동차소리들이 어데멀리서 들녀오
는소리가티들넛다。그는침묵이실혓다,그때그는이두려운침묵을깨트리는것이
그의責任이라는드시『지금멋시나됏슬가요?』하고공중을향해물엇다。텁정만치
여다보든사람들이잠간얼골을돌녀表情업는 흐리멍덩할눈동자로그를바라볼쑨
이오。

아모도대답하는이가업섯다。아찡은다시엇던무서운생각이나서몸을부르르
떨엇다。

『글새어제밤꿈이흉하다니까!』

문이열니면서째끗한洋服을닙고 金테안경을쓴뚱뚱한신사가한분들어왓다。
아찡은直感으로 이이가의사이른이어니하고벌떡니러나면서

『의사나리님 제가오늘갑작이……』

『아니요 아니요!의사는아즉도두시나잇다가야와요。좀더기다리시요!』하고
젊은신사는급급히대답하면서뒷문을열고안방으로들어갓다。죽음잇다가그젊은
신사가 다시나아왓다。압흔몸과가슴을가진그들의눈들이그의一動一靜을멀거
니 바라다보고잇섯다。

이젊은신사는좀뚱뚱한짠에 쾌활스런성격이엿다。그는 조그마한세다리고고

의에 펄석주저안즈면서구두발로마루바닥을한번쿵쿵글느고나서

『당신들,의사보러왓소?좀더기다리시요?아 당신은엇덕하다가 팔을만한세다리교의에 펄석주저안즈면서구두발로마루바닥을한번쿵쿵글느고나서

『당신들,의사보러왓소?좀더기다리시요?아 당신은엇덕하다가 팔을다첫소?무슨일을하오!小車쓰오?人力車쓰오?』하고이사람저사람들을번가라보면서   대답은쓸데가업다하는드시 주절주절짓거리고잇섯다.

한참다시침묵이게속되엿다. 그래이表情업슨눈들이신사의몸을쩌나 다시턴정으로向하려하는쌔에신사가다시버룩버룩하면서말을쓰냇다.

『세상은괴롭지오?죄째문이왼다!아담 이와가 한번죄를진후로 그죄가세상에관영해서 세상이이러케괴롭게되엿습니다』하고는가장동정이나구하는드시 군중을한번죽둘너보앗다. 군중의얼골들에는일종 『무슨소린지는잘모르겟다』하는 그러면서도 약간에호기심에끌닌표정이녁녁히들어낫다. 아씽이도 무시무시한호기심에쓸니여귀를기우렷다. 모다신사의얼골만   심으로바라다보앗다. 신사는잠간말을멈추엇다가『대답은쓸데업소이다』하는드시

『기도함으로죄사함을엇슴니다. 요한복음삼장십륙절에말하기를「한우님이세상을 치처럼사랑하사 독생자를주섯스니누구든지그를밋으면멸망하지안코 영생을엇으리라」햇슴니다. 한우님의독생자 예수그리스도가우리죄쩜을 지시고골고다십자가에목박혀죽으서서 그피로우리죄를속햇슴니다. 그래서누구든지예수를밋드면 세상에서는 이러케괴로워도 죽어서는턴당에가서 금거문고를뜻고 턴군턴사와 한우님을노래하면서 생명수가에생명과를먹으며살아간담니다』하고절반이나 연설체로흥분해서 한참내려역고서는 다시한번일동을둘너보고는벌쩍니러서면 맛치기도하는태도로눈을한울을향해올녀쓰고

『오!사랑하시는한우님이여 이불상한백성들을굽어살피사 당신의거륵한성신의불로그들의 죄를태와버리고 그들의마음을감동식히사 한우님을밋게하시오며풍성하신은혜를베푸소서』하고는다시눈을내려쓰면서『여러분오늘부터 예수품안에들어오시오。 예수말슴하시기를「내멍에는가뷔엽고쉬우니라」하섯슴니다.이세상괴로움을모다닛고 예수만진실히밋엇다가 이다음죽은후에턴당에가서무궁한복락을 가티누럽시다』하고 기ㄴ설교를씃낸후일동을다시한번 죽둘너보고 천천히문밧그로나가버렷다.

소눈깔가티 우둔한눈으로 흥분한신사의머리짓손짓을열심으로바라다보든눈들은다시 일제히어덴가보히지안는곳을 물끄럼히바라다보면서 각기입으로부터는약속햇든드시한숨을내쉬엇다.

아씽이는열심으로그신사의말을들엇다. 그러나그는그것이모다무슨말인지알아들을수가업섯다. 무슨 『죽은후에금거문고를타고잘산다』는말을알아듯고 『그러케되엿스면오작이나조흐랴』하고속으로부러워도햇다그러나 지금세상이무슨아담이와죄째문에 괴롭게되엿다는소리는무슨소린지몰을소리라햇다. 그럼人力車군은모다아담이와죄의형벌을밧거니와 자동차란양고자나잇짜금제가태와다주는 비단옷닙은새악시들은엇재아씨고人力車나 馬車나 自動車만 타고다니는그사람들은 세상에죽음도고생이라는것이업는것가티보히엿다. 그리고그신사가

『한우님의성신의불로 그들의죄를태와버리고……』

『한우님이잇거든 한끼먹을밥한그릇쑥이주고 이몸압흔것이나 낫게해주소』하고원햇다.

신사가나아간후에도 아씽이는한참이나 그신사가 한말을알아들은대로는 되푸리해보앗다. 세상에서는괴롭게지내다가 일후죽은후에 텬당에가서금거문고타고……죽은후에금거문고타려면웨살아서는 고생을해야되는가?죽어서텬군텬사와노래하려면 왜살아서는 맛날쏭쏭한사람을태우고 쌈을흘녀야하며 발길에채와야하고순 사몽둥이로어더마자야하는가? 죽은다음에 생명수가에잇는생명과를배부르게먹으려면 왜살아슬적에는남다먹는아츰죽한그릇도못어더먹고 쏘씽으로요기하여야하는가? 그것을아씽이는째달을수가업는것이엿다그신사가말한바소위그텬당이라는데는 그러면우리가튼人力車꾼이나몰려가는데인가?그러면양고자들과양복닙은젊은사람들과 순사들은죽은후에엇던곳으로가는가?그들도그텬당으로가는가?만일그들도텬당에를가면그들은 이세상에서고생도안이햇스니 불공평하지안은가?올타 만일텬당이라는데가잇다면거긔서는필시우리이세상人力車군들은 앗가그사람이말한모양으로 금거문고타고 생명과배불러먹고놀고 이세상에서人力車타든사람들은모다人力車꾼이되여서 누덕이를닙고주리고쩰면서 人力車를쓸고와서우리를태와주게되나부다!그러나 그러면나도한번그들을「에잇찌놈」하면서 발길로차고동전세닙던저주고 예수맛나보러대문으

로들어가게될것일다. 정말그런가하고그는혼자홍분하여젓다. 그래그신사가아직잇스면턴당에도人力車꾼이잇느냐고물어보고십헛다. 만일그렷타구하면그는이제라도어서죽을것이엿다. 그래그조흔턴당으로한시밧비갓슬것이다. 그는호기심에끌니서 미다지간막은안방에서무슨책인지웅얼웅얼하면서 닑고잇는방직이에게말을건넷다.

『여보녕감 녕감도예수밋소?』웅얼하는소리가쑥끈치고한참이나가만히잇더니『네웨그러우?』하는대답이나왓다.

『턴당에두人力車꾼이잇다구그럽데가?』

『人力車꾼. 턴당에人力車꾼잇스면 턴당이랄게무어요. 업서요』

눈만멀쑹멀쑹하고잇든다른 사람들도빙그래우섯다. 피가쑥쑥듯는부러진팔을들고안젓는 녕감만이아모것도귀찬타는드시 그냥물쯔럼히팔을드려다보고안저잇섯다.

아쎙이는락망햇다. 턴당에는人力車군이업다. 그러면역시고생하는놈은우리뿐일다. 돈만흔사람은세상에서나 턴당에서나즐거운것뿐일다.

그는그런턴당에는가기실헛다. 턴당에가서도나즌데사람이우에가고우엣사람이아레로가지지아는다구할것가트면 그런데까지일부러다리압흐게 차자갈필요는업는것이엿다. 차라리괴롭더래도이세상에서나쏘쎙 이나마잔득먹고몸이나성해서 석달에한번식二十錢짜리갈보네집에나가면 그것이더幸福일다하고그는생각햇다.

몸이 갓든해진것가티생각이되여서 아쎙이는오지도안는의사를기다러지안이하겟다구 그만그만밧그로나와버렷다. 그러나그가분주스런거리로 이사람저사람피하면서 걸어나아갈때 홀로큰고독을쌔달앗다. 아쎙은제가갑작이이세상밧게난것가티 생각이되여서슬펏다. 지내가는사람,지나오는사람이 모다희미하게 멀니짠세상에사는사람을갓고 저는디구밧게엇던곳에홀로서서 이사람쎼들바라다보는것갓햇다. 그는이것이흉조라구생각하야몸을썰엇다.

그는정신업시 다리가움즉여지는대로 자긔집잇는싹으로자연 가게되엿다. 영대마로어구에내여버린 人力車는기억에나오지도안엇다. 그것을일허버리면제몸이엇던비참한결과를거둘것도 인식되지안엇다. 저도무슨일을하는지몰으게 집신짝으로 걸어오다가 건재약국에들어가서 감초가루약을 동전두푼어치사들고 그냥걸어갓다.

아씽이얼마나걸엇든지 제집동구밧게까왓슬때 동구밧헤울긋붉웃한긔를느리운 책상뒤에안저잇는 안경쓴점쟁이를보앗다. 아씽은그의본능덕엇든공포가 그를자연히그점쟁이게로 제몸을끌고가는것을깨달앗다.

전대에서二十錢짜리銀錢 한닙흘쓰내 점쟁이압헤던지고 우두머니서잇섯다. 점쟁이는누런안경속으르큰두눈을휘번덕거리면서 아씽을훌터보더니,족으마한 상자속에손을너허 돌돌만은조회한쟝을쓰내 펴처닑어보고서는 책상밋헤서 커-다란장지책한권을쓰내 세치나자탄식컴언 엄지손톱으로 장장을들치면서엇던곳을 차자드려다보더니 책을업어놋고서,책상위 류리관에 먹붓으로 글자를넉자를써서 아씽압헤쑥내밀엇다. 그글자는「天玄李紅」이엿다,」그러나아씽이 그한문글자를 알아볼리가업섯다. 그래그는고개를흔들엇다. 점쟁이는가장점잔을쌔이면서 관화비슷한 녕파말로점해석을시작햇다. 이러쿵저러쿵 중얼부언하는해석을 다모하노흐면대략이러햇다.

『아씽이는지금큰액에들엇다. 지금이액을넘기면 큰 락이돌아오리라』

아씽 이는정신업시제방안에쏙쑤라젓다. 점짜지큰액이닷첫다구나왓다. 아 아그러면무슨큰일이생기나부다하고그는몸을쩔엇다.

몸이다시으슥으슥하고 메시꼼이나기시작햇스나 먹은것이업서서게우지는안엇다. 아씽으눈압헤는그의젼생에가 한번죽나타낫다. 어려서촌에서남의집심부름하든것으로부터,뒷집닭채다먹고 들켜서석달을매마즈며 징역하고는 상해로와서, 공장에들어갓다가 八年前에人力車를끌기시작햇다.

八年동안人力車끌든생각이낫다. 애스를하우스호텔에서엇던 서양신사를태우고 五里나되는올림픽극장짜지가서 동전열닙밧고어굴한김에 동전두닙만더달나고 졸으다가발길로채우고 순사에게어더맛든생각이낫다 쏘언젠가는한번밤이새로 두시나되여서 大東旅舍에서술이잔득취해나오는 울러 (高麗人)신사세사람을다른두동모와가티태우고 법게보강리까지十里나되는 길을가서 셋이 도합十錢銀貨한닙을밧고 어처구니업서서더내라구야료치다가, 그들은이들한테 단장으로죽도록어더맛고 머리가깨여저서 급한김에 人力車도내여드업시뒤로오는자동차에 쩌밀니워서 人力車바수고,다리불어진곳헤, 자동차운뎐수발길에채우고印度人순사몽둥이에매맛든것도 생각이낫다.

길다면길고멀다면멀을八年동안의人力車꾼生活!적은일큰일,눈물난일。한숨 쉰일들이하나식하나식쥐니러서는것을감하야「꿍」소리를치고 도로업허지고서 는 다시아모것도의식하지못하게되고말엇다。

의사는방안에서검시하고   영국의순사부장은   중국인순사보호통역을세우고 쑹쑹이에게여러가지를물어서 족으만수럽에적어너어섯다。

『아씽이가언제부터인력거를꼬엇서?』

『글세 그 도쪽쪽이는몰음니다。이집에가티잇기는 바로삼년전부터임니다。 그째제가인력거를처음꼬기시작하면서가티잇게되엿서요』

『그래모른단말이야?』

『네,네아씽이제말로는이노릇한지가 今年까지八年째라구그러구합듸다요 나 리!』

순사부장은 알앗다는드시 고개를쯔덕쯔덕하더니 안에서검시하고나오는의 사를향하야 우스면서영어로이러케말햇다。

『무엇저죽을째되여서죽엇소이다。八年동안人力車꼬엇다는데요。남보다한 一年일즉죽은세음이지만 지난번公部局調査에보면人力車꼬는지 九年만에모 다죽지안습니가?』

의사는고개를꼿덕꼿덕하면서

『八年으로十年까지。每日과도한다름질째문데……』

×   ×

공무국에서온일꾼들이 아씽의시테를거적에담아실어간후 쑹쑹이는한참이나 멀거니안저잇다가 벌덕니러나서다시밧그로나아갓다。

그날오후두시에 사람들은 그쑹쑹이가역시 아모일도업다는드시 人力車에손 님을태우고 에드와드路로기운차게나가는것을불수가잇섯다。물론그가앗가순 사부장과의사의회화(영어로하기째문에)를알아들을수업서서   그에게는다행이 엿다。五年이나六年後에 아씽의뒤를짜르게될것을몰음으로 쑹쑹이는 흐르는 짬을씨슷면서 ㄲㅓ。ㅇ층ㄲㅓ。ㅇ층 아스팔드멧근한길을 홀로 달아나는것이엿다……맛치 도 한백년더살것가티……。……[꼿]……

殺人

一

우쎄는갈보이엿다.

차티와 과도한생식기뢰동과 번민과 실업슨한숨이少女이든그로하여곰三年이못되여삼십이넘어보이는로파를만드러주고말엇다. 태양은꼿을피여 오르게하되 구박과무졍의와학대는얼골을밉게만드는것이다.

三年前湖南에 큰긔근이잇슬째 열여섯살이든우쎄는열흘식굴머서사람이라도잡아먹을듯이눈이뒤집힌애비어미에게보리서말에팔니여그째긔근구제도로건류공사십장인엿던양고자팔에쌕쌕안기든 그두려움 그붓그럼 쏘그엇던알수업는쾌미를우쎄는지금도니져버릴수가업섯다. 그리고그훅훅하든그놈의입김에서여호가죽내갓흔노랑내가슴을쫙쫙막히게하든것과 영문은모르고도좀대항을해보다가그가식컴언류혈포를쓰내헛쌍을쏘면서위혁하든것과 무서운김에 찍소리도못하고바들바들떨면서그즘생갓흔가슴에부둥켜안기우든것 그러고는훅군훅군하는쌤 어쩔한아레 압흔허리 그러고는긔졀 이런것들이어린그의첫경험으로는니져버리기에는넘우나강한인상을남기고갓다. 거기서그놈에게련사흘밤을고생을하고그리고는뒷동리에서쏘보리서말주고저보다더고은처녀를사왓슴으로그는그만쫏겨나고말엇다. 쫏겨는낫스나하여간시언하다구 생가을한째 그양고자의심부름하든퇴동자하나이양고자에게쳥을대서그날하로밤은쏘다시그퇴공자와갓차자고그런후에는집으로도라가도상관업다는허가를어덧다. 그날밤에그는그퇴동자에게련세번을거듭치 지안으면안이되게되엿다. 그래그는잇흔날새벽에허덕거리며그래도부모의집이라고쮜쳐간째에는벌서병석에눕지안이치못하엿다.

◉ 이 작품은 ≪개벽≫(1925.6)에 발표되었다.

그가사흘인가알코좀나아서문밧게나안게된째그는다시대양칠원에팔니여서 잇든양복닙은신사를짜라갓치팔녀가는수십명면동리갓가운둥리처녀들과함쎄백 리나되는길을거러나와생전처음보는긔차를타고上海　까지와서또다시얼마엔지 는모르나지금갓치잇는쏭쏭할미에게로팔녀와서이래삼년을하로갓치하로밤에도 서방을적어도넷다섯식　만흔째는한쩌슨식짜지갈아대게되엿다.

　곱든그의얼골이진흙에말발쏩자리갓해지고말엇다. 불그레하는쌤이쎠만남 도록수척한우에다 갑싼분을매일발나서퍼러무리하고도검어트트하게되고 샛별 갓든눈이 공포를비산하는두려운둥굴터림우둔해젓다 영양부족으로눈아레는퍼 -런멍이지고 벌서한잇해전에올린매독은이곳저곳쒸기를시작해서요새는코와입 가에도얼는보이지는안으나근질근질한보듭지가맷게되엿다.

　처음에는英界四馬路에서밤마다쏭쏭할미와함끠사마로아레우를오르내리면 서허수룩한人力車꾼들을끌어들이고잇섯스나 재작년英界公務局에서密賣淫을 禁한이후로는지금잇는이法界大世界압거리에와잇섯다. 그러나여기서도마음 놋코사는것은안이엿다. 霞飛路로부터英界,法界가갈니는에드워드路짜지 죽西 門에서北停車場으로단니는電車 길左右便이모두이갈보무리외횡행디이엿다. 그래서저녁이어쓸해지기만하면수백의갈보들이모두제각기　제농당(농당은上海 세집의면형이다　ㄷ字形으로집을총총히련다라짓고사면팔방복도어구에는쇠문 을해달아서밤에는닷잇다가나제는열곤하게되여잇다.)복도어구에맛치개미들 이개미구멍밧게나서듯모둥키여서서지내가고지내오는부랑자들과퇴동자들을잡 아끌고추파보내고하는것이이곳상업일다. 그러나그것도순사한테　더욱이불탄 서경부한테들키면벌금푼이나톡톡이무는바람에갈보주인들은사람을한나사서거 리어구에세워두엇다가　그사람이순사가들어온다고암흐를하면서길압흐로쌜니 지나가면해쏘이누라구멍밧게나붓헛든버리들이물니여들어가듯농당복도어둑신 한쪽으로우루루쏫겨들엇다가는순사가지나간뒤에는또다시우루루몰녀나와서서 방울잡아드리엿다.

　우쏘는처음에얼골이쏙쏙해서하로밤에도퍽만흔손님을어덧다. 비슬비슬엇 보러　혹은놀너나와서거리로공연히오르고내리고하든젊은사람들도우쏘가쏫차 들어가서소매를휘여잡고얼골을치여다보며한번생긋우스면그만그를거역하지못 하고줄네줄네짜라들어들왓다. 그래이것으로엇던째는주인의사랑도밧고　쏘동

무갈보들의시기와미움도더러삿다。 그러나그것도얼마전일이오 요새갑작이그
의몸과얼골이급전직하덕으로쇠퇴해가는지금에는그도젊은남자의가슴을쓸을만
한자태를거이다일허버리고말엇다。 그러나아직다른애들처럼매는몹시어더맛지
안엇다。 그러나이압흐로엇지될지는아모도보증할수가업섯다。

   갈보들은대개밤닐곱시가량부터새로세시까지가대활동을하는데일분주한사
무시간이엿다。

   이여섯시간동안에잘되면사내서넛식은늘들어왓다。 갑슨사내의주제를보아
가지고요구하는것이다。 인력거군이나 공쟝퇴동자가오면대개한四十錢보아서
二十錢을주어도밧고 쏘흥정이나업는날은동전열두어닙도밧고했다。 그러다가
잇싸금(작년부터)아라사거라지갓흔것이오면한五十錢式째내고했다。 그러니每
日 밤수입이대개二十錢으로부터六十錢內外이엿다。 이러케번돈은말큼주인할
미가가져가고갈보들은나제두르고잇는누덕이와밤에남자의마음을쓸기위한육욕
을발동식히기알마즌각색의비단옷한벌과 갑싼분과 머리기름 그러고는그죠화하
는담배 한달먹어야二元어치도안이될밥만을그주인에게서바닷다。

   우쏘의삼년생활이 이사무의반복으로다지나갓다。

二

   요새우쏘의몸이상해드러가는것과한가지로그의가슴,그의마음,그의靈이쏘한
상해들어가는것이엿다。 육테덕쇠퇴는다만靈의번민의그림자인지도모른다。

   벌서한두주일전부터 우연히그는오정이좀지나 그가피곤한몸을더려운침대에
서니르켜가지고얼골단장을시작하려고하는째마다그는그의창문압(그의방은가
장길쩌리방이여서 그조고만창 틈으로는밧겻電車길이내다보히엿다)흐로엇든
美男子가늘지나가고하는것을그는보앗다。 처음볼제는그도심상히보아두엇지
만얼결에한두번보는동안차차마음이뒤숭숭해지기를시작했다。

   사랑!사랑은 류의가슴에영구히잠겨잇는불멸의씨일다。 이씨가구박과,무식
과,차퇴아무럼티라는돌명이밋헤눌니여잇는동안 자라지도안코짜라서당자도그
씨의존재를인식치못한다。 그러나이씨가엇든우연한기회를맛나한번해빗을엿고
는날에는이씨는맛치비온뒤참대순과도갓치하로밤새에싹이쑥소사오르고하로새

에꼿이피고열매가맷는것이며 이자람을막을자는세상아모것도업다. 이자람의
세력은세상모-든무력을압도하고부서업새고마는것이다.

이죽은줄알앗던 사랑의씨가지금우쏘의가슴쌍우헤기운차게사라난것이다.
그는처음에는울넝울넝하는가슴으로그가지내갈째쯤해서는창문구멍으로밧겻을
열심으로내다보다가그가힐끗지나가는것이보히면봄날의종달새모양으로혼자즐
기고창백한얼골의순진한처녀가가지는것과꼭갓흔붓그럼의홍조가쩌올낫다. 이
것이그에게는사상도못햇든새경험이엿다. 그가일즉삼년동안이나수천수백의사
람의품에안기엿섯스나 조곰도 이와갓흔 다문그의얼골이라도일순간보는 이런
홍분과고민을주지안엇섯다.

며칠후견댈수업서서그는달혼째보다일즉니러나단장을잘하고복도어구까지
나가서서그가지나가는것을보앗다. 아모리삼년동안이나가지각색남자들의소매
를붓들고추파를보내본그도웬일인지 그러케그립고새벽잘째에쑴에까지보든그
가압흐로올째에는무엇인지아지못할힘이 그를잡아끌어서그만낫을다홍빗으로
붉히면서뒤로물너서서벽뒤에숨어서발짝발짝하는가슴을손으로집흐면서썽 충썽
충쌜니거러가는그의뒤모양을물쓰럼히바라다보앗다. 그남자는째끗한옷을닙은
째끗한청년이엿다. 왼손에는책을들고 지금느진봄남들은모두맥고를쓰는째에
아직겨울중절모를쓰고잇섯다. 그는저-편으로가서에드워는路 져짝까지가서는
가든거름을멈추고우두머니서잇는것을우쏘는보앗다. 사람들이만히왕래하는거
리가되여서놀자세히보히지는안이해도잇짜금힐긋그가보힐째에우쏘는그가저를
바라다보는것갓치생각이되여서몸을흠칫하며어리애모야으로방으로쮜쳐들어와
침대에가어푸려져서한참이나씩씩거리엿다. 그의보드러운손이자를어루만지고
그향내나는입김이제머리가락을날니는듯하개감해서그는혼자극도로홍분햇다.

그후멋칠을계속해서그청년을본결과우쏘는대탁아레와갓치그청년을지작햇
다. 「그는아마 어느학교교사일다. 그래덤심째마다집으로도라가는데 던차를
타고 이길거리어구까지와서는 이교차덤에서내려서 다시법계짝에서던차를타면
한백여보밧게안이되는요거리에동전너푼주고 그러고는져편英界에가서쏘표를
사야하는고로그는경제하려고 이교차덤에서 져편英界어구까지는거러간다」구
론돈처허녀하구거눌소앗눈저라업해모뮤롯더거더사쩌나간째마다우쏘는그청년
을다시보지못하곤햇다.

이발견이우쏘에게는쎄큰터명상을주엇다. 그보다도매일그를볼적마다 그는
자기는본체도안이하고압흐로쑥지나가는것을보고는울지안이쳐못했다. 그는그
가청년이지나가는것을볼적에는저혼자흥분해서엇절줄을모르다가도 그청년이
저-편에서던차속으로스러진후에는놀저자신의모양을도라다보고는그만락망의
절통으로방으로쮜쳐들어와움며자리에쓰러지지안을수업서서다.

「교육바든장래가구만리갓흔쌔긋한청년!그런데나느~아-더러운것-그것
이……그것이……가능한가……바탈수나잇는가……?」하고그는울곱르지것다.

三

오늘아츰주인할미는우쏘가특별히늣도록니러나지안는것을발견햇다. 오후
두시가되도록소식이업슴으로그는어청어청가파로운충충대를내려와서우쏘의방
으로들어왔다. 우쏘는실컷울대로울엇다. 머리를산산히푸러헤치고,눈이쏭쏭
부엇다. 그러고침애에는그가몸을비비쏘으며뭉게든자리가남아잇다. 주인할미
는놀낫다.

『애 네가오늘밋첫니?이게무슨노름이냐?어서니러나서세수하고밥먹어라. 그
리고,이시머리도빗고해야지,망한년!』

우쏘는대답할긔력도업섯다. 대답을하면무엇하나!

슬컷두다리우고씨집히우고,위협을당하고,마그막에는쟝자갓치로어더맛고야
우쏘도더참을수가업서서세수하고머리빗고분발낫다.

저녁에옆복도어구에나가섯스나맛치밋친녀자쏘혹은정신쌔진녀자처럼멀거
니서잇섯다. 순사가온다구해도별생각도업섯다. 주인할미가억지로쩌밀고되쑤
록되쑤록하면서농당안까지와서쥐여지르면서욕설을퍼주엇다.

『무슨귀신이붓헛느냐?얌전하든애가왜 오늘이모양이냐?너도네몸갑을해야
하지안니,개갓흔년!』

밤열두시나되여주인할미는우당쏭쌍하게생긴퇴동자를하나끌고와서억지로
우쏘에게맷기엿다. 우쏘는몸부림을해가면서반항햇스나그우악한팔힘을당해낼
수가업서섯다. 우쏘가긔절를해다가다시정신을채린째에는그는엇든천근이나되
는무거운것이저를내려누르고잇는것을감햇다. 그러고는숨히턱턱맥히는고린내

와시시한쌈내,콕콕쏘는압흠,쌩한머리,헐녁헐녁한남자의숨소리,남자의입에셔질질흘너쌤우흘적시는탁하고더러운침. 우쏘는다시정신업시되고말엇다.

우쏘가다시정신을채렷슬때는벌서사면이고즈낙해진째이엿다. 그러케쩌들고도라단니든행상인들의길게웨치는소리까지가끈허지고,그리분주하든상해의거리가평화스런쑴속에잠긴째이엿다. 우쏘는어두운방안에니러나안젓다. 한초도닛지못할그청년의자태가눈압헤낫타낫다. 그는자긔로부터는넘우먼곳에잇는것갓햇다. 중간에건늘수업는구렁뎅이가잇서서제가아모리손을내여밀어도그가잡힐것갓지도안엇다. 더욱이그는

『더러운년!더러운년!』하면서멀니멀니몸을피하는것갓햇다.

『더러운년』하면서그는제팔째기로제얼골을문질너보앗다.

『더러운년……』

그는견댈수업다는드시푹마루우에쓱라젓다.

사랑은사람을깨끗케한다. 삼년동안이나아모런생각이나관념도업시이러케하는것이사는것이여니하고 자긔몸을수다한남자들의자유욕심에내여맛기든그가오늘밤의당한그욕은참말로견댈수업시붓그러운일이요욕스러운일처럼생각이되엿다. 그는입술을쑥깨물엇다.

『오!더러운년 더러운몸!더러운피……아쎄씨 (그는그청년을언제부터인지는모르나이러케일흠지어부르는습관을어덧다)이몸은정말더러운몸이웨다!』

사랑은사람을깨게하다. 무식이사랑압헤서스러진다. 우쏘는잇대썻자긔몸,쏘는자긔생활에대해서절실한생각과연구를해본적이업섯다. 그러나오늘그는일생처음으로제몸을생각해보게되엿다.

한창이나는무엇인지를분간할수가업섯스나 차차차차 머리가쌔끗해지고무엇인지희미하게나마쌔다라지는바가잇는것가티생각이되엿다.

『웨?웨?웨?누구의죄인가?……』

그는마츰내무엇을쌔다랏다……

『그러나!』하고그는웨첫다. 『그러나!』

삼년이나가티살든주인할미의쑹쑹한몸집이눈에보이듯했다.

『아 저 양도야지가튼살 내피쌔러먹고진살……오!내피내피!』하고그는바르르쩔엇다.

그는모든것을다 째다랏다。 그것은운명도 다른아모것도안이오 다만자기저
자신이엿든것이다。

『웨 내가 이러케약햇든가!』하고그는혼자이상하게생각햇다。

『원수다!원수다!』하고그는생각햇다。

모-든것이맑은등불과가티그의머리에인식을주엇다。 조곰도의심나는것이업
섯다。 모-든것을안젓갓햇다。

그는전신을부르르떨엇다。

사랑은사람을용감하게한다 그것이짝사랑이엿든희망이는졀망업덕사랑이엿
든그것이관게잇스랴。 사랑은사랑그것으로위대한것이엿다。 우쏘는

『그래라그러면너도새사람이되리라。 그러고나를짜라오라』하고손짓하는그
청년을눈으로보는것갓햇다。

『아 삼면동안이나 내살 내피 쌔라먹은미운저것!』그는다시그주인할미의쑹쑹
한몸집을보앗다。 그퉁퉁한볼을물어뜻고 할퀴고잴기잴기썹어보고십헛다。

그는벌쩍니러섯다。 밋친드시부억으로들어갓다。 어두운속에서도번들번들
하는식도날을알아낼수가잇섯다그는귀를기우럿다。 열대삼림보다도더고즈낙한
침묵이왼집 왼거리 왼도시 왼도시 된세게를둘너싸고잇섯다。 벌서새벽기운이
쩌도는것갓햇다。

찌쑹찌쑹하고소리가나는충충대를걱정하면서 우쏘는번듯번듯하는것을바른
손에들고 웃칭으로올나갓다。

四

의마대소리와 쑹쑹하는소리가들니고 피비린내가꽉퍼지더니 우쏘가황망히
충충대를굴너쩌러지다십히쿵쿵거리며내려왓다。 다른방에서갈보들이놀나쌔엿
는지「엉엉」하는소리가들넛다。

쟝사보다도더억세인超自然的힘으로우쏘는쇠대문을쩌밀어열엇다。 그리고
그는생전처음으로제맘대로문밧그로내달앗다。 거리는어둑컴컴하고좌우의집들
은모두식컴언상판으로「나는모른다」하는드시내대고잇섯다。

우쏘는에드와드路 뎐둥이잇는짝을향해줄다름질첫다。 그는잔돌싼길밧게나

와아웨씨가늘서서뎐차를기다리든곳을지나　세멘트싼반들한길우흐로밋그러질드시내달앗다。……죠롱을버서난종달새가 파―란하늘로우흐로노래하며춤추며을드시……영원히 영원히 우쏘는다름질햇다。쯧

(一九二五年四月十四日　밤)

첫사랑값°

유경이가죽엇다는 소식은내게 속을 주엇다 나는그가아직해외(海外)에잇는 즐로만알앗섯는데 갑자기 그의부고를밧고는엇지할줄을몰낫다.

『원 그럴수가잇나?』하고 생각햇스나 사실이사실이네는 할수업다 더욱이그 가언제고향으로돌아왓스며 쏘엇더케 그러케갑작이죽엇는지그것이내게는 큰의 문이엿다 더욱이그동안 한일년동안웬일인지 서로서신이 쓴허젓섯고 나도쏘이 럭썩럭 편지를못쓰고잇섯는데 그가고향에돌아온줄도전혀몰으고잇섯고 쏘만일 돌아온줄을일즉알엇든들 좀더속히 내려가서 반가운그를맛나보앗슬것인데 퍽 섭섭햇다 그와나는소학교시대부터뎨일돌아온줄을 일즉알엇든들 좀더속히내려 가서반가운그를맛나보앗슬것인데 퍽섭섭햇다 그와나는소학교시대부터뎨일갓 가운 친구이엿다.

여러가지의문이 내머리를차고 돌앗스나 좌우간 내려가보면알터이지하고 바 로그날밤차로 평양으로 내려갓다.

여러가지의문이내머리를차고 돌앗스나 좌우간내려가보면알터이지하고 바 로그날밤차로 평양으로 내려갓다.

초상난집에는 사람들이쓸로한아 웅성웅성하고잇고 사랑에는젊은사람들이 모혀서쟝긔들을 한가히두고잇섯다 나는본래유경이 부모와갓갑고 유경이가七 八年이나 해외에잇는동안도 여러번평양갈기회가잇슬째마다 유경이어머니를 차자보곳햇슴으로 그집은 흠업시드나들던터이라 서슴업시안방으로들어섯다.

유경이어머니는 나를보고는 설음이쏘다시복밧쳐서 다시소리쳐울엇다 유경 이아버지는 니러서면서 『오나!』하고 길게한숨을쉬엿다 나는들어가안것다 그러

◉ 이 작품은 ≪조선문단≫(1925.9)에 발표되였다.

나 엇더케말을해야할지몰나가만히잇섯다 흐늑거리는유경이어머니의잔등과 쏘 그푸러헤친 부스러진머리털을보고 눈물이핑돌앗다.

널에너헛든 유경이시톄를 내게뵈이려고 다시쑥겅을쩨엿다 나는그의죽은얼골을보고 놀나지안을수업섯다 바로작년에 그에게서보낸사진을밧아본적이잇섯다 그째사진으로보면두볼에살이통통지엿섯다 어렷슬적에도몸이통통해서동리할머니들에게 복스럽게생겻다는말을늘들엇섯다 그리고내어머니도늘나더러유경이는적러케몸이튼튼하데너는엇재 요리약골이느냐는말을늘들엇섯다 그러나유경이가 해외로써나가서 이래멋해동안서북간도로단이며 몸에과한고생을햇스나 그육톄덕고생이 결코그의복스러운두쌤을 쎄아사가지못햇섯다 그러든것이방로일년전사진으로보아도 통통한미남자(美男子)이든그가 불과일년에이리케까지되리라구는 상상할수업섯다.

쩌만남아툭내민광대쎄 핏기업는입술 만일반쪽이라는것이잇다면 유경이는 지금반쪽이되엿다 나는넘우악착해서고개를돌녓다.

방한편구석에는 아직도 그가마시고죽엇다는 류리약병이노혀잇다 나는그병을들고 자세히검사해보앗스나 본래약학에지식이업는나로는 무엇인지알수가업섯다 그러고쏘그자살한리유에對해서도아모도아는사람이업섯다 경찰서에서검시를와서산산히검사해보앗스나 그럴쯧한단서를엇지못햇다한다 그리고그가남긴서류로는 조회뭉텅이하나와『金만수형에게』라구쓴죽는날밤의쓴유서한장이잇는데 그유서에도자살하는리유에對해서는 아모런소리도써잇지안이햇고 쏘다른조희뭉텅이는 꽁꽁차고조희로싼것인데 것헤다가『金만수君끽』『他人은勿開할事』라써슴으로 아직아모도쎄여보지안코 내가온후에보기로햇다구한다.

조희뭉텅이를펴서보니 그것은그의日記이엿다 原稿紙에다가例의그의有名한惡筆로흘녀쓴日記이엇다 日記는한一年前부터最近엣것까지인데 그것도急하게뒤적거려가지고는그죽은원인에對해서十分之一의비츨던적주기에도不足햇다 그래日後틈잇는대로천천히다닑어보아서혹무슨사실을차즈면편지로알게하기로햇다.

죽은친구를서장대묘디에뭇고 그잇흔날아츰즉시서울로돌아오는車를탓다 나는車속에서그의日記를말큼닑엇다 惡筆로흘녀쓴것이되여서 서울다오기까지에 겨우모다닑엇다 그러고나는놀나지안을수업섯다

나는이日記를이러케公開하는것이 올혼일인지는몰은다 그러나내가사랑하는
유경君의一生을왓든보람도업시 그냥흙속에못쳐버리기는실타 만일유경君의魂이
이日記를公開하는것을不合當하게생각한대면 나는그責함을달게밧을터이다.

그의日記는이러하다.

八月二十八日

상해(上海)로돌아왓다.

항주(抗州)는퍽아름다운곳이엿다   더욱이서호(西湖)에서해지는구경하는것
은 참으로신선노름이엿다 그러나웬일인지나는고독을늣겼다 나이차차먹어서그
런지 엇든아지못할이성(異性)이그립엇다 저녁에서호가에나갈째마다 젊은남녀
들이쌍쌍히공원안을거니는것을볼째마다   나는슬근히서운하고도클클한감정이
낫다 아! 그아름다운 해써러지는구경을 나혼자하지말고누가갓치잇서서

『아름답지오!』

『데!』하고이야기 해가면서 보앗스면했다.

차간은무던히좁앗다 뎡거쟝마다피란민들이 들이밀닌다 아모래도 전쟁은시
작되나보다 나는차간에서도형형색색의참담한구경을보앗다 인생생활이란본래
이런것인가하고생각하니 한긋가이업다 발옴겨노홀틈도업서서 내내웃둑서서오
는데더구나차가다섯시간이연착이되여서퍽괴로윗다   상해는피란민으로우굴우
굴한다.

九月 二十日

어제밤 한잠도못잣다.

이런경험은 처음일다.

어제밤일이엿다 강당에서청년희주최로 시입학생환영회를열엇섯다 열시가
넘어서회를맛치고 나오려고 막니러서다가우연히 바로압줄에 안젓다가 니러서
는 엇든녀학생한분하고 눈이마조쳣다 나는총각의수집음으로 평생시갓치얼는
눈을옴기엿다 그도얼는외면을햇다 그러나 나는 그쌈쌕하는일순간에 무슨큰감
격을바든것갓햇다 엇재 그얼골이퍽다정한듯하고 한번더보앗스면허는생각이낫
다 압서잇는사람들이 아직 다풀녀나가지를안어서 우두머니서잇슬째 나느 엇던
시선이나를 주시(注視)하고잇는것을감각햇다 그래다시고개를그리로돌넛다 그
녀학생이-나를돌여다다보고잇든녀학생이-랑패한듯시 눈알을짠로돌니고귀밋

히빨개젓다-내가그러케생각했는지도모르지만   그러고는그가문압싸지갓슬째
한번더힐긋돌녀다보고는그만문밧컴컴한속으로 사라지고말엇다.

나는얼싸진사람처럼 무엇을어덧다가 일허버린사람처럼 눈이머-ㄹ개서 한참
섯다가 뒤에서내미는바람에 밀녀나아왓다 편소를단녀서 긔숙사방으로돌아가
는길에 얼골을도리켜볼들이싸-』하게켜엇잇는 마즌편녀학생긔숙사창문들을 하
나식하나식쳐다보앗다   『아!어는방에그이가게신가?』하고나는나도모르게혼자
탄식했다.

밤새도록 그의생각이 내머리를점령했다 힐긋두어번본얼골이여서-개학이래아
직보지못햇섯다 그것은내가 그리녀학생들을주의해보지안는까닭일다 얼골의륜
곽만도 퍽의미하게밧게는 긔억이되지안엇다 그러나내머리에는 그쏘는듯한광채
잇는눈으로가득채와잇섯다 아! 그눈 그눈이왼밤을 내몸을감시하고잇섯다.

내가 내자신으로도 퍽이상하게생각이된다 성욕이라는것을알게된뒤로벌서
십여년동안에하고만흔녀자들-그중에는『퍽입부다』하고인상을어든녀자도수두
룩하다-을길거리에서보고 학교에서보고 한자리에안적공부를햇스되 이처럼닛
쳐지지안는인상을남긴적이이업다 혹은거리에서 혹은뎐차안에서 혹은교실안에
서 수다한녀자들과 눈이마조쳐보앗다 엇쩐째는 퍽아름다운녀자의눈이마조치
면 마음이퍽깃거윗섯다 그러나그것도잠시일이요 한시간후이거나 무슨다른생
각을하거나 책을한페지닑고난후에는 그인상은벌서 니져버려질번햇섯다 그런
데 하필이녀자에게는? 알수업는일다.

그런데오늘오전에 쏘 이상스런일이잇섯다 밤새도록잠못자고머리가쎙하것
만 오늘갓다밧칠숙데는 아직썻남아잇서서 아츰첫시간뵈인시간에 도서관으로
쌸니가는중이엿다 나는항상거름을쌜니것는다 그것은년전에엇던서양사람이 동
양사람거름거리는 사흘굶은사람거름갓다는평을듯고 분개하여거름쌜니것는습
관을만들녀고한일년동안애쓴결과 인제는아조버릇이되엿다 그래쌜니것는거름
으로 층층대를성큼올나서서 바른쪽문편으로홱도라서면서 한거름내놋는차에
아차하드면 엇든녀학생하고 니마를싹마조칠번햇다 불연중『엣』소리를치면서
나는갑작이멈춧하면서 압흐로나가든몸을뒤로흠츠이엿다 그래몸은균형을일어
너머질번햇스나 바로잡앗다 마조오든녀학생도우둑섯다 그는무슨급한일이잇든
지도서관에서다름질쳐나오다가이러케함하드면마조칠번한것이다.

두리마조서면서힐끗두사람의눈은마조첫다 아 그눈 그눈이엿다 어제밤새도록나를감시하든그눈이엿다 나는부지중가슴이두근두근하고 얼골이버개젓다 그래얼는모자를벗고『실례햇슴니다』하고 모기소리만치입을열엇다『천만에』하는가느다란소리를나겨놋코서그는다시내가빗켜선데로쒸쳐다름질로쒸여나아갓다 나는거의모든의식과존재를닛고 그의쒸는뒤모양을바라보앗다 층층대를다내려가서한번힐끗도라다보다가 아직도내가멀거니서서저를보고잇는것을보고 붓그러웟든지얼골이빨개지고 그러면서도엇든미소를쯰우고 이상한몸즛으로녀학생긔숙사짝으로쒸척갓다.

나는도서관안에들어가안져책을펴쳐노앗스나 도모지닑을슈가업섯다 책장을뒤치는내손이부들부들쩔니는것을보앗다 엇든말할수업는향복과기대가가슴에뭉켜서정신이얼썰한것이 분별을할수가업시되엿다 한참만에정신이들여보니책은벌서너덧페이지닑엇스나 무슨소리를닑엇는지 한마대도긔억할수가업섯다 다시책을처음부터닑으려햇스나 실패이엿다 둘재줄을닑기도전에벌서셋재줄에무슨말이잇섯는지를긔억할수가업도록내마음은흥분되엿든것이다.

나는무엇을생각할수도업섯다 아모런사상 아모런사색 아모런감각도업섯다 그녀학생의생각을햇느냐하면그런것도안이다만머-ㄹ거니정신이빠져안져잇는것이엿다 가슴이멍하고손이부들부들쩔니면서 시게를쳐다보앗스나 멋시되엿는지도긔억할수업섯다 머-ㄹ거니창밧져-강가에 바람에흔들니우는 버드나무가지끗만바라다보다가 고만방으로돌아와서 침대에누엇다.

그녀자의일홈이무엇일가? 신입생일가 멋년급인가? 하는생각을멋번햇다.

긔게처럼제시간차자 교실에들어는갓스나그시간들을모두엇더케보냇는지하나도긔억할수업다 만일엇던선생이고내게무엇을물어보앗드면나는두말업시제로한개식은꼭밧엇슬것이다.

긔도회시간에는내가전에는그러케부주의하든녀자석을아조자조건너다보는나를발견하고나도내가우서웟다 그녀자를발견햇다그러고뒷모양을무한히바라다보고십헛다『이래서는안된다』하고 열심으로강대를바라다보려햇스나 어느새인지눈알은자연이그가안즌곳으로움겨지곳했다.

十月 一日

오늘이야 나는그녀학생의일홈도알고 년급도알엇다 어제야녀름동안려행을

갓다가 늣게야도라온생물학(生物學)교수가오늘부터교수를시작한다는광고를 들엇다 나는작년에시간상티로생물학공부를쌔노왓섯다 그런데그과목이 이학교 필수과이여서 금년에는쑥배화야한다는교무장의명령이엿다 그래과정표를가지 고생물학강당에갓다가그녀자도역시거기와안젓는것을보앗다 가슴이뭇첫햇다 그러고교수가우리들자리를잡아주노라구 일일히호명할째나는그러지안는다하 면서도자연이귀를기우려그녀자의일홈을들으려햇다.

그는N이다 아! N 무엇이라구할음악뎍일홈인가하고나는생각햇다 기실음악 뎍이기보다는듯기좀거북할너지모른다나느그동안멋칠을엇던모양으로지낫는지 몰은다。

十月 二十日

생물학시간에보는것외에도 나는한주일에서네번식그N씨를보게된다 생물학 시간에야그는맨압줄에안고 나는바로문안뒷줄에안즈니싸그외내가서로마조썰 니는일이업스나 그밧맛나는째는맛나는째마다나는늘그의눈이나를바라다보는 것을감한다 그래나또필사의용기를다하야그를쳐다보면그의눈과내눈은마조친 다 그러면서로랑패한듯이얼골을돌닌다 엇던째혹도서관갓흔대서나는그가나를 물쓰럼히나려다보고잇는것을감한다 그것은이상한본능일다 그를보지못햇더래 도내등뒤에엇던주시를감하여도라다보면나는반드시그의의눈을본다 그런데나 는바보다 넘우얼쓰다 나는그를한초라도쪽바로쳐다보볼용기가업다 혹겻눈으로 보살피면그는아직도멀거니나를바라보고잇다 그러면나는한업는행복을늣긴다 그러나나는대담하게그를물쓰럼히바라다볼용긔는업는것이다 안이용긔만이업 는것이안이다 내속에는무슨다른리유가잇는것이다 첫재는나는자존심(自尊心) 이넘우강하다 내게는녀자가홀니려니 져편에서는내게홀넛는데나는이러케못본 척하고잇스면 저편에서안타싸와하려니하는야비스런자존심의발동일다 둘재는 엇던의미윗도덕심일다 의무심일다 곳민족관념이라는그것이다 『아!나는외국의 녀자와눈마침을 하여서는안이된다』하고나는늘혼자생각한다.

그러나운명의신은웨나를이케괴롭게하는가?나는아모래도그를니즐수가업다 『아니다 안된다 안된다』하면서도그러면서도나는그를보고십다 그가나를바라보 거나겻눈질해보는것을바란다 그러면서속에서는작고만의심이쩌오른다 그가웨 그러케자세자세히나를바라다볼가?혹은?안이혹은?아!나는그한길사람의속을몰

나애를쓰는것이다

十月二十九日

오늘은토요일이엿다   아츰첫시간공부가업슴으로마음놋코자다가고만조반을일허버렷다   맛침마즈막시간에선생이결석햇슴으로친구들(그애들도늣잠자고조반굶은애들)몃치와서호쩍을사먹으려문깐까지나갓섯다.

맛침N씨가다른녀학생몃치와갓치토요일인고로집에를가는모양이엿다(N씨의집이상해에잇는줄을짐작햇다)여럿이서자동차를타고나오다가대문압헤서누구를기다리는지서잇는데   N씨는쌩긋쌩긋우스면서넙헤안진녀학생과뭇느이야기를하고잇섯다   우리는그자동차압흘도라서지나가야만하게되엿다   나는뒤로돌아가고십헛스나행의선두가압흐로감으로할수업시짜라갓다   나는두군두군하면서할수잇는대로외면을하면서쌜니그압흘지나오려햇다   그러나힐끗겻눈으로N씨가너게향해머리를돌니는것을보는듯하고나는젼신이짜르르해짐을감각햇다   내몸이엇재갑작이쏘라들어서N씨압헤서색기손고락만하게작은사람이되여발거름을쩨여놋치못하고작고그에개로쓸녀가는것갓햇다   머리에서는식은쌈이홀넛다   잇째잗동차는다시푸루루하면서열어노흔대문으로줄곳다라나아갓다   나는그자동차를바라다볼용기도업서서급급히호쩍가가로기여들어갓다   바로엇든쇠사실에매혓던몸이풀녀노힌것갓기도하고몸이다시쑥쑥자라서귀진것갓기도하다.

최상덕 편

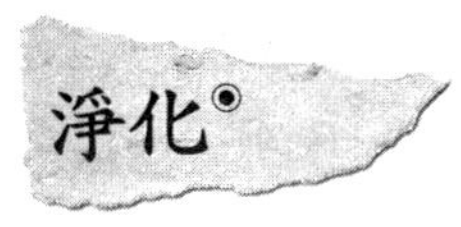

淨化[●]

　쑥섬이잠기느니　마포가쩌나가느니　나중에는남산북악까지삼켜버릴듯이　수선거리든 대자연의(暴威)도이제즈슷이난는지　흰구름사이로는 파ー란하눌이 놉직히보이며 과학이자연을정복하느니 문명이인류를 지배하느니 입만사라재잘대든 약하듸약한사람의 무리들을 비웃는듯어루만지는듯 쓰거운태양이이동편하날에서번적이고잇다

　다죽는다고써들든그들의입에서는 다시엿흔우슴이홀너나리린다 아버지의시체 어머니의시체 아들의시체짤의시체 어엽쁜가족의참혹한시체를 무서운물자국이아즉도마르저안은백사장에다 덩그러니뉘여놋코도 구호반의손으로난호아주는 한덩이시들흔 주먹밥을 밧을양으로 눈물코ㅅ물을싯고손을내여미는 쑥섬이재민의머리우에도 쓰거운해ㅅ볏은나려쏘인다

　늙은이의팔쑥갓흔 엉성한뿌리들을 내여놋코 비스듬이누어잇는 크다란양버들나무밋헤는 수마의참적을말하고잇는 보기에도지긋지긋한 물에통ㅅ히부른 남자의시체두개가나란히누여잇고 그엽헤는 이강대에서는 두물만한 초췌한중에도 미인의자태를 엿볼수잇는 수물대엿슬살쯤되여보이는 젊은녀자가 수재를격고난옷을그대로만입고안저잇다 그는 신문짓조각우헤바다노흔 한주먹밥과 외지쪽우헤 크다란쉬파리가안즌것을 날닐생각도아니하고 얼빠진사람모양으로 가고오는흰구름사이로보이는 파ー란하날만처다보며 엇던깁흔생각에저져잇다

　이젊은안악네의머리에는무엇이쩌도는가　쏘죽엄그것에짜혀잇는 사나희의두시체는 무슨비밀을말하고잇는

×　　　×　　　×

　● 이 작품은 《신민》(1925.12)에 발표되였다.

년々히드리미는 홍수의재앙은 이강대에사는주민들에게 『사람은못살놈에고 장이야 어서어대로써나야지』이런탄식을하게한다 그러나그러나 그럭저럭그한 째만넘기면 다시애착심이생겨서 참아못써나가고 그곳에서살게된다 봄물이한 강일대를잔々히흐를째 구물만던지면 펄々뛰는은빗갓흔생선을 무진장으로건저 내며 가을바람이 솔々이불째 누렷게닉은곡식을뒷뜰에서도글고 압마당에서드 거들수잇다 그들이엇지 그한째의고생을못참어 이연강일대의부고(富庫)를 버 릴수잇스랴 자마장리(雌馬場里) 김성팔의부々도 이저주할디방에애착하여사는 사람들중에하나이엿다

수물다섯살이나된 로총각성팔이가 당시열한살되는간난이 (성팔의처의일홈) 에게 데릴사위로드러간것은십사년전옛일이다 그십사년동안을 그들은 봄물결 갓치 잔々한가뎡에서 평화한날을보내여왓다

성팔의장인부처가모아주고죽은 유산은 부지런한사이와쌀의뢰력으로 점々 늘어갓다 집은커지고 세간은늘고 쌍은넓어젓다 성팔의집에도 더부사리가필요 할만치되엿다 작년봄엇던날이엿다

『그고된일을 혼자서엇더케하세요 농人일이나잘하는 더부사리를 하나두서요 데영감』

이것이귀여운안해의정다운의온이엿다

『까짓거 혼자서멧해더고생하지 더부사리를한명두려면돈이적게든다구 그리 고술잔이나먹는놈을두면 어쩌운일이만코』

『어데서참한사람을골나서두지요』

『남은다맛챤가지지 제일처럼해줄놈이 이세상에어데잇나』

이런의론이잇슨지 멧칠후에 성팔의집에는 돌 이라는배(舟)잘부리고 농사일 잘하는 그야말로그강대人일군으로는 맛침더부사리가드러왓다 수물여슷살밧게 안된돌이는 숭글숭글히생긴품이 미남자라고할수는업서도누가보든지 밉게생각 지는안이하엿다 홀신큰키 둥그스름한얼골에 놉직한코 이것이돌이를대표하는 남성미엿다

돌이가드러온지얼마되지안어서 주인아씨와돌이사이에는다만사랑하는남녀 만이볼수잇는 이상한시선이주인성팔이눈을기여서오구가군하엿다 달콤한이시 선이야말노 평화의짜힌성팔의가뎡을 여지업시파괴하는도화선이아닐수업섯다

끗내 남편눈을기여서사랑을속사기어오든그들에게는마참내 주인성팔이의밝지
못한눈도속일수업는최후가왓다

성팔의머리에는 크다란의문이써도랏다 아모리생각을돌녀보아도 성팔자신
드그의문을업샐수가업섯다 『내가쓸쩨업는걱정을하는것이안일가 나어리고얌
전한안해를데리고사는 늙은사람이 행용하는 쓸데업는질투가안일가 나의마누
라야설마……』이러케생각하든성팔이는 다시머리를흔들엇다 『안이다안이다 돌
이는나보다열세해나젊엇다 얼굴이잘낫다 그리고나의처는 나보다열네해나아래
다 그는녀자로의청춘이이제야왓다 내가무슨그에게 참으로남편짜운만족을주는
가』……이럿케생각하여가면 돌이와그안해에게대한 의심의실마리는끗업시풀
녀나왓다 『내가저즘돌이를내여보내자고할쌔그는엇지하여 낫빗을붉히고 반대
하엿슬가 부지런하고일잘하는것이 그에게그럿케중요한무엇이될가? 둘업시밋
고지내는남편의 의견을대번에 물니처버릴만치그럿케중요할것이가?』그는맛참
내 『오냐 증거를잡자 그리면제아모리시려도할수업스리라』이럿케부르짓고회심
의쓴우슴을지엿다

성팔이는지금까지참말판관(처(妻)시하에산다는말)생활을하여왓다 대릴사
위로드러간그가 처갓집유산으로사라온주위의경우가 그를엇절수업시 판관을만
든것이다 그래서안해의주장은절대의권위가잇고 성팔의주장은 안해의반대면
그만치그러지는것이엿다 그러나 이일만은판관으로참지못할일이다

╳　　╳　　╳

금년봄이다 술々부는봄바람이 고요히잠들녀는 잔々한강물을구기며 누엿다
누엿너머가는 쇠잔한태양이 래일의평화를기약하고 붉은노-ㄹ밋흐로 잠기는엇
던날황혼이엿다

성팔이가

『여보게 나는문안을좀단겨와야겟네 오늘이김평산댁 상일세 나는래일아츰에
야나오겟네 문일즉걸고자게』그안해에게이럿케말하고 그는오래써보지안튼갓
을내여쓰고 제법두루막이자판에 비도안이오는데우산까지들고나섯다

『무얼잠간댄겨서 밤으로나오시구려 나혼자적々 해서엇지견듸우 데 밤으로나
오시우』

안해의붉은입술에서이럿케정다운인사가흘넛다

『아모래도 오날저녁으로는못나올테니 기대리지말게』

『그럼 래일은일즉나오시우?』

『암 그러지』

성팔이의그림자가머-ㄹ니동구밧그로사라젓다 필연적으로오는어둠은 모든 것을자기의품속에넛코야마럿다

집々마다 등불이켜지기시작하엿다

그러나 성팔의집에는등불이켜질줄몰랏다

어두어가는밤을짜라점々어두어질뿐엿다 이어둠속에서는 무엇이속살거리는 가?

『암그래잘됏지 누가저더러일즉오라기 삼년석달이라도나 오지말지 밋친녀석 희々々』

이것이남자의목소리

『이거웨웃고써들고야단이요 누가드르면엇쓸나구! 그러치안어도 작자가 요 좀 무슨눈치를채인모양이든데 어서나갓다가 이짜드러오우 불켜겟소』

이것이녀자의 말소리

『앗다 여자라는게 접은퍽드만치 래일아참에야올걸 무엇이급해서 눈칠채다 니 그놈이무슨눈치를채?』

『안이글세 요좀은공연히툭명을더러부리니말이지』

『그것은도적이발재리다는격으로 우리가그럿케생각하니까 그런것이야』

『쉬……』

년놈은입을다무럿다 그들은온몸을귀삼아무엇을드르려하엿다 참으로들님인 지쏘는착각인지 뒤문을향하여한거름~갓다와오는발자최를드럿다 달콤한환락 은쌔여지고 공포에썰든그들은 의심할것업시그것이무엇인지를아랏다

뒤문고리를잡아채는요란한소리와갓치 돌이는압문을차고 비호갓치다라낫다

『이년문열어라』

그의안해는 지금까지그럿케무서운남편의음성을드러본적이업다 문을열가말 가 창황주저할즘에 문쥐두리가쌔지며뒷문이와락열넛다 남편의무서운그림자가 어둠속에낫하낫다   석냥을거ㅅ는소래가마치천둥니나하는것처럼요란히들넛다

성냥씃헤서니러나는 한줄기광명이 왼방안을밝혓다 남의처로는 가장쓰리는죄악의 가지가지의증거가말업시홋어저잇섯다

함부로홋허진안해머리를비롯하여 온방안을날카라운시선으로한번돌나본 성팔이는

『드러왓든놈이누구냐!』

하고버럭소리를질넛다

『드러오긴누가드러왓다구그리우』

자기스사로어림업는변명인줄알면서도 그안해는이러케대답할수밧게업섯다

성팔이는 남자의씌는검은혁대를 문턱아래에서집어서 그안해의턱밋헤다벗석드러대이며

『이래도 고짜위소리를할테야』

하고 그리압흐지안으리만치 거더찻다 그안해는 거더채이는대로 모로쓰러저서아모대답이업섯다 성팔이도아모말이업시 그저내려다보고만잇섯다 크다란분규를싸고잇는 방안은다시고요하다 흥분된남편의숨결과 공포에써는안해숨결이 아울너서 방안은한씃긴장하여젓다 무서운침묵은용이히쌔여지々안엇다

×　　　×　　　×

돌이는 다시 성팔이의집에를안이드러왓다 그러나돌이가멀니도망을간것은 안이엇다 멧칠후에그는건넛동리다른집에더부사리를다시하게되엿다

성팔이는 돌이를자기집에서나가게한것이 엇지나시원한지 몰낫다

아―그러나 돌이가성팔의집을나갓다고 그것으로성팔이는 과연안심할수가잇슬가 성팔의가뎡에는다시 전과갓흔평화가올가? 안이다 년놈의관게는더욱깁허갓다 한집에서쩌난뒤로 그들은점々그리운생각이간절하여젓다 이것이사랑의집착성이다 주위의장해와압박은 그들의사랑을북드두고 시련하는데지내지못햇다

요전첫장마가지기멧칠전일이다 비가오려고그런지 그야말노쩌는듯한더위엿다 해는젓건마는 서늘한저녁바람은부러오지안엇다 동구박쏜푸라나무가층々드러슨숲사이에는 벌서 황금이물드러서자못으슥하엿다 그으리슥한숲속을미여흐르는 물소리가 잔々히잔々히 사람을쓰리는남녀를부르는듯하엿다 이잔々히흐르는물결리씀을짜라서 한씃삼 그는년놈의속살거리는말소리가씃치엿다 니엿다

한다

『여보 글세허구한날을 엇덧케이럿케사르우』

『그러면엇더케하노』

『아 여보 그리면엇덧케하다니 사나히가돼서그럿케궁리가 안난단말이요』

년은이럿케 핀잔주듯 짜증내듯 가늘망정 날카라운목소리로말햇다

『궁리가무슨궁린가 우리가그만다라나날짜』

『어데루?』

『저-강원도두메로 드러가지 거게는아즉민적안한사람이푸윽하고 순사못본사람이만타는데』

『거겐가면엇덧케사루?』

『엇덧케살긴 하늘잇고쌍잇스면 사람살게말연이지 그저평생쌀밥은못구경한다데 감자와옥수수만먹고산다나』

『아이구 나는그거만먹군못살겟소』

『그래도 우리가성팔이놈의꼴안보고 마음놋코살면그것이조치안어 단하루를사러도』

『그거는그러치만 지금재산이다우리부모가물녀주고 도라가신것인데 그것을죄다그놈을주고 우리가다라나요? 그건못하겟소』

『이사람 답々한소리도하네 그럿키 그대는나하고살고 나는그대하고사는행복이잇지안은가 그래그대는나보다는 집간쌍마직이 배(船)쪼각이귀하단말인가』

『안이그러치는안치만 그세간가지구 당신하구나하구 잘살면더조치안우』

『내가그럿케되는법을말하쎄들를터이요?』

『암 듯고말고』

『듯고꼭 그대로할테요?』

『엇덧케말인가 하지해』

『쏙……』

『그래서……』

이번에는년이말할테인대 문답은끈어젓다 다음말을드를낭으로 기다리는놈은 고개를들녀 년의얼골을드러다보앗다 쏙담은입은용이히말이나올듯도안엇다 다만까만눈만이어둠속에서 쌘작일쑨이다

『웨그럿케 가만히아젓서?』

그래도대답이업섯다 놈은 년의엽흐로밧삭다가거안즈며 년의억쎄에다 손을 언고 얼골을드려다보며

『웨말을안해 갑자기벙어리가되엿다』

『정말내가말하느대로할테요?』

무거운입은쩌러젓다

『한단밧게엇짜라구』

『우리 그놈을죽여버리자구 응』

『응 죽이다니』

놈은 과연놀나는모양이엿다

『그놈을죽이면 그재산은우리가가지고 당신과내가잘살수잇지안우?』

『하기야그럿치만 산사람을엇덧케죽이나』

『앗다 산사람이게죽이지 그까짓거 양잿물한냥에치면아라볼걸』

이번에는놈이아모대답도못했다 무서운침묵은계속되엿다

『웨? 암말도안코안잣소 남더러벙어리냐고하더니』

이번에는년의팔이 놈의목을쩌안엇다 그리고흔들며

『어서니아기를해요 웨말이업소』

『양잿물누사람죽일나다가는 사람도못죽이고 감옥소구경이나톡々히하지』

『그럼엇덧케하우』

『우리사춘이 진고개일인의집병원에가잇는데 그무슨약인지 하―얀가루약인데 아무맛도업고냄새도안나기때문의 그약은고양이란놈도생선토막에다발나두면 모르고먹고는즉사하는그려 그런데사람도수까락쏙대길한나만먹으면 그만이라는데』

『그약을엇덧케구하오? 구할수잇소』

『거야우리사춘한테가서 무슨즘생잡는다구그리고어더오면……그러치만엇덧케생사람을……』

『쏘못난소리를하는구려 그놈을그대로두면내가죽어버릴터이야 일평생을엇덧케 이럿케마음을쏠이고 살수잇나』

『못난소리도하지 죽기는웨죽어 이럿케자미나는세상을 죽어서몰나』

놈은년을힘껏쎠안엇다 년은온몸을그의억세인팔에다시르며 응석하듯이

『우리그러케해요 당신은그하얀가루약만구해오구려 재작은내가맬터이니』

『글세……』

년놈은쎠안은채로 각일각으르더하여가는향락의취햇다

잔々히흐르는물소리를그들은듣는지못든는지……

『에그비가오시네』

『정말이나』

년놈은맛참내 정신이낫다 가는비는 부슬~나리기시작엿다 그들은충々거름
으로 동네로드러갓다

『그럼 래일이라도문안을댕겨오구려』

『글세 비가머즈면 댕겨오지』

년놈이등구안으로드러서々 이편길저편길노논이며 한말이다

×　　×　　×

　돌이는 집으로도라온후 사랑웃묵한편에눕기는누엇스나 잠은올듯도안엇다
그의머리속에는 성팔이를죽이고살니는것으로가득이찻다 죽여야지하고작정을
하려면 죽여서야되나하는굿센무엇이가로막는다 죽이다니하고물녀시러면 그놈
을안죽이면 네가불행하다 그놈을죽이는데비로소 어엽쁜안해가생기고 집이생
기고 짱이생기고 그리고배가생긴다 하로아츰에큰집주인이된다고혼수한다 그
는엉성한남의집사랑웃목에누은자기의주위를도라보앗다 뒤숭々한 자기머리를
괴인 빈대씨인목침쏫차 주인집것이다 발치에노힌강기판우에는일전성팔의안해
가하여준 광당포적삼이노혀잇다 오々그것은제것이다 그밧게무엇이잇는가? 안
해도업다집도업다그러나 성팔이가죽으면 집이잇다안해가잇다 짱이잇다 배가
내것이다　조고마한부자ㅅ집주인이내아니냐?!밧게는쏘다저나리는비소리가요
란하다 자기엽헤는 건는집더부사리하는노인의 코고는소리가싱크럽다돌이는한
잠도못드럿다 날은밝앗다 비는멋지안코퍼부엇다 그잇흔날도비는왓다

　사흘재는 홍수다 김서방네집이쓰고 리서방네집이 물속에잠겻다 그러나둘이
는쯰울집이나잇던가 세간이나잇던가 모두써나간대야남의것이다 다만성팔네집
이무사한가 안이성팔의쳐만이잘잇는가 그것만이그의염녀쩌리다

나흘째되는날이다 하늘은 찌슨듯이개엿다 다죽엇다고쩌들든 사람들은다시 물채엿든뒷서름질에분주하엿다

문허진담을 쌋튼돌이는 등뒤에와잇는 성팔의처를보앗다 년놈은말업시우섯다

『그래 문안댕겨왓수?』

『그비에문안이다뭐요』

『그럼언제나가료?』

『래일이나 이담을쌋코 드러가보지』

간단한문답이끗나고 성팔의처는도라갓다 돌이는 다시담싸키를시작하엿다

×　　　×　　　×

그잇흔날 돌이는 문안을드러가는길노 진고개××병원으로 그병원약국에서심바람하는 자기의사촌동생을차저갓다 마참자기의사촌이 어데를가서 래일아픔에야도라온다는것을 병원주인에게서드러 안 돌이는 적이실망하엿다『나갓다가래일다시올가 아무데서나문안서자고래일그것을어더가지고나갈가』망서리다가맛참내황금정엇던친구를차저 어독한행랑방에서 창박게들니는구즌비소리를드르며 잠안오는하로밤을지냇다

잇흔날아츰 돌이는그의사촌으르부터 조고만약봉지를어더서 마―코빈갑으로다시꾸리여 속개화에다집어넛코 병원뒤ㅅ문을나서ᄉ 비오는거리를충ᄉ거름으로내려갓다

×　　　×　　　×

돌이가배를타고강을건너 비를쓰루ᄉ맛고 쑥섬에드라온째는 강물이저즘보다더붓는다 고동리사람들이 불안히쩌들째이다 비는낫과밤을게속하여왓다 돌이는아즉까지 성팔처에게문안댕겨온 자기의사명을다한깃거운소식을전하지못하고잇다

참혹히내리는비ㅅ속에 쏘하로가지낫다―아―물이저럿케느러오네 아랫동리자마장은벌서쩟다네―동리사람들은이럿케쩌들며 좀더놉흔곳으로세간을옴겨놋느니 어린아해들을끌고가느니야단이엿다

그들틈에끼여서 쌈을흘니며 주인집세간을나르기에분주하는 돌이는 지랴든

짐을버서놋코 퇴마루에걸터안저서 이밧분통에는참아잇지못할침착한태도로 무엇을생각하엿다

『왼동리가다쩌나가기로 내것이야무엇이업서지랴 최후로나의붉은몸둥이만이 저편언덕으로헤염치면 그만이안일까 그보다도더시급한것이잇다 자마장동일가물에쎳다지안느냐 자마장리는 넓고넓은이세상에도 다만한아밧게업는나의사랑하는성팔의처가산다 남의세간나부랑이를저옴거기에쌈을흘닐이째가아니다 성팔의처가안이나의처가 방금 붉은물속에서 엄을면하려고헤매이며나를부르고잇슬지도모른다』생각이이에밋친돌이는 잠시도그곳에머물너잇슬수가업섯다 그는밋친사람처럼 머리를두어번설 々々내혼들며다름질처자마장으로나려갓다 이것을본 주인은

『여보게어데를가나 저것보게물은악가보다도저렷케느럿네 마른세간만이라도어서옴겨놋토록해야지 여보게!』

『여보게 이비오시는데어데를가나 어데를가? 이사람아!』

이럿케부르는 주인이며 갓치일하든 동무의게는 대답도업시 뒤도도라보지안코 물에잠긴 즈름길노첨벅~다라낫다

×　　　×　　　×

자마장리는 어제저녁째부터 방안에물든집이만허서 놉흔곳을차저세간을옴겨놋키에분주들하엿다

성팔의집에서도해지기전에모든세간을 자기집뒷뜰 언덕진곳에잇는 크다란버드나무밋흐로 옴겨놋코 각々으로부러오는물을경게하고잇섯다 비는잠시도멋지안코 퍼부어왓다 집집마다 불이란불은다쩌버리고 온동리는 물과어둠에잠기고마랏다 이곳저곳에서 니러나느사람살니라는소리가 요란한비소리 물소리와아울너 더한층처참히들닐쑨이엿다

『이것보서요 내가지금올나안고잇는 뒤주가거진물에잠겻서요 이것봐요 들석々々하는게 밋치쩌나갈것갓해』

버드나무밋헤다절구를놋코 그우헤가을나안고잇든 성팔이는 안해의이말을듯고 그제야정신이난다는듯 물노첨벙쮜여내리며

『큰일낫네 얼는이리나려오게 그뒤주가쩌나가면 사람도건무더 쩌나갈테니』

하며그안해를 안아내리엿다 뒤주는사람이내려스자 모로쓰러지며 물우흐로
써올낫다

『여보 세간이고뭐이구 다내던지고 어서더놉흔데를차자 올나갑시다 어서』

성팔의처는 썰니는목소래로 그남편을졸낫다

『이어두운데 어데가어덴질아라야가지 놉흔데라니 이동리에우리집이제일놉
지안은가 저사람살니라는소리좀드러보게 다른집은더한모양들일세 어데가어덴
지알수나잇서야나가나 보지』

『저것좀보우 저머릿장이써나가는구려 그리다가는 의거리도 써나갈가부구려』

『의거리가 다무엇이야 사람이죽는것데 나를쪽봇잡어쌋댁하면 너머질테니』

『물에가이럿케섯슬나니 춥고썰니여견딀수가잇소 어데로좀나갑시다』

『가긴어데를가 이답々한사람아 올치올치 저버드나무로나올나갈가』

『내가엇덧케 올나가우?』

『내게업히게 그리고내억개에올나서서 그우흐로써든가지를튼々히붓잡고 말
타듯키그굴근가지에가걸터안게』

『자 나는올나왓스니 이번에는영감이올나오구려 올나오니살듯십소』

『웅이제올나가지』

성팔이는 자기의안해를올녀보내놋코 물에저진멱서리를한아어더들고 나무
우흐로올나갓다 그리고멱서리를곱처서 나뭇가지에다쌀고 맛치한쌍의새모양으
로 안해와나란히안젓다 저즌옷을통하여전하는체온과체온이그들노하여금새삼
스러히 이상한촉감을늣기게하엿다

『저거보서요 저사람들이타고잇는집웅이막써나가는구려』

과연 압마을집한채가 삼사인의사람을시른체로 급한물결을짜라 하류로흘너
내려가는것이보인다 써나가는집웅우헤섯는사람들은 밋친듯이손을내여흔든다
구원을청하는최후의기호다 마조보이든 이웃조고만집도 둥실~써나려가는것이
보인다

성팔의집 뒷담밋이뿌리까지 패이는지요란한소리가나며 뒷뜰일판은맛치여
울처럼물결이급하여젓다 지금올나안젓다는나무쑉리까지패여질듯이 물결은험
하여젓다 성팔의부처의느러진발끗을싯츠며흐르는 붉은물결은성팔의부처에에
게좀더놉흔가지로기여오르기를재촉하는듯하엿다

『이일을엇찌하우 미구에우리안즌가지도물에잠길것갓구려 좀더놉흔가지로 옴겨안저요 만일이나무가쓰러지면우리는엇던케사루?』

『가만이잇게 저웃동리에서 웬배한척이이리로내려오네 저것보게』

『정말 저것보세요 우리를보고손짓을하지안어요 아마우리들을구하려오나베 저것보서요쏘손짓을하지안어요?』

『글세그게누구일가?』

『아이구영감저게돌이가아니애요?』

『돌이? 돌이가엇던케올가!』

『우리들을구해주랴오는게지 구해주려고우리를그배에태여가려고……』

성팔의처는 누구보다드 돌이를아라보기에밝은눈을가젓다

과연멀니써오는조고만배를젓고잇는것은어김업는돌이엿다

성팔의처는밋친듯이 팔을내여흔드럿다 성팔이는그압헤가쩌러지지안흘가하여 붓잡은나무가지를놋치지말나고 주의를식혓다

배는차々갓가와젓다 고요히 노-를젓는돌의 굴근팔쑥의이러나는힘까지도분명히보엿다

『박(돌의성이다)서방』

『이사람 돌이』

성팔의부처는 번가라가며돌이를불넛다

『데-』

반가운대답이기-ㄹ게들니엿다

『배를가지고어서드러오세요』

『데-』

돌이는배ㅅ머리를 이편으로돌넛다 선체는좌우로몹시흔들니며 오는듯마는듯 이편으로닥아왓다

『아-큰일낫습니다 이리로는못드러가겟습니다 충々히히히맥힌 아까시아나무쏙대게에 뱃머리가마조치여서드러갈수가업습니다 저우흐로부터내려가자니 저 담패여나간자리의급한물결에 배가업허질테구 이걸엇지하면좃습닛가!』

돌이는난처하다는듯이 이럿케부루지젓다

『그러면이사람 저압마당쪽으로 도라드러오지도못하겟나』

『어림도업슴니다 이물결을거슬너서는 올나갈썬도못함니다』

『아─그러면엇찌하면조흔가 이것보게 우리안즌데까지 물에잠기여오네』

그의어조는비창하엿다

『큰닐낫슴니다그려 그럼배를나무에다 봇드러매고 나만헤염치건너가서 한분식배로 올마오시도록하지요』

『그럼어서그럿케히주어 박서방』

돌이는 조곰아래에잇는 양버드나무에다배를맬모양으로 배를천々히밋그러트리여내려가서 기다란갈구리로 그나무를거러다리고 굴근삼바로뱃머릴를봇잡아매고 다음에 나무에얼거맬준비를시작하엿다

이째엿다 요란한소리와함께 물우흐로용마루만겨우내여놋코잇는 성팔의집은 문허저물속으로숨이여버렷다

『저것봐집이……』

나뭇가지에서발을구르며이럿케소리를치든성파의안해는 엇더케발을헛드듸엿는지그대로 붉게흐린물결우흐로 텀벙써러저버렷다

『저일을엇찌나 저일을 』

성팔이는안해의물에써러지는것을보며 밋친듯이부르지々며 뒤밋처물노쒸여드럿다

배를붓잡아매고잇든 돌이는 요란한소래에고개를돌니자 잇다라물속으로써러지는 성팔의부처를보앗다 집이문허저쌔여나가는까닭에 물결은더급하여지고 험하여젓다

붉은물결에짜히여써나려가는 성팔의안해는두손길만을물우흐로내여혼들엇다 밋친듯내여젓는손길은『나를구하여주서요 돌찌』하는듯하엿다 두서너간새를두고 성팔이는짜라써나려가며 애써헤염을치려하는모양이나 급하고험한물결에 옷입은채로써러진 성팔이는팔과다리를함부로허위저거릴쑨이엿다

이것을보고잇는돌이는 일각도주저할수가업섯다 배우에다옷을버서놋코 용감하게물노쒸여드럿다

사나운물결을헤치고드러가는 돌의동작은기민하엿다 급히흐르는물결을리용하여 한끗쌜니내려가든그는언으듯 성팔의처의압길을막앗다 돌이는맛츰내물우에나왓다드러갓다하는 애인의손목을붓잡아 자기의힘썻놉히처드럿다 물 속에

서공중으로머리를내여민성팔의처는 머리를함부로내여흔들며 먹은물을토하려고 『푸푸』내여부럿다 돌이는한편팔노그르고히씨여안고 한편팔노헤염을치며 배를향하여나아가기시작하엿다 그제야눈을쏙바로쩌서 돌이를치여다본 성팔의처는 두팔노돌의목을끼여안으려하엿다

『아서～그럿케하면 내가헤염을칠수가업스니 그저가만히 내허리에매여달리니기만하오』

『응々……』

차듸찬물속이지만 빈사의경우이지만 씨여안진애인의몸으로부터는 그래도 쌋々한김이오는듯하엿다

돌이는맛참내 죽엄으바다를건너서 거츤물결우헤서외로히흔들니고잇는 배ㅅ전을붓잡앗다 이것이야말노삶의언덕이다

『아─저는사랏지요』

배우에올나안즌성팔의처는이럿케말햇다

『지금은아모걱정업슴니다 내가여게잇스니안심하시오』

『우리영감은 엇지되섯서요』

『당신의영감이요? 성팔이요? 아─참엇지되엿노?』

돌이는 멀니흐르는물결으흐로 시선을더젓다

『아─저게저것이 우리영감이아니애요?』

『아참 그것이구려 무슨나무가지에가매여달녀잇는지 써내려가지를안코 그 자리에잇는구려』

『여보시오 제발좀우리영감을살녀주 우리영감은 나째문에저럿케되엿서요 만일저대로죽으면 나째문에죽는것이야요 나를살녀주신당신은 우리영감도살녀주서요 나째문에죽게된저이를 살녀주서요 나를사랑하시는당신이거든 제발 나를 살니려다죽게된 저이를구해주서요』

성팔의처는 누가뒤에서 성기는것처럼 이럿케말하엿다 이럿케말하고 그의얼골에는 참으로 신성한인정이넘치는표정이흘넛다 이것이사람으로써의 가장숭고한표정이다 죽엄의바다에서헤여나온사람이 죽엄의바다에서 헤매이는사람을 보고만 낫타낼수잇는 갑잇는 고귀한표정이다 이고귀한 표정이야말노 악마라도 사람다운본성에도라갈수잇고 원수라도사랑하고십도록마음을돌닐수잇는것이

엿다

　돌이는마참내 이숭고한표정의포뢰가되엿다 자기의량심은 한끗피뢰한 자기의몸둥이를쏘한번 거츠른붉은물속으로 쒸여들게하지안코는마지안엇다 그것치른물결이다시는　돌이를이세상에서영원히발을끈케하는죽음의마즈막길일지라도 그의량심은 그의몸둥이를 그물속에던지고야마랏다

　성팔의를죽이기위하여 진고개로약을구하러갓든 돌이는 이제성팔이를살니기위하여 거츠른물결을헤염치고잇다

　물에써나려가든성팔이는 손에닷는것이나 눈에보이는것은 검풀이라도붓잡고 물거품이라도 붓잡으려하엿다 그는눈압헤보이는 펑퍼짐한나무가지를 살고지라고붓잡고매여달넛다 그러나매여달녀서써나려가는것은 잠시막을수잇스나 이나뭇가지에몸을싯그 잠시라도 물밧그로몸을 내여 놀수는업섯다 그래도그는 그나무가지를생명갓치붓잡고잇섯다 물결에밀니는성팔의체중에 나뭇가지는부러젓다 성팔의생명은 다시끈허젓다 성팔이는부러진나무가지를붓잡은채로다시 써나려갓다 그는거의의식을이저버렷다 이째에그의팔에닷는튼々한물체가잇섯다—그것은 돌의팔이다 몸둥이다—전력을다하여짜라온 돌이는 성팔의팔을붓잡앗다 자기의주위에잇는 물체면붓잡으리라는의식밧게는 아모정신이업는 성팔이는 맛참내 돌이두팔과함께 허리를꼭부듸안엇다 돌이는『이것큰일낫고나 하고 성팔의팔을쑤리치려하엿다 그러나 최후의에넬기를다내여 붓잡는성팔의손과팔은 맛치굴근쇠사슬처럼 풀내여풀수도업고 쌔여내야쌔일수도업섯다 돌이는 맛참내 운동의자유를일헛다 두다리만 쓸데업시 물속에서허위저거릴쑨이다 돌이는 말근정신을가지고 그대로 물속에잠기지안을수업섯다

×　　　×　　　×

　배우헤서 초조히바라보고섯는 성팔의처는 돌이가성팔이를붓잡는것을보고 자기가구하여진듯이그럿케돌에게끌녀나올줄알고 안심하엿다 그러나 돌이는다함께 물속에잠기는듯하엿다『아—엇지된셈일가』그는안탁갑게부르지젓다 조곰잇다가 둘이는함께물우에낫하낫다 둘은쎄여안은채로 업히젓다뒷처젓다하며 물결에짜이여써내려가는 모양이엿다『저러다가는둘다한꺼번에죽지나안을가』하는의심이써올낫다 그는 미친듯이『사람좀살니라』고소리를질넛다

이째이다 멀니상류로부터 이상한소리가성팔의처의귀에들녓다 맛치자동자행거에서나는소래갓흔것이엿다 그는소리나는편을바라보앗다 그소래는차차갓가히들니엿다 그것은물에쌔진사람을구하라단이는 구호선이엿다 기ㅅ쌜을휘날니는구호선은 살갓치다라왓다 그는손을내여두르며 사람살니라고소리를질넛다 석유발동기를장치한 구호선은왓다 성팔의처는그배로올마타고 지금쩌내려간 성팔과돌이를구하여달나고 애걸하엿다 지금까지아득~보이든 두사람은그만보이지안앗다 구호선은 성팔의처가가리치는방향으로선두를돌니고 속력을노앗다 선두에서잇는구호원의 망원경렌쓰에는 물우에쩟다가라안젓다하며흘너가는 두사람이낫타낫다

새속력을내이는발동기소리가요란히낫다 구호원들은 벌서그물던질준비를갓추고잇섯다 압서거니뒤서거니낫타낫다숨엿다 쩌나려가는 성팔이와 돌이는 벌서시체인것을증명하는것처럼 아모자발력동작이라고는업섯다 업허지는것이나 뒷처지는것 쓰는것이나 잠기는것이나 모든것은 다만물결치는대로될쑨이엿다

『여보세요들 둘다죽엇나봄니다 저일을엇지하면조와요』

성팔의처는 선창에서발을굴넛다

그물던지는소리가 『철썩』낫다

『아 빗첫다 조꼼넘겨첫드면』

다음사람이준비하엿든그물이 『철썩』물우에쩌러젓다

『올타 바로씨엿다』

첫그물에치여나온것은 성팔이엿다 창백한얼골 쑹々부른배는보기에도징글어윗다 그물은다시 돌의시체를쩌윗다

죽엄 그것을말하는 두남자의시체가 배우에나란히누엇다

의사는 번가라가며 인공호흡을가하엿다 두사람의입에서는 누르스름한물이 간극적으로소사올낫다

배는언으듯 쑥섬보통학교압혜다앗다 두시체를언덕진나무밋혜나려누엿다

의사는다시인공호흡을게속하엿다

오분 십분 십오분을지낫다 그레도 그들의얼골은점々 창백해질쑨이요 소생의 빗이보이지안엇다

의사는인공호흡을멈추고 바지포켓트에서항케치를끄내여 이마의흐르는쌈을

씻고 자기의머리를 주먹으로툭々치면서 점잔케말하엿다

『째여나려면 지금쯤은체온이좀드라야할터인대 아모래도절망인듯하오』

지금까지 그런듯이안저서 의사의하는일만보고안젓든 성팔의처는 한거름갓가히다아안즈며 한손은 성팔의가슴우에 또한손은 돌의가슴우에올녀노앗다 탄력업는 두사나히의피부는 시체그것처럼 찻다

성팔의처의굿게다문입술이 미묘한근육작용에쩔니엿다 그리고기-르고검은 속눈섭이 곱게저즈며 수정을녹인듯한 맑은눈물이 슬미여흘넛다 이 눈물은 성팔이를위하여흐르는것드아니요 돌이를위하여흐르는것도 아니요 자리를위하여흐르는것은더욱이안이엿다

그눈물이야말노 사랑을초월하고 미움을초월하고 자아를이저버린 초인간적감정에서만흐를수잇는 쟁화(淨化)된눈물이엇다

乳母⊙

1

농촌의황금시절인 기럭이날고 서리내리는 추수째가왓다 N평야한모퉁이에 잇는 M촌에도 벼마당질이한창이다

－하나면두홀、둘이면서히、서히면너히、너히면닷말

가장평화로운리듬으로 크－다란행복을 고조하는듯한 두량(斗量)하는소리가 이집마당에서도나고 저집마당에서도 써올낫다.

박서방집도 오늘이벼마당질이다 금년일년의 총결산을보는날이다 박서방은 금싸라기갓흔벼가 길넘게짜힌엽흐로 쌩々도라다니면서 벙글～우섯다 그러나 그우슴은곳사라젓다 가루세루나둥그러진 볏집우에 펄석주저안즌 그의 수수쩍 갓치 걸고걸은얼골에는 불안에빗이써올낫다 좁다란그의이마에는걱정의 굴근 줄이 그어젓다.

－쩍루어짜흔것이 멧섬이나될것 그것을지주와 반타작을하고나서 갑하야할 조합빗이얼마 집잽히고내쓴빗이얼마 장리내먹은곡식이 멧섬 쏘누구에게얼마 얼마－－이럿케 그의단순하든머리속에서 수판이재그럭거릴째 그는불안과걱정 이 끌치안을수업섯다. 수자의차가 너무도현격한것임으로. 큰빗적은빗할것업 시 모주리 타작하는날로미루어온것이다 아츰브터정성시레모혀드러 등대하고 잇는 조합서기 면하인 쌩썬쌩이사환 누구 누구 반갑지안은 손님들이 퇴마루에 서 웅성장을보고잇는것을 볼째 길넘는볏뎀이가 대수럽기는커녕 불을칵질너버 리고말엇스면 째ㅅ긋할듯하엿다.

두량이끗나고 작석(作石)이끗낫다。지주가절반을 점령하여 쏘리표를붓치고

⊙ 이 작품은 《조선문단》(1926.6)에 발표되었다.

나자 반갑지안은 손님들이우루々밀녀왓다 그들은 박서방네가 차지할볏섬을 임
자업는 개고기난호듯하엿다 맛츰내는 벼한섬에 빗쟁이가둘식셋식매여달녀 당
기거너 밀거니 짜홈까지 니러낫다

　―여보게 박서방 내빗은엇절텐가 오늘오라드니 이짓할나구그랫나!

　이런 핀잔과원망이 박서방에게로 도라오면

　―그저 제야암닛가 무사히들처분하시지요 저는한톱 안드려감니다

　그는 이밧게더할대답이업섯다 저히끼리 짜우다가 코가깨여지거나 팔이부러
지거나 내알배잇나 하고 먼산을바라보고섯기에는 사람이좀못난박서방은　엇지
할줄을 모르고 두손바닥만 무의미하게 부비고 섯々다.

　면하인은 공금이라고 제일먼저볏섬을지워가지고가고 조합서기도 그럿케하
고 말잘하고 힘쎄나쓸 읍내서나온 쌩뼌쌩이의 사환이며 누구 누구가 다밧아간
뒤에 벼한섬 차지하지못한자들은 만만한박서방만붓들고 힐난한끗흐로 리본(利
本)병하여 다시 표를 밧어가지고 헤여젓다. 그날일은끗이낫다 아니일년일은그
것으로끗을막엇다.

　해는젓다 가을의황혼은쓸々도하엿다. 낡아빠진 키ㅅ짝에다 벼알석긴북덱
이를 담아들고 어린애를 등에업엇다는것보다 궁둥이에다 다라매고 아실낭아실
낭드러가는 자기안해의뒤로 답사리비와 갈궁이를든 박서방이 힘업는거름으로
싸라드러갓다

　집안은대적이나마즌것처럼쓸쓸하엿다 안해는 어둑한 방안으로드러가 안짜
하소연할곳업는 우름이터저나왓다 박서방은의례히그럴것이라는것처럼 웨우느
냐? 하고 무릎생각도안코 허리에찻든 곰방대를쓰내여 담배를한대피여물고 문
턱에가우둠혀―니걸터안젓다

　―글세 그잘난놈의농사를웨지어요 봄내여름내 쎄가빠지도록 쌈을흘니며 농
사를지어노아야 타작째에는 벼한톱어더먹지 못하는 그놈의농사를……글세 내
일부터는 무엇을먹고살며 집잽히고내쓴돈은 엇덧케한단말이요 장리ㅅ벼어더
먹은것도못갑고 표를써주엇스니 그겐들쏘야 어더먹을수잇겟소 금년겨울은 엇
덧케난단말이요―

　박서방은 무에라대답할지몰나서 한참이나 우둠어―니안젓다가

　―제ㅅ짱업시농사를지으니 자연그럿케된것이지 누가술한잔 방탕히먹거나

공돈한입을 쩟나 날더러엇저라구그러나 어려운놈이라는게 나남적업시 죽지못해사는게지 별수가잇나

—집잽힌데도 리자라도무러야지 쫏겨나지안켓소

—글세나말이지

그들은 그이상더게속될회화가업섯다 갈노겨튼울타리틈으로 새여나가는 바람소리만이 가늘게 휘파람첫다。

2

멧칠뒤에 박서방은 안해와겨우두살잽힌 어린것을다리고C읍에닛타낫다 집간마저집행을맛고하는수업시 무슨막버리라도해먹을작정으로 「농촌에서시변으로」박서방으로써는 크—다란 생활의혁명을니르킨것이다。막버리 막버리도 박서방을기대리고잇는것은업섯다 그것도 결국은 이루어지지못하는 리상(理想)이엿다。내외가사면으로헤매인결과 그안해가 차즌것이 세식구의목숨을 달게된 직업이다。엇던 부자ㅅ 집젓어멈(乳母)으로 드러가게된것이다 젓먹이내 아들은 암죽(어린애먹이는미움갓흔것)을먹일셈치고라도 막서리를한간빌녀주고 온식구를멕여살닌다는 조건만에 그들은만족하엿다。

삽십이겨우지난 젊은안해를 뉴모질을식혀서먹고산다는것을 수치로생각하기에는 너무도배가곱흔 박서방이지마는 가난한부모의죄로 어머니의젓을쌧기고 기—나긴밤을 울어새이는어린애를안고 밤잠을못자는 박서방의 가슴은 아팟다。

안해의젓 아니 어머니의젓은 지금은 완전히 자본화가된것다 막서리를빌니고 량식을대주는 주인영감의아들의 방탕의열매인 기생의몸에서나온어린손자가 빨고 주무를권리가 잇는것이요 박서방의아들은 잇따금 마른목을추기는데도 눈치곳하는어머니의 쉰사나바랄것뿐이엿다。박서방의아들에게는 부드러운 어머니의젓통대신에 암죽탕기가태이고 부드러운 안악네의가슴으로브터쩌나서 편치안코썰그러운사나히가슴에서 괴로운꿈을꾸게되엿다。

엇던날 틈을타서자기아들에게 젓을좀빨니다가 주인마누라에게들닌어멈은 쌍으로드러가구십게 염치가업섯다 도적질이나하다들닌 사람처럼 그의얼골은 붉어젓다

-내색기먹일대로다먹이고 남의자식은 무엇을먹일녀나 그럴테면 아세그만들 것이지 우리는금갓흔 돈드려서 사는것인데 아세 그만들것이지하는 말은 박서 방내외에게는 그야말노 죽으라논것보다 더야속히들녓다. 남의똔을밧고 뉴모 노릇을하는바에는 주인마누라의 그말은 어데까지나경우가쭉째진 올흔말이엿 다 그들자신의 량심으로도 자기네가한일은 어데까지나잘못한일인듯십헛다 도 적놈이자기죄를뉘웃치듯이 자기아들 젓먹인죄를 뉘웃칠수밧게업섯다.

3

아들을끼고누어서 아츰잠이드럿든 아범은 문밧게서 콩 콩하고 발구르는소 리에 잠을쌧다.

압문이 바시시열니며 어멈이드러왓다. 드러온어멈은 매우급한일이잇는듯 이 쏘는남의 물건을 훔치러드러간사람모양으로 초조하고 침착지못하엿다 그는 얼는 저구리섭을들치고 퉁々부른것을 자는아들의입에다 트러박으며 「어서머 어서머」하엿다

-젓이 몹시부러구만

뒤영박을 걱싸루매단듯한 젓통이 파-란굴근정맥이 밧그로비여질듯이 팽창 한것을보고 아랫묵에누어잇든 아범이하는수작이다

-애기가 자정째 젓을머고는 엿째 안먹엇스닛가

-왜?

-자느라구요 깨서울기전에 어서드러가봐야할썰

어멈은 이러케 혼잣말처럼대답하고 물녓든것을쭉쌔여 쏘-안젓이 방울저오 르는 젓꼭지를 손바닥으로 쏙々부비며 다시저편젓을 물녓다

-아마 눈이퍽왓지

아범은 고춤을추며부시시니러서서 밧그로나갓다 부엌모퉁이에서 싸리비를 차자들고 누ㄴ을쓸녀나섯다 위선자기집문압흘쓸고 니여서주인집으로통한 큰 마당복판으로 길을내고나서 다시 동편쏙모퉁이에 짜루쩌러저잇는 주인영감이 혼자자는 적은사랑압길을쓸것을 니저버리지안엇다

아범은 비를든채로 장승갓치섯다 그의눈은방울갓치둥그럿다 크-다란의문

이 그의둔한뇌를 흔든것이다

자기집문압헤 쏘렷이난발자국은 자기안해의방금거러온 그것일것이다 그리 그큰마당복판까지 니여달닌 발자국도 쏘한그것일것이다 그러나 안대문으로부터 나와서야할 안해의발자국은 큰마당복판에서 사십오도각으로 쑤부러저서 주인영감의침실인적은사랑압헤서 긋치고마럿다 그리고드러간발자국은보이지안는그것이 단순한아범의머리에서 가장 데리켓한 탐정적(探偵的)사색(思索)을 니러난것이다.

그는드럿든비를 눈우에다 내던지고 힘긋부터줜두주먹에다 온몸을의지하고 부루ㅅ쩌럿다

−에이 고약한놈에세상−

그는당장에자기집으로 도라와서 명확한증거를 드러내고 그안해를 육박하여 과연이리이리되엿다는 안해의자백을드러가지고 다시다듬이방망이를 들고 적은사랑으로 쒸여드러가서 사지가 노군ㄴ하여 잡바저잇는 주인영감이라는놈을 단매에업새버릴가하는 불길이타오르려할째 그의가슴한편에진치고잇는 「사람이먹구살녀면 무슨일은안보랴」하는 무엇이 늠ㅅ썩머리를 내미럿다。 그의가슴은 흐린하늘갓치까라안저버럿다。 나둥그러진비를 다시주어들고 그보기짝한 발자국을짜라가며 눈을쓰럿다 이불밋헤서 들녀오는 주인영감의 기침소리를 뒤로드르며 그는자기집으로다라왓다。 방안에서 이불을두르고 안젓든 언놈(아들의일홈)이는 쑤리치고 나가는 어머니를 원망하고 울든눈으로 이제드러오는 아버지를웃고마젓다

−압바−

그는 아무대답도안코 아들을품에쓰러안으며 입속으로 중얼거럿다

−아아 망할놈의세상 색기는에미를쌧기고 애비는게집을쌧기고⋯⋯−

그는 오눌아츰당한일까지를생각하면 한시라도 이놈에집에 잇슬수업는것갓텃다−내일굴머죽드래도 게집과 아들을들고 이놈의집을 쩌나는것이 올타는생각이 불갓치니러낫다。

그러나 그불갓흔 생각도 한낫공상으로 사러지고말것을 그는잘안다 다행이 그공상이 그대로니루어질째 그들세식구압흐로분마갓치닥처올 기한의고통은 그들에게얼마나 큰불행이랴!

그는 모-든것을 눈을싹감고 참으려하엿다 아라도른척 보고도못본척 하리라
하엿다 자기가 그것을 본것만 큰불행으로알고 단념할수밧게업다고생각하엿
다。 자기가 소리처서 잠든불행을 깨와니르키기는 무서웟다。 그러나 잠안오는
기-ㄴ밤에 어린것을 달내고누엇노라면 혈색조흔주인영감의 팔을베고 어린양
처럼 온순히누어잇슬 자기안해의 환상을 그리고는 것잡기어렵게 화가치미러올
나왓다。 이짓을하고「살면무엇이 신통하냐」하는 제법 염세주의가 쓰러오르다
가도 그러니생목숨을끈을수는업고 하고 생각할때「사람이 먹구살자면 무슨일
은 안당할나구」하고 훌륭히 단념해버릴때 문제는사라지고만다

4

밝애버슨 주인영감이 능청시럽게 젓어멈의 속옷을 발누미러 벳기는것을보
고 니를갈고잇든 그는 선목싼 도야지소리갓흔 음향에 잠을깨여눈을썻다 그는
소리나는편으로 귀를드럿다 그소리는바로문밧게서들녓다
　-이년 이불칙한년! 내일노당장나가거라
주인마누라의목소리다 그는벌덕니러안젓다
　-이년 너더러 어린애 젓먹여달냇지 남의영쎄스랫서! 이년 서방색기다몰고
내일로 나가거라
　그는 모든 것을알엇다 문을열고 튀여나갓다 주인마누라에게 머리채를 휘글
닌채로 쓰러저잇는 속옷싸람으로 공포와 추위에 아울너쩔고잇는 자기안해를
보기에는 눈우에빗취는 파-란 달빗이 너머도잔인하엿다。 그는고개를숙이고
우득허니 섯다
　-이놈아 네게집데리고 당장나가거라 이모양을보고 게집년을 단강내 허리를
썩거주지안코 우둠언이섯는 바보가잇서。 올치녀히 년놈이 짜구한노름이로구
나
　-무슨일인지는 모르와도 나가라면나갈터이오니 그만두십시오
　그의 목소리는 쩔넛다
　-당장나가 여러말할것업시나가 그런더러운년은 우리집에 하루도 붓쳐두기
실타 어린것을굼겨죽여두……

마누라의 두툼한입설이 질투로썰넛다. 방안에서는 언놈이에 키정거리는 우름소리가들녀왓다. 그는 닛쌀이마조닷토록 덜々썰고 엇절줄을모르는 안해를 쓸고 방으로드러갓다. 언놈이는 영문도모르고

-엄마-하며 어머니를보고 벙글거리고 기여올낫다

사실의전말을 무러서 안해를괴롭게 하기를접혀하는 그는 입을봉한듯이 침묵을직혓다. 그는 본래부터 목구멍이 보두청이되여서 주인영감의요구대로 어린양것치 순종한 안해의한일에대하여 안해를쑤짓기에는 자기가품은미안한생각이허락지안엇다

-여보서요 이집에는 이제는잇슬수업스니 어두루나가야할텐데 엇덧케하우 그늙은놈의성화는성화대로밧고 망신은망신대루당하구 나는원통해죽겟서요

-아모데루나나가지 오늘밤으로라도!

이러케소리를지르고나니 그의속은좀시원하여진듯하엿다

그들은 불을쓰고 한이불밋해 나란히누엇다 아범은 엇전지 이럿든무엇을 차즌듯한 만족을늣겻다. 주인마누라의 독살부리든광경이 그리 밉지안엇다 주인마누라에게 자기가용단치못한일을 대신하여준 감사를드리고십흔 생각도낫다 그는 안해의 허리를 가만히 끌어안엇다 언놈이는 한손으로 젓을주무르며 젓쏙지를 문입으로 코々노래를 옹잘옹잘불넛다

-글세 이밤으로라도간다니 갈쩨가잇소 이치운겨울에 한데로 나설수는업고……

-글세-아범은 아모리생각하여도 내일일이 난처하엿다 주인마누라에게 들닌 것은 역시 치명상의불행인듯하엿다 일헛든것을 차즌만족보다는 좀더묵어운걱정이 어둠을통하여 그들을눌느는듯하엿다 그의가슴은 쏘다시 금음ㅅ밤갓치 어두어젓다. 압길은 불을쓴듯이 캄々하엿다. 첨하씃흘헤매는 바람이 휙々소리와함께 눈을날녀다가 파-란달빗이드리운 뒷창을 부듸치고잇다

푸로手記

갓치자든동무들은 하나ㅅ식둘식 니러나가고 남은사람은 아렛목에 누어잇는 오래페병으로신음하고잇는k라는동무와 새벽녁헤술이취하여드러온P--어제아츰도못먹고 저녁도굼고 방에서딍굴다가어두운뒤에야 엇던동무에게 십오전을어더가지고 상방을사먹으러나갓든--와나세사람쑌이다 잇다금 밧흔기츰을하며 벽을향하여 누어잇는K의들먹거리는억개는 몹시도애처러워보히고 이제가밤중인양하여 더르룽~코를골며한잠이든P의잠든모양은 밉살스러워보이기도하고 부러워도보엿다 막상니러난대야별노할일이업는나는 낫까지잠이나갓스면하고 다시잠이들녁고애를썻다 그러나배가곱흔까닭인지 가슴이쓰린듯하여 잠은들수가업섯다 잠안들고 눈을오래감고잇기는 괴로웟다 눈을감으면 마음을 괴롭게하는 여러가지생각이 더나는듯하여 오래감고백일수가업섯다 나는억지로감고잇든눈을무겁게썻다 함부로쑤러진창틈으로는 수만흔아츰햇쌀이 새여든다 엇던놈의집 레쓰달닌 커-텐을다정히빗취울 갓흔햇쌀은 무덤속갓흔×××회관밋층을 빗취고잇다 보기만하여도 숨이막힐듯한 쏘-얏케흐린공기는 그햇쌀을 중심으로하여 가로세로흐르고잇다 지금까지 호흡하고잇든그것이연마는 나는새삼스러히더러운생각이나서 발치르미러던젓든 요-덥는이불노릇을하는 들코우짜지쯔리덥헛다 쌈에질고째에더러운요구퉁이에서는 자릿타분한냄새가 나의코를찌른다 푸로의냄새 포털의냄새다 나는거슬니는 비위를틀것잡을수가업섯다 쓰러올넛든요를홱미러던것다 더러운공기는한바탕파동을첫다 나는벌덕니러나서 밧그로나왓다 웃층에서는 멧명의동무가 무엇을의론하는지수군거리고잇다 나는안마당으로나와서세수를하고나니 정신이산쯧하엿다 거게잇는소금으

◉ 이 작품은 ≪신민≫(1926.8)에 발표되였다.

로 니까지닥썻스면더한층깨끗하여질듯하엿다 그러나 터분한입을싹고나면 아
츰(밥)생각이더간절할것을 경험으로잘아는나는 니는싹지안엇다 그리고동무들
이모혀잇는 웃층으로올나갓다. 나는동무들과말업는악수로 인사를하엿다 하로
에도 멧번식 밧구는악수이지만 뜻갓흔동무들의 힘잇게쥐여주는손들은 언제든
지힘잇고 믿엄즉하고 짯듯하엿다. 그러나 그들과함께무슨니야기를 할생각은
안코 한편모퉁이에노힌의자에 힘업시안젓다 목전에다다른걱정이나에게그런여
유를주지안엇다 그걱정이라는것은 단순하다 오늘은엇덧케사나 무엇을먹고?하
는것이다 절박한쌍문제이다 아모예산도 업고 아모계획도업다 그래도엇덧케되
겟지 하는 나의유일한신조도 오늘은 엇전지테룽~한듯하다 어제 아츰점심저녁
을아울너 다저녁게야 시골서올나온 어느친구를맛나 한그릇어더먹은설넝탕도
이제는 시효가지낫는지 배가곱흐기시작하엿다. 나는쓸데업는줄을번연히알면
서도 초조하여지는 나의마음을것잡을수가업섯다 나가면소용잇나 배나더곱흐
지 하는생각이 좀나가 도라나단여볼가 하는나의생각의뒷덜미를집허서나가도
못하고 안저잇게한다 엇지하나 ~하고잇노라니 아레로부터 사다리가울니며 누
가올나오는 기척이들넛다. 올나온것은 시골서××일보지국을경영하고잇는 L이
라는 동무엿다. 다른동무들과함께 나도 니러나서 악수들하엿다. 그리고 새로
드러온동무에취하여 나도의자를끌로 다른동무들의니야기참례들 하게되엿다.
그러는동안에 나의머리에는 무슨계회이번쯧하며 한줄기희망이소사올낫다 L에
게서 돈을좀취해보자는것이다 그럿케막역히 친한사이가아니고 서로공경하고
정중한 교의를매자오는것, 시골서올나온지가 오래지안엇스니 아즉주머니가마
르지는안엇슬것 일쯕이그에게돈을취해쓴일이업는것 이세가지요소가일원쯤의
차관은무사성립하리라고생각하엿다 그러면교섭은엇덧케할가 물론여러동무들
이잇는데교섭을개시하여서는 불리한일이다 여러사람이잇는데 돈씨를하기를쓰
리어 잇서도업다고 펑게하면 그만이다 그가 갈째에 짜라나가서 단둘이될째에
간독히말하면 결코거절을당할리는업다 나는이럿케게획을세우고나서 넥타이를
맬양으로 믿층으로내려갓다.

　고루히더러운 쏘푸트칼나 구김쌀에는 보리알갓흔이가늘처분히씨여이섯다
나는 K와P를번가라보며 잡은이를문밧그로 슬그머-니내던지고 한숨을지엿다
면경도업시 넥타이를매고 위층으로 올나온나는 여지업시트러지는 나의게획에

락망치안을수업섯다 그것은 O라는동무와 L사이에 차관교섭이 버러진것이다

「여보 L동무 돈일원만잇건 날주우。이것좀보우다」

O는함남사투리로 쾌활이말하고 구두신은바른발을번쩍들엇다。크-다랏케 뒤러진 구두바닥으로는 뻘건 발바닥이보엿다 여러동무는일제히우섯다 L도빙그레우스며

「일원쯤이야 잇갯죠」하고 가마구지를 열고뒤적거리다가 납짝히네벌노접은 일원지페를쓰내여O를주며

「짝일원이잇시다 그러면 나는 던차비도업쉬다」

「전차비업스면 것소 거러」O는쾌활히우스며 일원을바다쥐엿다

나는 아츰벽두의 제일차게회이 여지업시부서지는데 어이가업섯다 내가먼저 말을쓰냇든들 저일원은 내돈일것을하는 어립업는후회를하엿다 「약은게회이 소용업서 약은게회이」하며마음속으로중얼거리며 나도모르게 내머리는 좌우로 흔들넛다

잘가라는 인사를하엿는지마랏는지하고 실망헤싸히여안것든나는 L이나간뒤에 조곰잇다가 이런생각이쏘낫다지금곳 돈을취해달내서는 안되겟지만 잇짜저녁째라도 엇더케 좀돌녀달나고 빈말삼아하여볼가하는것이다。허둥지둥종노로 ―L을짜라―나아갓다 두리번~아레위로L을찻든나는 동대문행던차승강대에서々 오는그를보고 못본척하고도라섯다 그를차즈러나갓든내가 웨그를보고외면을하엿는지는 나도모른다。

종로경찰서 지붕에걸닌 시게는벌서열한시를가라치고잇다。나는제이차계획을세워가지고 안국등잇는허물업고친한C라는친구를 차자가보기로하엿다 맛나는대로 닷자곳자루 한오십전꿔여달낼작정이다。

C는마츰잇섯다。마루에가누어서 무슨잡지를 뒤적어리다가 벌덕니러나며

「어서오게」하며 반가히마저주는C에태도에 나는적이 희망을붓첫다

「한가하네그려」

「돈업스니 늘한가하지 희중이적막하다보니 방안에서뒹글밧게 더잇나」

「희중이적막한것쯤이야 약과지 창자가적막한사람은엇쩌나」나는 솜씨업는 넛털우슴을허々々하고웃고 말을니여

「여보게 돈한오십전잇나 잇다저녁째 가저올게 좀취해주게」

「이사람 돈갓흔소리는 쯔내지두말게 오눌도 주인엽편네에게 졸니다못해 아이흑쑤를 잡혀다가 먼저ㅅ달 밥갑을주고 담배ㅅ밋천도 업시드러안젓는판일세」
　제이차게획도 그만쌔여젓다 나는 실망한빗을 보히지안으려고 스스러운우슴을 짓고 그집을나섯다 아이후쑤를잽혀서 밥갑을무러주는 C의 행복이부러윗다 전당을안잡히는 놈이야말할것도업지마는 잽혓든전당을차자오는놈은행복이요 전당을잡히는동안도 관게치안타 그러나 나갓흔 상승(上乘) 푸로는 전당포와도몰교섭이다 하고 나는 푸로 철학전당철학을 해석하며 안동 네거리를나와서 제삼차게회을세워보앗다 오늘은일요일이다 ××전문학교에단이는 고향친구 T를차자가기로하엿다 잇기만하면 다른것은몰나도 점식턱은-식은밥이라도-무려할듯하엿다 종로네거리까지 나와서생각하니 서대문밧까지 거를생각이 싹난처하다 나는수일전에 뎐차에서 내릴째 그대로가지고내린개찰한 뎐차표생각이낫다 양보폭겟트에다 손을너어 가만히만저보앗다 밋슬하고 만지여지다가 하사미드러갓든구멍이 쩔그럽게감촉되는장방형의조희조각은 분명이 그것이다 그러나 그것을가지고 뎐찰를탈 용기가얼는나지를안엇다 의주통가는 뎐차를 세대ㅅ재보내도록 망설이지안을수업섯다 시천교당에서울녀오는 낫종소리와아울너 오정쮜가소란히들녀왓다 나는결심을하고 뎐차를탓다 새로오른 표적을안내기위하여 얼는사람들틈에가려서ㅅ 「표안찍은이표찍으서요」하고 차장이내엽흘지나갈째 나는 시침이를쓱쩨고 먼산을바라보앗다 「이표를주고 무사히내릴수가잇슬가?」속으로은근히걱정이되엿다　뎐차가홍화문압흘지나고보니 내가이뎐차를웨탓노하고 후회가쓰러올나왓다 「파ㅅ쓰」하고 내려볼가하고 생각한 나는 혼자픽우섯다 그것도 보-라양복에 흰구두나신고 갑싼맥고모라도 밧드름이쓰고 단장개라도 휘둘넛스면 요새흔한신문기자인줄이나 알고속거나 쓰메에리의 도리우찌나쓰고 아사고무구두나신고 겻눈으로 엽헤잇는사람을 아래로부터치훌터보고 잇섯스면 형사인줄이나알고속겟지마는 오래묵은 철겨운 쏘푸트모자아래로 내여민길다란뒷머리라든지 캐ㅅ더러운칼나라든지 밸ㅅ쬐인 빗날근넥타이라든지 군대군대쑤러진메주자루갓흔 스콧지양복바지며 메기아가리갓흔 구두쓸을보고는 태업상태에잇는운전수가 안이고는 잠작쿠잇슬것갓지안타 차창대에서기외를 엿보든나는 전동입구(貞洞入口)에서내려야할것을못내렷다 「엇쩌나~」나의마음은 한끗초조하여질째 쌩ㅅ 하고 발차신호를한 차장이

표를찍으려 차안으로드러가자 나는 요째이라하여 승가주를붓잡고 쮜여내릴게 획을하엿다 어름~하는동안에 뎐차는속녁을내기시작하엿다 경새진언덕을내려 닷는뎐차에서 쮜여내릴생가을하니 압히캄々하엿다 그러나 제자리로도라오는 차장을볼째 더주저할수가업섯다 나는뎐차에서쩌러젓다 보기좃케나뒹그러젓 다。호소할곳업는 압흠을참고 니러낫다 다라나는뎐차에서는 차장이빙그레웃 고잇섯다

T는잇섯다 넥타이자판에 머리를 밧짝갈나부치고 서성거리는품이 어데를나 가려는사람것기도하고 누구를기대리는것갓기도하엿다

「어데를가려나?」

「응 왜?」

「글세 넥타이자판에태도가 범상치안쿠면」

「응 좀나가량으로」

T의대답은 마지못하여 나오는것갓햇다。이상태로는 점심턱도 멀니간것갓 다。

「드러오게나 웨게가섯나」

내가 마루아레가 매-ㅇ하니섯는것을보고 T는 여전히 방안을서성거리며 말 햇다

「자네 어데간다는데 드러간뭘하게」

「응……」

나는 그이상 거게더잇기도 엇전지무안한듯 하엿다 도라오는길이라「자네 돈 한일원업겟나」하고 빈말삼아하여 볼가말가하고 망설이는판에 중문열니는소리 가들녓다 절믄녀의하-얀얼굴이 갸웃하고 낫하낫다

「어서드러오십쇼」

엇지면 그틉하고 차듸차고썰쓰럽든 T의말소리가 저럿케 맑고부드러우며 짯 듯할고 나는 T를도라보앗다 T의 넓적한얼골 구석구석이우슴에차잇섯다

녀자는 낫설은나를 겻눈으로 할씻보고는 마루한편에가안젓다

「S씨 그럿케약조를 잘직히서요 오정분지가벌서언젬닛가」

「매우미안합니다 엇던동무가 입대까지노다가기째문에요」

T는 분주히웃저구리를입고 나왓다

압서거니 뒤시거니 나아가는 남녀를따라 나아오는나의초々한모양은 나보기에도 너무나가이업섯다

노루궁둥이젓듯하며 홍파동고개를올나가는 S라는녀자의 궁둥이를 눈꼴시게보며 짜라가노라니 무슨당하지못할수모나당하는것처럼 불쾌한한편으로는 반달형으로빗취우는 그의볼그레하게빗취는 잔등살에 나는다소간 육감을늣긴것도사실이다

나의 존재는전혀니즌듯이 S와니야기에취하야뎐차길까지나온 T는 나를도라보며

「자네어드로가려나? 나는 동대문밧좀나가려네」

T의말 괄호밋헤는「자네는짜라올필요는업구」가잇는것을 나는즉감하지안을수업섯다

「그럼댕겨오게 나는이아레좀 단겨가겟네」하고 반대방향으로 힘업는발길을옴겻다。그러나 그길노는 더갈쎄가업슴으로 가는흉내만내다가 그들이탄뎐차가 안보이리만하여 나는 오든길노되도라섯다

제삼차계획에까지 실패한나는 하는수업시 모든희망을잠시 포기하고 회관으로도라왓다 두셋모혀안즌 동무들의쾌활한우슴도 듯기려실코 그들의불쎄저즌오늘은 금ㅅ씨는안은듯한 입술을보며 나의출々히마른입술을만저보앗다。한읏피곤한나는가엽슨조름을늣겻다 복잡한거리의음향 한방안에잇는 동무들의니야기를 빠-ㄴ히드르며 침을흘니며졸다가 쌧다가하는동안에 해는젓다。

「아-벌서저녁때다 저녁턱도망연하다 결국오늘은 굼는가。여게만안젓스면엇지하나」

나는쏘밧글나섯다 우미관에서는 사람모는 음악소리가 소란히울이기시작하잇다。호ㅅ썩집푸른칠한류리창압헤가 체면도모르고웃둑섯다 나는 다잡고드러가서 두어개먹고 무슨물건이라도맷기고 나올가하는생각이나서 번연이아는 나의 포겟트세간을 마음속으로세여보앗다 시게만년필이야 물론업지마는 무슨듭집다란 양장책이라도잇섯스면 그것이라도맷기고억지를써보겟지마는 그런것도업다 포켓트한편구석에 돌돌달나붓은 정가이십전의「사회주의대요」밧게는 중요한회중품은업다 나는도라스지 안는발길을 들녀서 청년회모퉁이를도라섯다 청년회식당으로브터 흘너나오는 구수-한양식냄새는 맛치누구를뇌살(惱殺)할

듯이흘너나왓다 나는보기실흔것을피하는사람모양으로 다름질을처서거리로 나왓다

「이게누군가」

누가나의등을 다정이치는이가잇섯다 그는술이반취나된 H라는동무엿다

「어데서한잔햇구면 요즘은시세가괜찬은모양일세그려」

「암 괜찬쿠말구 술사줄가」

「술커녕밥을사주게」

「밥은안돼네 밥은안돼 술먹야돼 술」

나는H의뒤를짜라 엇던내외술집을드러갓다

술은찌여가며 눈ㅅ치곳안주먹기에눈이붉은 비열한나의꼴을나는스사로가엽게녁엿다

나보다술수가놉흔H는 더먹자구야단을치는것을 끌고나온째는 밤도어지간히 깁헛섯다 깁흔밤서늘한 바람이 확々다는 나에얼골에 밍기한감촉을주엇다。 나의코에서는 알콜냄새와갓치 시스러운노래까지 흘너나왓다

남의 담벽에다대고 오줌을한바탕 누구난 H는

「이사람 술더먹으러가세 응」

「난 술더못먹겟네」

「술은더못먹어 그럼고기가먹구십단말인가 사람의 고기가 분냄새나는 미인 그럼우리 미인잇는 내외ㅅ술집으로 가세」

나는H의끄는대로 청진동골목을들러섯다。

밤은깁헛서도 홍등에빗취는 청진동뒷골목은 쩡신병자의 말초신경처럼 수선거리엿다

우리는 엇던집 모말민한 거는방에서 절믄녀자를하나ㅅ식 끼고안젓다 쥐방울만한 술주전자 이나마하도부즈런히 드나드니 그래도 술은좀더취하엿다

H는맛츰내 끼고안젓든 여자의 무릅을베고 드러누엇다 나는앗질거리는 정신을차려가지고 네활개를쎗치고누은 그를흔드러깨웟다

「이사람 그만가」

「몰나 몰나 자구가세 자구가」

미상불나도 자구가자는데 솔깃하여지々안는것은 안이엿다 게다가 내엽헤안

젓든 여자가 밧삭닥아안즈며 「지무시구가세요 저이두지무신다는데」하고아양 비스름이 조를때에는 더한층마음이씨엿다

뒷일은엇지되든 부드러운 여자의손에끌니난대로 내몸을맷겨볼가 하엿스나 나는무슨생각을하고H의귀를잡아쓰러니르켯다H는눈을감고 입맛을쩝々다시며 술갑을치루고니러낫다

어데서인지 닭우는소리가 머ㅡㄹ니들녀왓다 맑은하날에는 무수한별이 반득 이고 술집문우에 달닌둥그런 전등은 둘노도 보이고 셋으로도보엿다 손목을서 로잡고 왯죽빗죽 뎐동뎐차길짜지나오자

「여보게 자네는회관으로가서자겟지 나는술을더먹으러 가겟네」

이럿케말하고 빗틈거름으로 오든골목을다시드러가는 H를 나는무슨이즌일 이나 잇는것처럼 짜라가서

「여보게 H동무 돈한오십전 업나」하고 소리를첫다

H는 못드른체하고 거러가는것을 나는쏘소리를질넛다 세번째소리를지르니

「몰나~잘가자게」 H는 문동 답서를하며 지금나온 술집으로다시드러가버렷 다 나는 더차즐용기도업시 그대로도라섯다 새벽바람은서늘하다 새날은왓다 아 즉드어두운새날은……끗

男子●

니야기는 상해(上海)를 배경으로한다

나는 약속한대로 F공원에서 S를 기대리고 잇섯다 정각전부터 초조하든 나의
마음은 약속한시간이 삼십분을지낫슬째에는 안ㅅ지도서지도못하고 조바심을
하였다。 그의집짜지마조가볼가하는생각도잇섯스나 길이어깃날것을 쓰리여 정
한장소에서 이러섯다안젓다 하는수밧게업섯다。 한시간이지낫다 F클럽집웅혜
달닌 시게가 아홉점을가르첫다 온누리는나의마음과갓치 어두어젓다 잔듸를발
고지나가는 남녀의발자취소리가 가비엽게들넛다 반듸불이어둠속에서 파―란즉
선을것고사라젓다。

조곰더~하고 기다리는 집착심(執着心)이엷어질째 나는마지막으로 그의집
짜지 마주나가보겠다는결심이생겼다。 공원문밧글나슨 나는S가오면 이길노오
리라고 생각집히는길노 총々거름을첫다 나의두눈은 좌우로압흐로 시력이밋는
한계(限界)짜지를 분주히둘너보앗다―싹근머리가다팔~하는 S의하―얀 그림자
를 놋칠가하여―그럿케 굿게약속을한 S가 아니올가하는 S를맛나 무러보기전짜
지는 풀길이업는의심을 풀기에 나의마음은 부질업시 군성거렸다『그게집애가
나를속인것이안인가 내가바보질을 하지안엇나?』내마음어느구퉁이에서 이런생
각이소스려할째 나의머리는수업시좌울로 흐드러 이것을부인하엿다『결단코속
인것이안일것이다 자기집에서 무슨못나올일이생겻거나 급한 병이라도 낫거나
그럴듯한사정이잇슬것이다 S는 나보다더초조번민을할것이다』이럿케 나에게
롭도록 생각지안코는 견딜수가업는아엿다 S가나를속이지나안엇나 하는것은
나로써는 도저히생각할수도업섯다 나는S의 무신하닷거나 거짓말한것을 S를위

● 이 작품은 《신민》(1926.9)에 발표되였다.

하여 서러하는것이아니라 한낫게집애에게 속아서바보짓을할 내가안이라는 자존심이 그것을 완강히반대하엿다

그러나 이완강한자존심이 여자업시 썩길째가눈압헤다다랏다

수무간쯤압흐로 쑵닌좁은골목으로사라지는 두남녀의그림자를 보앗다 나의 밝은눈은 그녀자가 S인것을놋치지안앗다 나는두주먹을 부르쥐고 다름질노 그들을짜라갓다 수무간이나격한 어둠속에서 얼픗보고그것이S라고단정하고 군성거리는 나의가슴이 어리석지안은가 속으로생각하며 골목어구에서발을멈추고 조심시레골목을드려다보앗다 나의눈이잘못보지안은데 나는기-르히락망치안을수업섯다 남자는모르지마는 녀자는어느모로쓰더보던지 의심할수업는S엿다。 놈은내려다보며 년은치어다보며 으슥한보은골목을 밧작붓허서거러가는그 뒷모양이 나의질투심을자아내기에족하엿다 그러면 인제는엇쩌할고? 그대로단렴하고도라스기에는 쓴적~한 미련(未練)이허락지안엇다 년놈의뒤를밟바엇던케하는꼴을좀보리라하고 나는 스파이모압으로 그들의뒤를밟엇다、 골목을통하여 다시큰길노 나서々 환-한전등밋흐로거러 가는년놈의 뒷모양은 누구를 뇌살(惱殺)이나할듯이눈꼴이시엿다 놈이 무슨편지갓흔것을쓰내여년에게주니 그것을 뎐둥밋헤빗취여보고는 다시것기시작하엿다 년놈은다시 B골목으로 억개를 맛대고드러갓다 어느집으로드러가버리면 종적을일홀까봐서 나는얼는뒤를짜라서골목을 드러다보앗다 년놈은어드로 드러갈생각도안코 막다른집 문압헤가 붓허서々 한참이나 무엇을의론하는듯하드니 다시도라나오는모양이엿다 나는얼는물너서々 그들눈에안쯰울곳으로 가려섯다 년놈은다시 큰길노올나갓다 년놈은 E활동사진관압헤서 발을멈추고 주저~하더니 그엽으슥한골목으로 논뫼드러가고 다시년이짜라 드러갓다 나는얼는 어둑한뒷길노돌아서 년놈이그어간골목저편어구를 멀리서직혓다 그러나한참을기대력도 년놈은나오지안엇다 나는 고개만을내밀어서 골목을 드러다보앗다 년놈은짝붓허서々 무엇을속살거리는 모양이엿다 나의전신은질투에썰넛다 나는 온몸을 귀삼아 년놈의속살거리는 말의미를 드르려하엿다 그러나 년놈의말소리가 나즉한것과 거리의관게로 그저속살거리는외에는 아모것도드를수가업섯다 나의일에장해되는나의거츠른숨겨까지도 죽이고벽에가밧작붓허섯든나는 누가나의억개를치는서슬에 뒤를도라보앗다 나의등뒤에는 언제왓는지모르는

P라는친구가서잇섯다

『자네 무엇을그럿케 정신업시보고섯나』

P는이럿케무럿다 나는 무에라대답지안코 손을좌우로흔들어 P에게 써들지말나는 의사를표하고 멧발거름뒤로물너섯다 P는 어청~거러가서 골목안을드려다보고 도라오며 볏네한일도업다는드시 『나ㄴ쏘 무엇이라구 얼마우자(露領서나서자라난 우리동포의 별명)게집애로군、 그년을모두그럿치 성한거잇나 대가리에피돈마르기전에 사내끼고사바우춤추기부터배우는걸 자네도화골일세 그건웨보고섯나 어서가세나는자네를차자갓다오든길일세』

입이곱지못한 P는이럿케 말하고나를끌엇다 나는P에게끌니여 엇지되는 하회를못보고 그자리를 써나는것이 퍽아쉬웟다 그러나 한편으로는 모다는창피한 꼴을 오래안보는것이 시원도하엿다 나는 끌녀는가면서도 년놈의꼴이 멀ㅅ속에서 사라지ㅅ들안어서 속으로 애가타지안을수업섯다、 E활동사진관 일등석에가 나란이안저서 불이써지기를 기대리고안젓슴 년놈으로도생각되고 일품향(一品香)사층루상 깁숙한방으로 잠을쇠를안으로장그고 드러가는년놈으로도 생각이되여그날밤에는잠도 변々히오지안엇다

× × ×

그잇흔날 나는아모래도 S를맛나지 안을수업섯다

맛나면엇찌할가하고 나는여러가지로 궁리를하엿다。 이사내 저사내게로짜라다니는 더러운게집애하고 침을뱃흘가 하고생각하여 보앗다 그러나 그럿케함으로써 나에게무슨통쾌할것이잇스랴 하고 생각을도리켯다 P의말과갓치 뭇사내를 함부루씨고도라단이는 종류엣게집애를 S가아즉나히열여숫살밧게안된것만생각하고 순결한처녀로만넉여서 내가지금까지 모든것을조심스럽게한것만 도리여어리석은바보엿다 그런게집애게는 그러한방법으로 대하는것이약은일이안일가? 내가S의처녀라는것을존중하기쌔문에 저간에맛당히잇서야할으구도업시 지내온것이 도로혀S에게는 바보로보이지나안엇슬가 나는생각이이에밋치매 고지식시럽게 S를더럽다고버릴것이업시 지금까지와는 다른태도로 S를대할것이안일가 그래서 이성에주린나에게 ××의만족을주는것이 도로혀약은일이안일짜하고 결론을지엿다 크다란문제가 손쉽게해결된쾌감은 괴상한미소로나의얼

골을간즈럿다

나는S를만사는맛테

『어제는 아마퍽기대렷지요 매우실례햇습니다 부득이한사정으로 그만약속을 저바렷습니다』

나는 약속한시각전부터 한시간이나 나마기대렷다는것보다는 부득이한볼일노 못갓다고 말하는편이 나의자존심을만족케하엿다 더욱이어제밤S의자존심을 해하여 자기의엇던모덕을 방해할염녀가잇슴으로 그것도입밧게내지안엇다 그리고S의입에서 무슨대답이나오는가를 기대렷다

『네-그럼제가도리여 약조를 짓킨셈임니다그려』

나는 그대답의 요령을 얼는 알아듯기어려웠다

『세요?』

『저거시니요 어적쎄 제가매우 실례를햇서요 집에서곳나오지못할일이 생겨서요 여들점사십분이나되여집에서나와서 급히오누라닛싼 뒤에서누가부른겟지요 그래도라다보니 웬아지못할남자애요……』

『그래서요』

『불너놋코는 하는말이 자기는 내지(朝鮮)서오눌왓는데 길을몰나애를쓰는중이니 미안하지만B리××번지를 좀일너달나구하겟지요 갓득으나 약속한시간이 느젓는데 귀치안키는하지마는 가즈와서 길을몰나 애를쓰는것이퍽안돼보이기에 할수업시길을일너주려고 B리골목까지 드러가서아모리차자보아도그번지가업겟지요 그남자는무엇을한참생각하더니다시 E관엽골목으로 드러가드니 활동사진이실흐면 다른연극구령을가자거니 여러가지로이상한말을하기에 나는가볼쎄가잇서ㅆ 실타구쑤리치고 나오렛더니 남의손을붓잡고 노아주지를안켓지요 그래제가울녀고햇더니 그제야 제손을놋코 저편으로가버리겟지요 내별싱거운 남자다봣서요 그래다람박질노 쒸여내려와서 공원을가보니 어듸당신을차즐수 잇서요 거진열점이나 됏슬째이닛가 아마기대릴다 가섯나보다하고 집으로가버렷지요 그래 엇지 미안한지몰낫섯드니 당신은오시지도안엇싯군요 그러니아주 오시지안은 당신보다는 제가도로혀 약조를직힌셈이 안이애요』

꿈임도업고 거짓도업는 S의말을 다듯고난 나는 S에게무슨 죄나진드시 미안하엿다

『큰일날번하엿구려 그놈이색마엿슴니다그려』

나는미안한 생각을 흐리여버리려는것처럼이럿케 말하고 S를보앗다

『네? 색마가 뭐애요?』

『하하하』

나는 그것을 설명해들녀 주는대신에 이럿케우서버렷다 이우슴속에는 남자
안이고는 알수업는

『그것은요 남자의별명이애요 그리고나는남자이구요』하는 설명한해석이잇
섯다

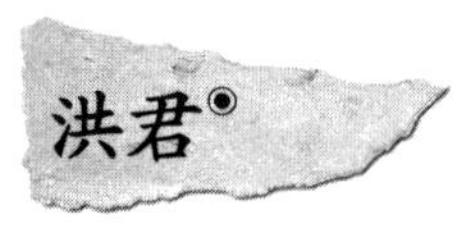
洪君

　-리혼(離婚) 다시결혼 그리고취즉(就職)-이것이 금년수물다슷살된홍군(洪君)의 금후반생(今後半生)의 중요한 행사목록(行事目錄)이다 아츰브터저녁까지 홍군의머리속에는 이간단한푸로그램이 바스럭거리고 날뛴다

　취즉은 푸로그램 매 씃헤쓰힌그만치 나종에바라는 조목이다 일본가서대학까지댕긴그로써 사회 아니사회보다도 아버지에게대한 의무로써 업지못할필요한 조목에지나지못한다 무엇보다도리혼이다 다시결혼 그ㅅ까짓것쯤이야 리혼만하고나면필연적으로 싸라슬것이다

　안심할수업는 락관(樂觀)이 권태(倦怠)에쌔진그에게 하품씃헤 우슴을닛게한다

　아츰이다 봄아츰이다 양버들가지에는 노-란쌀이피여오르고 하-얀나뷔가 이슬에저즌날개를떨며 꼿업는 화단(花壇)을헤매인다

　홍군의눈이 금고ㅅ문갓치 무겁게열녓다 다시감긴다 자정이지나도록 잠을못드는것이나 중낮이되도록 비단이불속에서 꿈즈러거리는것은 그가스사로진정(診定)한 신경쇠약이라는 하이카라병이다 재ㅅ터리가부서저라하고 두드리는 아버지의담뱃대소리에 그는 화를내고 니러낫다

　행주치마에싸힌그안해-병든병아리처럼 활기업는그안해의그림자가 서북간(西北間)으로 조고맛케누어잇다 이것을본 홍군의 이마에는 늙은부인의뱃가죽처럼 보기실흔주름이그어젓다 되는대로트러언즌 기름ㅅ씨업는머리 짧은적삼밋흐로내여민 썩은포도알갓흔 젓곡지 어데까지나말쑥지못한 아랫도리 모든것

<hr>

◉ 이 작품은 《신민》(1926.10)에 발표되였다.

이 보기실흔인물(人物)의 표본갓흔 그안해의꼴을 니러나는 맛헤 보게된것은
홍군으로의 금일의불행이다

아츰밥은팔지안엇다 쟁반(錚盤)우헤 더지는 수저(匙箸)소리가 창피하게요
란하엿다

-애야 아츰밥을 웨그럿케먹구 마니?-귀여운맛아들의 밥적게먹는것은 홍군
의어머니에게는 남모르는 크다란걱정이다

머릿속을어지리는 그안해의꼴을 물니치려는드시밥상을물니고난 홍군은
편지를쓰기시작하엿다 러쁘렛터-들……분홍봉투 은색편전(便箋)윗트맨만년
필-염서제구(艶書諸具)는 이것들만으로는 아즉도부족하엿다 시집(詩集)날근
잡지 련애소설 갓흔것도 업지못할것이엿다

아름다운 음향! 녀학생대의 원족가(遠足歌)!

홍군은뛰여나갓다 봄날갓치 기-다란 녀학생의행렬(行列)이 당사향(唐麝香)
보다도 강렬(强烈)한 향기를 써러트리며 지나간다 기-ㄴ행렬도씃은잇섯다 대
미(大尾)가낫타낫다 옥색 패라솔밋흐로곡선(曲線)에썰니는 녀교사의 궁둥이가
자석(磁石)처럼 홍군의 시선(視線)을싸랏다 그는밋친놈치럼감탄하엿다

-새루운시대는 새로운미(美)를낫는다-긴저구리 써른치마 뒤놉흔구두 이것
만으로도 홍군의전신을 찌르々하도록 감탄케하는것이엿다 감탄은 언으듯 우울
(憂鬱)노 변하엿다

-지금본궁둥이와 나의안해의 표정업는얼굴은 그얼마나 미추(美醜)의 콘트
라쓰이냐? 모-든안악네를맨든 신(神)으로 나으안해를맨든것은 심술구즌작난
이안이엇스면 희본지못할실적이잇든것이다-

홍군은 마음속으로 이럿케중얼거리며 자기방으로도라왓다

-편지듸려가우-

편지를 밧아든 홍군의손은군성대는 가슴의 곡조나집는드시 멋업시썰녓다
『당신의글은읽엇나이다 그러나안해가잇는당신으로그런편지를 보내는것은 당
신자체로보아 망발이요 나에게대한 크-다란 모욕입니다 이제브터는 그런편
지 첨대로 붓치지마시요 거절합니다』

-흐흥-홍군은 자기도모를의미의 우슴을짓고-울타~당연한말이야 이런녀자
가 가위신녀성이야-그는 턱업시감탄하고나서무슨결심이나한드시 건는방(자기

안해가잇는)으로다라드러갓다

-여보 오늘노당신집으로가시요-

-……-

-웨대답이업소 침묵으로보수(保末)는안돼 이따윗소리는해도못아라드를터이지 여러말할것업시참말보기실흐니 당신집으로가시요 가-

-내가무슨죄를젓기에 가라구그라우-

-당신은 나의 행복의 파괴자요 이소리도 쏘 못아라드를터이지 좌우간 당신이보기실혀서 내가먹는것이살노가지를안으니 당신은당신집으로 가란말이요-

-나는죽어도 못가요 죽어도 홍가의집귀신이될터이애요 내가보기실커든 첩이라도엇든지마음대로 하시구려 나쌔문에 이편이안될일이무엇이애요……-

안해의 말끗은 눈물에흐려버렷다

-에이 휘-

맹목덕희생(盲目的犧牲)을 누가 귀하다하노홍군은답々하여 한숨을쉬엿다 지금은온편지를 가저다가어리석은안해의 코ㅅ밋헤다가 벗적드리밀가하고 생각도하엿보앗다

-엣튀、엣튀 카ㅡㄱ-

모주ㅅ냄새가 훌쩍써돈다 술취한 홍군의아버지가 빗틀거름으로 드러온다

싸흠이낫다 이웃술집양주싸흠이다

-이런꼴 저런꼴다보기실커든 술장사를집어치우고 님자가나를버러먹이지 왜-

중년녀성의 목메인 발악이들녀온다

-이 이년 이경을칠년 너더러 술팔냇지 그짜윗짓하래든-

사내의구다란 목소리다

-엡펜네 내세워 술당수 식혀먹는주제에 그래두×달닌재세는 하겟다구그럴내면 날드려안치우고 버러멕여 그러면눈꼬리신일안뵐테니 구복이원수야 구복이원수-

-이년 앙탈마러라 쥐둥이를 짜놋키전에-

홍군의아버지만 댕겨온뒤면 밤이거나 낮이거나 이웃술집에서는 정해놋코

싸흠이니러난다

　장ㅅ변장사 (이것도 기왕에 빗진놈을붓잡아다 골방에다 가두고 목침의 빈대를빼든 시절과달나서 돈쓴놈이 외이려큰소리를하고 집행을한대야 법정리자(法定利子)밧게안밧아주는니악(悧惡)해진 세상을 맛나서 별리익이업다고 불평을 부르짓는)를 본업으로하는 홍군의부친의 향락(享樂)으로는 공ㅅ술어더먹는것 그리고 이웃술집양주싸흠 원인짓는것 쏘그리고 자기아들들(지금서울 엇던고등보통학교에 재학중인 홍군의동생과 홍군)의자랑이다。 그리고 쏘 멧가지의걱정도업지안으니 한가지는 가산(家産)이더늘 희망이업는것(도로혀 아들형제의 소비량으로 보아 해마다줄것갓흐것) 쏘한가지는 일본류학까지하고온 남에게 자랑하는 맛아들이 하다못해 군청주사나 경찰서 나리라도 댕겨서 자기면목을 세워주지안는것(굿짜짓게나 댕기려면 래일이라도 리력서한장이면 덱썩하지만 그보다 더나흔지위를 구하누라니 좀지체가된다는 그아들의말을 드르면 그럴듯도하지마는)그것들보다더싹한것은 아들까지낫코 시부모잘공경하고 살님잘하는 맛며누리를 쫏차보내자는 그아들의고집이다

　늙은 부처는 바람불고 곳더러지는 저녁에 무릅을마조대고한숨지엿다

　여름이다 인산행렬갓치 기-다란 여름은 낫잠과씨름하는 홍군에게는 몹시도 지루하엿다

　길넘는 조밧골에서 어린애를 가쑤루업고 김을매는 안악네나 산ㅅ데미갓흔 보리ㅅ짐을 지고 비지쌈을홀니는 농군들을보고 낫잠으로세월을보내는 자기를 홍군은 속으로미안히생각하엿다-그러나 그것은 그들과자기와의 처지가다르고 사회제도가그리된것을 하는수업지-하고 목침을돌나베는것이엿다

　낫잠을방해하는 파리쎄를피할양으로 신문지로얼굴을덥고 눈을감고누엇든 그는 싱크러운소리에귀치안은드시 벌쩍니러낫다

　-안즐쌩 줄쌩 파리잡아줄쌩-

　여슷살되는 자기아들이 잠자리채를들고 문턱에가거러안저서 콧노래를 부르는것이엿다

　-이자식저리가!-

　그는 소리를 버럭질넛다 볏헤쌈앗케거는웃통을내여놋코 코를쩐질히홀니는

자기아들의 넓은입이라든지 크-다란 겁만어보이는 눈이모두 보기실흔안해의 그것과갓흔데 짜증이안이날수업섯다 그리고-자식까지낫코살든 여편네를 죄업시버리다니-하는비난의원인인것도 이자식저리가! 하는 화를도드는것이엿다

　-어머니 참말 그것보기실혀 못살겟스니 아들이귀엽거든 제발좀 쏫차보내서요 그것을집안에두고는 만사가될것이업스니요-

　-아 애야 죄업는며누리를 무슨입으로 가라구한단말이냐-

　-그럼 제가어데로든지 멀니갈터이야요 그래서생전드러오지안을터입니다 며누리가귀함닛가 아들이귀함닛가 아들이업서지면 며누리가무슨소용임닛가-

　그는 이 자기어머니가 가장 두려워하는 조건으로위협하엿다 한참이나 말이업든 그어머니는 말소리를낫추어

　-그러구저리구애야 개가지금태중이아니냐 벌서다슷달이나 잽혓는대 너두좀 생각을해보아라-

　홍군의얼골은 붉어젓다 일태란말에는 홍군도얼골쯧々한 책임감을 늣기지안을수업섯다

　맑은달 차게빗춰는 개와ㅅ공에서는 고양이가 련애를하고 넘쩌러지는 나무밋헤는 버리지소리가요란하다

　쌔여진수정각처럼 빗나는가을밤 쩌른꿈을깨인 홍군의머리에는 가을하날처럼 놉흔의망이쓰럿다

　-출세를 하려면 도회로가야한다 서울노 이런시골에 뭇치여잇스면 자연『아다마가 쌔가니나루』-

　모-든문제의해결흘 서울에다붓치고 집을쩌낫다 밤낫다칠줄을모르는 남대문이 홍군을마저드럿다 쏘락구상회의색뎐등이 눈부시게번쩍어렷다 그것은 어김업는 도회처이엿다 자기가삼든시골과는 모든것이달낫다 뎐차자동차가 어지럽게다라나고 모든사람들이 기운차게 활발하게 분주하게 쏘대엿다

　-아-얼마나 사람사는듯한곳이냐 그리고잘난사람만이사는곳이냐

　그는 경이(驚異)에갓가운 되회찬미로 감탄하엿다

　홍군은 일약(一躍)하여 도회인이되엿다

그의 려관에는 동향친군인 ××일보기자 최군(崔君)이단장소리를내며 차자오는외에 머리길게기르고 맛득지못한 양복을입은 무슨주의자인듯한 청년이 두세사람도차자오군하엿다 그는 최군올반기여맛고 다른청년은 억지로조혼낫을 하고대하엿다 최군은오면 홍군이조화하는 년자의이야기를자미잇게하거나 연극장이나활동사진관우대권갓흔것을가지고 그를쓰러내고 다른청년은 점심때나저녁때나상드러올줄을 번연히알면서 멀쑹~안고잇서々 홍군의 골피를씽기게하거나 리발료뎐차비를취해달나는일이 항다반하엿다 그래서홍군은 최군에게는 카푀니 료리집한턱을내면서 다른청년들에게는 씨ㅅ째에막드르면 마지못하여 설넝탕그릇이나 호쩍조각을사서그들을물니치는것이엿다

홍군은 최군을 몹시조와하엿다 최군의 주의와사상에공명하엿다 최군이가진 가비운 데카단이 홍군에게는조왓다 그러고 최군의 처지가 자기와흡사한데 홍군은반햇다 일본서 사립대학을중도에끗친것이라든지 리혼하려고 애를쓰는것이라든지 그의모든것이 자기와대동소이하엿다 최군이 그에게는 자기표본갓햇다 그리고홍군은최군이적이부러웟다 그의접어보이는 신문기자라는즉업이 부러웟다 그는 최군과도의론하여 자기도쪽신문사로 취즉을하기로하엿다 최군동찬성하엿다 자기의힘으로도 가망이잇스니 염녀말나고하엿다 그리고 그는 최군의쏘한가지 부러운것이잇섯다 최군의련애(戀愛)의 경기(景氣)가조흔것이다 최군의말을드르면 그까짓신녀성싸위는 발밋헤턱々 채여서 걱정이라고한다 그러고쏘한가지는 최군의이상한주장이다 지금은자기는 시골잇는안해를귀태여 리혼하려고 애쓰지안는다는것이다 그것은그대로 내버려두고도 얼마든지말숙한 신녀성을데리고살수잇다는것이다

-적어도교육을밧은 신녀성이 웨남의첩으로올리가잇나?-하고 홍군이 질문을하니

-홍 첩이래서야 어폐 가잇지마는 피차에 철저한사랑만잇스면 그까짓 명사(名詞)여하에 구애되지안는다는것이 신녀성의 한보를압슨신신녀성의 주의라나! 나는당신을 사랑은하지마는 당신이안해가잇스니 엇지함닛가 하는것갓흔것은 그게야말노 시골에두메에서 소학교훈장질이나하거나 유치원보모나하는어절쑤기의 소리라네-

-호옹 나루흐도- 홍군은처음듯는이말에 수긍치안을수업섯다 그리고속으로

-그러면『당신의편지보앗소 그러나 안해가잇고자식이잇는당신으로 그런편지를보내는것은 나에게큰모욕이요 당신자체의망발임니다』-하고회답하든 경희갓흔것은 아즉미숙한 신녀성이로군하고 최군의 신녀성표준률(標準律)에비취여자기시골 소학교교사를 평가하엿다 그리고보니 새파란 람새(藍色)양말에 목탁갓흔검은복수단화라듯 꼭々짜어서트러노은쇠쏭머리우에 꼿친붉고푸른류리를박은 번득~하는빗이라는지 신구절충의어색한거름세라든지가 까-만머리털노귀를쏙봉하고 눈에잘보이지도아는 구물을씨우고 길쩍한 스푸링코-ㅅ밋흐로낫하나는 정동(貞洞)마루테기를올나가는 서양녀자의 코ㅅ날보다도더놉흔 구두뒤축은말할것도업거와 종로네거리를 가로세로다라나는 짝치안은머리를 느즉히특고 남자의 엽흘쩌러지면 금시죽기나할드시 붓터댕기는 신녀성의 그것들과도 사이비적(似而非的)스탈일이엿다

최군은이런니야기도쏘하엿다

-련애가신성하니어쩌니하는 것은나는몰를일이고 엇잿든 내가늙어본적이업스닛가 늙은뒤에는엇던지모르지마는 젊은시절에는반듯이업지못할 데일의덕(第一義的) 향락인것은갓데 엇잿든 녀자라는것이이세상에업다면 모르거니와 눈압헤보히는이상 내것이업고는너머도적막하여 못살듯해 그러나 엇던녀자한아만을가지고 두구두구련애를한대서는 쏘자미업는일자미업슬쑨만아니라 그것도참못할일이야향락이라는것은 영구성을 가지지못한 그것이 바로 련애에적용되는듯하데 맛치어린아해가 아모리조흔 작란감이라도 오래가지기를실혀하여 그것만 못한것이라도 새것을조와하고 쏘남이가진것을 조와하는것처름말이야 련애라는것도 바루말하면 쏙그와맛찬가지갓해 이녀자와한동안그리고는 쏘다른녀자와그리고십고 젊은녀자만을상대로하면 좀나히든중년녀성이 그리워지고 처녀는처녀로 과부는과부로 다 다른흥미를늣기는것갓해 그래서 구두를신고압홀수기고 왯죽비죽것는가장활발한 신녀성도 조치만 주리째치마를 횡잡아 한손에 둘너씨고 가슴을짝내밀고 요리조리둘너보며웃줄~것는 기생도조코 쏘는 긴치마를툭트러트리고 뒤에서 천병만마가 쓰러와두눈도쌈작안을드시 거러가는 여염집녀성의 스타일은 쏘 다른미(美)가잇는것이야 그미들이 모다 남자의애욕(愛欲)을쓴단말이야 그러니 일생을아모것도 아니하고 련애만한대도 모든미를다차자볼수는업슬테야 이런것이톤큐안의련애관인게야

　신이낫게쩌버리는 최군의녀성관련애관을 홍군은 대학강사의무슨강의나듯 는것모양으로 듯고낫다 그중에는 그럴듯한것도잇고 자기로는 수긍못할것도더 러잇섯다

　그로부터 홍군은 최군의소개로 여러사람을알게되엿다 신문사중요간부도알 게되고 총독의양자라고자충하는 총독부방면으로유력하다는 친일파도알게되 고 모회사 무슨과장이며 은행원갓흔것도알게되엿다 최순의소개로알게된사람 중에 홍군에게업지못할 한사람이잇다 그는 김군이다 얼굴빗이검기로유명한그 는 친구간의『구로 포도깅』이라는별명이잇다 김군은그외에 쏘한가지『씩슈낼』 이라는별명이잇다 이별명의유래는 그가일즉 시내 모고등녀학교서기로잇서 경 성은물론이고 전선에널녀잇는소위신녀성치고는 그의모르는것이별노업다고한 다 그래서 그를『썰앤드우멘 씩슈낼』이라고들부르는것을략(略)하여『씩슈낼』 이라고만불녀도아는것이다 쏘엇던 험구친구는 그를『씸불』이라구부른다 그것 은『실련(失戀)의씸보-르』의 략(略)이다 얼골이푸르고 검은입술이둣텁고 이마 만이 부질업시넓고눈이적은그는 만흔녀자를사랑하여 한번도성공하여본적이 업섯다한다 그래도 쎼이스크리-ㅁ은그의책상귀퉁이를쩌나본일이업고 향수뭇 은 실용과는인연이먼 하부다이손수건이 그의양복저구리조고만호주머니구녁 으로 하-얀귀퉁이를 내여밀고 잇는것이엿다 그리고 김군의자랑은 신녀성(그 는신녀성이라고 하지안코녀학생이라고하는)의사진이만흔것이다 동편벽에도 달녀잇고 서편벽에도걸녀잇고 책상우에도노혀잇고 세개나되는사진첩에는 가 로세로 붓흔것이 모-두녀자들이다 그의말을드르면 그것들이모-두 자기와 인 연이깁고 친하다구한다 그중에는 멧번식이나자기에게편지를하다가자기가회 답을안이하닛가 노여워서지금은자기와 밀도하지안는것도잇다한다

　홍군은 이런친구들을 주위에두고 서울을배경으로하여 련애와 취즉운동에착 수하엿다

　취즉보다는련애가퍽쉽게성립되엿다

　김군의소개로 W학당출신이라는 녀자를조선극장특등석에서 미아이 를하엿 다 가빕고도부드러운남녀의시선이 슬쩍~오구가군하엿다

　활동사진이끗날슬째에는 세남녀는 달아레나는기러기소리를드르며 국일관 집숙한방에섯식탁에서식탁을대하엿다

—경자씨(그녀자의일홈은 현대식에짜지지안코 자ㅅ자가달녓섯다)나의친구인 홍군을 소개합니다 홍군 내언젠가말하든한경자씨를 소개하네—

김군은 두남녀에게 이럿케 련애다리를 건너노아주엇다 두남녀는 김군이노아준다리를건건너서맘대로오구가군하엿다

—열세살에 장가를갓스나 자기가 일본류학을하는 사이에 리혼을하여서 지금은 독신임니다—

이것이 홍군의자기소개이요

—작년에 W학당을맛치고 동경가서 음학ㅅ교에단이다가 신경쇠약이생겨서외사의말대로금년일년은공부를쉬이고놉니다—

이것이 경자의 자기소개엿다

김군은 두사람에게할일은다하고 남은의무는 먹는것쑨이라는드시 손쎽을처서 쏘이를불너가지고쎄-루를가저오나라 해태를뜻지말고 드려오나라하고 야단이엿다

그후로 홍군의 려관에는 향그러운손님(경자)이날마다차자왓다 차자와서는밤이놋도록놀다가는 비만와도자고가고 뎐차만끈허저도고가고 나종에는 별리유업시 자고갈리유만으로 자구가군하엿다

그들은 느저가는단풍을차자 려행짜지하엿다

얼마를지나서 경자는 홍군을차자갓다가 섭ㅅ히도라가는일이만엇다 밤에잇서야할홍군이업는것이다 홍군에게는 핑게가느럿다

둘사이를쎄기고드러오는 불의(不意)의 침입자가잇섯다 단발미인! 홍군의호기심을 쏏쩍쓰는 진객(珍客)이다 설넝탕그릇 호쩍개를축내주든 머리기른친구들도 지금에보니 업지못할존재이엿다

련애에쏠이낫다 삼각련애라는 시체ㅅ것이다 다팔~하는 짜-만머리밋흐로낫타나는 하-안목뒤가 홍군의 착각뎍미(錯覺的美)를 니르키엿다

경자가차자왓다가 섬ㅅ히도라가는저녁에 홍군은단발미인의집에서 뎐차끈허진핑게를대고 무릅을베는것이엇다

겨울이왓다 뎐선대가울고 레일을가는뎐차소리도 니갈니게날카리워젓다 첫

눈오는거리에는 헐버슨거지가 참으로썰엇다. 락타 오-바에싸인 홍군도 몸썰니는양을보앗다

밤이깁허서 그는단발을차저갓다 걸닌문을두드렷다 안으로부터『누굴차자요?』할때 홍군은자신을가지고『냄니다 냄니다』하자『내가누구야』하고 아지못할 양복장이가 어둠속으로쑥나섯다

-누굴 차즈시요?-

-저 ××씨 게심닛가-

-웨찻소?-

-내가친히암니다 특별한일은업지만 그런데당신이웨 싹々히무릇소?-

-××는 벌서일년이나 나와갓치사는 내안해요 그런데다지못할이가밤중에 건문을두드리니말이요 볼일이잇거든 나제오시요 그러고별일이업거든 차저오실 필요업지요-

양복장이는 더할말업다는드시 드러가고는 대문비ㅅ쌍이 요란시레질넛다 홍군은 어둠속에대문을향하여 눈을흘기고 도라슬수밧게업섯다

그잇흔날『단발』을맛난 홍군은엄중한하의를하엿다

-당신은 아즉 출가치안은처녀라드니 그남자가웬남자요-

-매우미안함니다 당신을속혀서 그러나당신도저를속혓스니 맛찬가지요-

-내가무엇을 당신을속엿단말이요?-

-당신이나를안속혓서요 당신이! 당신은웨 안해가잇고 아들까지잇는이가 독신이라고 하섯서요 그기로 중도에그만둔대학을 웨졸업하섯다고하섯서요 내가 죄알엇서요-

홍군은어이가업섯다 아즉빗도안닥은 그년이신은 강가루구두를 당석에쌔앗고십흐리만치 화가써올넛다

경자가다시보고십헛다 그러나여러날째그는 오지안엇다 홍군의주위는다시 적막하여젓다

취즉은 련애보다 어려운것이엿다 삼각련애가막을닷칠째까지 취즉은될듯도 안엇다

최군의발년으로 식도원연희들가게되엿다 ××일보사장이오 ××회사중역인 당

대명사 ×××씨의양행을 축하하는 송별연에를참여하게되엿다

　-그런에도 참여하여 유력한사람들을만히 알아두는것이 취즉에편리하다-그것이 최군의홍군을쯔으는말이다

　넓다란연회자에는 지사명사로가득차고 새々에는 기생으로봉을박엇다

　마사무네 공병이 이구석저구석에서굴너댕길째 ××은행 무슨과장이라는이가 슬이얼근히취하여 소리를질넛다

　-기생년들은 모-두어드로다라낫니?손임을다평등이대접하여야지 웨젊은사람들한테만가붓허잇고 술도 안부어-

　-앗짜 영감은 별말슴다하심니다 누가절믄이들잇는데만간다구그리서요-

　-역 이년들 너히들이안그래 인물이나 해말숙한신문기자나 댕기는 젊은놈이면 무조썬하고반하지를아는단말이냐-

　-호호호 참잘도아심니다-

　-요새ㅅ기생들은 신문기자니 쏘는소위문사니하느패들이다-버려줫서 남들은애 재 이년 저년하는 기생년들을 데리고 어리광스럽게 무슨씨 이랫서요 저랫서요하고 달측직은한소리나 들너주고하닛가 그년들이 궁둥이에쏠이날수밧게-

　-히야 히야-

　누가맛방망이질을첫다

　연회가즛낫다 수만흔 취한다리가 종로에홋허젓다

　홍군과최군은 억개를겻고 연회석에서 약속한기생의집을차저갓다

　조는듯흔들니는 샛별을 체다보며 걸닌대문을흔들엇다

　기생의뒤를짜라방으로드러갓다 알맛추불을째인 방안에서는 분냄새 기름냄새 그밧게 기생에게서만

　맛흘수잇는야릇한향기가 취한산애의 비위를당기엿다 불빗갓흔 모본단브료우헤서 장침에가비스듬이기애여기생집에는자주와보앗다는드시 자리가턱잡히게 해태포를 한대피우고난 최군은

　-나는먼처가겟네-일본말노 이러케말하고니러섯다

　-나도가지 뭘- 홍군은이럿케말은하고도 궁둥이는쩌러질생각도안엇다

　-최선생님 웨 졸네서 그래심네짜 선산님은 다옥뎡그짐에만가야 오래안차게심네짜-기생은 이럿케엉병쎙하는수작을평양사투리로붓치고 최순을내보내고

는 대문빗장을질느고 드러왓다

　향락싯헤 비애가왓다 홍군의집에서 돈을붓처주지안는것이 홍군에게 치명상을주엇다 취즉운동에쓴다고 이백원삼백원식올녀다쓴것이 여러번인데 아즉취즉을못하고잇는것이 홍군의부친이 금고를굿게직허는 리유이엿다
　홍군이 이기생집에서 저기생집으로 순례(巡禮)를하는동안에 그해도저물엇다 모경(暮景)에 싸힌서울은멋없분주하엿다 그러나회중이적막한 홍군은한가하기짝이업섯다 하숙옥한방에서 새우갓치쏘부리고낫잠을자는수밧게업섯다 그러케충실히차자주든 최군도 요즘은 발이쩌젓다
　화신상회 상품권이며 삼월오복점 상품권과갓치 보내인려러장의홍군의 리력서는누구 책상설합에서 설ㅅ게누어잇는지 홍군의명월관턱이며 온송정턱을어더먹은 여러유력자들은 홍군의존재도니즌드시 아모소식이업다

　봄 서-로봄이도라왓다 엇던공장기적(汽笛)이 애닯은 여은(餘韻)을남기고 스러지논아츰이엿다 홍군은니러나든맛헤 두눈이 지독히도압헛다
　-웬일々가 안질이나나
　이삼일동안 혼자알타가 엇던안과의를차자 진찰을밧엇다
　-당신림절이잇슴닛가
　-네-
　-큰일낫슴니다 곳치기심들겟슴니다 하여간임원을헤보시지요-
　의사의말대로 입원수속을하고 자기집에도 기별을하엿다
　한달이지낫다 홍군의안질은 의사에게거짓말을식히지안엇다 홍군은훌능히 장님이되엿다 퇴원최촉을밧은 홍군은다시자기집으로 자기를데려가달나고기별하엿다

　간호부가드러왓다
　-홍선생 뎐보왓슴니다-
　홍군은거이충동적으로 바른손을내밀엇다 사결노접은뎐보지가 그의 하-얀손바닥우헤노여젓다

-밧으면내가볼수야잇소 무에라구햇나 좀보아주시요 허々-

홍군은 쓸々히웃고 뎐보를도로내주엇다 그의우슴이야말노 우름보다도 더쓰린 감정작용(感情作用)이엿다

『금일상경 홍남』

간호부가 한자 한자 찍여서뎐믄을읽엇다 홍남이라는 자기아들일흠을오늘갓치 반갑게드른적이 홍군에게는 일즉이업섯다

간호부가드러왓다

-댁에서 올나오섯습니다-

-네-

-드러오서요-

간호부의부르는소리를짜라 사람드러오는발자취가들녀왓다 눈감은 홍군의청각(聽覺)은 그것이 녀자와아해의발소린줄을즉각하엿다

홍군은 장님짜운동작으로 고개르 문소리나느곳으로 돌녓다

-아버지!-

-응 홍남이가올나왓구나-

-어머니두 갓치와서-

-응 어머니가-

-홍남 아버지!-

그안해의 목소리엿다

-당신이올나왓소 나는 재삼춘이올줄아엇더니 서울을다오구 용쿠려-

홍군은 그안해에게 일즉이 오늘갓흔 감사를늣긴적이업섯다 그는 더듬~하여 아들의조고만손을쥐여도보고 머리를쓰다듬기도하엿다

고요한봄밤은 세가족을 싸고 차차깁허갓다

잇흔날아츰차로 홍군은안해와 아들을짜라 시골노내려가기로하엿다

뎐차자동차의 요란한소리가 압못는홍군의예민한청각(聽覺)을괴롭게굴엇다 가로세로다라나는

『일업는사람의 분주한발자최소리가나에게는 아모관게가업다』는드시 인력거우에서 고개를푹숙이고저주할남대문을나섯다

금행차시간을압혜둔 정거장은장님에게도수선시럽게보엿다

점으로가는 봄날 홍군은 저주하고 쩌낫든 고향을도라왓다 시골정거장에는 아버지가나오고 작년에나흔 홍남이으동생을 업은어머니가 나오고 그의동생이 나왓다

-아가 애비왓다 애빌좀봐 애비는 너를못보지만-

그어머니의썰니는음성으로 그굴근주름에싸힌눈에서숨벅~쩌러질 눈물을생각하고 홍군은고개를숙이엿다

홍군의집에는 별노변함이업섯다 아버지는 여전이 공술어더먹기를조와하고 이웃술집 부부싸흠을붓치고 어머니는 손자하나가 느러서 일이고달고 홍군의동생은 고등보통학교를맛치고 일본류학을가려햇스나 『일본류학못간다 너류학보내는데너는무슨조흔일이잇는지모르나 내게는세가지손해가잇다 한가지는보고십흔너를멀니보내두는것이 늙은애비에미의못할노릇이요 한가지는 쌍돼기가주러지고 쏘한가지는 며누리와생리별하여야할것이다 공부구뭐구다집어치고 살님이나해라』하는아버지의명령으로류학을못가게되엿다 그째무넹화가남네하고 색주가집출입으로 일삼는것만이 변하엿다면변하엿섯다

봄은 고요히갓다 꼿지우고 록음을최측하는 비바람소리가 눈감은 홍군에게 철밧귀임을고할쑨이엿다

罰金●

사년전칠월이다 날짜는니젓다 상해(上海)에서다. 나는K군과갓치 홍커우를 갓다가 도라오는길이엿다. 불갓흔볏은가죽을쑤르고 드러나갈듯이내려쏘히고 달째로단길우에서는 콜탄냄새가코를쒯친다 그야말노기가캌캌막힌다 한발거름을것기러실타 더욱이 나는 씨-슨(電車月定乘車券)이잇는데 K군째문에뎐차를 타지못하고 것더니 생각하매 은근히화도낫다. -씨-슨이잇다고 K를버리고나 혼자뎐차를타기에는 그몹가려운 의리라는것이허락지를안코 K군과갓치뎐차를 타자니 K군에게는물론 나에게도 뎐차비가업서々 엇지할수업고 그러타고 K군을짜라가자니 공연히남을위하여 고생을하는듯한아수운생각에 나의신경은복질~쯔렷다. -고까짓 털꼿만도못한희생을친구를위하여 마음편히참지못하고 아슈운생각은 쯔러올나왓다 무슨핑게를대여 K를먼져보내고나는뒤에쩌러젓다가 뎐차를타고갈가하고 약은생각을내엿다 그러나무슨 그럴듯한핑게가얼는나서지안엇다.

짜-뗀뿌리ㅅ지(虹口橋)를지나왓다. 퍼쑤릭짜-뗀(共同公園)을넘어노는서늘한 바람이나를유인하는 듯하엿다.

『나는참더워못가겟네 우리공원에좀드러안져서쌈을드려가지고가세』

나는 중국옷을입은K군이 번연히드러오지못할줄을알면서 이럿케말하는 나의교활한심리를스서로우스며 K군의대답을기대렷다.

『그럼자네혼자쉬여오게 나는좀볼일도잇고 쏘되옷을입엇스니 어듸드런들갈수나잇나』

부드러운말소리로대답하는 K의표정은 스스러윗다-그말이나에게는 『자네속

● 이 작품은 ≪신민≫(1926.12)에 발표되었다.

을알겟네』하는듯이 찔니윗다.

그러나 나의쑈죽한리기심(利己心)은 그런표정은모른다는듯이 눈을꼭감엇다.

『볼일은무슨볼일이 그럿케급한가』

공원에못드러가는제일큰원인인 K의중국옷니야기는쑥배버리고 K의볼일이라는말만내세우는 야숙거운나의심리를쏘한번밉게노리지안을수업섯다.

『두시반에누구를좀맛나기로해서』

『그럼면 저드러가세 나는지금드러간대야할일도업고……』

『자그럼 실례하네』

음장이 쎄버리듯K군을쎄버린나는 공원으로드러갓다. 그러나마음은 무슨못할짓을한사람처럼안온치못하엿다.

범의가죽처럼아롱진나무그림자가 이곳져곳에펼처잇섯다. 나느강까(江岸)에노힌쌘취를타고안젓다. 크-다란기선한척이 누-런물우에굵다란줄을거으며 밋거러지느듯이나아간다 어데로가는지?。 군함인듯한 배한척은 무엇에놀낫는지 소리를지르며 강어구로드러온다 어데서무엇하러오는지?。 오리색기갓흔목선들이 물결도과히업는데 갸웃퉁거린다 웨그렁들하는지。 푸른하늘에는 하-얀구름쎄가헴을치고잇다 구름은웨쩌도는지……。

조고만한목선척이 몸에넘치는무거운짐을싯고쎈드를향하고온다 쌕각~노젓는소리가 괴로움을하소연하는신음갓치애처러히들넛다.

쌘드우에다짐을내리운 빈배가서늘한그늘을차자 내가안져잇는압축석(築石)밋헤다대엿다. 급다라진나무신갓흔 그배우에는 세사람이잇섯다-제애비 제에미 그리고아들인듯한 어린애-그것은이단란한세가족의좁다란세게이엿다 모-든살님제구가그우에잇다 심지여 종달새장이며 스스려우나마-화초를심은분까지가 비스듬이노혀잇섯다. 나느그배ㅅ속을한참드려다보다가 고개를쓰덕~하엿다-무엇을수긍하는의미로-모-든것이 나무신숙갓흔조각배안에서살기에적당하도록 되여잇는것이다 무엇보다도 세살이되엿슬가말가할 아장~것기시작하는어린아해를 그배우에서기를는것이다. 능각형(菱角形)으로생긴 손바닥만한누데기로배만을가린것은 배아를까바 랭기를막는것인줄은곳알수가잇섯스나 맛치 도야지색기모야으로 뒷덜미에매여달닌 돌두래 (줄에매인도야지가 이리돌

고 저리도라도 매인줄이밸ㅅ쏘이지안토록나무로만든것)가대룻~매여달닌것
만은좀체알수가업섯다. 그것도무슨치장인가하고보는수밧게업섯다.

돌두래의필요를설명할째가왓다. 어린애를안구잇든녀자는 아이를배ㅅ젼에
다내려놋터니 어데서쓰내는지양최두어자나됨즉한 삼농이를가지고 목뒤에달닌
돌두래고리에다매이드니그한끗을다시 배한복판에솟친국다란못에다빗그러매
이고 자기볼일을보는것이엿다. 물논철업는어린것이 덥적~기거나 아장~그러
도라다니다가물노써러질까바맨든 이집에는업지못할안전보모기(安全保姆機)
인모양이다. 어린애는맛치원숭이모양으로 등에다줄을단채로 이리왓다 저리갓
다하엿다 그러째마다 돌두래가째가닥~소리를내며도라간다. 『저이갈니는쌔
가닥소리르 어머니의자장가의코ㅅ노래처럼드르며 놀다짓처서잠이들째도잇스
려니하고』나는별노신기치도안은생각을하여보앗다.

한사람두사람구경꾼이모혀들엇다 그런것은여러번보아서 신기할것도업다는
것처럼 그대로지나가버리는사람도잇고 갸닥거리고웃고섯는사람도잇고 눈을둥
그럿케쓰고이상하게보는사람도잇섯다.

잔듸밧홀사르르하고굴너가는 보모차(保姆車)소리가들넛다. 하-얀에푸른을
입은 중국아마(아이 는녀자)에게밀녀가는보모차안에는 뉘집귀동자인지 포
근~한풀솜이불우헤서 구슬갓흔파-란눈알을고양이처럼되룩거리고누어잇다.

나의등뒤에서 휘파람소리가들넛다『베ㅅ스~』……서양녀자의개부르는소리다.

강렬한게집냄새와갓치 나의안즌 썬취한곳헤는 서양녀자가안저잇섯다 녀자압
헤는 윤태가쓰르ㅅ흐르는 누-란개가 쑤러안것다. 녀자는 개를끼여안고 주둥이
에씨여잇는 철망(鐵網)을벳기고 가지고잇든 조희주머니를 부시럭~글넛다. 개
는 노루쏘리보다 조곰긴 둥툭한쏘리를 회ㅅ둘누며 주인아씨의 손을치여다보고
잇다 하-안손에는 노-란면보조각이들녀잇다. 개의파-란두눈은 주인아씨의

횐손우에서노는면보조각을짜라 미묘히움즉이고잇다 녀자가노-란싹댁이에
씨여잇는 해면(海面)갓치부더러워보이는속만을욱이여(파내여)개의머리우흐로
던저주엇다 그러면개는 가장민활한동작으로 그면보가짜에써러지기전에 밧아
먹는다 녀자는 한손에남아잇는 체(篩)박휘를연상케하는 면보싹대기를철책넘
어로내던것다.

『해ㅅ』하는 어린애 우슴소리가들넛다 나는 개의일행에취하여 잠간 이젓든

돌두래에 매여달닌어린애에게로 시선을돌녓다. 지금내던진 쌩썩대기는언으듯 어린애의 손에들어잇섯다. 개도안주고내던진 면보껍질은 배안에잇든어린애의 천진한 우슴을자아내인것이다. 이것을본 서양녀자도 쌀々우섯다다음으로던저줄 면보조각을기다리는 개는 주인의웃는의미는모른다는드시 혈색조흔엷다란 혀를내여코와주둥이를 할트며입맛을다시고잇다. 녀자는니러서々 철책압흐로 가서 면보를쓰내여 앗가와맛찬가지웃고 아해의어머니가 합장배례를하엿다.

   면보 조각마다연출되는-해면갓흔부드러운속은 살진개에게로 체박퀴갓흔껍질은 돌두래의달닌어린애에게로-기괴한막은열닌다. 이것을 물쓰럼이보고잇든 나느나도명백히의식히어려운감정의충동을밧엇다 시기도아니요 증오(憎惡)도아니요 의분에갓차운흐리멍텅한감정일망정 안온히참기어려울만치나의가슴은쓰러올낫다.

   억개가드러나는잠자리나래갓흔옷을입고 검은구물노얼골을 싸맨그서양년을 그대로 강물노집아던지고십헛다. 군마(軍馬)의궁둥이갓흔 기름진개궁둥이가 죽이고십게미웟다 구건을질ㅅ근동이고 옷에피가군대~뭇은 개백장을불너서금시에내여주엇스면 시원할듯도하고. 크-다란바위갓흔 돌뎅이로눈압헤보이는 배와사람을아울너 산々히쌔여버렷스면 시원할듯도하야. 멍멍짓는소리에 나는 불숙쎈취에서니러낫다 니러난나의발길은 충동적으로 개의 역구리를질넛다 밉살시러운개는 불의에지르는나의발길에 썽 소리를지르고 철책밋흐로 쩌러젓다 넉는 이상한 리를지르며 두주먹을쥐고썰고섯는 나를도라보며

   무엇이라눈을동그럿케쓰고 재잘댓다 『나느그런말몰나이년』나느그녀자가 번연히 아라듯지못할줄알면서 이럿케조선말노대답하고 장승갓치서々그녀자를 홀보앗다 그녀자는무슨무서운것을 피해가드시뒤로물너시며 무엇이라고 공원문을향해소리를질넛다 그소리에싸라온것은 머리에불근수건을동인인도사람순사엿다.

   나는 맛참내 공부국경찰서로쓸녀갓다. 나는스서로놀낫다 친구K를 옴장이처럼쎄버리든나로써 리해관게업는 의분에남의개는 질너버린 나의심리(心理)의전변(轉變)을도라보고

   나는 밋친사람이안인덕에 벌금두『테-르』을대양(大洋)삼원(三元)으로 환산하여나는 즉결언도를밧엇다.

고구마

문둥변자의 사타구니를 련상케하는 금화산 골재기 거지쎼의움막들을 비취고너머가는 겨울날석양은 몹시도쓸々하다

거기에는 행복을등진 사람의무리가 불상한동물처럼 헐써기고잇다

부자ㅅ집 개둥주리만치도 푹은치못한움막. 행복에웃는 사람들에게 실물을 내여걸고 『이것이무엇이냐?』고 현상을건대야 『그것이의복이요 하고 얼는해답할즉도안은 의복으로는너머도참혹한누덕이。 양철통 쉰-ㄴ방。 이런것들이 그들을의하여 잇 지 그들이이런것들째문에 사는지……』

『이것을먹구 엇쩌케이밤을 지내나』

밤인지 썩인지 죽인지 무어에라고일홈짓기어려운 녹스른양철통에담긴것을 누덕이와거적을함부로두루고인저서 먹고난 아범거지는 혼자ㅅ말처럼중얼거렷다

『아버니 내 나가서 다문댓냥이라도 벌면 호썩이라도사가지고 드러오께』

아들거지가 누덕이속에서 머리를 늠썩내밀며하는말이다

『어듸 댓냥이 그러케쉬우냐 으흐흥』

엉지거지는 으르르썰며 거적을한겹더뒤여썻다

『지금부텀 자정까지만 싸대면 그래두댓냥은 벌썰 그까짓거열번만엇으면될걸』

『흥 열번이쉬우냐 참비금은열번이면 돈십전이되지마는 그전에 고린 오리)짜리가잇슬적에는 수무번은엇어야햇다』

『아니야 지금두 금방이나 드툼전갓흔 큰전방에서는 쏙쏙고린짜리만 골나주는데』

『그놈들은 거지주는돈은 싸루준비해두니까그러치』

<hr>

『안주면안주어도 양국사람들은 주기만하면 오전째리나 십전째리를준단말이야 오늘도 나서는맛헤 양인을 맛나서십전이나 오전을 대번에엇어쓰면』

『무슨운수에 그러길 바라겟니 자 어서나가봐라 내이제 병이나어서 거러댕기게만되면 추운날은 내가버리를 나가지만애야룡복아 뎐차끈어질째짜지만 엇는대로엇어가지고 곳드러오나라 오늘은 날새가넘어도치우니』

거적을들치고 으르르썰고나가는 아들의뒷모양을보며 행려사망자(行旅死亡者)의 전신(前身)갓흔 거츠른몸둥이를 놈석내밀고 부들~쩌는 그의목소리는 바람에닷치는 거적문소리에 쑥드러가고마랏다

룡복이는 서소문네거리를 지나 정동마루테기를넘어서 태평통큰길노나서ㅅ 자기의 영업장소(營業場所)인 조선은행압홀향하고거럿다 언으듯 황혼은 짓허왓다 비스듬한큰길을 쓰러내리는 눈석긴바람은 룡복이의 두쌤을 끼저나갈도을 쏙닷친 쓰러기통이보엿다 그는 크다란희망을가지고 쓰러기통쑤셍을들첫다 통속에는 그가찻는아모것도업섯다-생선대강이도 쌍썹데기도 찬밥덩어리도-저-ㄱ이락망한 룡복이는 통쑤경을탁닷치려다가 다시무슨생갈을하엿는지 쑤경을 번쩍들고 드려다보다가 조고만몸둥이를 끌고 통속으로쮜여드러갓다 시컴은쑤경은 고요히닷처젓다

×　　　×　　　×

룡복이는 잠을깨엿다 찰썩갓치붓튼두눈을 두주먹으로 쓱ㅅ부볏다 두눈은 완전히쩌젓다 그러나 눈은쏘나마나 주위는여전히캄캄하엿다 족싸노은노루모양으로 쏘부리고자든몸을 쑥펴고 기지개를칠양으로 팔을좌우로쎄처보앗다 그러나 그것은 마음쑨이엿다 다리도 그이상은 더쎗을수업고 머리도 그이상으로 더치켜누을수가업섯다 조고만두주먹에 부듸치는 판장소리가 쿵하고 울닐쑨이엿다

그러나 자기가 쓰러기통속에서 자든줄을 분명이 의식하게될째 룡복이는 이 기괴한자기의 주위를 의심할필요는조금도업섯다 가장익숙한손짓으로 하늘노난 통쑤경을 들첫다 그것은 맛치올강쑤게모양으로 비스듬이열니엇다

쓰러기통우흐로 늠석나왓든 밤송이갓흔 룡복이의머리는 큰길거리에서 몰녀다라오는 찬바람이 식컴언쓰러기통에보릿는 서슬에 다시움츠러저 드러갓다 통속은그래도 흔흔하엿다 그가 쌀고덥고자든집북데기는 그래두 짜스한맛이잇섯

다 그러나 이샷뜻한 보금자리에서 좀더머물기에는 룡복의절박한사정이 허락지
안엇다 비틀거리는 룡복이의두다리가 누데기속에서 총々거름을첫다

　큰길까지 나온 룡복이는 가슴이덜컥내려안젓다 그대로펄석주저안저서 발버
둥이를치고 우러도시원치안을듯하엿다

　『아아 내가엇쩌자고 거게서잠을잣슬가?』판장한겹을격하여 칩고썰니는악착
한현실을잠간쩌나섯든것이 이제는회복할수업는 가슴압흔 후회ㅅ거리가되엿다

　밤은 죽은듯 고요하고 사람의통행은 벌서끈어진모양이엿다 나란이누은 뎐
차길로 이제는 한가해보이고 길가에쭉느러슨 등ㅅ대에는 포도알갓치 매달닌던
등불들이 오굴~졸고잇슬쑨이엿다

　『아-어찌하나 어찌하나 사람이지나댕겨야 거지질을하지』룡복이는 맛츰내
우름이터저나왓다 이우름은 열두살먹는거지룡복이가 길바닥에가 함부루 주저
안저서 사람이지나갈때마다 청성맛게 울거나 유복한신사의 락타외투 자락밋흐
로 잰내비처럼 쫏차가며키정거리다가 도정한푼만엇어들면 쑥끈치는밋자리가
비운 거지로써의 직업적?(職業的)우름도아니요 코허리가시도록우러야 씃날줄
모르는 소년과부의그것갓흔 쎈티멘탈한울음은 더욱이아니엿다 악착한현실의
쑈죽한메쓰에 엿업시 찌저지는가슴에서 소사오르는 참혹한울음이엿다

　『엇쩌케 아버지한테를드러가나 잠만안잣드면 그래도 호쩍갑시나마 벌엇슬
것을……자정까지만잇다가도라오라든 아버지는 지금은얼마나 기대릴가 이치
운새벽에 빈손으로 드러가면 얼마나 실망할가 화를낼가……모-든것은엇지되
엿든지 시재배곱흔것을엇지할가 래일아츰을엇쩌케할가 대관절 사람이지나가
야 무슨방법이생기지……』

　룡복이의 온몸은 초조한걱정에쩔넛다 이러케 생각하니 자기가 날마다대하
는자기를 괴물갓치피해다라나는 모-든손님이 새삼스러히 그리워젓다……

　어데서인가 일본나막신소리가 들녀왓다 룡복이는두주먹을부르쥐고 소리나
는곳으로 다름질첫다 어느카쮀에서 도라가는듯한 일본사람이 『사쎄와모도요
리……』를부르며 빗틀거름을치는발뒤굼치에가대여슨 룡복이는 『이놈이 취ㅅ
김에오전짜리나 한푼 던저주엇스면?』하는 어림업는 희망을품고 죽자하고짜라
갓다 그러나 오전한푼대신에는 게다신은발길이함부로 룡복이의 사차구니로드
러올쑨으로 헛거름을치고말엇다 다행히사람의발자최는 쏘들넛다 이번에는 구

두소리높히거러가는 양복쟁이의 단장씃흐로 잰내비처럼짜라섯다 양복쟁이가
획도라서며 단장(短杖)을 번쩍들째에는 십여보쯤다라낫다가 단장이다시 쌍에
쓸니는소리를듯고는 죽자하고대여섯다 째맛츰 빈인력거한채가 활기업시 굴너
지나갓다

『인력거』

『녜』

『에-거지쏠보기실혀서 타구가구말아야지』

룡복이의 최후의 희망은 인력거바퀴와함께 멀니굴너가 버렷다 이제는 사면
을돌나보아야 사람의그림자라고는업섯다 사람업는거리르 마음노코다라나는
목싼돼지소리갓흔 자동차호령 키놉흔면선대를울니고 벌거버슨벽돌집이마를
부뒷고 넓고넓은 콜난길우흐로 밋친듯 몰녀가는 새벽바람이 깁흔밤을더한층
쓸々케하엿다

현실에취하여 잠人간 이젓든 룡복이의울음은 다시터저나왓다 아무도말니지
안는 울음에 거츨게썰니는억개를 누구인가 탁치는서슬에 룡복이는뒤를도라보
앗다 그것은 자기의동무 삼돌이엿다

『요싹정이가 짜장을고섯지안엇다구』

룡복이에 쌤에 쩐지르흐르는 눈물을본 삼돌이는 이러케부르지젓다

『맷첫니 사람두안지나가는데 울구섯게 지금은가서자야애 암만서서 우러야
사람이업는데 무슨소용잇니 누구헌테 어더치엿니 웨짜장 울구섯니?』

삼돌이는 참으로울고섯는 룡복이의 뱃쌍을 모르겟다는드시 이러케 말하고
아모대답이업는 룡복이에 얼굴을드려다보앗다

『……』

룡복이는 여전이대답이업고 억개만이 들먹～하엿다

『아이갑々해 어서가요 안가련? 난가잘테야』

『난……으흐응……오늘 못드러가……』

룡복이대답은 우름속에 움츠러드럿다

『요싹정아 못드러가긴 웨못드러가 무슨죄지엇니?』

『해, 해 질녁세 나와서 입째까……지 한푼도못엇어섯니』

룡복이의 음성은좀 쏙々해젓다

『웨 한푼도 못버럿니? 요싹정아』

삼돌이는 말마다『요싹정아』에 힘을엇은 룡복이는 우름을긋치고 하소연을펴노앗다

『오늘나오다가 왜저 조선호텔엽골목알지 공회당압헤말이야 되놈덜만이사는데』

『그래 그래 아랏서』

『거게를드러가서 쓰레기통을뒤지다가 아무것도줍지는못하고 그속에 마른북데기가 갑북드럿길내 너머춥기는하구 그속에드러가서 북데기를 쌀고뒤여쓰고 업드럿다가 그만 쌈박 쟐드럿단말이야 어느째나되엿는지 닥째기(夜驚牌)소리에 잠을째여 큰거리루나와보니 밤이얼마나깁헛는지 사람이잇서야말이지 그래 한푼도못엇엇는데어데 집으로 드러갈수가잇섯야지』

『예이 멧친자식 아무러면 그러케 밤가는줄도모루고 잘수야잇나 그래두 드러가야지 여게서울구섯스면 소용잇나』

『다문 호쩍이라두 한개 사가지구드러갓스면 괜찬켓는데……너오늘밤얼마버럿니?』

『나 나는 아픔에 나왓다가 어두울째드러갓다가 악까열시쯤돼서 다시나왓는데 넉냥(八錢)버럿섯』

『……』

무어라 대답할지몰나서 머-ㅇ하니 서잇든 삼돌이는 갑작이 무슨 신기한것이나본것처럼 룡복이를 쑥찌르며

『애저것봐라 야끼모(군고구마)장사가지나간다』

이제는 살놈도 업다는드시『야끼이모-』ㅅ소리도안지르고 무거운다리를 구루마 채에다 의지하고 덜컹덜컹으슥한골목으로드러가는 군고구마장사를가라첫다

『그까짓건 지나가면 뭣해돈두업는데』

룡복이는 눈도거들써보려고아니하로 걱정에고개를드리윗다

둘사이에는 잠ㅅ간 쓸々한침묵이도랏다 뎐선ㅅ대에매달닌 뎐기불을 쌈싹~ 체다보고섯든삼돌이는 무슨게책이나난드시 룡복이의엽구리를 쏘한번 쑥질넛다 그리고 룡복이귀에다 자기입을대이고 무에라 소군거렷다 룡복이는말업시고

개만쯔덱이엿다

『응 그래응 내먼저갈게 뒤로쏘차와』

『그래 어서 가』

삼돌이는 총々거름으로 고구마장사가드러가든 골목어구에까지가서 고구마장수를불넛다

『녜―』

고구마장수의 조름석긴 대답이 둔하게울넛다

고구마장수를 불너세운삼돌이는 양철쑤겅이열니기르 기대려서 그중 굴근놈으로 한개골나들고

『요거 얼마야요?』

하고 무럿다

『제일 굴근게로구나 사전만내라』

고구마를 들고 이리보고 저리보든 삼돌이는 고구마를든채로 허리를 쏘부장하고 전속력으로 다라낫다 이뜻밧겟사변에 분이날대로난 고구마장수는구루마ㅅ멍에를 덜컥 내려노코

『요불싹쟁이가될 날도적녀석갓흐니』

하고 부르지즈며 날죽여라하고 삼돌이를 싸라섯다

길바닥에 뎅그러니 노힌 고구마 구루마에는 언으듯룡복이의 그림자가지엿다 검고적은 룡복이의 손이 김이무럭～기여오르는 양철통가녁에 붓헛다

고구마한개의 아지못할힘에 끌니여 목구멍에 불을내여가며 삼돌이를싸라가든 고구마장사가 다라나든 삼돌이가내던지는 고구마 한개를 주어들고 바지에다 쏙쏙부비며 헐덕이고 도라왓슬째에는 누덕이압자락에 한아름 고구마를 싸안은 룡복이의 그림자가 괴물갓치 사라질째엿다

×   ×   ×

『찌―라닷짜 찌―라닷짜』

금화산 골재기를 기여올나가는 룡복이의 썰니는입에서는 곡조모를 코ㅅ노래가 흘너나왓다

火夫의 死[◉]

一

콰―ㅇ 콰―ㅇ 콰―ㅇ!

대포ㅅ소리갓흔 음향이 울닌다 지금까지 이시골에서는 도러보지못하든 괴성(怪聲)다이이십세기물질문명이 처드러오는소리다 다이나마이트가터지는소리다 바위가날느고 산허리가 끈어지는소리다 붉게 펄넝거리는 위험하다는 신호긔(信號旗)째문에 가든길을 멈추고섯는 도라가는 장ㅅ군들이의심시레뭇는다

『여보시요 이게뭐할나구 이람니까?』

그러면 붉은긔엽헤가서々 오구가는행인을막고잇든 삼손이는 의긔양々 하게 설명한다

『네 상게(아즉)모름니까 이산을쑤르고 철로를싼담니다 이제신천읍에까지 기차가 대기지요 금년에는 위선 신천읍에까지만노코 명년후년에는 안악으로해서 을장년(殷栗長連)으로도가고 장연몽금이(長淵夢金浦)로도가고 철로가 낙지발 갈나지듯하게된담니다』

『그래이건누가놋는껨니까?』

『누가놋타니요 일본사람들이 돈을내여 철로회사를쑴여가지고 총독부의 허가를맛하가지고 하는게지요』

『로형은언제부터 이일을함니까 일삭전을얼마나밧슴니까?』

『나요 작년가을에 측량(測量)할째부터 말쑥박는일을맛하가지구 짜라댕겻지요 일삭전이요? 열잠자구해두 농사ㅅ일하는것보다는낫지요 그까짓우리 농사ㅅ일이라는게야 새벽부터 해질째까지 호미ㅅ자루를 붓잡구잇대야 돈서너냥(三

◉ 이 작품은 《신민》(1927.3)에 발표되었다.

十錢)벌거나 말거나하는데 비해서야 어방업지요 이일은 못쥐도 할네 예닐급냥 (六七十錢)은 되니째니요』

섬피로 보십을싸서 걸머메고 입을버리고 니야기를듯고섯든 상제가 부러운 드시 방립(喪笠)밋헤서혀를꼴々 채며건정 어수룩하위다그려』

『아무러면요 이러니저러니해도 일본사람들과노는것이 해럽지는안치요 하다 못해 이런막버리를 해먹드래도……그저그사람들 성미가팩해서 바닥이지마는 비위만잘맛치면 쏘싹々도해지니쎄요 그리고 우리조선사람보다는 주머니가무 르지요』

『그래 저산은 나라ㅅ산이니 막헐녀니와 저백성의논밧은 엇던케한답듸까?』

『총독부 인허내가지고 하는노릇이니짜 막써도조켓지마는 그래도그러케는안 코 위명으로얼마식 쌍갑이라고 내준답듸다』

二

쿵덩칙다~~

기차가 드러오고 나간다 매일네번식이나……

갓쓴양반 수건쓴안악네들이 류리창단상자속으로 기여오르고 기여내린다 종 일가야할데를 하로에네번이나오고 갈수잇는 신비神秘에 멋모르고우섯다 정거 장부근에는쌍갑이 오르고 집갑이올낫다 게짝지갓흔 쓰러저가는막서리를 삼백 원사백원주는바람에 모-두가 나두 나두하고 대강이쌈을하여가며 일본영감상 에게파랏다 일인들은 쓰러저가는 초가집을회벽바른양개와집으로맨들고 함석 집도맨들고 벽돌이층집도맨드럿다 그들은맛치요술쟁이갓햇다 그래서 운송부 (運送店)가생기고 정미소가생기고 일본사람들의 화려한가개가생겻다 조를심 으고팟을심으든 밧두럭을 지금은정거장통이라고한다물흐르는 갱굴엽헤는 네 모진돌노축석을하고 여슷간너비의큰길에는 자개ㅅ돌을쩟다

수단조흔 삼손이는 그정거장역부가되엿다 한달에 월급이 이십원이다 이것 은 몸이압하쉬거나 일이잇서서 안드러가드래도 수무하룻날이면 봉투에다 쪽 너허서 보내주는것이다 삼손이는『이런쩌이잇슬가』하고 깃버하엿다 검은복장 에 구두를신고 번들~하는 표를붓친 전모자를빗두룸이눌너쓴 그는 정거장 구

내(構內)에서 신이낫게쮜여댕겻다

　삼손이는 자기가 농사를내던지고 이일에나오게된것을 남에게 자랑하고 십흐리만치만족하엿다 푹々찌는 삼복염천에 길넘는조밧고랑에 누러붓허서 구역나는 흙냄새를맛는것이라든지 게알갓흔 조밥을먹고 썰쓰러운보리마당질을하든것이라든지 구즌비를노마즈며 베모(移秧)를내이든것이라든지 그런모든옛날에지내든 일이 출세한지금에는 깨고난 괴운쑴갓햇다 지금도 농촌에그대로남아잇는 동무들이 장날이면 수건을동이고 구럭을메고 집석이바람을 드러와서차드러오는구경을 하려고 철망밧게가 섯는것을보면 삼손이는『못생긴놈들』하고 코우슴을첫다

　『네가이제 일본말을 좀더배우고 글도좀더배우면 차장어될터이다 그러면 월급이 사십원이된다』

　역장이 이짜금 이런소리까지를 할째에는 자기의압길은 더넓어지고 밝아지는듯십헛다 그는 이런째에는 자기맛혼일이외에도 손을내미럿다

三

　멧해를지낫다 그곳은 더한층화려하여젓다 말하자면발전된것이다 정거장통은물론 읍내전부가 이제는 초개(草盖)집보다 개와집 함석집수효가 더만하젓다 무슨동네 무슨골하든 동명(洞名)도 이제는 개화를하여 무슨 마찌(町)니무슨 도호리(通)니 하고 불느게되고 곡섬장사가(穀商)임바네스를입고 경찰서에서는 자동차로 하이도리데-(파리잡는날)선전비를 뿌리며 자개쌀넌거리도 다라나게 되엿다 압뒤ㅅ집에서도 이제는 전화로 일을피이게되엿다

　역부삼손이의 월급은 이십오원이되엿다 그는더한층부즈런하여젓다 네번드러오고 네번나가는 귀압흔기적소리가 그의귀에는 들업시귀엽게들니고 검누른 석탕연기도구수하엿다 자기는물론 자기온집안이 어데를가던지 기차는맘대로 타는것도조왓다

×　　×　　×

　연착(延着)된 막차를기대려 써나는 막차의시간은 밧밧다 석탄을싯고 물을너흔긔관차가 뒷거름을쳐서승객과 화물을싯고 기대리는 렬차(列車)를향하여 통々거름을처온다

삼손이는 한손에푸른긔를들고 한손에붉은긔를들고 렬차와 긔관차를 매여놀 양으로 가장익숙한손짓으로 긔를두르고섯다 왈칵 덜컹 차는맛다앗다 시간느즌데 한곳조급한 역장은 차맛붓는소리가들니자마자 입에물엇든 호각을부럿다 준비하고 안젓든 긔관수는 기적을요란이내고 차를내모랏다

이째이다 『으악』하는비명이 굴너가는수레박퀴소리보다도 날카롭게울녓다 차는그대로써나낫다 역부삼손이가차길엽에쓰러젓다 그의왼편발이 붉은피에젓다 정신을일흔 그는 즉이병원으로 써메갓다 왼발은벌서 삼손이의 신체는안이엿다 삼손이는 죽지안코 피여낫다 피뭇은 구두는 씻처서 두고 소용업는발은짱 속에 깁히내버렷다 이십세기 문명은몽둥발은 맨드럿슬지연정 쌔끗이곤첫다

슯흔 삼손이에게는 깃분일이생겻다 조선철도주식회사에서는 즉무로위하여 부상한 삼손이에게 위로금 일천원을내렷다

『내가마리 자리해서 보고 햇스니짜니 이로케 돈이가 만이 왓다마리야』

이러케자기의 공을 론하는 역장에게 삼손이는 서투른절을 몃번이나 하엿다 이십세기 문명은 의족(고무발)이라는신기한물건을 그에게주엇다 삼손이는 쏘 한번깃벗다 그해년말상여금은 차장보다도만히내렷다 그는 인천서 왓다는일본사람에게서 삼원짜리생선를사서 역장집에 세모(歲暮)를하엿다

의족을가지고는 이리쮜고저리다라야되는 역부는 불편할쑨아니라 여러해 근고를친관게로해서 가만이 서々할수잇는긔관차 화부(火夫)로 승급을하엿다

동간들이며 동네ㅅ사람들은 그를부러워하엿다 성공햇다고 하엿다

『그짜짓 발하나업스면엇대 발업서서 죽나 발하나면쎄여버린다면 다그러케 논사고 밧사고 승급한다면 그짯놈에발달구쌩길놈어데잇나?』

엇던사람은 이러케도 말하고

『에 이사람 그래도 일신천금이라니 발이잇서야지 그게무슨말인가 밥을비러 먹어도 오륙이성해야지』

엇던사람은 이러케반대를하면 쏘엇던사람은

『게야무엇하러 먹을것만든々하다면이야 발업기로서니……통병신이라도돈만잇스면 성한사람보다 나은것이고 오륙이말쩡하드래도 제것업서 비러먹게되면병신꼴보다날게잇나』

하고엽헤서내다르닛가

『아무튼지 나는 그건반대요 내몸이귀하지하고』

악까말하든사람은 리유업시뻣대인다 그러면 엇던 낫살이나먹은작자는

『그건자네를 다틀게업네 다운수팔자소관이닛가 차박퀴에 발을잘니는것은 병신될팔자요 그걸노해서 논밧전지를장만하게된것은 복을타구난팔자이지별수 잇나?』

하고 가장약은드시 운명설노돌니여 버린다 남들은무에라하든지 삼손이 자신도표면에낫하내여 깃버하지는안능 지연정 결코설게는생각지안엇다

四

멧해를쏘지낫다 신천은 쏘한층 변하엿다 발전이되엿다 이제는초가집을 불녀면 읍(邑)밧그로나가야된다 읍에서초가를쓰고살든사람들은 낫분집을 빗싼 갑에 파라가지고 산우흐로쏘겨내려(놉흔곳이지만내려가는것이그들이가서맨든다비집처럼 흙궤기로집을짓고살며 던기불에 밤도낫갓치밝은 화려한 세상을 내려다보다가 왜사기등잔에 석유나쩌러지게되면 삿나끈으로목매인 류리병을 들고 영가미상가개로 석유를사라오는 외는 길에는 흰옷입은사람은 좀체볼수가 업스리만치 변하엿다 그리고는 맨 낫모를사람뿐이다 수염이까맛케나고 암상시례생긴 낫서른사람들이 검은으로단비제도포갓을흔것입고 옷고싸대일뿐이다 그들이안저 재잘대는 방에는 오백리밧 서울정동마루테기에서 울니는JODK라듸오방송인샤미센소리가 쏭 쏭 울니리만치 신긔은변하엿다

× × ×

신천에는 조고만니야기거리가 한아생겻다 그것은 철도회사 긔관차화부 삼손이가 차를모라오다가 뜻밧게 날가쌔진화통이터저서 참사를하엿다는것이다 년전에 바을잘니운 삼손이가 이제 화통이터저 죽엇다는것은 몹시도 공교한일이다 그리고 좀체터지는일이업는 화통이 터진다는것도 쏘한기괴한일이라고 니야기한다 그러나 기괴하다고 사실이안인것은안이다 문명의덕택으로 일본사람의덕택으로 만금의돈을모아노은삼손이가 문명의리(利器)인 기차화통과 운명을갓치 한것은 기괴하나마사실이엿다

바보의 震怒°

『여보 저런 씀쩍한일이 세상에 쏘잇소!』

이웃집에 마을갓든 안해가 방문을열고 드러서며 밋도끗도업시 하는말이다 말이라기보다웨치는소리다。

책을보고누엇든 나는 책을편채로 벼갯머리에다 던지고

『무어시?』

하고 안해를쳐다보앗다。 안해의 얼골에는 웨ㅅ치는말소리에 조화되리만치 공포(恐怖)에 갓가운처참한표정이 흘넛다。

『무어시 그러케 세상에도 업는 씀쩍한일이란 말이요?』

나는 안해의 얼는대답업는것이 궁금하여서 짜른구조(口調)로 이러케뭇지안을수업섯다。 안해는 그제야 내머리맛헤 안즈며 말소리를 낫추어 그래도 썰니고 힘잇게

『아 저-김참봉집 배서방(裵書房)이 큰일을 냇다는구려 법업서도 살겟다는 그배서방이』

『큰일이 무슨큰일이란 말이요 배서방이 엇잿단말이요 무얼홈첫? 담』

나는 배서방이 큰일을냇다는데 이 이상 더추측이 되지를 안엇다。

『홈친게 무어애요 쥔네내외를 짜려죽엿다는구려 그리고 어데로다라낫다는 구려』

『뭐!』

나는 참으로 놀낫다 이말을 듯는 나의 귀를 의심하엿다。

『글세 배서방이 김참봉네내외를 다듬이 방망이로 머리를패죽이고 다라낫다

◉ 이 작품은 ≪조선문단≫(1927.3)에 발표되였다.

는구려』

『아 엇더케하다 그랫단말이요 언제 그랫단말이요 아짜저녁째 내가드러올때
도 보앗는데』

『그러문요 나도오늘봣서요 그런데 지금 리선생집에 마을을가안젓노라니 그
집행낭어멈이 드러와그러는데 지금 김참봉집에는 송장셋이낫다우 저럴쩨가잇
서요』

『송장셋이라니?』

나는 송장셋이라는 말에 쪼놀낫다.

『배서방의처는 해산씃헤 후산못해죽고……』

『그게무슨 니야긴지 거짓말갓구려 어데좀자세히 드른대로 순서잇게 말을해보』

『그어멈이니 어데 씀쩍하다구만하며 자세한말이야 합듸짜 그저 배서방의 녀
편네가 해산하다 죽엇는데 그배서방이 엇잿고 그주인령감에게다 발악을하고
그짓을하고 다라낫다는 니야기뿐이애요』

나는 좀체 니야기의 요령을 알수가업섯다 남의일에는 남달니 냉정한 나도엇
전지 그대로 안젓기가궁금하엿다 그리고 김참봉은 서울노이사온지 얼마안되는
나와갓흔 시골사람으로 그집안일을 내가잘알고 배서방을 잘아는 관게가 나를
그대로 뉘여두지안엇다 『이밤중에 사람죽은덴 뭘하라가서요!』하고 펄쩍쒸는
안해의말도 듯지안코 열아문집 건너잇는 김참봉집에를갓다。

밤은 열점이조곰지낫다 김참봉집마당에는 사람들이 셧식넷식둘너서서 수군
거리고잇섯다 그집대문은 쏙댓겻다 손으로 미러보니 안으로 잠겨잇섯다。그래
도 안에서는 무슨일이잇는드시 수군거리는 기색은 잇섯다 째맛침 그엽헤서 어
는거리든 아범 비슷한 사람이 나를보고

『대문을 안으로 잠갓담니다 지금 경찰서경부순사 형사 재판소검사가와서 조
사를하는데 아무도 못드러 오게한다우』

하고 문안열니는 리유를 설명하엿다.

『그래、대관절 엇더케된일이요。사람이죽엇다니?』

나는 그사람에게라도 궁금한 사정을 뭇기로하엿다 그는무엇을 암직하엿다.

『사람이죽으면 한아만이요 엔간이 셋이나 죽엇다우』

『글세 그게 엇지된일이요?』

『엇지 된일인지야 누가아나요 이집에잇든하인이 제녀편네 해산하다가 죽어
써드러지니까 쥔영감에게다발악을하다가 나종에는 쥔네내외분을 단매에 그래
버렷다니까요』

『아니 자기안해가 해산하다죽기로니 쥔에게 발악할게야 무엇잇나 더욱 그런
참혹한일까지야』

『그레기 말입죠 하긴모릅죠 무슨일이잇섯는지 누구는밋처서 그랫다구두하
고 누구는 쥔이약안써주는데화ㅅ김에 그랫다구두하니 어느말이 올흔지아나요』

『아니 약안써주다니? 무슨약을』

『제、 녀편네 해산못하는데 말이겟죠』

『그래 그니야기를 좀자세하구려』

『글세、 저도 그밧게는 더못드럿서요 래일신문보면 자세히알겟지요』

그사람은 알고모른다는지 모르고모른다는지 그이상 더말치안엇다 나는더한
층 궁금할쑨이엿다。마당가역에서 수군거리는 사람들겻흐로가서 귀도기우려보
고 한사람붓잡고 쓴적 쓴적무러도 보앗스나 결국은그이상 더알도리가업서서
그만집으로도라왓다。

그날저녁은 그진상모를 무서운생각에 변변히잠도못잣다。

×　　　×　　　×

그잇흔날 나는 그집에도가보고 잘아는사람에게 니야기듯고 신문도보아서
자세한사정을알게되엿다。 그암소갓치 착한배서방이 법업서도 살놈이라고 심
술구즌주인까지 말하든 그복돌(배서방의일흠)이가 그천치 바보갓흔것이 엇더
케 그런 무서운일을하엿슬가? 나는새삼스러히 놀나지 안을수업섯다。 나좃
차……무슨 무서운 관념에 왼몸이썰니엿다。

×　　　×　　　×

금년설흔일곱살이되는 배서방은 김참봉집에서나서 김참봉집에서 자라낫다
배서방은종의자식이다 김참봉이 시골서쟁변장사를하여 벼ㅅ백이나 조히하게
되닛가 부자행세를 하고십허서 서울서종을하나사왓다 서울돈오천냥(百圓)에
한장인종문서(奴隷文書)와갓치 영구히팔녀온 열다섯살된 오월(팔녀온달이五

月이 게집종의일흠이되고말엇다)이라는 게집종이 열일곱살째에나은 첫아들이 이배서방이다。

　이웃집머슴 배총각을 아버지로하고 오월의맛아들노 태여난 복돌이는 한 개 저주밧은 생명이엿다 그가게집애가안인것이 그의어머니를울니고 상전마님들의 골피를찡그리게하엿다 세상사람들은 누구나 아들나키를바란다。 이와반대로 남의게집종은 쌀나키를 간절히바란다。 그리유는 게집종은 쌀을나어야 그쌀을키워서 자기대봉을세워 노코 자기는속낭(解放)이되여 나갈수가잇는것이다 만일 일평생쌀을 못나으면 일평생을 종으로맛치게되는것이다。 아들은 얼마를 낫튼지 그것은소용이업다 말하자면 종의대(代)는쌀노써야이ㅅ는 까닭이다 이것은 순전히 상전의리해관게로 매저진 노예제도(奴隸制度)이엿다 (다른지방은 몰나도 西北地方에는 十年前에는勿論 只今에도 이제도가 남아잇는곳이잇다) 그래서 게집종의 맛아들이라는 황소색기만치도 귀할것업는(에미로서보나 상전으로서보나)복돌이가 여섯 살먹든해에 오월이는 마츰내 이웃집머슴과 밤도망을처버렷다 그후로 복돌이는 밤도망간 종의색기로 상전의집에서 눈곱지안은밥에 저주밧은 고단한 생명을기르게되엿다。

× 　 × 　 ×

　이런 환경에자라난 복돌이는 거츠른음식을 돼지갓치먹고 소갓치일하고 명견(名犬)갓치 주인에게 충실하엿다 그는 맛치 이세가지 사명을다하기위하여 세상에나온것갓햇다 그는불평을몰낫。 상전집에모―든사람들이 뜻々한방에서 고기국에 이밥을먹을째에 자기는 써늘한부억구석에서 식은밥과토장을먹는것도 그에게는 결코이상치안엇다。 상전의집게통에ㅅ사람들은 물론 동넷집년놈까지라도 말만할줄알면 의례히 복돌아 이래라저래라하엿다。 그러나 이것도 복돌이에게는 불평이안되엿다 『나는 종에색기다』하는 간단한리유가 가장합리적(合理的)으로 그의불평분자의 싹을 여지업시 눌너버렷다 불평을 모르는대신에 복돌이는감사함만을알엇다 복돌이가 감사한것은 하눌도쌍도아니엿다 그상전에게쑨이엿다 상전마님이찬밥이 남엇스니 마자먹어치우라는것도 복돌이에게는 감사하고 상전집아들이 신다못신게되여내버리는 창쑤러진 구두켤네를 던저주는것도 그저 고마윗다 그는맛치 다뜻어먹은 쇠갈비를 쏘리를 휘두를며밧아

먹는 개와갓흔 심리하에서 모-든일에감사를밧첫다.

복돌이에게 일생을통하여 크-다란 깃붐이왔다.

『아무리 종의자식이라도 길넛스니 이제는 장가랍시구 까지나 드려주어야 상전으로의 할도리를 다할텐데』

얼마안되는 돈으로 장가를보내면 일생을두고 부리고 종하나를 더엇는것을 리해타산하고난 김참봉은 이러케 성명하엿다.

『그저 무던하시니 그러치 이세상에 종의색기길너서 장가드려주는이가 별노 쉽슴닛가』

복돌이의 장래안해로 아니김참봉집 문서업는종으로 선채(결혼을 약속으로 밧는돈)돈 백원에 팔니어오게되엿다 설흔살되는 복돌이가 배서방이된것도 이째부터이엿다.

그래서 김참봉집에는 심바람잘하는 게집종한아가생기고 늙은총각복돌이에게는 일홈만이라도 안해가 생기엇다

그후의복돌이는 더한층상전에게 충실하엿다 상전에게대한 모-든감사는 일잘하고 말잘듯는것으로갑는것이다

『이녀석 이제는 샌님이 죽으라면 죽는숭내라도 내야겟다 네깐녀석이 아무데 가봐라 장가들텐가』

주인마님이 이러케말하면 복돌이는 참으로 감사하다는드시 두손을썩썩부비며 그넙쩍한코로버룩버룩웃는것이엿다

복돌이에게는 한새로운 천지가열니엇다 그의가슴은 감사와 기대로차지안을수업섯다 그게집애가어서커서 사실노의 안해가되여 상전집 서푸(행랑)에서 양주살님을 한다는것이 지금의 그로써의 일생을 통한크-단희망이엿다 이크다란 기대는날노 달나지는게집애의발육과 쏙갓흔거름으로 그에게로달녀 오는것이엿다 싸-만머리 숫치차차 두터워지고 발간당기꼿이 궁둥이를 남실남실하는것을 바라볼째 그는지금까지격거보지못한 늙은 총각이장가드는 그대루의 깃붐을 늣기지안을수업섯다 백원짜리밋며누리가 열네살되는해부터 그네들은 사실노의부부가되엿다.

『아이구 양주오누이란말이 꼭마자 배서방네 양주는엇지도 그러케갓흔지 얼굴도 비슷하려니와 그맘세까지도 갓해 남이뭐라든지 노여할줄을몰나』

『남의집사는사람이 그래야지』

『쥔의말이라면 소금섬을 물노끌내도 끌사람들이야 그러키에 일년에도 머슴을 멧차례식 가라내는그인품사나운집에서 말업시 백여나지』

『그리구 맘이발나 언제가는 배서방이심바람갓다오다가 길에서 일원짜리를 엇엇는데 그것을 쥔을갓다 주어ㅅ다나 햇드니 김참봉은 그걸밧아 시재귀에다 넛트라는구려 그게법업시도살사람이아니야』

『자 그러니 뭘하누 법업서도살사람은 저모양으로 도적놈이니 고약한놈이니 하는사람에 종질만 하게되니』

이것은 동네ㅅ사람들의 배서방평이다 그들의평은정확하엿다 배서방은 반항이라는것을몰낫다 자기의우월이라는것을몰낫다 거짓이라는것을몰낫다 자기를 희생하는것이 괴로운것인것까지 알녀고아니하엿다 이런것을 가르쳐 사람이조타고한다 못낫다구한다 천치라구한다 긔의헤버러진입은 아무째나우섯다그러나 희자위만흔 크-다란눈을 페럽게쩌 본적은업섯다 열아문살먹은놈이『복돌이개자식』하구지나가두빙그레웃고마는 배서방으로는 일생에큰소리를하여본적이업다 만일잇다면 말ㅅ장이 씨러노은마당에 쏭을 내갈기는 동넷개를보고『이 백장놈의개』하고 돌팔매를 친것쯤일것이다 그리고 김참봉이 자기자식들에게는 돈심바람을 안식힐지언정 배서방만은 밋고식히리만치 그는정직하엿다 그에게돈심바람을식히기에는 그가돈세음을아즉모르는것이 탈이엿다 그럼으로 어데가서 얼마를밧아오라든지 얼마를내여주라는지 하는심바람에는 감당치못하엿다 그저 가서주는대로만 가저오라든지 이대로 갓다만주라든지 하는데에는 맛치기게처럼 충실하엿다 이와갓치 충실한대신에 그는 바보엣짓도 만히하엿다 편지붓친다고돈과 편지를 그대로「포스트」에다 집어넛키도하고 돈과편지를 그대로던지기도일수엿다 서울온지가 일년이넘도록 그는뎐차를보고 조고만차라 하엿다.

×　　×　　×

『배서방이 이제오래지안어 애기아버지가 되겟구나 아들을날가 쌀을날가?』

주인마님이 반씀놀니는소리로 이러케말하면

『나ㅡㄴ모-르나요』하고 배서방은 붓그러운드시 나가버렷다 그러나 배서방도 자기안해가 애를뱃다는것이 속으로는깃벗다 장가를들든 그째의 깃붐과는 다른의미로의근지러운 깃붐이엿다 열일곱살된 안해의날노불너가는배가 엇썬지대견해보엿다 누더기처럼 더러운이불속에숨결놉흔안해의밋칠밋칠하는 탄력잇는배가죽을통하여 꼼틀거리는 감촉을거츠른손바닥에 밧을 째에는 『이에 내자식』하는 깃붐에마음이 근지러웟다 그리고배부른 어린안해가 힘든일에 허덕허덕숨이차하는것을보면 엇전지미안한듯한 책임감까지 늑기게 되엿다

× × ×

아츰설거지를하다가 배를붓잡고 행랑방으로 나온배서방의안해는 난산(難産)의 기미가잇섯다 오정째가휠신지나서야 애를나엇다 애를나은뒤에도 애가키전진통보다도 더지독한고통에 싹싹쌈으러칠 지경이엿다 애를싸라 곳나와야할 태반이나오지를안엇다. 『저거 후산을못해서 큰걱정이라』고 온집안이벅석끌엇다 어린애배쏩에서 끈어진태ㅅ줄이 점々움츠러저드러가는것이엿다 이태ㅅ줄을붓잡고 안즌이웃집할멈은 태가올녀붓는것이라고 눈을둥그러케쓰고 걱정을 하엿다 누구인지엽헤섯든사람이 저러케되면 어서의사를불너와야지 큰일이난다고 써들엇다 이소리를드른 엽헤섯든 주인이마누라는 톡쏘는듯한소리로

『원, 나중엔 별소리가다만타 의사는거저오나 돈드러야지 후산못하는것쯤이야 좀잇스면나오지 그러케붓잡고 야단을치지말고 태ㅅ줄이 아주드러가지못하게 거게다집신짝을다라둬 그게 후산못는데예방이니 배서방아 어데가 집신짝이나 하나주어오나라』하고 핀잔을주엇다.

『그러문요 의사가무슨의사애요』

주인마누라의말에 이러케밧은 배서방은 집신짝을차즈려 안방대청마루밋흐로갓다 그러나 집신짝은좀체업섯다.

금시에밋그러저 드러갈듯한 태ㅅ줄을붓잡은 할멈은 『배서방 무얼하우』하고 소리를질넛다.

『어데 집신이잇서얍죠 고무신이라도가저갈가요』

『저멍텅구리 신발이면 다되는줄아나 집신이예방이야 집신이』

엇절줄모루고 쌈을쌔고안젓든 할멈도 배서방의 바보짓엔 우슴이나왓다.

『글세, 집신이어데 잇서야지요』

『아―업스면 한켤네 사오기라도하지』

『아 원별소리가다만타 거게다라매자구 새집신을사오다니』

주인마누라는 쏘핀잔을주엇다.

배서방은끗내 집신을찻지못하엿다. 이웃집어멈이 자기집에서 크―다란 집신을 한짝가저다가 닭의창자갓흔 태ㅅ줄에다 매여달앗다.

해가저도 후산은하지못하엿다 산모는 점점지처왓다 주위에서 걱정하는 사람들도 『아모래도 의사를불너와야지 별수업다』고 락망하고 혀를쯸ㅅ차고 가버렷다.

이제는 알는소리도 할기력이업는드시 잇짜금 이(齒)만 바득~가는안해를안고 배서방은쩔ㅅ맷다.

배서방도 이제는겁이낫다 의사라도좀불너다 뵐생각이간절하여젓다 의사를불너오는 아모런 권위도주변도업는 배서방은쥔에게 무러보지안을수업섯.

『마님 그게도무지 나올생각을 안습니다 의사를 좀……』

『그리다가 이제나오지 조급히도군다 난모르겟다 샌님에게 엿쭤보렴 돈낼양반에게』

배서방은다시사랑문압흐로가서 주인은문도여러보지안는데 그의손은 본능적(本能的)으로합수를하고 움츠려드는 소리로

『샌님 저 지금까지 후산을못하엿는데 의사를 좀청해뵈엿스면……』

『응 이밤중에 의사를청해오려면 돈십원이나 드러알걸 마님쎄엿쭤봣니?』

문틈으로 새여오는 샌님의대답은 시듦헛다.

『마님쎄엿쭤봣드니 그대루두면 이제나을걸 조급히군다구 하시면서 좌우간 샌님쎄엿쭤보라구말슴하서요』

『응 그럼 어련히알구 그리실나구 좀더기대려보지……의사한번청하는데 돈이작게드러야지 안팟인력거에 출장비에 쏘저런데는 약갑을대중업시 쩨내는법이야 좀더기대려봐라』

이러한경우에도 김참봉의머리에서는 수판이옴즉엿다 배서방은더할말업시자기방으로 나왓다 주인이 지휘가업시 의사를불너오기에는 그의사회적지위가허락지안는다기보다 주인에게대한 충실이 허락지안엇다 기게갓치정직하고 고

지식한 그의인생관이 용납지를안엇다.

자기방에는 악짜와서 애를밧아내든할멈이며 이웃집어멈이 와안저ㅅ섯다.

『의사를 청해볼가하고 방에드러가 엿주보느라고요……』

『그래 엇지됏서 의사청해오우?』

『좀、 더기대려보라구 그리서요』

『좀、 더기대려보긴 죽을째까지……잇는사람들은 남의사정은몰나보아 자기네들은 끌치만썽 해도패독산을지여오나라 의원을불너오나라하면서 가나한사람의 목숨은목숨이아닌가』

엽헤섯든 입싸른어멈은 이러케종알거렷다.

『그게기맥힌설음이지 여보배서방 래일일은엇지됏든지 어서가의사를 불너다 뵙시다 언제쭌의허가내리도록 기대린단말이요』

할멈은 어멈의말을밧아서 배서방을『이바보』하는드시 노려보앗다

배서방도 엇전지 주인네하는일이 야속한생각이낫다 얼마전에 주인의 맛며누리가 해산할째에는 애낫키두달전부터 산파가드나들다가 애날달에는 병원에 입원하여 해산을하든생각이 새삼시레 쩌올낫다 그의어리석은 생각에『사람은 닷갓흔 사람인데 엇찌면이지경이 된것을 좀더기대려보라구할가 아니그보다도 새집세기한켤네를 못사게할가 아니다아니다 그리구보니 지금까지 내가당한모 -든일은 확실히 사람으로써의 당치못할일이아니엿든가 지금까지 자기도아지 못하든 온갖붐펑이 나두나두하고 머리를내미는서슬에검고것친 그의손이 썰니는주먹으로변하엿다。 그는지금할멈의 일너준말이 힘잇게들녓다『그러타~이 경우에주인에게 허락을맛흘필요는업다 내가나가서 아무의사나 불너다보이면 그만이다 만일그놈이오지를안켓대?그째에는……』이러케 자기도모를 힘을엇은 배서방은

『내、 나가서의사를 청해올테니 미안하올시다마는 좀지체게서주십시오』하고 숨결놉흔안해를 한번도라보고 방문을나섯다。 의사집에를간 배서방은 난생처음으로 거짓말을하엿다。

『누가해산을햇단말인가?』

『제예편네가요』

『그래 주인이 나한테가보라구 그러든가?』

『네 급하다구 어서오십시사구요』

이것이 설혼일곱살되는 배서방의 처음거짓말이다 배서방도 이제는악인이되엿다 아니 잘난사람이되엿다。 바보를면하엿다。

『이제 곳갈테니 먼첨가게』

『매우급하와요 갓치가시지요』

『글세염녀마러 기게며약이며를 준비해야되닛가 어서먼첨가도 나는인력거를 타구가니까 곳 쫏처간단말이야』

배서방이 허둥지둥 자기집으로 도라왓슬때는 산모는 벌서 이세상 사람은아니엿다。

『의사는 오면 무얼하나 벌서가버렷는데』

『아이구 그래두와야지요 그래야진단서를 내지안어요 그것두말성이된다우』

이런소리를 쑴결갓치드르며 눈을허엿케뒤여쓰고 영영히가버린 자기안해의 얼굴을 눈도 쌈짝이지안코 돌장승처럼 내려다보고 섯든배서방은 갑작이이를 『부드득』가라붓치고 밋친드시 남이 잘알아듯지못할소리를 버럭지르고 헌상자 밋헤 씨인 다듬이방망이를 들고 밋친드시문을박차고 나갓다。

사랑으로해서 안방을것처 나오는방망이에는 피가벌거케뭇엇다 배서방은 그 방망이를든채로 어두운거리를 밋친드시다라낫다。

행랑방에잇는 할멈과 어멈은 눈부릅든송장과 피무든어린생명을 내버리고 다라낫다 온집안은 못나듸못난 바보배서방의 조고만힘에 벌벌쩌럿다。

×　　×　　×

이것이 법업서도 살겟다든 바보 배서방의 씀찍한 큰일을 적그튼 진상(眞相)이다。 (끗)

무엇째문에

-엇던長篇의한구절-

　여기는 청진동 엇던 내외주점이다 인육(人肉)의싸구려판이다 째는 자정이지 난지도오래것만은붉은등(紅燈)밋헤 벌녀안즌젊은남녀의눈은 관능(官能)그것과갓치 번쩌거리고 푸른술에 저즌입슐에서는 음탕한노랫가락이서슴지안코 흘너나왓다 노세노세 젊머노세 늙어지면 못노느니……그들은 이러케 젊음도 노래하엿다

　이선하품나는 가엽슨향락이 버려진 벽(壁한겹을격한방에서는 젊은녀자의신음소리가흘너나오다)

　수건으로 머리를싸매이고 동인말처럼 몸부림치는 그의모-든서름은 눈물에 부푸른두눈과 함부로승클닌삼ㅅ단갓흔머리가 증명하엿다

　그는얼마전에 삼백원빗에팔녀온 열여슷살되는녀자이다 일흠은 이집에드러오는라부터포주가 자기마음대로 월선이라고지여부른다 월선이가 이러케 눈이 붓도록울고몸부림치고잇는리유는이러하다 월선이는 엇지하여이집에를오기는 와놋코도 결코포주식히는일을하지안는다 간단히말하면 차자오는손님의 요구하는모-든것을들음으로써포주의욕망을채워주지안는것이다 포주는 원악수ㅅ처녀라 붓그러워그리니까 얼마지나면차차길이드러서 인쌜닌간나우년들이상으로 조흔성격이나려니하고기대리며달내도보고 엇던째는위협도하여보앗스나 종시듯지안음으로어제밤에는최후수단으로 폭력의제재를주엇다 월선이는왼몸에 성한자리가업스리만치 포주에게매를맛고지금밧그로잠긴 어둑한방에 혼자누어서밤도덕지못하고신음하고잇는것이다 포주의눈은각끔 쑤러진문구멍을통하여

◉ 이 작품은 《신민》(1927.4)에 발표되었다.

월선의일동일정을살피고잇다 혹시자살이나하지안을가하여……

　나는 이러케 내외주점내막을니야기하기위하여 이붓을든것은안이다 내가할니야기는짠데잇다　뒤에쓰는이냐기를읽는이는먼저월선이의본일홈이순덕이라는것을　알아기를바란다

×　　　　×

　나의아는범위로는 순덕이의아홉살쩍부터이다 노란실노 꼿수를노은 남우단책가방을메고　어멈의호위밋헤D보통학교에댕기든째부터　보통학교육년급인열다섯살되는 봄까지의순덕은 행복이엇던것인지를 모르리만치 행복시러웟다 잘입고잘먹고부모에게응석부리고 선상에게귀염밧고 온세상사람중에도자기를미워하는 한사람도업스리만치그의환경은부드럽고화평하엿다

　다방골복판에다사오십간되는집크다란대문에는 련화패가다스여섯개붓고 그문으로-갓쓰고 행견친헙수룩한시골양반이며 임바네스에마튼신을쯔으는 금음밤에뒤로만저만보아도알만한 마두군이며 빗날근세비로 양복에 배곱하보이는새루내리려는 시골미두군들을 모아들이는 발거간들이 씬일틈업시들낙날낙한다 이집주인영감의짤이 순덕이다

×　　　　×

　순덕이는 열다슷살되는서-ㄹ은가을을 맛낫다 해마다 바다를건너 차자오는왜감기는 순덕이아버지를쌔서갓다

　순덕이아버지가 세상을쩌나는날이 순덕이집이파산을하는날이엿다 크-다란집은 은행에서팔아가고 모든세간은수만흔빗밧을사람들이 논아가버렷다

　순덕이 어머니가그남편도모르게 진이잇든돈수백원으로 삼적동의조고만집전세를엇어가지고 중년과수가짤하나를데리고 눈물겨운조고만살님을 시작하게되엿다 쪼들니는살님은 맛츰내 보통학교졸업을 두어달압둔순덕을하여금 연초전매국인의도공장공녀과디게하엿다 처음에는 순덕이는 학교로부터공장으로드러가는것을무슨 크-다란수치처럼생각하여울고야단을첫다 그러나악착한현실은소녀의자존심갓흔것은 드라볼여유가 업다는드시 눈으짝감고 쓰러드리고야말엇다

　일금삼십전은 아츰여슷시부터 저녁에섯시까지 순덕이를노예갓치 기게갓치 부리는것이다

×　　　　×

　별노히 차자오는손이라고는업든 삼청등 순덕이의집에는 요즘에와서 엇던 중년남자한명이각금차자오게되엿다 이남자는 순덕이부친이사라잇슬째부터구락부에드나들던김주사라는미두거간이다 그는맛치 인생의모-든 문제는미두로 해결할것처럼미두에밋친사람이다

　이전다방골살째에 괴죄한양복의 초라한행색으로 잇다금시골사는돈냥이나 잇는사람을 데리고오는턱으로 느-ㄹ사랑에가가붓허잇서서 해노은밥에 괴톰을 밧치고할째에는 순덕의모친도 알아필요업는사람처럼 식객그대로의 대접을하 든터이나

　이러케집안이령락하여 무슨일이생기여도 누구에게의론하나 해볼데업시 고 적한째에 친절히차자와서 뭐말이나마이러케저러케위로도하고 살님에정아수어 할째에는 찬거리로 잔돈푼이라도내여노코 하는것이 몹시도다정하고 고마웟다 그래서 그가무상히드나드는것을 은근히환영하기에까지니르럿다

×　　　　×

　시일은 모-든것을 타협하려는것처럼지나갓다중년남녀사이에는 첫여름다스 한빗도 보기실타는드시 장짓문니를쏙마추고마주안저잇서야 요람(搖籃)에혼들 니는어린애처럼달내여지는것이엿다

　『순덕이가 올째가 거진되엿소 어서가우 그게지금은 나히열여다슷살이니 엇 재눈치를못채겟서요』

　『아참 벌서여슷점일세 가보아야지요』

　『내일또오서요』

　『쌈잇는대루오지요』

×　　　　×

　오후여슷점 파업기적이 울엇다 수백녀공의손이기게처럼 일을멈추엇다 이목 메인기적이 그들을얼마나깃부게 하는지그들의삶은기적소리에잇다 아츰여슷점

일시작하라는 기적 정오에점심먹으라는기적을 합하여매일세번식들니느 그소
리에 그들의삶의전부가잇는것갓했다

순덕이도이제 그들과갓치 녀공짜라운녀공새오할에드러가고잇다 아모쪼록
감독에눈에들도록일을할것 배곱혼것 어서집으로가서쉬엿스면하는것 이세가지
를쌔이면 그에게는 희망도업고 불평도업는 허수아비의그것이될년지모른다 다
시말하면그날의일을하기위하여 어두운새벽에찰쩍갓치붓흔눈을 부비고니러나
서 조고만엔진처럼약한팔다리를애처러히놀니다가 양쌀밥벤쏘를 할짜십히먹어
버리고 다시조고만엔진을돌니다가 해가저서 피곤한다리를 끌고 집으로다라와
서 저녁이라고먹고는밤은들기도전에 무덤갓치 자버리는것이 그의하루이다 어
제도그러하엿고 오늘도그러한 하루일것이다

순덕이가집에를 도라오니 이짜금차자오는(순덕이에게는 이짜금차오는것처
럼 보인다)김주사가 와잇섯다 해가다젓는데아즉까지저녁도짓지안코 김주사와
니야기만하고안젓는어머니의태도에시장(주림)과피로에눈이쩌지려는순덕이는
쌍정이낫다

『어머니 웨입째 저녁밥을안지섯지요!』

『엇전지 현기가나서 그린다 오늘저녁은 네가좀지여라 애 아가 진지한그릇만
더지여라 김주사어른잡수시게』

저녁을먹구나자 비가부실부실내리기시작하엿다 시작한비는 밤이들자 차차
세게왓다 비오는것을빙자하여 김주사는자구내일아츰가기로하엿다

방한편구석에서 모두쓰러진채 곤히잠든순덕이에게이불을덥허주고 둘이는
건는방으로나아왓다

×　　　×

그뒤부터 그들은 순덕이도 쓰리지안으리만치체면에눈이감기여젓다

둘이가드러안진방 꼭닷친 문틈으로 새여나는 노란담뱃연기를보아도 순덕이
는자기가무슨모욕을당하는것처럼 불쾌하엿다 그래서 순덕이는 무슨안이쩌운
꼴을볼째마다 『비러먹을녀석』하고 김주사를을하고 자기어머니에게 대하여는
불상하고도 밉살시러운야릇한감정을가지게되는것이엿다

×　　　×

담배갑까지도 순덕이어미에게달나는김주사는 그래도 이제무슨큰돈이생길 게획은쩌나지를안엇다

돈이 오백우너만잇스면 수천원생길수가잇게는데 그것이업서々조혼기회를 놋친다고 몸이다라서도라댕긴멧칠만에 그는순덕어머니와잣간니의론을하엿다 그러나순덕어머니도그저답々하쓴이요 별반방도가업섯다 전세집이라는것을되 잡힌대야 한이백원엇거나말거나할것이요 그밧게돈될것이라고는아모도업섯다 몸이다라댕기는지가사흘쯤쏘지낫다 김주사는쏘순덕어미에게애원하엿다

『여보 이게분하지안소 번연히드려다뵈는돈수천원을 돈오백이업서々놋치는 구려』

『그럼엇쩌우 분하기는하지마는』

『좀창피는하지마는생길도리는잇소』

『창피해도 될수만잇다면이야……엇더케된단말이요?』

『저……원 창피해서』

『돈생길일인담에야 창피한일이어데잇겟소』

『이집은 이백원에잡겟다는놈이잇고쏘엇던변노이하는놈에게말햇드니주기는 줄멘대무엇을 명색으로라도잽히라니짝하지안소』

『용한소리하시요 난쏘무슨별수나잇다구요 잡히긴 무얼잽혀 내몸둥이나잡힐 까』

『그런데여보이게좀창피하단말이야 돈삼백원을어드려면 한달기한쯤하고 쓸 테데 그째만일돈이못되는날이면 순덕이를내여준다는증서를 당신의명의로 쓰 면 준다구려 그게창피하지안우 물론그러케한다구한달안에 그돈을갑지못하며 순덕이내주게될리도업고 설사지체가멧칠된다고 순덕이를데려갈리도업겟지마 는위선창피하단말이지……』

『……』

『그노릇은 참아 할수업겟지요?』

『……』

창피한문데는 그대로 하로밤을지낫다 그잇혼라저녁째이다 김주사가 청진동 산다는 돈대줄사람과갓지드러왓다 민적등본이며수입인지며 인찰지조박을 방 바닥에다내노앗다

창피한문뎨는해결이되엿다 돈대준사람은 순덕이가 공장에서도라오기를기대려 잠간선을보고가버렷다

×   ×

청진동내외주점주인은얼마전에사온 영업자한아가 도망햇스니 차자달나는 수색원을써가지고C경찰서에 출두하엿다

樂園이부서지네◉

그는리혼을하엿다 그만죽어버려라하고 소리를질너도 항의좃차변々히못하
고 밥지을쌀을 쩌러트리고잇서도 쌞죽한소리한번못하고 사흘나흘나가 자구드
러와도 바가지한번 되지게못극는 남편이라면 하누님갓치아는 인송(忍從)과 비
굴(卑屈)에사는 안해를 거지갓치쪼차보냇다

안해는 가라고할째에는 죽으라고할째보다는 좀 강경한 항의를하엿다

×

그는련애를하엿다

련애한그들은결혼을하엿다 글자그대로 련애결혼을하엿다 씰크해ㅅ과 모-닝
을입은 애인과 면사포속에싸인 누-ㄴ갓치횐 련인이 팔과팔을겻고 등々거리는
피아노 훗날니는곳속에 꿈결갓흔 발길을옴겨나왓다

×

그들은 비닭기갓치 머리를모흐고 스위ㅅ호-ㅁ을 세울의론을하엿다

-여보 이까짓 시골서 살쌔워애요-

-그럼 엇데케 하자우-

-도회지로 가지요 도회-

-서울누?-

-서울보다 더 조흔데루-

-그럼 동경으로-

-그까지 짜개바리 사는데-

◉ 이 작품은 ≪신민≫(1927.5)에 발표되였다.

-그럼 어데루?-

-우리 상해루가요 동양파리라는 상해루-

×

그들은 넓다란 상해에 좁다란 락원을 세윗다

×

애인의 주머니에 돈이말낫다 락원은파산을당하엿다 련인은갑자기 우울하여
젓다 웃음을이저버렷다

×

락원을일흔 그들은 쌍을찻기에 분주하엿다 애인과 련인은 주린동물처럼 생
애의거리를 뒤젓다

×

영어를알고 음악을하는 현대덕 지식을가진 귀여운련인은 쌍구녁을 차자냇
다 백태일의직업을 엇엇다

×

사내는 자기보다도용한 안해의 수완을치하하기보다 먼저 이갓치 훌늉한안
해를가진 자기의행복을 늣겻다

×

이번에는 을종(乙種)락원을 세윗다

×

사내는 아즉도 쌍구녁을차즈려 거리로헤매엿다 두달석달이 지낫다 그래도
그가찻는직업은 업섯다

×

안해는 매일 버리를나가고 사내는 수캐처럼업듸여쓸쓸한락원을 직혓다

×

을종락원에 저기압이왓다

쌩갑을내고 고기갑을내고 집세를무는 안해의태도는 이전 련인의 태도와는 좀달낫다

그는 그래도 그만한일은 당연히잇슬일이라는드시 미안히생각하고 안해의 비위를맛추는것으로 을종락원의 평화를유지하려하엿다

그는 야회(夜會)에가는 안해를위하여 밤의락원을 홀노직히기까지 니르럿다

✕

을종락원에는 저기압이 좀짓허젓다

일년이지난 안해의 수입은 더 느럿다 그러나 사내는 턱에수염이 한치나길도록 깔글필요도업시 한산하엿다

그의일노는 안해를차저오는 손님의안내가 고되인편이엿다

✕

-오늘은 머리깍고 담배를 사얄텐데 돈멧각(角)만 내노쿠가우-

-지금 잔돈이 업스니 후ㅅ날 싹구려-

-양말도 한커레 사얄렌데……-

-양말은 아모건 못신쏘! 당신뭐 어데갈데 잇습데까-

-갈데는 업지마는……-

그는 불평대신에 입맛을 다섯다

✕

을종락원에는 저기압이 더한창 짓허젓다

내시보다 조금나홀쏭 말둥한 경제력업는 사내는 ㅅ대의 경제력을가진 안해에게 완전히 주권을 일허버렷다

-매일하는일업시 놀면서 무에그리 곤해서 아츰잠을그러케 지무시우 좀일즉 니러나서 신문도드려오고 편지통도 나가보군하구려-

그는 경제력을 일는동시에 락원의 주권도 쌧겨버렷다 그러나 여호와가주신 불평의감정만은 아즉까지 남아잇섯다

-괫심한게집핫흐니 제가버러서 살님을좀하기로서니 버릇업시……-

그러나 이불평은 안해가듯지못할 가는음향에 긋칠정도에서 참기로하엿다

×

일년이 지낫다

안해의지위는 녀황갓치도 놉하지고 사내의 처지는 부마보다도 낫하젓다

-여보 오늘해가 잘나니 저양복장밋헤잇는 내양말좀쌔라두세요 우악시레문질너서 쮜트리지말고-

-……-

-네?그래요!-

-글세 알아서-

-여보 아츰밥 한그릇남엇지요 저녁지을것업시 당신은그것데여 잡수세요 나는 나가 사먹고드러올테니-

-아무러케나-

『왕바처』!문밧게 나슨 녀황의 소리이다

×

을종락원을둘너싼 저기압은 맛츰내 폭풍화(暴風化)하엿다 폭풍은 락원을 흔들엇다

-여보 양말쌘것하고 이게뭐요 뒤축에뭇은때는 질쌘도안햇스니 하로중일 양말한켜레 쌔는것을 이지경을 맨든단말이요!-

-여보 내가 아무리 궁하게드러안짓기로니 당신의 그비롯업는 행동은너머심하지안소? 정이러하기요!-

-압다 큰소리하는구려 그만두구려 세탁집에 일각만주면 훌늉하게 쌔라줄테니-

-애초에 그럴게지 남더러 빨긴웨빨냇서-

-글세 그만둬요 일년잇해 놀고안저 먹으면서 양말한번쌘게그리 원통하우-

-뭐이 엇지구 엇째!-

가복(家僕)갓치순하든 사내의 썰니는손에 쥐여진 석회(石灰)로비즌 예너스

의인형이 안해의이마우에서 째여젓다 침대가부서지고 테불이부서젓다 남성(男性)노라는 맛츰내 큐-쎄처럼눈을부릅쓰고 을종락원을나왓다 노라가인형의집을나올째보다는 좀더큰소리를내면서……-

　-이한篇글을 上海에서나온 洋裝한누님과 아울너 그의전남편인×兄에게 드립니다 첫여름비오는날밤-

승방비곡[*]

열차 안에서

사바세계의 온갖 번뇌를 싣고 검은 연기를 토하고 서 있는 기차를, 끝없는 황야로 떠나보내는 운명의 종은 울렸다.

봉천[1]행 열차는 갓난아이의 첫울음 같은 기적汽笛을 부산역에 남기고, 무거운 바퀴를 서서히 굴리기 시작했다.

기차는 구렁이같이 긴 몸을 꿈틀거리며 부산진을 돌았다. 오른편으로 천천히 따르던 파란 파란 바다는 어느덧 슬그머니 떨어져버리고, 왼편 붉은 산마루터기에 쫓겨 올라간 무리의 납작한 초가집들이 흐릿한 하늘 밑에서 마치 수많은 무덤처럼 엎드려 있을 뿐이었다. 나에게는 다만 앞만이 있을 뿐이라는 듯이 모든 것을 뒤로 남기고 기탄없이 기차는 넓은 들을 바라보며 속력을 내기 시작했다. 삼등차실은 만원이었다. 지금까지 답답하게 찌푸리고 있던 하늘은 산들거리는 서풍에 말갛게 씻겨져 오른편 창으로는 따스한 봄빛이 아까운 듯이 조금씩 흘러들고, 왼편 창으로는 옥색 비단을 길게 편 듯한 낙동강 꼬리가 아침볕에 번쩍였다.

"은숙 씨, 저기- 낙동강이 보입니다 그려."

지금까지 어수선한 기분에 싸여 무료하게 창 밖을 내다보고 앉아았던 이필수는 자기 옆에 있는 김은숙에게 이렇게 말을 건네고 그의 동정을 살폈다.

은숙은 필수가 모욕을 느낄 만큼 관심 없는 표정으로, 필수가 가리키는 창

---

[*] 이 작품은 《조선일보》(1927.5.10-9.11)에 발표되었다. 1929년 신구서림에서 단행본으로 출판하였다. 여기서는 《승방비곡(외)》(범우, 2002)에 수록된 작품을 기준으로 하였다.

1) 심양의 옛이름, 중국 료녕성 소재지

밖을 잠깐 내다보는 척하고 다시 고개를 돌려 그림처럼 단정하게 앉아있다. 불쾌한 감정을 표현한 위대한 미술가의 손으로 만들어진 미인의 조각彫刻 같은 은숙의 도사리고 앉은 모양을 어색하게 바라보고 앉아있던 필수는 이 어색한 기분을 돌려버리려는 듯이,

"저 낙동강의 길이가 칠백 리랍니다."

하고 말을 이어 보았으나, 불쾌한 미인의 조각은 그래도 아무 대답이 없고 다만, 차게 반짝이는 맑은 두 눈과 꼭 다문 고운 입술이 석 자 길이가 못 되는 의자 위에 살을 맞대고 앉은 젊은 남녀의 마음의 거리가 아득하게 멀다는 것을 설명할 뿐이었다.

필수는 어색한 감정이 무안함으로 변하려 할 때 담배를 꺼내 붙였다.

길게 내뿜는 담배 연기는 한숨의 그림자처럼 의자 밑에서 피어올랐다.

거미줄 뭉치같이 끈적끈적한 필수의 시선을 그래도 은숙의 몸에서 떨어지려 하지 않았다. 은숙은 무슨 보기 싫은 물건을 피하려는 것처럼 몸을 싹 돌려 창밖을 향하고 앉아서 파란 강을 내다보았다. 백로의 날개같은 하얀 돛이 뿌리를 박고 선 듯한 , 멀리 보이는 낙동강, 차창에 매달려서 언제까지나 따라오는 낙동강, 발밑으로 스르르 기어드는 낙동강. 턱밑으로 바싹 다가들다가 슬며시 떨어져서 손짓하며 달아나는 낙동강.

이 모양 저 모양으로 나타나는 가지가지의 낙동강을 취한듯 내다보는 은숙의 뒷모양을 체면 없이 바라보고 앉은 필수의 가슴은 속 모르는 애욕에 타올랐다.

기차가 삼랑진을 지나자 식당 보이가 점심 준비가 되었다는 쪽지를 돌렸다.

쪽지를 받아 든 필수는 무슨 기회나 온 듯이 돌아앉은 은숙에게 가장 부드러운 소리로,

"점심 안 잡수십니까?"

"감사합니다."

은숙의 나직한 대답에 용기를 얻은 필수는 의자에서 일어났다.

"어서 가시지요. 자리가 차기 전에."

"저는 싫습니다. 혼자 잡수고 오세요."

"같이 가세요. 어서요, 네?"

"저는 싫습니다."

　사양이라기에는 너무나 쌀쌀한 대답에 필수는 더 권할 용기를 잃고 의자 모서리에 손을 대고 멍하니 서 있었다. 기차가 밀양역에 닿자마자 은숙은 차창으로 고개를 내밀어 도시락을 샀다. 필수는 무슨 모욕이나 당한 사람처럼 불쾌한 얼굴을 돌려 식당을 향해 갔다.

　필수가 식당으로 들어간 뒤에 은숙은 자리에서 일어나서 아래위로 빈자리를 찾아보았다. 그러나 빈 데는 한자리도 없었다. 은숙은 다시 자리에 앉아서 도시락 뚜껑을 열었다.

　기차가 다음 역에 정거하자 맞은편 의자에서 승객 한 사람이 내렸다. 은숙은 먹던 도시락과 바스켓2)과갑3)에 넣은 아끼는 듯한 것을 들고 부리나케 그리로 옮겨갔다.

　거기에는 벙어리 같이 침묵한 대학교 교복을 입은 청년이 날카로운 시선으로 두터운 차창을 꿰뚫어서 자기의 무슨 생각을 허공에 띄워나 보려는 듯이 조그만 창으로 비치는 넓은 하늘을 바라보고 있었다.

　그는 은숙이가 그 옆에 앉으려 할 때 거의 무의식적으로 몸을 움츠려 자리를 넓혀 주었다. 그의 태도는 단정한 남자의 모델 같았다. 은숙은 의자 한 편가에 조그맣게 앉아서 먹던 도시락을 좀더 먹는 체하고 발밑에 내려놓았다. 자기의 발밑에서 떠난 은숙의 시선이 청년의 발 옆에 놓인 트렁크에 달린 명함을 보았다. 명함에는 '동경 불교대학생 최영일'이라고 써 있었다.

　명함을 보고 난 은숙의 시선은 흑세루 바지4)밑에서 언덕진 무릎의 고개를 지나 풍부한 어깨로 올라와서 청년의 하얀 귀밑까지 더듬어 올라갔다.

　지금까지 하늘을 바라보던 청년의 눈에는 치창에 나타나는 환영 같은 여자의 얼굴이 보였다. 그는 허공을 버리고 자기의 등 뒤를 돌아보았다.

　남녀의 눈과 눈이 마주쳤다.

　은숙의 눈은 게눈같이도 빠르게 이 편으로 돌고, 청년의 눈은 침착한 동작으로 다시 창 밖으로 향했다. 은숙은 무료한 끝에 바스켓에서 잡지를 꺼내 들고

---

2) 여행용 가방.

3) 작은 상자.

4) 세루serge는 프랑스어로, 모직물의 일종, 양털을 원료로 한 방모. 또는 소모梳毛의 견모 모직물을 가리킴.
　'흑세루 바지'는 그러한 천으로 만든 검정색 바지를 말함.

보기 시작했다.

기차가 대구에 거의 다올 무렵쯤 되어서야 술이 취해 얼굴이 불그레한 필수가 학생복 단추를 풀어헤친 채로 자기 자리로 돌아왔다.

"왜 그리로 옮겨앉으셨어요, 은숙씨?"

"그냥요."

돌아보지도 않고 이렇게 대답하는 은숙의 머리 위에 높이 솟아 있는 대학 교복을 입은 알지 못할 청년을 시기에 찬 눈으로 넘겨다본 필수는 흥, 하고 코웃음을 한 번 짓고 나서, 무슨 화가 난 사람처럼 차창을 홱 올려 밀고 바깥을 내다보았다. 서늘한 바람은 아낌없이 들이치건만, 필수의 얼굴은 언제까지나 확확 달아오르고 있었다. 기차가 대구역을 떠날때다. 움직이는 차체의 동요로 비틀걸음을 치며, 이리저리 자리를 찾던 헙수룩한 늙은이가 은숙이가 앉았던 자리를 향해 와락 달려들어서 필수몸에 넘어지듯이 앉았다.

"이 양반이 눈이 없나!"

필수는 붉은 얼굴을 홱 잡아 돌리며 모든 불평을 폭발시키려는 듯이 소리를 질렀다.

"미안합니다. 늙은 사람이라 원, 다리가 허전허전해서."

이렇게 되고 보니 자기가 멋없이 소리를 지른 것이 어색하기도 하고 더 할 말도 없어서 그만 고개를 창 밖으로 돌렸다.

필수는 남모를 화가 부글부글 끓어올랐다.

야속한 은숙의 행동이 한껏 밉기도 하고, 높은 곳에서 자기를 내려다 보고 비웃는 듯한 은숙의 모습이 끝없이 그립기도 했다.

이렇게 밉고도 그리운 은숙을 비너스의 조각처럼 들어앉힌 그의 머리한 편에는 단정하고 침착해 보이는 청년이 초연하게 들어와 앉는다. 필수의 마음의 눈은 뚫어져라 하고, 침입하는 청년을 바라보았다. 그것은 어김없이 지금, 은숙의 머리 위로 넘겨다보이는 알지 못할 사람이었다.

'저 사람이 나의 적이 될 것이냐?'

이런, 자기 스스로도 어리석다 할 만한 생각이 번개 같이 괴로운 머릿속을 달음질했다.

'아니다, 아니다. 그 사람도 은숙을 알지 못하고 은숙도 그 사람를 알지 못하는 모양인데, 알지 못하고 알지 못하는 사람이 잠깐 한 자리에 앉았대서……그것을 질투에 가까운 눈으로 보려는 내가 잘못이다.'

그는 고개를 설레설레 내어흔들고, 은숙이 앉은 편을 곁눈으로 흘겨보았다.

은숙과 알지 못할 청년은 밉살스러울 만큼 침착하게 앉아 있다.

'저 청년이 만일 나의 연적으로 무장을 갖추고 나선다면?……백만장자의 귀여운 아들로 아직도 젊은 내가 은숙이라는 조금나 여자 하나를 내 품에 넣기 위해 온갖 수단과 노력을 다 허비해 오다가 만일 여지없이 실패를 당하고 만다면?……'

이렇게 생각할 때 그의 마음은 걷잡을 수 없이 괴로웠다.

'지금여자를 상대로 해 패배의 기록을 남겨 본 적이 없는 내가 아니냐.'

기차가 추풍령 소삽한 골짜기를 조심스럽게 지나갈 때에 필수는 술이 깨었다.

술이 깰 때에 필수의 온갖 흥분도 이상스럽게 사라지고, 그 대신 은숙을 얻기 위해 일 년의 긴 세월을 두고 허둥지둥 애를 쓰던 경로가 그의 머리 한 귀퉁이에서 솔솔 풀려 나왔다.

꽃피고 달 밝은 작년 봄이었다. 경성 종로중앙 기독교청년 강당에서 경성민립고아원 창립 후원음악회가 열렸다.

이날은 조선의 유수한 남녀 음악가들이 총 출연하게 되었다.

여자가 모이는 곳이라면 빠져 본 적이 없는 필수는 이 날도 모양을 낼 대로 내고 백권석5)에 가 앉았다.

독창 김은숙 양.

이런 프로그램에 다다랐다.

초조한 청중의 박수에 끌려 김은숙 양은 어린 공작처럼 연단에 나타났다.

스패니쉬 세레나데라는 유량6)한 독창이 시작되었다. 청중은 신비,그 것에 취한 사람처럼 질식할 듯한 흥분에 고요했다.

필수는 신비한 멜로디보다도 먼저 그 미모에 취했다.

---

5) 白券席: 특별석, 로얄석.
6) 嘹喨: 나팔 따위 악기 소리가 거침없이 맑게 울리며 또렷함.

이화학당 시대부터 음악의 천재로 불리던, 명년에 동경여자 음악학교를 졸업하는 김은숙 양의 그 날 밤 출연은 훌륭하게 성공했다.

필수의 수첩에는 은숙의 주소와 성명이 적혔다.

이 출연이 있은 뒤 며칠 동안은 쓸개 빠진 속 못 차리는 사내놈들의 달착지근한 편지가 발을 이어 은숙의 집에 날아들었다. 그 중에는 필수의 편지도 있었다.

필수는 그 후 온갖 방법을 다해 은숙에게 접근할 기회를 얻으려고 애를 썼다. 그러나 종시 그런 기회를 얻지 못한 사이에 은숙은 다시 동경으로 가버렸다.

연애는 거리距離에 있다.

이렇게 생각한 그는 유학을 빙자해 일본으로 건너가서 어떤 사립대학에 학적을 두었다. 그러나 공부할 목적이 아닌 그는 말쑥한 양복에 호사난 하고, 은숙에게 접근하는 것만을 이상이요 목적으로 삼았다.

그러는 동안에 어찌어찌 해 피차에 알게 되어 거리에서 만나면 인사는 하고 지내게 되었다. 그는 마침내 은숙의 하숙을 찾아갈 용기까지를 얻었다.

그 해 겨울이었다. 필수는 마침내 적극적 행동으로 나갔다. 크리스마스 선물이란 명목으로 삼월오복점7)발행인 피아노 한 개의 상품권을 보내 보았다.

그야말로 보내 보았다.

그 이튿날 은숙의 편지와 함께 선물이 돌아왔다.

호의는 감사합니다. 그러나 당신이 나에게 그런 것을 보낼 필요와 내가 그런 것을 당신에게 받을 필요가 아울러 없기에 돌려보냅니다.

필수는 지금까지 자기의 경험과는 딴판인 데 놀라지 않을 수 없었다.

그렇게 손쉽게 목적에 달할 수 없음을 새삼스럽게 깨달았다.

황금의 유혹에 움직이지 않는 여자는 무엇으로 꾀어야 할 것이냐?

그에게는 어려운 시험 문제가 새롭게 걸렸다. 그 해답은 좀체 나오지 않았다. 그러나 단념할 생각은 꿈에도 없었다.

그에게는 은숙이야말로 이 세상에서 가장 크고 굳센 존재가 아닐 수 없었다. 허덕이며 쫓아가면 쫓아갈수록 멀어지는 여성이 굳센 것을 새삼스럽게 느꼈다.

---

7) 1930년대 당시 남대문 통로, 현재의 서울 충무로 입구에 있던 포목점 이름.

누가 여자의 이름을 약한 자라 했는가?

'그것은 예외를 모르는 이의 망발이다. 여자 가운데는 은숙이 같은 강한 분자가 있음을 모르고 한 수작이다'

그는 이렇게 생각했다. 사실 그는 지금까지 여자를 정복하기에 금전이외의 것을 허비해 본 적이 없었다.

그리하여 실패해본 적 도 없었다. 그러나 그는 이제 만금에도 움직이지 않는, 비싸다기보다는 절대의 비매품을 발견했다.

황금의 권위를 짓밟는 힘은 굳세다.

은숙은 이 굳센 힘을 가진 여자이다. 이 굳센 힘에게 받는 쓰라린 경험은 마침내 그에게 수캐 같이 추근추근하고 상노床奴같이 비굴하고 데릴사위 같이 온순할 것을 가르쳤다. 그는 배운 것을 복습하기에 게으르지 않았다. 편지로 애걸도 해 보았다. 사람을 내세워 중매도 붙여 보았다.

그러나 은숙에게서는 아무 반향이 없이, 나는 새처럼 필수를 조롱하며 높은 곳으로 높은 곳으로 올라가는 것이었다.

은숙은 마침내 학교를 졸업하고 귀국하게 되었다. 은숙이가 없는 곳에 필수의 존재는 무의미한 것이었다.

필수는 배우기 위한 유학이 아닌 학교를 중도에 내던지고 은숙이를 따라 귀국하기로 했다.

필수는 그림자 같이 은숙의 뒤를 따라섰다.

기차로 기선으로 그리운 이와 함께 여러 날을 여행하게 된 것을 필수는 지나간 실패를 회복할 절대의 기회로 믿었었다.

"아아, 그러나 이것도 역시 실패의 기록으로 남고 말 것이냐."

필수는 열린 차창을 홱 내려 버리고 번뇌에 탈대로 타는 가슴을 가라앉히려는 듯이 팔짱을 끼고 눈을 스르르 감았다.

감은 눈도 관계할 것 없이 활동사진 영사막처럼 그의 눈앞에 어른거리는 것이 있었다. 그것은 은숙과 어떤 남자가 말없이 마주 바라보고 앉아 있는 것이었다.

대리석 조각같이 꿇어앉은 은숙이의 얼굴이 미묘하게 움직였다. 미묘하게 움직인 은숙의 얼굴은 고운 웃음으로 변했다.

같이 붙어 점잖게 앉아 있던 청년의 두툼한 손이 가늘게 떨리며 은숙의 하얀 손을 향하고 뻗쳐 왔다.

손과 손이 마침내 쥐어졌다.

'다음 상황을 좀 더 두고 보자.'

필수는 눈을 더욱 깊이 감았다.

은숙의 손을 잡은 청년은 다시 그 머리를 움직였다.

지금까지의 위치를 떠난 청년의 머리가 고요하게 고요하게 앞으로 숙여져서 은숙의 하얀 뺨과 거리를 주름잡았다. 청년의 한 팔이 어느 틈에 은숙의 어깨 위로 올라가자 은숙과 청년의 거리는 일분의 간격도 없이 되었다.

포옹! 필수는 이 눈꼴신 꼴을 안 보기 위해 눈을 번쩍 떴다.

눈을 뜬 그는 보면 안될 무슨 무서운 광경을 보는듯이 은숙과 청년의 앉은 편을 돌아다보았다.

은숙과 청년은 여전히 단정하게 앉은 채로 책을 보고 있을 뿐이었다.

부질없는 사내의 환상이 깨어질 때, 필수는 안심의 권태를 느꼈다.

긴 봄날도 맞은 편 차창에 금붕어 그림자 같은 붉은 노을을 던지며 서편 하늘 귀퉁이로 넘어갔다. 멀고 가깝고 높고 낮은 겹겹이 둘러싼 산언덕이 옅은 먹물을 끼얹은 듯이 황혼에 물들기 시작했다.

달아나는 차 속에서도 밤의 막이 내렸다.

연일 여행에 피곤했던 은숙은 어둠을 헤치고 달아나는 차체의 동요에 몸을 흔들며 요람에 흔들리는 어린애처럼 앉은 채로 잠이 들었다. 손에 쥐었던 잡지를 의자 밑으로 떨어뜨리며 몸이 모로 쓰러지려던 은숙은 깜짝 놀라 영일의 무릎 위에 팔을 짚었다.

"아이, 실례했습니다."

은숙은 얼굴을 붉히고 자리를 고쳐 앉았다.

뜻밖의 촉감에 놀라 은숙을 돌아보는 영일의 시선은 부드럽고도 위엄이 있었다.

"천만에……매우 피곤하신 모양입니다. 좀 누워서 주무시지요. 저는 저 쪽 빈자리로 갈 테니까요."

그의 모든 동작에 부합할 만한 침착한 말을 남기고 영일은 저 편 자리로 옮겨

갔다.

은숙이가 수선스러운 분위기에 잠을 깨었을 때 기차는 벌써 용산역에 닿았다. 기차가 서울역에 닿았을 때는 찻간이 텅 빌 만큼 승객을 쓸어 내렸다.

은숙, 필수, 영일 세 남녀도 다 같이 혼잡한 군중에 섞여 기차에서 내렸다.

귀국후

기다리는 사람, 오는 사람.

이튿날 아침이었다. 안개 사이를 새어 흐르는 젖빛 같은 햇빛은 뿜는듯 흩어지건만, 운외사雲外寺골짜기를 몰아내리는 바람은 아직도 차다. 찬바람 불어스치는 운외사 어귀에는 육십여 세나 되어 보이는 노승이 오륙 명의 승도를 이끌고 긴 지팡이에 몸을 의지해 누구를 기다리는 듯이 서 있다.

노승은 운외사 주지 최 해암선사海巖禪師였다.

지금까지 노승 뒤에 서서 멀리 바라보고 있던 젊은 중 하나가 한걸음 노승의 옆으로 나서며,

"스님. 저-기 자동차가 보입니다. 해운 스님이 타신 건가 봐요."

노승은 한 손을 이마 위에 올려붙이며, 정력 없어 보이는 눈을 가늘게 뜨고 큰길 먼 곳을 바라보았다. 다른 중들도 일제히 그 곳을 바라보았다.

조그맣게 보이던 자동차가 차차 커졌다.

십여 칸쯤 거리를 남기고 속력을 늦추는 자동차 창 밖으로는 모자를 쓴 영일의 머리가 기다리는 사람들을 내다보고 있었다.

자동차가 정거하자 미리 열려 있던 문으로 내린 영일은 노승의 앞으로 와서 정숙하게 합장배례를 했다.

지팡이를 든 채로 합장만으로 답례하는 노승의 졸음 많은 얼굴에는 웃음 없는 반가운 빛이 그윽이 흘렀다.

뒤에 섰던 다른 중들은 둘의 인사가 끝나기를 기다려서 먼 데서 돌아오는 젊은 주인인 상좌 해운 스님 영일을 합장배례로 맞았다.

노승과 영일은 다른 중들에게 차에 실린 행리8)를 거두라 하고, 천천히 비탈

---

8) 行李: 행장

진 길로 올라갔다.

"네 얼굴이 지난 겨울에 왔을 때만 못하구나. 어디 몸이 편치 않았니?"

노승은 무거운 입을 열어서 그윽한 침묵을 깨뜨렸다.

"저는 별로 앓은 데가 없습니다. 도리어 스님의 신관9)이 겨울만 못하신듯 합니다."

"허허, 내야 이제 올 길을 다 온 사람이 아니냐? 기울어지는 것이 괴이 할 게 있니?"

몇 개 고개를 넘고 몇 구비 골짜기를 돌았다. 멀리 높고도 그윽한 대찰이 보이는 것이 운외사였다. 운외사야말로 영일이의 요람의 보금자리였다.

절에 돌아온 영일은 소리쳐 흐르는 맑은 샘물에 손과 발을 씻고 법의를 갈아 입고 해암 스님을 따라 법당으로 들어갔다. 독경 소리가 은은하게 울렸다.

녹음을 부르는 첫 여름 보슬비가 해지는 서울을 적실때. 청운동 김창호의 집 조그만 화단에도 은실의 빗발이 드리웠다. 올해 동경 음악학교를 마치고 돌아온 주인의 딸 은숙은 자기가 배우던 이화학당에서 교편을 잡게 되었다. 주인의 딸 은숙은 자기가 배우던 이화학당에서 교편을 잡게 되었다. 육십이 넘은 아버지, 오십이 가까운 어머니 사이에서 아들 없는 외딸로 자라난 은숙은 나이로는 스물두 살이나 된 여학교 선생님이지만, 아버지 어머니 앞에서는 소학교 생도처럼 응석을 부리며 재롱을 떠는 것이 이 집안의 평화를 유지하는 것이었다.

학교 일만 마치면 집으로 돌아와서 아버지와 어머니를 동무해 놀았다.

평화로운 가정.

낮잠 주무시는 아버지를 위해 만돌린10)을 켜 드리고, 달 쳐다보는 어머니를 위해 독창을 들려 드렸다.

어머니의 수고가 없도록 모든 일을 대신해 드렸다.

은숙은 이제 평화로운 무대를 한층 더 곱게 장식할 화단 위에서 비를 계속 맞아가며, 꽃모종을 하기에 분주하다.

---

9) 남을 높여 그의 얼굴을 이르는 말. 흔히 건강 상태를 말할 때 씀

10) mandoline: 현악의 한 가지. 비파처럼 생긴 것으로 강철로 만든 현이 두 절씩 네 쌍인데, 픽pick으로 줄을 뜯어 연주함.동체의 뒷면은 배가 볼록함. 조현調絃은 바이올린과 같음. 독주·합주 등 반주용으로 근대관현악에 널리 쓰임.

"애야, 찬비를 계속 맞다가 감기 들겠구나. 그만 두고 들어온."

대청마루에 앉아 있던 어머니의 말은 어머니답게 인자했다.

"아이고, 여름철에 감기가 왜 들어요?"

"글쎄 애야, 이리 올라와. 고집 피우지 말고."

어머니는 일부러 목청을 높혔다.

"그 까짓 년 그만 내버려두구려"

안방에 앉아 있던 아버지가 미닫이를 열며 내다보았다.

"아버지! 아버지는 어머니만큼 저를 사랑하지 않으시네요."

은숙이는 아버지에게 응석을 부린다.

"에라 이 년. 네깟 년을 사랑해 뭘 하게. 이제 시집가면 그만일 걸."

"아이고, 아버지도 망령이셔."

은숙은 웃는 눈으로 아버지를 흘겨보았다.

"그럼 시집 안 가고 처녀로 늙을 테냐?"

"안 갈 거예요, 안 갈 거예요. 언제까지 아버지하고 어머니하고 살 거예요."

"어디 두고 보자. 이 년 시집만 보내 달랬단 봐라."

"아-웅."

은숙이 손가락으로 눈을 버티는 흉내를 내고 돌아설 때 문밖에서

"편지 받으세요!"

하는 소리가 들렸다.

밖으로 뛰어나갔던 은숙은 한 장의 편지를 가지고 들어왔다.

은숙의 표정은 불쾌해 보였다.

마당가에서 편지를 뜯어보고 서있던 은숙은 편지를 구겨 쥐고, 대청마루로 뛰어올라 왔다.

"아버지 이 편지 좀 보세요. 이런 이상한 사내가 있어욧?"

"그게 무슨 편지냐? 청혼 편지냐?"

"글쎄, 이리 나오셔서 좀 보세요."

은숙은 손짓을 해 아버지를 방에서 불러내었다. 아버지는 허리에 매달린 안경집에서 학슬11)노인경을 꺼내어 코에다 걸고 편지를 받아들고 읽기 시작했다.

아아, 나의 사랑하는 은숙 씨여.

"이크. 이게 무슨 소리냐."

그리고 나를 미워하는 은숙 씨여-

"이크. 이건 또 무슨 소리냐……그래 네가 이사람을 아니?"
"글쎄, 읽어보세요. 어머니도 듣게 크게 읽으세요."

당신은 왜? 나를 사갈12) 같이 떼어버리시려고 애를 쓰십니까? 그럴수록 나의 마음은 그야말로 뱀처럼 끈적끈적해집니다. 멀리 달아나는 당신과 나의 거리를 가까이 하기 위해서는 나는 나의 모든 힘을 아끼지 않겠습니다. 나를 미워하는 당신의 서리 같이 쌀쌀한 얼굴일망정 나는 끝없이 그립고 보고 싶습니다……그리고 나는 당신의 행복을 빌어 마지않습니다. 당신의 행복을 비는 나에게 한 장의 회답을 주시면, 아 나는 얼마나 행복을 느낄까요……

"이크. 행복을 느끼는 게 무어냐, 느 끼는 게? 그래 이 사람을 네가 아니?"
"그럼요. 제가 동경 있을 때부터 끈적끈적하게 쫓아다니던 사람이에요."
"동경서 뭘 했어? 학생이냐?"
"학생인지 부랑자인지 누가 아나요? 하도 그런 사람들이 많으니까요. 제가 동경 있을 때도 몇 번이나 편지를 하고 기숙사로 찾아오곤 했어요. 그러더니 이번 나올 때에도 또 같이 나왔어요."
"그래, 혼인을 하자고 쫓아다니는 셈이로구나."
이번에는 어머니가 말참례13)를 했다.
"제 딴에는 그런 모양이지요."
"그래, 아직 장가를 안들었나?"
"누가 아나요? 그 사람 말은 안 갔다지만."

---

11) 다리를 접었다 폈다 할 수 있게 만든 안경.
12) 蛇蝎: 뱀과 전갈. '남을 해치거나, 몹시 불쾌한 느낌을 주는 사람'을 비유해 이르는 말.
13) 말참견

이런 대답하는 딸의 말을 이어서 아버지가 다시 물었다.

"그래, 나이가 몇 살이나 된 사람이냐?"

"근 삼십 되어 보여요."

"그런 놈이 장가를 안 갔을 리가 있나?"

은숙은 더 말할 아무런 흥미도 없다는 듯이 돌아서서 화단 위로 올라 갔다. 가늘게 오던 비는 좀 굵게 떨어졌다.

서울의 숨은 부자 이준식의 아들 필수는 공부합네 하고 동경을 건너갔다가 겨우 일 년을 지나서 중도에 귀국해, 무슨 화난 사람처럼 집안에 들어오기만 하면 이맛살을 잔뜩 찡그리고, 허물없는 아내나 잡아 흔들고 때로는 천진스러운 어린애들을 이유없이 꾸짖고, 밖으로 나가면 돈을 물쓰듯 하며 술과 계집을 따라서 넓은 장안을 좁다고 헤매며 홍등의 거리를 낮같이 쏘다녔다.

"청춘에게는 계집이 있을 뿐이다. 그리고 술이 있을 뿐이다."

이렇게 부르짖는 필수는 그가 지금까지 겪어보지 못한 번민에 온몸이 쓰러질 듯이 괴로웠다.

요염한 계집에 빠지고 독한 술에 취해서라도 그는 자기의 괴로움을 잊어보려 했다. 그러나 빠지는 순간, 취하는 찰나에도 그의 머리에서 사라지지 않는 한 가지가 있었다.

그것은 은숙이에 대한 연모의 정이었다.

"아아, 나는 남자가 아니냐. 나에게는 돈이 있지 않느냐. 백만장자의 아들이 아니냐."

이렇게 자기의 무기를 들추어보았으나 은숙의 앞에는 아무 소용이 없다는 것을 깨달은 필수는 애욕과 사랑의 번민을 맛보았다.

물질이 파 놓은 환락의 구덩이에서졸던 필수의 혼은 이성의 순결한 사랑의 에덴을 바라보고 비로소 눈을 뜨는 것이다.

필수는 높고 멀리 보이는 에덴에 오르기 위해서 소용에 안 닿는 황금의 사다 리를 내던져버렸다. 다만 한 가지 믿고 있던 그 사다리조차 버린 그는, 그저 부질없이 허덕일 뿐이었다.

순례의 길

밤은 고요하게 운외사에 깃들었다.

해암선사의 침실에 외롭게 서 있는 촛불은 문틈으로 새어드는 실바람에 잠 못 드는 듯 부대꼈다.

촛불을 물끄러미 바라보고 앉아 있던 해암은 시선을 돌려 자기 앞에 단정하게 꿇어앉은 상좌 해운을 굽어보며

"그래, 네가 공부를 더 한다더니 어디서 무엇을 더 배우겠다는 말이냐?"

하고 정답게 물었다.

"제 생각은 제가 지금까지 전공하던 철학을 좀더 연구하기 위해 독일 백림14) 같은데로 가보았으면 하는데요."

"네가 좀더 배우겠다는 데는 물론 나도 찬성을 한다. 그러나 너에게 한가지 청이 있다. 이 한 가지 청이라는 게 결과는 네가 더 배울 뜻을 이루지 못할 원인이 되지마는……"

해암 노승은 말을 뚝 끊었다가,

"언젠가 편지에도 써 보낸 듯싶다마는, 정말 이제는 너를 멀리 떨어져서는 내가 고적해 견딜 수가 없구나. 육십 평생을 쓸쓸한 승방밖에 모르던 나로서 지금 새삼스럽게 이런 생각이 난다는것은 우스운 일 같다마는, 몸이 늙으니 마음도 약해지는 것을 어찌할 수가 있느냐. 그리고 이제는 주지로서의 모든 직무도 감당하기가 어렵고, 그저 만사를 잊어버리고 얼마 남지 않은 여생을 네 앞에서 마치고 싶구나. 그러니 네가 멀리 유학갈 것을 단념하고 나의 뒤를 이어 내 앞에서 나의 죽음을 보내 달라는 말이다. 네가 이제 또 여러 해먼 곳에 가 있게 된다면 네가 돌아올 때까지 내가 살아 있을지도 모를 일이고, 살아있다 하더라도……"

영일은 조금 숙이고 있던 머리를 들어 해암을 쳐다보았다. 귀밑에 닿을 만큼 무릎을 세우고 앉은 해암이 나이보다도 훨씬 늙어보이는 모양은 고독의 그림자 같이 쓸쓸해 보였다.

'고독은 사람의 그림자다. 사람이 사는 곳에 반드시 고독이 따르는 것이다.'

---

14) 베를린의 음차표기

이렇게 속으로 중얼거리고 말없이 앉은 영일은 앞에 앉은 해암 노승의 고독한 정이 모두 자기에게 옮아오는 것처럼 자기도 쓸쓸해지는 것을 깨달았다. 과부 어머니의 그것과도 같이 부드러운 스님의 얼굴을 보면 볼수록, 영일의 온몸이 외로운 혼자 혼이 혼자고 우는 듯한 기분에 녹아드는 듯했다.

환락에 웃는 것보다는 고독에 우는 것이 즐거운 일이다.

이렇게 자기 자신의 고독을 위로해 온 영일 이도 이제 눈앞에 앉아 있는 스님의 그것을 볼 때에는 그의 외로운 서글픔을 헤아리지 않을 수 없었다.

"스님. 염려 마십시오. 언제나 스님의 곁을 떠나지 않겠습니다."

"오오, 잘 생각해 주었다. 그러면 나는 모든것을 너에게 전하고 편안하게 누워 있으련다."

독일 유학을 단념하게 된 영일은 해암선사의 뒤를 이어 운외사 주지가 되기 위해 여러 가지 수속과 준비를 하지 않으면 안 되었다.

그렇게 하기 위해서는 먼저 조선안에 흩어져 있는 큰 사찰을 두루 시찰할 필요가 있었다.

스님과 상좌 사이에 의논이 결정되었다.

첫 여름, 가벼운 바람에 불리어 영일은 사찰 순례를 떠나게 되었다.

이 기회에 오래 두고 그리던 조선의 보배 중의 보배인 금강산을 한번 보기로 했다.

외국에 유학할 때 그 나라 사람들이, 당신 나라의 금강산이 참 좋다지요? 하고 목마르게 물을 때, 못 보았다고 하기에는 창피하고 보았다고 하기는 거짓말이어서 우물쭈물하던, 내 집 보배 금강산을 무엇보다도 먼저 찾아가기로 했다.

절 문을 나서는 영일의 뒤에는 해암 노승을 비롯해 온 절의 중이 모두 다 나와서 그의 앞길에 평탄함을 빌었다.

"얘, 참 세월이 좋구나. 네 행색이야 어디 행자15) 같기나 하냐?"

법의며 가사염주 같은 것을 떨드리지 않고16) 가벼운 양장으로 길을 떠나는

---

15) 절에 들어가 불도를 닦는 사람
16) 젠 체해 위세를 드러내어 뽐내지 않고.

영일의 뒷모양을 바라보는 해암 노승은 이렇게 말하며 웃었다.

금강산에 해가 저물었다.

표훈사表訓寺 저녁 종소리도 그친 지 오래고, 하늘에서 내려 덮이는 검은 보자기는 위대한 보배를 조심스럽게 싸버렸다.

오늘 저녁 때, 표훈사까지 온 영일은 저녁밥을 먹고 여러 중과 같이 저녁 예불을 마치고, 자기가 쉴 방으로 돌아와서 내일의 길을 생각하고 일찍이 자리에 누웠다.

그러나 잠은 오지 않았다. 고산역高山驛에서 자동차를 타던 것부터, 구름이 쉬어 넘는다는 철령 높은 봉이며, 금강산 밑에 깃들이고 있어도 밥먹고야 산다는 표적으로 안개같이 떠오르는 말휘리末輝里 거탑리巨塔里 부근에서 보던 저녁 연기며, 우주를 대표하는 보배 금강산을 배경으로 모리배들이 장을 벌이고 있는 이름 높은 장안사며, 마의태자가 추격하는 고려군을 막던 태자성이며, 지옥의 출장 장소 같은 지옥문 황천강黃泉江, 명경대明鏡臺며, 영원암靈源庵옥촛대며, 대臺 위에서 바라보던 봉오리 봉오리들이며, 물의 미술로 유감이 없는대수렴, 소수렴이며, 수렴동에 서서 북으로 바라보이던 경치며, 망군대望軍臺에서 사면으로 바라보이던 총총하게 세운 검극劍戟같은 무수한 봉오리들이며, 김동거사金同居士의 혼이 잠겼다는 음침한 명연담鳴淵潭이며, 그 아들 삼형제가 애통 끝에 화석 化石이 됐다는 형제바위 등. 엊그제 본 이런 모든 경치가 옛날에 보았던 그림처럼, 혹은 활동사진의 실사처럼 그의 머리에서 풀려 나왔다.

이 때였다. 어디서인지 미묘한 음향이 영일의 귀를 울렸다. 영일은 소리 나는 쪽을 바라보았다. 어느 틈에 비쳤는지 동창에는 파란 달빛이 드리우져 있었다.

미묘한 음향은 여전히 끊어졌다. 이어졌다. 했다. 그것은 마치 창에 비치는 새파란 달에서 흐르는 듯했다.

영일은 자기의 귀를 의심하며 자리에서 일러나서 그 미묘하게 울리는 음향을 사로잡으려는 듯이, 잠자리 잡으러 가는 어린애처럼 가만가만히 창 앞으로 갔다.

해후

영일은 달빛 새어드는 창 앞에서 천장을 바라보며 거닐었다.

음향은 아까보다 한층 더 분명하게 들려 왔다. 그것은 멀리서 울려오는 만돌린 소리였다. 울려오던 소리가 뚝 끊겼다. 그는 조용하게 들창을 열고 바깥을 내다보았다. 바깥에는 아무도 없었다. 넓은 도량 절마당에는 안개 섞인 뽀얀 달빛이 고요하게 흐르고 흐를 뿐이었다. 그는 소리 없이 부르는 달빛을 따라 밖으로 나왔다.

바람에 떨리는 나무 그림자를 밟으며, 맑은 달을 쳐다보며 천천히 거닐던 그는 자기 등 뒤에서 들리는 발자취 소리에 고개를 돌렸다.

서너 칸쯤 떨어진 곳에 어떤 여자 한 사람이 나타났다.

달빛에 비치는 젊은 여자의 해맑은 얼굴은 어디서 본 사람 같았다.

'누구일까?'

꽃 지고 녹음 우거지는 금강산에는 또 한 번 꽃이 피었다. 서울 이화학당 수학여행 탐승대가 찾아들었다.

모든 것을 다 빼앗기더라도 세계의 보배로 영원하게 조선에 남아 있을 금강산 녹음 속에 조선이 낳아서 조선이 키운 장래의 어머니 될 조선의 아가씨들이 흩어진 것은, 참으로 고운 꽃으로 보이지 않을 수 없었다.

곱게 피었다가 위대한 씨를 떨어뜨리고 스러지는 영원의 꽃.

가시가 돋기에는 너무 아름답고 꽃이 피기에는 너무나 험난한 금강산의 비탈길은 온실에서 핀 백합꽃 같은 아가씨들이 오르내리기에는 너무나 험했다. 정양사正陽寺로 내려오던 여학생대의 한 소녀가 절벽 같은 비탈진 길에 발을 헛디뎌 넘어지려 했다. 그 곁에 따르는 여자 교원 김은숙은 넘어지려는 학생을 붙들다가 도리어 자기의 발을 헛디뎠다.

발을 뺀 은숙이만을 표훈사에 남겨 두고 행정대로 더 깊이 들어가지 않을 수 없었다.

동행을 떨어져서 혼자 남아 있게 된 은숙은 오 년 전만 했으면 발버둥을 치고 울 만큼 아쉽고 분했다. 남들이 보는 그 좋은 경치를 못 보겠거니 생각하면 슬그머니 팔자 한탄이 나왔다.

표훈사에 혼자 떨어진 은숙은 방에 불을 뜨뜻하게 때고 생지황生地黃찜질을 지성으로 해주는 그 절 노승의 간호로 이틀이 채 못 되어 삔 발이 씻은 듯이 나아 걸음도 자유롭게 걸을 수가 있었다. 성한 다리를 가지고 절간에 뒹굴며, 좋은 구경을 실컷 하고 돌아오는 일행을 기다리는 것은 더욱 멋쩍고 화나는 일이었다. 그렇다고 자기 혼자서 구경을 떠날수도 없어서 끙끙 앓고 있었다. 그래서 낮잠 끝에는 독창을 하고 홧김에는 만돌린을 켰다.

낮에 마음대로 잘 수 있는 은숙은 밤에는 좀체 잠이 오지 않았다. 이렇게 잠 안 오는 밤을 줄이기 위해 만돌린을 들고 밖으로 뛰어나갔다.

구름을 벗어나 푸른 하늘 어디쯤에서 들려오는지 모를 가느다란 물소리,달 아래 줄 선 뭇 봉오리의 검은 그림자, 절벽에 구르고 솔잎을 스치는 바람소리……보이는 것, 들리는 것 어느 것 하나 신비의 한 조각이 아닌 것이 없는 아름답고도 큰 자연 속에서 노래를 부르며, 만돌린을 켜보았다.

은숙이가 켜는 쇠줄에서 울리는 단조로운 소리는 이 거룩하고 아름다운 자연 속에 조화되기에는 너무나 속되었다.

"에라, 집어치우자!"

자기 방으로 돌아오던 은숙은 마당가를 거니는 어떤 남자를 보았다.

해후!

잠깐 사이를 오고가는 눈이 앞에 선 사람을 몰라보기에는 그들의 눈은 너무나 총명했다.

그들 머리에는 한 달 전에 일본에서 돌아올 때 부산서 탔던 급행열차 삼등실이 떠올랐다. 영일은 그가 곧 한달 전에 기차를 타고 올 때 본 여자인 줄을 알았다. 그리고 속으로,응 그 여자로군, 하고 젖었던 시선을 냉정하게 거두어 달빛에 숨었다 나타났다 하는 별들을 쳐다보며 뚜벅뚜벅 걸었다. 은숙은 마주 나가며 인사라도 하고 싶을 만큼 반가웠다. 그녀나 영일은 어디까지나 초연한 태도로 주춤하던 발길을 돌려 저 편으로 걸어갔다. 은숙은 촛불이 홀로 조는 자기 방으로 돌아와서 고요하게 누웠다. 지금까지 취하도록 보고 들어온 종이 한 겹을 격해 늘어선 달빛에 잠긴 금강의 봉우리가 또 한번 보고 싶을 만큼 새삼스럽게 자연이 그리워졌다. 자연을 바라보던 은숙의 마음의 눈은 자기 자신을 바라보았다.

대자연 한 귀퉁이에 조그맣게 누운 쓸쓸한 자기를 바라보는 눈은 약속없이 두 번째 만나는 영일을 바라보았다.

스물이 훨씬 넘은 여자로서의 없지 못할 그 무엇이 몽롱한 눈을 뜨려했다.

'어쩌면 젊은이가 그렇게 점잖을까?'

영일에게서 두 번째 받는 똑같은 인상이 한 데 뭉쳐질 때, 그의 정체를 알고 싶었다.

그러나 이렇게 생각하는 은숙은 스스로를 모욕하고 싶었다. 그리하여 졸리지 않은 눈을 부지런히 감았다.

'아니다. 엄청난 위선자일는지도 모른다.'

은숙이의 머리에는 젊은 성자와 엄청난 위선자가 꼬리를 물고 돌았다.

성자냐? 위선자냐?

밖에서 조심스럽게 문 두드리는 소리가 들렸다. 그리고 이어서 은숙씨,하고 부르는 남자의 목소리가 들렸다.

은숙은 가만히 일어나서 문을 열었다. 문밖에는 영일이가 서 있었다.은숙을 쳐다보는 그의 얼굴에는 이성의 사랑을 구하는 사내에게서만 볼수 있는 미소가 흘렀다.

"아이고, 전 또 누구시라고. 어서 들어오세요."

이렇게 맞아들이려던 은숙은 회오리바람처럼 생각을 돌려

"당신은 누구세요?어떻게 오셨어요?"

하고 내려다보았다.

"저를 모르시겠어요?저 번 기차에서도 뵙고, 아까 달 아래에서도 뵙고……"

"네 뵌 듯합니다. 그런데 이 밤중에 무슨 일이세요?"

"아니, 무슨 별로 일은 없습니다마는……"

영일은 이렇게 대답하고 슬금슬금 문턱을 넘어서려 했다.

은숙은 자기 앞으로 다가드는 영일에게서 두어 걸음 뒤로 피했다.

"이게 무슨 무례한 짓이에요. 저는 그런 여자가 아니에요. 어서 썩 물러가세요. 위선자!"

은숙은 이렇게 호통을 치고 여왕처럼 버티었다.

보기 싫은 웃음을 띠며 비틀비틀 뒤로 물러섰던 남자는 돌연하게 두팔을 벌리고 은숙의 앞으로 달려들었다. 은숙은 에그머니, 소리를 높이 지르고 달아났다.

꿈!

은숙은 자기가 지른 날카로운 소리에 잠을 깨었다.

그는 지금까지 이렇게 부 끄러운 일을 당해 본 적이 없었다. 누구에게도 이야기 못할 창피한 꿈이, 꿈인 것만은 그래도 다행히었다.

"그게 무슨 고약한 꿈일까.내가 왜 그런 꿈을 꾸었을까.

되풀이하고 되풀이해 보아도 풀 수없는 지나간 꿈이었다.

달은 새하얀 그림자를 서창에 미끄러뜨리고 깊은 산 속 밤의 적을 장식하는 멀리서 들려 오는 두견의 울음은 베개 밑으로 스며드는 듯했다.

이 곱고 고요한 은숙의 주위를 거미줄처럼 가로세로 얽는 것은 그 보기 싫은 창피한 꿈이었다.그러한 꿈을 안 보기 위해 은숙은 뜬눈으로 그밤은 새웠다.

밤은 건혔다.

너른 법당을 울리는 염불 목탁 소리가 끊어지고,어둠을 흔드는 새벽종소리가 은은하게 울렸다.

아침 밥짓는 소리, 마당 쓰는 소리, 산사의 아침은 수선스러웠다.

이런 수선한 기분에 따라 일어난 은숙은 세숫수건을 들고 시냇가로 내려갔다.

은숙은 멀리 냇가를 거니는 영일을 나무 사이로 보고, 자기도 모르게 가던 걸음을 멈추었다.

뒷짐을 지고 하늘을 쳐다보며 유유하게 거니는 영일의 모양은 역시 초연했다.

이것을 바라보는 은숙의 머리에는 어젯밤 꾼 꿈이 다시 나타났다.

'그 사람은 역시 젊은 성자였구나.'

이렇게 생각하니 은숙은 자기도 책임질수 없는 자기의 꿈을 뉘우치지않을 수 없었다.

'나는 거룩한 이를 모욕한 큰 죄를 지었다'

은숙은 속으로 중얼거리며 개울로 내려가서 세수를 했다.

세수를 하고 돌아온 은숙은 자기의 두어 칸 앞은 지나가는 영일을 보았다.

은숙은 저주할 필요 없이 아무쪼록 태연하게 영일의 앞을 지나치려 했다. 그러나 자기의 머리가 숙여지고 걸음이 어지러워짐을 깨닫지 않을수 없었다.

발길이 떨리는 것은 마음이 어지러운 증거이다.

그와 반대로 영일의 태도는 너무나 태연하고 냉정했다. 자기의 앞을 가로지나가는 은숙을 바라보는 그의 눈은 푸른 하늘을 쳐다보는 그 때와 다를 것이 없었다.

삼보三寶가 아침밥을 가지고 은숙의 방에 들어왔다.

"아씨, 공양 잡수시지요. 그런데 매일 심심하지 않으십니까?모처럼 유람을 오셔서 이렇게한 곳에만 계시게 되시니."

"왜 안 그렇겠어요?심심해 죽겠는데.나혼자라도 길 인도해 줄이나 얻어 가지고 만폭동이라는 데를 가보고 올까 봐요."

"그러면 마침 오늘 마하연까지 올라가시는 손님이 한 분 계십니다."

"네, 누가요?그 이도 유람오신 분인가요?"

"저 우대17)운외사 방주 스님 해암 선사의 상좌스님 되시는 인데요,어제 저녁에 드셔서 저 앞방에서 주무시고 이제 정양사를 다녀오셔서는 마하연으로 떠나신답니다."

"그 이는 길 인도하는 이가 없어도 혼자 구경을 하실 만큼 길을 아시나요?"

"아니죠. 그 스님도 초행이세요. 그래서 이 절 중 하나가 따라 모시기로 했습니다."

"그럼 나도 같이 가서 구경을 하고 왔으면 좋겠는데. 오늘쯤은 우리 일행이 돌아 올테고. 어찌하나 일껏 왔다가 예서 되돌아가기는 섭섭하고……"

"그야 대숩니까.같이 오신 일행 어른들이야 가노라면 만날거요. 아씨들이니까 아무래도 큰길로 돌아오실 걸요. 혹시 길이 어긋나서 못 만나게 되신다면 여기 부탁만 하고 가시면 좋지 않아요. 그러면 여기서 기다리든지 장안사로 내려가서 기다리시든지 하실 것 아닙니까. 그리고 아씨는 만폭동만 보시고, 돌아오는 중과 같이 내려오시면 될 것 아닙니까?"

"그럼 나도 가게 해 주세요. 그런데 그 손님은 어디까지 가세요?"

---

17) 서울 성내의 북서쪽에 위치하는 지역. 곧 인왕산 가까운 곳의 동네들.

"그 스님은 아마 외산18)으로 도신다나 봐요."

삼보승이 나간 뒤에 은숙의 머리에는 영일이가 다시 떠올랐다.

'불교대학생 최영일이가 운외사 방주의 상좌중'이라는 데 비로소 그의 정체를 찾은 듯 싶었다.

정양사를 다녀오는 영일이를 기다려 만폭동 구경을 가리라는 생각이 은숙의 마음을 초조하게 했다. 뒷문을 열고 나가 소나무 그림자 진 바위밑에 앉은 은숙의 머리에는 영일과 같이 언덕을 기어오르기도 하며 마주 앉아 쉬기도 할 것이 환영처럼 나타나는 것이었다.

길동무

오정19)이 채 못 되어 영일은 정양사에서 돌아왔다.

"아씨, 어서 오십시오. 저 방 손님이 떠나십니다."

이렇게 재촉하는 삼보를 따라 은숙은 바스 켓을 들고 자기 방을 나왔다.

마당에는 영일과 길 인도할 중 하나가 서 있었다.

"스님. 이 아씨는 일전에 서울 학생 아씨들과 같이 오셨던 분이신데, 정양사 갔다 오시다가 발을 삐셔서 일행을 떨어져서 우리 절에 묵으셨는데, 이제는 발도 나으셔서 구경을 하실 양으로 마하연까지 올라 가시겠다던 차에, 마침 스님이 가시 동행을 하십사하고 제가 말씀을 드렸으니, 동행하시면 어떠실는지요?"

이렇게 어수선하게 영일에게 은숙을 소개했다.

"네, 좋지요"

그에게 대답을 한 영일은 은숙에게로 몸을 돌려

"그럼 같이 가시지요."

하고 점잖고 간단하게 말했다. 은숙은 얼굴을 붉히며 고개를 숙여 답례를 했다.

"그럼 이 아씨도 같이 모시오."

소개한 중은 길잡이 중에게까지 부탁을 하고, 다른 중들과 같이 멀리 동구

---

18) 外山: 외금강
19) 午正: 저오. 낮 12시.

밖에까지 와서 합장배례로 일행을 보냈다. 동구 밖에 나선 영일은 두 사람의 행장을 걸러 매고 달아나는 길잡이 중을 불렀다.

"오늘은 마하연까지만 가면 그만이니 그렇게 빨리 갈 것도 없소. 더욱이 여자 손님도 계시고 한 터이니."

길잡이 중에게 분부를 한 영일은 다시 뒤를 돌아보며 은숙에게 말했다.

"자, 그러면 앞서십시오. 아무리해도 뒤에서 우리 걸음을 따르시기는 좀 어려우실 테니 까……."

사람은 나의 뒤를 남에게 보이기를 싫어하는 것이다. 더욱이 여자는……

지금까지 뒤에서 자유롭게 따라오던 은숙은 영일의 점잖고 친절한 말에 사양할 틈도 없이 영일의 앞에 서서 걸었다.

은숙의 걸음은 어지러웠다. 앞서서 걸어가는 은숙의 뒷모양을 바라보는 영일은 은숙의 너무나 조심스러운 동작을 미안하게 생각했다.

"금강산이 처음이십니까?"

영일은 자기의 태도 부드럽고 정답게 가져 은숙의 수줍은 기분을 풀어주려 했다.

"네."

은숙은 얼굴을 붉히며 겨우 대답했다. 은숙은 자기 스스로도 어찌 이렇게 자기가 영일의 앞에서 수줍은지를 알 수 없었다.

"언제 오셨습니까?"

영일은 재차 물었다.

"오늘로 닷새 되었어요."

"그래 발을 삐어서 표훈사에서 묵으셨으다지요?"

"네"

은숙은 오늘 비로소 웃었다.

"일행은 어찌 되었습니까?"

"글쎄, 모르겠어요. 마하연까지 가서 그 부근만 구경하고 다시 장안사로 돌아 내려오든지, 형편을 보아 학생들만 걸을 수 있다면 외금강으로 돌든지 한다고 했는데. 마하연까지 가보면 좌우간 알겠지요."

"어서들 오십시오!"

앞서 가던 중이 외치는 소리에 영일과 은숙은 이야기를 멈추고 걸음을 빨리 했다.

그들은 중이 인도하는 대로 만폭동의 오케스타를 들으며 보덕굴普德窟 의 아스라한 경치며 분설담噴雪潭에서 시작해 화룡담火龍潭까지 가지가지 소(潭) 의 신비하고 시원한 경치에 취해 쫓아다니는 동안에 다리 아픈줄도 모르게 마 하연에 다다랐다.

점심때는 훨씬 지나고 저녁은 아직 멀었다. 그들은 우선 쉴 곳을 정하고 밥을 시켰다. 은숙은 방주를 불러서 자기 일행의 소식을 물었다. 그래서 아패와 같은 소식을 들었다.

일행은 어제 아침에 유점사楡岾寺로 넘어갔으며, 이것을 은숙에게 기별하려 고 심부름꾼을 구할때에, 마침 유점사에서 넘어와서 표훈사로 내려 갈 손님들 중에 일행과 잘 아는 분이 있어서 그 손님에게 편지와 같이 무엇을 부탁한 바, 그 손님들은 어제 수미암에서 늦게 돌아왔기 때문에 어제 표훈사로 내려가지 못하고 오늘 아침에야 내려갔는데 만나보지 못했느냐, 하는 것이 방주 중이 늘 어놓는 사설이었다.

"그럼 어떻게 하시겠습니까?"

옆에서 두 사람의 말을 듣고 있던 영일이가 은숙에게 물었다.

"저도 유점사로 가겠어요. 선생님은 어떻게 하세요?"

수줍은 데서 적이 벗어난 은숙의 대답은 좀 자유로웠다.

식탁이 벌어졌다. 은숙은 여자다운 친절로 영일에게 음식을 권하며 식사를 거들었다.

이튿날 아침이었다. 밤을 격해 만나는 두 사람은 피차에 반가웠다.

이 날은 일찍이 서둘어서 구경을 떠났다.

영일과 은숙은 이제 완전한 길동무가 되었다. 더욱이 은숙에게는 없으면 안 될 동무이다.

그윽한 숲 속을 뚫고 나갈 때나 거칠고 급한 고개를 넘을 때나 영일은 은숙에 게 없으면 안될 존재인 것 같았다. 앞서가던 영일이가 바위틈에 가려 보이지 않아도 은숙은 급한 걸음으로 따라가고 뒤에 떨어져 오는 영일이가 나무 그늘 에 숨으면

"최 선생님 어서 오세요!"

하고 소리쳐 부르지 않을 수 없었다.

"제가 최가인 줄을 어떻게 아셨습니까? 표훈사 중에게 들으셨나요?"

지금까지 성명도 통하지 않고 온 부자연스러운 길동무의 한 짝인 영일은 은숙이에게 이렇게 물었다.

"저는 벌써 알았어요. 선생님의 이름까지 압니다. 영일 씨지요?"

"어떻게 아세요?"

영일은 자기의 학교에서나 동무들 사이에만 부르는 속명俗名을 은숙이가 아는 것이 이상했다.

"벌써부터 압니다. 일전에 일본에서 나오실 때부터 알았어요."

"그 때 우리가 어디 인사를 했던가요?"

"그럼 알려 드리지요. 선생님 옆에 앉았을 때에 트렁크에 달린 명함을 보고 알았습니다."

"네 참 기억도 좋으십니다."

영일은 트렁크에 매달린 명함을 통해 남의 성명을 기억해 두는 여자의 섬세한 두뇌에 놀라지 않을 수 없었다.

그는 비로소 은숙의 주소와 성명을 묻고, 지금 무엇을 하는 것까지를 물어 알게 되었다. 그리고 자기가 중이라는 것과 자기네 절 이름을 알려 주는 것으로 자기를 간단하게 소개했다.

해발 삼천 척의 백운대白雲臺를 기어오르는 절벽을 끼고 도는 험한 길에는 쇠사슬에 매달리고 돌부리를 벋디딛어야[20] 하며, 솔가지를 더위잡아야[21] 한다.

은숙은 이밖에 든든하게 붙잡을 또 한가지를 가졌다. 그것은 영일의 튼튼한 팔이다. "위험합니다!"

앞서 올라가는 영일은 미끄러질 듯한 은숙에게 자기의 손을 내밀었다.

두툼한 영일의 손을 붙잡은 은숙의 하얀 손이 젊음에 떨렸다.

그들은 백운대 높은 곳에서 불지동佛池洞을 내려다보고 신비에 신비가 잠긴

---

20) 발에 힘을 주고 버티어 디디다.
21) 높은 데에 오르려고 무엇을 끌어 잡다.

듯한 중향성衆香城을 바라보고 돌아 내려와, 금강수에 목을 축이고 다시 선암船庵, 수미암須彌庵들을 볼 양으로 길잡이를 따라섰다.

길은 갈수록 험했다. 열 걸음을 맘 놓고 걸을 곳이 별로 없었다. 저기다 어떻게 발을 붙이나, 할 만큼 낙망할 벼루22)도 있었다. 그것은 마치 기구한 운명에 쫓기는 인생의 행로와도 같았다.

은숙은 이런 험난한 길을 처음 걸어 보았다. 그러나 자기의 앞으로 혹은 뒤로 따르는 영일이가 있거니 생각하면 얼마든지 올라갈 듯이 마음이 든든했다.

길동무를 믿는데, 험한 길이 없을 것이다.

그 날 행정을 마치고 돌아오니, 해는 아직도 퍽 남아있다. 그러나 피곤한 다리를 끌고 갈 데도 없어서 언제까지 해도 밀릴 것 같 않은 이야기, 처음부터 집어치운대도 아무 관계도 없을 이야기로 저녁 밤을 기다렸다.

밤은 왔다.

무슨 명상이나 하려는 듯한 영일의 무거운 표정이 은숙을 은숙의 방으로 쫓았다. 은숙이 자기의 일거일동이 자유롭지 못한 영일의 앞에서 물러나온 것은 마음이 편한 일이었다. 그러나 넓은 방 한 귀퉁이에 혼자 누워서 잠 못 드는 동안 쓸쓸한 정서를 푸는 것은 외로운 일이었다.

잦아드는 듯한 고독을 참기보다는 가시 방석 위에서 몸부림을 치고 싶은 것이 사람이다.

오늘은 해발 육천 구 척이라는 금강 일만 이천봉 중에 제일 높은 비로봉毘盧峰을 구경할 날이다.

길이 어제에 비해 배나 험하고 멀다는 말을 중들에게 영일은 은숙의 동행을 꺼렸다.

"김 선생님은 어떻게 하시겠습니까. 길이 몹시 험하고 또 멀어서 매우 고생스럽다는데……"

"가보겠습니다. 선생님 괴로우시겠지만 데리고 가 주세요. 길이 험하다고 남이 보는 것은 싫습니다."

"아니요. 괴롭기야 무엇이 괴로워요. 김 선생이 고생하실까 봐 말씀이지요."

---

22) 낭떠러지의 아래가 강이나 바다로 통하는 몹시 위험한 벼랑.

절벽에서 내미는 힘있는 손, 쓰러지는 몸뚱이를 붙들어줄 팔, 이것은 험하고 먼 길에 대한 불안을 은숙이에게서 거두어버렸다.

비로봉의 명물인 안개는 회색보다도 짙었다.

두어 마장23)이나 앞서서 달아나는 줄 알고

"여보! 같이 가요!"

하고 소리쳐 부른 길잡이가

"저 여기 있습니다."

하고 중얼거리는 대답을 듣고 은숙은 호호, 하고 웃었다.

"선생님, 만일 여기서 열 간통24)만 선생님과 제가 서로 떨어져서 피차에 갑자기 귀머거리가 된다면 우리는 영영 못 만나고 헤맬 듯합니다."

은숙은 기괴한 상상에서 일어나는, 동화의 한 구절 같은 이야기에 영일은 안개 속에서 마음으로 웃고

"글쎄요."

하고 대답을 했다. 주먹 돌이 총알같이 굴러 내리는 절벽을 추어 오르고, 금사다리 은사다리를 곰(熊)처럼 굼뜨게 기어올라서 비로봉에 다다랐다. 안개 속에서 찬밥 점심을 따뜻이 먹고 나니, 사십 리 밖에서 출렁거리는 동해바다가 뛰어내리면 철썩하고 빠질 듯이 눈 아래 내려다 보이고, 지금 까지 높다고 숨차게 기어오르던 봉오리들이 삼, 사천 척 밑에서 아물거리는 호장하고 신비한 경을 보고 산을 내렸다.

그날 밤도 마하연에서 지내고, 그 이튿날 밤은 유점사의 손님이 되었다. 은숙은 영일과 같이 산을 넘고 밤을 맞는 닷새가 못 되는 세월이 어떤 세상을 거친 듯이 아득하게 생각되었다

이 한 세상을 지내는 동안에 은숙은 자기도 모르게 자기가 영일에게 가까워진 것을 깨달았다. 은숙의 마음에는 어쩐지 마당 하나를 격해 누워있을 영일이가 남 같지 않다는 생각이 자기를 모욕했다.

"남이 아니구 뭐란 말이야!"

---

23) 주로 5리나 10리가 못 되는 거리를 말할 때에 '里'대신으로 쓰는 단위.
24) 間通:간격

가슴속에 온순하게 엎드려 있던 처녀가 소리를 버럭 질렀다.

은숙은 베개 위에서 어린애처럼 도리질을 했다.

은숙은 지금까지 아버지 이외의 이성을 그리워해 본 적 없었다. 그것은 이성을 접촉할 기회가 드물다든지 저 편의 유혹이 없었다든지 한 까닭은 아니었다. 많은 이성을 대했으며, 따라서 많은 유혹도 받아 보았다.

돈 소리를 절렁절렁 내는 시위 운동으로 받아 보았고, 제 딴은 미남자라고 곁눈으로 살살 간질이는 꼴도 보았고, 그냥 쫓아다니며 처분만 기다리는 불쌍한 모양도 보았고, 당대 명사라는 작작들이 체면과 연애는 혼동할 필요가 없다는 듯이 낚싯대를 드리우고 앉아 있는 꼴도 보았다.

은숙은 이런 것들을 힘 안들이고 물리쳤다. 뻔뻔스러운 놈은 눈을 딱 부릅떠 쫓고, 얄미운 놈은 톡 쏘아 보내고, 불 쌍한 놈은 타일러 보내고, 살살 간질이는 놈은 입을 삐죽해 돌려세우고, 돈 소리로 시위하는 놈은 소리를 버럭 질러 거꾸러뜨렸다. 그래서 남들이 연애한답시고 날뛰다가 사내 놈에게 곯아떨어지고 우는 꼴을 보고는 저것도 사람일까?하고 남의 일에 공연하게 화를 내곤 했다. 그리하여 자기의 남다른 힘을 스스로 믿었다. 이러하던 은숙이가 영일을 상대로 한 자기의 태도가 자기 눈으로도 확실히 약해 보였다.

'아니다. 내가 유혹에 빠지는 것은 아니다. 그에게는 아무런 유혹의 힘도 없다. 그러면?……아니다, 아니다. 이것도 내가 지금까지 알지 못한 유혹의 한 가지일는지도 모른다. 그렇다면 나는 이것까지를 이겨야 된다. 그래야 완전한 승리를 얻을 것이다.'

이렇게 생각하고 이불 속에서 주먹을 부르쥐었다. 그러나 은숙에게는 또 한 개의 손이 있었다. 그것은 분명하게 영일의 손을 붙잡은 자기의 손이었다.

유점사에서는 선담船潭이며 십이 폭 은선대隱仙臺, 미륵봉彌勒峰등을 구경하는 외에 영일이가 참고할 것이 많아서 사흘 동안이나 지체하며 신계사神溪寺를 향해 떠났다.

은숙은 별로 심심한 줄도 모르고 피곤한 줄도 몰랐다. 도리어 이렇게 산 밑으로 내려가서 여행이 끝나게 될 것이 속으로 아쉬웠다.

금강산을 떠나는 날이 길동무를 떠나는 날이다.

'이것이 올라가는 길이라면, 아니 언제까지 가도 끝이 안 나는 길이라면?그러

면 언제까지나 떠나지 않을 길동무가 될텐데……'

이렇게 생각하니 산을 내려가는 가벼워야 할 발걸음이 도리어 무거웠다.

은숙은 인생의 길동무를 찾는 것이 아닐까

유점사에서 떠나서 오 리쯤 나와 개재(狗嶺) 고개 밑에서 소나기가 내기 시작했다.

"이렇게 비가 와서 어떻게 가요. 유점사로 도로 돌아가요, 네?"

은숙의 주장이었다.

"뭘요. 소나기니까 곧 그치겠지요. 아무래도 비는 맞게 되었으니 앞으로 나가면서나 맞지요. 뒤로 물러가기보다."

영일의 반대로 앞으로 나가게 되었다.

은숙의 권유에 못 이겨 영일은 은숙의 조그만 비단우산 속으로 들어갔다.

점점 굵고 촘촘해지는 빗발을 가벼운 은숙의 옷을 여지없이 적셨다. 젖은 옷 위로 스치는 산바람은 몹시도 찼다. 옷과 옷을 통해 전해지는 이성의 체온만이 따스했다.

비맞은 흰 비둘기 같은 은숙은 염치도 없이 영일에게로 다가들면서 덜덜 떨었다.

개재 마루턱을 다 올라오니 외롭게 선 주막 하나가 있었다. 그들은 비로소 살뜰하게 그리로 찾아 들었다.

주막 객실에는 유점사로 가다가 비를 피하는 부부인 듯한 한 쌍의 남녀가 들어 있었다. 주막 주인은 툇마루에서 덜덜 떨고 있는 손님을 위해 자기네 침실인 안방을 내주었다.

방으로 들어가 마른 옷으로 갈아입으니 살 듯했다.

소나기는 점점 바로 변해 종일토록 그치지 않았다.

빗속에서 해는 저물었다.

"비가 이렇게 와서야 어디 가시겠어요? 내외분이 이 방에서 주무시지요. 안방에도 비에 잡힌 내외분 손님이 주무시고 가십니다."

저녁밥을 가지고 들어온 안주인이 영일과 은숙을 내외로 알로 하는 수작이다.

"방이 또 없소? 냉방이라도."

영일이가 물었다.

"없습니다. 아무 염려 마세요. 우리는 주인이니까 부엌에서라도 잘 테니 편히 쉬고 가세요."

그들은 할 수 없이 말25)만한 방에서 그 밤을 맞게 되었다.

은숙은 아랫목으 사양하고 영일은 윗목에서 담요를 덮고 누웠다.문 밖에는 바람에 쫓기는 비소리가 요란하고,두 사람이 누운 방안은 거북한 침묵에 얽혀 죽은 듯 고요했다. 어느 정도 어려움 없이 자유롭던 두 사람 사이는 다시 처음과 같이 어색해졌다. 은숙은 이 속박에서 벗어나려는 듯이 벽을 안고 돌아누워 잠을 자려고 애를 썼다.

영일의 머리맡에 걸린 램프불이 문틈으로 들이치는 젖은 바람에 꺼져버렸다.

은숙은 얼추 감았던 눈을 번쩍 떴다. 온 세상이 캄캄했다.

아직도 처녀인 은숙에게는 캄캄한 세상은 무서웠다.

영일의 손에 불이 꺼졌다고 생각하니 지금까지 미덥던 길동무, 어떤 외로운 데라도 같이 갈 듯하게 든든하게 생각되던 영일이가 새삼스럽게 무서워졌다.

영일은 황망하게 성냥을 찾으려고 어둠을 더듬었다.

캄캄한 속에서 부스럭 부스럭 드려오는 영일의 동작이 은숙의 온몸으로 하여금 귀(耳)가 되게 했다.

'문을 박차고 밖으로 달아날까? 그럴 필요는 없이 점잖게 타이르면 설마 어떨라구……'

이렇게 은숙이가 목전에 임박한 어떤 일에 대한 선후책을 강구할 때에 확, 하고 성냥 긋는 소리가 나고 방안이 다시 밝아졌다.

은숙은 불 꺼진 전말에 대새서는 처음부터 상관이 없었다는 듯이 아랫목을 향해 돌아누운 채로 자는 체하고 두근거리는 가슴을 진정시켰다.

침착하게 누운 영일이도 좀체 잠은 오지 않았다.

영일이 처음 느끼는 기분이 수마睡魔를 정복했다.

그는 눈을 크게 뜨고 무엇을 바라보았다.

---

25) 斗: 곡식이나 액체를 되는데 쓰는 원통모양의 나무그릇을 말함.말만한 방이라는 것을 작은 방을 의미한다.

피난

깊이 숨어 있던 젊은 사내가 머리를 들었다. 그 젊은 사내의 손이 영일의 온몸을 흔드는 서슬에 영일의 피가 어지럽게 물결쳤다.

그의 어지러운 시선이 아랫목에 자는 듯 누워 있는 은숙의 온몸을 덮었다.

반만큼 흩어진 까만 머리 밑으로 드러난 뽀얀 목덜미에서 회색 담요아래서 구불거린 은숙의 전신에 영일의 시선을 잦아들 듯했다. 영일은 자기 시선에 끌려 움직이려는 십오관[26]이나 되는 자기의 육체를 붙들기 위해 자기가 가진 온갖 힘을 다해 무거운 눈을 감았다.

눈을 감자 어떤 기억 한 모퉁이에서, 여자를 가까이 하지 말어라! 하는 새벽 모기 소리 같은 날카로운 음성이 가늘게 들렸다. 이 소리를 들은 영일은 지금까지 감고 있던 마음의 눈을 떴다.

눈을 비치는 것은 분명하게 자기 스님 해암선사 앞에 꿇어앉아서 무슨 훈계를 듣는 자기 자신이었다.

"여자를 가까이 하지 말아라. 거기에 너의 승리가 있을 터이니."

눈앞에 나타난 스님은 아까보다도 큰소리로 부르짖었다.

영일은 자기가 셈 차릴 나이를 먹은 후부터 그 스님의 단 한 가지의 훈계인, 여자를 가까이 하지 말아라, 하는 것을 새삼스럽게 들었다. 그리고 스님의 , 너는 나에게 그것을 약속하지 않았느냐! 하는 소리를 분명하게 들었다.

"너는 이 유혹을 못 이기겠느냐. 누워서 못 이길 유혹이거든 문을 열고 밖으로 달아나라. 피난을 해라. 캄캄한 하늘을 쳐다보고 다시 생각해라."

영일은 자기 마음에서 들리는 이런 훈계를 들었다.

'그렇다. 유혹을 이기자. 수난을 피하자!'

그는 눈을 부릅뜨고 황망하게 문밖으로 뛰어나왔다. 비는 어느 사이에 개었는지 별로 장식한 푸른 하늘이 높직이 달려 있었다.

영일은 구름을 날리는 바람에 나부끼며 방향도 없이 언덕을 달음질쳤다. 비에 씻긴 막은 바람은 마음을 씻는 듯이 시원했다.

"아아, 나는 이겼다."

---

26) 十五貫: 관은 무게를 나타내는 단위. 한 관은 4kg으로 15관은 60kg를 말함.

영일은 자기도 모르는 사이에 개재령을 넘었다. 검은 막 속에 좀더 검어 보이는 산봉우리 깊은 숲 저 편으로 방향도 없이 끊었다. 이었다 하는 벌레 소리. 이런 것들을 꿈결같이 듣고 보면 달음질치던 발길을 멈춘 곳은 이름 모를 절벽이었다. 어디서인지 쫄쫄쫄 흐르는 샘 소리가 들려왔다. 그는 절벽 위에 펄썩 주저앉아서 반짝거리는 별의 무리를 바라보았다.

고요하게 누워 있던 은숙은 황망하게 나가는 영일의 발자취를 따라 뒤를 돌아보았다. 반만큼 닫힌 문 사이로 차차 멀리 달아나는 영일의 발소리가 새어 들어왔다.

'웬 일일까? 어디를 가나? 아마 화장실에 가는 게지…….'

이렇게 생각하고 틈 벌어진 문을 꼭 닫고 다시 자리에 누웠다.

그러나 한 시간이 자나도 영일이 들어오지 않자 은숙은 여자다운 잔걱정이 끓어올랐다.

'어디를 갔을까? 화장실에서야 이렇게 안 들어올 수가 있나?'

은숙은 마침내 밖으로 나왔다. 주막 부근을 이리저리 찾아보았으나 어디에도 영일의 종적은 없었다. 큰길로 나가서 캄캄한 누리를 살펴본 은숙은 참으로 걱정이 되었다. 어려서 이야기로 듣던, 노승으로 변해 사람을 꾀어 간다는 범까지도 생각났다. 자는 사람들을 깨워서 찾아 나서고 싶었으나 너무 경솔한 짓이 될까봐 좀더 기다려 보기로 하고 다시 방으로 들어왔다.

뛰어나가서 안 들어오는 이유. 그 보다도 그렇게 침착한 이가 무엇 때문에 그렇게 황망하게 뛰어나갔는지를 좀처럼 알 수가 없었다. 그러나 그런 이유를 알기보다도 어디를 갔는지가 더욱 궁금했다.

또한 시간이 지나도 영일은 돌아오지 않았다.

은숙은 결심한 듯이 일어나서 부엌에서 자는 주인을 깨웠다.

자다 일러난 주인 내외는, 대체 모를 일이라고 걱정을 같이 한다.

"근년에는 무슨 짐승을 본 적이 없는데……"

안주인이 입바른 소리를 하니 바깥주인은

"웬 별소리가 다 많지 않나. 언제는 금강산에 짐승이 났었나!"

하고 아내의 말을 막아지르고 나서

"그 양반이 아마 잠꼬대를 몹시 하시는 게지요? 자다 말고 일어나서 십리,

이십리 달아나는 수가 있다니까. 그랬단 걱정인 걸. 이리 가나 저리 가나 길이 험하고 절벽인 데가 많아서. 만일 실족을 해 떨어지면?"

하고 딴 걱정을 한다.

은숙은 이 미덥지 못한 주인의 억측에도 맘이 켕키었다.

은숙의 청으로 주인은 등불을 켜 들고 큰길로 나갔다. 은숙은 최 선생님! 혹은 영일 씨! 하고 고함을 쳐보기도 하고 둘이 함께 소리를 합해 힘껏 불러 보기도 했으나, 건너편 검은 산이 고함치는 흉내를 내는 외에는 아무런 대답도 없었다.

얼마를 이렇게 찾던 그들은 그 동안 집에 돌아와 있지나 않을까 해 주막으로 돌아와 보았으나 여전히 영일은 돌아오지 않았다.

"방향도 없이 찾아다닌대야 별 수가 없으니 밝은 날을 기다려서 어떻게 해 볼 수밖에 없습니다."

이렇게 말하고 주인 내외는 밑진 잠을 회수하려는 듯이 자던 처소로 들어갔다.

부엌에서부터 들려나오는 주인 사내의 코고는 소리를 들으며 툇마루가에 앉은 은숙은 울 듯이 안타까웠다.

은숙은 지금까지 남의 일을 위해 이렇게 마음으로 걱정해 본 적이 없었다. 절벽이며 호랑이며 그밖에 이름짓기 어려운 무서운 것이 그의 머릿속에서 어지럽게 핑 핑 돌아가고 있었다. 동쪽 하늘에 별들이 하나씩 꺼져 버리자 어느덧 날도 새었다.

"날이 밝아도 안 들어오네."

하고 초조한 생각에 은숙은 다시 밖으로 나왔다.

개재령 마루턱에서 멀리 고개 밑을 내려다보던 은숙의 눈에 웃음이 어렸다.

내의 바람으로 모자도 안 쓴 영일이가 저 고개 밑으로 나타났다. 은숙은 달음질로 쫓아 내려가고 싶었으나 일부러 딴 곳을 바라보며 올라오기를 기다렸다.

"아이고, 선생님 어딜 갔다 오세요?"

"산보 갔었습니다. 퍽 기다리셨지요?"

"무슨 산보를 밤중에 나가셔서 지금 들어오세요. 그래서 사람을 그렇게 애를 태우세요?"

은숙은 반가운 김에 짜증을 내고 웃었다.

"미안합니다."

"그래 어딜 가셨어요? 저는 주인 남자와 등불을 켜들고 퍽이나 쏘다녔는데요"

"저도 어딘지 모르지요. 물소리가 들리고 벌레 소리가 들리고 별이 보이는 절벽으로 갔었지요. 왜? 범이라도 쫓아갔을까 봐요?"

"아이참. 별별 걱정이 다 들던데요."

영일은 여자답게 자상한 은숙의 마음이 감사하기도 하고, 밤중에 주인을 깨워가지고 서둘렀을 것이 자기의 지난 일에 비추어 우습기도 했다.

은숙과 영일은 앞서거니 뒤서거니 주막으로 돌아와서 주인 내외를 놀래키고 아침밥을 먹고 길을 떠났다.

해와 동갑하여 그들은 신계사에 도착했다.

은숙은 그동안 거의 잊다시피 한 동행들의 거추를 그 절 중에게 물어서, 벌써 나흘 전에 이 절을 떠나간 줄을 알았다.

여느 때 같으면 자기 혼자 표훈사에 남겨 두고 도중에서 아는 사람에게 부탁만 해놓고 자기네들 끼리만 거침없이 가버린 것에 대해 괘씸한 생각과 불평이 있었겠지만, 지금의 은숙으로는 도리어 그것이 다행스럽게 생각되는 것이 자기 스스로도 이상스러웠다. 그 이튿날은 구룡연九龍淵을 볼 날이다.

영일은 이 길을 주저했다. 은숙과 같이 간다는 것이 새삼스럽게 무서워졌다. 다시 말하면 자기와 은숙의 거리가 좁아지는 것이 무서웠다.

접근하는 시간이 길수록 그 반비례로 짧아지는 젊은 남녀의 거리.

그러나 자기와 은숙을 이대로 영원하게 떼어 줄 어떤 친절한 사람이 있다면 영일도 그 친절한 이에게 마땅히 항의하지 않을 수 없을 것 같았다.

이 야릇한 항의가 영일을 은숙과 함께 구룡연으로 몰아가게 하였다.

길 인도하는 노인을 따라서 집선봉集仙鋒 골짜기를 돌 때다. 높은 봉 동편 비탈에는 조그만 초가 칠, 팔 호가 바라다보였다.

"아이, 저기도 동네가 있군요."

도회지에서만 자라난 은숙은 산비탈에 제비 둥지처럼 매달린 그 집들이 이상하게 보였다.

"그게 이상한 마을이라우. 저기는 사내는 없고, 승(암중27))들만 사는데 매년

---

27) 비구니

아비도 모르는 아이가 두셋씩 나온답니다.”

체신이 없는 속된 영감쟁이는 이렇게 설명을 하고 깔깔 웃는다.

은숙은 이 말에는 아무 말참견도 안 하고, 이번에는 영일이가 웃지도 않고 침착한 어조로

“그게 뭐 웃을 일이 되오?”

하고 말했다.

천화대天花臺에서 내려다보이는 한 떨기 연 꽃 같은 눈 아래 뭇 봉우리를 굽어보는 것도 그럴 듯했고, 물에 닳아진 백옥 같은 화강암 위로 구르는 벽옥 같은 물도 시원하고 깨끗했다.

이렇게 끊임없는 가지가지의 경치를 더듬어 올라가 맞닿는, 보기에 아름답다기보다 한아름 물기둥이 하늘에 매달린 구룡연폭은 신비하고 무섭고, 무섭고도 정다웠다. 밤낮으로 내리찧는 이 폭포에 패여서 둘레 사십여척28), 깊이 삼십칠 척의 소가 된 것이 구룡연이었다.

이 편에서 저 편까지 삼십 보나 될 만한 병목 같은 동구洞口 속에는 호담하게 내리찧는 물소리밖에는 아무 소리도 들리지 않았다.

덥석 껴안고 싶게 정다운 물보라에 떠오르는 안개에 덮인 뽀얀 구룡연. 미간을 찌푸리고 뒤로 물러가고 싶은 물결 위에 물결이 덮여 검푸른 혀끝에 내두르는 구룡연, 이 신비한 자연의 손이 영일과 은숙을 나란히 앉혔다.

이 경치에는 늘 보아 물렸다는 듯이 길 인도하는 영감쟁이는 비실비실 동구 밖으로 나가버렸다.

“선생님, 어젯밤에 무엇하러, 어디를 가셨이요?”

은숙은 새삼스럽게 무슨 생각이 나는지 이렇게 묻고 영일을 쳐다보았다.

“그건 왜 물으세요. 산보 나갔다고 안 그랬습니까.”

극히 신비한 무엇을 보는 듯한 은숙의 시선은 언제까지나 영일의 얼굴에서 떠날 줄을 몰랐다.

“잠도 못 주무시게 해서 미안했습니다.”

은숙에게 기다리지 않는 대답을 들려주고 영일은 은숙을 마주보았다.

---

28) 척은 길이를 재는 단위. 한 척은 약 30.3cm를 말한다.

은숙의 눈을 비롯해 흐르는 무엇이 영일의 육감을 자극했다. 은숙의 미인으로서의 중요한 부분인 곱게 다문 입술이 영일의 몸뚱이를 본능적으로 흔들려고 했다.

이 때였다. 등뒤에서 일어나는, 벽력보다 큰소리에 영일의 불같이 달았던 몸은 식어버렸다.

"팔담 구경을 가시려면 어서들 서둘러야 합니다! 해가 벌써 낮이 되었습니다. 어서 점심들도 잡수시고……."

그것은 길 인도하는 영감쟁이가 동구 밖에서 외치는 소리였다.

영일은 꿈을 깬 듯이 앉은자리에서 일어섰다. 따라 일어서는 은숙은 가벼운 현기증에 다시 주저앉았다.

영일은 이제 참으로 은숙이가 무서워졌다.

영일은 자기 자신에 대한 믿음을 여지없이 잃어버렸다.

은숙이와 같이 걸음을 걷고 이야기를 하고 하는, 모든 행동에 겁이 난 영일은 팔담 구경을 순서에서 빼버리고 길잡이를 재촉해 신계사로 내려왔다.

영일은 석양이 드리운 자기 방으로 돌아와 무슨 명상이나 하려는 듯이 단정하게 앉았다.

'나도 이성의 유혹을 못 이기는 평범한 남자였구나.'

자기 자신을 경멸하지 않을 수 없는 영일은 불쾌했다.

'이길 수가 없거든 패해 달아나자. 그러나 피해 달아날 용기가 내게 있느냐?'

그는 미간을 찌푸리고 생각했다.

그 이튿날은 아침 일찍이 온정리溫井里까지 내려와서 만물초萬物草를 구경하고, 기선으로 원산元山으로 나갈 양으로 장전長箭까지 나왔다.

마침 배가 떠난 뒤였으므로, 이날은 장전에서 자게 되었다.

무슨 결심을 한 영일은 어제와는 딴판으로 유쾌해 보였다.

"자, 우리 해변으로 나가 바다 구경이나 합시다."

방안에 들어앉았던 은숙을 불러서 바닷가로 나갔다. 석양에 잠긴 바다는 아름다웠다. 멀리 바라보이는 천 물결 만물결이 은린銀鱗인 듯 번득거리는 것이며, 발 밑에 넘실거리는 모래언덕을 핥고 달아나는 파도는 그래도 대해大海의 면목이 있었다.

“이리 오십시오. 여기 앉을 자리가 좋습니다.”

영일은 물에 닳은 조약돌 위에 앉아서 은숙을 청했다.

새로 터지는 샘처럼 끓어오르는 숨은 사랑에 피곤한 남녀가 나란히 앉았다.

고요한 침묵이 물결을 주름잡는 바람같이도 가볍게 흘렀다.

“은숙 씨,”

박사薄紗같은 엷은 침묵은 찢기었다.

지금까지 자기의 이름을 불러 본 적이 없는 영일이 자기를 부르는 나직한 소리에 그윽이 놀란 은숙은 대답 대신 고개를 돌렸다.

“은숙 씨, 나를 오빠라고 불러 주세요. 불러 줄 뿐만 아니라 꼭 친오빠같이 알아주시오. 동기간같이 말입니다.”

은숙은 별안간 내놓은 영일의 말에 뭐라 해야 좋을지 몰라서 눈도 깜짝이지 않고, 영일을 쳐다보았다.

“못 알아듣겠습니까? 나를 언제까지나 사랑해 달라는 말입니다. 사랑하되 오빠로 알고 동기같이 사랑해 달라는 말입니다.”

“영일 씨.”

은숙의 입술이 가늘게 떨렸다.

“아닙니다. 오빠라고 불러 주세요. 나는, 나는 간절하게 당신의 오빠가 되고 싶습니다.”

은숙은 다시 대답이 없었다.

“왜 오빠라고 불러 주지 않습니까? 은숙 씨는 나를 사랑할 수는 있겠지요.”

“네.”

은숙은 조그맣게 대답했다.

“그러면 나를 오빠로 알고 사랑해 주세요. 어서 오빠라고 분명하게 불러주세요, 지금.”

“오빠.”

은숙의 음성은 떨렸다.

“아아, 잘 불러 주셨습니다. 나는 이제부터 마음놓고 당신을 사랑할 수가 있습니다. 누이로서⋯⋯”

영일의 얼굴에는 조화되지 않는 홍분이 떠올랐다.

한참 동안 대답이 없던 은숙은

"저를 누이동생으로 아시거든, 말씀을 낮춰 주세요. '해라'를 해주세요."

하고 침착하게 입을 열었다.

"누이야, 사랑하는 누이야-이렇게 부르는 나에게 불평이 없단 말이지……."

영일은 아직도 흥분이 사라지지 않았다.

"네."

"말하자면 나도 그런 종류의 인생인지도 모르지. 그러나 아비 모르는 자식으로 어머니 품에서 자라는 애들은 그래도 행복한 생명들이야. 나는 물론 그 애들과 같이 아버지도 모르고, 그것보다도 어머니를 모르는 나는 자연아自然兒야."

"오빠의 최가라는 성은 누가 준 거예요?"

"그것은 나를 길러 준 나의 스님의 성을 따른 것이지. 따라서 최가라는 것과 나와는 혈통 관계로는 아무 상관이 없는 것이야."

"그분이 언제부터 오빠를 길러 주셨어요?"

"이렇게 하면 이야기가 차차 길어질 걸. 그럼 내가 간단하게 나를 소개하지. 지금으로부터 이십육 년 전 봄이야. 내가 있는 운외사 도량마당이 아직도 어둠에 잠긴 이른 새벽에 대법당 뒤뜰에서 '으아, 으아'하는 갓난아이의 울음소리가 고요한 산사의 적막을 흔들었다. 목탁을 들고 법당으로 나가던 젊은 중은 염불할 것도 잊어버리고 법당 뒤로 돌아가 보았다……."

말을 중간에 끊고 하늘을 쳐다보는 그의 얼굴은 바다 위에 떨어지는 저녁노을에 반사되는 것처럼 붉그레했다.

영일은 이야기를 계속했다.

"젊은 중이 가보니 까 거기는 하얀 강보에 싸인 피묻은 생명이 인간의 일만 수심을 하소연이나 하듯이 애닯게 울고 있더란다."

그의 어조는 어느덧 해라로 변했다.

"젊은 중은 그 어린 생명을 안아 승방으로 들여다 누이고 그 절의 어른인 중을 따라 들어가서 누워 있는 갓난애를 들여다보고 '불쌍한 인간아'하고, 휘- 한숨을 쉬더란다. 그 후 방주 스님은 그 불쌍한 생명을 거두어 부처님 같은 자비로 그애에게 유모를 주어 기르다가 젖이 떨어지자 절로 떼어다가 기르기 시작했단다. 그 어두운 새벽에 법당 위에서 홀로 울던 어린 생명이 곧 나이고, 자비

로 어린 생명을 길러 준 방주 스님이 곧 나의 스님인 최 해암선사이시다. 이렇게
자라는 동안 나는 부근 암자에서 젊은 승의 시들은 품에서도 자보고, 억센 방주
스님의 팔에서 껄끄러운 자장가에 코도 곯아보고, 어린 상좌의 등에서 철없이
웃어도 보았다 한다. 이것은 나를 키워 준 우리 스님과 그 절에서 나의 전반생을
잘 알고 있는 늙은 중들에게 들은 말이고, 나의 기억으로는 여남은 살 때부터이
다. 나는 이따금 스님의 허락을 받아서 내게 젖을 먹여 준 유모의 마을로 놀러
가면 어머니라고 부르고 아버지라고 부르는 젖 동무 아이들이 부러운 생각도
났다. 그래서 새벽에 우는 종, 황혼에 흔들리는 풍경을 들으며 나의 스님을
아버지, 어머니, 형님, 누님, 이 모든 친한 사람을 한 데 뭉친 듯한 것으로 믿고
지내게 되었다. 우리 스님은 나의 이것을 잘 받아 주었다. 어떤 때는 아버지
노릇도 하고, 어떤 때는 어머님 노릇도 했다. 나의 장난 재롱질을 보시고는 빙그
레 웃기도 하시고, 해지는 서산을 바라보고 우두커니 서 있는 나를 보고는 먹을
것을 주어 위로도 하셨단다. 지금도 우리 스님은 나를 어린애처럼 어루만지고
사랑하신다. 나는 마치 막내둥이가 받는 것 같은 그의 사랑을 느끼지 않을 수
없었다. 나는 나를 이 세상에 낳아 놓은 남자와 여자를 저주한다. 그 대신 나를
자식같이 길러 준 나의 스님에게 마음 깊이 감사를 드린다. 나의 이 몸뚱이는
죄악과 자비의 뭉치이다. 나를 낳아서 어둠 속에 내버린 것은 확실하게 죄악이
다. 그러난 어둠 속에서 나를 거두어 이렇게 길러 준 것은 자비이다. 우리 스님
은 열두 살 되는 나에게 오계29)를 베풀어 출가를 시켰다.나는 마침내 그의 상좌
중이 되었다. 그 뒤에 나는 학교를 다니고 또 멀리 일본으로 유학을 가게 되었
다. 아아, 이야기가 너무 길어졌다. 말하자면 이것이 나를 간단하게 소개한 이야
기다. 나는 마지막으로 한 가지 말할 것이 있다. 나에게 오계를 베푼 나의 스님
은 내가 사내로서 어느 정도 나이가 들때부터 나에게, '殺盜淫妄酒'

그 다섯 가지 경계중에 다른 것을 다 범할 지라도 음淫만을 범하지 말아라.
너는 여자를 가까이 해서는 안 된다. 거기에 너의 승리가 있을 것이니, 하고
나를 경계했다. 그는 나에게 굳은 맹세를 받고야 말았다. 나도 그의 앞에서 분명

---

29) 五戒: 불교에서, 신남信男 신녀信女들이 지켜야 할 다섯 가지 금계禁戒. 곧, 망어妄語·사
음邪淫·살생殺生·음주飲酒·투도偸盜를 이름.

하게 여자를 가까이 않기로 약속을 하고야 말았다. 나는 나의 외롭고 어린 생명을 키워준 스님의 한 가지 부탁을 일생을 통해 굳게 지킬 것은, 나 자신의 그에 대한 절대의 의무라기보다도 나의 삶에 대한 의무다. 내가 네게 오빠라고 불러 달라고 한 것은 이유가 여기에 있다. 이제 내가 너게 무엇을 숨기랴. 나는 여자에게 극히 냉정하고 초연한 줄 믿었으나 나에게도 나 모르는 남자가 숨어 있고, 젊음이 끼어 있었다. 나도 모르는 이것들은 네가 젊은 이성의 향기를 도화선으로 해 폭발하려 했다. 요전 날 개재령 주막에서 밤에 밖으로 뛰어나간 것도 약하나마 나의 스님에 대한 의무와 나 자신에 대한 약속을 지키려 함이었다. 말하자면 피난이었다. 그러나 이 피난은 도저히 영구적인 것이 못 되었다. 그 순간을 피할 수 있다 할지라도 그 다음 순간을 보증할 수가 없었다. 그래서 나는 형식을 바꾸어 사랑하자는 것이다. 나의 움직이는 정은 반드시 젊음의 충동뿐만이 아니라 인생의 고독을 위로하자는 것이 아닐까 한다."

"아, 오빠. 더 말씀하지 마세요. 저는 괴로워요. 울고 싶어요. 제 일평생을 두고 오빠로 사랑해 드릴께 저를 친누이와 똑같이 사랑해 주세요."

은숙은 마침내 울 듯한 얼굴을 영일의 무릎에 파묻었다. 해는 고요하게 지평선 너머로 꺼져버리고 황혼을 부르는 새맑은 서풍이 노을에 물든 바다 물결을 요란하게 흔들 뿐이었다.

매개

김창호는 커다란 걱정이 생겼다. 그것은 자기가 설립해 십여 년 동안이나 유지해 오던 청운학교의 존폐 문제가 일어난 까닭이다.

이 학교는 원래 김창호 자신을 비롯해 몇 사람의 유지위원이 힘자라는 대로 경비를 부담해 경영하던 바, 근년에 와서는 유지위원들이 차차 열이 식어지며 경비 부담을 게을리 하게 되어 학 교가 궁핍에 빠지게 되었다.

그래서 여기저기에 학교이름으로 빚을 지게 되었고 그 중에는 학교 건물을 담보하고 쓴 어떤 일인의 채무도 있었다. 그 기한이 벌써 지나서 일이 채권자는 독촉 끝에 차압 수속을 하겠다고 위협까지 했다. 이에 학교의 존폐 문제가 일어났다. 유지위원들은 궁한 끝에 이 사실을 갖추어 총독부에 신청해 경비 보조를 받기로 했다.

그러나 총독부에서는 보조할 예산이 없으니, 유지를 못하겠거든 그대로 내놓으면 공립으로 해, 도에서 경영하도록 하겠다고 대답했다.

이 문제로 유지위원회가 열렸다.

열이 식어 오던 위원들은 모두 공립 경영으로 넘기는 데 찬성했다. 다만 김창호만이 강경하게 반대했다.

"여러분, 글쎄 작은 기관이나마 우리의 손으로 세워 가지고 이때까지 경영해 오던 것을 그렇게 손쉽게 남에게 넘겨준단 말이오. 우리의 그 무엇이나 남에게 넘기지 잘하고 맡기기 잘하는 이 정신이 곧 조선 사람의 오늘의 설움을 자아낸 큰 원인입니다. 어찌해서든지 우리는 모든 힘을 다해 이것만만은 유지해 보도록 합시다."

반대자 측에서는 입을 비죽했다.

"글쎄, 그거야 누가 모르는 소리요? 당신만 자사 같구려. 무슨 뾰족한 재주가 있거든 혼자 맡아 해보시구려. 우리 힘으로는 못하겠으니."

의논은 깨어졌다.

모였던 회원들은 의자를 차고 일어나 갔다.

이렇게 유지위원회가 깨진 뒤로는 김창호 혼자서 책임을 지고 애를 쓰게 되었다. 그러나 자기의 사유 재산을 전부 헐어 바친대도 완전하게 구제할 수는 없었다.

일인 채권자의 채무 독촉은 학교의 운명을 나날이 재촉했다. 이 다리, 저 다리를 놓아서 뜻이 같고 힘을 나눌 동무를 구하는 한 편으로, 우선 학교 폐쇄라도 면하기 위해 자기의 수형[30]을 돌려 일만 원의 돈을 얻으려 백방으로 손을 펴 보았다. 그러나 돈은 좀처럼 얻을 수가 없었다.

재동 이필수의 집이다.

큰사랑에 딸린 난간 친 툇마루에 놓인 대리석 탁자를 사이로 주객이 마주앉았다. 등의자에 비스듬히 앉아서 굵은 여송연을 비뚤게 물고 있는 필수의 모양은 어디까지나 부잣집 젊은 주인의 체면을 유지했다.

---

30) 手形:어음의 구칭

그의 앞에는 그의 친구인 듯한 양복 입은 청년이 조그맣게 앉아 있다.

"여보게, 필수. 자네 어떤 사람에게 돈 만 원 대주려나?"

객이 말했다.

"이 사람, 돈 같은 소리 말게. 이만 원 가져오면 만원 취해 줌세."

"그러지 말고 좀 대주게. 그러면 자네가 그 돈 떼일 리는 만무한 든든한 자리고, 나는 돈 백원이나 족히 얻어먹을 테니."

"든든한 담보 있나. 대관절 어디 사는 누구인가?"

"튼튼한 담보 있으면 자네에게 구구하게 청 대고 있겠나."

"요새 담보 없이 누가 돈을 취해 준단 말인가. 그런 소리하려면 오지도 말게. 하하."

"그러지 말고 될 수 있으면 해 주게.정말이야. 결코 떼이지는 않을 테니."

"자, 여보게 자네 그런 소리는 집어치우고 내게 중매나 하나 서 주게."

"아니 여보게. 내가 내 놓은 이야기부터 끝을 내세. 이돈 쓸 사람은 별로 부자는 못 되어도 그만한 신용도 있고, 그용도가 하학교 경영하는 데에 쓸 것인데, 바로 저 청운하교를 설립 경영해 오는 김창호가 쓸 것이야. 혹 자네도 그 사람을 알 터인데."

필수는 고개를 끄떡이며 눈을 크게 떴다.

그의 머리에는 은숙이가 뛰어들었다.

김창호, 은숙의 아버지, 그가 빚을 쓴다, 내가 그에게 돈을 취해 준다.

그리되면 나는 은숙에게 한 걸음이라도 더욱 가까워질 수가 있지 않을까. 필수의 머리는 타산적으로 움직였다.

굳게 봉한 필수의 돈주머니는 그리운 여자 앞에서 헐거워진다.

"응, 내가 직접으로는 몰라도 말은 들었네. 그래 그 돈을 얻어서 학교에다 쓴다는 말이지?"

한 발걸음 나오는 필수의 눈치를 본 객은 그제야 신이 나서 말했다.

"암, 원래 자기가 설립해 가지고 십여 년 간을 경영해 왔는데, 근년에 와서는 같이 책임을 지고 협력해 오던 자들이 그만 책임액들을 잘 내지 않기 때문에 자기의 얼마 안 되는 사유 재산을 거의 처넣어가며 해 왔단 말이야. 그래 그 동안 하고, 집을 잡히고 일인에게서 돈만원이나 쓴 게 있었는데 그것이 기한이

지나서 급해 하는 게야."

이렇게 늘어놓는 개의 말에 아주 감복하고 동정이나 하는 듯이 필수는 자리를 고쳐 앉으며 말했다.

"응, 그것 참 안 되었네. 나도 요즘 여러 가지로 옹색하지마는 어떻게 해 봄세. 그럼 자네가 그를 나에게 소기를 하겠나?"

"암, 소개를 하지. 감사허이. 그런데 어디서 만 날 까?"

"우리 집으로 같이 오게나. 미안하지만."

"그럼 내일이라도 오라고 할까?"

"내일이라도 좋고. 오늘이라도 좋고."

"이제 가서 그 이를 꼭 만나게 될는지는 아직 모르겠으니, 내일 아침 아홉 시로 시간을 정하세."

"아무렇게나."

객은 가벼운 걸음으로 필수의 집을 나섰다.

그 이튿날 아침, 어제 왔던 객은 김창호 노인을 데리고 필수의 집을 찾아왔다.

필수는 은숙을 맞는 듯한 성의로 은숙의 아버지를 맞았다. 초면 인사가 끝난 뒤에 객이 말할 요건을 주인인 필수가 먼저 꺼냈다.

"노인 말씀은 이 박인환 군에게 대강들었습니다."

"네. 나도 노형 말을 저 박군으로부터 들었습니다. 그래 나의 목하의 군급[31]을 펴 주실 의향이 계시다니 감사하오."

"네, 어디 제 힘 자라는 대로 보아 드릴까 해서……."

교섭은 거짓말같이 쉽게 끝이 났다.

김창호 노인의 수형은 필수가 써내는 일만 원의 식산은행[32] 소절수[33]와 교환되었다.

수는 얌전을 빼가며 채무자 노인을 환대해 보냈다.

그는 객들을 보내고 책상에 넣었던 수형을 다시 꺼내 보고 빙그레 웃었다.

자기로서 가장 자신이 있는 황금의 운용으로 은숙의 아버지를 가까이하게

---

31) 窘急:일이 꽉 막히고 트이지 않아서 몹시 급하게 됨.
32) 1918년 10월에 설립된 한국산업은행의 전신.
33) 小切手: 수표의 구용어.

된 것은 무슨 행복의 서광인 듯싶었다.

필수는 그윽히 유쾌했다. 그것은 피아노 상품을 보냈다가 은숙에게 받은 쓰라린 상처를 간질이는 쾌감이었다.

황금이 얽어 놓은 기적 같은 기회여!

그는 이 기회를 초점으로 해 장차 올 자기의 행복을 줄달음시켰다.

기연

금강산에서 돌아온 후로 영일과 은숙은 동기의 애정 같은 고통 없는 사랑에 살 수가 있었다.

영일은 자기가 이성의 유혹을 벗어나서 은숙을 사랑하게 된 것은 확실하게 승리라고 믿었다. 이 믿음 아래서 은숙을 마음껏 맞아들일 수가 있었다. 나의 어린 누이. 이렇게 생각하고 그를 맞을 때에 영일은 은숙이를 이성으로, 여자로 무서워할 필요는 없었다.

금강산 속에서 고민하던 것을 지금은 웃고 이야기할 만큼 두 사람 사이에 검은 장막은 걷혔다.

은숙은 일요일 같은 날은 하루 동안 운외사에 나가 노는 일이 종종 있었다.

적한 승방에서 점잖고 재미스러운 영일의 이야길 듣는 것이나. 그윽한 녹음 속을 나란히 밟는 것이나 모두가 영일을 만나서만 느낄 수 있는 유쾌였다.

욕을 떠난 남녀 교제의 유쾌함이여.

이 날도 은숙이가 영일의 절을 찾아왔다.

"오빠 이것 보세요. 이건요, 램프등 갓에 씌우는 거구요. 이건 책상보예요."

"이걸 나를 주려고 가져왔단 말이지?"

"그럼요. 제손으로 뜬 거예요."

"고맙군. 이 신세를 어떻게 갚나."

"그 값으로 재미있는 이야기를 많이 들려주세요."

"오늘은 네 이야기를 좀 해라. 그렇지 않으면 독창을 좀 들려주든지."

"독창이요? 들려드리고 말고요. 오는 토요일에 문 안으로 들어오세요."

"무엇하러?"

"청년회관에서 하기음악대회가 열리는데, 제가 출연을 하게 되었으니까요."

"응 그럼 들어가고말고. 몇 시부터……."

"오후 일곱 시부터인데요, 일류 음악가는 다모였던데요. 러시아 여자도 나온답니다."

"그까짓 러시아 여자야 출연하거나 말거나. 나는 네 독창을 들으려 가는 거니까."

"그래도 앙코르하지 마세요. 나는 그게 제일 싫어요."

"옳다. 그럼 자꾸 손뼉을 칠 테다."

"그럼 오빠가 강연 같은 것을 할 때에 쫓아가서 야지[34]를 해 드릴 테니."

"내가 생전 강연을 하나 봐라."

영일은 은숙과 말할 때에는 유달리 입이 가벼워지는 것이었다.

"정말 꼭 들어오세요. 이 초대권을 가지시고."

"암, 꼭 가고 말고."

은숙이가 돌아간 뒤에 자기 방에 홀로 누웠던 해암선사는 영일을 불러들였다.

"영일아. 너는 마땅히 찾아오는 그 여자를 멀리 해라."

"스님. 저번에도 말씀드렸지마는, 그것은 제가 여자로서 같이 하는 것이 아닙니다. 정말 누이동생으로서 대합니다. 그와 나 사이에는 이성의 유혹을 해탈한 지는 벌써 오래되었습니다. 결코 스님이 늘 말씀하시는 훈계를 배반하지 않을 것을 믿어 의심치 않습니다."

해암선사는 말없이 머리를 좌우로 흔들었다.

"스님. 이, 이것만을 안심하시고……."

"너는 그 여자가 온다고 한 날 오지 않을 때에 기다려지지 않더냐?"

"기다려집니다. 소식이 없으면 궁금합니다."

"그것이 안 된다. 그립다는 것, 부모 형제라도 보고 싶다는 것, 그것이 출가한 사람에게 있어서는 안될 것이다. 내가 너를 보고 싶은 것, 네가 나를 떠나기 싫은 것, 이것도 다 안 될 일이야. 우리의 머리는 가을 하늘 같이 맑고 비어야 할 것이다. 집념이라는 것은 도무지 없어야 할것이다. 나에게는 네가 커다란

---

34) やじ : 야유함, 또는 그 말

마魔이다. 나는 너 때문에 집념을 또 끓인다. 이렇게 몸이 늙어 오면 이 세상을 쉬이 떠날 것은 정한 일이건마는, 그래도 너를 이 세상에 남기고 내가 갈 생각을 하면 집념이 되고 미련이 생긴다. 나는 거기서 해탈하기 위해 애를 쓴다. 그야말로 역려과객35)같이 아무 거침없이 훨훨 지나가고 말아야 할 것이 이 사바이다. 나는 너를 괴롭게 하기 위해 이렇게 말아하는 것이 아니라 너의 이 세상 번뇌를 예방하기 위해하는 말이다. 너는 마땅히 내말을 들어서 너의 정답고 너를 위로해 준다는 그 여자와의 사이를 영원하게 멀리해라. 그리해서 너에게 자라려는 번뇌의 싹을 말려버려라.”

여름의 서울 밤은 미친 사람의 말초신경보다도 수선스러웠다.

삶에 속아서 허덕이는 사람의 무리 틈에 섞여 휘황한 전등에 낮같이 밝은 종로 네 거리를 지옥처럼 더듬으며 조심스럽게 걸어오는 두개의 생명이 있다.

앞 못 보는 어머니와 그 아들.

스물 고개를 넘은 지 오래지 않았을 듯한 앞 못는 젊은 여자가 소경아이를 업고 숙련되지못한 지팡이로 청년회관 앞까지 걸어왔다.

음악회가 끝난 청년회관 앞은 문이 메어 나오는 사람들로 혼잡했다. 소경 여자는 가던 걸음을 멈추고 떠드는 소리에 귀를 기울였다.

“김은숙의 독창이 제일이더군.”

“이 사람 그것만 없으면 입장료를 도로 받아야 할 뻔했네.”

“음악은 잘 하지만 , 그 년 건방져서 못 쓰겠데.”

“왜?”

“재청을 해도 나오지를 않으니 말이야.”

“그게 더 한층 사람의 간장을 녹이는 수단일세.”

소경 여자는 무슨 슬픈 옛일을 추억이나 하는 사람처럼 이야기를 들으며 멍하니 서 있었다.

뒤로 뒤로 수없이 밀려나오는 사람으로 마당이 차고, 이제는 큰길로 넘치게 되었다.

---

35) 逆旅過客: 지나가는 나그네와 같이 아무 관계가 없는 사람을 일컫는 말. 혹은 세상을 마치 여관 같고 인생은 이 여관에 잠시 묵고 가는 나그네와 같다는 뜻.

앞못 보는 여자는 차차 밀려서 전찻길 앞에 가 서 있게 되었다. 때마침 몰아오는 전차가 앞 못 보는 여자의 등 뒤에 요란하게 종을 쳤다. 사람의 물결을 피해 전착길로 쫓겨 갔던 장님 여자는 전찻길 저편으로 어지러운 발길을 옮겼다.

그 때이다. 전차뒤로 달려오던 한대의 자동차가 모인 사람들을 피해 바른편으로 방향을 바꾸려다가 어린애 업은 여자를 보고 급하게 브레이크를 밟으며 차를 돌리려 했으나, 남은 속력은 앞 못 보는 아이 업은 여자를 모로 쓰러뜨렸다. 청년회관 뒷골목으로 막 나오던 한 쌍의 남녀가 이 광경을 보고 급하게 달려갔다.

그것은 영일과 은숙이었다.

"오빠 이를 어떡해요. 어린애 입술이 터져서 이렇게 우니……."

등에 업힌 어린애는 찢어질 듯이 날카로운 소리로 울었다.

"입술쯤 터진 거야 뭐. 어쨌든지 어서 병원으로 가봐야지."

영일은 걱정되는 눈으로 쓰러진 여자를 들여다보고 앉아서 어쩔 줄을 모르는 운전사 어깨 너머로 굽어보았다.

"정신을 차리세요. 어디를 다치셨어요?"

은숙은 바싹 다가서며 친절하게 물었다.

"저는 아무렇지도 않습니다. 별로 다친 데는 없습니다."

그 여자는 정신을 차리고 일어나 앉으며 부끄러운 듯이 입 속으로 대답했다.

자기의 불행을 염려해, 쓰러진 여자의 신변을 걱정하고 있던 운전사는 남의 불행 중 다행을 나의 행복 이상으로 기뻐했다. 운전사는 그제야 자기의 등 뒤를 돌아보며, 자동차에 탔던 신사에게

"다친 데는 없는 모양입니다."

하고 보고를 했다.

신사는 말없이 고개만 끄떡였다. 쓰러진 여자에게만 정신이 팔렸던 사람들은 약속이나 한 듯이 운전사와 이야기하던 신사를 쳐다보았다.

은숙이와 영일이도 그를 바라보았다.

그는 필수였다.

필수는 은숙을 보고 못 본 체하고 딴 편을 바라보았다. 때마침 부근에 있던 일본 순사 한 명이 달려왔다.

"아, 이공이었습니까. 어떻게 되었습니까?"

필수와 면분이 있던 일순사는 사건 보사보다 필수에게 저희 말로 친절한 인사부터 먼저 했다.

필수는 무엇을 끓이듯이

"벼로 상한 데는 없는 모양이오."

오고 주위 사람들도 못 알아들을 나직한 음성으로 대답했다.

"어찌 되었어. 상한 데 없어?"

이번에는 일순사가 운전사에게 물었다.

"네. 상한데는 없는 모양입니다."

소경 여자는 억지로 몸을 들추어 일어나서 부끄러운 걸음으로 현장을 물러가려 했다. 이것을 본 일순사는

"응, 아무렇지도 않구려. 어서 타시지요."

하고 필수에게 자동차 타기를 권하고 소경 여자를 바라보며

"눈깔이 없는 사람이 종로 거리 왔다 갔다 안 돼요."

하고 서투른 조선말로 소리를 질렀다.

필수는 순사의 말이 떨어지기가 무섭게 자동차 안으로 들어갔다.

필수의 자동차는 독사같이 미끄러져 달아나버렸다.

둘러서서 구경하던 사람들은 아직도 구경 끝이 안 났다는 듯이 소경여자의 뒤를 따라 가고 있다. 한 마장쯤 걸어 나가던 그 여자는 괴로운 듯이 땅에 주저앉았다. 이것을 바라보고 섰던 영일과 은숙은 또 급하게 달려갔다.

"어디가 어떠세요? 똑바로 말씀하세요."

은숙이 정답게 물었다.

"허리가 좀 아프고 다리가 떨려요."

"그럼 의사에세 보여야지요. 어서 병원으로 모시고 가자."

이번에는 영일이가 말했다.

"**오빠** 인력거를 불러요, 네?"

"아니에요, 아닙니다. 이제 곧 나을 것 같으니 그만두세요."

그 여자는 굳이 사양했다.

"그럼 댁이 어디세요? 댁으로라도 어서 가셔야지요."

"……"

"네, 댁이 어디세요?"

재차 묻는 은숙의 말에 그 여자는 마지못해

"저는 집이 없어요."

겨우 대답을 하고는 고개를 숙였다. 영일은 더 볼 것 없이 지나가는 인력거를 불러서 굳게 사양하는 그 여자를 태워서 가까운 병원으로 갔다.

진찰한 의사의 말은 별로 다친 데는 없지만 허리가 좀 삔 모양이니, 약도 쓸 것 없이 며칠 동안 운동하지 말고 누워 있어야 좋겠다고 했다.

영일은 의사의 말대로 입원 수속을 하고 은숙은 그 여자를 입원실로 데리고 갔다.

은숙의 품에 안긴 어린애는 자기의 어머니가 진찰을 받는 동안에 어느덧 콜콜 잠이 들었다.

"아이고, 이렇게 예쁜 어린애가 어쩌다가."

은숙은 어린애를 침대에 내려놓으며 혼잣말처럼 중얼거렸다.

"누구신지 알지 못하는 분에게 이렇게 신세를 져서 너무나 감사합니다."

녀는 비로소 인사를 차렸다.

"원, 별 말씀을 다 하세요. 저는 김은숙이라는 사람입니다. 이 어른은 제 오빠구요."

"김은숙 씨요?"

그 여자의 감은 두눈 위에 그린 듯한 고운 썹을 혼든 떨리는 근육으로 은숙은 그 여자의 놀라는 표정을 살펴 알았다.

"저를 아십니까?"

"아니오, 그저 이름만 들은 듯 해서요. 저 음악 잘하시는……."

"네, 그럼 음악회에서 저를 보셨어요. 당신은 누구세요?"

"네, 저는 한명숙입니다."

"그 때는 앞을 보셨어요?"

"네, 이렇게 된 지 얼마 안됩니다……."

"그런데 어린 아기는 언제부터 그랬어요?"

"그건 배 안에서부터 그렇답니다."

"그런데 아까 댁이 없다고 그러셨지요?"

"네, 집이 없어요. 아무것도 없어요."

"그럼 지금까지 어디서 지내셨어요?"

"실례입니다만, 제 일에 대해서 아무것도 더 묻지 말아 주시기 바랍니다."

명숙은 얼음같이 찬 말로 은숙의 입을 막아버렸다.

사흘쯤 지나서 영일과 은숙은 명숙을 퇴원시키기 위해 병원으로 찾아갔다.

퇴원하고 나도 명숙은 역시 갈 곳이 없었다. 그래서 은숙은 자기 집으로 가서 같이 지내자고 정답게 끌었다. 그러나 명숙은 무엇을 생각하는지 냉정하게 거절했다

"그럼 어디로 가실 거예요?"

은숙은 히스테릭하게 구는 명숙의 태도를 미워하기보다 안타까운 동정이 앞섰다.

"그럼 어디로 가실 거예요? 앞도 못 보는 분이 어린 아일 데리고……."

"아무데로나 가지요."

"그럼 한적하고 시끄럽지 않은 우리 절로 가서 승들 있는 암자에서 얼마 동안 계시지요."

"승방이요? 승방이요? 그런 데가 있다면 저는 가겠습니다. 저를 거두어 주시겠습니까?"

그 후부터 운외사 부근 조그만 암자에는 동녘에 해 뜰 때나 서산에 달 질 때나 언제나 암흑 천지 속에서 영일의 보호 아래 외롭게 부둥켜안고 사는 두 생명이 머무르게 되었다. 앞 못 보는 어머니가 눈감은 아들의 평화로운 꿈을 부러 주기 위해 가늘게 부르는 자장노래가 그윽히 서럽게 울렸다.

정체 모를 사람들
자─장자─장 우리 아기 자장
수선화 만발한 맑은 물 위에
종이배를 띄워 놓고
어기야 더기야 용궁을 갈까.

자-장자-장 우리 아기 자장
뭇 별들이 조는 푸른 하늘로
기러기의 등에 업혀
훨-훨-훨-훨-달맞이 갈까.
자-장자-장 우리 아기 자장
안개의 모기장 구름 이불에
날개돋은 천사 안고
쌔-근 쌔-근 꿈나라 가라.

명숙은 이렇게 서글프게 자장노래를 부르다가 어린애의 코르르 코르르, 잠든 소리를 듣고는 손으로 머리를 슬슬 어루만지기도 하고, 따뜻한 어린애 뺨에 자기의 뺨을 문지르기도 하는 것이었다.

이런 광경을 듣고 보는 이 암자에서는 명숙을 말하는 벙어리로 돌려버렸다. 명숙은 그렇게 자기가 신세를 지는 영일에게도 자기의 과거에 대한 것을 이야기하지 않는다. 처음에는 승들도 어린애 아버지가 어디 있느냐, 무엇이 어떠냐, 하고 물어도 보았으나 그 대답은 짜증뿐이므로 지금은 그런 이야기를 묻는 사람도 없었다.

자기네끼리 모여 앉으면 명숙에 대해 여러 가지로 추측하고 비평했다

"아마 학교에 다니다가 아비 모를 자식을 낳은 게야."

"아비를 숨기는 걸 보면 아마 일가 사람으로부터 난 게야."

"그런데 어찌해 장님이 되었을까?"

"암만해도 모를 일이야."

"알긴 어떻게 알아. 제가 말하기 전에야 큰절 해운 스님도 모르시는데."

영일은 매일 한 번씩은 이 암자에 내려와서 외로운 모자를 위로해 주고 승들에게 공양 범절을 각근하게[36) 부탁하는 것이 요즘의 일과가 되었다.

이 날도 영일은 암자로 내려왔다.

"선생님. 저, 편지 한 장 써 주세요."

---

36) 각별히, 소심하게. 각신恪愼

명숙의 부탁이다.

"편지요? 어디로 하시게요?"

"제 오빠한테요."

"아, 오빠가 계세요. 친오빠가?"

"네, 한 분 계세요."

"어디 시골에 계십니까?"

"아니요. 서대문 감옥에 계세요."

"감옥에요?……."

영일은 더 좀 무엇을 물으려다가 자기 신상을 말하지 않는 명숙을 생각하고 묻는 말을 중간에 끊었다.

"네, 써 드리지요. 이제 붓과 먹을 가져오래서."

영일은 승 하나를 불러서 큰절에서 자기 방에 있는 필연37)과 종이를 가져오라고 했다.

"말씀하시지요. 편지 사연을."

"뭐, 아무 말도 없습니다. 그저 제가 여기 와서 선생님께 신세지고 있다는 안부뿐입니다."

"네. 봉투에는 서대문 감옥이라고만 쓰면 들어가지요? 오빠 이름은?"

"아니, 서대문 감옥이라고 쓰지 마세요. 경성부 현저동 백일 번지라고만 쓰고요, 한명진이라고 쓰세요. 저는 그 경찰 감옥이라는 소리, 하기 싫어요."

편지를 다 쓰고 나서 영일은 궁금증에 못 이겨 입을 열었다.

"오빠가 나오실 기한이 언제입니까?"

"내년이에요."

"그런데 무슨 일로 들어가셨어요?"

"남의 집에 불 놓으려던 죄래요. 선생님 더 묻지 마세요."

"명숙은 영일의 다음 말을 또 막아버렸다."

아랫목에 누워 자던 어린아이가 잠을 깨어 칭얼칭얼 울었다. 명숙은 더듬더듬 끌어안고 젖을 물렸다.

---

37) 筆硯: 붓과 벼루

"쟤는 장님으로 세상에 나왔다지요. 그러니 영영 어머니의 얼굴을 모르겠구려."

"그렇지요. 저도 애를 낳기 전에 눈을 버렸으니까 우리 모자는 영원히 그 얼굴을 못 보고 죽을 테지요."

영원히 얼굴들을 못 보고 떠날 어머니와 아들.

명숙의 감은 눈에서 눈물이 주르르 흘렀다

영일은 자기가 쓸데없는 말을 꺼내어 명숙을 울린 것을 후회하고 그대로 밖으로 나가버렸다. 한명숙, 그의 아들, 그의 오빠, 이 수수께끼 같은 인물들의 정체는 무엇이냐?

서대문 감옥이다. 불같은 여름 볕이 일천 오백 명 죄수의 몸에 있는 액체를 있는 대로 땀으로 짜버리려는 듯이 내리쪼였다.

취사장에서 점심을 알리는 소리가 길게 울렸다.

"야메(일 그쳐라)!"

담당 간수의 호령으로 제 칠 공장 백여 명 죄수의 손은 기계처럼 동작을 멈추었다.

그들의 최상의 향락시간인 밥 먹을 시간이 왔다.

백여 명 공장수工場囚는 가장 훈련된 동작으로 긴 밥상을 대해 이 열로 마주 앉았다.

밥이라기에는 너무나 콩이 많고, 메주라기에는 너무나 조가 많은 모자꼴 같이 생긴 일등밥들이 밥 밑창보다도 더 좁은 깨어진 접시 위에, 검은 깨가 드무드문 섞인 소금을 뒤집어쓰고 비뚤게 앉아 있다. 죄수들은 주린 개처럼 간수의 입을 쳐다보고 있었다.

"기오쓰께-레이-모도에-기입빵-(밥 먹으라는 군호이다)."

그들은 따위에 떨어져 굴러 달아나는 콩알을 거리를 묻지 않고 주워오며 일백 이십 그램의 콩밥을 게 눈 감추듯 했다

"기오쓰께-레이-모도에-야쓰메-(식사를 마쳐라)."

그들은 식탁에서 물러났다.

"하지메-(일 시작해라)."

망차 소리, 풀무 소리는 다시 요란해졌다.

함석 한 겹으로 지붕을 덮은 이 열 공장의 풀무에서 일어나는 파란불꽃은

하늘에서 내려 쪼이는 불볕과 아울러 그야말고 지옥 같이 뜨거웠다.

"저것들 좀 보게. 저 팔자 좋은 연놈들 좀 봐."

먼 산을 바라보며 풀무를 불고 앉아 있던 이백 호가 중얼거렸다.

다른 죄수들도 일제히 그곳을 바라보았다.

악박골 동산으로 넘어가는 남녀의 행렬.

"좋구나. 신선들 악박골 약물 먹으러 가는 구나. 젠장, 우리는 언제나 저런 때가 오나?"

한 편에서 만들어 내는 맹꽁이 자물쇠(죄수들 허리에 채우는 것)를 검사해 다시 튼튼하게 못을 때리고 앉았던 삼백오십 호가 망치 든 팔을 쉬며, 시름없는 탄식을 했다.

"글쎄나 말이지. 이게 무슨 청승맞은 짓이야. 이 뜨거운 불 속에서 우리의 허리에 차는 쇠사슬과 자물쇠를 우리의 손으로 만들어 놓고 , 행여나 그것이 튼튼하지 못할까 봐 망치로 조지구 앉았으니……."

저편에서 쇠사슬을 때우고 앉았던 이백오십 호가 따라서 탄식했다.

"세상 사람이 다 그런 셈이지요. 밖에 있는 놈은 별 수 있는 줄 압니까. 더욱 이 우리 조선 사람쯤이야 제 몸 속박한 쇠사슬을 제 손으로 만들지 않는 놈이 어디 있는 줄 아실우."

철사를 자르고 앉았던 사백 호가 여러 사람들 들으라는 듯이 이렇게 말했다.

제 몸을 얽는 쇠사슬을 제 손으로 만드는 사람들.

"이야기 말고 일해라!"

담당 간수가 호령을 내렸다. 그들의 손에 쥔 망치는 다시 힘을 내어 자물쇠 못을 때리고 쇠사슬을 마주 이었다.

손에 얇은 장부를 든 잡무 간수가 들어와서 담당 간수와 무슨 귓속말을 했다.

"아메38)……."

때 아닌 휴식 호령이 내렸다.

"사백 호!"

잡무 간수는 소리쳐서 죄수를 불렀다.

---

38) やぬ : 중지, 그만둠.

"네."

사백 호라는 죄수가 대답했다.

"이리 나와. 네 성명이 한명진이냐?"

"네!"

감옥 교회당에는 방화미수범 한명진의 가출옥을 위해 임시 교회가 열렸다. 사백 호 한명진을 비롯해 칠공장 죄수가 엄숙하게 늘어앉았다.

전옥[39]은 통역 간수를 데리고 교단으로 올라가서

"사백 호 한명진!"

하고 크게 불렀다.

맨 앞에 앉았던 한명진은 더욱 앞으로 다가섰다.

"너는 행장이 좋아서 개전改悛한 상태가 현저해 오늘부터 가출옥하게 되었으니, 나가거든 가출옥 규칙을 잘 지킬 것은 물론이요, 가출옥 기한이 지난 뒤라도 늘 주의해 다시는 이런 데 들어오지 않도록 하지 않으면 안 될 것이다……."

전옥이 일장 훈시를 하고 규칙을 설명해 들려주었다.

"나는 원래 죄를 지은 일이 없소. 따라서 개과할 필요도 없소. 만일 내가 행하고 들어온 일이 죄라 해도 거기에 대해서 나는 조금도 뉘우치지 않습니다. 그러니까 그 몸 가려운 은혜를 입지 않겠습니다. 내가 밖에서 한 일에 대한 죄가 징역 이 년이 상당하다 했으니, 어서 그 기한대로 나를 감옥에 넣어두십시오……. 나의 모든 것을 돈과 권력으로 빼앗아 간 놈의 집에 불을 좀 놓으려 했으면 어때요. 나는 그 죄, 아니 그 일에 대해 조금도 뉘우칠 바 없소."

한명진은 흥분한 어조로 부르짖었다.

전옥 이하 교회사教誨師감옥 관리며 늘어앉은 죄수들은 눈을 둥그렇게 뜨고 놀랐다.

한명진의 그것은 감옥 생긴 이래의 신기록이었다.

가출옥을 시키려는데 원래 죄를 지은 일이 없으니 뉘우침이 없다. 따라서 개전한 것으로 인정해 기한 전에 내보내는 가출옥이라는, 소위 은전恩典을 입

---

39) 이전에 교도소장을 이르던 말.

을 필요가 없으니 남은 기한을 마저 채워 내보내라는 것이 한명진이 취한 태도였다.

감옥에서는 이 처음 당하는 일의 처리가 극히 곤란했다. 그래서 가출옥식을 일시 중지하고 전옥 이하 과장 교회사의 긴급회의가 열렸다.

회의한 결과 아무리 죄수가 그런다 할지라도 법무당국에서 이미 확정처분을 한 것이니까 금고 이상의 죄를 범하거나 지정한 규칙을 위반하기 전에는 취소할 수 없으니 그대로 내보내자는 데 일치되었다. 그래서 다시 교회40)를 열고 법의를 떨치고 염주를 팔에 걸친 교회사의 간독한41) 교회가 있고, 한명진은 억지로 출옥을 당했다. 일 년 반 전에 입고 들어온 수세미 같은 겹옷을 입고 시커먼 감옥문으로 나오는 명진의 행색은 패전한 병사같이 풀이 죽어 보이고 검게 들뜬 얼굴 깊숙이 번쩍이는 그의 커다란 눈에서는 이 세상 모든 것을 저주하는 불길이 타올랐다.

평화로운 조그마한 감옥에서 투쟁 많은 큰 감옥으로 나온 한명진.

옥문 밖에 나선 그의 주위는 몹시도 쓸쓸했다.

무악재를 스쳐내리는 서늘한 바람도 묵은 겹옷 밑에 있는 그의 거친 피부에 쾌감을 줄기에는 아직도 무더웠다.

불시에 출옥이 되었기 때문에 넓은 천지에 하나밖에 없는, 사랑하는 누이동생 명숙이가 기다리고 서있지 않은 것도 그에게 부질없는 외로움을 자아냈다.

'그러나 내가 불시에 나가면 명숙이는 얼마나 반가워할까?'

이렇게 생각하는 그는 자기를 보고 반가움에 눈물 흘릴 누이동생의 또렷한 눈을 그렸다.

"오오, 어서 가자. 명숙을 찾아가자. 운외사가 어디일까?"

명진은 보통이 속에 끼워 둔 명숙이에게서 온 편지 봉투를 다시 꺼내어 보았다.

'대체 어찌되어서 절에 가 있을까? 병원에서는 언제 나왔을까? 어린것을 낳아 가지고 그 동안 얼마나 고생을 했을까?'

이렇게 생각하는 그의 머릿속에는 이미 과거의 매듭을 맺은 자기 누이에게

---

40) 敎誨: 나쁜 짓을 한 사람을 가르치고 일깨움.
41) 懇篤한: 간절하고 정성이 극진한.

부딪힌 운명보다도, 무서운 독사의 혀끝 같은 황금의 권력에 여지없이 짓밟힌 설움을 서로 위로하고 지내다가 자기마저 감옥으로 들어온 그 후에 자기의 누이동생은 그 얼마나 외롭고 애달픈 삶에 부대꼈을까? 그래서 삶에 피로한 시든 생명을 끌어안고 더러운 세상을 버리고 개끗한 승이 되려고 절로 갔는가. 가엾은 일이다. 그러나 그의 육체만은 편한다는 것이 다행이다. 몸만 편하게 있다면 외로움나마 둘이 위로하고 살아갈 수가 있겠지. 그러나 어린것은 어찌했을까. 제 아비에게로 보냈나?

모든 것이 명진에게는 궁금했다. 자기의 상상대로 이 불볕이 내리쪼이는 절 마당에서 머리 깎고 남복을 한 조그만 그림자를 끌고 왔다갔다 할 누이동생을 어서 만나서 실컷 울었으면 하는 서글픈 기분에 붙잡혔다.

모든 사람의 종자가 밉고 보기 싫은 저주받은 그에게 다만 누이동생만이 그립고 보고 싶었다.

그는 어느덧 독립문 앞까지 왔다. 차차 큰 거리에 나서자 사람의 왕래가 많았다.

명진은 비로소 삼복 중에 겹옷을 입은 거지보다도 초라한 자기의 행색을, 가로세로 곁눈질하며 지나가는 사람의 틈에서 발견했다.

자기의 세계를 빼앗기고 현실의 거리로 나설 때, 그는 초라한 자기의 행색이 보기 싫었다.

"아아, 이꼴을 하고 어떻게 가나. 명숙이가 이 꼴을 보면 오죽이나 놀라려고!"

그는 이 년 만에 만날 누이동생에게 추한 꼴을 보일 것이 난처했다.

처음 감옥에 들어와서 한 번 누이동생을 면회한 뒤로 붉은 죄수의 옷을 입은 보기 싫은 자기의 꼴을 보임으로 그 누이동생을 상심케 할까봐 일절 면회를 거절한 명진에게는 이러한 생각도 무리는 아니었다.

그는 감옥에서 받아 넣은 작업 상여금으로 근체에 있는 재봉 가가[42]로 들어가서 고의적삼을 한 벌 사 입고 걸음을 빨리 했다.

운외사로, 사랑하는 누이동생이 있는 곳으로……

여름 날 긴 해도 어느덧 넘어가고 쓸쓸한 황혼은 백련암白蓮庵 명숙이 있는

---

42) 假家: 가게(店)의 원말.

암자를 고이 싸 들어왔다. 매일 한 번씩 다녀가는 영일이가 이 날은 늦게야 내려왔다.

어린애에게 젖을 물리고 앉아서 보일 길 없는 먼 산을 바라고 앉아 있는 명숙의 모양은 몹시도 쓸쓸하게 보였다. 영일은 뭐라고 할 말도 없어서 겨우 인사만 하고 우두커니 명숙과 같이 눈을 감고 툇마루에 앉아 있었다.

이 때 저 편 산 너머 길로 큰절에 있는 젊은 중 하나와 낯모를 사람이 넘어왔다. 마당에 내려선 젊은 중은 달음박지로 영일의 앞으로 오면 숨찬 음성으로 고했다.

"스님, 웬 사람이 스님을 좀 뵙겠다고 왔어요."

영일은 그를 따라 마당으로 내려갔다.

"당신이 최영일 씨입니까?"

객은 모자를 벗어 들고 공손하게 물었다.

"네, 접니다."

"여기 한명숙이라는 여자가 있습니까."

"네, 계십니다. 당신은 누구신지요?"

방안에 있던 명숙은 바깥에서 들리는 문답에 귀를 기울였다.

"네, 저는 한명진이라는 사람입니다. 명숙의 오빠 되는 사람입니다."

자기의 예민한 청각을 명숙은 의심했다. 그럴 리가 있나? 하고…….

"네, 그러세요?"

하고 대답한 영일은 이어서 방안을 돌아보며,

"명숙 씨, 오빠가 오셨습니다. 명진 씨가……."

"네?"

명숙은 자기도 모르게 크게 소리를 질렀다.

"당신 오빠가 오셨어요, 오빠가."

명숙의 대답이 채 끝나기 전에

"명숙아, 내가 왔다. 명숙아 나다."

그것은 분명하게 자기 오빠의 음성이었다.

"아, 오빠!"

명숙은 이 밖에 더 말이 나오지 않았다. 어린애를 안은 채로 허둥허둥 방문턱

으로 나오며

"오빠가 오시다니요. 오빠가 어떻게 오셨어요, 오빠가!"

눈물에 젖은 명숙의 음성은 떨렸다.

명진은 얼른 돌층계를 올라서서 무엇을 붙잡으려는 듯이 허공을 헤매는 명숙의 손을 붙잡았다.

"오오, 나 여기 있다. 오늘 가출옥되어 나왔다."

명숙의 얼른 돌층계를 올라서서 무엇을 붙잡으려는 듯이 허공을 헤매는 명숙의 손을 붙잡았다.

"오오, 나 여기 있다. 오늘 가출옥되어 나왔다."

명숙의 손을 붙잡고 얼굴을 들여다본 명진은, 으! 소리를 지르고는 눈을 크게 떴다. 명숙이가 소경인 데 비로소 놀랐다.

"네가 이게 웬일이냐. 소경이 되었으니?……."

명숙은 대답 대신에 소리쳐 울었다. 명숙의 울음소리에 놀란 어린애가 물었던 젖을 쭉 뽑으며, 으아! 하고 따라 울었다.

명진은 비로소 명숙의 품에서 우는 어린애를 들여다보았다.

어린애를 들여다 본 명진은 거듭 놀라지 않을 수 없었다.

"애도 소경이 아니냐!"

너무도 기구한 현실은 두 사람에게 눈물에 잠긴 침묵을 드리웠다.

"처음에 한 번인가, 네 필적으로 편지가 오고는 번번이 낯선 필적이기에 웬일인가 하고 궁금했으나 이럴 줄을 몰랐다. 대관절 어떻게 해서 모자가 함께 소경이 되었단 말이냐. 궁금하구나."

명진은 음성을 부드럽게 해 물었다.

명숙은 비로소 눈물에 젖은 얼굴을 들었다.

"오빠를 첫 번으로 면회하고 온 지한 달쯤 된 뒤에 자고 일어나자 갑자가 눈이 아프지기 시작해 병원해 가 봤더니, 고치기 힘들 것 같다고 하며 입원을 해보라고 해서 입원하고 치료를 한 지 한 달도 못 되어 그만 눈이 아주 안 보이고 말았답니다. 그러나 그런 사정을 오빠가 알면 더 상심하실까봐 일절 편지에도 그런 말을 안썼지요. 그러자 해산달도 되어서 눌러 병원에 가 있다가 이 애를 낳았는데, 이 애는 배 안에서 부터 이 지경이 된 모양이에요. 그 후에 갑자기

나와야 어디로 갈 곳도 없고 해서 그대로 병원에 있다가 비용에 어쩔 수가 없어서 그만 그 전에 있던 하숙집으로 나와서 있었지요. 일 년 남짓 있는 동안에 수중에 있던 재물이라는 건 밥값으로 전부 들어가 어쩔 수가 없게 되니, 주인인들 차마 나가라고는 하지 않지마는 괴로워하는 눈치가 현저해서 저의 성미로 배겨낼 수가 있나요. 그만 밤중에 잠자코 주인집을 나왔지요. 그러나 갈 데가 어디있겠어요. 발 가는 대로 이리저리 헤맨다는 게 종로로 나왔다가 앞 못 보는 것이 그만 웬 자동차에 치여 쓰러졌지요. 그러나 팔자가 사나운 탓으로 죽지는 않고 공교롭게 저 최선생님을 만나서 이렇게 신세를 지고 있답니다. 오빠 오빠, 그런데 이 불쌍한 두 생명은 장차 어떻게 살아가면 좋아요. 네?"

이렇게 순서 없이 늘어놓는 누이동생의 말을 듣던 명진의 커다란 눈에서 비로소 굵은 눈물이 떨어졌다.

"그래, 그 뒤에 혹 그놈이 찾아왔더냐?"

"찾아오는 게 뭐예요."

"그래, 한 번도 못 만났어?"

"못 만났어요."

"아! 그 악마 같은 놈!"

명진은 무슨 분한 일을 추억하듯이 주먹을 부르쥐고 이를 부드득 갈아 붙이며

"그 놈을 이번에는 아주 죽여 버리고 말아야 해. 사회의 죄악을 덜기 위해서라도."

하고 부르짖었다.

"오빠는 또 왜 그런 말씀을 학세요. 그런 생각은 아예 하시지 마세요. 다 제 팔자지요. 그런데 오 빠, 저희 모자는 어찌하면 좋아요? 그리고 오빠는?"

"오빠는 또 왜 말씀을 하세요. 그런 생각은 아예 하시지 마세요. 다 제 팔자지요. 그런데 오빠, 저희 모자는 어찌하면 좋아요? 그리고 오빠는?"

"오오, 그것은 되어 가는 대로 살 수 밖에 없는 것이다. 너는 새삼스럽게 비관할 것이 아니다. 인생의 행로란 원래가 미정이다. 장차 어디를 가는지 얼마나 갈는지 자기의 갈 길을 아는 사람은 누구도 없다. 다만 나로서 너에게 한 가지 약속할 것은 나의 몸은 어찌되었든지 너의 조그만 행복이라도 위해 힘을 쓰려는 것, 그것뿐이다."

"저에게 무슨 행복이있겠어요, 오빠. 우리들은 원래 행복과는 등진 무리가
아니에요?"

"그리하면 온 인류가 모두 행복을 등진 무리일 것이다. 사람에게 무슨 행복이
있을까 보냐."

그들은 잠깐 문답을 끊었다.

"손님이 시장하실 터인데, 어서 공양을 드리오."

밖에서 영일의 목소리가 들렸다.

명진은 비로소 생각이 난 듯이 밖으로 나가며 영일에게 공손하게 치하했다.

"불쌍한 제 동생을 이처럼 거두어 주셔서 감사한 말씀 뭐라 여쭐 길이 없습
니다."

"천만에, 그렇게 말씀하시면 도리어 정소43)합니다. 노형께서도 별 관계가 없
으시면 얼마동안이든지 제 절에 계시면서 휴양을 하시지요. 외로운 동생도 위
로도 해 드리실 겸……."

"너무나 황송합니다."

그 뒤로부터 명숙이 남매는 영일의 호의로 운외사 부근에 있는 조그만 초막
에서 조그만 사림을 시작하게 되었다.

괭이를 들고 땅을 뒤지는 명진의 뒤에 어린애를 업고 서 있는 명숙이. 이
눈물겹게 단란한 가정을 바라보는 영일은 자기보다도 쓸쓸한 인생을 발견한
듯했다.

그들은 완전하게 흙에 돌아가고 자연으로 돌아갔다. 땅을 파고 먹고 잠자는
것 밖에는 아무런 야심도 없고 포부도 없는, 고인 물보다도 잔잔한 그들의 생활
은 추억의 쓰라린 바람이 불지 않는 이상 아무런 풍파도 없었다.

정제 모를 사람들의 쓰라린 과거는?

---

43) 情疏: 정분이 버성기다. 정분이 서먹서먹하다.

청혼

명숙이가 필수가 탄 자동차에 받혀 쓰러진 것을 계기로 영일의 구제를 받게 되는 그 밤은 필수에게는 저주받은 시간이었다. 자기의 눈앞에 나타난 젊은 부부 같은 영일과 은숙의 모습은 필수의 가슴에 질투의 불꽃을 던지지 않을 수 없었다.

"아아, 마침내 그렇게 되고야 말았구나."

경부선 열차 속에서 자기의 가슴을 괴롭게 하던 환상이 이제는 보기에도 눈꼴이 신 현실로 눈앞에 나타날 때에 필수는 이렇게 중얼거렸다.

환상이 현실로 변하는 운명의 기교여!

은숙의 부친과 자기의 사이가 금전의 매개로 가까워질 때 엷게 떠오르던 희망이 현실 앞에 부서지려 할 때에 그는 주먹으로 턱을 받치고 한숨을 지었다.

"에라, 그만 단념해 버릴까?"

필수의 이지는 이렇게 동의도 해 보았다.

"에이, 쓸개 빠진 자식 같으니, 쌈도 해보지 않고 항복부터 한단 말이냐. 이제 너의 단념이라는 것은 단념이 아니라, 백기를 드는 것이다. 백기를 들고 좋아하는 비겁한 자에게 승리가 왜 있을까 보냐? 사랑의 벌판은 전쟁 마당과 같다. 지략 있고 용감하고 군량 많은 군사가 이기는 것이다. 군사의 가치는 승리에 있고 싸움하기 전에 항복하는 것은 죽음보다 보기 싫은 것이다. 모름지기 힘을 다해 싸워야만 한다. 무장을 벗을 때가 아니다."

그의 치정癡情은 발을 구르고 이지의 동의를 물리쳤다.

부스러진 얼음 같은 이지의 한 조각은 치정의 불 앞에 여지없이 녹아버렸다.

"그렇다. 싸우자. 무장을 든든하게 하고 나서자."

필수는 마침내 질투의 횃불을 들고 치정의 병사를 행군시켰다.

행군은 했으나 이렇다 할 묘한 전략은 없었다.

다만, 한 가지 책략은 은숙의 아버지를 사로잡는 데 있다는 것이었다. 그리하여 은숙의 아버지가 완전하게 자기의 손에 들게 되거든 청혼을 해보자는 것뿐이다.

은숙의 아버지를 사로잡는 데는 두 가지 조건이 필요했다. 한 가지는 청운학교를 경영하는데 적극적으로 도와주는 것, 또 한 가지는 자기 자신을 얌전하게 단속해 사위 될 수양을 쌓는 일이었다.

그래서 박인환을 중간에 세우고 청운학교 명예 교장이 되어 그 경비를 부담하기로 하는 동시에 훌륭한 위선자가 되어서 주색을 끊고 제법 뜻있는 교육가 행세를 하게 되었다.

이 전략에 박인환은 없어서는 안 될 참모였다.

필수는 어떤 날 박인환을 자기 집으로 불렀다.

"여보게, 박 군. 내가 그 언젠가도 말 했지만, 자네 나에게 중매 한 군데서 주지 않으려나"

"에 이 사람, 내가 무슨 자네 중매를 설 자격이 있나."

그는 의미 있게 웃었다.

"아니야. 자네가 들면 꼭 되고, 그렇지 않으면 안 될 일이야."

"내가 들어서 될 일 같기만 하면 그야 물론 나서다 뿐이겠나. 그래 어느 곳에 자네의 마나님 될 행복한 아가씨가 계시던가?"

"이 사람, 그렇게 비꼴 건 없고. 저 왜 김 교장의 달이 있지 않은가? 아따 그 유명한 음악가 김은숙이 말일세."

"그래서 그것을 어떻게 입맛을 다셔 보겠다는 말인가?"

"아니 이 사람.그렇게 농으로 들을 말이 아니라 꼭 좀 자네가 나서주게."

"글쎄, 그렇게 손쉽게 되려고. 대관절 김교장도 자기 체면도 생각하기로 어떻게 딸을 남의 첩으로 줄 수가 있겠나. 또 그리고 본인인들."

"아, 뭐. 내가 꼭 첩으로 달라는 것은 아니야. 되기만 한다면야 내가 늘 말해 온 바이지만 지금 있는 훌륭하게 이혼을 할 테야."

"응. 자네가 본마누라만 없다면 그 집에 장가쯤 들기야 용이한 일이겠지. 그러나 순서로 보아 재혼부터 하고, 나중에 이혼을 한대서야 중간에서 말하는 사람이 어디 떳떳이 나서겠나."

"그럼 이혼부터 하란 말인가?"

"그렇지 않고야 어떻게 청혼을 해 볼 수가 있나. 미상불 김 교장이 자네에게 여러 가지로 호감을 가지고 있기는 있는 터이니까 자네가 본마누라만 없다면야 불감청不敢請이언정 고소원고소願이겠지44)."

필수는 이 문제를 길게 생각할 필요가 없었다.

은숙과 결혼하는 과정에서 본마누라를 희생하는 것쯤은.

필수의 아내는 이혼을 당하고 말았다.

삼남매의 어머니인 필수의 본마누라는 부양료라는 일만 원의 퇴직수당을 받고 호적상 권리를 포기했다.

박인환은 청운동 김씨의 집을 찾아갔다.

김씨를 필수에게 소개한 뒤로부터 인환은 필수의 집의 반가운 손님인 이상으로 김씨 집의 귀빈이었다.

이 귀객은 부드러운 혀끝을 돌려 손쉽게 요건을 끄집어내었다.

"선생님 오늘은 제가 청이 좀 있어서. 아니, 청이라기보다 어떤 중대한 용무로 왔는데요."

"하하. 박 군이 내게 청이 있다? 중대한 용무로 오셨나?"

"따님이 아직 출가 전이시라지요?"

"아직 안 갔어."

"혹 약혼하신 데는 있나요?"

"웬 걸. 그것 때문에 나도 걱정인걸. 아무래도 남의 자식인 바에야 어서 치워 버려야 할 터인데. 저도 아직은 집에서 어린애 구실을 하고. 우리 내외 사이에는 자식이라고 그것 하나뿐이어서 그저 아직 끼고 있지. 그래, 어디 참한 신랑감이 있던가?"

"네. 저, 그 이 군이……."

"이 군이라니?"

"재동 이필수 군 말입니다. 그가 장가를 들어야 되게 됐어요."

"아 왜, 이 군이 이 때 까지 장가를 안 들었던가. 그럴 리야 있나?"

"네. 그런 게 아니라 어떤 관계로 얼마전에 이혼을 했지요. 그래 아무래도 색시장가를 또 들어야 할 형편이기에 아직 이 군에게는 말해 보지 않았지마는, 선생님 의향만 비슷하시면 제가 들어서 어떻게 하든지 좋은 인연을 맺어 볼까 해서 말씀입니다."

---

44) 감히 청하지는 못할지언정 본디 바라는 바다.

“글쎄.”

“그에게 여러 가지로 입은 인연이 있는 데다 옹서 翁壻관계45)까지 맺게 되시면…….”

“대관절 무슨 이유로 기처棄妻를 했나?”

“자세하게는 몰라도 저편에서 무슨 과실이 있었다나 봐요.”

“응. 그거 안 되었구먼.”

“그래, 이 군도 일전에 만났을 때 말이 적당한 자리만 있으면 얼른 속현46)을 해버리겠다고 하더군요.”

“선생님의 의향이 어떠하십니까. 선생님이 모르시는 사람 같으면 이렇게 말씀드릴 수도 없는 것이지만, 이 군의 위인 됨을 잘 아시니.”

“암. 그야 요새 돈냥 있는 청년치고 그만큼 뜻이 깊기 어려운 일이지…….”

김씨의 머리는 잠깐 흐려졌다.

“글쎄. 내가 좀 생각해 봄세. 내 마누라하고도 의논해 보아야겠지만, 제일 당자의 의견을 들어보아야 할 것이니까. 세상도 변해서.”

“하하. 선생님도 매우 새로운 결혼관을 가지고 계십니다. 그려.”

“내가 새로워진 게 아니라 세상이 바뀌어서 그렇지. 어쨌든지 좀 생각을 해보아서 내가 유력한 중매 아비가 될 것까지는 책임을 짐세. 그러면 저 편 의향도 자네가 물어보게 그려.”

“그건 제가 정대 책임을 지지요. 그럼 저는 신랑집 중매가 되고, 선생님은 색시집 중매가 되셔서 어디 한 상씩 받아 보도록 하시지요.”

돈 많은 젊은 홀아비, 이것만으로도 과년한 딸 가진 아버지의 호기심을 끌기에 충분한데, 하물며 김씨가 자기 사업의 재원을 대는 필수임에랴.

제 일차 교섭은 예상과 같이 쉽게 되었다.

교섭사는 낙관을 가지고 김씨 집을 물러 나왔다.

그 날 저녁이다.

김창호는 자기의 마누라와 딸이 있는 안방에서 은숙의 혼인 이야기를 꺼냈다.

---

45) 장인과 사위의 관계.
46) 續絃: 끊어진 금슬琴瑟의 줄을 잇는다는 뜻으로, 아내를 여읜 뒤 다시 새 아내를 맞는 일.

"여보 마누라. 오늘은 내가 은숙의 중매아비 자격을 가지고 할 말이 있으니 잘 들으오."

"네. 고마운 말이군요. 그래 어디 참한 사윗감이 있습디까?"

"있고 말고."

마누라에게 이렇게 대답한 그는 뒤에 앉은 은숙을 돌아보며,

"은숙아, 이 중매아비 말을 듣겠니? 아무렇든지 네 혼인에는 내가 도장을 찍어야 할 늙은이니까 나도 권리가 있는 사람이지. 그러니 내 말은 꼭 들어야 해."

"아이고, 아버지도. 아버지는 어서 아버지 노릇이나 잘 하세요. 누가 중매들래요. 중매를 잘 서면 국수가 한 그릇이요. 중매를 잘 못 서면 뺨이 세대라는 속담을 아버지 모르세요? 그래, 아버지는 국수 한 그릇 바라다가 뺨 세 대가 돌아와도 좋거든 중매를 드세요. 호호."

이 가정의 평화의 열쇠인 은숙은 아버지와 어머니를 웃겼다.

"예이 년, 아무리 제 딸을 중매하고 뺨이야 맞겠니. 좌우간 너는 어떤 조건이 구비되면 시집을 갈 테냐? 우선 그것부터 들어보자."

"몰라요. 제가 언제 시집간댔어요? 죽을 때까지 아버지하고 어머니살기로 예전부터 약속하지 않았어요."

"너만 그러면 무엇하니. 우리가 그러고 싶어야지. 어머니 아버지는 너하고 살기 싫은 걸……. 자, 내가 지금 신랑 될 사람의 자격을 말할께. 그러면 네가 도리어 내게 청을 댈걸."

"청 다 댔지요?"

"나이는 금년 서른한 살인데, 교육에 뜻깊은 신사요, 그리고 부자요. 어떠냐, 은숙아?"

"끝말에 기가 번쩍 뜨이는군요. 부자란 말에. 하하, 아버지도 학교일 때문에 물질의 곤궁을 받아 보시더니 이제는 제법 황금숭배자가 되셨단 말이야 하느님 맙소사."

"예이 년, 누가 아버지를 그처럼 놀리디. 그래 그렇게 훌륭한 사람이 장가를 안 들었어요?"

이번에는 마누라가 말참례를 했다.

"장가를 안 든 게 아니라 무슨 일로 기처를 했다는 구려. 요즈음에 아주 많은

일이니까 별로 흠 될 건 없지 않소.”

“그럼요, 기처자리 빼놓고야 스물 넘은 새색시 시집 보낼 수 있나요. 그래 어디가 그런 자리가 났어요?”

“내가 벌써 이야기 할 것을 그럭저럭 못하고 있었지마는, 얼마 전에 학교 채무 때문에 쩔쩔매고 돌아다니지 않았소. 그러던 것을 지금 말하는 이 사람 때문에 일이 해결되고, 요즘에는 학교 곤경에 동정해 책임유지위원으로 스스로 나서게 되었는데, 일본 가서 공부하다가 금년에 귀국한 청년인데 사람이 얌전하단 말이야. 요새 부잣집 자식치고는 그런 사람도 드물 것 같아. 이름은 말해도 마누라가 모르겠지만 저 재동 사는 이필수라구……. 그래 나도 그 집 가정 속사정은 알 바 없었지만, 오늘 어떤 친구가 와서 그가 벌써 기처를 하고 참한 자리가 있으면 속현을 하겠다고, 우리 은숙이를 대는 구려.”

은숙의 부친은 지금까지와는 딴판으로 정숙한 태도로 말했다.

“그만 했으면 훌륭하구려, 어서 서둘어서 맺어 버리세요. 당자의 외양은 영감이 잘 보아 아시겠군요.”

“암, 시속말로 하이갈라47)지.”

“은숙아, 너 그런데 있으면 가지?”

이렇게 묻는 어머니의 말에 대답할 생각도 않고 앉아 있는 은숙의 표정은 매섭게 날카로워졌다.

“아, 그거야 지금 대답할 수 있나. 저희끼리도 서로 보고 합의해야 할 일이니까.”

은숙은 아무 말도 없이 코웃음을 쳤다.

“아버지, 그 일은 단념하세요. 두 말씀말고 거절해 버리세요. 그까짓 덜 된 사내는 문제도 삼지 마세요.”

은숙은 대번에 거절했다.

“네가 이씨를 아느냐?”

“알고말고요. 작년부터 알아요. 왜 언젠가 그 사람에게서 편지가 오지 않았어요. 아버지도 보지 않으셨어요?”

“응, 그래 언젠가 나더러 보라고 하든 거?”

---

47) 학식있는 화이트칼를 말함.

"네. 그 뒤에도 그런 편지가 늘 왔어요. 제가 일본에 있을 때에도 추근추근하게 쫓아다녔지요. 피아노를 사주느니, 별 짓 다하며 쫓아다니던 사람인데요."

"응, 그러면 네가 나보다 먼저 이씨를 알고 있었구나. 그래 너한테 맘을 두었다었단 말이지. 그거야 무엇 잘못한 일이냐. 너에게 반해서 쫓아다녔다기로서니 무슨 죄냐. 그리고 털어놓고 말이지. 반한 색시에게 혼인을 청하기로 그게 무슨 잘못이냐."

"어쨌든지 거절하세요. 아무래도 아버지가 그 자의 최면술에 걸린 것이에요. 나에 대한 야심이 있기때문에 아버지에게 돈을 비려 드리느니 학교 경비를 부담하느니 한 것일 거에요."

"그건 애매한 소리다. 그럴 리야 있나."

"어쨌든 저는 싫어요."

은숙은 거듭 거절을 했다.

마계

은숙의 집에서 열린 가족 회의에서 아버지가 동의한 은숙의 결혼 문제가 은숙의 절대 반대로 부결 되려 하는 시간에 어떤 요릿집 깊숙한 방에서는 박인환을 주빈으로 해 필수의 한 턱이 벌어졌다.

"오늘은박 군 정말 수고했네. 나는 이 뒤에 모든 일을 자네만 믿겠네."

필수는 박인환에게 감사와 애원을 섞어서 머리를 숙였다.

"글쎄, 염려 말게. 오늘 자기 아버지가 그만큼 말했으니까 그것은 걱정없고 당사자가 문제인데, 그것 쯤이야 또 어떻게 하는 수가 있겠지."

"물론 당사자는 싫다고 할 것일세. 아직 자네에게도 말하지 않았지마는 내가 직접적으로 교섭하다가 실패하고 있는 중이니까."

"흥, 나는 벌써 다 알고 있네. 내가 누군 줄 아나. 자네가 일본을 왜 갔는지도 알고, 또 자네가 거절을 당하고 백계무책[48] 해 앉아 있는 것도 알고. 그래서 김씨를 끌어댄 거라나."

---

48) 百計無策: 온갖 계책이 다 소용없음. 계무소출計無所出.

"고노야로(이 놈이야)."

필수는 일본말로 농을 붙이고 껄껄 웃고 나서,

"그래 벌써 알았었군. 어떻게 그렇게 자세하게 알았어? 그리고 모른 척했어?"

"암, 내가 사립 탐정 국장인데 어쩐 말이냐. 하하."

필수는 자기의 비밀을 아는 괴인에게 탄복했다.

"그 놈의 독창이 사람 여럿 죽이지, 응."

"쉬- 말 말게"

필수는 손을 내저었다.

"두 선생님의 마씀은 하나도 알 수 없구려. 우리도 좀 알고 앉았으면 좋겠습니다."

"자네들은 빠질 차롄세. 그저 굿이나 보다가 떡이나 먹게. 정 갑갑하면 허두만 들려주지. 다른게 아니라 이 이 선생님이 한껏 반한 색시에게 장가를 들게 되는 족건일세. 알라먹겠나?"

"히야, 히야. 그럼 우리가 들러리를 서 드리지요."

"집어치워라. 그 신성한 혼인에 자네 놈들 부랑자를 들러리를 세워! 만일 구식으로 하게 되거든 등롱49)이나 들고 나서게. 하하."

"그럼 박 선생님은 무얼하실 겁니까."

"나? 나야 언제나 주례감이지."

"아따, 이 선생님의 좋은 일이라면 등롱은 그만두고 인력거인들 못 끌겠소 그런데 이 선생 웬일이십니까. 기생이 안 오니?"

"기생 같은 소리 말게. 내가 술 안 먹은 지가 벌써 몇 달 째 되었는데. 오늘은 박군을 대접하려니까 부득이 술상에 마주앉았지만."

필수는 이렇게 말대꾸를 하고 다시 박군을 바라보는 눈은 그래도 불안해 보였다.

"글쎄 여보게. 당자가 끝끝내 말을 안 들으면 어떻게 하나?"

"걱정무용이라 할 밖에 어쩌란 말이야. 내가 원래부터 그만한 것은 각오한

---

49) 燈籠: 불을 켠 초나 호롱을 담아 한데 내어다 걸거나 들고 다닐 수 있도록 해 어둠을 밝히던 기구.

것이야. 그러니까 내게는 미리미리 상당한 계책이 있네. 자네가 부탁하기 전부터 내게는 정확한 프로그램이 서 있단 말이야. 김씨를 자네에게 소개하면 어떻게 될 것, 그리고는 자네가 나에게 어떤 부탁이있을 것, 나는 어떤 계획으로 일을 할 것들이 내 머릿속에 전부 들어 있었단말이야. 그러니까 그 순서대로만 착착 진행할 것뿐일세. 자네는 나 하라는 대로만 하게.”

“암. 뭐든지 명령만 하게.”

마계사魔計師같은 그의 권위는 필수의 무릎을 꿇리고야 말았다.

“자기 부모는 손안에 들어왔으니까 이제는 그 당사자나이 문제인데, 계집애 맘이라는 건 고정불변하는 것이 아니라 차일시피일시 변하는 걸세. 그러나 이 여자만을 좀 취급하기 어려울 모양이나 수단에 따라서는 저도 떨어지고야 견디지 별수 있나. 그런데…….”

말을 중간에서 끊고 필수를 바라보는 그의 눈은 의미있게 보였다.

책략에 타오르는 악마의 눈.

“그래서?”

필수는 초조하게 말끝을 기다렸다.

박인환은 무슨 설교나 하는 듯이 끊었던 말을 계속했다.

“여자를 정복하는 데도 여러 가지 가있네. 추근추근 붙어야 할것도 있고, 높직이 앉아서 내려다보거나 멀리서 바람나 보거나, 그도 저도 말고 소 닭 보듯 하거나 해야 될 것도 있네. 말하자면 자네가 반한 그 여자는 소 닭 보듯 하거나 해야 될 것도 있네. 말하자면 자네가 모르고 허덕거린 까닭에 틀어진 걸세. 그래서 그 여자는 자네를 색마로 보고 뱀같이 멀리하려는 걸세. 이미 저질러 놓은 일에 다시 손을 댄다는 그것은 참 어려운 일이지만, 자네의 그 허덕거리는 꼴이 하도 불쌍해서 내가 나서 보려네. 자네에게서 이미 멀리 떨어져 가는 그 여자를 자네 곁으로 불러 대는 데는 똑 한 가지가 있네. 그것은 무슨 수단으로든지 그에게 감격의 충동을 주어서 그가 자네에게 가지고 있던 멸시적 감정과 자기 자신을 위해 굳게 지키려는 자존심을 쫓아내야 하네.”

감격의 충동은 멸시의 감정과 자존심을 쓰러뜨린다.

“그래, 그것에 대한 무슨 계교가 있나?”

“있고말고.”

"어떻게?"

"책전 계획은 절대 비밀일세."

"나에게도 비밀이야?"

"물론이지. 그 때 그 때의 순서대로 할 일만 일러주지. 자네는 그만큼 나를 믿어야 하네."

"암. 믿고말고. 그런데 며칠 후에 자네가 또 한 번 가서 그 아버지에게 당자가 뭐라고 했나 알아는 봐야지."

"아따 이 사람, 퍽도 속을 못 차리네. 당자가 뭐라고 하긴 뭐라고 해. 말도 마세요, 아버지. 그까짓 놈한테 싫어요-하고 대번에 물리쳤겠지. 보지 않아도 본 듯 하네."

"그래도 알 수 있나. 자기 아버지와 나와 특별한 관계가 있고 또 자기 아버지도 말을 잘 했을지 모르니까."

"글쎄, 소용없어. 그건 그쯤 해두고 이제는 우리 할 일만 해야 된단 말이야. 이번에 청혼을 한 것은 혼인하자는 게 직접 목적이 아니라, 어떤 책략의 준비로 해 놓은 거야. 알아듣겠나?"

필수는 암만해도 그의 말의 요령을 얻지 못해 궁금했다. 좌석의 끝난 뒤에 필수는 인환이와 함께 인력거로 자기 집으로 올라갔다.

궁금한 조건을 좀 조용하게 듣고 싶었던 것이다.

"글쎄, 이 사람. 그 자네의 계획이라는 것을 좀 들어보세."

"아하, 이 사람 ㅂ비밀이래도 그러네. 정 그렇게 몸 닳게 알고 싶거든 일러주지. 그 대신 맥주나 한 잔 더 가져오게."

"그거야 어렵겠나."

간단하게 차린 맥주상이 들어왔다.

"여보게 필수. 내 계획이란 별 게 아니라 그 은숙이라는 여자를 어떻게든지 곤경에다 빠뜨려 놓고 자네가 사랑의 힘과 의협심으로 절대곤경에서 은숙을 구호해 주는 수밖에는 없을 걸세. 이제 가령, 은숙이가 물속에나 불 속에서 죽을 지경을 당한 판에 자네의 힘으로 살아났다고 치세. 그러면 제 아무리 은숙이라도 자네를 멀리하지는 못할 게 아닌가."

"그래서?"

“그러나 그런 기회야 기다린들 오겠나. 그러니 우리가 그런 기회를 만든단 말일세.”

“어떻게?”

“그러면 은숙이가 어떤 악한 꾀임에 들거나 또는 겁탈을 당해 신변이 위험할 지경에 자네가 뛰어들어서 구해낸대도, 불 속에서 살려내는 것과 같은 효력이 날 수 있겠지?”

“그렇지.”

“그럼 손쉽게 오늘 요릿집에 왔던 그 병정50)들을 시켜서 은숙을 겁탈해 위기 일발의 경우를 지어 놓고 자네가 뛰어들어서 구해 내지.”

“기왕의 과부 뺏어가듯 한단 말인가?”

“말하자면 그렇지. 그러나 그전 과부를 겁탈해 가는 데는 신랑자가 앉아서 맞거나 방으로 들어가는 게지만, 이 처녀 겁탈에는 자네가 절대로 은숙에게 동정하는 의분에 타는 청년이 되는 걸세.”

“응, 알았네. 그러면 언제 실행을 하게 되나?”

“이삼 일 내로 곧 해치워야지. 내일이라도 병정을 소집해 가지고 의논을 한 뒤에…….”

“그럼 모든것을 자네에게 맡기겠네.”

“염려 말게.”

“그런데 여보게. 자네가 어떻게 나와 은숙의 관계를 그렇게 알았나?”

“그건 물어 무엇하나. 길게 말할 것도 없이 미술학교에 다니던 여학생, 아따 자네 애인 자리 말일세. 그 여학생이 들어 있던 하숙 마누라를 내가 잘 안다면 그만이지.”

“응 알겠네.”

필수는 더 물으려고도 하지 않고 은행소절수 한 장을 써서 박을 주었다.

“이건 착수금일세. 성공한 뒤에 보수는 따로 줌세.”

박은 소절수를 받아 들고 필수의 집을 나섰다.

---

50) 兵正: 하수인

어제 갔던 요릿집을 참모 본부로 해 박인환은 필수와 같이 자기의 부하를 모아 놓고 마계를 꾸몄다.

마계는 이러했다. 어제 필수에에 말한 요령과 같이 은숙이를 절박한 곤경에 빠뜨리는 것으로, 오늘밤이 깊은 뒤에 은숙의 집에서 은숙을 빼앗아내서 자동차에 싣고 궁벽한 곳으로 가서 감금을 하고, 어떤 행동을 하려 하는 위험이 박두한 찰나에 때마침 뜻밖에 필수가 뛰어들어서 은숙을 안전하게 보호하도록 하자는 것이었다.

"그럼 여보게 익삼이, 자네는 오늘 밤 자정이 막 지나거든 자동차를 몰고 이리로 오란 말이야. 육인승쯤 되는 차라야 되네. 만일의 염려가 있으니 자동차 번호표는 아무것이나 자네 집 것이 아닌 것을 준비해서 달고 오란 말이야. 알아들었나?"

박은 자기의 부하인 어떤 자동차부에 있는 운전사에게 이렇게 지휘를 했다.

"네, 알았습니다. 밤 열두 시 삼십 분쯤 해서 이리로 오겠습니다."

운외사에 있는 영일은 사, 오일 전부터 신열이 나서 병석에 눕게 되었다. 처음에는 감기로 알고 심상하게 두었으나 하루 이틀 지날수록 신열은 점점 올라가고 음식을 폐하게 되었다. 그래서 좀처럼 의약을 쓰지 않는 영일이는 문 안에 있는 의사의 왕진을 청하게 되었다.

병을 보고 난 의사의 말은 며칠 동안 더 두고 경과를 보기 전에는 병명을 명백하게 할 수 없고, 문 안 같으면 병원에 입원을 해야 좋겠지만, 지금 몸을 과하게 운동해서는 해로울 것 같으니, 아무데나 한적한 곳에서 의사 말대로만 하고 가만히 누워 있는 것이 좋을 듯하다고 말하며, 하루나 이틀 건너서 또 나와 보기로 하고 들어가게 되었다.

병중에 외로운 영일은 은숙이가 새삼스럽게 보고 싶었다.

영일은 자기 명함을 꺼내어 몇 줄 편지를 써서 명진을 시켜 돌아가는 운전사에게 부탁해 청운동 은숙에게 전하도록 했다.

그날은 토요일이었다. 은숙은 일찍이 학교에서 돌아와 집에 있었다.

"학교 아씨, 문밖에서 누가 좀 뵙겠다고 그래요."

행랑어멈이 들어와서 은숙에게 말했다.

"누구야. 나를 보겠다는 사람이?"

"모르겠어요. 처음 보는 사람인데요. 문밖 무슨 절에서 편지를 가져왔다고 그래요."

은숙은 중문 밖으로 나갔다.

자동차 운전사 비슷한 양복 입은 청년은 모자를 벗어 들며

"당신이 김은숙 씨입니까?"

하고 물었다.

"네, 제가 김은숙입니다."

그는 들고 있던 명함을 은숙에게 내어 주었다.

은숙은 반갑게 받아서 뒤쪽에 쓰인 것을 읽어보았다.

월여51)를 보지 못해 궁금하다. 나는 며칠 전부터 병석에 누워 있다. 새삼스럽게 네가 보고 싶어서 돌아가는 자동차 편에 두어 자 적는다. 틈이 있거든 좀 나와 주었으면 하고 기다린다.

반갑게 보이던 은숙의 얼굴에는 걱정의 주름이 잡혔다.

"당신이 운외사에 나가셨습니까?"

"네. 저 의사를 태우고 오늘 아침 나갔었습니다."

"그래, 그 영일 씨의 병환이 대단하세요?"

"네. 보기에는 그리 중한 줄은 모르겠는데 의사가 매우 걱정을 하는 걸로 보면 가볍지는 않은 모양이에요."

"아이, 저를 어째! 여보세요. 오늘 또 좀 나가실수 없어요? 이제라도."

"가시 끼리52)라면 언제든지 가실 수 있습니다."

"그럼 지금 좀 나가게 해요."

"네. 그럼 제가 좀 점심을 먹어야 할 테니까 삼십분 후에 가도록 하지요."

---

51) 月餘: 한 달 남짓. 달포.
52) かしきり: 대여.

"네, 부디 그렇게 해주세요."

"그러면 자동차를 이리 가져와요?"

"뭘요. 제가 당신네 자동차부로 갈 테니 차를 준비해 주세요."

은숙은 황망하게 옷을 갈아입고 어머니에게 어디 좀 다녀온다고 말하고 집을 나섰다.

박인환 등이 마계를 꾸며 놓고 밤 되기를 기다리고 있는 참모 본부에는 뜻밖에 긴급한 보고가 들어왔다. 자정 후에 자동차를 가지고 올 책임을 가진 익삼이가 자전거를 타고 숨차게 달려왔다.

"박 선생님, 그 여자가 지금 우리 집 자동차를 타고 운외사로 나간다고, 우리 자동차부에 와 있는데요."

"뭐! 그럼 일은 더 묘하게 되었군. 자네가 나가나?"

"아닙니다. 다른 사람이 나갑니다. 그래 걱정이지요."

"가만히 있자. 그러면 어떻게 하나?"

머리에다 손을 얹고, 무엇을 생각하던 인환은 무슨 묘계난 생각해 낸듯이 손을 머리에서 뚝 떼며,

"그 운전사하고 자네가 친하겠지?"

"암, 친하고말고요."

"그럼 그것마저 매수해 버리지."

"그것이야 어렵지 않지만, 그렇게 되면 그 여자 돌아온 뒤에 일이 탄로 되지 않겠어요?"

"이 사람 꾀 없는 소리도 하네. 그것은 이렇게 하면 되지 않나."

인환은 익삼의 귀에다가 무어라고 속살거렸다.

"네. 네 참 그렇게 했으면 묘하겠습니다."

"그럼 이것을 그 자에게 먼저 주고 그렇게 짜 두란 말이야. 그리고 전화로 되고 안 된 것을 기별을 하게."

인환은 돈 백원을 꺼내어 익삼을 주어 돌려보내고 들어와서 계획이 변하게 된것을 필수에게 보고하고 익삼에게서 전화가 오기를 기다렸다.

그러자 익삼에게서 일이 제대로 되었다는 전화가 왔다. 전화를 받고 나온 인환은 필수의 귀에다가 몇 마디 귓속말을 하고 나서,

"그러니까 돈은 꼭 현금을 가지고 있어야 하네."

"응, 그건 염려 말게."

"그리고 그 돈은 바로 우리들 보수로 받아도 좋겠지. 말이라는 건 미리해야 하는 거니까. 아무리 친한 사이라도."

"아무렇게나 하게나. 우리 사이에 그러한 것으로야 문제가 되겠나."

은숙이가 탄 자동차가 운외사 어귀에 막 정거를 하려 할 때에 바로 등뒤에서 모터 소리가 요란하게 나자 한 대의 자동자전거가 자동차 뒤에 정거를 하고 낯모를 청년 한 사람이 기민한 동작으로 은숙의 자동차로 뛰어올라 갔다.

청년의 바른손에는 피스톨이 쥐어 있었다.

"운전사 꼼짝 말고 그대로 앉아 있어."

이렇게 먼저 운전사를 협박해 놓고 청년은 서슴지 않고 은숙의 옆으로 바싹 붙어 앉은 뒤에 총부리를 비스듬하게 운전사의 옆구리로 향하고,

"나 가자는 데로 자동차를 몰아야 해. 만일 길에서 누구를 보고 고함을 치든가 하면 알지……. 어서 앞으로 몰아가."

"당신도 아무 말 말고 나를 따라와야지. 그렇지 않으면 큰일이오!"

은숙은 너무도 뜻밖의 일에 얼굴이 파랗게 질려 아무 말도 못하고 한편 구석에 조그맣게 앉아서 벌벌 떨 뿐이었다.

"거기 정거해."

자동차는 어떤 으슥한 산골짜기 밑에 정거했다. 청년은 운전사와 은숙을 걸려 가지고 산골짜기로 들어서 어떤 빈 절 같은 곳으로 끌고 올라가서 어둑한 방에다가 몰아넣고 감시를 해가며 뒤에 따라올 일행을 기다렸다.

조금 뒤에 박인환 외 몇 사람이 몰려왔다.

"저 운전사 꼼짝 못하게 묶어서 저 편에 놓아두게."

부하는 운전사를 족 싼 돼지처럼 묶어서 한 편에 꿇려 놓았다.

그리고 인환은 빙그레 웃으며 은숙의 앞으로 갔다.

"여보, 겁낼 것을 아무것도 없소. 우리의 요구만 듣는다면 말이오. 그렇다고 생명을 달라는 것도 아니니까……."

은숙은 발발 떨 뿐이요, 아무 대답도 안 나왔다.

"우선 이 종이에다가 편지를 한 장 쓰시오. 내가 부르는 대로. 자, 이붓을 드시오."

그는 자기가 가진 만년필을 은숙에게 내주었다.

은숙은 절에 간 색시 그대로 그 붓과 종이를 받아 들고 다음으로 나올 그 자의 명령을 온순하게 기다리는 수밖에 도리가 없었다.

"자, 내가 부르는 대로 똑바로 쓰시오. 당신 아버지에게 쓰는 편지이니……."

아버님 전상서.

아버님 저는 지금 어떤 마굴에 걸려들어서 죽을 지경입니다. 어떻게 해서든지 이 편에 돈 오천원만 지급으로 보내 주셔야지, 그렇지 않으면 저의 생명은 보전치 못할 것 같습니다. 그러나 한 가지 주의하실 일은 이 일을 언제든지 경찰에 알리거나 남에게 누설하셔서는 큰 화가 있을 테니 그리 아세요. 그 돈은 이 편에 보내 주시면 저는 오늘밤으로 집에 돌아가게 될 테니 급하게 주선해 주세요.

어떤 곳에서

여식 은숙 올림

"여보세요, 이렇게 하면 어떻게 합니까. 제 집에는 이렇게 많은 돈이 지금 없을 텐데요."

은숙은 떨리는 목소리로 물었다.

"잔말 마시오. 지금 돈이 없으면 돈이 될때까지 이렇게 같이 있을 수 밖에 없지요."

"아이고, 이 일을 어쩌나!"

은숙이는 어린애처럼 몸부림을 치고 나서 애원했다.

"여보세요. 그럼 제가 편지를 다시 쓸게요. 돈이 들 만한 곳을 우리 아버지에게 가르쳐드릴 테니까요."

이렇게 말하는 은숙의 머리에는 얼른 자기오빠 영일의 생각이 떠올랐다.

급한 경우에 생각나는 사람은 믿음직한 사람이다.

"안 됩니다, 안 됩니다. 써 놓은 그밖에는 한글자도 더 넣을 수가 없고 한 획이라도 깎을 수도 없지요. 자, 어서 봉투를 쓰시오. 당신 집 번지를 똑똑하게 써야 하오."

봉투까지를 씌워가지고 인환은 부하를 불러서

"그럼 이걸 가지고 얼른 문 안 청운동 이 사람 집을 다녀오란 말이야."

하고 명령을 한 뒤에 다시 귓속말을 해 돌려보냈다.

청운동 김창호의 집에 낯모를 청년 한 명이 찾아왔다.

"이리 오너라."

부르는 소리에 은숙의 집 하인이 나왔다.

"김창호씨 계십니까?"

"네. 어디서 오셨다고 여쭐까요?"

"저, 이 댁 따님의 편지를 가지고 왔는데 잠깐 좀 만나 뵙겠다고 말씀하십시오."

수상한 손님은 사랑으로 인도되었다.

"주인어른 되십니까?"

"네, 내가 김창호요."

청연은 은숙의 편지를 주인에게 내주었다.

편지를 뜯어보는 김창호의 낯빛은 흙같이 변하고 그의 손은 사시나무처럼 떨렸다.

"아니, 여보시오. 이게 대관절 웬일이오. 어찌된 셈이오?"

"여러 말 묻지 마십시오. 두말말고 그 편지대로 한시바삐 돈을 마련하지 않으면 큰일 날 것인 줄만 알고 급하게 서둘 것뿐입니다. 그렇지 않으면. 따님은 살아오지 못할 구렁에 빠져 있습니다. 불여의하면53) 당신의 생명도……."

의미 있게 말하는 청년의 눈은 악마처럼 번쩍였다.

"그러나 지금 졸지에 돈이 어디 있어야 하지 않소."

"그건 모르지요. 오늘로 돈이 못 된다면 따님을 데리고 멀리 달아나서 처치를 할 것뿐이니까. 그럼 나는 갈 테요. 만일 내가 간 뒤에 경찰에다 알린다든지 누설을 하면 당신네 일족은 없어지고 마는 날이니 그리 아시오."

청년은 최후통첩을 남기고 물러가려 했다.

---

53) 不如意: 일이 뜻과 다르면, 일이 뜻대로 이루어지지 않으면.

"잠깐 기다려 주시오."

주인은 황망하게 일어나서 청년의 앞을 막았다.

"그러지 말고 비켜 주시오. 나는 오래 여기서 지체할 수 없는 사람입니다."

김창호는 이 뜻하지 않은 기괴한 사변에 어찌할 줄을 몰랐다. 벌벌 떨리는 다리를 버티고 선 그의 머리에는 일백 가지 궁리가 줄달음쳤다. 궁리의 맨끝으로 그의 머리에 나타나는 것은 필수였다.

'옳다 , 필수와 의논하는 것이 상책이다.'

이렇게 생각한 창호는 말했다.

"자, 그럼 내가 나가서 돈은 마련할 테니 잠깐 여기서 기다리시오."

"흥, 안 될 일입니다. 당신이 이 문밖을 나가면 나도 어디로 나가야 할것입니다."

"그럼 어떻게 하면 좋겠소? 내 수중에는 돈이 없고 어디서 빌려 와야 할 텐데……."

김창호는 난처한 듯이 자기 자리로 가서 주저앉았다.

"그러면 돈 빌려올 데로 하인을 보내 보시오."

청년은 주인을 따라 앉으며 이렇게 말했다.

"글쎄요. 하인이나 보내서야. 미리 말해 둔 것도 아니고 보내 줄 리가 있습니까?"

"아따, 우리는 그런 사정까지는 알 수 없는 일이오. 우리의 요구대로 안 되면 가고 말 것뿐이니까. 앉은 이 자리에서 어떻게 해주기 저에는 ……."

청년의 협박은 은근히 심했다.

사정으로 소용이 없을 줄 안 창호는 필수에게 편지를 쓸 양으로 떨리는 손으로 붓을 들었다.

"여보시오, 그 편지에 여러 말해서는 안 되겠소. 내가 부르는 대로만 꼭 쓰시오. 그래서 안 되면 할 수 없는 일이고."

청년은 이렇게 으르고 편지 사연을 자기 입으로 불렀다.

"제번하옵고 다른 사연이 아니라, 긴급한 사정이 있어서 기별하니 돈 오천 원만 곧 좀 보내 주셔야 화급한 어려움을 면하겠습니다. 자세한 것은 오늘밤에 찾아뵙고 말씀할 테니 이유 묻지 마시고 급한 사정을 돌아봐 주십시오."

창호는 청년이 부르는 대로 적어서 자기 성명 밑에 도장까지 눌러서 편지를 봉해 놓고 어멈을 불러서 자기 마누라를 사랑으로 불러내었다.

"여보 마누라. 지금 인력거 두 채만 불러서 어멈을 데리고 재동 이필수씨 집에를 좀 다녀와 주오. 이 편지에 번지가 적혔으니까 인력거꾼이 알테지. 그래서 돈 오천 원을 주거든 가지고 오시오."

"무슨 돈을 갑자기 가져온단 말이에요?"

영문 모르는 마누라가 묻는 말에 창호는

"아따, 여러 말 말고 어서 다녀오기나 해요."

하고 역정을 내어 보냈다.

필수의 집에 심부름을 갔던 마누라와 어멈은 한 시간쯤 뒤에 돈 오천원을 가지고 돌아왔다.

김창호는 마음 깊이 필수의 후의를 감사했다.

"여보시오. 돈은 가져왔는데 내 딸은 어떻게 찾아야 하오? 나하고 같이 가면 어떻겠소."

"안 될 말입니다. 우리가 곧 보내드리지요. 자동차에 태워서 오늘 저녁으로 곱게 보내드리지요. 만일 그래도 마음이 안 놓이거든 그만두시오. 나는 돈도 안 가지고 갈 테니."

어디까지 버티는 청년의 위협에 풀이 죽은 김창호는 돈 오천원을 내어 청년에게 주어 보내고 안으로 들어가서 지금 막 당하고 난 일을 마누라에게 황망히 이야기했다. 마누라는 그제야 곡절을 알고 범 본 사람처럼 놀랐다.

"아이고, 저 일을 어쩌누. 그 년이 어딜 갔다가 그렇게 되었소. 아까 점심때쯤 해서 어딜 다녀온다고 옷을 갈아입고 나가는 것을 나는 무심코 보았지."

"쉬, 떠들지 마시오. 큰일 나오."

창호는 마누라의 큰소리를 주의시키고 나서,

"그래, 어디를 간다는 말은 못 들었소?"

"그건 또 묻지 않았지요. 가만히 있수. 그 때 누가 그 애를 찾아왔다지. 참…… 어멈. 어멈 좀 들어오게!"

은숙은 어머니가 부르는 대로 어멈이 들어왔다.

"아, 어멈. 아까 오정 때쯤 해서 누가 학교 아씨를 찾아왔지?"

"네. 양복 입은 젊은 사낸데, 무슨 절에서 편지를 가지고 왔다고 하던데요."

"절? 절이 무슨 절일까?"

"저는 들었어도 잊었습니다 그려 무슨 절이라드구먼……."

"쉬 떠들지 마시오. 내 이 길로 필수 집에를 좀 다녀올테니. 그 사람 아니었으면 큰일날 뻔했고 가서 고마운 인사도 좀 하고 의논도 좀 해야 할 테니까……."

창호는 마누라에게 아무 말도 말라는 눈치를 하고 자기 집을 나섰다.

필수를 찾아가던 김창호는 그의 문 앞에 나선 그를 만났다.

"저는 지금 댁에를 가 뵈올 양으로 나섰는데 마침 오시는구려."

"지금 보내 준것은 감사히 받았습니다……."

"천만에…….글쎄 매우 급하신 모양 같고, 또 마나님께서 손수 오시고 해서 수중에 마침 있기에 보내는 드리고도 너무나 졸지이기에 내려가 좀 여쭈어보자 하고 나선 길이었습니다."

"여보 이공, 큰 변괴가 났구려. 이 일을 어찌하면 좋소?"

"왜 무슨 일이 생겼습니까?"

필수는 눈을 둥그렇게 떴다.

"들어가서 자세한 이야기를 하리다."

필수의 사랑을 들어간 김창호는 누가 있는가 사면을 휘-둘러보고 은숙에게서 온 편지를 필수에게 보였다.

"이것 좀 보세요. 이게 대체 무슨 일이겠소?"

편지를 보고 난 필수는 새삼스럽게 놀란 표정으로 창호를 바라보았다.

"이것이 괴변이로구려. 그래 어쨌어요?"

"어쩌다니. 그 돈을 주어 돌려보냈지요."

"그놈을 그대로 돌려보내요?"

"그럼 어떡하오? 섣불리 서둘다가 큰일 날듯 싶어서."

"그도 그럴듯합니다. 그럼 지금이라도 경찰에다 알리지요."

"글쎄, 원 그것도 어쩔가 해서……. 밤 안으로 곱게 돌려보낸다고 했으니 차라리 서두르치 말고 그 애를 기다려 본 뒤에 어떻게 해볼까 하는데……. 그 자들은 돈 뺏을 궁리인 모양이니까 목적을 달했으면 사람을 보내 줄 것이 아니겠소."

“그것도 그럴듯합니다. 그래 어느 때쯤 따님이 댁에서 나가셨습니까? 제가 저 아래 어떤 자동차부 앞에서 자동차를 타는 것을 본 듯 한데…….”

필수는 쓸데없는 말을 생각지 않고 내놓은 것을 후회했다.

“네? 그럼 그 자동차를 타고 어디로 모양입니다 그려. 그 때 바로 집에서 나간 때이니까. 그 자동차부가 어딘지 거기로 가서 알아보면 간 곳을 알지 않겠소.”

“그러나 웬 걸. 자동차부에서 물어 보아 손쉽게 찾을 만큼 그 놈들도 일을 꾸며 놓고야 그런 대담한 짓을 할 리도 없겠지마는, 우선 가 알아나보지요.”

필수는 할 일 없이 김창호와 같이 그 자동차부까지 갔다.

자동차부 사람들의 말을 들어 은숙이가 운외사까지 혼자서 가시끼리로 나갔는데 아직까지 자동차도 안 돌아온 것과 은숙이가 나가기는 그절에 있는 누가 아침에 나갔던 자동차 운전사 편에 명함을 보내어 불러간 모양이라는 것을 알게 되었다.

“그럼 나는 지금으로 그 운외사라는 데를 가보겠소. 언젠가도 개가 절에를 간다고 나간 일이 있었는데 그 절인가 보구려.”

창호는 그 자리에서 자동차를 불러서 떠나려고 했다.

“가만히 계세요. 그럼 제가 사람을 데리고 가서 알아보지요. 그러나 그절에가 있을 리야 만무하겠죠…….”

“천만에. 내가 지금으로 곧 나가겠소.”

필수는 창호가 나간다는 것이 슬그머니 괴로웠다.

“그만두시지요. 제가 나가 볼 테니, 당신께서는 댁에 계셔서 동정을 보시지요. 따님이 곧 돌아오실지도 모르니……. 만일 나가셨다가 위험한 일이 있으면 안 될 테니까.”

“아니, 내가 잠깐 집에 다녀서 나가 보아야겠소.”

“정 그러시면 제가 모시고 가겠습니다.”

필수는 할 수 없이 김창호를 동반해 가게 되었다. 은숙이가 번연히 있지 않은 줄 아는 운외사를 향해.

그날 해도 하루를 다 비치고 짙은 발을 끌며 지평선 저 쪽으로 꺼져버리고 열 나흘 밤 둥근 달이 천만사千萬絲의 은줄을 늘여 황혼의 검은 막을 살살 걷어

올리는 때이다. 이 아깝게 드리우는 달빛도 보기 싫다는 듯이 음침한 산골짜기에 서서 이 편으로 갈까, 저 편으로 갈까? 주저하는 청년이 있다.

그는 오천 원의 돈을 김창호에게서 받아가지고 오던 마계단의 한 사람인 박인환의 심복 홍태규였다.

돈 오천원은 홍태규의 마음을 어둡게 했다.

'어떻게 할까. 충직하게 이 돈을 가지고 가야 옳을 것이냐? 이대로 가로채 버리고 말아야 옳을 것이냐?'

이 두 가지 커다란 의문이 오천원의 어두운 그늘 속에서 회오리바람을 일으켰다.

가난한 가슴에 던져진 오천원의 열은 때맞춰 부는 회오리바람에 불꽃이 되어 타오르고야 말았다.

탐욕의 불꽃!

이 탐욕의 불꽃은 갈팡질팡하는 헤매는 그의 앞길을 밝혀 주었다. 갈길을 정한 그는 솔잎 사이로 새어내리는 달빛에 아롱진 얼굴로 싱긋 웃었다.

'집어치워라. 내가 이 돈을 진실하게 갔다 준다고 군자가 될 것이냐? 죄악의 사명을 충실하게 하는 악한의 충견이 되기보다는 어울려 잡은 쥐를 혼자 먹는 약은 고양이가 이로울 것이다……'

이렇게 생각하니 그는 무슨 승리나 한 것처럼 마음이 상쾌했다.

목적을 정한 뒤에는 수단을 가리지 않을 수 없었다.

태규는 크지도 못한 자기 머리를 붙들고 지혜를 있는 대로 짜보았다.

'그러면, 이 돈을 혼자 먹기는 먹어 놓은 판인데, 어떻게 묘하게 먹는 법은 없나. 이대로 달아나 버린 대서는 그 놈들을 안 보도록 멀리 몸을 피하기 전에는 배길 수 없는 일이고……. 내가 먹어 버렸으니 어쩔 테냐 하고 배를 내밀기에는 암만해도 내 뱃가죽이 얇고……. 이 일을 장차 어찌 하잔 말이냐?'

그는 다시 골짜기로 들어서서 나무 그늘에 앉았다.

"옳다. 그러자!"

그는 샘처럼 솟아오르는 약은꾀에 무릎을 치고, 앉았던 자리에서 일어나서 가던 길과는 반대쪽을 산을 넘어서 알 낳을 자리를 구하는 암탉처럼 이리저리 헤매었다.

'어디가 좋을까. 아무데나 그 짓을 했다가는 밝는 날 그 자리를 못 찾게 되면 큰일이고, 목표가 든든한 곳이라야 할 텐데……'

그의 마음은 다시 갈팡질팡하였다.

이렇게 갈팡질팡하던 그는 문득 솔밭 사이로 나타나는 희미한 불빛을 보았다.

'이크. 나를 찾아다니는 사람들의 불빛이 아닌가?'

그는 겁이 버럭 나서 달아나려다가 다시 한번 돌아보고, 그것이 움직이는 등불이 아니라 바로 열 칸쯤 떨어진 산모퉁이에 고요하게 서 있는 조그만 초막에서 흘러나오는 불빛인 것을 알았다.

'아아, 저기도 사람 사는 집이 있구나.'

달 아래 졸고 서 있는 조그만 초막에는 어떤 사람이 사는가?"

태규는 솔밭 사이로 가만가만하게 발을 옮겨 초막 있는 데까지 내려갔다.

초막에서는 가느다란 노래소리가 흘러나왔다. 잔잔하게 울려나오는 노래를 들으며 멍하니 섰던 그는 마침내 귀로만 만족하지 못하고 울바자[54]틈으로 그 집안을 들여다보았다.

달빛이 넘쳐흐르는 좁다란 마당가에서 어린애를 안고 노래를 부르고서 있는 젊은 소경 여자!

자기의 할 일도 잊어버리고 섰던 태규는 비로소 정신이 난 듯이,

'아차, 내가 무얼 하고 서있지. 어서 어떻게 처치를 하고 그 놈들 있는 데를 가 보아야지. 어디다가 감출까? 옳다. 이 집을 목표로 하고 저 솔밭뒤에 있는 바위 밑에다가 파묻자.'

그는 그 집의 위치를 자세하게 둘러보고 지금 올라온 길을 다시 한 번 되풀어 보고 솔밭을 돌아나와, 흙 파기에 적당한 나뭇개비를 주워서 커다란 바위 밑으로 가서 다시 사면을 휘-둘러보고 분주하게 바위 밑 흙을 파서 깊은 구렁을 파고, 품에 품었던 신문지에 싸고 싼 오천 원 뭉치를 파묻고 황망하게 일어서서 사면을 한 번 둘러보았다. 주위는 고요했다.

벌써부터 자기의 일거일동을 어떤 곳에서 바라보고 있는 번쩍이는 괴인이

---

54) 울타리에서 쓰는 바자. 또는 바자로 만든 울타리. 바자는 대나, 갈대, 수수깡 등으로 발처럼 얽어 엮은 물건.

있음을 모르는 태규는 아까 오르던 길로 산을 넘어 달아나버렸다.

　김창호와 필수는 자동차를 몰아서 운외사 어귀까지 왔다.
　"자동차가 예 까지 온 자국이 있습니다. 그리고 여기서 또 저리로 간 자국도 있고……좌우간 운외사로 올라가 물어나 보지요."
　필수는 이렇게 말하고 김창호와 같이 운외사로 올라갔다.
　애초부터 없을 줄 번연히 알고 찾아온 필수로는 괴이할 것도 없지만, 그래도 행여나 소식을 알았으면 하고 찾아온 창호는, 그런 이가 나온 일 없다는 절 사람의 말을 듣고 낙망했다.
　"물론 여기 있을 리는 없을 것입니다. 저는 아까 그 자동차 자국을 따라서 가보고 올 테니 당신은 절로 들어가서 기다리십시오."
　자기로서는 딴 계획이 있는 필수는 이렇게 말하고 운전사까지 남겨 두고 혼자서 오던 길로 돌아나갔다.
　절간 한 방으로 들어앉은 창호는 궁금한 사정을 심부름하는 중에게 또 물어보았다.
　"오늘 아침 이 절에 자동차가 나왔던 일이 있소?"
　"네. 여기 스님 한 분이 편찮아서 의사 양반이 자동차를 타고 나왔었습니다."
　"그 자동차 편에 문 안 어떤 여자를 나오라고 명함을 들여보낸 이가 있는지 모르겠소?"
　"글쎄. 잘 알 수 없습니다."
　어물어물 대답하는 절 사람은 때마침 문 앞으로 지나가는 한 사람을 불러 물었다.
　"여보, 명진 씨. 아침에 나왔던 자동차 편에 명함을 들여보낸 일이 있어요?"
　"응, 그런 일이 있지요. 왜 그 이가 나왔소? 저 해운 스님이 기다리시는 손님인데."
　"여보시오. 그런 게 아니라 좀 물어 볼 말이 있어서."
　창호는 명진을 붙잡고 자기가 찾아온 요령을 간단하게 말했다.
　"잠깐 기다리십시오. 제가 들어가 여쭤보고 나올 테니."
　영일의 방으로 들어갔던 명진은 곧 돌아나와서 손님을 데리 고 영일의 방으로 들어갔다. 병석에 누운 채로 김창호와 초면 인사를 마친 영일은 은숙의 부친이 밤중에 은숙을 찾아 나선 사정이 궁금했다.

"따님께서 여기 나오신다고 집에서 나왔습니까?"

"집에서는 여기 나온단 말도 없이 그저 어디 좀 다녀온다고 나왔는데, 자동차부에서 알아보니 여기를 나왔다고 그래서……."

창호는 말끝을 흐리고 영일을 바라보았다. 영일은 김창호가 은숙의 부친인 줄을 알 때 특별하게 존경하는 마음이 생겼다. 초췌한 얼굴에 웃음까지 띠고 자기가 은숙이와 남매와 같이 신의 깊은 교제를 하고 있는 일이며, 저간 얼마동안은 만나지 못했단 말이며, 자기가 병이 나서 눕게 되니 보고 싶은 생각이 나서 자동차 운전사 편에 명함을 주어 들여보낸 이야기를 침착한 말솜씨로 간단하고 순서있게 했다.

영일의 이야기를 들은 창호의 마음에는 조그만 의심이 떠올랐다.

'자기에게 무슨 일이나 별로 숨겨 본 적이 없는 은숙이가 어찌해 결의남매까지 하고 이 절에도 여러 번 나왔더라면서 이때까지 한 번도 그런 말이 없었을까? 전후 사정을 미루어 보아 오늘도 분명하게 여기를 오려고 나선모양인데, 제 어머니에게도 가는 곳을 분명하게 말하지 않은 것은 반드시 이 곳에만은 부모인 자기들에게도 속이고 다닌 것이 아닌가? 그럴 이유가 어디 있을까?'

귀한 보배를 가진 사람은 남이 엿볼 것을 두려워하고, 애달픈 사랑은 싸고 싸는데 빛이 나는 것이다.

그러나 창호의 의문은 잠깐 사라지고 다음으로는 그것과는 다른 의미의 걱정만이 검은 구름처럼 피어올랐다.

'그것은 어찌되었든지 대관절 이리로 나왔으면 나왔지, 여기도 오지 않고 어찌해 그런 일을 당했을까?'

이 풀래야 풀 수 없는 커다란 걱정은 끈적끈적하게 붙어서 떨어지지 않았다.

창호는 북받치는 걱정을 참지 못해 비밀에 붙여두려던 오늘 일을 대강 이야기했다.

"우리 은숙이가 그렇게도 친분이 있다니 말씀을 합니다. 지금 은숙이 신상에 큰 괴변이 생겼구려!"

그의 말을 듣던 방안 사람들은 눈을 둥그렇게 뜨고 다음에 나오는 말을 기다렸다.

창호는 말 대신 은숙의 친필인 오천 원을 청구하는 편지를 꺼내어 영일에게 보였다. 차돌같이 냉정하고 침착한 영일이도 이 때만은 과연 놀랐다.

"이게 웬 일입니까?"

"난들 알 수 있소. 그래서 이 밤에 나온 게 아니오."

"그래서 어떻게 됐어요? 대관절 이 편지는 누가 가지고 왔어요?"

"웬 낯모를 양복 입은 청년이 가지고 왔더군요. 그래 할 수 있습니까. 돈을 마련해 주어서 돌려보냈지요. 그 자의 말이 밤으로 은숙이를 곱게 돌려보낸다고는 합디다마는, 일을 당하고 난 뒤에 어떤 친구가 자동차타는 걸 보았다고 해서 자동차로 가보았더니 자동차를 타고 여기를 나왔다기에, 궁금한 생각에 그 친구하고 여기까지 나왔던 길인데, 그 친구는 걔가 여기 안 온 것을 보고 어디로 좀 찾아가 본다고 지금 내려갔는데……."

"네? 동행이 또 한 분계십니까?"

"저 재동 사는 이필수라고 하는 친구와 함께 나왔지요."

두 사람의 대화를 옆에서 듣고 앉았던 명진은 별안간 미친 사람처럼 소리를 질렀다.

"재동 사는 이필수라니! 그 부자 놈 말씀입니까? 그 악마 놈!"

이렇게 부르짖는 그의 눈은 독을 품은 맹수처럼 타올랐다.

방안 사람들은 일제히 명진을 바라보고 그 미친 듯한 표정에 놀랐다.

방안은 한바탕 침묵했다.

"그래, 노형이 이군을 아시오?"

창호는 조용하게 물었다.

"그 악마 놈, 그 놈을 알다 뿐입니까."

명진의 시커먼 주먹이 그의 무릎에서 떨렸다.

"아마 잘 못 아시나 보오. 그 사람은 그런 사람이 아닙니다. 상당한 교육도 받은 이로서, 지금 교육 사업에 종사하는 사람이고, 사회 명망도 상당하게 있는 청년 신사인데요."

창호는 명진에게 대꾸를 하고 나서 다시 영일을 보고 오늘 그 화급한 경우에 오천 원이라는 돈도 필수에게서 취해 보낸 이야기를 간단하게 했다.

“흥, 오천원. 흥, 오천 원. 그 악마가 오천 원을 내놓았다? 모를 일이다. 흥, 오천 원.”

명진의 코가 조소에 흔들렸다.

김창호는 명진의 그 태도가 불쾌해서 얼굴을 저 편으로 돌리고 말대답을 하지 않았다. 이것을 본 영일은 손님 보기에 창피하고 불안해 명진에게 주의를 시켰다.

“명진 씨, 그게 무슨 말입니까. 조심하시오.”

명진은 영일의 주의로 무슨 하려던 말을 참고 침묵을 지켰다.

마계를 꾸미고 앉아 있는 박인환 등은 돈 오천 원을 가지고 돌아올 홍태규를 초조하게 기다리고 있었다.

그러나 태규가 해가 져도 돌아오지 않자 그들은 별별 의심이 다 났다.

“대체 어찌된 셈일까? 일이 순서대로만 되었으면 벌써 돌아올 텐데…… 아마도 은숙의 아버지가 버티는 모양인가? 태규가 일을 섣불리했는가? 필수는 모든 것을 준비하고 기다릴 모양인데.”

이렇게 초조하고 불안한 박인환은 부하를 두 사람쯤 다시 보내어 진상을 알아보고, 만일 창호가 버티고 있으면 정말 톡톡하게 협각을 해 돈이 나오도록 하기로 생각하고 이번에는 진정으로 화가 나서 은숙에게 다시 눈을 달아매고 위협을 했다.

“아무래도 당신의 아버지가 말을 안 듣는 모양이구려. 또 다시 사람을 보내볼 테니 당신의 의견껏 돈이 나오도록 다시 편지를 쓰시오. 만일 그래도 되지 않으면 그 때는 우리가 최후수단을 쓸 테니…….”

“뭐라고 든지 부르세요. 그대로 쓸 테니. 아무래도 제 집에 그렇게 많은 돈은 없을 텐데요. 그래서 못 되는가 봅니다.”

은숙은 참으로 난처했다. 물론 자기 집에 그만한 돈은 없을 터이고, 그러나 돈이 안 되면 자기에게는 무슨 일이 있을지 추측하기 어려운 걱정에 다시 붓을 든 은숙의 온몸은 떨렸다.

‘영일 오빠에게 기별을 해 의논을 해보는 것이 차라리 나을텐데…….’

이렇게 생각한 은숙은 다시 박인환에게 애원해 보았다.

"여보세요. 우리 아버지께는 백 번해야 없는 돈은 어쩔 수 없을 듯하니 아무 데나 돈이 됨직한 다른 곳으로 기별하도록 하면 어떨까요?"

"응……. 혹 사람에 따라서는 될 데도 있겠지요. 어디 말입니까?"

"저 운외사에 계신 우리 오빠 되는 이에게로 하겠습니다."

"안 될 말입니다. 절대로 안 됩니다. 되거나 안 되거나 어서 당신 아버지한테나 다시 해보십시오. 그래서 안 된다면 할 수 없는 일이고……."

"아아, 이런 때에 나를 구원해 줄 사람은 없는가?"

은숙이는 무서워서 눈도 못 감고 마음속으로 하느님이시어, 하고 기도를 올렸다.

이 때였다. 돌연히 문을 박차고 뛰어 들어오는 양복 입은 청년 하나가 있었다.

"이 놈들! 이 도적놈들!"

이렇게 소리를 지르며 은숙의 앞을 막아서는 것은 꿈에도 생각지 않은 필수였다. 은숙은 이 때처럼 필수를 반가워한 적이 없었다. 아니 이 때처럼 사람을 반가워해 본적이 없었다. 필수의 손에 쥔 권총부리는 아차 하면, 탕! 할 듯이 여러 놈을 겨누고 있었다.

지금까지 서슬이 푸르던 악한들은 고양이를 만난 쥐처럼 이리저리 흩어져 앞뒷문으로 모조리 달아나버리고 남은 것은 굽싸놓은[55] 돼지 같은 운전사 하나뿐이었다.

"은숙씨, 이게 어찌된 일입니까?"

필수는 비로소 은숙에게 말을 붙였다.

"아이고……, 이 선생님 어떻게 알고 오셨어요?"

은숙은 감격에 넘치는 어조로 대답했다.

"자세한 말씀은 차차 하지요……. 이 사람은 웬 사람입니까!"

"참, 그 이를 어서 끌러 주세요. 저를 태우고 오던 운전사입니다."

필수는 결박당한 자동차 운전사를 끌러 놓으며,

"자동차는 산 밑에 세워 두었는데 그대로 있는지 모르겠습니다. 가보고 오지요."

---

55) 짐승의 네 발을 모아 얽어매 놓은.

운전사는 이렇게 대답하며 총총히 밖으로 나가버렸다. 필수의 뒤에 꼭 붙어 섰던 은숙의 손은 어느 때 어떻게 붙잡혔는지 필수의 손에 쥐어 있었다. 은숙은 이것을 떼어버리려고도 생각지 않고 그대로 서 있었다.

필수와 은숙은 나란히 앉았다.

"선생님, 참 감사합니다. 그런데 선생님 어떻게 알고 여기에 나오셨어요?"

이렇게 다시 묻는 은숙의 말은 감격에 떨리고 표정은 그윽이 부드러웠다.

"제가 여기를 나오게 된 것보다 은숙 씨가 이렇게 되셨던 일체가 제게는 더욱 궁금합니다. 그것부터 말씀하세요, 네?"

은숙은 자기가 오늘 당한 일을 간단하게 이야기했다.

은숙의 이야기를 듣는 중에 필수는 뜻밖에 유쾌한 소식을 들었다. 그것은 은숙이가 영일을 오빠라고 부르는 것이다.

'아아, 그것은 나의 적이 아니었던가?'

필수는 은숙의 아버지에게서 돈 오천 원을 긴급하게 보내라는 편지를 받던 이야기에서 시작해 자기 공로의 일장을 늘어놓았다. 그러나 은숙의 아버지가 운외사까지 함께 나온 것은 다른 비밀과 같이 싸 두었다.

"그러면 돈 오천원을 내주셨나요?"

"주고말고요. 그 놈이 벌써 가지고 나왔는데요."

"아이, 저 일을 어째. 오천 원을 빼앗겼으니. 그런데 그 자는 아직 돌아오지 않았어요." "네? 그 놈이 돈을 가지고 돌아오지 않았어요?"

마계 속에 조그마한 마계가 또 들어 있음을 모르는 필수는 커다란 의문이 생겼다.

"안 왔어요."

은숙은 빠른 어조로 이렇게 말하고 잠깐 입을 다물었다가

"그래, 저더러 다시 편지를 쓰라고 위협을 차인데요. 그럼 저 돈을 어떻게 찾을 수 없을 까요?"

하고 안타까운 듯이 필수를 쳐다보았다.

"그거야 못 찾는 돈이지요. 생각 하실 필요도 없습니다. 그까짓 돈 오천원은 어찌되었든지⋯⋯. 은숙 씨의 신상에 별일이 없는 것만 다행이지요."

필수는 쾌활하게 웃으며 위로했다.

"그러면 우리 아버지 어머니가 작히나[56] 걱정하시려고요. 어서 들어가지요."

"암, 어서 들어가서 안심을 시켜드려야지요. 운전사가 올 때까지 기다려 들어가도록 합시다."

필수는 천재일우의 이 좋은 기회에 이런 말로 시간을 보낼 때가 아니라고 생각했다. 그러나 자기의 소원을 말하기에 그는 아무런 준비도 없었다. 어떻게 이 기회를 이용할까? 초조하면 초조할수록 아무런 방법도 나서지 않았다.

"은숙 씨!"

필수는 우선 이렇게 불러 놓았다.

"네?"

은숙은 대답과 같이 필수를 바라보았다.

필수는 아무 말이 없었다. 다만 정열에 타는 괴로운 두 눈이 은숙을 바라볼 뿐이었다. 은숙은 필수의 시선을 그대로 받기가 괴로워서 고개를 돌려 땅바닥을 내려다보았다. 괴로운 침묵의 진陣이 두 사람을 싸고돌았다.

"은숙 씨, 은숙 씨."

필수는 다시 은숙을 불러 놓고 이번에는 용기를 다해 말을 계속했다.

"당신은 왜 나를 그렇게도 싫어하십니까. 자기의 모든 것을 희생해서라도 당신을 사랑하고 좋아하는 나를, 왜 원수간이 미워하십니까?"

"선생님, 그것만은 단념해 주세요."

은숙은 필수의 애원을 물리쳤다.

"아닙니다, 아닙니다. 그것은 나에게 이 세상을 단념하라는 것이나 마찬가지입니다. 당신이 나를 싫어하고 미워하는 것을 나는 잘 압니다. 그리고 단념해버리는 것이 나에게 몸 편한 일이라고 생각지 않는 것도 아닙니다. 그러나 나의 당신에 대한 끈적끈적한 애착은 나 자신의 삶의 애착처럼 나에게 굳세게 붙어 있는 것을 어찌할 수가 없구려. 짝사랑이 어리석은 일인 것을 나는 잘 압니다. 남의 일에는 나도 비웃기도 했습니다. 그러나 나 자신이 당할 때에 제 삼자의 간섭과 비판을 절대로 허락지 않는 것인 줄을 알았습니다. 사랑은 상대나 타협으로만 성립되는 것이 안닌 줄을 나는 비로소 알았습니다. 당신이 나를 싫어하

---

56) 오죽이나.

는 배, 아니 십 배, 백배나 나의 당신에 대한 애착은 끈적끈적한 것만 알아주세요. 그것만 알아주신다면 나더러 어리석다는 비난을 하실지언정 무리라고는 말씀하지 않으리다. 당신이 나를 사랑할 수 없는 그만큼, 아니 그 이상으로, 그 백 배 이상으로 나는 당신을 잊을 수가 없는 것을 어찌합니까. 따라서 나는 당신이 나를 싫어하는 것을 야속하게 생각해 원망은 할지언정 미워할 수는 없어요. 그와 같이 나 자신도 미워할 수는 없어요."

필수는 잠깐 말을 끊었다가,

"그러면 미워하는 것도 죄가 아닐 것이요, 그리워하는 것도 그른 일이라고는 생각지 않습니다. 그리고 남을 미워하는 감정도 불쾌한 것이겠지마는, 그리워하는 이의 애달픈 번민은 당사자가 아니고는 모를 것입니다. 은숙 씨는 나의 번민을 모를 것입니다. 은숙 씨 나의 번민은 어떻게 하면 좋아요. 나의 생명을 쓰러뜨릴 듯한 번민의 불을 꺼 줄 사람은 누구겠습니까. 네?"

필수는 무릎을 한 걸음 더 내밀어서 은숙과 자기와의 떨어진 거리를 좁혔다.

필수의 뜨거운 손이 은숙이의 손을 잡았다.

"저는 몰라요."

이렇게 대답한 은숙은 필수의 손에 잡힌 자기의 손을 어떻게 처치할까를 주저했다.

음성을 날카롭게 필수의 손을 물리치기에는 자기를 급한 경우에서 건져 준 감격에 가까운 호의가 반대를 하고, 그대로 내버려두기에는 감사와 애정을 혼동할 수없는 은숙의 처녀가 허락하지 않았다.

'아아, 나는 어쩌나? 나는 어쩌나?'

은숙의 괴로운 표정은 은숙의 마음의 주저를 나타냈다.

필수의 눈은 이것을 놓치지 않았다. 자기의 손을 뿌리치지 않은 그 은숙이가 자기 앞에 앉았다는 것만도 필수에게는 기뻤다.

"나는 은숙의 손을 잡고 앉았습니다. 행복이란 이런 것입니까?"

누구에게 고함이라도 치고 싶게 필수는 기뻤다. 그의 떨리는 팔이 은숙의 어깨 위로 넘어가자 정욕에 젖은 필수의 입술이 번개같이 은숙의 뺨을 스쳐서 은숙의 입술을 향해 미끄러져 들어왔다.

"어머나!"

　　은숙은 한 편으로 고개를 돌려 필수에게 잡힌 손을 뿌리치고 사정없이 필수를 물리쳤다.

　　은숙은 비로소 주저하는 마음에서 떠났다.

　　감사나 호의는 연애성립의 요소가 못 되는 것이다.

　　'은혜를 여자의 사랑으로 갚는 것은 일종의 매음이다.'

　　이렇게 생각하니 은숙은 비록 잠시 동안이라도 필수의 손에서 주저한 자기의 손이 순결한 몸뚱이의 한 귀퉁이를 더럽힌 듯 싶어서 불쾌했다. 은숙의 이 불쾌한 감정은 필수에 대한 호의와 감사를 여지없이 눌러버렸다. 필수의 존재는 은숙의 눈앞에서 다시 납작해졌다.

　　"그것은 용서하지 못할 비열한 행동입니다. 은혜로 써 여자를 정복하겠다는 그 행동은 피아노로 여자를 사려는 것과 거리가 멀지 않아요. 어서 가도록 합시다……."

　　필수는 아무 말도 없이 고개를 드리우고 무엇을 생각했다.

　　'만일 이 기회를 놓치면 은숙은 영원하게 내 것이 못 되고 말 것이 아니냐.'

　　이렇게 생각한 필수는 어떤 목적에 마음이 조급했다.

　　'여자를 정복함은 사랑만에 있지 않다. 폭력도 필요하다. 아무리 버티는 여자도 남자의 무기에 정복을 당한 뒤에는 어린양같이 온순해진 실례가 얼마든지 있지 않느냐. 나는 무엇을 주저할 필요가 있느냐…….'

　　필수는 마음속으로 중얼거리고 은숙을 보았다.

　　희미한 램프불 밑에 모로 비치는 은숙의 전신은 필수의 정욕을 자극했다.

　　"아이고, 운전사는 무엇 하는 셈일까?"

　　은숙은 혼자 짜증을 내고 자리에서 일어섰다.

　　필수도 따라 일어섰다.

　　"은숙 씨!"

　　바로 등 뒤에서 떨리는 필수의 음성에 은숙이가 고개를 돌릴 때, 필수의 손은 벌써 은숙의 몸에 닿았다.

　　애욕의 정욕으로, 정욕이 수욕으로 변할 때 필수는 완전하게 짐승이 되었다.

　　"이게 무슨 무례한 짓입니까. 점잖게 놓고 물러서세요."

　　은숙의 말은 짐승이 알아듣기는 너무도 고상했다. 수욕에 타는 필수의 육체는 폭력과 아울러 주린 사자처럼 은숙의 몸을 끌어 안었다.

주린 사자의 미친 듯한 힘에 외롭게 지키는 여자의 성문은 그대로 깨지고 말 것이냐?

지나간 길

은숙의 아버지는 밤이 들도록 운외사에서 기다려도 필수가 오지 않아 그 동안 혹시 은숙이가 집에 돌아와 있지나 않을까 하는 생각에 타고 온 자동차로 문 안을 들어갔다.

손님이 돌아간 뒤에 영일과 명진은 한참 동안 말이 없게 제각기 다른 생각에 빠져 있었다.

저주, 걱정, 의분, 추억, 증오 이 모든 생각이 얼크러진 복잡한 침묵!

"최 선생님!"

명진은 영일을 불렀다.

"은숙 씨 일에는 심상치 않은 내막이 있는 줄로 나는 압니다."

"무슨 내막? 여보 참, 그런데 명진 씨가 그 이필수라는 자를 어떻게 앗오? 아까는 그 손 앞에서 너무 떠들기에 내가 주의를 시켰지마는……."

"알고말고요, 알고말고요. 은숙 씨의 오늘 일도 반드시 그 놈의 소행이 아닐까 합니다. 나는 그렇게 의심합니다."

"필수의 소행이라니?"

영일은 눈을 동그랗게 떴다.

"네, 저는 이렇게 생각합니다."

"왜? 어떻게?"

"선생님, 저는 그것을 말씀하기 전에 선생님에게 이필수가 어떤 자인 것을 소개할 필요가 있습니다. 그러자면 지금 까지 선생님께도 숨겨 온 저와 제 누이 동생의 저주할 과거를 말씀하게 됩니다. 영원히 묻어버리려던 저주할 우리 남매의 과거를 말할 때는 왔습니다. 쓰라린 지나간 날을 추억하는것은 괴로운 일 입니다만……."

빠른 어조로 이렇게 말한 명진은 자기의 흥분을 가라앉히려는 듯이 천장을 쳐다보며 잠깐 말을 끊었다가 침착한 어조로 무슨 소설 뒤풀이나 하듯이 다음과 같은 이야기를 했다.

저주할 과거를 가진 남매.

한명진의 고향은 황해도 재령 나무리였다.

언제부터 흐르는 지, 언제나 그칠는지 모르는 재령강 고요한 물이 굽이쳐 흐르는 대자연 한 귀퉁이에 땅을 파먹고 사는 한 부락의 농촌이 있었으니, 이것이 한명진의 고향이었다.

아버지, 어머니, 명진, 명진의 누이동생 명숙, 이 네 사람을 가족으로 한 그의 가정은 단란했다. 비록 남의 땅을 소작할지라도 흙과 친해 땀으로 사는 그들에게는 생활의 불안도 없었다.

맏아들 명진은 보통학교를 졸업하고 가업을 잇기 위해 괭이를 잡고 흙으로 돌아오고, 그 뒤로 보통학교를 졸업하는 명진의 누이동생 명숙은, 나는 집안일 때문에 불가불 중등교육, 고등교육을 받지 못하게 되었지만, 어여쁜 누이동생만은 공부를 더 시켜 본다는 명진의 노력으로 서울로 유학을 보내게 되었다.

평화에 싸인 비둘기 같은 두 남매.

사람이 사는 곳에 연애가 있었다. 사람이요, 그리고 젊은 명진이도 연애할 때가 왔다. 인생의 봄은 왔다. 한 동네에 사는 음전이라는 처녀가 사랑의 대상이었다.

들에 피는 한 송이 백합 같은 순결한 소녀와 평화로운 가정에서 자라는 순진한 청년의 사랑은 언제 어떻게 자라났는지 모른다. 그것은 마치 아지랑이 밑에서 소리 없이 머리를 내미는 이름 모를 풀처럼 소리 없이 솟은 젊음의 싹이었다.

이렇게 솟아난 사랑의 싹은 나무리벌을 스치는 봄바람, 재령강에 비치는 가을달에 고이고이 자라나고 있었다.

평화로운 농촌에 고요하게 자라나는 명진과 음전이의 사랑.

이 사랑의 자라서 뿌리를 박고 그늘을 짓고 열매를 맺을 때를 기다리는 그들의 행복은 얼마나 갈 것이냐.

벼의 향기가 바야흐로 높아 가는 어떤 초가을이었다.

명진의 동네에 좀처럼 와 본적 없는 귀빈이 왔다. 이 귀빈은 그 부락 일대가

총출동해 환영하지 않으면 안 될, 그들이 소작하는 토지의 지주 이준식이었다. 대자연의 한 귀퉁이인 이 농촌 일대의 전답이 거의 이준식의 소유였다.

대자연의 한 귀퉁이는 완전히 돈에 정복되었다.

따라서 그 농촌 일대의 소작인들은 자연의 혜택보다도 이준식에게 감사를 드렸다. 흙을 떠나서 살 수 없는 그만큼 그들은 이 흙의 주인을 밀어내고 살수는 없는 것이었다. 음전이의 집에서는 이 귀한 손님을 치르기에 분주했다.

저녁을 먹고 난 이준식은 밖으로 나갔다.

들에는 젖빛 같은 달빛이 고요하게 녹아내리고 있었다.

"아, 달도 밝기도 하다."

누가 보든지 아름다운 달밤은 지주 이준식에게도 아름다웠다.

저녁 바람에 물결치는 황금의 들 위에 아낌없이 녹아내리는 은색의 달, 이것보다도 아름다운 것을 준식은 보았다.

그것은 자기 집 대문을 나서서 이웃집으로 마실을 가는 음전이의 뒷모양이었다.

잠깐 보였다가 순간에 사라지는 처녀의 뒷모양은 환갑에 가까운 이준식의 피를 젊게 했다.

그는 때 아닌 젊음에 떨려 언제까지 자기 침실로 들어갈 줄을 몰랐다.

깊어 가는 밤을 따라 달은 점점 밝아졌다.

뒷처럼 사라졌던 아름다운 대상은 다시 정면으로 준식의 눈앞에 나타날 때가 왔다.

그는 이웃집으로 자기 집으로 돌아오는 음전이를 똑바로 보고 방으로 들어왔다.

그 이튿날 그것이 그 집의 열여덟 살 되는 외딸인 줄을 안 이준식은 애욕이라기보다 소유욕이 끓어올랐다.

달 아래 보는 처녀의 미모에도 소유욕을 느끼는 것이 지주 이준식의 인생관이었다. 소금섬을 물로 끌라고 해도 발 벗고 드러설57)소작인의 딸을 내 것을 만들기에 그는 조금도 주저하지 않았다. 읍내 자기 집으로 돌아온 이준식은 지체하지 않고 자기의 심복을 내보내 음전이를 첩으로 달라는 교섭을 시작했다.

---

57) '소금 섬을 물로 끌래도 끈다'는 속담. 즉 소금 섬을 가지고 물로 들어가면 소금이 다 녹아 없어질 것이지만, 그래도 하라는 대로 해야 할 처지니 어디까지나 명령대로 따른다는 말.

교섭의 내용은 간단했다. 딸을 지주에게로 보내면 제일, 딸도 부자의 마나님으로 호강을 마음대로 할 것이요, 음전이의 부모는 농사짓느라고 피땀 흘리지 않고 늘그막에 평안하게 지낼 만큼 생활 보장을 해 줄 것이라는 것이 음전이를 이준식의 첩으로 보내라는 권유 조건이요, 또 한 편으로는 만일 지주의 이 청을 물리친다면 이 땅을 부쳐먹고 이 곳에서 살수는 없을 터이니 생각해서 하라는 은근한 위협도 숨어 있었다.

지주의 차인이 다녀들어간 뒤에 음전이의 부모는 머리를 모으고 의논을 했다.

"그러나 여보, 그 끝 딸 하나 길렀다가 어떻게 늙은이의 첩으로 보내겠소."

마누라가 어리뻥뻥하게58) 반대를 했다.

"아따 별소리를 다하는구려. 아무데로나 가서라도 잘만 살면 그만 아니오……. 가난한 놈에게 맡겨서 고생하는 것보다 낫지 않으리. 그리고 우리 내외도 딸년 덕에 의식 걱정은 없게 될 테고……."

마누라도 애써 반대하려 하지 않았다. 귀여운 딸을 늙은이의 첩으로 보내는 희생일 빚어낼 물질의 이익이 그들의 양심의 눈을 감겨버렸다.

다음 날 지주에게 불려 들어간 음전의 아버지는 쾌히 승낙하고 돌아왔다. 그 대상으로는 금년부터는 도지를 바치지 말 것, 어느 것이나 마음대로 골라 부칠 것, 우선 소나 한 마리 사매라고 수백 원 집어 준것이었다. 음전의 부모는 모든 것을 잊어버리고 기뻐했다. 두 내외는 이 기쁨은 딸과 같이 나누기 위해 음전이를 불렀다. 술이 얼큰하게 취한 음전의 아버지는 딸의 손을 잡으며

"우리 음전이는 신짝 같은 이 귀에 복이 붙은 게야……. 음전아, 이제 너 부잣집으로 시집보낼 테니……."

하고 웃었다.

"아이고, 영감도 어린 걸 데리고 별소릴 다하는구려."

"아니야, 아니야. 저도 알 것은 알고 있어야지. 아가 음전아, 저 읍에 있는 우리 부치는 땅임자 이 참사(준식을 이렇게 부른다)어른이 너를 데려간단다. 늘그막에 호강하실 양으로. 그러면 너도 잘 먹고 잘 입고 호강할테고, 늙은 아비 어미도 만년을 편하게 살겠고……. 네 덕, 내 덕 해야 모두 네가 타고난 복이란

---

58) 언동이 뚜렷하지 아니 해 도무지 대중하기 어렵다.

말이다. 허……허……허…….”

“저는 싫어요.”

딸이 대답이 너무도 명료한 데 음전이 아버지는 놀랐다.

“에 이년, 아비 말에 싫다 좋다가 어디 있단 말이냐. 가라면 가는 게고, 오라면 오는 게지.”

“영감, 취하셨구려. 그럼 계집애가 시집가는데 제 입으로 간다고 그러겠소. 내버려두구려. 저더러 물어 보는 게 잘못이지. 갈 날 되면 어련하게 알아서 갈라라구 그러우.”

음전의 어머니는 딸에게 소리를 지르고 화를 내는 남편에게 이렇게 말하고 딸의 눈치를 보았다.

“어머니, 저는 정말 거기는 싫어요. 안 갈 거예요.”

“아무말도 말고 나가 있어라. 아버지가 또 꾸중하시겠다.”

“꾸중하셔도 할 수 없어요. 저는 죽어도 안 갈 테니까요. 미리 말씀하는 것뿐이에요.”

음전의 말소리는 쇠끝같기도 날카로웠다.

“무엇이 어째. 죽어도 안 가? 들어오는 복을 쫓아도 분수가 있지, 네 년 하나만 말 들으면 너도 잘 살 테고, 어미 아비 편안하게 살겠다는데……. 어미 아비 잘 살 것이 배가 아파서 요 고집이냐. 그래, 너 하나 말 안 들어서 우리가 부쳐먹는 땅마지기일망정 다 빼앗기고 거지가 돼서 쫓겨나야 옳단 말이냐?”

어머니도 마침내 딸에게 발악을 했다.

“거지가 돼도 그 편이 낫지요.”

“이 년아, 네가 어느 구석에다 서방을 정해 놓고 요 따위 수작이냐.”

어머니의 성난 주먹이 고개를 드리우고 있는 딸의 등에 떨어졌다.

음전이는 아무 말에도 대답을 하지 않았다.

바야흐로 일어나려던 폭풍은 음전의 침묵으로 저기압이 되어 가라앉았다. 이 저기압은 멀지 않은 장래에 눈물의 비가 되어 음전의 집안을 적시고야 말 그것이었다.

자기 혼자서 해결을 짓기에는 너무도 중대한 문제를 의논하기 위해 음전이는 명진이를 찾아 우거진 갈밭 속으로 갔다.

명진이를 만난 음전이는 말보다 눈물이 앞섰다. 모든 하소연을 눈물로 짜내는 애인의 가슴속을 모르는 명진이는 눈을 둥그렇게 떴다.

"음전이 웬일이요? 응, 울기는 왜 울어요?"

"나는 어쩌면 좋아요? 명진 씨."

"글쎄 무엇 말이요. 알 수가 있어야지."

음전이는 굵고 긴 한숨에 잇달아서 자기 신상에 닥쳐온 중대한 일을 자세히 말했다. 한참 무엇을 생각하던 명진이는 떨리는 음성으로 말했다.

"음전이만 사랑을 위해 싸워 줄 용기만 있으면 그까짓 것쯤은……."

"나는 무엇이든지 당신이 시키는대로 할 거예요."

"정말입니까?"

"정말."

"그러면 우리가 함께 멀리 달아납시다. 이 저주할 고향을 버리고 멀리 달아납시다."

"가요. 어서 가요. 이 밤으로 떠나요."

그들은 마침내 사랑의 망명길을 떠나려고 그 밤으로 준비를 했다.

스무 사흘 달이 흐릿하게 비치는 고요한 강 위에 소리 없이 떠나는 사랑의 망명배. 바람 없는 잔잔한 물결 위에 그들은 무사히 손에 손을 잡고 우선 진남포까지 왔다. 장차 더 갈 길을 정하기에 하루를 지체하고 그들은 정거장으로 나갔다. 그들의 목적은 저주할 고향을 멀리 떠나는 데 있었다. 멀리 떠나는 데는 이십세기 문명이 낳아 놓은 기차를 타야 한다. 그러나 천만리를 달아나는 그 기차에 그들을 실어 가기에는 그들의 사랑은 애닯게도 축복받지 못한 것이었다.

명진과 음전이가 배를 타고 밤도망을 친 이튿날 그 동네에는 한 입 건너 두 입 건너 두 사람의 숨었던 사랑이 세상에 드러났다. 그들이 배를 타고 남포로 간 것까지도 알게 되었다. 음전이의 집에서는 곧 진남포로 사람을 보내어. 나가고 들어오는 관문인 정거장을 지키게 했다.

명진과 음전의 머고 먼 앞길은 남포 정거장 개찰구에서 막혀버리고 말았다. 개찰구 지켜 섰던 동네 사람들은 저승사자처럼 명진과 음전이를 잡아 앞세웠다.

이렇게 붙잡혀 온 음전이는 죄수처럼 자기 집에 감금을 당하고 명진의 집안은 남의 계집애를 빼어 낸 놈이라 해 동네 사람들의 비난을 받고, 지주로부터는 소작지를 떼이고 집간까지도 빼앗기고 축출을 당해 다른 마을로 떠나게 되었다.

음전의 집에서는 이준식에게 말해 하루빨리 딸을 맞아가도록 했다. 그리해 패물을 받느니 비단이 오느니, 부랴부랴 첩잔치를 차리기에 분주했다.

마침내 그 날은 왔다. 저주할 그 날, 한 많은 그날! 이준식의 집에서 교군이 와서 음전이를 맞아 갈 그 날 아침은 왔다.

음전의 집에는 울고도 남을 비극이 일어났다.

새벽 물 길러 갔던 이웃집 여자는 우물 안을 들여다보고 기겁을 하게 놀랐다. 좁다란 우물 안에는 삼단 같은 머리를 천 갈래 만 갈래 흐트러뜨린 여자의 시체가 반만큼 떠 있었다. 그것은 꺼내 보기도 전에 음전이의 시체로 판명되었다.

며칠 동안은 순하게 자기 방에 엎디어 있던 음전이는 마침내 가도 못하고 아니 가도 못 할 현실의 악착한 길을 버리고 영원의 길을 떠날 양으로 닭 우는 새벽에 집안사람들이 잠든 틈을 따서 자기 집을 나온 것이다.

우물 구멍 한 모퉁이에는 음전이의 신발이 나란히 놓이고 신발 위에는 명진에게 주는 언문으로 서투르게 쓴 한 장의 유서가 조그만 돌에 눌려있었다.

이 마지막글을 사랑하는 명진 씨에게 올립니다.

명진 씨, 갑니다. 저는 갑니다. 당신을 영원히 버리고 갑니다. 지주의 첩이 되어 더러운 몸으로 당신을 버리는 것보다는 깨끗한 몸으로 당신의 품을 떠나려 합니다. 한 많고 원 많은 이 몹쓸 세상이건만 당신이 살아 계실 것을 생각하면 그래도 그립습니다. 부디 안녕히 계십시오. 인연이 있으면 끝없고 설움 없는 저 세상에 서 길이 뫼실까 합니다.

멀고 먼 나라로 가는 음전이 올림

이 소문으로 온 동네가 떠들썩했다. 소문을 듣고 달려온 명진은 보기에도 참혹한 물에 불은 애인의 시체를 끌어안고 자기가 커다란 남자인 것도 잊어버리고 흑흑 느껴 울고, 소리쳐 울었다.

음전이의 집에서는 황망한 통에 어쩔 줄을 모르고 갈팡질팡하는 판에, 이준식의 집에서는 음전이를 맞아 갈 사인교가 나오고 하인배들이 더러 나왔다. 음

전의 눈물겨운 죽음에 동정하는 동네 청년들은 의분에 못 이겨 동구 밖으로 내달리며

"색마의 병졸들을 단 매에 때려 부셔라."

소리를 지르고 다 닿는 대로 때려눕히는 한바탕 비활극까지 일어났다.

음전이의 죽음에 대한 동네 사람들의 비판은 여러 가지였다. 부모의 말을 듣기 않고 죽어 버렸다 해서 불효의 자식이라거니, 총각 놈과 정분이 나서 눈에 보이는 게 없어서 그 따위 짓을 했다고 부정하다고 욕설을 하는 늙은이들도 있고, 깨끗한 동네를 더럽힌 간음한 죄인으로 돌리는 예수교인들도 있고, 또 한편으로는 사랑을 위해 목숨까지 버린 굳센 여자라 해 연애지상주의로 찬미하는 청년 남녀도 있고, 또 다른 한 편으로는 이것은 순전히 부자와 가난한 사람 사이에 일어나는 비극으로 그 죄악은 지주 이준식의 횡포에 있다 해 사회주의적 견지에서 비판을 내리는 새사람59)들도 있었다.

그래서 이 새사람들은 어디까지나 사회적 제재를 주어 이런 횡포가 다시없도록 해야 한다고 팔을 뽐내어 분개했다.

명진은 음전이의 거룩한 죽음 끝에 자기의 나갈 길을 주저했다.

"애인의 눈물 자취를 밟아 이 세상을 떠날 것이냐? 아니다.죽기 전에 몇 가지 이 세상에서 할 일이 있다. 음전이를 위해 지주 놈에게 복수를 해야 한다. 아니다. 비단 이준식이뿐 아니라, 돈의 힘으로 모든 것을 빼앗으려는 부자 놈들을 모조리 중치重治하는 것이 나의 일이다. 그렇게 하면 저 세상에서 내려다보는 음전이도 기뻐할 것이다."

명진이는 주먹을 부르르 쥐었다. 그는 지금까지 세상을 별로 저주해본 일이 없었다. 따라서 지주가 소작인을 착취하거나 부자나 가난한 사람을 밟거나 그것을 모두 당연한 일로 생각했었다. 땅뙈기를 얻어 부치는 까닭으로 지주의 아들이나 손자가 장가갈 때에는 떡을 섬으로 찧어다 바치고 요공을 하고, 그것도 부족해 노예같이 그 집일까지 해주는 것이나, 지주 집에서 정 이월에 닭의 알을 이 삼십 개 내어주며 닭을 깨웠다 가을에 큰 닭으로 들여오라는 명령을 내리고, 구시월에 가서 그물로 쳐놓고 봄에 내어 준 닭의 알 수효대로 닭을 받다가 닭이

---

59) 어떤 일에 새로 나서거나 참가한 사람.

좀 작아서 그물구멍으로 새어나가면 봄에 깨인 닭으로 바꾸어 오라는 그런 착
취 수단에도 지주의 덕에 먹고살거니 하면 불평은 없었다. 그래서 그저, 내가
복을 못타고 났으니 할 수 있나 하고 단념을 하고, 지주에게 충직할 뿐이었다.

그렇던 명진이도 이번만은 참을 수가 없었다. 넓고 넓은 이 천지에도 하나밖
에 없는 음전이를 빼앗아 간 것이, 죽인 것이, 지주 이준식이거니 돈 있는 놈의
짓이거니 생각하는 이번만은……. 그러나 몹쓸 일을 하는데는 꾀가 없는 명진
이는 백주에 칼을 가지고 준식이를 죽인다고 그의 집으로 미친듯이 뛰어 들어
가기도 하고, 아무 놈이나 부자 놈들만 보면 얼골에다 침을 뱉고 욕을 해 남들은
명진이를 미친놈으로 돌려버렸다.

음전이의 죽음과 명진의 경우를 동정하는 그 곳 청년들은 이준식을 성토를
하는 축출을 하느니, 배척 운동이 극렬했다. 그렇기 때문에 이준식은 스스로
창피도 하고 겁도 나서 그만 서울로 반이[60]를 하고 말았다.

미쳤다고 소문이 났던 명진이도 그 후 어디로 갔는지 종적을 감추어버렸다.

이리해 한동안 떠들던 소위 ‘음전이 우물에 빠져 죽은 사건’도 차차 일없는
사람의 옛이야기의 한 구절로 변해 갔다.

음전이 사연이 있은 뒤로 서울여자 미술학교에서 공부하는 명진의 누이 명숙에
게는 커다란 영향이 미쳤다. 근근이 얼마씩 보내 주던 학비가 뚝 끊기고 말았다.

그만 공부고 무엇이고 집어치우고 내려 갈 수밖에 없다고 낙망하던 차에 하
루는 뜻하지 않은 등기 편지가 한 장 왔다. 그것은 언제부터 서울에와 있는지
알지 못하는 그 오빠 명진이가 시내 어떤 곳에서 학교로 부친것이었다.

나는 벌써부터 서울 와 있다. 그 동안 얼마나 고생했느냐. 너를 찾아간대도
별로 할말도 없어서 가지 않는다. 나는 다 닿는 대로 육체노동을 해 그날 그
날을 지내 간다. 밥 사 먹고 남은 것이 있어서 보내니 학비에 보태 써라. 이후에
도 될 수 있는 대로 얼마씩 보낼 테니 어찌하든지 학교를 마칠 때까지 견디어
보도록 해라. 봉투 뒤쪽에 쓰인 주소는 거짓 주소이다. 나는 물론 그 곳에 있지
않을 터이니 내가 너를 찾아 갈 때까지는 나를 찾을 생각을 말아라.

---

60) 搬移: 짐을 운반해 옮김. 세간을 싣고 이사함.

서울 한 모퉁이에서 오빠가

　그 후부터 계동 막바지에 조그만 방을 얻어 가지고 자취를 해가며 공부를 계속 하던 명숙이는 어느 곳에서인가 피땀을 흘리며 노동을 해 헐벗고 못먹어 가며 자기를 위해 얼마씩의 돈을 부치고 있는 그 오빠를 생각하고 눈물겨웠다.
　책보와 수틀을 들고 하루 같이 아침이면 재동을 빠져서 안동 네 거리로, 저녁 때면 안동[61]네 거리에서 재동으로 들어가서 계동으로 올라가는 순진하고도 단정해 보이는 명숙의 등 뒤에는 어떤 남자의 젊은 눈이 따르는 것을 명숙이는 몰랐다.
　그것은 여러 해 전부터 공부합네 하고 서울 와 있으며 불량을 피우고 있는, 얼마 전에 서울로 이사온 이준식의 아들 필수라는 청년이었다.
　기생을 떼어들이고 돌려보내기에도 별로 흥미를 느끼지 못하는 그는, 소위 여학생 오입을 시작했다. 그리해 기생 퇴물로 살림을 세 네 번씩 드나들던, 옷만 바꿔 입은 벌제위명[62]의 여학생에게 곯아떨어지기도 여러번이었고, 또 한 편으로는 가난한 여학생의 약점을 엿보아 자기 마음껏 짓밟고 헌신같이 내버린 여자도 많았다.
　그가 새롭게 물색한 것이 그 때 스무 살 되는 처녀 명숙이었다.
　색마의 수첩에는 명숙의 주소와 학교 이름이 올랐다.
　이제 남은 문제는 욕망을 채울 수단과 방법이었다. 기회는 왔다. 저주할 기회는……. 종로청년회관에서 시내 중등이상 남녀 학교 연합바자회가 열렸다.
　장내에 진열한 수천 점 출품 중 가장 관객의 눈을 끄는 것은 여자미술학교 연구와 이년생 한명숙의 작품인 수놓은 액자였다.
　이 수객은 개회 벽두에 매약제[63]라는 패가 붙었다. 산 사람은 이필수였다.
　이것을 산 이필수는 다시 학교 당국자에게 교섭을 해 보수는 얼마든지 낼 테니 수 병풍을 한 틀, 이 작품을 낸 학생의 솜씨로 놓아 달라고 특별히 주문했다.
　학교 당국자는 본인과 의논한 후 곧 주문을 받았다.

---

61) 현재의 안국동.
62) 伐齊爲名: 유명무실.
63) 賣約濟: 팔기로 예약되어 있는 물건.

그 후부터 필수는 자기가 주문한 물건에 대해 이것저것 주의를 시킨다는 명목으로 가끔 명숙의 숙소로 찾아오곤 했다. 접근할 기회는 가속도로 늘어갔다.

남만 못지않은 말쑥한 외모와, 가난에 쪼들리는 명숙에게는 무엇보다도 부러운 필수의 일거일동에 나타나는 금전의 매력, 그리고 그의 온몸에서 흐르는 이성의 젊음, 이 모든 것으로 짜 놓은 유혹의 그물은 급진적으로, 세상을 볼 줄 모르는 어린양 같은 명숙의 몸을 싸 들어갔다.

며칠씩 거듭 찾아오다가 한 동안 발을 끊는 필수에게는 반드시 편지가 왔다. 처음에는 약도 안 되고 독도 안 될 편지가 오더니 나중에는 차차로 달콤한 염서艶書 비슷한 것으로 변했다.

순결한 처녀의 이성에 '눈뜬 눈'은 어두웠다.

이러한 염서, 이러한 교제를 경계하기에는 명숙은 이 유혹의 유혹으로 써는 처음이었다. 명숙은 도리어 필수가 자주 안 보이고 편지라도 오지않을 때에 일종 외로움을 느끼게 되었다. 이제는 명숙은 주소도 모를 곳에서 이따금씩 오는 그 오빠의 등기 편지보다는 필수의 그것이 훨씬 더 기다려지는 것이 사실이었다.

나뭇가지에서 시드는 빛 낡은 단풍잎조차 떨어져버리고 말려는 늦은 가을, 궂은비가 부슬부슬 내리는 어느 날 밤이었다.

저녁 때 명숙을 찾아왔던 필수는 밤이 들도록 비에 잡혀 돌아가지 못했다. 거치른 들에 외롭게 피려는 한송이 백합 같은 '명숙의 처녀'는 그날 밤 비바람에 떨어지는 단풍잎과도 같이 필수에게 짓밟히고 말았다.

눈 내리고 바람 부는 그 해 겨울을 명숙은 자기의 첫사랑을 바치는 이성의 품속에서 따뜻이 보냈다.

"여보세요. 이 수 병풍은 다 놓더라도 꼭 봉해 두었다가……."

이 말을 끝까지 안 들어도 알겠다는 듯이 필수는,

"암, 그리고 말고. 참 우리는 약혼도 하기 전에 수 병풍부터 놓기 시작했구려. 그 축복할 기념품을 정신을 차려서 썩 잘 놓아야 하오."

"그럼요. 꼭 됐어요. 오는 삼월에 제가 졸업을 하자. 이 병풍에 수 다 놓자……."

여기까지 말한 명숙은 부끄러운 듯이 고개를 숙였다.

"졸업하자. 병풍에 수 다 놓자……. 그리고 또 뭐?"

"……."

"글쎄 그리고는 또 뭐야?"

"어디 알아맞히세요."

"내 알아맞힐까? 알아맞히면 어쩔 테야?"

"한 턱 내지요."

"결혼식, 결혼식. 자, 어때? 알아냈으니 한 턱을 내야지……."

이렇게 명숙의 첫사랑은 봄이 아닌 봄에 자라고 있었다.

유리창 한 겹을 격해 따스하게 비치는 거짓 볕에 철모르고 피어나는 온실의 가련한 꽃이며. 피어나는 제 꽃의 고움이 몇 날이며, 그 향기가 얼마나 갈 것이냐.

봄은 왔다. 참으로 봄은 왔다. 일만 가지에 푸른 옷을 입히고 붉은 패물을 채우는 봄은 왔다. 온실에서 피어난 꽃을 시들게 할 봄도 이 봄이었다.

단성64)을 다해 놓은 병풍의 수도 거의 다 놓아 가고, 명숙의 졸업도 앞으로 몇 날이 안 남은 어떤 날이었다.

"명숙 씨, 우리 오늘 음악회 구경이나 갑시다."

저녁을 먹고 찾아온 필수가 동의했다.

"저는 싫어요. 시험 준비도 해야 하고 수도 어서 놓아야 하겠어요. 혼자 듣고 오세요. 그리고 저에게 들으신 대로 이야기만 해주세요."

"딴은 그래. 내 눈이 명숙이 눈이고, 명숙이 귀가 내 귀니까. 허허허. 그래도 우리 같이 가요. 내가 재미없으니 나를 위해서 아무리 바빠도 좀 가 주오."

"당신을 위해서라면 제가 가지요."

둘은 마침내 땅콩알 같은 파란 전등불이 희미하게 켜진 자동차 속에 나란히 앉았다.

민립고아원 창립 후원 음악회장인 종로 청년회관을 향하는 수선스러운 자동차 소리가 자기의 일생을 통한 비극의 프롤로그인 줄을 모르는 명숙의 기쁨은 우쭐거리는 쿠션과 아울러 뛰었다.

음악회장 백권석에는 필수와 명숙이가 나란하게 앉았다.

프로그램은 진행되었다.

---

64) 丹誠: 거짓이 없는 참된 정성.

독창……김은숙 양.

이화학당 음악과를 금년 졸업한다는 김은숙의 처녀 출연은 한껏 인기를 끌었다. 명숙과 나란히 앉은 필수는 귀보다도 눈을 더 민활하게[65] 썼다.

명숙은 박수갈채를 받는 김은숙 양의 독창보다 필수의 동작을 주목했다.

문제의 음악회는 끝이 났다. 회장에서 나온 필수는 명숙만을 혼자 돌려보내고 자기는 어디 좀 다녀온다고 다른 데로 가 버린 채로 그 날 밤도 안 오고, 그 다음 날도 오지 않았다.

그 후부터 명숙에게 대한 필수의 태도는 알아볼 만하게 달라졌다. 명숙을 찾아오는 수도 차차로 줄어들었다.

꽃피고 새 노래하는 화창한 봄 날. 이 날은 여자미술학교 졸업식이 거행되는 날이었다.

이 날의 졸업생인 한명숙에게는 반드시 와서 자기의 기쁨을 나눠주고 축복해 줄 필수가 오지 않은 것이 기쁨보다 몇 갑절 더 큰 섭섭한 일이었다.

"명숙아!"

하고 자기를 부르는 소리에 명숙은 뒤를 돌아보았다.

등뒤에는 뜻하지 않은 자기의 오빠의 명진이가 서 있었다.

"아, 오빠."

명숙은 반가웠다.

"오오, 명숙아 얼마냐 기쁘냐. 너의 오늘을 축복하기 위해 나는 하루 일을 쉬고 일부러 왔다."

동기애에 넘치는 오빠의 축복에 명숙은 눈물겨웠다.

명진과 명숙은 학교 응접실로 들어갔다.

어 디까지나 초라한 노동자 같은 오빠의 행색과 신혼한 아내 같은 누이동생의 그것은 암만해도 어울리지 않았다.

"그동안 공부를 계속하느라고 얼마나 고달팠느냐. 학비가 군색해 얼마나 애를 썼느냐. 나도 마음으로 는 퍽 애를 썼지만, 능력이 부족한 것을 어찌할 수가 있더냐. 아무런 고생을 하고라도 오늘이 있는 것만은 다행이다. 모두 네가 굳센

---

65) 날렵하게.

까닭이었다."

위로와 축복을 거듭하는 오빠의 말은 명숙의 가슴에 몹시 괴롭게 들렸다.

"아니에요, 오빠. 저는 아무 고생도 없었어요. 학비는 별로 군색하지 않았어요……."

명숙은 자기의 흰 팔목에서 유난히 빛나는 금시계를 저고리 소매로 끌어 덮으며 다시 말을 이어서,

"저, 저……, 제가 놓은 수가 잘 팔리기 때문에 학비는 그렇게 군색하지 않았어요. 저는 도리어 오빠가 애쓰실 것이 미안해서 못 견뎠어요. 어디 계신지 알기나 해야 찾아가 뵙기라도 하지요. 그런데 오빠는 지금 어디 계세요?"

명숙은 아무리 동기인 오빠에게라도 저간 자기의 사정을 숨기지 않고 다 말할 용기는 없어서 이렇게 말꼬리를 돌려버렸다.

"나? 나 있는 곳 말이냐. 그것은 몰라도 좋다. 일정한 주소가 없으니까. 그날 일하는 장소에 따라서 아무데서나 자니까. 그리고 이제는 네가 졸업을 했으니까 나는 육체노동은 조금씩 해 밥이나 먹고는 정신적으로 사회를 위해 무슨 일을 좀 해보려고 한다."

"오빠 그럼, 제가 있는 데 같이 가 계세요."

"싫다. 나는 나대로 다녀야 한다. 너는 학교를 마쳤으니 이제는 앞길을 정하도록 해라. 네가 있는 곳이나 알려주면 내가 틈나는 대로 찾아가마."

"저는 얼마 동안 서울에 있어서 직업을 구하든지 어떻게 하든지 할께요. 그러나 오빠, 저 있는 데로 같이 가세요."

"아니다. 나는 나 갈 데가 따로 있다. 너 있는 데나 알려다오 그리고 헤어지자."

명진은 고집을 피우고 나가버렸다.

기다리던 학교도 마치고 정성을 다한 병풍의 수도 이제는 끝이 났건만, 명숙이가 바라고 기다리던 결혼날은 오지 않았다. 그 뿐이 아니라 필수는 요즘 와서는 명숙의 숙소에 발도 들여놓지 않는 것이었다.

명숙에게는 또 한 가지 커다란 걱정이 있었다.

그것은 지금까지 부끄러워서 필수에게도 알리지 못하고 홀로 감추고 있던 벌써 다섯 달이나 된 자기 배안의 생명이었다. 첫사랑의 씨였다.

이 걱정은 필수가 자기를 멀리하면 멀리할수록 점점 커지는 것이었다.

그래서 명숙은 보고도 싶고 걱정도 나눌 양으로 매일 필수에게 편지를 했다. 그러나 필수에게는 회답 한 장이 없었다.

명숙은 마침내 야속한 사랑과 커다란 걱정을 하소연하는 마지막 편지를 필수에게 부쳤다.

기다리고 기다리던 필수에게서는 한 장의 가격 표기 우편66)이 왔다.

두꺼운 봉투 속에는 현금 일천 원과 다음과 같은 필수의 친필로 쓴 편지가 들어 있었다.

여러 말씀 줄이고, 나는 오늘 밤 열시 차로 일본으로 유학을 떠나게 되었습니다. 총총해67) 못 가 뵙고 떠나는 것을 섭섭하게 생각지 마시고, 지나간 모든 일은 한 바탕 꿈자취로 돌리고 나를 영원히 잊어 주십시오. 나는 이미 아내가 있는 사람이어서 당신의 일생에 대한 책임을 질 수는 도저히 없습니다. 물론 물질로는 어디까지나 책임을 지겠습니다. 이 돈은 우선 당신의 생활비로 드립니다. 부족하시거든 또 청구하십시오.

편지를 읽고 난 명숙은 모든 극렬한 감정에 실성한 사람처럼 자기의 현실조차 잊어버리고 우두커니 앉았다가 비로소 정신이 날 때에 편지를 방바닥에 내던지고 흑흑 느끼어 울었다.

방안은 고요했다. 다만 책상에 놓인 좌종68)만이 째깍째깍 울리며 지나가는 때를 조상하고 있을 뿐이었다.

시계는 벌써 아홉 시가 지났다.

"내가 이렇게 울고 있을 때가 아니다 대관절 그를 한 번 더 붙잡고 친히 이야기나 해보자. 그러나 시간이 늦었으니 이 일을 어찌하나!"

명숙은 혼자 중얼거리며 황황하게 옷을 갈아입고 밖으로 나섰다.

정거장에 나온 명숙이가 입장권을 사 가지고 황망하게 플랫폼에 뛰어 내려갔을 때는 벌써 발차 신호도 끝이 나고 기차가 막 움직일 때였다.

---

66) 분실·손상 때 보상을 받을 수 있는 특수 우편물의 한 가지.
67) 몹시 급하고 바쁜 모양.
68) 坐鐘: 탁상시계.

그 때 필수는 이등차창으로 머리를 내밀고 전송 나온 사람들에게 고개를 숙여 마지막 인사를 하고 있었다.

명숙은 경우가 경우이라 체면도 잊어버리고 허둥허둥 기차를 따라가며 숨찬 말소리로

"아, 필수 씨. 이 선생님, 이 선생님! 저를 잠깐 보고 가세요!"

하고 고함을 쳤다.

그러나 필수는 미친듯 쫓아오는 명숙을 못 본 척하고 그대로 차창에 비껴 돌아앉고 말았다.

필수를 실은 시커먼 기차는 명숙의 눈물 속에 사라져버렸다.

무정한 사내를 태우고 무정하게 달아나는 무정한 기차여!

명숙은 그 자리에서 쓰러질 듯한 다리를 간신히 옮겨 대합실까지 나와서 벤치 위에 기력 없이 주저앉았다.

한참이나 멍하니 앉아있던 명숙은 무슨 생각을 했는지 주머니에 든 아까 필수에게 온 봉투를 꺼내어 편지를 다시 한 번 더 읽고 있었다. 봉투아가리에는 수많은 지폐가 비죽이 내밀고 있었다.

명숙의 등 뒤에는 봉투로 내민 지폐를 뚫어지게 바라보는 물욕에 타오르는 알지 못할 두 눈이 번쩍이고 있었다.

아무리 다시 읽어도 그 편지는 자기를 영원히 버린 필수의 심정인 것을 알 때에 명숙이의 가슴은 죽기보다 아팠다.

'죽기보다도 쓰라린 고통을 잊는 데는 죽음밖에는 없을 것이다. 오냐, 죽자 죽어. 그래서 무정한 세상을 떠나자.'

이렇게 생각한 명숙은 벤치에서 일어나서 정거장 구내에 있는 매점에서 편지 쓰는 종이와 봉투를 사가지고 다시 대합실로 와서 침착하지 못한 손으로 무엇을 쓰기 시작했다.

오빠, 오빠! 이 글을 보시고 제가 가는 곳을 알게 되면 오빠는 얼마나 슬퍼하시겠습니까. 그러나 저는 가지 않을 수 없어서 이 길을 떠납니다. 오빠께서는, 저를 사랑하시는 오빠께서는 한 많은 세상을 버리고 죽음의 길을 떠나는 불쌍한 동생에게 눈물겨운 동정으로 과거의 모든 것을 용서해 주십시오. 자세한 사

정은 아셔서 필요하시거든 별봉편지[69]를 뜯어보십시오. 그러나 그 편지는 함께 봉하는 돈과 아울러 꼭 본인에게 전해 주십시오.

고향에 계신 아버지 어머니께 짓는 큰 죄는 오빠께서 대신 사죄해 주십시오.

이 세상을 영원히 떠나는 동생 명숙

명숙은 다시 다른 종이를 들고 쓰기 시작했다.

이세상을 떠나는 마지막 순간까지 사랑하는 나의 남편에게 이 글을 드립니다. 남편이시여, 필수 씨, 처음이자 마지막으로 나로 하여금 당신을 남편이라고 부르게 하소서 나는 갑니다. 당신이 나를 버리고 가는 길보다는 더 멀고 화려한 세상으로 당신이 주신 사랑의 씨를 그대로 품고 멀리 먼 나라로 길이 떠납니다. 나는 당신을 사랑하는 것으로 이 세상에 나온 일을 마치고 잠시 동안이라도 당신이 주신 사랑을 보배로 안고 당신에게 버림을 받고서 사는 것보다는 나의 몸을 위해 평안한 죽음의 길을 떠납니다. 거친 들 같은 험한 세상에 남아 있는 당신이 태평하기를 빕니다.

영원히 당신만을 사랑하는 아내 한명숙으로부터
이필수 씨께 올림

쓰기를 마친 후에 커다란 봉투에다 집어넣고 주소도 안 쓰고 '이것을 줍는 사람은 나의 오빠 한명진 씨에게 전해 주십시오' 하고 써서 주머니에 넣어가지고 정거장을 나섰다.

아까부터 명숙의 일거일동을 주의해 보고 있던 행색이 초라한 청년 한 사람은 그림자처럼 명숙의 뒤를 따랐다.

명숙은 신용산행 전차를 탔다. 첫여름 깊은 밤바람이 쌀쌀하게 불어스치는 인적이 끊어진 한강철교 위에는 명숙의 외로운 그림자가 표표히 나타났다. 얼레빗등 같은 초승달도 벌써 서편 지평선 너머로 기울어져버리고 검푸른 강물 속에서 반짝이는 별그림자는 세상을 등지려는 사람을 맞이하는 듯 했다. 철교

---

69) 본 편지 외에 별도로 봉한 편지.

난간에 의지해 앞뒤를 휘휘 둘러보는 명숙이는 침착하게 신발을 나란히 벗어 놓고 들고 있던 주머니(오페라 백)를 신발 위에다가 고이 올려놓고 철교 난간 틀 너머 강물로 떨어졌다.

명숙이가 철교에서 강으로 뛰어내리자 철교로 달음질쳐 오는 남자 한 사람이 있었다. 그는 의심할 것도 없이 아까 정거장에서부터 눈물겨운 명숙의 주머니에 든 돈에 침을 삼키며 따라서던 스리70)(따개도적)꾼으로 전차 속에서도 그럴듯한 기회를 얻지 못하고 멀리 어둠 속에 떨어져서 명숙의 일거일동을 바라보고 있던 그 사람이었다. 철교 위에 놓인 명숙의 주머니를 들고 막 돌아서던 그는 무엇을 생각했는지 주머니를 든 채로 검푸른 강물을 내려다보았다.

어두운 강둑 속에는 애달픈 죽음의 길을 헤엄치는 명숙의 하얀 손이 허우적거리고 있었다. 그 자는 어둠 속에서 눈을 커다랗게 떴다.

선과 악의 갈라진 길을 어디로 갈까, 바라보는 눈!

그 자는 마침내 손에 들었던 돈주머니를 철교 위에다 홱 내던지고 옷을 활활 벗고 죽음이 떠도는 검은 물위로 뛰어내렸다.

도둑의 가슴에도 부처는 들어앉아 있었다. 돈주머니를 줍기보다 죽어가는 사람의 생명을 먼저 거두리라는 착한 마음이 있었다.

인사불성이 된 명숙이는 마침내 돈을 빼앗기 위해 따라오던 도둑에게 생명의 구제를 당해 용산 병원에 입원하고 응급 치료를 받았다.

이 날도 하루의 노동을 마치고 피곤한 다리를 끌고 자기의 유일한 안식처인 노동 숙박소로 돌아온 한명진은 사무실 한 귀퉁이에 놓여 있는 그 날 조선일보 석간을 주워들었다. 제 일 면을 보고 나서 제 이 면을 들춘 그는 '실연 미인의 자살'이라는 초호이단71)제목에 눈을 크게 떴다.

부호 청년에게 유린을 당하고
임신 다섯 달인 무거운 몸으로

---

70) 스리 : 소매치기.
71) 初號二段: 신문의 활자크기 신문의 단수.

부호 청년에게 실연을 당하고 이 세상을 비관하여 임신 다섯 달이나 되는 무거운 몸으로 한강에 몸을 던져 괴로운 세상을 버리려던 여자가 그의 뒤를 밟아 오던 스리도둑에게 구제를 당해 잔명을 보전한 진귀한 사실이 있다. 이제 그 내용을 들으며, 원적을 황해도 재령에 두고 시내여자미술학교를 금년에 졸업한 한명숙(21)은 시내 재동 이 모라는 부호청년과 연애를 해 오던 바, 그 청년은 근일에 와서 돌연히 마음이 변해 돌아보지 않을 뿐 아니라, 자기는 처자가 있는 몸이라 일생에 대한 책임을 질 수가 없으니 다만 단념해 달라는 절연장과 돈 천 원을 보내고 멀리 일본으로 유학을 가고 말았으므로, 그 청년이 일본으로 떠나던 그저께 팔일 밤 십이 시 경 초승달빛조차 사라진 한강 인도교 위에서 주소도 모를 오빠되는 한명진과 이 모에게 보내는 유서와 , 이 모에게 받은 듯한 현금 천원을 남기고, 이미 사랑의 씨를 받은 지 다섯 달이나 되는 무거운 몸으로 그와 같이 참혹한 일을 한 것이라는 바, 마침 이것을 목도한 허복돌이라는 사람에게 구제를 당해 즉시 용산 병원에 입원하고 응급 치료를 받은 결과, 다행스럽게 생명에는 관계가 없으나 자세한 사정은 본인이 일절 침묵을 지킴으로 알 수 없다 한다.

도적질하려다가 인명을
구제한 허복돌의 미거[72]!

한명숙이라는 여자가 실연 자살을 하려던 것은 별항 보도와 같거니와, 뜻밖에 그 여자를 구제한 허복돌이란 청년의 말을 들으면 그는 절도 전과 3범으로 일정한 주소가 없이 '스리'로 직업을 삼고 이리저리 배회하던바, 그날밤도 사람이 복잡한 경성역 대합실에서 돈 가진 사람을 살피던 중 전기 한명숙이가 불소한[73] 돈을 주머니 속에 넣는 것을 등 너머로 보고 그것을 빼앗을 양으로 뒤를 밟는다는 것이 한강까지 따라갔다가, 마침내 그 광경을 보고 돈을 가지고 돌아서려다가 물속에서 허우적거리는 죽음을 그대로 보고 올 수가 없는 생각이 나

---

72) 아름다운 일.
73) 적지 않은.

서 돈을 내던지고 인명을 구제한 것이라 한다.

신문 기사를 보고 난 명진은 신문을 손에 든 채로 밖으로 뛰어나가서 신용산행 전차를 탔다. 용산 병원에 다다른 명진은 간호사에게 인도되어 허둥지둥 명숙의 방으로 들어갔다.

"명숙아!"

침대에서 벌떡 일어난 명숙은 그대로 달려나와 명진에게 매달리며

"오빠."

떨리는 목소리로 한마디 겨우 부르고 말없이 울뿐이었다.

"아, 이 철없는 애야, 글쎄 어찌된 셈이냐? 사정 이야기나 좀 해라."

간호사가 나간 뒤에 명숙은 비로소 지나간 일을 자세히 이야기했다.

이야기를 듣던 명진은 갑자기 미친 사람처럼 소리를 질렀다.

"이필수? 이필수라니. 저 이준식이 놈의 아들이 아니냐?"

"몰라요. 원래 황해도에 살았는데 얼마 전에 서울로 이사왔다는 재동××번지에 사는 사람이에요"

"아, 그 놈이로구나. 틀림없이 그 놈이로구나. 음전이를 죽인 지주의 아들놈이로구나! 아, 아비 놈은 나의 애인을 죽이고 아들놈은 나의 누이동생을 죽이려했구나! 맙소사, 하느님! 맙소사. 재동××번지, 재동××번지."

명진은 정말 미친 사람처럼 필수의 집 번지를 외며 문밖으로 달아났다. 명숙은 명진의 행동에 놀라서 그의 뒤를 따라 나가 보았다. 그러나 명진의 미친 듯한 걸음은 벌써 멀리 사라져버렸다.

그렇게 뛰어나간 명진은 그대로 돌아오지 않았다. 그 이튿날 낮까지도 아무 소식이 없었다.

그 이튿날 저녁 신문 사회면 한 편 구석에는 조그맣게 다음과 같은 기사가 났다.

부호 집에 방화미수.

시내 재동××번지 부호 이준식의 집에 어제 새벽 두 시 경에 노동자 차림의 수상한 청년 하나가 나타나서 석유 묻은 솜뭉치를 처마 끝에다 찌르고 성냥을 그어서 불을 놓으려는 것을, 마침 화장실에 갔던 그 집 하인이 발견하고 그 자리

에서 붙들고 소동하다가 때마침 지나가던 행순경관74)에게 넘겨 종로서에 유치 취조 중인 바, 그 자는 주소, 성명, 기타 일체 사정을 말하지 않으므로, 혹은 미친 사람 같기도 하고 혹은 그 집과 무슨 원한을 품은 것같기도 해 사건의 진상을 알 수 없다더라.

이 요령부득할 신문 기사를 보고 놀라는 사람은 용산 병원에서 그 오빠를 기다리고 있는 명숙이었다.

명숙은 그 날 밤으로 병원을 나와서 방화미수범이 갇혀 있는 종로 경찰서로 가서 유치범인의 면회를 신청했으나, 허락되지 않아 그대로 동정을 기다리고 있었다. 이십 일쯤 지나서 명진이가 검사국으로 넘어간 뒤에 남매는 서대문 감옥에서 면회를 했다.

"다시는 감옥으로 면회는 오지 말아라. 할말이 있거든 편지로 하고 마음을 굳게 먹고 전일 같은 철없는 일이 없도록 해라. 네가 나 나오기를 기다리고 있다는 것은 감옥에 있을 나에게는 커다란 기쁨니다. 그리고 너는 시골로 내려가 있으면 좋을 듯 하다. 그러나 나의 소식은 일절 부모님에게도 전하지 말아다오."

"저도 시골로 내려가지 않을 거예요. 이곳에 있는 오빠를 두고 어떻게 혼자 내려가요. 그리고 제 소식도 일절 고향에 알리지 않을 거예요."

이야기도 끝나기 전에 면회창은 지옥문처럼 닫혀버렸다.

얼마 뒤에 명진은 방화미수죄로 일 년 육 개월의 징역을 받았다.

명진의 재판방청을 하고 돌아온 명숙은 밤새도록 눈이 퉁퉁 붓도록 울었다.

그 이튿날 아침, 자리에서 일어나던 명숙은 갑자기 두 눈이 지독하게 아파서 다시 자리에 누웠다. 이틀쯤 뒤에는 눈에서 고름 같은 것이 나오고 앞이 보이지 않았다.

명숙은 겁이 펄쩍 나서 의사를 불러왔다.

"임독성 결막염75)이 되어서 좀처럼 낫지 않습니다. 잘못하면 실명되기 십중 팔구입니다. 좌우간 병원에 입원하셔야 합니다."

---

74) 순찰경관.
75) 성병의 한가지인 임질의 독성으로 인한 안과 질환.

의사는 명숙에게 서러운 신고를 내렸다.

아아, 이것도 사랑의 선물이냐!

병원에 들어가서 몇 달 동안 치료한 효험도 없이 명숙은 완전히 앞 못보는 사람이 되고 말았다.

앞 못 보는 명숙이는 병원을 나온대도 어디로 갈 곳이 없어서 하루 이틀 병원에서 지내는 동안에 해산할 달은 가까워 왔다.

이제 명숙에게는 죽을 용기조차 없었다.

음력 시월 초순 맑게 개인 어떤 날이었다.

어둠에서 어둠으로 나와 어둠으로 돌아갈 저주받은 생명이 사바로 떨어지는 날.

그 날 명숙은 아침부터 산기가 있었다.

병으로 근심으로 한껏 수척한 명숙의 초산은 순조롭지 못했다.

지독한 진통에 이를 악물고 땀을 뻘뻘 흘리며 방을 헤매는 명숙은, 저녁때가 되어도 애가 나오지 않았다.

이것을 보고 있던 의사는 명숙에게 말했다.

"태아의 위치가 잘못 되어서 그런 것이니까 잘못하면 모체가 위험할것이니 불가불 수술을 해 꺼내는 수밖에 없겠소."

"아니에요, 아닙니다. 어린애를 죽여서는 안 됩니다. 더 기다려 주세요."

명숙은 대번에 거절했다. 그 날도 해도 저물었다.

이제는 아프다고 소리를 치고 몸을 놀릴 기력도 없이 비스듬하게 누운채로 가느다란 신음 끝에 이따금 입만 딱딱 벌리고 알아듣지 못할 군소리를 했다.

산모의 용태가 변했다는 보고를 접한 의사는 간호사의 뒤를 따라와서 다시 한 번 자세히 진찰을 하고,

"만일 보호자나 있으면 승낙을 얻겠지만 그런 사람도 없고……. 그러나 모체를 구하기 위해서는 부득이 당자의 의견을 거슬러서라도 수술할 수밖에 없소. 어서 바삐 수술 준비를 하오."

이 말을 들은 명숙이는 손을 허공에 내어 흔들며 남을 기력을 다해 소리쳤다.

"안돼요 안돼요 이 애를 죽여서는 안돼요 이 애의 아비와 어미는 죄가 있어도 이 애에게는 아무 죄도 없어요 죄 없는 어린것을 죽여버려서는 안돼요 내가

살기 위해 이 애를 죽여 버릴 수는 없어요. 이 애를 낳아주는 천직만이라도 이 애를 위해 다 할거예요."

"아닙니다. 모체가 견디지 못할 걸 어떻게 합니까."

"같이 죽지요, 같이 죽어요. 그것은 관계없어요. 그러나 내가 살기 위해 죄 없는 생명을 죽여 버릴 수는 없어요. 제발 그대로 내버려 두세요."

날빛76) 보다도 빛나는 거룩한 모성애에 둘러섰던 의사와 간호사들은 다 같이 눈물지었다.

냉정하기로 유명한 의사의 직업적 용기도 신의 위엄 같은 명숙의 거룩한 고집에 흐려져 버렸다.

언제 어떤 경우에든지 쉴 줄 모르는 시간은 의사가 주저하는 사이에도 일초 일초 거침없이 지나갔다.

삼십분이 지났다. 산모의 용태는 조금 평온해졌다.

한 시간 후였다.

명숙은 마침내 어린애를 낳았다.

의사와 간호사들을 기적에 가까운 이 일을 기뻐했다.

"여보세요. 사내아기입니다. 기뻐하세요."

간호사는 혼수상태에 있는 명숙의 귀에다 입을 대고 이렇게 말했다.

산아의 건강을 진단하던 의사는 나오는 줄 모르게 소리쳤다.

"아, 이 애가 눈이……."

소경 어머니가 낳은 어린애는 소경이었다.

빛을 등진 저주받은 생명들이여! 이것은 또 누구의 죄냐?

파리한 몸으로 난산에 난산을 한 명숙의 산후의 건강은 좀처럼 회복되지 않았다.

그 해 겨울과 이듬해 봄까지를 병원에서 지내고 녹음이 푸르른 여름이 돌아왔다.

필수가 보낸 저주할 돈, 원통한 돈, 더러운 돈, 그 돈 천 원도 거의 써버렸을 때에 명숙이 모자는 병원에서 나와, 불쌍한 두 생명이 어떤 하숙에 부쳐서 아무

---

76) 햇빛을 받아서 나온 온 세상의 빛.

런 희망도 계획도 없는 그 날 그 날을 그저 살기 위해 살고 있었다. 얼마 남지 않은 더러운 돈 부스러기도 밥값으로 다 들어가고 이제는 하숙 주인의 눈 거친 외상밥으로 지내다가, 이미 먹은 것은 어찌되었든지 다른 주인으로 옮겨라도 달라는 하숙 주인의 야속한 독촉에 못이겨 명숙이 모자는 마침내 어두운 세상으로 방향 없이 여관 집 문을 나섰다.

지향 없는 발길은 사람의 소리가 소란한 종로로 끌리어 갔다. 이 때이다. 조심 없이 달아나던 이필수의 자동차가 길가에 방황하는 가련한 명숙이 모자를 쓰러뜨린 것이다.

이 때 마침 음악회에서 나오던 영일과 은숙을 만났으니, 이것이 그들 모자의 외로운 신세를 영일에게 의탁하게 된 동기였다.

소설 뒤풀이 같은 명진 남매의 지나간 날 이야기는 끝이 났다.

이야기를 듣고 난 영일이는 한숨을 길게 내쉬었다.

"선생님, 아무래도 은숙 씨의 일은 필수 놈의 짓일 것 같습니다. 저는 이제 곧 가서 은숙 씨를 찾아보아야 하겠습니다. 은숙 씨 신상에 무슨 불행한 일이 있을지 모르니까요……."

"어떻게 있는곳을 알 수가 있겠소."

"찾는 수가 있겠지요……. 선생님 이것을 보십시오."

명진은 품속에서 신문지에 꾸린것을 영일에게 펼쳐 보였다.

그것은 현금 오천 원이었다.

"그게 웬 것이오?"

영일은 눈을 크게 뜨고 물었다.

"이것이 필경 필수에게서 나온 돈일 겁니다. 이것을 단서로 해 이 일의 내막을 알 수 있겠지요. 자세한 것은 이따 말씀을 하고 우선 저는 은숙씨 있는 곳을 찾아 나갑니다."

명진은 이렇게 말하고 일어서서 급하게 밖으로 나갔다.

악한 박인환의 부하인 홍태규가 오천 원을 혼자 먹을 양으로 오는 길에 땅속에 파묻고 대답할 이야기까지를 준비해 가지고 은숙을 감금한 마굴로 돌아왔을 때에는, 먼저 와야 할 오천 원 가진 태규는 오지 않고 이필수가 뛰어드는 바람에 서투른 신파연극처럼 끝을 막고 박인환 등이 마굴을 쫓겨나올 때였다. 그들은 밑으로 올라오는 홍태규를 만났다.

"이 사람 무얼하기에 이 때까지 있었나!"

박인환은 태규에게 짜증을 벌컥 내었다.

"뭐라구 여쭐 말씀이 없습니다. 가지고 오던 돈을 어디다 떨어뜨렸는지 에까지 와보니 없어서 지금까지 산판으로 찾아 쏘다니다가⋯⋯."

태규는 움츠러들어 가는 말소리로 우물쭈물 대답했다.

"그래 찾았나?"

"아무리 찾아도 있어야지요."

"이 자식아, 날 누구로 알고 이 따위 서툰 수작을 붙이느냐."

허공을 달음질치는 박인환의 두툼한 손이 태규의 뺨을 갈겼다.

"어이쿠! 정말로 잃어버렸습니다."

"여보게들. 요 앙큼한 놈을 나무에다 달아매고 돈을 내놓을 때까지 패주게. 그래도 안 내놓거든 죽을 때까지 패주게. 죽기 싫으면 바로 말할테니."

태규는 굽싼 돼지처럼 소나무에 매달렸다. 뜨거운 매는 빗발같이 들어왔다.

어느 정도까지 이를 악물고 자백하지 않던 홍태규도 물욕보다는 생명욕이 컸다.

"살려주십시오. 바르게 대겠습니다."

마침내 이렇게 말했다.

괴인의 출현

"그래, 어쨌어? 바르게 대."

"저기 파묻어 두었습니다."

"요런 배짱 좋은 도둑놈 같으니라구."

"그걸 혼자 먹으려고. 허허."

박인환은 돈 찾은 것만 좋아서 껄껄 웃었다.

"에이, 날도적 놈 같으니."

다른 자들도 웃었다.

태규는 그 자들의 앞장을 서서 아까 돈 파묻은 바위로 갔다. 우선 사면을 돌아보았다. 바로 산모퉁이에 비치는 창으로 새어나오는 불빛이 아까보던 그 집이었다.

바위 밑으로 들어가서 돈 묻었던 자리를 파헤치던 태규의 가슴은 덜컥 내려앉았다.

"아! 이게 웬일일까?"

"뭐야, 어쨌단 말이야!"

"여기 파묻은 돈이 없어졌어요."

태규는 목소리는 떨렸다. 다른 자들도 바위 밑에 둘러앉아서 찾아보았다. 그러나 없는 것은 누가 찾든 없었다.

나무숲에 숨어 이 광경을 바라보던 두 눈이 있음을 그들은 몰랐다.

박인환은 벌떡 일어서며 화를 냈다.

"요놈이 아직도 도둑놈이 마음이 남아 있어. 이 밤중에 여기 파묻어 둔게 갈 데가 어디야. 까만 거짓말이지. 아까와 같이 매달고 참말이 나오도록 또 패주게."

변명할 길 없는 태규는 그들에게 끌려 으슥한 곳으로 가서 나무에 매달렸다. 뭇 매는 아까보다도 모질었다. 태규는 까무러치면서도 모피[77]하 도리가 없을 때에, 죽음을 각오하고 천명을 기다릴 수밖에 없었다.

이 때였다.

"이 놈들 사람 죽이는구나!"

하고 고함을 치며 뛰어드는 청년 하나가 있었다.

그것은 한명진이었다.

뜻밖에 침입한 알지 못할 청년은 대번에 박인환을 낭떠러지로 굴려버리고 다음으로 이리떼같이 대드는 악한들을 모조리 일어나지 못하도록 쓰러뜨리고 나무에 매달린 태규를 둘러 업고 자기 집을 내려왔다.

"아이고, 당신이 누구시기에 저를 살려주셨어요?"

"여보, 대관절 어찌된 곡절이요. 그것부터 자세하게 나에게 다 말씀하시지요."

---

77) 謀避: 꾀를 써서 피함.

"아니에요. 아실 것 없어요."

"여보, 내가 다 알고 묻는 거니 숨겨도 소용없소. 그 돈 오천 원은 웬것이요?"

"네? 오천원 그것을 당신이 어떻게 아십니까?"

"그것보다도 지금 은숙이라는 여자가 어디 있소. 그것부터 일러주시오."

"은숙이요?"

모든 자기들의 비밀을 꿰뚫고 있는 듯한 명진의 말에 태규는 놀라지 않을 수 없었다.

비밀의 열쇠를 가진 사람.

"글쎄 모든 것을 나는 다 알고 묻는 거니까 은숙이라는 여자가 있는 곳을 얼른 말씀하시오. 그래야 당신에게도 이로울 것이니……."

"……."

한참 침묵하던 태규는 비로소 오늘 일을 차례로 이야기했다. 그리고 자기는 그저 심부름만 했다는 것을 중요한 구절로 끼우고 은숙이가 감금되어 있는 곳까지 함께 가서 일러준다고 일어나려던 그는 허리를 못 추어서 다시 자리에 쓰러지고 말았다.

"아니, 자세하게 일러만 주오. 내가 찾아갈 테니……."

명진은 조급하게 재촉했다. 태규는 은숙이 있는 곳으로 가는 길을 자세히 말했다. 태규의 말을 다 듣고 나서 명진은 총총걸음으로 자기 집을 나섰다.

명진이가 나간 뒤에 태규가 누운 방뒷문을 고요하게 열고 들어오는 소경 여자가 있었다.

그것은 벌써부터 뒷문 밖에서 명진과 태규의 대화를 엿듣고 있던 명진의 누이 명숙이었다.

태규는 비로소 이것이 아까 목표로 보아 두었던 소경 여자가 어린애를 안고 거닐던 집인 줄을 알았다.

"여보세요, 지금 말씀하시던 필수라는 사람이 저 재동 사는 이필수 씨가 아닙니까?"

명숙은 궁금한 사정을 물어 보았다.

"네, 그 부자입니다. 일본가 공부도 하고."

명숙은 아무 말도 더하지 않고 곧 다시 밖으로 나갔다.

은숙이를 감금한 마굴에서는 수욕에 흥분된 필수가 주린 짐승처럼 덤비는 것을, 저항하는 은숙의 힘이 아직도 다하지 않고 버티고 있었다. 아무리 약한 여자의 힘으로라도 죽음으로써 지키는 처녀의 정조는 쉽게 깨어지지 않았다.

공세와 수세는 지구전을 계속했다.

필수는 새삼스럽게 지키기에만 노력하는 정의의 힘의 굳세임에 놀라지 않을 수 없었다. 그는 거의 낙망했다. 마음의 낙망은 근육의 홀게78)를 느슨하게 했다.

은숙은 이 틈에 문을 차고 밖으로 뛰어나갔다.

엷은 구름 사이로 새어 흐르는 달빛은 으스름하게 밝았다.

"운전사! 운전사!"

은숙은 찢어질 듯한 목으로 소리를 쳤다. 그러나 건너편 검은 산 그림자가 은숙의 부르짖는 소리를 흉내내는 외에 아무런 대답도 없고 누리는 죽은 듯 고요했다.

"흥, 그렇게 쉽게 운전사가 와요! 당신이 가면 어디를 갈테요. 그 밑을 내려다 보시오. 열 길도 넘는 벼랑이 아니가. 갈 테면 가 보시오. 흥."

이렇게 코웃음을 치며 은숙을 바라보고 있던 필수는 으스름 달빛에 비치는 은숙의 자태에 새로운 욕망이 타올랐다.

필수는 다시 은숙을 붙잡고 미친 짐승처럼 덤벼들었다.

그러나 처녀의 굳은 정조를 빼앗기는 그의 생명을 빼앗기보다도 어려웠다.

필수는 거듭 낙망했다.

낙망하는 필수에게는 은근히 뒷걱정이 끓어올랐다.

'만일 이대로 목적도 달성하지 못하고 그만 둔다면 어찌될 것인가? 이 변변 치 않은 음모는 온 세상에 확 퍼지고 말 것이 아닌가. 그렇게 되면 나는 어떻게 될 것인가?'

필수의 가슴은 무한히 울렁거렸다.

그는 마지막으로 하소연 비슷한, 참회 비슷한, 위협 비슷한, 애걸 비슷한 넋두 리를 순서 없이 늘어놓았다.

"아아, 내가 당신을 얼마나 사랑한 끝에 이 일이 생긴 것을 아십니까. 내가

---

78) 매듭 따위의 죈 정도. 여기서는 근육이 풀린 것을 말함.

일본을 간 것도 당신 때문이었고, 그 후로 나는 당신을 하루도 잊어본 날이 없어요. 당신이 나를 야속하게 싫어하는 줄을 내가 모른 것도 아니요, 그러나 당신이 나를 미워하는 백 배 천 배 당신을 사랑하는 나는 아무래도 단념할 수는 없었습니다. 나는 그만큼 당신에게 사로잡힌 것입니다. 이것이 물론 당신의 책임이라는 것은 아니나, 그러나 이 문제를 해결해 줄 사람은 당신밖에는 없습니다. 나는 지나간 날에 수많은 여자에게 악마에 가까운 짓을 해 울리고 죽이고 한 것입니다. 그러나 이번만은 나는 참으로 사랑의 끈적끈적한 괴로움을 맛보았습니다. 나는 당신을 얻기 위해 생명도 아낄 것 같지 않습니다. 당신을 내 것으로 만들기 위해 나는 수단과 방법을 가리지 않았습니다. 오늘의 모든 일도 전부 내가 꾸민 일입니다. 이것마저 실패할 때는 나는 살수 없는 것입니다. 자, 어찌 하시겠습니까?"

거지의 구걸만도 못한 이 하소연은 지금 이 경우에 은숙에게 아무런 호의도 사지 못했다. 다만 필수의 자백을 통해 오늘 당한 일의 의심만을 풀 수가 있었다.

"아, 이 더러운 사내여. 어서 나의 깨끗한 몸을 놓고 저리 가요. 어서 비켜나요"

낙망 끝에 하소연, 하소연 끝에는 마침내 잔인한 심리가 끓어올랐다.

필수는 와락 은숙을 앞으로 떼밀고 호주머니에서 권총을 꺼내어 들고 마지막 교섭을 했다.

"내가 네 정조를 못 빼앗을 때에는 네 생명이라도 빼앗고야 말 것이다. 그대로 돌려보낼 수는 없어!"

"오냐. 내 정조를 가져가기보다는 내 생명을 가져가거라. 이 짐승 같은 놈아!"

더러운 것을 토하는 듯한 은숙의 말은 필수의 얼굴에 침을 탁 뱉는 듯 필수를 모욕했다.

최후의 교섭은 깨졌다.

"무엇이 어쩌고 어째!"

필수의 바른손에 들었던 권총은 옅은 허공에서 은줄을 그리며 바른편 어깨와 수평선을 지었다.

필수의 극도로 흥분한 잔인성은 권총을 잡을 바른손 무명지를 초점으로 해 폭발하려 했다.

아아, 이십 이세의 은숙의 청춘은 그가 지키는 처녀의 정조를 대신해 흥분한 색마의 권총에 희생되고 말 것이냐?

필수의 떨리는 손가락이 권총 방아쇠를 더듬는 위기일발의 찰나였다.

필수의 등 뒤에서 귀신같이 나타나는 한 청년이 있었다.

이 귀신같은 사람은 날쌔게 필수의 총 잡은 손을 비틀어 올리며 필수의 목을 억센 팔로 사정없이 뒤로 제쳤다.

필수의 손에 들린 권총은 허공을 향해 두어 방 터졌다.

"야! 이 천지에 용납 못할 악마 놈아!"

그 청년은 우레 같이 부르짖었다.

"이놈, 네가 웬 놈이야? 권총으로 함부로 쏘기 전에 썩 비켜나거라!"

필수는 숨이 넘어가는 듯한 소리로 발악을 했다.

"흐응, 나? 나를 모르겠느냐. 한명진을 모르겠느냐. 네 아비에게 애인을 빼앗기고 네 놈에게 누이동생을 빼앗긴 한명숙의 오라비 한명진이라면 기억이 되겠느냐. 네 집에 불을 놓아서, 돈 속에 엎드려 모든 죄악을 거침없이 범하는 네 아비를 불사라 버리려다가 감옥살이를 하고 나온 한명진을 모르겠느냐. 이 악마 놈아, 그 총으로 쏠 테면 쏘아보아라. 네가 만일 털끝만큼이라도 양심이 있거든 모름지기 그 더러운 총부리를 네 가슴에 돌려 대어서 너 자신을 심판해야 할 것이다."

한명진은 흥분한 빠른 어조이지만 유창하게 자기를 소개하며 필수의 죄를 논책했다.

필수는 이 말에는 대꾸를 하려고도 하지 않고 자기를 끌어안은 명진의 굳센 팔을 벗어나기 위해 온몸의 힘을 다해 버렸다.

그러나 그것은 쓸데없는 노력이었다. 명진의 무쇠같은 팔은 귀신같이 필수를 압박해 필수가 가진 권총을 빼앗으려 했다.

'권총은 내 생명이다. 이것마저 빼앗기는 때는 내 생명을 빼앗기는 때다.'

필수의 생명을 걸고 버티는 힘, 명진의 의분과 복수에 타오르는 힘. 이 두개의 자연을 초월한 힘은 제각기 자기를 잊어버리고 엎어질 듯 자빠질듯 이리 몰리고 저리 쏠리고 했다. 악에 바친 두 몸뚱이는 누구의 힘에 몰리는지도 모르게 까맣게 내려다보이는 절벽으로 몰려갔다. 아직도 필수의 손에 들려 있는 권총에서는 또 한 방의 소리가 났다. 이것을 보고있는 은숙은 부질없이 온몸이 떨릴 뿐이요, 누구를 도와줄 생각도 나지 않았다.

얼크러진 두 몸뚱이는 어느 편이나 한 걸음만 더 밀리면 열 길도 넘는 아득한 절벽에 두 몸이 함께 떨어져 죽을 듯 했다.

"에그머니, 저걸 어떻게 해!"

나오는 줄 모르게 소리를 지르고 두 사람에게로 쫓아오던 은숙은 너무나 흥분한 까닭인지 그 자리에 쓰러져버렸다. 이 때였다. 필수의 권총부리는 어느 틈엔지 명진의 목을 향해 갔다. 이것을 내려다 본 명진은 눈살을 찡그리고 고개를 한 편으로 돌리자, 권총은 또 한방 명진의 고개 위에서 터졌다.

필수의 권총부리가 다시 방향을 전환하려 떨리고 있는 아슬아슬한 찰나였다.

명진은 마침내 이를 부드득 갈아붙이고 최후의 힘을 짜내어 필수의 몸을 자기 엉덩이에다 걸어 매었다.

'아, 일은 다 글렀구나!'

필수는 낙망 끝에 명진을 쏘기 위해 지향 없는 총을 또 한 방 놓았다. 그 탄환은 명진의 팔 밑에서 버둥거리던 자기의 왼편 다리를 쏘았다.

명진은 요란한 총소리에 군호나 마치는 듯이, 에라 봐라! 소리를 지르며 몸부림치는 필수를 절벽으로 굴려버렸다.

선불 맞은 돼지처럼 절벽으로 굴러 내리는 필수의 꼴을 내려다보는 명진은 떨리는 입술을 걷어올리고 흰 이를 내밀며 침통하게 웃었다. 그것은 웃음이라기에는 너무도 처참한 감정의 표현이었다. 명진은 그 때까지 정신없이 쓰러져 있는 은숙의 옆으로 가서, 여보세요 여보세요, 하고 몸을 흔들었다.

은숙은 그제야 정신을 차려 눈을 떴다.

"아이고, 당신은 누구세요?"

"자세한 말씀은 서서히 하지요. 어서 급하게 내려가십시다. 최 선생님께서 몹시 기다리 실테니……."

"최 선생님이라니? 우리 오빠 말씀이세요?"

"네, 영일 씨 말씀입니다."

이런 간단한 문답을 하며 명진은 은숙을 데리고 총총하게 마굴을 떠났다.

명진이가 은숙을 구하겠다고 황황하게 뛰어나간 뒤로 육체의 고통과 정신의 불안을 겸해 한 잠도 자지 못하고 초조한 시간을 보내고 누웠던 영일은 문밖에서 들리는 신발 소리에 벌떡 일어나 앉았다.

문을 열고 들어오는 것은 과연 명진과 은숙이었다.

"아! 오빠!"

모든 착잡한 감정에 은숙은 이렇게 부르짖고 어린애처럼 영일의 무릎에 쓰러졌다. 온 방안은 잠시 동안 깜빡이는 촛불에 약속 없는 침묵이 흔들리고 있었다.

"오빠, 그런데 어떻게 제가 거기 있는 줄 아셨어요?"

"그것은 나도 모른다. 네가 어디가 있었는지 모든 비밀의 열쇠를 갖고 있는 사람은 너를 구해 준 이 한명진 씨다. 명진 씨는 명숙 씨의 오빠이시다."

영일은 먼저 이렇게 명진을 은숙에게 소개하고 나서 은숙의 아버지가 다녀들어간 이야기까지를 말하고 그 다음에는 은숙이가 오늘 자기가 당한 일을 이야기하고 맨 끝으로 이 사건의 정체를 폭로시킨 괴인 한명진이가 모든 것을 이야기함으로써 이날까지 일어난 일의 시종을 자세히 알수가 있었다. 그렇게 날은 고요히 새었다.

새 날은 왔다.

은숙이는 날이 밝기를 기다려 집에서 애쓸 어머니와 아버지를 위해 문안으로 들어가고, 은숙을 문 안까지 데려다 주고 집으로 돌아온 명진은 비로소 명숙에게 어제 일의 모든 사정을 자세히 이야기해 들려주었다.

"그럼 오빠, 그 필수 씨는 어떻게 되었어요?"

명숙은 걱정스럽게 물었다.

"그 까짓 짐승 같은 놈이 어찌된 것을 누가 알 수가 있니? 십여 길도 넘는 절벽에 그대로 굴려 버렸으니까……."

"아이, 저 일을 어째. 만일 그이가……돌아갔으면."

"그 놈이 죽는데 무엇이 어째? 그런 놈은 마땅하게 참혹한 죽음을 맞아야 할 것이다. 죗값이 반드시 있어야 할 것이다."

아무 대꾸도 없이 앉았던 명숙의 감은 눈에서는 구슬 같은 눈물이 빛났다. 이 누구나 이해못할 눈물은 명숙이가 안은 어린애의 잠든 뺨 위를 씻어 내렸다.

저주의 눈물이냐? 그리운 눈물이냐? 이 눈물을 아는 사람이 누구냐?

한참 뒤에 명숙은 긴 한숨 끝에 입을 열었다.

"오빠!"

"왜?"

"오빠가 이 불쌍한 동생을 참으로 사랑하시거든 저를 그 필수 씨가 떨어진 절벽 밑까지 데려다 주세요."

"그건 왜?"

명진은 소리를 버럭 질렀다.

"글쎄요. 네? 오빠."

명숙은 어린애처럼 졸랐다.

"에이, 철없는 것아. 이 쓸개빠진 것아. 아직도 그 악마같은 남자를 못잊고 있느냐!"

명진은 또 한번 소리를 지르고 건넌방으로 건너가서 홍태규에게 그가 알고 싶어하는 돈 오천원의 간 곳과 대강의 사정을 일러주어 돌려보내기로 했다.

명진의 집을 나서는 홍태규를 뒤에서 조요하게 부르는 사람이 있었다.

그것은 명숙이었다.

"여보세요. 미안합니다마는 저와 함께 그 필수 씨가 있는 곳으로 좀 가주세요."

"글쎄요."

"수고스러운 대로 저를 좀 인도해 주십시오."

태규는 명숙의 간절한 청을 저버리지 못해 앞 못 보는 그를 인도해 필수가 떨어져 있다는 곳까지를 갔다.

그러나 그 곳에서는 필수의 그림자도 없었다.

"아이, 어떻게 된 셈일까요. 혼자서 몸을 움직이셔서 어디로 가셨을 까요?"

"글쎄올시다. 좌우간 제가 문 안을 들어가서 알아보면 알겠지요."

"여보세요. 그럼 당신이 문 안 들어가시는 대로 곧 좀 알아보셔서 제게 기별 좀 해주세요."

"네. 아는 대로 제가 일부러라도 나와 알려 드리겠습니다."

"미안합니다만 그렇게 해주시면 감사하겠습니다."

그들은 다시 명진의 집 앞까지 와서 헤어졌다.

일진풍운은 이로써 걷혔다. 이 풍운이 지나간 뒤에 그들에게는 얼마나 평온한 날이 올 것이냐?

또는 이 폭풍우 끝에 다시 이는 폭풍은 그들의 정회[79]에 어떠한 파도를 일을 킬 것이냐?

애증愛憎의 고苦

영일의 병은 장질부사[80]로 진단되었다. 은숙이가 자기 집으로 들어갔다가 삼사 일이 지난 뒤에 운외사로 다시 나왔을 때에는 영일은 신열이 한껏 높아져서 사람이 들고나는 것도 잘 모를 때였다.

은숙은 마침 학교 방학도 되었으므로 영일이 곁을 떠나지 않고 간호했다.

'만일 영일이가 이 병으로 세상을 떠난다면?……'

은숙은 혼자서 이런 생각을 하면 정체 모를 걱정에 앞이 캄캄해졌다.

그래서 억지로라도

'그럴 리야 있나, 치료만 잘하면 낫겠지.'

하고 생각지 않고는 견딜 수가 없었다.

은숙에게는 암만해도 영일의 불행이 남의 불행같이 생각되지 않았다.

부모나 형제의 불행, 혹은 그 이상일지도 몰랐다.

필수의 동정을 기별해 주기로 명숙에게 부탁을 받은 태규는 들어간 지 사흘 만에야 명진의 집으로 왔다. 그는 명진 남매에게 대강 아래와 같은 필수의 소식을 전했다.

인사불성이 되어 절벽에 밑에 쓰러져 있던 필수는 다 밝게야 달려온 박인환과 그의 부하들에게 운반되어 문 안으로 들어가 총독부 의원에 입원하고 응급 처치를 하였으나 생명이 위독하다는 것이었다.

"암, 죽어야지. 죽되 오래오래 쓰라린 고민을 겪다가 시들어 죽어야지."

명진은 생명이 위독하다는 필수를 또 한 번 저주했다.

명숙은 아무 말도 없이 고개를 숙이고 무거운 한숨을 지었다.

태규가 다녀들어간 그 이튿날이었다.

명숙은 무슨 결심을 말하려는 것처럼 자기 오빠를 불렀다.

"오빠."

"왜 그러니?"

---

79) 情悔: 마음속에 품고 있는 정.
80) 장티푸스.

"……."

"불러 놓고는 왜 말이 없니?"

"오빠, 저를 문 안까지 좀 데려다 주세요."

"문안 ? 문 안은 왜?"

"총독부 의원에 좀 가게요. 필수 씨를 좀 뵈려구요. 그렇게 위독하시다는데 돌아가시기 전에 한 번 뵙기라도 하게요."

"아아, 네가 미쳤니. 네가 미쳤어!"

명진은 소리를 버럭 질렀다.

"오빠, 오빠는 저를 미쳤다고 꾸짖지요. 저를 미친년으로 돌리시고라도 저를 문 안까지만 보내 주세요."

"명숙아, 명숙아. 너는 아직도 그 놈르 잊지 못하겠니. 그 악마 놈을. 그 원수를 ……. 명숙아, 너는 불행한, 너의 행복을 위해 마땅히 필수라는 남자를 잊어라. 잊을 뿐 아니라 원수같이 알아라. 저주해라. 그렇다, 그 남자를 저주하고, 저주하는 데에만 죽지 못해 사는 불행한 너에게 조그만 행복이라도 있을 것이니……."

"오빠, 저더러 필수 씨를 잊어버리라고요? 그러나 그것은 저로서는 할 수 없는 일이에요. 아무리 잊어버리려고 할지라도 잊혀지지 않는 것을 어찌합니까. 제가 살아 있는 순간까지는 저에게서 떠나가지 않을 것입니다. 그리고 저로서는 그 사람을 원수로 알고 저주할 수도 없어요. 그 사람은 저를 참으로 사랑해 준 때가 있어요. 그 사람이 중간에 저를 버리고 달아난 것은 그 사람도 어떤 끈적끈적한 유혹에 끌린 것이에요 어떤 유혹에 빠져서 달아났다고 해서 내가 그 이를 저주할 수는 없어요."

현실이 참혹하고 장래가 또한 암담한 명숙이가 처녀의 첫사랑을 바치던 봄날보다도 따뜻한 옛날의 추억만을 끌어안고 살려는 애달픈 어리석음을 이해하지 못하는 명진은 암만해도 사정이 딱하다는 듯이

"글쎄 이 생각 좁은 것아, 지금 네가 그놈을 생각하는게 네게 무슨 이익이 된단 말이냐. 정 네가 내말을 안 들으면 나조차 너를 돌아보지 않을 테다. 되고 본대로 되라고 나도 나갈 데로 가 버릴 테다. 어쩔 테냐, 응. 네가 필수를 생각함으로 써 나를 등진다면 그래도 좋으냐."

"오빠, 사랑은 이해타산으로 어떻게 할 수는 없는 것이 아닙니까. 오빠 말씀대로 제가 그 이를 그리워하고 사랑하는 것은 제게 아무 이익도 없겠지요. 그렇다고 그리운 이를 미워할 수는 없지 않아요……."

사랑하는 사람을 떠나는 비애, 미운 이를 만나는 고통…… 이것도 인생고해의 노도의 한 줄기이냐."

한참 동안 말을 끊었던 명숙은 다시 입을 열었다.

"오빠, 용서해 주세요. 그리고 불쌍한 저를 위해 단 한 번만이라도 그 사람 생전에 만나게 해주세요."

명숙은 애원 끝에 길게 한숨을 지었다.

"몰라, 몰라! 나는 네가 그처럼 쓸개빠진 여자인지 알지 못했다. 그 색마 놈은 너의 육체만을 소경으로 만든것이 아니라, 네 정신의 눈까지도 빼앗아 갔구나. 맹목의 사랑처럼 서러운 결과를 짓는 것은 없다. 너는 필수 놈을 사랑하는 것이 아니라 그 놈에게 정신적으로 사로잡힌 것이다. 너는 너를 잊어버린 것이다. 네가 너를 찾을 때까지는 나는 너를 누이동생으로 알지 않으련다. 따라서 네 하는 일에 조금도 간섭을 ○않을 테다. 그놈을 생각하거나 따라가 죽거나 마음대로 해라. 네가 너를 찾을 때까지는 나는 너를 떠난 있으련다. 응……또 한 번 다시 말해라. 어쩔 테냐. 나의 누이동생이 될 테냐. 그렇지 않으면 색마 놈의 성적 노예가 될테냐?"

두길! 갈라진 길. 명숙은 어디로 갈까? 혈육을 나눈 동기의 무릎 위에 엎드릴 것이냐. 이제는 스러진 이성애의 환락의 그림자를 좇을 것이냐.

"아, 오빠. 그럼 용서해 주세요. 저는 저 갈 데로 갈 테니……."

명숙의 대답은 너무도 명료했다.

"오오, 우리 아기 아빠한테 가자."

이렇게 눈물 젖은 음성으로 중얼거리는 명숙의 동정을 명진은 곁눈으로 흘겨 보고 말없이 앉았다.

명숙은 자기의 간단한 일용 행장을 더듬어 보자기에 싸 들고

"오빠, 그럼 저는 가요."

하고 최후의 인사를 할 때까지 명진은 입을 깨물고 아무 말도 하지 않았다가 명숙이가 사립문 밖을 나서는 것을 보고 오뚝이처럼 뛰어 일어나서 명숙을 따

라나가 붙잡았다.

"진정으로 너는 갈 테냐. 이 오라비를 버리고……."

명진의 음성은 떨렸다.

"네, 가야 해요. 그 이가 죽기 전에 한 번만이라도 ……용서하세요."

"아아, 갈 테면 가거라. 이 불쌍한 것아. 영원히 정욕의 함정에서 벗어나지 못할 동물아."

명진은 명숙을 힘없이 떠다밀고 그 자리에 주저앉았다. 명숙은 서너발걸음 비틀걸음으로 물러가서 다시 방향을 정해 길을 찾아 발을 옮겨 놓기 시작했다.

맨땅에 주저앉은 명진은 명숙이 가는 길을 돌아보았다. 지팡이를 서툴게 놀리며 산길을 더듬는 명숙의 등뒤에는 때마침 솟아오는 붉은 햇살이 번쩍였다.

이것을 바라보는 명진의 눈에는 어느덧 눈물이 고였다. 담 뿍 고인 눈물 속에서 혹은 하나로, 혹은 둘로 몽롱하게 비치는 명숙의 뒷모양을 보지 않기 위해 고개를 돌리고 눈을 감았다. 불꺼진 영사막 같은 흑갈색 시계視界 위로 상아의 조각처럼 또렷이 솟는 무엇이 있었다.

사랑의 환상.

그것은 분명하게 삼 년 전에 이 세상을 눈물로 떠난 음전이었다. 음전이는 그 우물에 빠진 참혹한 송장이 아니라 기러기 우는 밝은 달 아래 그윽한 갈밭 숲에서 자기를 쳐다보며 웃고 이야기하던 음전이였다.

"오오, 나의 음전이."

그는 나오는 줄 모르게 이렇게 부르짖고 눈을 떴다. 상아의 조각 같은 환상은 비탈길의 안개를 스러지게 하는 아침볕에 사라지고 말았다. 명진의 가슴은 감상적 자극에 찌르르, 했다.

불평과 저주에 시들고 시든 마른 갈잎같이 서글픈 그의 감정도 그리운 옛날의 추억에는 후줄근하게 젖어 버리는 것이었다.

"아아, 사랑의 힘이여……."

명진은 명숙이가 가는 편을 다시 바라보았다. 그러나 그 때는 명숙의 그림자는 없었다.

'아아, 저것이 가면 어디로 갈 터인가. 앞 못 보는 저것이 어떻게 필수를 만날 것인가. 그러노라면 얼마나 고생이 될까. 자기를 버리고 달아난 남자를 속 못

차리고 사랑하고 그리워하는 것이 무슨 죄가 되랴. 필수를 미워하는 감정으로 누이동생을 버리는 내가 어리석지 않은가. 불쌍한 누이동생을……. 그렇다. 내가 어리석다. 사랑은 절대적인 것이다. 결코 상대적이거나 타협하는 것이 아닐 것이다. 나는 왜 어리석게 누이동생의 절대경로絶對境路에 발을 들여놓으려 하는가……. 오오, 따라가 보자. 그래서 앞 못 보는 모자의(지팡이-편집자)노릇이라도 해주자.'

이렇게 마음속으로 중얼거린 명진은 무엇에 놀란 사람처럼 일어서서 다시 자기 방으로 들어가 옷을 갈아입고 급히 명숙의 뒤를 밟아 달음질쳤다. 한 마장쯤 거리를 두고 입에다 손을 대고 명숙을 고함쳐 부르려고 우뚝 선 명진은 다시 주저했다.

"그러나 내가 오빠가 되어서 누이동생을 그 놈에게로 데리고 간다는 것이 말이 되나. 그대로 내버려두자. 필수를 따라가는 누이동생을 데리고 간다는 것은 약한 짓이요, 어리석은 짓이다. 에라, 될 대로 되어라."

명진은 마침내 발길을 오던 길로 돌렸다. 그러나 고개만은 아직도 명숙을 바라보고 있었다.

명진은 모든 것을 결심했다는 듯이 머리를 좌우로 흔들고 오던 길로 땅을 굽어보며 힘없는 발길을 옮겨 놓았다.

겨우 큰길을 찾아 나선 명숙은 행인에게 물어서 문 안 가는 길의 방향을 정했다. 불같이 내리쪼이는 삼복 볕에 어린애를 업고 땀을 뽑던 명숙은 햇볕이 걷히고 서늘한 바람이 뺨을 스치고 달아날 때에 고개를 들어 미소를 지었다. 검은 구름을 모아들이는 바람은 명숙의 주위에서 휘파람을 치고 미친 듯이 달렸다. 굵은 빗방울이 후두두 떨어지기 시작했다.

소낙비!

미친 듯 부는 바람과 굵은 빗발은 길가에서 헤매는 명숙이 모자를 울려 마지 않았다.

바람에 쓰러지고 비에 젖은 앞 못 보는 그들의 길은 인생의 험로보다도 괴롭고 신산81)했다.

---

81) 辛酸: 맵고 심. 세상살이의 고됨.

번개가 번쩍하고 천둥이 우르르 울릴 때에는 등에 업힌 어린것은 어머니를 부둥켜안으며 소리도 못 내고 울었다. 폭풍우는 점점 심해졌다. 명숙 모자는 마침내 한 걸음을 더 옮기지 못하게 되었다.

명숙은 어린애를 앞으로 돌려 안고 길가에 주저앉아서 비 그치기를 기다렸다.

부는 바람은 그쳤다. 숨었던 태양은 다시 번쩍였다. 천지는 다시 평화로워졌다. 동대문 누각에 쓸쓸하게 비치는 석양도 넘어가고 젊은 미망인의 설움 같은 엷은 황혼이 녹아내릴 때, 명숙 모자의 초초한 그림자가 동대문 큰 길거리를 조심조심 걸어 들어왔다.

그 이튿날 아침, 명숙은 총독부 의원에 나타났다.

그러나 필수의 병이 중하다는 이유로 면회는 절대로 허락되지 않았다. 그럴수록 명숙의 마음은 더욱 초초[82]하고 불안했다.

그 뒤로 명숙은 매일 문 앞을 떠나지 않고 필수를 한 번 보게 해달라고 직원을 괴롭게 굴었다.

영일의 병석을 떠나지 않는 것만이 자기의 일이요, 영일이병의 쾌유를 비는 것만이 바라는 바의 전부인 은숙은 잠시도 떠날 수 없는 영일의 곁을 떠나지 않으면 안 되게 되었다.

어떤 날 아침이었다. 영일의 스님 해암 노승은 병실로 들어와서 은숙에게 말했다.

"이렇게 영일의 병을 간호해 주시는 것은 감사한 일이지만, 이유가 있어서 거절하는 터이니 영일의 곁을 떠나 주시오. 간호는 다른 사람을 댈터이니……."

은숙은 그 날부터 할 수없이 세상 모르고 신음하는 영일을 떠나서 자기 집으로 들어오게 되었다.

그 뒤로 영일의 병석에는 그의 스님과 명진이가 간호를 하게 되었다.그러나 며칠이 못 되어서 해암 노승은 영일의 병과 똑같은 증세로 병석에 누웠다.

이 소식을 명진의 편지로 알게 된 은숙은 다시 운외사로 나왔다.

영일의 병은 한 고개를 넘어서 이제는 차차 신열이 내리기 시작했다. 한 편으

---

82) 悄悄: 근심으로 시름에 겨운.

로 노승의 병은 나로 더해 갔다.

팔고八苦

늙은 매미의 울음을 따라서 엷은 가을이 고요한 산문山門을 두드릴 때였다. 학과 같이 야윈 몸을 끌고 병석에서 일어난 영일은 병 끝에 조섭[83]할 겨를도 없이 스님의 시탕[84]을 받들지 않으면 안 되었다.

스님의 병도 한 고개를 지났다. 신열도 내렸다.

이제는 어린애처럼 식탐을 내는 것만이 병이었다. 이 병 끝에 제일 위험한 것은 음식이라고 의사는 거듭 주의를 시켰다. 그러나 스님은 미음사발을 뒤집어엎으며 화를 내고 밥을 지어 오라고 야단을 치고 두부를 구워 오라거니 튀각이 먹고 싶다거니, 주위 사람들을 못살게 굴었다.

스님은 주위 사람이 없는 틈을 타서 주방으로 가만히 기어 나갔다.

그의 때 낀 수척한 손은 다른 중들이 먹다 남긴 두부 조각을 집어서 커다랗게 벌린 입으로 게눈같이 감추어버렸다.

그의 구복口腹이 요구하는 조그만 식욕은 마침내 인생으로써 면할 수 없는 생로병사의 운명을 재촉했다.

스님의 병은 다시 침중해졌다. 의사도 다시 회복할 희망이 없다고 마지막 선언을 내리게 되었다.

밤, 고요한 밤은 왔다. 산모퉁이를 돌아내리는 바람조차 잠이 들고 끊어졌다. 이어지는 벌레 소리만이 한층 누리의 적막을 장식하는 고요한 밤……이 밤은 영일과 인연 깊은 해암 노승의 고요한 누리처럼 길이 잠드는 밤이었다.

길이 잠들기 전 노승의 의식은 새삼스럽게 명백해졌다.

그는 주위에 앉아 있는 모든 사람을 영일을 불렀다.

스님은 자기의 떨리는 손을 내밀어 그 상좌의 손을 잡았다.

"영일아, 나는 이제는 사바를 떠나 길이 간다. 나는 이 세상에 아무런 미련도 남기지 않고 이 세상을 떠나려고 일평생 수도한 보람도 없이, 나는 너를 떠나는

---

83) 調攝: 몸을 보살피고 병을 다스림.
84) 侍湯: 병에 약시중을 드는 일.

것이 몹시도 서글프다."

여기까지 말한 노승은 길이 한숨을 짓고 힘없이 눈을 감았다. 영일은 금방 스님이 왕생을 하는 게 아닌가 해 황망하게 스님의 가슴에다 손을 얹고 스님을 불렀다.

힘없는 눈을 다시 뜬 스님은 아까보다는 명료한 음성으로,

"영일아, 너는 평소에 내가 말한 한 가지 부탁을 잊지 않았겠지. 그리고 내가 간 뒤에라도 길이 그 부탁을 저버리는 않겠지……. 여자를 가까이 하지 말라는 그 부탁을 ……. 영일아, 욕심보다 맹렬한 불(猛火)은 없고 환멸치 않는 환락이 없는 것을 너는 알 터이지. 그리고 애욕의 바다를 흘러가는 자는 고치를 얽는 누에와도 같다는 것을 잊어서는 안 된다. 욕망을 소멸함으로써 고뇌를 떠날 수 있는 이만이 거룩한 사람이다."

노승은 숨이 차서 말을 끊고 눈을 감고 무엇을 생각하다가 눈을 감은 채로 다시 입을 열었다.

"영일아, 영일아. 나는 죽을 때만은 꼭 네게 들려주려고 생각한 한마디 말이 있었다. 그러나 나는 마침내 그것을 너에게 말하지 못하고 이 세상을 떠나게 되는구나. 아아."

스님은 이렇게 말하고 다시 입을 다물었다.

영일은 갑갑한 듯이

"스님, 스님. 그것이 말씀입니까. 들려주세요."

하고 음성을 조금 높여서 물었다.

그러나 이번 병으로 절벽같이 먹은 노승의 귀에는 영일의 묻는 말이 들리지 않았다. 영일은 안타깝게 타오르는 호기심에 스님의 어깨를 괴롭도록 흔들어서 눈을 뜨게 했다. 그리하여 이제 그 말을 들려 달라고 했다.

스님은 역시 영일의 말은 알아듣지 못하고 혼잣말처럼

"아아, 죽을 때나 일러주려던 것을 마침내는 그대로……그대로……."

이렇게 무엇을 번민하는 사람처럼 중얼거리던 스님은 남은 힘을 다해 영일의 손을 붙잡고 영일을 불렀다.

"영일아, 영일아. 내가 마지막으로 네게 듣고 갈 말이 있다. 아까 말한 나의 한 가지 부탁인 여자를 가까이하지 말라는 것은 언제까지나 지켜 줄 테지. 마지

막으로 분명하게 내 귀에다 들려다오. 언제까지나 지키겠다는 그 대답을 분명하게 네, 하고 들려다오. 자, 어서."

"네. 언제까지나 지키겠습니다."

귀먹은 그에게는 이 소리가 들리지 않았다.

"아, 왜 대답이 없니. 어서 대답을 해라."

"네!"

영일은 다시 대답했다.

"아, 네가 그 대답을 하지 않는구나."

끝끝내 영일의 대답을 듣지 못한 스님은 낙망한 듯이 눈을 감고 말았다. 영일은 스님이 죽을 때 하려고 했다는 한마디 말을 끝내 못 듣고, 스님은 영일의 마지막 대답을 못들은 채로 해암 노승은 머리맡에서 타오르는 한 줄기 만수향 연기와 같이 이 세상을 떠나버렸다.

해암 노승의 죽음, 그것은 영일에게 설움을 준다기보다는 애달픈 고독을 맛보여 주는 것이었다.

그를 낳아 준 아낙네는 누구였는지? 그를 낳게 한 사내는 누구였는지? 그것은 영일 자신이 알지 못하는 바이지만, 그 피묻은 생명을 지금까지 키워 준 것만은 해암 노승이었다.

이십육년전에 강보에 싸인 어린 자기를 법당 뒤에 내던지고 떨리는 걸음으로 어둠에 사라지던 어머니의 품이 그리워 울던 영일은, 이제 스물 여섯 살 되는 자기를 이 세상에 남기고 길이 떠나는 제 이의 어머니인 스님의 죽음에 울음보다도 서러운 정서를 풀지 않을 수 없었다. 영일은 고요하게 눈을 감았다.

"아아, 쓸쓸한 나에게 이제는 누가 있느냐?"

이렇게 스스로 물어 볼 때에 어디선가 가느다란 대답이 들려왔다.

"제가 있잖아요. 오빠는 저를 잊으셨어요? 일평생 사랑해 주시겠다는 누이동생을……."

그것은 분명 은숙의 음성이었다. 영일은 감았던 눈을 가만히 떴다.

"그렇다. 은숙이가 있다. 나의 사랑하는 동생 은숙이가."

그는 갑자기 무슨 생각이 난 듯이 책상 앞으로 가서 붓을 들었다.

아아, 쓸쓸한 나에게는 이제 누가 있느냐? 하고 묻는 나에게, 제다 있지 않아요 오빠, 하고 대답하던 사랑하는 누이야. 오는 일요일에 특별한 일이 없거든 놀러 나오너라. 그 때쯤은 한 점 두 점 수를 놓기 시작함직한 들국화의 향기라도 같이 맡고, 푸르른 하늘을 떠도는 흰구름 조각이라도 함께 쳐다보자. 온다는 회답이 없어도 오는 줄로 믿고 기다리겠다……

그는 은숙에게 이런 편지를 쓰는 것으로 외로운 자기를 위로했다.

그 다음 일요일에 은숙은 운외사로 나왔다.
그들은 졸졸 흐르는 맑은 시냇가로 나갔다.
"오빠, 제가 언제 오빠에게 그런 소리를 했어요?"
"무엇 말이냐?"
"오빠 제가 있지 않아요, 라고 제가 언제 그랬어요."
"응, 그것 말이냐. 나는 그 소리를 분명하게 듣고 쓴 것인걸. 어쩌나…… 은숙아, 요즘은 나는 정말로 이상해졌다. 중병으로 육체가 피로한 나는 어쩐지 마음까지도 약해졌다. 스님이 세상 떠나신 것, 그것이 내가 그 전에 생각한 바와는 딴판으로 나를 한껏 외롭게 한다. 생각하면 그이의 죽음이 나에게 무엇이냐……. 아무래도 나는 약해졌다."
"오빠, 그럼 제가 이제 오빠가 듣고 보는데서 분명하게 말할께요.……"
오빠, 제가 있잖아요. 외로운 오빠를 위해……
"그러나 네가 나의 고독을 위로해 줄 날이 얼마나 되겠느냐. 너와 나는, 아무래도 난 좋은날을 손꼽고 있는 것이다. 친동기간에도 추가 전뿐인데……."
여기까지 말하던 영일은 무엇을 생각했는지 말끝을 흐려버렸다. 은숙은 이 흐린 말끝이 무엇인지를 알아들었다. 그러나 그것에 대한 자기의 대답을 주저했다. 그렇다고 명백한 대꾸를 하지 않고 배길 수는 없었다.
"오빠, 저는 일평생 결혼하지 않기로 작정했어요. 그러니까 언제까지든지 오빠에게 충실한 동생 노릇을 할 거예요."
"나는 너에게 그런 무리한 요구를 할 수는 없다. 그것은 네게 괴로운 일이니까……."

"그것은, 저는 조금도 괴롭지 않아요. 도리어 오빠를 떠나는 것이 괴로운 일이에요."

"만나는 일이나 떠나는 일이나 다 괴로운 일이다."

"왜 그래요? 저는 오빠의 곁만 떠나지 않으면 언제까지나 행복할 것 같은데요."

"사람과 사람 사이에 무슨 행복이 있겠느냐. 더욱이 남자와 여자 사이에."

갑자가 쓸쓸한 표정을 지은 영일은

"자…… 가서 이젠 점심이나 먹자."

하고 은숙을 일으켜서 그 자리를 떠났다.

점심을 먹고 난 뒤에도 영일의 기분은 이상했다.

그것은 영일 자신도 이해하기 어려운 것이었다. 남이나 혹은 자기를 미워하는 증오감도 아니요, 불쾌도 아니요, 우울은 물론 아니었다. 억지로 말하면 회의의 장막 속에서 사라질 듯 쓰러질 듯 비틀거리는 자기의 외로운 그림자를 영일의 젊은 눈이 들여다보는 막연한 번뇌였다.

"오빠, 나는 들어가요."

은숙은 영일의 그 괴로운 기분에서 떠나려는 듯이 작별을 고했다. 영일은 애써 붙잡으려고도 하지 않았다.

"오는 일요일에 또 나오런?"

"글쎄요."

"글쎄요가 아니라 꼭 나와야 해. 일요일이다."

영일은 잠 못 드는 그날 밤을 맞았다.

'나는 무엇 때문에…… 내 생활의 어느 귀퉁이에는 텅 빈곳이 있다. 나는 그것을 고독이라고 이름지어 부르는 것이 아닌가……. 그래서 나는 왜 자기의 고독을 느낄 때마다 은숙이를 연상하는가?……누이동생이기때문에? 아니다. 그것은 거짓말이다. 그러면 왜 그녀가 시집갈 것을 불안하게 생각하는가? 아니, 아니. 그래도 그밖에는 아무 것도 없다. 아무런 야심도 없다. 나는 벌써 전에 은숙에게서 이성이라는 탈을 벗겨버린지 오래였다.'

영일은 베개 위에서 머리를 좌우로 흔들어서 모든 것을 부인하려 했다.

'그러나 은숙은 나의 정신생활에 끈적끈적하게 발을 들여놓고 간섭하려는 존재가 아닌가. 만약 친동기라면이야 그럴까. 나는 친동기가 없으니 어떨지는 모를 일이다. 아니다, 아니야. 모두가 나를 속이는 수작이다. 나는 역시 은숙에게 이성에 대한 사랑을 느끼는 것이다. 그래서 괴로운 것이다. 이 세상을 떠나신 스님께서 마지막으로 내 귀에 이렇게 들려주지 않았는가. '애욕의 바다를 흘러가는 자는 고치를 얽는 누에와도 같다'그렇다. 나는 스스로 나를 결박하는 것이다.내가 얽는 결박을 풀어야 한다. 내가 쌓은 옥을 헐어야 한다.'

그는 그 자리에서 일어나 염주를 손에 들고 모든 망념을 쫓기 위해 단죄했다.

고요히 걷히는 어두운 밤을 따라 그의 가슴도 평정해졌다. 평정한 생활이 몇 날 계속되었다.

영일은 어느 날 아침에 일어나던 중에 커다란 문제에 부딪혔다.

내일이 일요일이 아닌가!

"내일은 은숙이가 온다고 한 날이 아닌가!"

이렇게 생각하니 영일은 반갑고도 무서웠다.

"아아, 나는 왜 이렇게 약한가. 오면 오고, 가면 가도록 태연해야할 것이 아닌가. 아니다, 와서는 안 돼. 역시 보지 않는 것이 제일이다. 오지 못하도록 해야 해. 그만 내가 어디로 하루만 피할까. 그러면 기껏 나왔다 오죽이나 섭섭할까?……편지로 나오지 못하도록 기별을 하자"

그는 붓을 들었다.

내일은 네가 오기로 약속한 날이지. 그러나 공교롭게 나는 절에 없게 되었다. 나왔다 섭섭해 할 것을 생각하고 이 글을 급하게 부치니 나오지 말아라.

이렇게 간단한 편지를 써서 일부러 사람을 문 안까지 보내서 우편으로 배달하게 하고 그는 안심하고 그 이튿날을 맞이했다. 그 이튿날 아침에 영일에게 배달된 우편물 중에는 사흘 전 일부[85]가 찍힌 은숙의 편지 한 장이 있었다.

오빠, 오는 일요일에 나가 뵙겠다는 일요일의 약속을 어기게 되어 이렇게 편지를 드립니다. 기다리지 말아 주세요. 제가 약속을 어기는 것을 특별한 일이 생긴 것이 아닙니다. 어쩐지 오빠를 만나는 것이 반가운 이상의 괴로운 일 같아

---

85) 日附: 서류 등에 기록하는 하루하루 날짜.

서 그 날은 집에서 조용하게 무엇을 좀 생각해 보려 합니다.

편지를 읽고 영일은 높은 천장을 쳐다보고 얼마 동안 그린 듯이 앉아 있었다. "아아, 은숙이에게도 괴로움이 있는가. 그는 나보다 솔직하게 고백하려고 했구나. 나는 왜 그에게 거짓말로 그가 오는 것을 거절했을까. 여기나오는 대신에 자기 집에 들어앉아서 조용하게 생각을 해본다는 것은 그 무엇일까?"

영일은 거미줄처럼 얼크러지는 착잡한 생각을 걷어치울 양으로 밖으로 가서 높고 푸른 하늘을 바라보며 방향 없이 거닐었다.

생명이 위독하다고 전하는 총독부 의원에 입원 치료 중인 필수의 경과는 어찌 되었는지?

한명진과 격투 끝에 한명진을 쏘기 위해 발사한 자기 총의 탄환에 맞은 그의 왼편 정강이는 뼈를 관통한 상처의 경과가 좋지 않기 때문에 무릎 아래부터 끊어버리지 않으며 안 되었다.

무릎을 잘라 내는 수술을 받은 뒤로 한껏 피로해진 필수의 몸은 다시 절벽에서 떨어질 때에 부딪힌 원인으로 늑막에 염증이 생겨 생사의 경로를 배회했다.

그러나 그가 가진 돈, 그리고 발달된 현대기술의 덕택으로 구구한 생명은 보전하게 되었다.

이제는 환자복을 입은 그가 허수아비와 같이 마른 불구의 몸을 쌍지팡이에 의지하고 간호사의 보호 밑에 병실 밖에서 산보도 하게 되었다.

수술한 다리와 늑막염이 치료된 뒤에 그는 새 병을 한 가지 얻었다. 그것은 밤에 잠을 자지 않고 무엇을 생각하는 것이었다. 그것 때문에 신경이 과민해지고 따라서 희로喜怒의 감정이 몹시 빨라졌다.

그는 어느 날 간호사에게 거울을 좀 빌려 달래서 자기의 얼굴을 들여다보다가 수척한 자기의 꼴에 화가 나서 손에 들었던 거울을 벽에 부딪쳐서 깨뜨려버렸다.

그 뒤로 필수에게 거울은 절대로 보여주지 않게 되었다.

자기를 보기 싫은 사람에게 거울은 금물이다.

의사는 필수의 신경과민을 걱정했다. 이제부터는 종요하게[86] 그 방면으로 치료하기로 해 될 수 있는 대로 잠을 잘 재우도록 하기 위해서는 여러 가지 약도 쓰지만, 할 수 있는 대로 낮마다 육체의 운동을 충분하게 시키도록 해 밖에 잠을 잘 자도록 하는 것이 중요한 치료 방법이었다.

비가 오거나 바람이 불거나 하루도 빠지지 않고 필수를 만나기 위해 병원을 드나드는 명숙은 이 날도 어린애를 업고 병원으로 가서 필수를 보게 해 달라고 애걸을 했다.

"당신이 미쳤구려. 매일 와도 마찬가지 아닙니까? 그 사람은 가족 이외에는 절대로 누구에게나 면회를 허락하지 않는 환자니까 아무래도 면회는 하지 못할 것인데, 왜 공연하게 애를 쓰시오?"

직원은 핀잔을 주었다.

명숙은 이 핀잔을 들으려 나왔던 사람처럼 아무 말도 않고 돌아와서 힘없이 발길을 옮겨 놓았다.

이 때에 안에서 간호사 한 사람이 나왔다.

"아이고, 당신이 또 오셨구려. 지금 그 분은 저 뒤뜰에서 산보를 하시던 데……."

이 말을 들은 명숙은 소리나는 편을 향해 그를 불렀다.

"여보세요, 저 좀 보세요. 지금 그 분이 산보하신다는 데가 어디입니까?"

"네, 저 병원 뒤뜰에서요."

"아이고 여보세요, 미안하지만 저를 그리로 좀 데려다 주세요, 네?"

"큰일 나게요. 제 마음대로 그런 일을 했다가."

"여보세요, 제 사정을 보셔서 그렇게 해주세요. 잠깐만 만나 뵙고 곧 나올 테니."

"글쎄요……."

간호사는 차마 거절하기가 가엾었는지 눈을 깜빡이며 한참 무슨 생각을 하다가,

"그럼 제가 데려다 드릴 테니 잠깐만 만나보고 곧 나오셔야 합니다."

"네, 그럼요."

---

86) 없어서는 안 될 만큼 매우 긴요하게.

"자, 그럼 이리로 나를 따라오세요."

"아이, 참 감사합니다."

간호사의 손을 붙잡은 명숙의 손은 기쁨에 떨었다. 앞 못 보고 내딛는 명숙의 발걸음은 부질없이 바빴다.

아아, 그립고 그리운 이를 찾아가는 눈물겨운 행복이여!

겨드랑이 밑에다 지팡이를 대고 부지런하게 돌아다니던 필수는 땅바닥을 내려다보고 걸음을 딱 멈추었다. 그의 눈이 무슨 보기 싫은 물건을 볼 때처럼 찌푸려졌다.

반짝이는 햇발 아래 다리 하나가 없는 기괴한 동물 같은 자기의 그림자를 새삼스럽게 내려다본 것이었다.

"아아, 저게 무슨 꼴이냐. 무엇 때문에 이 꼴이 되었느냐!"

그는 혼자 중얼거리고 나서 간호사를 보고

"여보, 내 방으로 들어가겠소."

하고 짜증을 내었다. "좀 더 산책을 하시지요. 의사 말씀이 한 시간쯤은 하셔야 된다고 하셨는데요."

이렇게 대답하는 간호사에게 필수는 대번 화를 내어 소리를 버럭 질렀다.

"여보, 잔소리가 무슨 잔소리요. 내가 들어가고 싶다는데."

"네, 그럼 어서 들어가시지요."

필수의 신경과민을 잘 아는 간호사는 황황하게 필수를 인도해 병실로 향하려 했다. 이 때였다. 소경 어린애를 업은 소경 여자가 간호사의 손에 끌려 필수의 뒤로 나타났다.

명숙을 끌고 오던 간호사는 명숙의 손을 놓고 얼른 필수의 앞을 막아서며 필수에게 말했다.

"이 선생님, 누가 잠깐 선생님을 보겠다고 그래서 데리고 왔으니 잠깐 만나 보시지요."

"나를 보겠다는 게 누구예요. 어디 있어요?"

눈으로 보지 못하는 대신에 한층 청각이 예민해진 명숙은 자기의 귀를 울리는 분명한 필수의 음성을 듣자 허둥지둥 걸어오며 반가움과 설움에 떨리는 소리로 필수를 불렀다.

"필수 씨! 필수 씨!"

등뒤에서 자기를 부르는 소리에 고개를 돌린 필수는 무슨 무서운 것을 본 것처럼 눈을 커다랗게 뜨고 어린애 업은 소경 여자를 바라보았다.

"누구요, 누구요?"

"저예요, 명숙이에요. 저를 모르시겠어요!"

"아! 명숙이, 명숙이."

떨리는 음성으로 부르짖고는 장승처럼 서서 자기 앞으로 더듬 더듬 걸어오는 명숙을 바라보는 필수의 얼굴은 파랗게 질렸다. 지팡이를 의지하고 서 있는 그의 왼쪽 다리는 알지 못할 공포에 부질없이 떨렸다.

"필수 씨, 필수 씨."

이렇게 부르며 한 걸음 한 걸음 다가오는 명숙의 허우적거리는 손이 자기의 몸에 닿으려 할 때 필수는 눈을 커다랗게 뜬 채 땅위에 쓰러졌다.

사람이 자기의 죄악을 볼 때처럼 무서운 때는 없는 것이다. 필수는 지금 자기가 지은 죄의 결과를 본 것이다.

명숙을 데리고 들어갔던 간호사는 겁이 나서 황망하게 명숙을 바깥으로 끌고 나오고 필수는 급하게 병실로 운반되어 들어갔다.

필수는 그 날부터 완전하게 정신병자가 되었다.

간호사가 들어가면

"명숙이, 명숙이. 용서하오. 용서하오."

하고 손을 곧추 빌기도 하고, 어떤 때에는 사면에서 나타나는 수많은 여자의 환상에 쫓겨 침대에서 뛰어내려 방안을 빙빙 돌아다니기도 했다.

사람은 미칠 때만 참을 찾을 수가 있는 것이다. 미친 사람은 거짓을 모른다.

증세는 차차 악화되었다. 여자를 보면 빌거나 도망하거나 하던 필수는 이제는 폭력으로 대항하려고 했다. 병실을 들어오는 간호사를 지팡이로 때려 중상을 입히고 허공을 향해

"이 년."

소리를 지르며, 아무것이나 손에 잡히는 대로 던져 유리창을 부시곤했다.

필수는 마침내 정신병자 취급을 받아서 동팔호실東八號室로 옮겨갔다.

병원 문밖에는 전과 같이 명숙이가 어린애를 업고 배회했다. 남들은 명숙이

도 미친 것이라고 말했다.

명숙의 태도는 미친 것 같이 진실했기 때문에..

은숙은 확실히 요즘에 와서 영일을 만나는 것이 반가운 것 이상으로 괴로운 일이었다.

그러나 오지 말아 달라는 영일의 편지를 받았을 때 형용할 수 없는 애달픈 정서가 풀렸다.

은숙의 여자다운 감정은 그 간단한 편지에서 영일의 번뇌의 자취를 엿본 것이었다.

'아아, 그 이도 나를 만나는 것을 괴로워하는구나.'

하고 생각할 때 은숙의 가슴은 웃어도 울어도 시원치 않을 감정에 울렁거렸다.

꾀꼬리 노래가 푸른 버들가지에서 굴러내리는 봄 아침, 시들어 가는 국화가 넘어가는 석양에 머리를 모으고 조는 가을 저녁, 계절을 따라 병신이 아닌 남보다 더 한층 정서와 이지가 풍부한 은숙이 스물 넘은 처녀의 애달픈 성적 충동에 부대껴 보지 않은 것도 아니었다.

그러나 그것은 다만 막연할 뿐이었다. 젖빛 같은 뽀얀 하늘로 높이 높이 사라지는 종달새 노래를 붙잡고 싶은 기분, 달 아래 울고 가는 기러기 행렬에 싸여서 어디든지 가고 싶은 정서, 그것과도 같은 것이었다. 그럴 때에 은숙은 아버지 어머니와 가댁질[87]도 하고 자기 육성을 짜내어 노래도 부르고 피아노도 치고 바이올린이라도 켜면 그 기분, 그 정에서 벗어날 수도 있는 것이었다. 그러나 지금의 은숙의 그것은 너무나 목적의식이 분명한 번민이었다. 그 번민은 자기의 성대를 울려 나오는 노래쯤으로는 없애버릴 수가 없었다. 피아노의 어느 건반을 눌러도 바이올린의 어느 줄을 스쳐보아도 은숙 자신의 정서를 반주할 아름다운 소리는 나오지 않았다. 그렇게 어머니 아버지 곁에서 어린애처럼 쾌활하던 말괄량이도 이제는 철학자처럼 우울해졌다.

은숙은 마음가는 대로 정서가 풀리는 대로 그 날 해가 다 지고 새날이 올 때까지 달고도 쓸 공상에 잠겨라도 보려고 지기 방문을 꼭꼭 닫고 혼자 들어앉

---

87) 아이들이 서로 잡으려고 쫓고, 쫓기어 달아나고 하며 뛰노는 장난.

왔다.

은숙의 가슴에는 용궁보다도 화려한 자기의 세계가 창조되고 있다.

은숙은 건축 설계에 몰두한 위대한 건축가처럼 눈을 감고 설계에 분주했다.

스물 두 해 동안 쌓아 놓은 아름답고 튼튼한 처녀의 성벽에 둘린 부드럽고도 조그만 가슴은 얼마나 아늑한 세계랴? 이 아늑할 세계에 넓고 든든하게 터를 닦고 세우는 사랑의 전당은 그 얼마나 아름다울 것이랴?

이 세계는 어머니도 못 들어오고 아버지도 들이지 않는다. 그밖에 모든 사람은 바라볼 수도 없는 아늑한 세계이다. 이 아늑한 세계 안에 거룩한 성당처럼 꾸준하게 서 있는 사랑의 전당에는 사면을 둘러보아도 문은 없다. 다만 하늘로 뚫린 조그만 창문이 있을 뿐이다. 그 창문으로 들어오는 한 사람만이 있다. 그것은 영일이다.

그리하여 비로소 그 세계에는 두 사람이 살 수가 있는 것이다.

이 때였다. 이 아늑한 세계를 흔드는 음성이 어디선가 울려왔다.

"아가, 은숙아. 방에 들어앉아 뭐 하니? 아버지가 부르신다."

문밖에서 부르는 어머니의 소리에 은숙은 눈을 번쩍 떴다. 아늑한 세계, 화려한 전당은 참혹하게도 무너졌다.

"왜 그러세요? 어머니. 남 뭐 생각하는데."

은숙은 짜증을 냈다.

"아버지가 부르시니 좀 가 봐라."

은숙은 선잠 깬 어린애처럼 얼굴을 찌푸리고 안방으로 건너갔다. 담배를 피우고 앉았던 은숙의 아버지는 그 딸을 보고 물었다.

"너 오늘, 어디 갈 데 없지?"

"네, 아무 데도 안 갈 거예요. 하루종일 제 방에 들어앉았을 거예요. 왜 그러세요?"

"글쎄……."

의미있게 말끝을 내고 한참 가만히 앉았던 그는 다시 말을 이어,

"오늘 누가 손님이 올 듯하니, 머리도 빗고 , 그러고 있어라."

"손님이 오기로서니 제가 머리를 빗고 기다릴 것이 뭐예요?"

"너를 보러 오는 손님이니 그렇지."

"저를 보러 오는 손님이 누군데요?"

한참 동안 대답이 없던 은숙의 아버지는 아무쪼록 거북하지 않은 표정을 지어서 빙그레 웃으며,

"네가 혹 나보다도 잘 알지도 모르지. 저, 지금 연희전문학교 교수로 있는 백성환이라는 사람을 알겠니? 작년에 미국에서 돌아왔다는……."

"말은 들었어요. 그러나 어떤 사람인지는 잘 몰라요."

"어떤 친구가 그 사람을 내게 소개한다구 오늘 오후 너덧 시쯤 해서 온댔는데……. 바른말하면 나를 보러 오는 게 아니라 너를 보러 오는 게 사실이다. 알아듣겠니? 그러니 너도 그 위인을 잘 보아 두란 말이다."

"아이, 저는 싫어요. 그런 사람 만나 볼 필요가 없어요."

은숙은 모든 것을 알아차리고 대번에 거절했다.

"이 자식아, 아비 말을 좀 자세히 듣고 말해라. 네가 지금 여남은 살 먹은 계집애도 아니 고 스물이 넘었으니 차차 장래라는 것을 걱정해야 하지 않겠니? 처녀로 있으니까 요전 같은 별별 일이 다 있고 그렇지 않으냐. 그러나 내가 아버지라도 결코 억지로 권하거나 명령하는 것도 아니다. 어떤 친구가 그 백씨라는 사람을 나에게 소개하는데, 아직 독신인데 사람도 얌전하다고 하기에 우선 사람을 보고 외표가 그럴듯하면 더 깊이 모든 것을 알아보자는 것인데. 누구보다도 네가 당사자니까 너더러 좀 자세히 보아 두라는 말이다. 응, 알아듣겠니?"

"글쎄, 알아들었어요. 그러기에 볼 필요가 없다고 대답하지 않았어요?"

"말만 듣고 만나 본 적도 없다면서 볼 필요 없는 것은 무엇이냐?"

"아이 참, 아버지도 못 알아들으시네. 저더러 그 남자 선을 보고 마땅하면 시집가라는 마 씀이 아니에요. 알아들었어요. 그……런……데……요, 저는 시집가기 싫으니까 그 남자를 선 볼 필요가 없어요……. 자 이만하면 아버지, 알아들으셨지요?"

"저는 말괄량이가 있나."

은숙의 어머니는 뒤에서 웃는다.

"글쎄 아무려면 일평생 시집 안 가고 살 테냐?"

"안 가고 살지요. 언젠가도 제가 말씀드리지 않았어요. 아버지하고 어머니하고 일평생 산다고요!"

"그건 거짓말이고……. 만일 네가 네 마음대로 장래 믿음직한 사람을 구했다면 나는 아무 말도 않을 테다. 혹 그런 사람이 있니? 그만한 것은 이해하는 아비가 아니냐, 응. 숨기지 말고 말해라."

"……."

은숙이도 거기에 대한 대답은 얼른 나오지 않았다.

은숙의 머리에는 영일이가 번개같이 지나갔다.

그러나 최영일 씨가 있지 않아요, 하고 솔직하게 대답하기에 영일은 아직도 누구에게나 내놓고 자랑하기에는 곤란한 숨은 보배였다. 아니, 자기의 보배라기보다는 자기 자신도 확실하게 미덥지 못한 것이었다.

"왜 대답이 없니? 혹 그런 데가 있는 게로구나."

"아니요, 없어요."

은숙은 마침내 머리를 가로흔들었다.

"그런데야, 아비 하는 일에 그렇게 반대할 까닭이 무엇이냐. 아무래도 오늘 그 사람이 오기는 올 터이니 보기만 하려무나. 그 뒤에는 네 생각대로 하더라도……."

"글쎄 싫어요. 아버지도 참."

"그게 고집이라는 거다. 그러지 말구 기어이 내 집에 찾아오는 손님이니 보기만 했다가 뒤로 자세하게 이야기하기로 하자. 대관절 보기 전에 가부가 있겠니?"

"몰라요. 저는 이제 어디로 놀러 갈 거예요."

은숙은 짜증을 내고 자기 방으로 홱 나와 버렸다.

자기 방으로 나온 은숙은 암만해도 침착하게 들어앉아 있을 수가 없었다.

그리고 지금 그 아버지에게 들은 말은 자기 스스로 해결하기에 그렇게 힘든 문제도 아니지만, 그래도 영일을 만나서 의논을 하고 싶은 생각이 났다.

'에라, 운외사에나 나가 볼까……. 그러나 오늘은 나가지 못한다고 편지까지 해 놓고 나간다는 것이 이상하지 않은가……. 그리고 오늘은 계시지 않겠다고 통지가 있었는데……. 없으면 돌아올 때까지 기다릴 셈치고 나가 보자……. 대관절 나가는 목적이 무엇인가?'

하고 스스로 물어도 명확한 대답은 나오지 않았다. 은숙은 거의 침착성을 잃어버렸다.

'이번에는 심중에 있는 참뜻을 말해 버릴까 누이라는 가면을 벗어버릴까.'

은숙은 비로소 영일을 찾아가는 정확한 목적을 정한 듯 했다.

'그렇다. 우리가 누이니 오빠니 한 것은 훌륭한 가면이다. 이 가면을 벗지 않고는 이 고민을 떨칠 수가 없을 것이다.'

은숙은 결심한 듯이 옷을 갈아입고 집을 나섰다.

그 일요일이다.

영일은 은숙이가 나오지 않을 것이 무슨 큰 걱정을 내려놓은 듯 했다.

그리운 이를 만나지 않는 데서 얻는 애달픈 평화여.

그는 근일에 여러가지로 산란한 자기의 머리를 수습하기 위해 아침부터 법당에서 단좌묵선端坐墨線에 빠졌다. 모든 생각을 다 잊어버리고 그야말로 만념구공萬念俱空의 하루를 보내고 싶었다.

그러나 이 유오幽奧한 경지를 침입하는 사람이 있었다. 등 뒤에서 벼락을 처도 돌아보지도 않을 듯이 든든하게 꿇어앉은 영일의 귀를 두드린 것은 가람88)을 들어서는 은숙의 발자국 소리였다.

오, 오 거룩한 지경을 어지럽게 하는 어여쁜 침입자여.

영일은 이어 어여쁜 침입자를 맞이하기 위해 성지를 떠나 나왔다.

나올까 봐 겁이 나던 것이, 만나고 보니 역시 반가웠다. 부처같이 점잖던 영일은 어느덧 젊은 연인으로 변했다.

둘은 나란해 영일의 서재로 들어갔다.

"오빠, 오늘은 안 나오고 집에 있으려 했는데 아무래도 갑갑해서. 그리고 화나는 일이 있어서."

은숙은 역시 가면을 못 벗었다. 오늘 안 계시겠다고 하시더니 어떻게 이렇게 절에 계세요? 하고 묻고 싶은 것을 은숙은 참았다.

"왜 무슨 화나는 일이 있어?"

---

88) 伽藍: 승가람마僧家藍摩의 준말. 중이 살면서 불도를 닦는 집. 곧 절의 건물을 통틀어 이르는 말.

"네, 화나는 일이 있어요. 오늘 아버지께서 새삼스럽게 또 혼인 이야기를 끄집어내겠지요. 그리구 오늘 오후에 미아이(선 보는 것)를 하라기에 화를 내고 나와버렸어요."

은숙은 무엇보다도 그 말을 먼저 꺼냈다.

"미아이 하라는데 화가 왜 나?……"

영일은 자기로서도 자기가 한 말에 대한 의미의 몽롱함에 웃지 않을 수 없었다.

영일에게는 두 가지 생각이 떠돌았다. 은숙이가 그만 다른 곳에 혼인을 해버리고 말았으며 자기와 은숙이 사이의 문제는 어둠 속에서 사라져버릴 것 같기도 하고, 또 한 편으로 는 은숙의 혼인에 대해 자기는 당연하게 반대할 의무나 책임을 가진 것같이도 생각되었다.

"어서 적당한 곳을 물색해 결혼하는 것이 좋지 않느냐?"

영일의 가면에 붙은 입은 제법 오빠답게 말했다.

"싫어요, 싫어요. 저는 결코 결혼하지 않을 거예요."

"결혼 안 하고 어째?"

영일은 이 말을 묻기가 어쩐지 간지러웠다.

"……."

얼마쯤 대답이 없던 은숙은

"저도 오빠같이 일생을 독신으로 지낼 거예요."

하고 고개를 숙였다.

"그럴 필요가 무엇이야?"

"오빠는 그럴 필요가 어디 있어요?"

"나, 나는 출가한 사람이요, 또 너는……."

"저도 출가를 할거예요. 승이 될래요. 저는 오빠가 하는 일은 무엇이든지 좋아 보여요."

석가세존이여, 애욕에 끌려 출가하는 여자에게 선禪을 베풀겠나이까?

"그러나 그것은 아마 일시의 기분이겠지. 그 기분이 도저히 네 일생을 지배하도록 길거나 또 굳세지는 못할 것이다."

"그건 두고 보세요. 제가 정말로 결혼을 하는 날은 오빠를 영원히 떠나는 날일 것 같아요. 그러니까 오빠를 일생 두고 떠나지 않기 위해 결혼하지 않을 거예요.”

“아니다. 너와 나는 서로 떠나야 할 것이다. 그래야 피차가 행복할 것이다.”

“그건 왜 그래요?”

“그건 나도 모르지.”

“아니에요. 저는 그렇게 생각하지 않는다는 것보다 저는 그렇게 되면 살아 있을 수 없을 것 같아요.”

“아니다. 떠날 사람은 떠나야 하는 것이다.”

“아니에요.”

이런 단조로운 문답 밖에 숨은 복잡한 심정은 두 사람에게 침묵을 내렸다.

법당 용마루를 비추던 태양 위에 검은 구름이 덮여 하늘은 차차 흐려졌다.

두 사람을 침묵같이 답답하던 하늘에서는 홀아비의 한숨 같은 바람에 굵은 빗발이 들이치기 시작했다.

비는 차차 굵고 빽빽하게 내리기 시작했다. 하늘은 점점 낮아졌다.

저주할 비는 은숙의 돌아갈 길을 막았다.

영일과 은숙에게 밤은 무서웠다. 창 밖에서는 비를 날리는 바람소리가 요란하고 방안에는 가느다란 촛불이 고요하게 조는 그 밤…….

영일은 서재에 딸린 조그만 방을 은숙의 침실로 정해 취침을 권하고 자기는 자기의 침실로 돌아와 누웠다.

그는 어서 잠이 들기 위해 불을 끄고 눈을 감았다.

그러나 어여쁜 침입자에게 빼앗긴 잠은 좀처럼 잡히지 않았다.

마당 한 폭을 격해 있는 은숙의 자는 방이 아득히 멀고 먼 어떤 신비한 나라 같이도 생각되고 그 멀고 먼 나라에 있는 은숙이가 자기 육체의 어느 부분도 남기지 않고 어루만지는 듯한 기괴한 감각에 그는 스스로 화를 내고 밖으로 나갔다.

소리 없이 내리는 가는 비에 젖은 깊은 밤은 지옥보다도 캄캄했다.

모든 죄악이 울렁거리는 암흑의 세계를 쏘다니던 어지러운 발길을 멈춘 그는 도적보다도 조심스럽게 귀를 기울였다.

잠든 여자의 가느다란 숨결이 폭풍처럼 그의 온몸에 흐르는 피를 물결치게 했다. 그 가느다란 숨결을 분명히 듣기 위해 자기 심장의 두근거리는 고동까지도 방해가 되었다.

조수같이 밀려오는 이상한 힘에 떨리는 그의 손이 어떤 방문을 열기 위해 마녀의 귀걸이 같은 문고리를 붙잡았다.

영일은 뜻 밖에 자기 앞에서 일어나는 벽력같은 음성에 깜짝 놀라 뒤로 물어섰다.

그 벽력같은 음성이 자기 손에 잡혔던 문고리와 문설주가 서로 부딪치는 소리인 줄을 알았을 때에 그는 비로소 은숙의 침실문 밖에서 잠옷 바람으로 떨고 서 있는 자기를 발견했다. 영일은 있지 못할 곳에 서 있는 자기를 끌고 허둥지둥 자기 방으로 돌아왔다.

자리에 누웠던 그는 갑자기 무슨 생각을 했는지 벌떡 일어나서 문이라는 문에 달려 있는 고리를 모조리 안으로 걸고도 안심이 안 되는 듯이 두팔로 울렁거리는 가슴을 부둥켜안고 자리에 쓰러졌다.

분마奔馬처럼 달리는 정욕을 가두기 위해 문을 안으로 걸고 가슴을 밖으로 잠그는 어리석음에 영일은 미친 사람처럼 어둠 속에서 중얼거리고 코웃음을 쳤다.

"아아, 이게 무슨 어리석은 짓이냐. 나는 나를 이렇게도 믿을 수가 없는가? 믿다니 믿다니, 나를 어떻게 믿을 수 있나. 지금의 그것은 무슨 추태냐. 돌아가신 스님의 영靈이 그것을 내려다보셨으면 얼마나 꾸짖었으랴. 나는 아직도 젊다. 가까이 있는 여자를 멀리하기에는 수양이 부족하다. 아아, 나는 은숙이를 사랑하는가. 동기와 같이 사랑하는가. 만일 그렇다면 나의 젊음은 왜 어둠 속에서 뛰는가. 거리가 가까이 있을 때에 뛰는가. 아니다 아니다. 나는 역시 나를 속이고 나를 꾀여가며 그를 이성으로 사랑한 것이다. 그 증거로 나는 그를 누이라고 부른 이후로도 끈적끈적하게 그리워하지 않았던가. 그가 필수에게 붙들려 갔을 때에 나는 분명히 질투에 가까운 감정을 가지고 필수를 미워하지 않았었는가. 내가 병석에 있을 때 나의 이마를 짚고 다리를 주무르는 그의 갸냘픈 손에서 전하는 촉감을 나는 어떻게 느꼈던가……. 내가 그를 이성으로 사랑했다면 나는 그의 무엇을 사랑하는가? 영靈이냐, 육肉이냐. 아아, 나의 외로운 영이 그의 다정한 영을 사랑했는가. 그뿐인가. 그러면 나는 왜 어두운 밤에 잠든 그의 문을 열려 했는가. 그러면 그의 육을 사랑하는구나. 그의 육을 사랑한다면 그의 어느 부분을 사랑하는가. 쌍꺼풀진 맑은 두 눈이냐. 오뚝한 그의 코냐. 곱게 다문 그의 입술이냐. 하얀 이마 위에 늘어진 몇 오라기 까만 머리털이냐. 그의 온몸에서 떨어지는 썩은 사향 같은 고리타분한 여자의 냄새냐. 어느 부분을 떼어 가지면 내가 만족할 것이냐?……. 아아, 나는 역시 은숙이가 가지고 있는 이성의 모든 것을 사랑하는 것이다. 여자를 그리워하는 것이다. 여자를, 여자를……. 여자를 멀리한다는 것이 나의 일생에 대한 맹세가 아니었던가."

영일은 벌떡 자리에서 일어나 앉았다.

해탈解脫

"안 돼, 안 돼. 여자를 가까이해서는 안 돼. 이성이 그리워서 이 몸에 돌고 도는 피의 방울방울이 미쳐서 흩어지더라도 나는 여자를 가까이할 수는 없다. 돌아가신 스님이 말씀하지 않았는가. 여자를 가까이하지 않는 데만 나의 승리가 있으리라고. 그렇다. 여자를 멀리하자……."

이렇게 결심을 하고 나니 영일의 마음은 튼튼해졌다. 그는 안으로 걸어 맸던 문고리를 벗기고 문을 획 열어 놓았다. 비 끝에 흩어지는 구름사이로 주먹만한 커다란 별이 두어 개의 잔별을 끌고 나타났다.

"그러나 여자를 멀리하는 데는, 우선 저 은숙이라는 여자를 멀리하는데는 어떡하면 좋은가? 옛날 옛날 석가세존의 문도 아난다(阿難陁)라는 젊은 장로長老는 마등가摩登伽 천족賤族의 딸 파카지(波機提)라는 소녀 때문에 몇 번이나 애욕의 구덩이에 빠지려 했던가. 그 소녀는 그 젊은 성도를 위해 조그만 몸을 바치려고 그 얼마나 독사처럼 끈질기게 쫓아다녔던가. 그러나 두 사람은 마침내 자기의 힘으로는 정욕의 불 속에서 뛰어나오지 못하고 석가세존의 위대한 힘을 빌어서 소녀가 출가를 해 승사(比丘僧)이 됨으로써 구원을 받지 않았는가. 그러나 우리 두 사람을 구원해 줄 사람은 없는가. 지금 우리 스님이 계셨으면……나를 지도해 줄 것이 아닌가……. 나는 내 힘으로 이 애욕의 고뇌에서 벗어나야 한다……. 은숙의 말과 같이 은숙이가 출가를 해 승이 되면 어떻게 할 것이냐. 그래서 일평생을 나의 지도 아래서 수도를 한다면 마치 아난다를 연모하던 파카지가 정욕에서 해탈해 출가를 하듯이…… 아니다. 안 될 일이다.

그것은 최후의 죄악을 낳기 위한 거룩한 핑계에 지나지 못한다. 우리의 거리가 가까워지면 남녀의 거리를 멀리할 수는 도저히 없는 것이 사실이다. 우리는 마땅히 거리를 멀리하자. 만나지 않을 도리를 하자. 생각지 않을 결심을 해야 한다. 내가 은숙을 누이라고 부름으로써 나의 외로움을 위로하고 남녀의 거리를 멀리하려고 한 약은 꾀는 훌륭하게 실패한 셈이 아닌가. 이 실패의 보기 싫은 최후의 막이 열리기 전에 그와 나의 사이를 연결하는 누이니 오빠니 하는 줄을 끊어버리자. 그리하여 완전하게 떠나자. 그렇다, 그렇다. 날이 밝는 즉시로 은숙에게 모든 것을 선언하자. 그리하여 어여쁜 적을 이 거룩한 승방에서 내쫓자."

이렇게 모든 방침까지를 결정하고 나니, 이제는 어두운 밤이 어서 걷히기를 기다릴 뿐이었다.

일만 죄악이 머리를 드는 밤, 무서운 죄악이 발밑에 연출되어도 눈을 감고 미소하는 음험한 방!

밤이 얼마나 깊었던지 얼레빗등 같은 현월89)이 동편 하늘 푸른 솔가지 위로 고요히 기어올랐다.

영일은 자기의 굳은 결심이 혹시나 흩어질까 하여 잠들기를 두려워했다.

두개의 촛불을 좌우로 밝히고 생물처럼 꾸준하게 앉은 그는 고대高臺에 올라앉은 승리자처럼 그윽한 법열에 취했다.

唵! 安茶利 槃茶利 伽蘭提 枳由利 薩婆訶.

이런 신주神呪를 외움으로써 사도邪道를 피하고 음욕탐애淫慾貪愛에서 벗어나고 해탈을 도모하던 대범왕大梵王보다도 제석천帝釋天보다도 사대천왕보다도 자기가 굳센 것 같았다.

'어진 사람은 정신의 활(失)로 애욕의 마차를 깨뜨리고, 지혜의 고대에서 어리석은 이를 굽어보나니, 어진 사람은 즐거이 높은 봉우리에 선 사람 같고, 어리석은 사람은 슬피 어두운 동곡洞谷을 헤매는 자와도 같도다'

영일은 속으로 읊조렸다. 밤은 고요히 걷히기 시작했다.

법당에서 염불 목탁 소리가 은은하게 들려 왔다. 목탁 소리도 이제는 끊어지고 일체 중생의 어리석은 잠을 깨우는 새벽의 범종소리가 회색의 골짜기를 굴

---

89) 弦月: 초승달

러서 가늘게 사라졌다.

종소리에 잠이 깬 은숙은 자리에서 일어나서 뒷문으로 나가 조약돌 위로 구르는 맑은 물에 세수를 하고 솔밭 사이로 통한 소삽한 길을 밟으며, 소나무정자 위에서 아침의 노래를 부르며 거닐고 있었다.

뒤 솔밭에서 울려오는 노래에 귀를 기울이고 있던 영일은 뒷문을 홱 열고 노래가 울려 나오는 솔밭 속을 쳐다보았다.

어느 틈에 자기를 쳐다보는 영일을 내려다 본 은숙은 손짓으로 영일을 불렀다. 영일은, 이때다 하는 듯이 앞문으로 나가서 결심에 움직이는 발길을 돌려 은숙이가 부르는 곳으로 올라갔다.

"오빠, 어서 올라오세요. 참 유쾌해요. 노래가 저절로 나와요. 저 새무리들처럼……."

은숙은 참으로 유쾌한 듯이 영일을 맞으며 이렇게 말했으나 영일의 표정은 보기에도 불쾌할 만큼 침울했다.

그는 말없이 발밑을 굽어보며 좁은 길도 내버리고 이슬에 젖은 잔디를 밟아 그윽한 솔밭 사이로 한 걸음 한 걸음 들어갔다.

이 어색한 기분에 싸인 은숙은 자기도 모를 무슨 알지 못할 힘에 끌리어 영일의 뒤를 따라섰다.

영일은 우거진 소나무정자 밑에 깔린 바위 위에 털썩 앉았다. 은숙이도 그 밑에 가만히 앉았다.

비상하게 침착해 보이는 영일의 가슴은 몹시 울렁거렸다.

밤새도록 그렇게 굳게 정한 결심을 어떻게 실행하나……. 뭐라고 말을 꺼내나……. 오늘은 그대로 지내고 들어간 뒤에 모든 것을 편지로 써 보낼까?

결심은 흩어지려 했다.

결심이 흩어질 때에 영일의 눈앞에는 완전한 여자가 나타났다. 이 완전한 여자는 영일의 온몸의 정력을 젊은 눈으로 모아들었다.

이 젊은 눈에서 뿜어 나오는 불같은 시선은 은숙의 온몸을 근거로 해 무지개처럼 뻗치려 했다. 보는 것만으로 만족하지 못한 그의 육체는 젊은 피가 넘치고, 밀리는 두 팔을 금세 덥석 내밀 듯한 충동에 그는 스스로 놀랐다.

"여자! 여자! 네 앞에 앉은 것은 여자가 아니냐?"

어디서인지 이런 소리가 영일의 귀에 울려왔다. 어디서 들리는 소리인지? 영일은 깜짝 놀라 눈을 크게 뜨고 무슨 무서운 물건을 피하는 사람처럼 두 손을 바위 위에다 짚고 꽁무니를 뒤로 뺐다. 그와 동시에 이상한 힘을 짜내어 은숙을 불렀다.

"은숙 씨!"

그의 목소리는 과연 떨렸다.

"……."

그렇게 부르는 영일에게 대답할 아무런 준비도 없는 은숙은 가만히 고개를 돌려 자기보다 한층 높은 곳에 앉은 영일을 바라볼 뿐이었다.

이렇게 불러 놓고도 그 뒷말을 뭐라 할지 모르는 영일도 침묵하는 수밖에 다른 수가 없었다.

왜 그러세요. 말씀하세요, 이렇게 말하는 듯한 은숙의 시선을 바로 받기조차 거북한 영일은 그가 늘 하는 버릇으로 안개 낀 하늘을 쳐다보았다.

"……."

"……."

일초, 이초 거북한 침묵이 쌓였다.

어느 용기 있는 한 편이 이 쌓이는 침묵의 성곽을 헐어 버릴 것이냐.

"은숙 씨……. 이제부터 나는 당신과 완전하게 절교를 하겠습니다."

영일의 말소리는 조금 침착해졌다.

"……."

은숙은 그래도 다문 입술이 떨어지지 않았다.

영일은 차차 용기가 끓어오르는지 의심에 날카로운 은숙의 눈을 똑바로 내려다보며 더욱 침착한 어조로 말을 이었다.

"은숙 씨, 단연히 나와 절교를 해주십시오. 이제부터 일생을 두고 서로 만나지 않기를 이 자리에서 맹세ㅐ 주십시오. 내가 먼저 맹세합니다. 그리하여 괴로운 나를 건져 주시오. 말하자면 이제부터는 오빠라는 다리를 건너서 나의 곁에 오지도 말고, 내가 누이동생이라는 줄을 붙잡고 당신에게 가까이 가지도 말자는 말입니다. 만일 우리의 정신을 우리의 마음대로 지배할 수가 있다면 이 세상 한 모퉁이에 김은숙이라 는 사람이 있다는 것, 또는 최영일이라는 사람이 있다는 그 괴로운 기억조차 씻어 버리자는 말입니다……."

영일은 잠깐 말을 끊었다. 은숙이는 인형처럼 말이 없다.

"은숙 씨, 나는 이런 말을 꺼내기 전에 먼저 당신에게 한마디 꼭 물어볼 것을 잊었습니다. 말이 순서가 바뀌었습니다마는, 대관절 당신은 나를 친오빠처럼 사랑해 오셨습니까? 그리고 이 뒤에도 언제까지나 그렇게 사랑해 주실 수가 있겠습니까?"

"……."

"만일 그렇다 하면, 나는 당신을 여지없이 배반한 사람입니다. 당신을 배반하기보다 나 자신을 속였습니다. 자, 당신의 생각을 말씀해 주시오."

영일의 날카로운 질문에 대해 너무도 명백한 대답을 가슴에 품은 은숙은 괴로웠다.

가슴에 서린 정서를 그대로 풀기에는 은숙은 여자였다. 아직도 수줍은 처녀였다.

"저는 몰라요……."

움츠러드는 말끝에 딸리어 은숙의 고개는 숙여졌다.

"은숙 씨, 나는 남을 속이기보다 자기 자신을 속이는 그 고통이 얼마나 참혹한 것인지를 절실하게 느꼈습니다. 풍우에 싸인 개재령 주막에서 당신과 내가 침실을 같이 한 밤에, 나는 날뛰는 나의 사내를 끌어안고 밖으로 뛰어나가서 난을 피할 때에 나는 나의 굳세임에 그래도 자신이 생겨 당신과 길을 같이 할 용기를 내었지요. 그러나 호젓한 구룡연 가에서 나는 또 다시 남자의 화산이 되려고 날뛰었지요. 제 일차의 피난은 역시 그때뿐이었습니다. 나는 마침내 나의 힘으로 어떻게 할 수 없었을 때에 다행히 거기는 길 인도하는 영감쟁이가 있었지요. 그리하여 나는 나의 약함을 알 때에 낙조가 붉은 장전 해변에서 당신이 가진 여자로부터 멀리 피하기 위해 당신의 오빠가 되겠다고 자원했지요. 말하자면 당신과 나사이에 오빠라 하는, 누이라 하는 성벽을 쌓고 그 성벽을 넘지 않으려는 약은 꾀를 써 왔지요. 그러나 나의 남자는 때에 따라 기회에 따라 그 성벽을 넘어 무엇을 엿보기에 조금도 게으르지 않았습니다. 나의 남성은 그 성벽을 박쥐처럼 날아 넘으려 하고 뱀처럼 기어들려고 애를 씁니다.아아, 나는 어젯밤에 당신의 침실문을 두드렸습니다. 이대로 버려두면 나의 끈적한 남성이 마침내는 그 성벽을 헐어 버릴 것을 나는 두려워합니다. 나는 남녀의 거리라는 것이 새삼스럽게 무서워졌습니다. 역시 나와 당신은 거리로써 성벽을 막을 수밖에 없을 것입니다. 나는 아무래도 여자를 가까이 못할 몸이요 그렇게 지키기로 했으니까 당신도 여자로써 멀리할 수밖에 없는 것입니다. 당신은 이 괴로운 나의 간절한 청에 물론 반대하지 말아야 합니다. 그리하여 나를 괴로움에서 건져 주십시오. 그렇게 하기 위해서는 당신이 우선 당신의 환경을 변화시켜 주십시오. 남의 아내가 되어 주시오.”

“그건 저는 싫어요.”

은숙은 영일의 말을 중간에 막았다. 영일은 그 말에는 대꾸할 생각을 않고 자기가 하던 말을 이었다.

“그보다도 그보다도, 우리는 피차에 만나지 않아야 하는 것을 잊지 맙시다. 자, 이젠 내려갑시다. 이렇게 잠시라도 더 앉아 있는 것도 나에게는 참지 못할 고통입니다.”

영일은 초연하게 일어서서 옷을 털었다. 은숙은 그 때야 고개를 들었다. 영일을 불러서 무슨 말을 꼭 해야 할 듯 했다. 그러나 뭐라 불러야 좋을지 얼른 생각이 나지 않았다. 오빠, 하고 이전대로 부를까. 용감하게 영일 씨, 하고 부를까? 이렇게 주저하는 사이에 영일의 발길이 두어 걸음 서있던 자리에서 떠났다.

“……저 좀 보세요. 잠깐만 기다리세요…….”

영일은 말없이 돌아다보았다.

“제 말 좀 듣고 가세요.”

영일은 다시 물러 와서 늙은 소나무에 기대어 선 채로 은숙의 입에서 나올 말을 기다렸다.

“영일 씨…….”

은숙은 마침내 이렇게 부르고야 말았다

“영일 씨, 저도 벌써 생각하고 있었어요. 우리가 동기같이 사랑한다는 그것이 분명하게 가면이라는 것을. 그래서 그것을 벗으려고 애를 썼어요. 그러나 그 가면을 벗고 난 뒤에 우리는 무엇을 쓰고 서로 대해야 할까요. 저는 이것을 또 생각해 봤어요. 영일 씨 당신은 우리의 거리를 멀리하자고 하시지요. 그러나 우리가 영원히 보지 않기로 하고 거리를 멀리했을 때 우리가 받을 고통을 생각해 보셨습니까?"

"……."

영일은 대답을 주저했다.

"저는 그것을 생각할 때에 지금 당신이 말하는 대로 곧 약속을 할 수는 없어요. 설사 맹세를 한다 할지라도 저는 그것을 그렇게 든든하게 믿을 수가 없어요. 아니 아니, 저는 영일 씨를 다시 만나지 않고도 제가 살수가 있을까가 문제예요. 아마도 살 수 없을 것 같아요. 무슨 명목으로든지 당신의 옆을 떠나지 말고 살았으면 좋겠어요. 아니 그렇게 살지 않고는 살 수 없어요. 그렇기에 저는 승이 될 거예요. 그래서 언제까지나 당신의 곁에서 살 거예요. 이것만은 허락해 주세요."

영일은 딱하는 듯이 은숙을 바라보다가,

"은숙 씨가 승이 된다는 목적이 어디에 있습니까. 그것을 먼저 들읍시다. 출가참선이 승되는 목적이어야 합니다. 그렇습니까!"

"……."

"내가 없더라도 당신 홀로 수도 생활을 이 절에서 하실 겁니까?"

"그것은 아닙니다. 영일 씨가 없는 곳에서 저 홀로 있을 수 없는 것은 어디나 마찬가지입니다."

은숙은 솔직하게 말해버렸다.

"안됩니다, 안됩니다. 그리운 사람을 위해 출가하는 것은 불을 보고 덤벼드는 나비와도 같이 어리석은 일입니다. 우리같이 약한 두 사람은 영원히 거리를 멀리할 수밖에 없겠지요. 떠납시다. 당신은 당신의 길로, 나는 내가 걷던 길로 돌아보지 말고 걸읍시다."

"아니에요. 저는 당신과 영원하게 떠나는 한 발걸음도 옮겨 놓을 힘이 없어요. 죽음보다도 아픈 고통을 나는 달게 받을 수가 없어요."

"이러나 저러나 이 세상은 원래가 고해입니다. 가로세로, 인생이라는 약한 동물을 싸고 있는 것이 어느 것 하나 고통이 아닌 것이 있겠습니까. 생로병사의 사고四苦는 모든 인간을 여지없이 협박하고 있는 종縱으로 보는 커다란 고통이요, 그밖에 사랑하는 이를 떠나는 고통, 미운 이를 만나는 고통, 유욕의 번민, 그리고 구해도 찾을 수 없고 피해도 피할 수 없는 운명의 사고가 가로 흐르고 있는 것입니다. 이것이 종횡팔고縱橫八苦입니다. 이 종횡무진한 고민 속에서 울고 한숨짓고 몸부림치는 것이 사람입니다. 이 고민에 복종하는 이를 약한 이라 하고 이 고민을 벗어나는 이를 강한 이라고 합니다. 당신과 내가 이 세상에서 다시 보지 않기로 하고 떠난다는 것은 물론 괴로운 일이겠지요. 그러나 이 괴로움에 복종할 때에 우리에게 또 무슨 고통이 없다는 것을 어떻게 믿겠습니까. 그러니 이 고민을 굳세게 이겨 봅시다. 그리하자면 우리의 약한 힘으로는 부득이 서로 떠나는 수밖에 없을 것입니다."

설법이나 하는 듯한 영일의 말은 은숙을 감복시키기 전에 먼저 자기 자신을 감복시켰다.

자기의 설법에 스스로 감복한 영일의 가슴은 적이 평정해졌다. 그는 비로소 냉정한 눈으로 은숙을 바로 내려다볼 수가 있었다.

"그러면 이제는 피차에 아무 말도 더 하지 말고 이대로 떠납시다. 그렇게 함으로써 우리는 팔고의 한 가지인 그리운 이를 떠나는 고민에서 해탈합시다."

이렇게 마지막 선언을 하고 영일은 발길을 앞으로 떼어놓았다. 애달픈 흥분에 떠는 은숙의 어깨를 가련한 듯이 곁눈으로 흘끗, 보며 그 자리를 떠나는 자기를 돌아볼 때 영일은 무엇인가 모를 굳센 힘을 발견했다.

오오, 가비라성伽毗羅城을 떠난 싯다 태자의 힘은 이러했던가?

잔디를 밟는 영일의 발자취가 자기의 귀에서 사라지려 할 때 은숙은 머리를 들었다.

"영일 씨, 영일 씨. 잠깐만 기다려 주세요. 제가 한마디 더 할말이 있으니."

은숙은 침착성을 잃은 목소리로 불렀다.

영일은 은숙이 부르는 소리를 듣는지 못 듣는지 돌아도 보지 않고 유유히 솔숲 속으로 사라졌다.

풀잎 위에서 하룻밤을 깃든 아침 이슬에 운명을 재촉하는 붉은 햇살은 솔숲 사이로 아롱졌다.

은숙은 넋을 잃은 사람처럼 솔잎 사이로 파랗게 빛나는 하늘을 바라보며 바람에 달리는 구름과 같이 달아나는 자기의 정서를 붙잡고 헤매었다.

원망할 수도 없고, 미워할 수도 없는 영일에 대한 자기의 감정을 자기도 좀 분명하게 붙잡고 싶었다.

'그는 암만해도 약하다. 굳센 듯하나 약하다. 왜 조금 더 사랑을 위해 굳세지 못할까. 그는 나를 사랑한다. 열렬하게 사랑한다. 그러면서도 자기를 이기지 못하는 데 그의 약점이 있는 것이다. 아니다. 그는 굳세게 살기 위해 약하게 사는 이다. 아아, 그는 왜 사랑하는 사람과 결혼을 할 용기가 없는가. 그의 돌아가신 스님이 여자를 가까이하지 말라는 유언이 그의 일생을 지배하도록 그렇게 큰 힘을 가졌을까. 만일 그렇다면 무엇보다도 크다는 사랑의 힘은 왜 그것을 깨뜨리지 못하는가. 우리의 사랑이 그 미신에 가까운 늙은 중의 인생관을 깨뜨릴 만큼 아직도 고조되지 못했는가?'

은숙은 마침내 자기네의 사랑의 양을 헤아리고 싶었다.

지금까지 온순하던 처녀는 어느덧 사랑의 권화90)인 듯 굳세지려 했다.

'아아, 나는 그를 어느 정도까지 사랑하는가. 대관절 그가 없이도 나는 살 수가 있는가?……없어, 없어! 그가 없이는 나는 못 살아! 온 세상 사람이 다 없어진대도 그 이 한 사람만은 이 세상에 있어야 나는 살 수가 있을 것이다. 그러면 나는 내가 살기 위해서라도 그 이를……'

은숙은 자기의 생각이 너무도 깊이 들어가는 것을 붙잡기 위해 앉았던 자리에서 벌떡 일어섰다. 은숙의 생각은 다시 뒤로 물러갔다.

'약한 것은 그 이뿐이 아니다. 나도 약했다. 아니 그 이보다 내가 더 약했다. 나는 왜 그이를 이렇게까지 사랑해오면서 지금까지 나는 당신을 사랑합니다. 당신이 없이는 살수가 없습니다, 당신도 나를 사랑해 주세요. 왜 이렇게 말을 못했던가. 그것보다도 저와 결혼해 주세요 하고 말하지 못했던가. 나는 집에서 뭐라고 결심하고 나왔는가. 가면을 벗기 위해 달음질로 나온 나는 그가 나의 가면을 벗겨 줄 때까지 아무 말도 못하고 주저 속에 방황하지 않았는가. 왜 나는 주저하고 방황했는가? 대관절 우리가 사랑하는 것이 옳은 길일까? 그른 일일까? 만일 옳은 일이라면 주저할 필요가 무엇일까. 그렇다. 그 이가 굳세지기 전에 내가 먼저 굳세질 필요가 있다 사랑의 힘은 남자나 여자나 차이가 없을 것이다. 오냐, 나는 굳세져야 한다 대담해져야겠다. 지금에야말로 내가 지금까지 품어온 가슴에 있는 모든 것을 그에게 하나도 숨기지 말고 말을 해야겠다.'

---

90) 權化: 어떤 추상적인 것이 구체적인 모습으로 나타난 것처럼 여겨지는 것. 또는 그러한 사람.

자기 스스로 용기를 얻은 은숙은 총총히 영일을 찾아 내려갔다.

영일은 자기 방에도 서재에도 없었다. 이리저리 찾아다니던 은숙은 대법당 불상 앞에 법의를 떨쳐입고 손에 염주를 늘이고 생불처럼 꿋꿋하게 앉은 영일의 뒷모양을 정문으로 들여다보았다.

비범한 결심과 용기로 달려오던 은숙은 법당 정문 앞에 인형처럼 서서 영일이가 혹시나 돌아볼 때를 기다리고 숨도 크게 쉬지 않고 동정만 살피고 있었다.

불단 위에서 가늘게 피어오르는 몇 줄기 향연, 영일의 바른손에서 미끄러져 돌아가는 염주, 등뒤에서 벼락을 쳐도 돌아다볼 것 같지도 않은 영일의 좌상을 겹겹이 싼 모든 엄숙한 기분에 은숙의 결심과 용기는 그만 자라처럼 움츠러들었다.

은숙의 발길은 그의 입에서 흐르는 가느다란 한숨에 불리어 그 자리를 떠나버렸다.

'아아, 역시 만나지 않는 것이 좋을 것이다.'

은숙은 속으로 중얼거리면서 영일의 서재로 돌아와서

다시 뵙지 않고 저는 들어갑니다. 길이 만나 뵙지 않을 결심으로⋯⋯.

종이에 이런 간단한 글을 써 놓고 누구에게 간다 온다 말도 없이 절 문을 나섰다.

그들은 이것으로 완전하게 서로 떠날 수 있었던가?

광곡光曲

병원 뒤뜰에서 음성과 기분으로 꿈결같이 만나서 두어 마디로 필수를 불러 보았으나 그의 대답조차 들어보지 못하고, 자기를 끌고 가던 간호사에게 등을 떠밀며 영문도 모르고 쫓겨 나온 후로 명숙은 그 뒤에도 미친 듯이 진실하게 병원으로 오기를 게을리하지 않았다. 날이 밝아서 병원 큰문을 열 때부터 밤이 깊어서 문지기가 문을 닫으려고 등을 밀어낼때까지 병원 구내를 방황하는 것이 명숙의 일과였다.

해뜰 때부터 밤들 때까지 필수라는 환영을 따라 헤매는 명숙에게 병원은 희망과 설움을 한데 뭉쳐 놓은 커다란 세계였다. 이 커다란 세계는 앞 못 보는 명숙에게는 그야말로 방향을 모를 아득한 천지였다. 자기가 아침붙 저녁까지 찾는 필수의 그 후 소식을 그 누구에게 물어도 일러주는 사람이 없었다.

명숙이는 이 날도 보이지 않는 환한 길을 더듬어서 병원으로 왔다. 병원문을 들어서자 바로 자기 앞에서 들리는, 언제 들은 듯한, 자기에게 말하는 말소리에 명숙은 턱을 번쩍 들었다.

"아니, 당신은 참 부지런히도 오십니다."

그것은 분명하게 지난번 자기를 필수에게 끌고 가던 간호사의 음성이었다.

"아이고, 여보세요. 그 이가 요즘은 어떠세요? 좀 일러주세요, 네?"

명숙은 인사할 생각도 잊어버리고 다짜고짜 목마른 듯 안타까운 필수의 소식부터 물었다.

"여보세요. 조용히 말씀하세요. 나는 저번 날 당신을 그 이에게로 데리고 갔다가 큰일 날 뻔했어요. 그 이가 그 때 당신을 보더니만 웬일인지 눈을 부릅뜨고 그대로 쓰러지더니 그 뒤로 그만 정신이상이 생겨서 지금 대단합니다."

간호사는 명숙의 귀에다 입을 대다시피 하고 종알종알 말했다.

"아이고, 저 일을 어쩌. 그래 지금 그 이가 계신 데가 어디입니까?"

명숙은 간호사의 주의도 잊어버리고 소리쳐 물었다.

"여보세요, 떠들지 마세요. 떠들면 이야기하지 않을 거예요……. 그 사람은요, 지금 저 동팔호라고 하는 정신병 환자들만 수용하는 곳에 있답니다."

"동팔호가 어느 쪽입니까?"

"저 동쪽이지요. 왜 동쪽 모르세요? 저, 해뜨는 편이요!……."

간호사는 무슨 말을 더 하려다가 저 편에서 간호부장이 걸어오는 것을 보고 그대로 돌아서 가버렸다.

명숙이는 간호사가 일러준 대로 필수가 입원해 있다는 동쪽을 향해 걸었다.

동방으로 동방으로, 해뜨는 쪽으로. 그 곳에는 필수가 있다. 해 뜨는 동편에는…….

명숙의 감은 눈에는 포플러 가지 사이로 새어 내리는 아침 햇살이 따뜻한 감촉과 아울러 환한 빛을 던지는 듯 했다.

햇빛에 끌려 동쪽으로 동쪽으로 가서 이리저리 헤매던 명숙의 발은 어디서인지 울려오는 이상한 음향에 우뚝 서서 소리나는 쪽으로 귀를 기울였다.

사랑이 그 어떻더냐.
둥글더냐, 모지더냐.
길더냐, 짧더냐
한 발이나 되더냐, 한 자나 되더냐.
하, 그리 긴 줄은 몰라도
끌간데를 모를레라[91]

청승맞은 노랫가락 곡조로 부르는 이런 시조 한 수가 어디서인지 들려왔다. 명숙은 자기도 모르게 앗, 하고 놀랐다.

앞 못 보는 명숙의 날카로워진 청각은 그것이 누구의 음성인 줄을 얼른 알았다. 그것은 필수의 음성이었다.

그 노랫가락이 끊기자, 이 년! 이 년! 하고 누구를 보고 호통치는 흥분한 목소리가 들려 왔다. 그 다음에는 누구인지 여자의 음성으로

"가만 있어요. 명숙이가 어린애를 업고 저기 와 있는데!"

이러한 소리가 나자 들려오던 모든 음향은 끊어지고 말았다.

환영에 올리는 음향의 경이여!

명숙의 귀를 놀라게 한 필수의 미친 노랫가락, 이 년 이 년 하는 필수의 목메인 소리, 명숙이가 어린애를 업고 저기 와 있는데, 하는 이해 못할 여자의 말소리. 이 모든 음성이 뚝 그치고 한참 동안 쥐 죽은 듯이 고요했다. 명숙은 또 다시 무슨 음향을 들을 양으로 온몸을 귀삼아 기울였다.

이윽고 모래 위에 미끄러지는 슬리퍼 소리가 찰찰 들렸다.

"아이, 정말 저 이가 왔네. 내가 미친 사람에게 거짓말 한 사람은 안 되었군. 호호."

지금 필수에게 명숙이가 저기에 있으니 가만히 있으라고 하던 여자의 음성이

---

91) 서화담과 황진이의 연정을 나타낸 시조.

었다. 명숙이는, 옳다. 저 이에게 물어 보자, 하고 허둥지둥 말소리 나는 곳으로 쫓아가며

"여보세요. 저 좀 보세요. 제 말 좀 들어주세요."

하고 애닲게 부르짖었다.

"왜 그러세요? 무슨 말씀이세요. 어서 하세요."

여자는 좀 귀찮은 듯이 대답했다.

"지금 그 노래를 부르던 이가 필수 씨지요?"

"네, 그분입니다."

"그런데 지금 그 이에게 제가 어린애 업고 저기 와 있다고 그러셨지요?"

"네. 그건요, 제가 거짓말로 그랬어요. 그런데 나와 보니 정말 당신이 와 계시군요. 그러니 내가 환자에게 거짓말은 안 한 셈이란 말이지요."

"네. 그럼 왜 거짓말로 제가 왔다고 그러셨지요?"

"그 이가요, 요즘에 와서는 병세가 더 중해졌어요. 그래서 밤낮 없이 쇠창살에 매달려서 맥없이 벙글벙글 웃다가는 갑자기 배를 움켜잡고 하하하 하고 허리가 끊어지게 웃기도 하고, 또 무슨 생각을 하고는 땅이 꺼지도록 한숨을 짓고 나서는 훌쩍훌쩍 울다가 그 다음에는 엉엉 소리쳐 울고 그리고 평북조平北調로 눈물겹게 수심가도 부르고 지금같이 청승맞게 노랫가락도 부르곤 하지요. 저것 보세요. 지금 또 노래를 부릅니다."

이 때에 필수가 부르는 노랫소리가 또 들린다.

노세, 젊어 놀아. 늙어지면 못 노나ㅡ니…….

둘은 한참 그 소리를 듣다가 노래가 뚝 끊기자 간호사는 자기 하던 이야기를 계속 했다.

"저렇게 노래를 하다가도 그 앞으로 우리 간호사들이나 혹은 다른 여자가 지나가기만 하면 이년, 소리를 지르고 금세 뛰어나올 듯이 날뛰다가는 쇠창살에 매달리며 외발로 마룻바닥을 뚫어져라 하고 쾅쾅 구르지요. 이렇게 너무 난폭하게 증세가 발작한 때만 간호사들이 쫓아가서, 저기 명숙이가 왔어요! 명숙이가 어린애 업구 왔어요, 하고 소리를 치면 그 사람은 이상하게도 창 밑으로

숨어 버리고 잠잠하지요."

간호사의 이야기를 여기까지 듣고 섰던 명숙의 감은 눈을 덮은 긴 속눈썹에는 이슬이 빛났다. 간호사는 남은 이야기를 마저 채우려는 듯이,

"그 이가 웬일인지 당신을 몹시 무서워하더군요. 자기 혼자도 이따금, 명숙 씨 명숙 씨 용서하오 용서해요, 하고 벌벌 떨며 손을 하늘로 곧추 들고는 저리고 가 주저앉아서 얼마 동안씩 온순하게 있어요. 그래서 우리들도 그걸 보고는 난폭한 증세가 발작할 때마다 당신이 와 있다고 소리를 질러서 진정을 시키곤 하지요……."

간호사의 이야기가 끝나자 명숙은 두 손으로 얼굴을 가리고 흐느껴 울며 땅바닥에 주저앉았다. 명숙이 등에서 잠이 들었던 어린애도 명숙이가 쓰러지는 서슬에 잠이 깨어 영문도 모르고 울었다.

이것을 본 간호사도 떨리는 목소리로,

"여보세요. 일어나세요. 누가 오면 또 쫓겨나요. 이 어린애가 자꾸만 울어요. 네."

명숙은 자신의 몸을 땅위에서 일으키며 눈물 젖은 음성으로 간호사에게 애원했다.

"여보세요. 어떻게 제가 그이를 만나게 해주실 수는 없겠어요?"

간호사는 딱하는 듯이 한참 생각하다가,

"지금 만나신대도 그 이가 당신이 누구인지도 알아보지 못합니다. 그리고 지난번 당신을 그 이와 만나게 해주려고 뒤뜰로 당신을 데리고 갔던 간호사가 호되게 꾸중을 들었답니다. 하마터면 면직을 당할 뻔했답니다……."

간호사는 거절하기가 매우 거북한 듯이 이렇게 말하고 저 편으로 돌아가버렸다.

이 때였다. 저 편에서는

"명숙 씨, 명숙 씨. 용서하시오. 용서해요."

하는 필수의 떨리는 목소리가 울려왔다.

필수가 미쳐서 부르짖는 소리가 명숙의 애달픈 가슴을 그 얼마나 쓰라리게 했던가.

"아아, 그는 나에게 무엇을 용서해 달라는가? 나는 벌써 용서를 하지 않았었던가. 용서한다기보다도 나는 일찍이 한 번이라도 그를 저주하거나 미워해 본

일이 있었던가?……."

아무리 정신상실된 이의 헛소리라 할지라도 그것을 단순하게 미친 사람의 짓으로만 돌릴 수 없는 명숙이는 곁에서 들으며 들릴 만큼 이렇게 혼자서 중얼 거렸다.

그렇다. 명숙이는 필수가 자기를 짓밟고 헌신짝같이 버리고 일본으로 갈 때 에도 필수를 미워하거나 원망하거나 저주하지 않았었다.

필수가 자기 가슴에서 영원히 떠날 때에 명숙은 그 대책으로 자기가 이 세상 을 떠나려 하지 않았던가. 죽음의 나라로 몸을 던지는 그 순간에도 명숙은 필수 를 그리워는 했을지언정 미워하지는 못하지 않았는가? 멀리 계신 늙은 아버지 어머니 생각은 잊었을 때가 많을지언정 필수를 잊어 본 때가 명숙에게 있었던 가. 그 진실한 동기인 오빠의 충고도 귓등으로 넘기고 사라진 그림자 같은 옛사 랑의 주인공을 그리며 어둠의 세계를 헤매는 사로잡힌 명숙에게 필수는 미친 입으로 무엇을 용서해 달라는가.

감옥의 그것과 같은 시커먼 창살에 매달린 필수의 모양은 참혹했다.

밤송이 같이 함부로 일어선 머리털, 정신가 없는 두 눈만 커다란 광채가 날이 서도록 말라빠진 더러운 얼굴, 무릎 아래로 잘라 버린 깡뚱하게 매달린 한 편다 리.원숭이의 앞발 같은 비쩍 마른 손, 어디로 보든지 지나간 날 돈의 힘으로 미남자의 젊은 힘으로 홍등의 거리를 헤매고 의지박약한 여성들을 짓밟던 필수 로 볼 수가 없었다.

필수는 왜 그다지도 참혹하게 변했는가?

병든 수원숭이 같은 필수는 지금도 창 밖을 내다보고 서있다. 젊은 미망인의 한숨보다도 창백한 달빛이 정신없이 바깥을 내다보고 섰던 필수의 더러운 얼굴 에 쇠창살 그림자를 던지고 있다.

"하하하. 좋다, 좋아. 달이 떠온다. 둥근 달이……. 달아, 밝은 달아. 님의 창 앞에 비친 달아. 좋다, 좋다. 잘한다."

필수는 방금 자기 앞에서 어여쁜 기생이 눈웃음을 건네며 하얀 턱을 떨어가며 목청을 돋우어 노래를 부르고 있는 환청에 취하는지 손뼉을 치며 야단이었다.

"뾰이, 뾰이. 기생 더 불러와, 기생. 응, 얼굴이 예쁘고 소리 잘하고 나이 어린 기생, 알았지? 하하, 좋다."

이렇게 유쾌하게 날뛰던 필수의 얼굴은 갑자기 찌푸려졌다.

"에이, 저 방에 있는 놈이 누구냐, 응? 최영일이 놈이구나. 중놈이로구나. 그 놈이로구나. 자-자네들 저 놈을 죽어라 하고 때려 주게. 응? 어서 어서……. 아! 이 놈은 또 웬 놈이냐. 웬 놈이 뺨을 치느냐. 오오, 한명진이로구나. 한명진이로구나."

이렇게 부르짖으며 한명진이가 뒤에서 금방 쫓아오는 것처럼 온 방안을 쩔쩔 매고 돌아다니던 필수는 창을 향해 홱, 돌아섰다.

"이 놈! 이 놈, 네가 죽나, 내가 죽나 해보자."

그는 이를 갈아붙이며 주먹을 높이 둘러맸다. 머리 위에 높이 들었던 주먹은 미친 힘을 다해 쇠창살을 부딪쳤다. 한 번에 만족하지 못하고 두번에 만족하지 못한 필수의 주먹은 수없이 쇠창살을 때렸다. 쇠창살에 부딪쳐 가죽이 벗어지고 살점이 떨어진 주먹은 마침내 피투성이가 되고 말았다.

그는 피가 뚝뚝 떨어지는 주먹을 하얀 벽에다 함부로 문질렀다. 미친 주먹이 왔다 갔다하는 곳에는 피로 그린 착잡한 선이 함부로 그어졌다.

"좋다. 미술전람회다. 이것은 명숙이가 놓은 수다. 하하하."

이렇게 미친 짓을 하던 필수는 눈을 방울처럼 둥글게 뜨더니

"명숙 씨, 명숙 씨. 용서하오. 용서해요."

하고 피 묻은 손을 하늘로 곧추들고 싹싹 빌었다.

그 이튿날, 진찰하던 의사는 필수의 부상한 손에 치료를 하고 붕대를 해주었다. 그러나 필수는 의사와 간호사가 나간 뒤에는 곧 끌러내 버렸다. 매일 그런 일이 반복되었다.

그래서 필수의 손은 좀처럼 낫지 않아서 여러 날을 두고 치료를 받게 되었다. 이 날도 필수의 손에 붕대를 갈아 매기 위해 간호사가 간단한 기구를 가지고 들어왔다.

"가만히 앉아서 이 약을 처매야 해요. 저 문 밖에 명숙이가 어린애를 업고 와 서있으니까."

간호사는 먼저 이렇게 필수를 얼러 놓고, 손에 들었건 수반水盤과 농반92)을

---

92) 膿盤: Emesis Besin. 더러운 것을 담는 의료기기 용기류의 하나.

내려놓았다.

수반 위에는 붉은 약물이 가득 담긴 커다란 유리잔과 눈같이 흰 약솜이며 핀셋이며 붕대 토막이 놓여 있다.

막 필수의 손을 약물로 씻기려던 간호사는 수반에서 핀셋을 집어 들다가

"아이, 참. 가제를 잊어 버렸네."

하며 핀셋을 손에 든 채로 가제를 가져오기 위해 문을 꼭 닫고 밖으로 나갔다.

자리에 온순하게 앉았던 필수는 갑자기 싱글벙글 웃으며 붉은 승홍수93)가 담긴 컵을 들고 창 앞으로 갔다.

"좋다, 좋다. 핏빛 같은 포도주로구나. 아니 먹고 어이 하리. 자, 내가 이 술을 마실 테니 불로초를 한 장 부르란 말이야……. 한 잔을 잡수시오. 이 술 한 잔……."

필수는 제흥에 겨워서 어깨춤을 추어 가며 이렇게 권주가를 부르는 흉내를 내고 승홍수라는 독약컵을 입에 대었다.

그의 생명을 겨누는 분홍빛 액체.

유리잔은 기울어졌다.

분홍빛 약물은 마침내 필수의 목을 넘어갔다.

필수의 착란한 몸을 길게 잠재우려는 ㄷ_ㅆ이.

간호사는 잊었던 것을 가지고 분주하게 돌아왔다.

"포도주야, 참 좋다. 한 잔 더 부어, 응."

필수는 빈 컵을 간호사에게 내밀었다.

간호사는 필수가 승홍수를 마신 줄 알자 얼굴이 파랗게 질려 어쩔 줄을 모르다가 담당 의사에게 달려갔다.

의사들이 달려오고 간호사들이 달려오고 병원 안은 필수가 독약 마신일로 떠들썩했다.

여러 가지로 응급 처치를 하였으나 효험이 없이 필수는 마침내 배를 움켜쥐고 고민하기 시작했다. 고민 중에 하루가 지났다.

필수의 중상에 기적 같은 일이 생겼다.

---

93) 昇汞水: 염화 제이 수은을 1000~5000배의 물에 푼 소독약.

그가 독약 중독으로 고민하는 사이에 정신 상태가 보통으로 돌아왔다. 의사도 하나의 기적으로 돌려버리고 그 이유를 설명할 수는 없었다.

다만 발작적 정신착란이었든지, 체내의 이상한 고통의 자극으로 정신이 진정된 것이라고 할 뿐이었다. 어쨌든 필수는 미친 데서 참으로 돌아왔다.

그러나 승홍 중독으로 일어나는 위장의 고장은 날로 더해 갔다. 원래 약액이 적었기 때문에 치료를 잘하고 그 경과 여하에 따라서는 생명을 보전할 듯도 한 가느다란 희망을 가진 의사의 지극한 치료를 받았다.

그러나 원래 다리를 자르는 큰 수술을 받고 늑막염이라는 중병을 치르고 나서 겨우 건강이 회복되려 할 때 정신상실이 되어 음식도 제대로 못먹고 쇠약한 끝이라 치료의 효과가 나지 않고 하얀 환자복에 싸여 누운 해골 같은 필수는 미치기 전 같은 신경질도 없어지고 남과 말하는 것도 싫어했다.

그는 죽음을 각오한 사람처럼 침착했다. 힘없는 눈으로 높은 천장을 날아다니는 두러 마리의 파리를 바라보며 커튼 틈으로 아득하게 내다보이는 한 조각 푸른 하늘을 바라보며 한숨조차 기운 없이 내쉬었다.

그는 무슨 생각을 했는지 고개를 이 편으로 돌리며 머리맡에 앉아 있던 간호사를 불렀다.

"여보시오."

"네."

"내게 무슨 이야기를 좀 들려주구려."

"무슨 이야기를 해드려요?"

종일 가도 병아리처럼 말을 않던 필수가 이렇게 이야기를 청하는 것이 신기했다.

참회懺悔

필수는 눈을 감고 한참 동안 무엇을 생각하는 듯하더니

"내가 청하는 이야기를 괴로운 대로 꼭 좀 들려주실 겁니까?"

하고 한 번 더 다짐을 받는다.

"글쎄 어떤 이야기 말씀이세요? 저는 원래 말주변이 없어서 옛날이야기 같은 것은 좀처럼 옮기지 못합니다. 그 대신 소설 같은 것을 읽어 달라시면 얼마든지 읽어 드리지요."

"아니요. 그런 것이 아니라 당신이 잘 아실 나의 저간 지낸 이야기를 좀 자세하게 들려 달라는 말입니다."

이렇게 말하는 필수의 바싹 마른 입술에는 쑥스러운 웃음이 지나갔다.

"호호, 선생님의 지내신 일을 제가 이야기를 해 드려요?"

"네. 생각하면 우스운 일이지요. 나의 지난 일이라는 것을 내가 모르고 지내니 이런 갑갑할 일이 어디 있겠소. 그러니 귀찮더라도 이야기를 좀 해주십시오."

"그까짓 것 들으시면 무엇합니까. 불쾌하실 이야기를……"

"그거야 불쾌할는지도 모르지만 이렇게 궁금한 것은 면할 것이니까. 또 다시 생각하면 불쾌할 것도 없지요. 내가 독약을 먹은 것이 정신상실로 한 일이라니까. 아무리 내가 한 일이라 할지라도 정신이상인 때에 한 일이야, 다른 모든 미친 사람들의 하는 짓이나 마찬가지였겠지요. 그러나 사람은 미쳤을 때는 참으로 돌아갈 수가 있다니까 혹시 내가 그 때에 한 일이 나의 일생을 통해 가장 참되고 솔직하게 살아보았을는지도 모르지요. 그러니까 당신의 이야기를 듣는 중에 뜻밖에 유쾌한 일을 발견하게 되는지도 모르지요……. 허허."

필수는 또 한 번 쓸쓸히 웃었다.

자기의 기억권 외에 흐트러진 생애의 한 토막에서라도 선이나 미를 찾아보려는 애달픈 자기 탐구여.

"글쎄요……."

간호사는 필수의 말에 무어라 대답하야 좋을는지 몰라서 그냥 대답을 한다.

"지금 가만히 생각하면 내가 병원에 입원하던 그 때의 일이 희미하게 몇 십년 전에 지난 일같이 기억이 되고, 그 다음 일은 당초에 상상조차 할 수가 없구려. 사람이 죽었다 살아나면 이럴는지……. 참으로 이상스러워요."

"그래, 그 후의 일은 조금도 기억이 안 되세요?"

간호사는 이야기의 한 끝을 잡아당기는 듯한 필수의 재촉에 이렇게 반문하고, 미쳤다. 깨어난 사람의 이야기에 일종의 호기심을 느꼈다.

"모르지요. 말하자면 내 일생에는 과거와 현실 사이에 마치 불꺼진 영사막 같은 검은 막이 있다고 할는지. 그래서 그 검은막을 통해 희미하고 아득하게 내다보는 것이 나의 말하자면 미치기 전 일이고, 지금 내가 말하고 보고 하는 것만이 분명한 나의 일 같구려. 그런데 내가 며칠 전에 나를 면회 온 사람과 의사가 이야기하는 것을 귓결에 들어서 내가 미쳐서 독약 먹었던 것을 알았기 때문에 나의 이 기괴한 정신 상태를 이렇게라도 짐작하게 되었지, 그 전에는 웬 영문인지를 도무지 몰라서 그야말로 내가 미쳤나 하고 안타까워했구려. 그러다가 그 미칠 듯이 이상하던 의혹이 내가 미쳤다 깨어난 것을 판명되고 보니 좀 더 저간의 소식을 자세하게 알고 싶구려. 그리고 또 이상한 것은 중간의 검은 막 너머로 희미하게 보이는 나는, 지금 내가 보기에도 몹시 미워 보여요. 그 때에 행한 모든 일이 몹시도 더럽게만 보이는구려.”

필수는 어떤 일찍이 경험해 보지 못한 이상한 기분에 빠지는 듯했다. 지나간 날을 아름답게 추억하는 것을 감상이라면, 지나간 날을 더럽게 보아버리고 처리하는 것은 참회일 것이다. 그렇다. 필수는 확실하게 참회적 정서에 영과 육이 함께 얽히려는 것이다.

현실보다도 과거를 미워하는 사람이여.

필수의 이야기를 듣고 있던 간호사도 이상한 기분에 끌려 조용하게 이야기를 시작했다.

간호사의 이야기는 필수가 다리를 자르는 수술을 마치고 늑막염이 완쾌되어 뒤뜰에서 간호사에게 끌려 산보를 하다가 명숙이라는 여자를 보고 그 자리에서 정신을 잃고 쓰러지던 이야기로부터 시작했다.

“아아, 명숙이, 명숙이.”

하고 눈을 스르르 감았다.

이야기를 시작하던 간호사는 필수의 이상한 태도에 또 미치지 안을까 겁이 나서

“여보세요, 선생님. 선생님.”

하고 황망하게 필수의 몸을 흔들었다.

필수는 잠깐 감고 있던 눈을 떴다.

“이 선생님. 기분이 좋지 않으십니까?”

“아니요. 괜찮소. 어서 어서 이야기를 하시오. 그런데 그 명숙이라는 여자가 그 다음에도 혹시 병원에 왔었나요?”

"혹시가 뭐예요, 선생님……. 참 가엾어서 못 보겠어요."

간호사는 얼굴을 찌푸리고 대답했다

"그럼 그 뒤에도 왔었나 보군요……."

이렇게 말하는 필수의 머릿속에는 그 언젠가 자기가 타고 오던 자동차가 종로 청년회관 앞에서 사람을 치어 소동하던 광경이 한 컷의 필름처럼 지나갔다.

자동차 옆에 모로 쓰러진 명숙, 명숙의 옆에 나동그라진 명숙의 눈이요, 또 빛인 가느다란 지팡이, 명숙의 등에서 놀라 우는 어린애, 그리고 명숙의 팔과 다리를 주무르며 위로하는 은숙이, 은숙이 뒤에서 걱정스레 내려다보는 영일, 자동차 운전사, 순사, 그밖에 수많은 사람.

그리고 은숙의 날카로운 시선에 부딪혀 황황하게 자동차 속으로 들어가 버린 침착하지 못하고 비겁하던 그 때의 자기의 태도, 자동차 바퀴 옆에 쓰러진 명숙이를 가엾이 생각하기보다 은숙에 대한 치정癡情, 영일에 대한 질투의 불꽃까지가 지금 새삼스럽게 필수의 마음을 어지럽혔다.

"오고 말고요. 지금도 저 문밖에 와 있을 것입니다."

"지금도요?……."

필수는 의외라는 듯이 눈을 크게 뜨고 간호사를 바라보았다.

"그럼요, 선생님께서 입원하신 지 며칠 안 되어서부터 병원에 오는 것을 오늘까지 하루도 빠져 본 적이 없어요. 앞 못 보는 이가 어린애를 업고…….참 가엾어 못 보겠어요."

"어린애를 업고 와요?"

"네. 그런데 어린애도 소경이에요."

"응, 어린애도 소경이에요."

이것만은 처음 듣는 소식이었다. 필수의 머리는 불에 달군 쇠끝에 쿡, 찔리는 듯한 자극에 아팠다.

"누구의 죄냐?"

자기의 마음 한 귀퉁이에서 일어나는 날카로운 질문에 너무나 분명한 대답을 가진 필수는 눈을 감고 입술을 깨물었다.

"선생님, 그 이가 선생님과 어떻게 되십니까? 그리고 그 장님 어린애는? ……."

아픈 곳을 건드리는 듯한 쓰라린 고통에 필수는 신음에 가까운 짧은 한숨을
지었다.

"그것은 묻지 마십시오……. 그런데 그 명숙이라는 여자가 와서 뭐라고 간호
사들에게도 이야기하지 않아요?"

"아무리 물어 보아도 당초에 말을 하지 않아요. 그저 필수 씨를 만나 뵙게
해 달라구 애걸만 하지요."

"나를 만나게 해 달라구요?"

"네. 처음 선생님이 입원하신 뒤에 가족 외에는 절대로 면회를 하지 않겠다고
하셨기 때문에, 댁에서 오시는 분외에는 누구도 면회 허락을 하지 않던 차에
그 이가 왔거든요. 물론 거절을 당할 것이 아니겠어요. 그래도 그 사람은 가지
않고 하루 종일 서서 조르다가 해진 뒤에야 가지요. 매일처럼 그렇게 했어요.
그런 것을 어떤 간호사가 너무 애걸하는 데 못이겨 선생님이 뒤뜰에서 산보할
때에 데리고 들어가 면회를 시켜 드리려고 선생님 앞으로 끌고 가니까 선생님
이 그 이를 보시고는 아무 말도 않으시고 그만 졸도를 하셨단 말이지요. 그래서
병원에서는 한참 야단이 났었답니다. 그 뒤에도 그 사람은 날이 밝아 병원 큰문
만 열리면 종일토록 병원 구내에 와서 방황하다가 밤이 깊어서 문지기가 등을
밀어 쫓으면 마지못해 가지요. 그래서 남들은 그 이를 미쳤다고 야단이지요.
그래도 우리가 보기에는 실성한 사람 같지는 않아요. 참 지성이에요. 그리고
사철 업고 오는 어린애는 눈은 멀었어도 살결이 희고 예쁘게 생겼어요."

"그 어린애가 내 아들이나 딸입니다. 그리고 명숙이라는 여자는 그 애 어머
니고."

필수는 마침내 이렇게 말하고 무엇을 생각하는지 고개를 돌려 창 밖을 내다
보았다.

"선생님의 어린애를 아들인지 딸인지도 모르세요?"

간호사는 호기심이 끓어올랐다.

"네, 모릅니다. 모릅니다. 그래, 정말 지금도 문밖에 그녀가 와 있을까요?"

"물론 와 있겠지요. 꼭 있을 것입니다."

"자, 그럼 지금 그 이를 좀 불러다 주세요. 나에게 면회를 시켜 주세요. 네
지금……."

필수의 음성은 흥분에 떨렸다.

"담당 의사에게 물어 보지 않고 제 마음대로 불러 올 수가 있나요? 큰일나게요."

간호사는 환자가 환자인지라 이렇게 책임을 회피하고 곧 데려올 생각을 하지 않았다.

"아니, 의사에게 물어보나마나 잠깐 만나 보는데 무슨 관계가 있겠소. 설마 내가 또 정신이상이야 생길 리가 있으려고."

"호 호 호. 그럴 리야 없겠지만, 그래도 의사의 허가가 있어야 선생님께 면회를 시키도록 되어 있으니까 다른 환자처럼 우리 마음대로 할 수가 있나요. 들어오는 문밖에도 써붙였는데요."

치료관계상 이필수 씨의 면회는 절대 거절.

"그럼 지금 곧 의사에게 가서 면회 허락을 받아가지고 와 주시오. 미안하지마는……."

필수의 조급한 재촉에 못 이겨

"그럼 가서 물어보고 오지요."

하고 간호사는 밖으로 나갔다.

한참 뒤에 필수의 병실로 돌아온 간호사는 머리를 좌우로 흔들면서 자기를 기다리는 필수의 앞으로 왔다.

"안 된다고?"

필수는 물었다.

"네, 절대로 안 된다고요. 그런 것을 물으러 오는 것이 바보라고요."

"하, 하. 내가 또 미칠까 봐서 겁이 나는 게로군……."

"그러니 내일 담당 의사가 회진하실 때에 선생님이 직접 말씀해 보세요……. 그 이가 지금도 와 계시던데요. 저-동쪽 끝에서 왔다 갔다 하실 적에는 선생님이 아직도 정신병원에 계신 줄 아는가 봐요."

"여보, 나의 이 간절한 청을 저버리지 마시고 잠깐만 그 여자를 이리 좀 불러다 주세요, 네?"

"그것은 할 수가 없습니다. 저의 책임상……."

"아아, 그럼 내가 나가 볼 거예요. 그 지팡이를 이리 주세요."

필수는 수척한 몸을 간신히 침대에서 반만 일으키다가 갑자기 얼굴을 찡그리며 배를 움켜잡고 고민했다.

간호사는 황망하게 일어나서 필수를 간호해 자리에 조심스럽게 눕혔다.

"그것 보세요. 운동을 하시면 큰일 납니다. 아무쪼록 안정하고 누워 계셔야지."

필수는 할 수 없이 가만히 누워서 아픈 배를 진정시켰다. 간호사는 잠깐 교대가 되어 나가고, 필수는 눈을 딱 감고 무슨 생각에 깊이깊이 빠졌다.

'나는 왜 명숙이를 만나려고 하는가?……'

이렇게 필수는 자기를 향해 물어 보았다. 그러나 얼른 분명한 대답이 나오지 않았다.

'애욕에 끌려? 아니다, 아니다. 옛사랑이 그리워? 아니다. 이성이 보고싶어? 아니다. 그것도 아니다. 지금 나에게 여자가 무슨 소용이 있느냐……. 그럼 나는 명숙이를 만나서 무엇을 할 것인가……'

자기로서도 알 수 없는 명숙이를 만나고 싶은 목적은 선善보다도 아름다운 참회의 거룩한 정서일 것이다.

그렇다. 필수는 눈물겨운 참회의 정을 마음껏 하소연하고 싶은 것이다.

자기의 발에 눈물겨운 참회의 정을 마음껏 하소연하고 싶은 것이다.

자기의 발에 밟혀 참혹하게 희생된 명숙이가 게거품을 흘리며 주먹을 부르쥐고, 이 악마야……하고 소리치는 앞에서, 아아 모든 것을 용서해주시오, 하고 일 저지른 수캐처럼 엎드린 데서 그는 무슨 법열을 느낄 듯한 이상한 감정에 온몸이 끝없이 어둠의 구렁으로 소리 없이 스르르 미끄러져 들어가는 듯한 무서운 적막을 느꼈다.

그의 감은 눈에는 수많은 여자가 나타났다가는 꺼져버렸다. 그들의 눈은 하나같이 날카로운 눈으로 자기를 흘겨보았다.

필수는 그 모든 여자 앞에 공손히 꿇어앉아 손을 모아 일일이 사죄하고 싶었다. 그렇게 생각하니 필수는 자기 자신이 몹시도 불쌍해 보였다.

'오오, 불쌍한 동물아.'

이렇게 마음으로 중얼거리는 필수의 수척한 뺨 위로는 한 줄기의 눈물이 소리 없이 흘렀다.

눈물, 눈물. 참회의 눈물.

교대가 되어 밖으로 나온 간호사는 곧 명숙이 방황하는 곳으로 찾아갔다.

"여보세요. 명숙 씨."

"아이고, 누구십니까?"

명숙이는 자기를 부르는 편으로 돌아섰다.

"저, 그 이 선생님이요, 필수 씨 말씀입니다. 정신의 이상은 회복되셔서 저-내과병실로 옮겨갔답니다."

"아이, 정신이 정말로 돌아왔어요?"

"정신은 돌아왔는데요, 그 대신에 또 걱정이 생겼답니다. 독약을 마셔서 위독하시답니다."

"네? 독약이요…….."

간호사는 필수가 독약 마신 이야기로부터 명숙이를 간절하게 만나고 싶어 하나 의사가 허락하지 않아서 면회를 시켜주지 못한다는 것을 여자다운 섬세한 정으로 자상하게 이야기했다.

명숙의 눈에서는 어느덧 눈물이 빛났다.

오오, 눈물의 화신이여.

"여보세요. 어떻게 좀 만날 수가 없을까요?"

"글쎄올시다. 의사가 절대로 허가를 하지 않으니까……. 아무튼 내일이 선생이 의사에게 말을 하실 겁니다. 오늘은 자기가 걸어 나온다구 자리에서 일어나다가 몸이 더 괴로워지셔서 그대로 쓰러지셨답니다. 내일 어떻게 될는지 보면 알겠습니다."

명숙은 그 날도 문지기에게 쫓겨 자기가 거처하는 곳으로 돌아왔다.

명숙의 모자가 피로한 몸을 쉬기 위해 누워 있는 불꺼진 방은 주검인듯 고요하고 어두웠다.

이 어두운 방안에는 명숙의 가엾은 공상만이 헤매는 반딧불처럼 반짝였다.

"역시 그 이도 나를 그리워하는가. 나를 만나고 싶어했던가. 이 애를 자기의 자식으로, 나를 이 애의 어미로 사랑하고 그리워한다면 나는 무엇을 원망하랴……. 이제 그 이의 병환이 완전히 나아서……."

가을밤이 짧아지고 뻗치는 공상의 실마리는 피로한 명숙의 잠을 끌고 악착한 현실을 떠나서 미덥지 못한 장래를 향해 달음질쳤다.

"그러나……독약의 중독으로 생명이 위독한 그는 얼마나 이 세상에 오래 있을까……. 그 이가 만일 이 세상에서 떠난다면……나는……."

회오리바람처럼 일어나는 걷잡을 수 없는 불안에 명숙은 괴로웠다. 공상의 실마리는 장래에 대한 불안에 떠는 명숙을 끌고 다시 아득한 옛날의 화려한 꿈을 따라 물러섰다.

봄날보다 부드러운 자기 가슴에 필수라는 이성의 꽃은 피우던 옛날.

현실이 악착하고 장래가 암담한 사람에게는 다만 쓰러진 과거가 있을뿐이다. 과거를 붙잡고, 과거를 붙잡고 사는 이의 생명은 썩은 붙잡고 높은 대臺 위에 오르는 이의 그것과도 같은 것이다.

그 이튿날 아침은 다른 날보다도 일찍이 등에는 아침잠이 아직 깨지않은 어린아이를 업고 왼손에는 아직 피지 않은 봉오리만 다복한 흰국화 한 가지를 들고 지팡이로 길을 더듬어 방긋이 열린 병원문을 들어섰다.

"선생님, 이 꽃 곱지 않아요? 아직 피지 않았기 때문에 꽃향기가 은은해요."

간호사가 피지 않은 흰 국화 한 가지를 코에다 대고 들어오며 필수에게 말했다.

"아아, 벌써 국화꽃 봉오리가 그렇게 폈구려. 그게 웬 겁니까? 방에 꽂아 주시려오."

"그럼요, 선생님께 드려달라구 명숙 씨가 정성껏 가져오신 건데요."

"명숙이가?"

"네. 명숙 씨가 벌써 밖에 와 있어요. 그런데 이 꽃이 다 피기 전에 선생님이 병환○ 나으시라고 이 꽃을 가져오셨어요 그러니 얼른 병환이 나으셔야 합니다."

"글쎄요, 그 꽃이 피기 전에 내 생명이 먼저 스러질는지 누가 아나요."

"아이, 선생님도……그럴 리가 있나요. 왜 의사도 말씀하지 않았어요. 오래 끌어만 가면 자연히 치료가 된다고. 그런데 차차 오래 끌어가지 않습니까."

이 때에 문을 밀고 들어오는 것은 진찰하러 오는 의사와 간호사였다.

진찰을 받고 난 필수는 무엇보다도 먼저 명숙이와 면회를 시켜 달라고 청했다.

"차차 기회를 보아서 만나게 해 드리지요. 아직은……."

의사는 부드럽게 거절하고 나가 버렸다.

필수는 지금 간호사가 꽂은 가지 위에 가늘게 드리운 아침볕을 바라보고 한숨지었다.

배교背敎

승방의 가을은 그윽하게 깊어 왔다. 승방의 가을, 쓸쓸한 가을!

동록이 슨 풍경을 흔들고 하늘 높이 달아나는 세상을 배반한 외롭고 거룩한 이의 수레 소리 같은 가을바람, 젊은 여승의 하얀 뺨을 핥고 구불거린 언덕길을 굴러내리는 행려병자의 신음 소리 같은 가을바람! 가을바람은 쇠잔의 씨를 뿌리는 울음의 신이다. 그 지나가는 발자국마다 쇠잔한 그늘이 덮이고 그의 채찍이 움직이는 곳에 모든 것은 울고야 마는 것이다. 찬달 흩어진 잔디 위에 꿈같이 움직이는 나무 그림자를 울리고, 사랑에 주린 벌레 떼를 울리고, 한 뿌리에서 솟아나서 다정한 듯 머리를 모으고 속삭이건마는, 마음은 흩어져 몸부림치는 흰 꽃에 덮인 갈대(芒草)포기를 울리고 별 떼가 떨어져 구르는 시냇물을 울리고, 백 년 전에 쌓은 무덤까지를 울리고야 마는 가을바람은 영일이라는 젊은 수도자의 '사내마음'조차 울려 마지않았다.

'나는 내가 믿는 바에 따라서 어디까지나 굳세야 한다. 나는 굳센 자다.'

이렇게 스스로 믿고 그 날 그 날을 이겨 오는 영일이도 가을이 짙어갈수록 가을하늘처럼 텅 비는 자기 마음의 한 귀퉁이를 무엇으로 채울 길이 없었다. 아득하게 사라진 옛날의 추억으로도, 보이지 않는 앞날의 희망으로도, 그 빈 구석은 채울 길이 없었다.

아무 것으로도 채울 길 없는 마음의 동공洞空에는 언제 떨어졌는지 모르는 한 방울 쓰라린 적막이 밤으로 낮으로 미칠 듯한 속도로 쉼없이 구르고 구르는 것과 같이 애달팠다. 그것은 자기의 힘으로는 도저히 항쟁하지 못할, 의지를 초월한 힘으로 그의 영과 육을 아울러 흔들었다.

영일은 지금 들국화가 황금 방석인 듯 깔린 석양이 비낀 언덕을 홀로 거닐고 있다. 자기 발밑에 길게 따르는 자기 그림자에도 그는 쓸쓸한 정을 느꼈다.

"아아, 그림자와 나."

해는 졌다. 외로운 그림자조차 거두어가지고……영일은 올 길 없는 사람을 부르는 듯한 황혼에 흩어지는 서글픈 마음을 걷잡을 수가 없었다.

'은숙이는 요즘 어떻게 지내는지.'

그의 울렁거리는 가슴속에는 문득 이런 생각이 떠올랐다.

그는 고요하게 침입하는 은숙이를 내쫓기 위해 머리를 좌우로 흔들며 법당으로 돌아왔다.

독경과 명상으로 밤이 깊은 뒤에 영일은 자기 침실로 돌아와 자기에 누웠다. 적이 평정된 그의 가슴은 창백하게 비치는 달빛에, 방향 없이 들려오는 벌레 소리에 다시 울렁거리기 시작했다.

부처는 언제까지나 그를 보호하지 않았다.

'나는 무엇을 구하는가? 내가 구하는 바가 무엇이냐. 텅 비인 듯한 나의 가슴은 무엇으로 채워야 할 것이냐? 나는 무엇 때문에 이다지도 괴로워하느냐.'

그는 마침내 철저하게 자기를 검토해 보고 싶었다.

'이성이 그리우냐, 여자가?'

이렇게 질문하는 자기에게 그는 명백하게 '아니'하고 대답했다.

'그러나 너의 지금의 고통은 은숙이가 말한 것처럼, 영원하게 보지 않기로 하고 거리를 멀리함으로써 받는 고통, 그것이 아니냐? 말하자면 은숙이가 그리운 것이 아니냐?'

하고 스스로 자문할 때 그의 마음은 벙어리처럼 침묵했다.

침묵은 괴로운 대답이다. 시인是認이다. 수긍이다.

'보아라. 거기 모순이 있는 것이다. 이성이 즉 여자가 그리운 것이 아니라 은숙이가 그립다는 것…… 은숙이가 만일 남자라면 동성이라면 너는 이다지도 그를 그리워할 테냐.'

그는 자기를 빈정거리는 자기에게 이론으로 반박할 대답이 없을 때에 무조건으로 반항하는 마음이 끓어올랐다.

'그러면서 어찌하여 그리운 이를 그리워하는 것이 무슨 죄악이란 말이냐? 옳다. 그렇다. 그것이 조금도 죄악이 될 것이 없다…… 다만 네가 부질없는 고집에 스스로 고통을 받는 것이 가엾다는 말이다. 자기 마음속의 모수노가 갈등을 그대로 두고 번민의 불을 끄려는 그 어리석음을 깨달으란 말이다.'

그는 이불 속에서 눈을 커다랗게 떴다. 갑자기 무엇을 깨달은 사람처럼 자리에서 벌떡 일어나 앉았다.

'내가 나를 이렇게도 괴롭게 하는 것은 도리어 죄악이 아닐까? 파랗게 돋는 청춘의 싹을 무참하게 짓밟아버리고 붉게 피려는 인생의 꽃을 애처롭게도 따버리는 것이 과연 순리일까? 아니다. 그것은 자연의 반역이다……'

그는 크게 떴던 눈을 스르르 감았다.

누리는 무덤무덤 고요하고 고요하다. 사면에서 우는 벌레 소리조차 그에게는 들리지 않았다.

"너는 내가 평생을 두고 이른 한마디 부탁을 잊었느냐."

그의 귀에는 분명하게 이런 소리가 들렸다. 그와 동시에 자기의 감은 눈앞에 엄연하게 나타나는 돌아가신 해암 스님을 보았다.

그러나 이 때만은 영일이도 그 스님에게 머리를 숙이고 침묵하거나 황송하게 물러가고 싶지 않았다.

"오오, 스님이여. 당신의 일생의 부탁은 잊지 않았습니다. 여자를 가까이하지 말라고 하시던 그 부탁을. 그러나 스님이시여, 저는 당신의 그 유훈 속에서 손톱만한 진리도 아직 발견하지 못했습니다. 진리 없는 유훈을 맹목적으로 지키는 것은 부질없이 자아를 고달프게 합니다. 청컨대 스님이 외로운 저를 불쌍하게 여기시거든 그에 대한 진리를 가르쳐주세요.

그는 어둠 속에서 합장배례를 했다.

"스님이시여. 당신은 삼천 년 전에 돌아가신 석가모니의 늦게 깨달은 처세술 내지 인생관의 한 조목인 금욕주의 그대로 밟으시려는 데 지나지 않지요. 아아 그것이 삼천 년 후의 우리에게 무슨 진리가 되며 행복일것입니까?……돈 많은 나라의 왕자로 태어난 싯다르타가 주란화각에 묻혀 금수능라를 몸에 감고 나가도, 미색을 들여와도, 미색 삼천 소녀를 모아 놓고 고르고 골라서 아내를 삼는 등 가지가지의 행락을 누리다가 느긋해진 행락에 밀려 고행 수도를 했다는 것은 그이 처세상 한갓 방편에 지나지 못할 것입니다. 설사 영화를 버리라고 출가를 하신 세존의 위대한 분이라 할지라도 그의 그 처세관을 지금의 우리가 무조건으로 답습하는 것이 우리에게 무슨 이익이 되겠습니까?……알지 못하겠습니다. 스님은 스님으로서 무슨 진리를 찾으셨습니다. 그렇거든 그 진리를 왜? 제게 일러주시지 않았습니까?

영일은 스님이 금방 자기 앞에 앉았기나 한 듯이 질문처럼 하소연처럼 입 속으로 웅얼거리고 눈을 떴다.

창틈으로는 한 줄기 파란 달빛이 새어들고 뭇 벌레 소리는 다시 요란하게 울려왔다.

"그렇다. 나는 나를 괴롭히지 말자. 나는 나를 위해 평화롭게 아름답게 살아야겠다. 삼천 년 전 석가를 위해 살 필요도 없고 돌아가신 스님의 무조건한 유훈만을 의지해 살 필요도 없는 것이다. 사랑하는 이를 사랑하는 것이 무엇이 죄가 될 것이냐. 나를 사랑하는 은숙이를 내가 사랑하기로니 무슨 그릇된 일이냐.아아, 나는 애ㄴ 이 때까지 그렇게 어리석었던고……예로부터 지금까지 이성의 사랑을 모른 거룩한 이가 있었던가? 성욕의 본능을 가지지 않은 성자가 있었던가? 만일 그렇다면 그는 천치일 것이다. 다행히 천치가 아닌 내가 이성을 그리워하고 성욕의 본능적 충동을 느끼기로서니 그것이 완전한 사람인 나로서 속을 끓일 바가 무엇이란 말이냐. 대성大聖석가의 아버지 쟁반왕은 마야 부인의 자매를 아울러 아내로 하지 않았는가. 유태의 성자 예수그리스도를 낳기 위해 처녀 마리아가 잉태를 할 때에는 양치는 목자들까지 추문을 퍼뜨리지 않았던가. 석가 자신은 어떠했는가. 권력과 젊음을 한 데 합쳐서 피어나는 꽃보다도 아름다운 수많은 소녀를 아낌없이 짓밟지 않았는가. 그리고 그것도 부족해 선남선녀가 희사한 돈을 훔쳐서까지 허스미트라는 창녀의 썩은 고기 냄새를 좇은 때가 있지 않았던가. 백약의 장(百藥之長)이라 해 술 냄새를 따르지 않았던가?……만민을 위해 십자가에 피를 흘린 예수는 막달라 마리아라는 이성을 위해 얼마나 애를 썼던가. 예수를 동정童貞이라고 막달라 마리아가 증명한 것을 들은 이가 누구냐?……. 소크라테스가 무엇이냐. 공자가 무엇이냐. 그밖에 모든 거룩한 이가 누구냐?"

영일은 어둠 속에서 주먹을 부르쥐고 모든 거룩한 이를 점호나 하듯이 불러 보았다.

"나는 부질없는 나의 고집에 그 얼마나 나를 학대했던가. 남이 불어넣은 나의 정신의 노예가 되어 나의 육체를 얽어매고 채찍질했던가. 육은 영과 똑같이 중한 것이 아닐까? 그러면 육을 위해 영을 희생하는 것이 죄악인것과 같이 영으로 해 육을 희생하는 것도 커다란 죄악일 것이다. 펄펄 뛰는 청춘을 한아름 안은 내가 이성에 목말라 하는 것은 당연 이상의 당연한 일이 아닌가. 그곳에 무슨 죄악이 숨어 있을 것이냐. 이다지도 나를 괴롭히고 학대함으로써 나는 무엇을 찾으려 하는가. 나의 육을 본능을 함부로 압박하는 것은 부질없이 나의 정신을 피로하게 할 뿐이 아닐까? 그렇다. 대성 석가도 육 년 고행에 주린 배를 움켜잡고, 고행으로 도를 이루려는 것은 어리석은 짓이다……스스로 음식을 끊음으로 부질없이 육신을 손상하는 것으로 어 찌 해탈의 참 길이 될 수가 있으랴. 내 벌써 고행이 육 년, 이후에 더 고행을 하면 죽음밖에 올 것은 없다.…… 이렇게 고행함으로써 나는 무엇을 찾았느냐…… 그렇다. 나는 이제부터 음식을 충실하게 하고 몸을 건강하게 해 새로운 용기를 내야 한다고, 학같이 파리한 몸을 핍파리나무[94]밑에서 일으켜 난다바라難陀婆羅라는 소먹이는 소녀에게 유죽을 빌어먹고 종자從者 다섯 사람에게까지 배척을 받지 않았던가……. 그렇다. 육 년 고행에 육체가 귀한 줄을 깨달은 어리석은 이가 석가이다. 배불어야 좋은 지혜가 끓어오르는 줄을 새삼스레 깨달은 이가 석가가 아니었던가?”

육 년 고행에 비로소 육체를 돌아볼 지혜가 생긴 석가보다는 일 년이 못 되는 사랑의 수난에 육체를 해방하는 영일이가 약은 셈인가?

영일은 비로소 모든 것을 깨달은 듯 했다. 그는 최후의 해답을 얻었다.

“고장故障없는 위장은 식물植物을요구하고, 병 없는 청춘은 이성을 그리워하는 것이다. 그곳에 아무런 모순도 없고 죄악도 숨지 않았다. 이것을 그르다고 생각하는 이가 있다면 그것이 이 훌륭한 이단자이다. 사도를 걸어가는 자이다. 그렇다. 나는 지금까지 이단자로서 버티기에 사도를 걷고 있기에 부질없이 땀을 흘리고 허덕인 것이다.그러면 나에게 이단의 씨를 뿌린 이가 누구냐. 사도로 끌고 간 이가 누구냐? 옳다. 그것은 피묻은 나의 생명을 키워 주었다는 해암스님이다. 나의 필생의 은인 해암스님은 나에게 이단의 씨를 뿌리고 사도로 끌고 갔던가. 생명이 붙어 있는 최후의 순간까지 끈질기게 나에게 부탁한 ‘여자를 가까이하지 말라’는 말은 그 얼마나 나의 정신과 육체를 괴롭게 만들었던가 ……. 그것은 나를 괴롭게 하기 위해 하신 일은 아닐 것이다.나는 나를 자기

---

94) 菩提樹: 일명 보리수(Bodhi Tree). 핍파라수는 보리수의 학명. 석가모니 부처님의 고행과 깨달음을 상징하는 나무로, 보리수의 보리는 깨달음을 나타내는 말.

몸 같이 사랑해 주시던 스님인 줄 내가 믿는다. 그러면 삼천 년 전에 자애에 우는 부모를 버리고 어여쁜 처자를 버리고 모든 영화를 버리고 세상을 등지고 떠난 '커다란 이단자' 석가가 뿌리고 간 곰팡이 슨 이단의 씨를 거두어서 스님 자신이 심고 나에게까지 끼치고 가신 것이다. 내가 이제 돌아가신 스님을 원망하기에 그는 너무도 어리석은 이였다. 나는 마땅히 깨달은 바를 좇아서 나의 힘으로나 괴롭게 가리운 이단의 그늘을 거두고 내가 걷고 있는 사도를 떠나서 밝게 넓게 그리고 평화롭게 살아야 한다. 말하자면 사람답게 살아야 한다. 나는 역시 사람이었다. 신도 아니요, 짐승도 아니요, 돌 뭉치도 아닌 사람이다. 사람이 가장 사람답게 사는데 이상할 것은 없다. 그렇게 살려면 나는 무엇보다도 '여자를 가까이 하지 말라'던 스님의 유훈을 나의 기억 밖으로 내몰아야 한다. 완전하게 잊어버려야 한다. 그것보다도 나의 스님의 정신을 지배한 석가의 금욕주의를 배척해야 한다……."

배교자! 배교자! 배교자의 감은 눈에는 무엇이 비치는가!

영일의 감은 눈앞에는 해암 노승의 노한 얼굴이 커다랗게 나타났다. 그리고, 너는 나의 평생의 한마디 유훈을 그만 저버리고 말 테냐, 하는 떨리는 목소리가 분명히 귀에 들렸다. 그는 앞에 나타나는 스님의 얼굴을 안 보기 위해, 떨려나오는 스님의 말소리를 안 듣기 위해 귀를 막고 돌아앉았다. 귀까지 막고 앉아 있는 그의 앞에는 대법당 금불이 엉금, 기어들었다. 그는 악에 바친 사람처럼 눈을 감은 채로 주먹을 들어 힘껏 부처의 머리에 내리쳤다. 금불은 천 조각 만 조각으로 부서졌다. 그 다음에는 오백라한五百羅漢이 올챙이 떼처럼 오글오글 모여들었다. 그의 주먹은 또 다시 그것을 부셔 버렸다. 그 다음으로 가슴 답답하게 그의 앞을 가로막는 것은 자기가 이십여 년 자라난 운외사 대법당이었다. 그는 온몸의 힘을 다해 높이 든 주먹을 날렸다. 그것은 책상 위에 놓은 흙으로 만든 모형 건축처럼 산산이 쓰러지고 말았다.

오오, 무참한 파괴여!

그는 눈앞에 나타나는 모든 것을 깨뜨려버리고 안심한 듯이 힘없는 눈을 떴다.

동창에는 어느덧 새벽이 깃들기 시작했다.

'모든 것을 헐어 버렸으니 나는 어떻게 할까? 파괴 후에는 마땅히 건설이 있어야 할 것이다. 불가를 헐어버리고 사랑의 전당을 세우자. 옳다. 나는 나를 사랑하는 은숙이를 주저하지 말고 마음껏 사랑하자. 나의 일생을 바쳐서 사랑하자. 여자로서 사랑하자. 일만 사람에게 공포하고 아내로 맞이하자. 그리하여 짧은 나의 생명을 북돋우자…… 텅 빈 나의 한 귀퉁이를 채우자. 완전한 사람이 되자. 그래서 만일 나의 이 일에 무엇이나 방해하는 것이 있거든 나의 삶을 장해하는 미운 적으로 돌려 굳세게 싸우자. 오오, 나의 화려한 삶의 길을 막을 자가 누구냐…….'

이렇게 생각하니 영일은 무슨 큰 힘을 얻은 듯했다. 갑자기 자기의 앞길이 밝아지는 듯했다. 그는 웃음으로써 나타낼 수 없는 마음의 법열을 느꼈다.

싯다르타는 왕위를 버리고 처자를 떠남으로써 천하만민을 얻을 것을 기뻐했다. 영일은 지금까지 자기가 믿고 지켜 온 모든 것을 버리고 하늘 위에나 하늘 밑에나 하나밖에 없는 자기의 빛난 삶을 얻은 것을 기뻐했다.

이렇게 모든 것을 결심하고 나니 자기의 지나간 일이 몹시도 어리석어 보였다. 자기의 그것뿐이 아니라 이 승방에서 쓸쓸한 일생을 마친 자기의 스님까지도 불쌍해 보이고, 그밖에 삼천 년 전부터 이 후 항구한 세월을 두고 '천상 천하에 오직 나 홀로 높다'는 석의 그늘 밑에서 이미 스러지고 장차 스러질 수많은 승도가 불쌍하게 생각되었다.

"그러면 밝는 날에 내가 할 일은 무엇이냐. 딴 세상 사람이 될 내가?……모든 것은 은숙이와 의논해야 할 것이다. 인생의 반려요, 일생의 길동무인 은숙이와 의논해야 할 것이다."

그는 아직도 엷은 어둠이 스러지지 않은 서재로 가서 촛대에 불을 켜놓고 한 장의 편지를 썼다.

은숙 씨, 나는 모든 것을 결심하고 이 붓을 듭니다. 나는 약해졌습니다. 아니 강해졌습니다. 떠나는 거리로써는 어떻게 할 수 없는 이미 부딪힌 지 오래인 영과 영을 이 이상 더 괴롭게 할 수가 차마 없음을 깨달았습니다. 나는 내가 새로 창조하려는 나의 빛나는 이 앞의 삶을 의논하기 위해 당신을 만나자고 합니다. 이 편지 보시는 대로 곧 좀 나와 주십시오. 이 글을 받을 당신이 병이나 혹은 다른 일로 만날 기회가 오지 않으면 어찌하나 걱정이 미리 앞서며 편지를 봉합니다.

일허게 쓴 편지를 읽어보고는 영일은 글자마다에 나타나는 자기답지 못한, 흥분이 흐르는 것도 깨닫지 못할 만큼 흥분하여 편지를 봉했다.

고요한 폭풍

뜰, 고요한 뜰, 쓸쓸한 뜰, 청운동 은숙의 집 조그만 뜰, 장독대 옆에 달린 은숙의 손으로 흙을 돋우고 돌을 고인 장난감 같은 화단.

이 화단 위에 지나간 봄날 안개비 연기 끼는 황혼에 부드러운 처녀의 손에 씨뿌리고 북돋우는 화초들도 이제는 검누른 잎사귀가 시드는 줄기에 매달려 돌아오지 못할 지나간 날을 조상하고 다만 두어 떨기 황국이 쓰러져가는 토담을 베개 해 머리를 모으고 졸고 있을 뿐이었다.

쓸쓸한 뜰, 고요한 뜰, 어여쁜 폐허여.

그 곳에는 나비의 피로한 날개 소리도 끊기고 병든 아낙네의 신음 소리 같은 벌의 속살거림도 없고 이제는 낮이면 화단과는 인연이 먼 참새떼가 종알거리고 해 곧 지면 뭇 벌레의 악단이 되는 고요한 뜰, 쓸쓸한 화단, 어여쁜 폐허……때는 정오가 지났다. 쓸쓸한 태양이 가볍게 드리우고 있다. 높은 하늘 위에서는 엷은 구름 떼가 오고가고 부딪치고 흩어지고 헤어진다. 모든 것이 늦어가는 가을날 오후에만 볼 수 있는 빛 없는 빛에 빛나는 맑고 밝은 경륜이다.

은숙은 지금 이 밝고 고요하고 쓸쓸한 대자연 한 귀퉁이에 실연한 처녀보다도 외롭게 서 있다.

담 너머에서 떨리는 잠자리의 단풍같이 붉은 날개를 보고 소녀처럼 손뼉을 치기에는 너무도 우울한 자기의 가슴을 안고…….

"애야, 아가. 그 국화분들은 밤에는 들여놓고, 낮에는 내놓아야 한다. 요즘은 밤에 무서리가 내리기 쉬우니까."

마루에 앉은 은숙의 어머니가 은숙에게 이르는 말이다.

"그까짓 것 들여놔 무얼 해요. 서리가 오면 시드는 거고, 봄이 오면 피는 게 꽃인데……."

은숙의 대답에는 가벼운 허무가 흘렀다.

"저 애가 요즘 왜 저래졌어. 학교에도 안 가고 손에 일도 안 잡고……."

어머니의 이 말에 별로 대답할 흥미도 없다는 듯이 하늘을 쳐다보고 섰노라니 중문 밖에서

"편지요."

하는 껄끄러운 소리가 들렸다.

중문간으로 나가 편지를 받은 은숙은 손보다도 가슴이 흔들렸다.

그것은 영일의 편지였다.

자기 방으로 들어가 책상 앞에 꿇어앉은 은숙은 무슨 신비한 뚜껑을 여는 듯이 한 겹 종이를 조심스럽게 찢었다.

편지를 읽고 난 은숙은 그 편지를 쓰던 영일이 이상으로 흥분되었다.

두 세 번을 거듭 읽은 은숙은 편지를 책상 위에 엎어놓고 눈도 깜빡이지 않고 무엇을 생각했다.

너무도 뜻밖의 편지는 은숙에게 커다란 의문을 던져 마지않았다.

은숙은 옆에 놓았던 편지를 뒤집어 놓고 다시 한 번 필적을 보았다. 그것이 영일의 필적임을 의심하기에는 글씨가 몹시도 똑똑했다.

'웬 일일까. 그가 어찌해 이런 편지를 썼을 가. 암만해도 이상한 일이 아닌가……'

은숙의 머리에는 젊은 수도자로서 유감없이 아로새겨진 영일의 침착하고 엄숙한 인상이 떠올랐다.

'거짓말이다. 영일 씨가 이런 편지를 썼을 리가 있나? 그러나 필적이 분명한 바에 나는 무엇을 의심하는 것인가……그러나?……'

은숙은 문득 지나간 날의 저주할 기억이 떠올랐다. 필수의 꾀임을 받았던 일이. 그러나 그것이 분명한 영일의 필적 그리고 우편배달이 분명한 것으로 부질없는 의심을 억지로 풀어버렸다. 그 의심을 내던진 뒤에 새로 떠오르는 것은 진퇴의 문제이다. 영일이가 부르는 대로 곧 나가 볼것인가……자기가 결심한 대로 나가지 않아야 옳을 것인가?……

영일과 자기가 만날 때마다 반드시 알 수 없는 기분에 부대껴 애닯게 떨어지던 지나간 날의 거듭된 기억은 은숙을 얼른 일으키지 않았다.

저번에 운외사에서 들어올 때에 나는 결심하지 않았는가. 영일의 말과 같이 만남으로써 받는 애달픈 고민을 받지 않기 위해 다시는 무슨 일이 있든지 나오

지 않으리라고……. 그러나 편지에 쓰인 그대로 나를 기다리고 있다면……내가 안 가보는 것이……

이러한 주저함을 물리치기에 은숙의 정열은 뜨거웠다.

보이지 않는 줄은 은숙을 끌어 일을키고야 말았다.

만나야 할 두 사람은 만나고야 말았다.

영일이가 은숙에게 절교를 선언하던 운외사 두 솔밭 바위 위에서……떠나려 해도 떠날 수 없고 미워하려 해도 미워할 수 없는 사이를 멀리하기 위해 죽음보다도 애달픈 절교의 막을 내리던 그 곳에서 그들은 사랑을 속살거리기 위해 나란히 앉았다. 영일은 은숙을 만날 때에 어떻게 자기의 태도를 설명할 것쯤은 이미 생각했지만 막상 만나고 보니 무엇부터 어떻게 해야 좋을는지 알 수가 없었다.

마음으로는 한껏 초조한 영일의 표정은 어색하게도 침착했다. 그는 이 어색한 기분에서 벗어나려는 듯이 무거운 입을 열었다.

"은숙 씨, 내 편지를 보고 웃었지요?"

"아니요. 저는 제일 먼저 의심했지요. 과연 영일 씨가 쓴 것일 까? 하고, 그러나 필적으로 보아 의심할 여지가 없어서 저는 신을 대하는 듯 엄숙하게 대했지요."

은숙은 그야말로 신 앞에 선 사람처럼 침착하고 엄숙하게 대답했다.

"은숙 씨, 나는 나의 일생을 당신과 의논하기 위해 당신을 만나고자 했습니다. 나는 나의 모든 과거를 헐어버리고 오늘부터의 미래를 다시 쌓기 위해 지나간 모든 날을 불살라버리고 새날을 맞이하기 위해 당신을 만나고자 했습니다……. 당신과 더불어 괴롭던 과거를 함께 울기 위해 당신을 만나려고 했습니다. 그러기 전에 먼저 은숙 씨에게 분명한 대답을 청합니다. 은숙 씨, 당신을 나를 위해 사는 은숙 씨가 되어 주시겠습니까. 말하자면 나의 은숙 씨가 되어 주시겠습니까? 물론 나는 당신을 위해 사는 내가 되겠습니다. 은숙 씨의 영일이가 되겠습니다. 간단하게 말하면 쓸쓸한 나의 일생을 같이 걸어가 주시겠습니다. 길이 나를 사랑해 주시겠습니까?……"

영일은 간청인 듯 하소연인 듯한 말을 끊고 고개를 돌려 은숙을 바라보았다.

"……."

은숙의 입은 곱게 다문 채로 열리지 않고 머리 전체가 좌우로 흔들렸다. 세번 네 번 거듭 흔들렸다.

아아, 머리가 가로 흔들림은 노no라는 신호가 아니냐. 예스yes 의 반대가 아니냐!

영일은 눈을 크게 떴다.

"그러면 은숙 씨는 나를 사랑해 주실 수 없습니까?"

그의 말소리는 가라앉은 채 떨렸다.

"영일 씨, 당신은 왜 새삼스럽게 저에게 그것을 묻습니까. 저는 그것이 섭섭해요. 당신의 편지에 쓰시지 않았어요. 우리의 영과 영은 부딪힌 지 이미 오래였다고……그렇다면 제게 또 다시 물어 보실 것이 무엇이에요. 명백한 대답을 기다릴 영일 씨가 어디 있겠어요. 아직까지 나의 마음에 당신의 혼이, 당신의 마음에 나의 혼이 접촉하지 못한 것이 아닐까요? 저는 그것이 안타까워요. 아직도 회의기에 있는 당신의 마음을 나는 섭섭하게 생각해요. 우리 사이에 아직까지 거리 남아 있는 것이 섭섭해요……."

은숙은 또 한 번 머리를 가로흔들었다.

오오, 예스를 일만 번 거듭한 것보다는 분명한 수긍의 신호여!

"은숙 씨 나는 우리 두 사람의 사랑의 길을 방해하는 모든 것을 깨부셔버렸습니다. 부처를 깨뜨리고 법당을 깨뜨리고 나의 젊음을 무시하는 나의 머릿속에서 꿈틀거리는 석가의 혼을 내몰아버렸습니다. 그리고 맨 끝으로 나의 돌아가신 스님의 부탁을 여원하게 저버림으로 나는 나의 새로운 삶을 창조하겠습니다. 나는 이것을 당신과 의논해 찬성의 의견을 들으려고 당신을 불렀습니다.

영일은 흥분에 떨리는 말을 거두고 은숙을 바라보았다. 자기의 시력이 다할 때까지 바라보려는 듯이 눈 한 번 깜빡이지 않고 은숙을 바라보았다.

쌀쌀한 바람에 흩어지는 까만 머리털 밑으로 드러나는 하얀 귀밑, 홍분에 물든 불그레한 뺨, 자기의 무릎을 굽어보는 눈, 얼굴에 나타나는 모든 미에 다스리는 듯한 코, 그리고 그의 뽑은 듯한 목 뒤로부터 어깨 위를 휘돌아서 발끝까지 흐르는 순결한 처녀에게서만 볼 수 있는 그것-미술의 극치를 다한 조각에 어여쁜 혼을 불어넣은 것 같은 그것은 이십 육 년 간 모아 놓은 영일의 피의 방울방울을 애욕의 불길에 끓리게 해 마지않았다.

금세 커다란 음향을 내고 폭발이나 할 듯한 각 일각으로 뜨거워지는 영일의 시선은 이상스럽게 차차 흐려졌다. 꼼짝 않고 앉아 있는 자기와 은숙의 거리가 앉은 채로 점점 멀어지는 것 같기도 하고 또는 옅은 안개속에 흔들리는 그림자처럼 희미하기도 했다.

이 때였다. 자기와 은숙의 희미한 사이로 나타나는 검은 그림자를 영일은 분명하게 보았다.

그것은 만면에 노기를 띤 해암 노승이었다.

환상! 환상! 저주할 환상!

영일은 이 환상 앞에서 마음을 떨었다.

'어떻게 할 까?'

"……."

"영일 씨!"

영일을 부르는 은숙의 떨리는 음성은 벙어리같이 답답한 주위의 침묵을 깨뜨렸다. 주저함에 떨리는 영일의 마음을 구원했다. 영일은 잃었던 용기를 다시 찾았다. 해암 노승이여, 물러가소서. 나는 이제는 당신의 상좌가 아닙니다. 은숙이의 애인입니다, 남편입니다……. 그는 마음속으로 날카롭게 부르짖었다.

그러나 노승의 환상은 쉽게 물러가지 않았다. 영일은 자기 혼자의 힘으로 자기의 앞길을 어지럽히는 해암 노승을 물리칠 수 없어 마지막으로 은숙을 불러서 구원을 청했다.

"아아, 은숙 씨, 나는 어떻게 하면 좋겠습니 까?"

은숙은 영일의 성대에서 울려 나오는 너무나 애달픈 호소에 자기로서 는 무엇이라 대답할지 몰랐다. 그래서 앵무새처럼 영일의 호소 그대로를 위치를 바꾸어 옮겼다.

"아아, 영일 씨. 저는 어떡해요."

애원과 애원이 부딪칠 때 영일은 비로소 최후의 용기를 내었다.

영일은 자기 눈앞에 버티고 서 있는 노승에게 시위나 하려는 듯이 젊음에 떨리는 손을 내밀어 은숙의 손을 잡고 두 사람 사이에는 조그만 틈도 벌어져서는 안 된다는 듯이 한 걸음 다가앉았다.

시위는 더 한층 맹렬해졌다.

악수로 만족하지 못한 젊음은 다시 포옹을 요구했다. 그는 자기의 젊음이

요구하는 대로 은숙의 부드러운 어깨 위에 자기의 팔을 기탄 없이 얹었다.

영일은 지금까지 살아오는 동안에 일찍이 한 번도 경험해 보지 못한 향기에 취각臭覺이 어지러웠다. 그것은 기름기 없는 바람에 흔들리는 은숙의 머리털에서 흩어지는 미묘한 냄새였다. 그 미묘한 냄새는 은숙의 온몸에서 흐르는 이성의 냄새보다도 강렬하게 영일의 취각을 자극했다.

오오, 흑발의 방향芳香이여!

영일은 은숙의 검은 머리 위로 고요한 자기의 입술을 끌고 갔다. 뜨거운 입술에 솟구치는 미랭微冷한 감촉의 야릇한 쾌감에 온몸의 피가 끓어오르는 듯이 그의 입술은 떨렸다.

불같이 타는 영일의 입술은 은숙의 뜨거운 입술이 그리워지고야 말았다.

키스-입술과 입술이 마주치는 곳에 키스의 불은 붙었다.

이제는 노승의 환상도 사라지고, 누리는 몸 속 같이 고요하고 두 사람의 뛰놀던 심장도 차차 가라앉기 시작했다. 넓고 넓은 천지에 두 사람만이 살아 있는 듯이 호젓했다.

"우리 저 개천가로 산보나 합시다."

영일은 쾌활한 어조로 은숙을 이끌고 우거진 솔밭 사이를 걸었다.

"은숙 씨, 나는 기쁩니다. 참으로 기뻐요."

"저도 기뻐요. 어쩐지 기뻐요."

"음악가인 은숙 씨. 자, 노래를 불러 들려주세요. 괴롭던 지나간 날을 장송하는 만가를 부르세요. 우리 두 사람의 행복을 위해 올 축복할 새날을 맞이하는 송가를 높이 부르세요……."

영일은 이렇게 말하고 웃었다. 은숙도 따라 웃었다.

"영일 씨, 당신도 웃으실 때가 있군요. 저는 모든 음악보다도 영일 씨의 지금 같은 웃음소리를 듣고 싶어요."

"나도 웃지요. 사람이 되었으니까 웃지요. 은숙 씨는 내 감정의 지배자가 아니요. 웃기기도 하고 울리기도 하는……그런 당신이니 까 당신의 마음대로 할 일이 아닙니까. 하하."

"영일 씨, 그러면 이제부터 우리 어떻게 살아요?"

"옳지요. 우리는 마땅히 그것을 의논해야겠습니다."

"은숙 씨, 나는 이제는 중이 아닙니다. 수도자가 아닙니다. 금욕주의자가 아닙니다. 한 개의 사회인입니다. 남의 남편입니다. 그러니 가 이제부터는 사회인으로 굳세게 살고 남의 남편으로서 충실하게 살아야 하겠습니다. 수많은 승도가 한 목탁 두 목탁 빌어 쌓은 풍부한 물질 속에 들어앉아 극락을 꿈꾸며 안일하게 살던 그 생활을 떠나야겠습니다. 그러려면 우리의 새 생활을 만인에게 피로披露하기 위해 결혼을 해야겠지요. 은숙 씨는 물론 이의가 없겠지만 은숙 씨 아버지 어머니께서 허락해 주시겠습니까?"

"허락해 주시겠지요. 만일 아버지 어머니께서 허락을 안 해주신다 할지라도 우리는 그만둘 수없는 일이 아니에요. 부모님의 어 떤 정도까지의 간섭은 자식 된 도리로 받는다 할지라도 부모님의 주관으로 우리의 앞길을 방해하신다면, 그 때는 우리의 주관을 강조하고 개성을 철저하게 발휘한다 할지라도 그것이 사회적으로나 한 걸음 더 나아가 도덕관념에 비춰 보더라도 조금도 거리낄 것이 없지 않아요.

은숙은 눈을 똑바로 뜨고 한마디 새 힘을 주어 가며 이렇게 말했다.

"아아, 은숙 씨. 당신이 그만큼 굳세다면 나의 마음은 얼마나 든든하겠습니까."

이제 그들에게는 교묘한 교제도 필요가 없었다. 해맑은 얼굴이 무엇이랴? 유창한 대화가 무엇이랴. 마음에 있는 그대로를 꾸밈없이 내놓는데 부딪치고 부딪친 영과 영은 어우러져 녹아버리고 마는 것이었다.

영과 영이 한 데 녹아 버릴 때에야 비로소 완전한 한 개의 사람이 되는것이 아닐까?

시보다도 아름다운 진정한 발로여!

황혼이 깃드는 그윽한 숲 속에는 하룻밤의 평화를 빌기 위해 하느님께 기도나 드리는 듯한 밤새의 지저귀는 소리가 들려 왔다. 그 때야 비로소 해진 줄을 깨달은 듯이 절로 돌아오는 그들에게는 쓸쓸한 가을의 황혼자차 밝아 보이고 상쾌했다.

지나간 이야기, 장차 올 이야기, 꽃을 피우노라고 밤 깊은 줄도 모른 그들은 건너 산봉우리에 북두성이 돌아들 때, 은숙은 객실로 영일은 자기 침실로 들어갔다.

영일은 이상한 흥분에 얼른 잠이 들 수가 없었다. 온 누리에서 쉼없이 들리는 벌레 소리, 이불 틈으로 기어드는 쌀쌀한 기운이 모든 것을 그의 관능의 문을 두드려 마지않았다. 그의 동정童貞은 언제 까지 온순하게 엎드려 있기를 거부했다. 해방을 요구했다. 그는 자못 괴로웠다.

'나는 지금까지도 나를 이렇게 괴롭힐 필요가 있을까?'

그는 이런 의문을 자기 마음에 던졌다.

'그럴 필요는 도무지 없다. 나는 이제 금욕주의자가 아니다. 남의 남편이다.'

그의 이지는 모든 것을 양보했다. 묵인했다.

영일은 마침내 자기의 방을 나섰다.

어렴풋이 잠이 들려던 은숙은 안으로 걸고 자는 자기 방문을 두드리는 소리에 눈을 뜨고 귀를 기울렸다.

"누구세요?"

어둠 속에서 일어나는 은숙의 말소리는 날카로운 듯 흐린 듯했다.

"나요. 나입니다. 영일입니다."

영일은 잔잔하게 그러나 분명하게 대답했다.

"……"

방안에서 아무런 말이 없자 영일은 다시 한번 문을 두드리고

"은숙 씨, 문 좀 열어 주세요."

하고 조금 떨리는 목소리로 영일은 자신을 가지고 자기의 요구를 말했다.

"……"

그래도 안에서는 아무런 대답이 없었다.

은숙은 이불을 푹 뒤집어쓰고 주저했다.

'저 문고리를 벗겨 줄 것이냐, 말 것이냐?'

결혼

은숙은 마침내 이불을 벗었다.

은숙은 역시 처녀였다. 결혼도 하기 전에 아무리 영일이라 할지라도 자기의 모든 것을 바치기에는 그래도 수줍었다.

수줍다기보다도 처녀만이 가질 수 있는 고귀한 자존심이 허락지 않았다.

"영일 씨, 용서해 주세요. 그대로 돌아가 평안하게 주무셔 주세요. 자세한 말씀은 밝는 날에 드리지요."

대답을 듣는 영일이가 불쾌한 감정을 일으키기에는 너무도 정중한 거절이었다. 침착한 그 대답은 어딘가 범치 못할 위엄이 있는 듯 했다.

영일은 취했던 술이 깨는 듯한 기분으로 다시 자기 침실로 돌아왔다.

그 이튿날 그들은 하루바삐 결혼을 추진하기로 약속하고 헤어졌다.

은숙은 그 아버지와 어머니 앞에 주저하면 한량이 없는 자기의 결혼 문제를 차라리 용기 있게 말해버리리라고 결심하고 집으로 들어섰다.

은숙이가 들어서자 은숙의 아버지와 안방에 앉았던 은숙의 어머니는 꾸중 비슷하게 말한다.

"시집도 안 간 색시 년이 어쩌면 그렇게 나가 자곤 하느냐. 글쎄 아버지 어머니가 기다릴 생각도 않고."

"어머니, 용서해 주세요. 잘못했⋯⋯습⋯⋯니⋯⋯다⋯⋯."

은숙은 응석 비슷하게 솔직히 사죄했다.

은숙의 아버지는 그 딸의 하는 양일 우스워서 껄껄 웃었다.

"그래 또 절에서 잤니?"

"네."

이렇게 대답하고 잠깐 말없이 앉아 있던 은숙은 마침내 입을 열었다.

"아버지, 저는 결혼을 할거예요."

"왜, 이 년 일생 처녀로 늙는다더니⋯⋯. 그래 어디 신랑감이 있더냐?"

"⋯⋯."

"글쎄 말을 해. 누구하고 결혼한다는지 말을 해야 동의를 하지 않느냐."

"저-운외사에 있는 영일 씨⋯⋯."

"뭐?"

"최영일 씨하고 결혼할 거예요."

은숙은 한 번 분명하게 말하고 고개를 숙였다.

"오빠라고 하더니 별안간 결혼이 무슨 결혼이냐?"

아버지는 참으로 뜻밖이라는 듯이 눈을 커다랗게 뜨고 은숙을 내려다보았다. 아버지보다 한층 더 놀라는 것은 어머니였다.

"이 미친 년. 어디로 시집을 못 가서 그 까짓 중놈한테로 간단 말이냐?"

은숙은 거기에 대해 아무런 대답도 없이 앉아 있었다.

"글쎄 은숙아, 너만 좋으면 그만이지만 그래도 하고많은 사내 중에 왜 그까짓 아비도 없고 어미도 없고 뉘 집 자식인지 알지도 못하는 그 까짓 중과 결혼을 한단 말이냐?"

아버지는 한껏 부드러운 말로 그 딸을 달랬다.

"영감께서도 딱하시오. 저만 좋으면 좋은 게 뭡니까. 부모가 되어서 아들 딸 시집 장가 보내는데도 마음대로 못해요. 귀여워할 때는 귀여워하더라도 안 될 일은 안 된다고 일러줘야지요."

어머니는 기를 쓰고 대들었다.

"아니, 시대는 그렇지도 않어. 저희끼리 마주보고 마땅해야 하는거고, 어미 아비는 도장이나 찍어 주면 그만이지마는……그러나 하필 중한테 시집 안 가면 갈 데가 없느냐는 말이지……."

"아니에요. 그 사람은 이제부터 중이 아니에요……. 저는 그 사람 외에는 결혼하지 않을 거예요. 네? 아버지……."

은숙은 자기에 대한 태도가 좀 부드러운 아버지에게 의지하려 했다.

"글쎄, 못한다면 못하는 줄로 알고 있어라. 네가 그 사람과 결혼을 한다면 나는 차라리 죽어 버리련다……."

아버지가 말할 틈 없이 어머니는 쌍지팡이를 집고 나섰다.

"아따, 마누라도 너무 떠들지 말고 가만히 있수. 애를 달래야지. 그렇게……."

"달래기는 무얼 달래요. 안 될 일은 안 된다고 딱 잡아떼야 해요……."

지금까지 남편의 말에 그렇게 극성을 부려 본 적이 없는 은숙 어머니의 이번의 태도는 몹시도 강경했다.

"그 사람과 결혼을 못한다면 저야말로 죽어 버릴 거예요."

고개를 드리운 채로 은숙은 이렇게 말했다.

죽기로써 결혼을 반대하는 마누라와 죽기로써 결혼을 하려고 드는 딸틈에

끼인 은숙의 아버지는 어쩔 줄을 모르고 말없이 앉아 있었다.

이틀이 지난 뒤에 은숙의 아버지는 은숙의 결혼에 동의라기보다 묵인을 하게 되었다.

은숙의 어머니는 여전히 반대를 했다.

딸이 죽기로써 결혼을 하려고, 그 위에 그 아버지가 묵인까지 한 이 결혼을 파괴하기에 은숙의 어머니의 힘은 너무도 약했다.

외로운 자기 주장에 불평의 침묵을 지키는 수밖에 없었다.

은숙은 이 결과를 곧 영일에게 통지했다.

은숙의 통지를 받은 영일은 비로소 자기가 가장 신뢰하는 한명진에게 모든 것을 설파했다.

"선생님, 사랑은 괴로운 것입니다. 죽음보다 쓰라린 맛은 사랑에서만 볼 수 있습니다. 그것만은 각오하셔야 합니다."

명진은 엄연히 말했다.

"명진 씨, 사랑은 괴로운 것인지도 모르지요. 그러나 사랑만은 타협이나 또는 절충이 아님을 나는 깨달았습니다. 또는 이지로 판단하거나 객관으로 비평할 것이 못 되는 줄 압니다. 사랑만을 절대인 줄 압니다……. 명진 씨 나는 사랑을 찾아서 과거의 모든 것을 불살라 버리고 새롭게 살겠습니다. 벌거벗은 몸뚱이로 이 세상에 다시 태어나겠습니다. 명진 씨 나의 이 새로운 삶을 축복해 주세요."

"축복해 드리지요. 얼마든지 축복해 드리지요. 그러나 사람의 축복처럼 효력 없는 것은 없으니까요."

세상만사를 스스롭게 아는 명진에게는 절명에 달한 영일의 행복조차도 스스로워 보였다. 내일 죽을 사람이 오늘 웃는 것 같이 보였다.

"명진 씨, 나는 내일로 이 절문을 등지겠습니다. 새로 건설한 내 세상으로 나가겠습니다. 몸에 떨친 법의를 끌고 목에 맨 염주를 벗어 놓고 나는 이 절을 나가겠습니다. 벌거벗고 나가겠습니다. 그런데 명진 씨와 의논하고 부탁할 것이 있습니다. 이 절에는 많은 재산이 있습니다. 이 절에 부속된 절 재산 외에 돌아가신 스님으로부터 상속된 나의 소위 사유 재산도 적지 않습니다. 그런데 절 재산은 물론 나의 처분 범위에 있지 않으니까 말할 것이 없지마는, 나의 소위 사유 재산은 어떻게나 내가 처분해야 할 것이니까 나는 그것을 어떻게 할까 주저했습니다. 나는 결코 그 정체 모를 물질을 이제부터 시작되는 나의 새 생활에 쓸 생각은 전혀 없습니다. 그러나 그것을 내가 등지고 나가는 이 절에 부친다는 것도 나의 마음에는 들지 않는 일이고, 그렇다고 그대로 될 대로 되라고 내버리는 것도 또한 무의미한 일로 생각했습니다. 그래서 나는 내 자산을 어머니 아버지의 따뜻한 품을 모르고 자라나나는 고아를 위해 써버리려고 생각했습니다. 아무리 정체 모를 물질이라 할지라도 그것이 나의 것이라고 한 이상 그만한 처분 권리는 내게 있는 줄 압니다. 그러면 남은 문제는 그것을 어떤 고아원에 기부를 할 것이냐, 새롭게 창립을 하느냐가 문제인데, 내 생각 같아서는 고아원을 세우고 불쌍한 어린 생명들을 길러 주었으면 합니다. 아니 꼭 그렇게 해주십시오. 이것이 명진 씨에게 의논할 일이요, 꼭 부탁하는 한마디입니다."

영일은 무슨 유언이나 하는 듯이 이렇게 말하고 명진의 손을 힘있게 붙잡았다.

영일의 긴 이야기가 끝난 뒤에도 한참 말없이 있던 명진은 길게 한숨을 지으며,

"나의 동생 명숙이도 사랑에 살기 위해 나를 저버리고 나간 사람입니다."

"어쨌든 나는 지금은 괴로운 물질을 명진 씨에게 맡기고 떠나겠습니다. 안심하고 떠나겠습니다."

그 이튿날 영일은 이십육 년 간 자라난 운외사를 등지고 떠났다.

배교자의 앞길에는 얼마나 커다란 행복이 놓여 있느냐?

젊은 수도자와 이름 높은 여류 음악가와의 결혼설이 한 번 사회에 전해지자 그 비평은 자못 구구했다. 신문 사회면에는 영일의 사유 재산 처분을 장려하는 기사가 크게 나고, 부인란에서는 두 남녀의 사진과 아울러 파란 많은 그들의 연애를 구가하고 그들의 결혼을 축복했다.

딸의 이번 혼인에 어디까지나 반대하던 은숙의 어머니는 그 남편마저 결혼에 양해를 해서 결혼식 날짜까지 정하고 그 준비에 분주할 때에, 불평인지 실망인지 알 수 없는 태도로 자기의 주장을 무시하는 딸의 결혼에 일절 불간섭주의를 가지고 우울하게 들어 앉아있거나 어디로 획 나가 버리거나 했다.

제반 준비도 끝이 나고 성대한 결혼식을 거행할 날도 앞으로 이틀밖에 남지 않았다.

죽음

명숙이가 가져왔다는 봉오리만 가득찬 한 가지의 흰국화가 필수의 머리맡에서 소복한 미인처럼 고요하게 피어난 지도 이제는 여러 날이 지나서 하얀 꽃잎도 차차 마른 콩나물처럼 빛이 변하기 시작했다.

필수의 병은 점점 위중해졌다. 독약의 분량이 많지 않았기 때문에 곧 죽지는 않았지만 원래 쇠약한 몸이었던 위에 승홍 중독으로 위장에 고장이 생겨 음식물을 섭취하지 못하지 때문에, 극도의 영양 부족으로 쇠약에 쇠약을 더해 미아리처럼 온몸이 말라빠져서 의사도 이제는 필수의 병에 대해서는 희망을 가질 수 없게 되었다. 필수 자신은 의사보다도 먼저 자기의 삶에 대한 희망에 버렸다. 살려 살 수 없는 자기인 줄을 철저히 깨달았다.

사람은 삶의 욕망을 포기할 때처럼 살려고 해도 살 수 없는 줄을 각오할 때처럼 진실한 자아를 찾을 때는 없을 것이다.

삶의 욕망조차 가질 수 없는 필수에게 이제는 모든 욕망을 꿈보다도 허투루 버리지 않을 수 없었다. 이러한 필수에게 아지까지 버리지 못한 한 가지 욕망이 있으니 그것은 자기의 의식이 몽롱하기 전에 한 번만이라도 명숙이를 만나고자 하는 것이었다.

그것은 물론 애욕의 발로는 아니었다. 자기의 죽음을 호소하자 함도 아니었다. 다만 참회적 심리에서 일어나는, 자기로도 인식할 수 없는 자기 위안의 애달픈 욕망이었다.

필수는 의사를 볼 때마다 귀찮을 만큼 명숙을 보여 달라고 애걸했다. 필수의 병을 맡아보는 의사는 마침내 필수의 병에 대해 오늘 하루를 더 살지 못하리라는 진단을 내리게 되었다. 그래서 병자에게는 말하지 않고 관계 가족을 죄다 부르는 동시에, 필수의 마지막 청인 명숙이를 보여주기로 했다. 이 날도 물론 병원 구내 어느 모퉁이에 와 있을 명숙이를 데리고 들어오기 위해 간호사는 밖으로 나갔다.

필수와 명숙의 면회.

병실 문이 고요하게 열리자 간호사의 손에 끌린 어린애를 앞으로 안은 명숙이가 주춤주춤 들어섰다. 필수는 이 비참한 현실 앞에 힘없는 눈을 한껏 크게 떴다.

"명숙 씨."

가늘고 힘없는 필수가 자기를 부르는 소리가 명숙의 예민한 청각을 두드릴 때 명숙의 발걸음은 한층 더 어지러웠다.

"필수 씨, 필수 씨."

명숙의 목소리는 떨렸다. 간호사가 인도하는 대로 명숙은 필수가 누운 침대 옆에 놓인 의자에 앉았다. 필수의 야윈 손이 명숙의 손을 힘껏 쥐었다.

마땅히 해야 할 많은 말을 가진 두 사람은 모든 말을 일시에 잊어버린 듯이 말없이 서있다.

침묵과 침묵은 떨렸다.

"명숙 씨 나는 많은 죄를 지은 이 세상에서 길이 쫓겨난 사람입니다."

죽음보다 가라앉은 필수의 말소리가 겨우 떨리는 침묵을 깨뜨렸다.

그래도 아무 말 없이 고개를 드리우고 앉은 명숙의 두 어 깨가 흐느끼는 울음에 떨렸다.

아무렇게나 틀어 올린 기름기 없이 흩어진 머리털 밑으로 드러난 하얀 귀밑, 폭 숙인 이마 너머로 보이는 오뚝한 콧날은 아직까지 옛날 명숙을 추억할 만한 가련한 미가 남아 있었다.

"명숙 씨, 명숙 씨. 나는 내가 지은 죄악을 신 앞에 참회하는 동시에, 명숙 씨에게 지은 나의 죄를 명숙 씨에게 깊이 사죄합니다. 명숙 씨, 한마디로써 나의 죄를 용서한다는 말을 나의 귀에 들려주시오……."

필수는 부드럽게 나오지 않는 말에 힘을 들여가며 그래도 분명하게 말했다.

"아아, 필수 씨. 저는 괴로워요. 저에게 그런 말씀을 하지 마세요. 필수 씨. 나는 지금까지 꿈에라도 필수 씨를 원망하거나 저주해 본 적은 없어요, 자나 깨나 그리워했을 뿐이에요. 저에게 이런 말씀을 하시는 것은 죽기보다도 듣기에 괴로워요."

명숙은 마침내 두 손으로 필수의 팔을 붙잡고 침대 위에 얼굴을 파묻었다.

명숙의 속임 없는 고백, 필수에 대한 자기의 모든 것을 축소한 이 한마디의 눈물 젖은 진정에 감격과 경이를 느끼기에는 필수의 육체와 정신이 너무도 피로했다.

지금의 필수는 명숙의 젊은 여자를 통해 아름다운 세계를 엿볼 수도 없었다. 들먹거린 명숙의 어깨 위에 놓인 자기의 손에 부딪히는 애욕의 파랑波浪도 감지 할 수 없었다. 다만 자기가 낳아 두 개의 폐인이 장차 살아갈 풍랑 높고 안개 낀 삶의 거리를 헤맬 것이 죽음 앞에 선 자기의 이 앞길보다도 캄캄한 듯 했다.

그는 무엇을 말하려는지

"명숙 씨……."

하고 불렀다. 그러나 필수가 한 말은 필수의 입 속에서 사라졌다.

그는 안타까운 듯이 남은 힘을 다해

"명숙 씨."

하고 불렀다.

"네."

명숙의 대답을 들었는지 못 들었는지 필수는 다시 무슨 말을 하는 모양이었다. 그러나 입마 들썩거릴 뿐이요, 음성은 들리지 않았다. 천장을 바라보는 커다란 눈, 안면 근육의 경련을 따라 실그러지는 입은 이제는 필수의 마음대로 놀릴 수도 없었다.

죽음 앞의 침묵! 눈앞을 어지럽히는 죽음은 그에게 절대의 침묵, 영원의 침묵을 명했다.

"필수 씨, 필수 씨. 말씀하세요."

명숙은 점점 차가워지는 필수의 손을 붙잡고 흔들었다. 주위는 갑자기 수선스러웠다. 두어 번 턱을 힘없이 놀린 필수의 목에서는 보그그, 하고 무슨 미묘한 소리가 끓어올랐다.

죽음의 <노크>여!

필수는 갔다. 길가에 내던진 다리 부러진 제웅(棗人形)같은 말라빠진 시체를 하얀 침대 위에 보기 싫게 버리고 이 세상을 떠나고 말았다.

둘러앉았던 가족들이 마치 죽기를 기다린 듯이 일시에 내놓는 울음은 죽음의 행진곡인 듯 엄숙한 침묵 속에서 일렁거렸다.

명숙은 간호사의 인도로 다시 밖으로 나갔다.

그는 무슨 생각을 했는지 걸음을 빨리해 자기의 숙소로 돌아와 방문을 꼭 닫고 들어앉았다.

"그는 갔다. 이제는 나에게 남은 것이 무엇이냐. 나는 어떻게 할까?"

명숙에게는 이 간단한 문제가 즉시에 해결을 요구했다.

삶의 애착에 붙들리기에 명숙은 너무나 삶에 대한 욕망이 스러졌다. 이 세상에 미련이 없었다. 죽지 못해 살기에는 그의 앞길은 너무도 어두웠다. 어디로 갈까? 이렇게 한 번 더 자기에게 물어 볼 때 그의 앞에 상아의 조각처럼 떠오르는 것은 죽음의 길이었다.

'아아, 죽음의 길조차 없었다면……. 나의 갈 길은 어디였을까?'

이렇게 생각하니 명숙의 죽음은 그 곳에서 평화로운 꿈같은, 신비한 무엇을 찾을 듯 했다. 그는 일종의 위안과 법열을 느꼈다. 명숙의 이번의 죽음은 지나간 날 필수가 자기를 버리고 달아날 때에 한강에 몸을 던지던 그것과는 아주 다른 각오에서 올 것이다. 먼젓번 그것은 흥분이요, 나를 잃어버린 열정의 죽음이라 하면 이번 것은 냉정하게 판단해 자기를 찾은 차디찬 죽음일 것이다.

"죽는 데는 어떻게 죽어야 할 것이냐."

이미 죽음을 각오한 명숙은 자기가 완전히 죽기 전에 다른 사람들이 떠드는 자기의 보기 싫은 죽음을 볼 것을 두려워했다. 실패 없는 죽음을 구해 마지않았다. 앞 못 보는 그에게는 남모르게 죽어버리기도 쉽지 않은 일이었다.

"대관절 밤을 기다리자. 남들이 다 잠든 고요한 밤을……."

밤은 왔다. 싸늘한 밤, 무서운 밤, 이 생과 저 생이 만나는 밤. 그 밤은 왔다. 잠의 나라를 찾아가는 길손들의 선하품 섞인 발자취도 이제는 끊어지고 아름다운 꿈을 가둔 집과 집들은 무덤인 듯 고요하다.

그 밤이 마침내 왔다. 자매인 듯 죽음과 어깨를 겯고 고요하게 찾아왔다.

이 세상 모든 사람이 보조를 맞춰 지나가는 죽음의 행렬 속에서 명령을 뽑아내어 한 걸음 앞세우는 그 밤!

명숙은 자기의 죽음을 결정하자 또 한 가지 생각나는 것이 있었다. 그것은 자기가 생명을 빼앗길 듯한 수난 속에서 낳아서 잠시도 자기 품에서 떼 본 적이 없는, 아비를 여의고 이제는 또 어미를 떠나려는 앞 못보는 그 아들의 운명이었다.

"어떻게 하면 좋을까. 쓸쓸한 이 세상에 두고 갈 것이냐? 내가 가는 알지 못할 나라로 데리고 가야 할 것이냐?"

명숙은 주저하지 않을 수 없었다.

"암만 해도 저것은 나와 운명을 같이 해야 할 것이다. 내가 죽고 제가 홀로 떨어지는 이 세상에 저에게 무슨 행복이 있으랴. 오냐. 나는 마땅히 저것의 저주 받은 생명을 먼저 거두어 앞세우고 나의 생명을 거두자……."

명숙은 결연히 결심하고 아랫목에서 철모르고 누워 있는 어린애 곁으로 갔다.

명숙은 잠든 어린애의 뺨을 가만히 어루만져 보았다. 따뜻한 육체의 보드라운 감촉, 그것은 확실하게 생명과 생명이 부딪치는 촉감이었다.

잠깐 무엇을 생각하던 명숙은 결심한 듯이 두 손을 한 데 모아서 잠든 어린애의 생명이 두근거리는 가는 목 위에 얹었다. 떨리는 두 손이 어린애의 목을 막 조르려고 할 때에 어린애는 무엇에 놀라는 것처럼 엄마! 하고 외마디 소리를 지르고 잠이 깼다. 그 소리를 들은 체 만 체하고 그대로 목을 내려 누르기에는 명숙의 의식이 너무나 명료했다. 미칠 듯한 흥분이 부족했다. 명숙은 본능적을 어린애의 목에 대었던 두 손을 움츠렸다. 그리해

"오오, 우리 아가."

하고 한 손으로 어린애의 가슴을 툭툭 쳤다. 그러나 어린애는 좀체 울음을 그치지 않았다.

명숙은 마침내 어린애를 자기 품에 끌어안고 젖을 물렸다.

어린것은 날 줄 모르는 어린 천사처럼 어머니의 품에 안기어 젖을 문채로 종알, 군소리를 했다.

"오오, 우리 아가. 어서 자거라."

명숙은 아들의 뺨에 자기의 입술을 문질렀다.

아직도 눈물이 채 마르지 않은 어린애의 뺨에는 명숙의 눈에서 떨어지는 굵은 눈물이 미끄러졌다.

자기의 생명보다는 어린 아들의 좀더 끊기 어려운 젊은 어머니의 거룩한 모성애는 아들의 생명을 거두려는 명숙의 결심을 흐리게 했다.

"아아, 이 어린것을 차마 어떻게 죽일 수가 있을 까……. 내가 이 애의 운명까지를 억지로 지배할 것이 무엇인가. 이 애는 이 애로서의 운명이 있을 것이다. 이 애의 갈 길은 이 애가 스스로 가고, 내가 갈 길은 내가 갈 것뿐이다. 사람은

다 각기 저 갈 길을 갈 것 뿐이다……."

명숙은 어린애를 죽이기보다 먼저 잠을 재우려 했다.

"자-장, 자-장 우리 아기 자장, 수선화 만발한 맑은 물 위에, 종이배를 띄워 놓고, 어기야 더기야 용궁을 갈까……. 자-장 자-장 우리 아기 자장, 뭇 별이 조는 푸른 하늘로, 기러기의, 등에 업혀, 훨-훨-훨-훨- 달맞이 갈까. 자장 자장 우리 아기 자장 , 안개의 모기장 구름 이불에, 날개 돋친 천사 안고, 쌔-근 쌔-근 꿈나라 가라……. "

명숙은 어린애를 재울 때마다 거의 입버릇이 되다시피 부르는 자장노래를 눈물에 흐린 그러나 침착한 음성으로 가늘게 불렀다.

"아아, 너에게 자장가를 불러 주는 것도 지금이 마지막이다."

명숙이는 곁에 사람이 있으면 들릴 만큼 입 속으로 중얼거리며 젖을 문 채로 다시 콜콜 잠이 든 어린애를 요 위에 조심스럽게 내려 뉘었다.

결혼식 날

오늘은 영일과 은숙의 결혼식 날이다. 두 사람의 행복한 달력의 첫 장이 나오는 날이다.

아침이다, 아침!

지나간 밤에야 어디서 애달픈 죽음이 있었거나 말았거나 지금은 삶의 상징 같은 밝은 아침이다.

집집에서는 죽음같이 잠겼던 문들을 다투어 열 것이다. 하룻밤 그리워하던 빛을 맞이하기 위한 옅푸른 하늘은 젊은이의 가슴처럼 열리고 태양은 빛에 빛을 더하면서 높이 솟아오르는 즐거운 아침이다. 거룩한 아침이다.

영일과 은숙의 결혼식 날 아침이다.

그 누구보다도 먼저 이 아침을 맞이한 영일과 은숙, 그리고 그들의 결혼을 축복하는 이 집안 사람들은 오후 네시를 기다리기에 초조하고 바쁠 뿐이다.

영일과 은숙은 마치 이 날을 맞이하기 위해 자기들의 일생이 있었던 것처럼 기뻤다.

오정도 지났다.

　　은숙의 집 사랑에서는 신랑과 들러리 일행의 준비에 분주하고 안에서는 신부와 그 들러리들의 준비에 분주하다.

　　신랑측 들러리 중에는 영일에게나 은숙에게나 인연이 깊은 한명진이 가 있었다.

　　프록 코트에 실크 모자를 쓴 명진이가 체경95)을 들여다 보며

　　"나도 참 이러고 보니 굉장히 점잖은 걸, 허허."

　　하고, 없는 수염을 내리쓸고 웃었다. 이 때였다. 밖에서

　　"이리 오너라……."

　　하고 부르는 소리가 들렸다. 조금 있다가 어멈이 사랑문 앞으로 왔다.

　　"저, 누가 운외사에서 들어오신 선생님을 찾아왔어요."

　　"가만있어. 좀 기다리래, 응. 실크 모자 좀 바로 써보고……."

　　명진은 어멈을 돌아보고 웃으며 대답하고 모자를 벗어 놓고 밖으로 나갔다. 웬 알지 못할 사람이 문밖에 서 있었다.

　　"당신이 나를 부르셨습니 까?"

　　명진이 물었다.

　　"네. 당신이 한명진 씨입니까?"

　　"네, 내가 한명진이요. 무슨 일로 찾으시오?"

　　"저, 한명숙이라는 아낙네가 당신의 매제妹弟가 되십니까?"

　　"네, 그렇습니다. 왜 그러시오."

　　명진은 모르는 사람이 자기의 누이를 말하는 것이 이상해 눈을 똑바로 뜨고 그를 바라보았다.

　　"저는 원남동 사는 사람인데요, 그 이가 어젯밤에 제 집에서 돌아가셨습니다. 그래, 노형이 운외사에 계신 줄 알고 아침 일찍 찾아나갔더니 이리로 들어오셨다고 해서 찾아온 길입니다."

　　"내 누이가 죽다니요! 명숙이가?"

　　명진은 눈을 한층 더 크게 뜨고 말하는 사람을 바라보았다.

　　"네. 그 이가 벌써부터 제 집에 와 계셨는데 어젯밤에 무슨 일인지 자살을 하셨어요."

---

95) 體鏡: 온몸을 비출 수 있는 큰 거울. 몸 거울.

"자살!"

명진은 말끝도 못 마치고 그 자리에 혼절할 듯이 얼굴이 핼쑥해지며 비틀, 뒤로 물러섰다.

"대관절 한시바삐 제 집으로 같이 가시지요."

"……."

한참 말없이 서 있던 명진은 겨우 정신을 차려 힘없는 말소리로

"네, 가고말고요. 잠깐 기다려 주십시오."

하고 찾아온 사람을 문 밖에 세워 두고 허둥지둥 안으로 들어갔다.

얼굴이 핼쑥해져서 사랑으로 들어온 명진은, 체경을 바라보며 하얀 넥타이를 정성스럽게 매고 있는 영일의 귀에다가 입을 대고 무어라고 속살였다.

영일은 눈을 크게 뜨고 명진을 돌아보았다.

"어 째 그랬어요. 저런 변이 있습니까."

"글쎄 모를 일입니다. 좌우간 저는 지금 곧 가봐야겠습니다."

"암, 가보셔야지요. 저도 오늘이 아니면 당연히 가봐야 할텐데."

"천만에……. 일이 하도 공교롭게 되어 뭐라고 말씀할 수 없이 미안합니다. 가보면 알 테니 자세한 것은 내일이라도 찾아뵙고 말씀드리지요."

명진은 총총히 문밖으로 나가버렸다.

남의 불행과 나의 행복은 혼동할 것이 아니다.

명숙이 자살했다는 소식이 영일과 은숙의 눈앞에 가로놓인 행복과는 아무 상관도 없다는 듯이 결혼식은 진행되었다.

다만 명진이가 갔기 때문에 들러리가 한 사람 줄어서 그것을 보충하기에 애를 썼을 뿐이다. 결혼식은 진행되었다.

서너 대의 자동차가 청운동 은숙의 집 너른 마당을 기점으로 행복의 첫걸음을 떼었다.

오! 행복의 출발이여!

두 사람의 결혼식장인 공회당은 찬란한 장식을 갖추고, 행복의 주인을 기다리며 장차 열릴 예식을 기다리는 수많은 손님들은 정숙하게 앉아 있었다.

정각이 되었다.

비단보를 두르고 화초로 장식한 테이블 저 편에 예복을 갖춘 주례가 점잖게 나서자 조금 뒤에는 어여쁜 피아니스트가 악보를 들고 가벼운 걸음으로 피아노 앞으로 나아갔다.

참관석 중앙인 가족 친족석에는 은숙의 아버지를 중심으로 해 일가친척이 붙어 앉았으나, 며칠째 몸이 아프다고 왼딴방에 머리를 싸고 누워있는 은숙의 어머니만은 보이지 않았다.

신랑의 친족이라고는 그림자도 없다.

"두우–둥……둥……"

피아노의 유량한 결혼 행진곡이 울려 나왔다.

행복의 첫소리여!

이 행복의 첫소리를 따라 바른편으로 통한 조그만 문에서 신랑이 들러리에게 옹위도어 왕자처럼 점잖게 천천히 걸어나왔다. 구경하러 온 손님들은 약속이나 한 듯이 일제히 뒤를 돌아보았다. 남 잘사는 것을 그렇게 축복할 줄 모르는 신사 숙녀들도 이 시산에만은 모두 눈웃음을 쳤다. 한 사람도 얼굴을 찡그리는 사람은 없었다. 신랑의 일행이 정한 위치에 서자 이번에는 왼편에서 신부의 일행이 나타났다. 하얀 너울 속에 얼굴을 가린 신부가 한아름 꽃을 안고 시녀에게 옹위된 황녀처럼 꽃바구니를 들고 앞에 서서 제비처럼 뜨게 걸어가는 어여쁜 인형 같은 두 소녀의 뒤를 따라 천천히 걸어 들어왔다. 장내는 한껏 정숙했다. 둥둥 울리는 피아노 소리 틈으로는 신부의 비단 옷자락이 끌려가는 음향까지 분명하게 들렸다.

신부가 정한 자리에 서기를 기다려 주례는 다시 신랑 신부의 위치를 들러리를 시켜 정돈하고 나서

"지금부터 최영일 김은숙 두 사람의 결혼식을 거행합니다."

하고 식을 거행하는 첫인사를 했다.

이 때였다. 큰문으로 황황하게 들어오는 한 남자가 있었다.

뜻밖에 뛰어드는 그 사람은 은숙의 집 아범이었다.

아범은 기쁨에 싸여 앉아 있던 은숙의 아버지 곁으로 와서 숨찬 목소리로 그의 귀에다가 속삭였다.

"영감마님, 집에 큰일이 났습니다. 댁 마님께서 지금 돌아가시게 되었습니

다……."

"무어! 어째?"

"마님께서 무엇을 잡수시고 곧 돌아가시게 되었습니다. 이걸 좀 보십시오."

아범은 손에 들었던 한 뭉치 편지 같은 종이를 내어 바쳤다.

결혼식은 여전히 진행된다.

"최영일. 이제부터 김은숙을 괴로우나 즐거우나 영원하게 아내로서 사랑하고 지내겠습니까?"

"네."

신랑에게 이렇게 다짐을 받은 주례는 다시 신부를 향해

"김은숙. 오늘부터 최영일을 영원히 남편으로서 서로 의지하고 세상을 보내겠습니까?"

"네."

적으나마 분명한 대답이었다.

편지 같은 종이를 펼쳐 보는 은숙의 아버지의 손은 공중에서 보이지 않는 가는 선을 그리며 참혹하게 떨렸다. 그의 늙은 얼굴은 흙빛으로 변했다.

그는 읽던 종이를 둘둘 말아 손에 쥐고 벌떡 자리에서 일어나서 떨리는 걸음으로 식장을 나서서 주례의 앞으로 가서, 여러분 이 두사람의 이 결혼에 대한 반대……에 까지 말하던 주례의 소맷자락을 끌어서 발언을 중지시켰다.

주례는 놀랐다. 신랑 신부며 모인 사람들도 눈을 둥그렇게 뜨고 보았다.

은숙의 아버지는 주례의 귀에다 입을 대고 무엇이라 속삭였다. 주례는 얼빠진 사람처럼 어쩔 줄을 모르고 멍하니 서 있었다.

"어서 그래 주시오."

은숙의 아버지는 주례에게 이렇게 무엇을 재촉하고 신랑과 신부를 데리고 식장 뒷문으로 황황히 사라져버렸다.

멍-하니 서 있던 주례는 겨우 정신을 차려

"이 결혼식은 어떤 사정에 의해 중지되었습니다."

목 속으로 기어 들어가는 소리로 이렇게 말하고 들러리들과 함께 역시 뒷문으로 나가버렸다.

유서

은숙의 집을 나선 명진은 슬프다기보다도 어떤 허무한 생각에 붙들려 입을 딱 붙이고 청운동에서부터 원남동까지 왔다.

"이게 제 집이올시다. 들어가시지요."

명진은 그 사람이 인도하는 대로 어떤 조그만 집 대문을 들어섰다. 마당에는 순사가 서 있고 사람 죽은 것도 구경이라고 계집 사내가 들락날락하는 어수선한 기분이 떠돌았다. 그 집 주인은 꼭 닫힌 뜰아래 방문을 열며,

"들어가 보시지요."

하고 자기가 먼저 들어간다.

찬바람이 휘도는 방 한편에 이불을 덮어놓은 것이 명숙의 시체였다.

명진의 떨리는 손이 이불을 벗겼다. 코밑에는 피가 흐른 자국이 있고 입으로는 핏기 없는 혀끝이 비죽이 내민 것은 목매어 죽은 것을 증명했다.

누이동생의 죽음이라는 무참한 현실 앞에 석불처럼 말없이 앉아 있던 명진은 주인을 돌아보고 물었다.

"그래, 이 애가 왜 죽었는지 모르겠지요?"

"모르지요. 저 이가 벌써부터 제 집에 와 있었는데 매일처럼 병원에를 가셨어요. 그래 병원에는 무엇하러 매일 가시느냐고 물으면 그저 무슨 일이 있어서 간다고만 하더니 어제도 병원에 들어갔다 왔는데 저녁도 안자시고 어린애를 데리고 문을 닫고 방으로 들어갔는데 밤이 깊도록 자지는 않는 모양이더군요. 그래 오늘 아침에 일어나 보니 일상 일찍 일어나던 이가 안 일어나겠지요. 그리고 방안에서는 어린아이만 악을 쓰고 울겠지요. 그래 우리 마누라가 문을 열어 보니까 문이 안으로 잠겼있더라는군요. 그래 문을 두드리고 불러 보아도 도무지 대답이 없어서 그만 의심이 더럭 나 집안사람들이 억지로 문을 열고 보니 바로 문걸쇠에 참노끈으로 앉아서 목을 매고 이 꼴이 되었구려…… . 그래 방바닥에다가 편지를 써 놓은 것을 보고 운외사에 계신 줄 알고…… ."

"편지라니! 편지가 어디 있어요?"

"네, 참 저 경관이 가져갔는데."

그제야 문밖에 서 있던 순사는 정복 주머니에서 누런 봉투를 꺼내어 명진에

게 주었다. 봉투에는 그야말로 장님이 써 놓음직한 고르지 못한 글씨로 이렇게 써 있었다.

이 편지를 운외사에 있는 한명진 씨에게 전해주세요.

명진은 떨리는 손으로 편지를 뽑아 읽기 시작했다.

명숙의 유서

오라버님, 저는 이제 길이 이 세상을 떠납니다.

오라버님, 필수 씨는 오늘 저보다 한 걸음 앞서서 저 세상으로 떠나가셨습니다. 오라버님은 이것으로 제가 죽음의 길을 바삐 하는 이유를 아시겠지요. 오빠, 나는 필수 씨가 계시지 않은 캄캄한 이 세상에서 더 헤맬 아무런 필요를 깨닫지 못한다기보다도 그럴 힘을 잃었습니다. 저의 정신과 육체는 한껏 피로했습니다. 피로한 사람은 자야 하겠지요. 저는 잠의 행복을 절실하게 느낍니다. 길이 깨지 않는 잠, 깨려고 해도 깰 수 없는 절대의 잠……. 오빠, 저는 이 잠의 행복을 얻기 위해 오빠께 냄새나고 더러운 신체를 내맡기는 죄를 깊이 사과합니다. 오빠, 저는 이 보기 싫은 저의 썩은 고깃덩이를 맡기는 것보다 한층 더 미안한 부탁이 있습니다. 그것은 송장이 된 어미의 품에서 울고 있을 저주받은 생명말입니다. 제가 낳은 필수 씨의 아들인 어린것 말입니다. 그 아비에게 버림을 당하고 어미조차 잃어버리는 앞 못 보는 어린것을 저는 저의죽음보다는 훨씬 주저했습니다. 그러나 어쩐지 저는 저의 생명을 끊는 힘으로는 어린것의 생명을 끊을 수가 없었습니다. 좀더 굳세지 않고는 할 수 없었습니다. 저는 저의 목숨을 끊기에는 굳세었으나 남의 어머니로서는 약했습니다. 남의 생명을 지배하기까지 저는 굳세지 못했습니다.

오빠, 저 불쌍한 외롭고 어린 생명을 캄캄한 이 세상에 버리고도 저는 저의 목적대로 평화로운 긴 잠을 들 수가 있을까요?

오빠, 제 삶의 피곤은 각 일각으로 덮쳐 옵니다. 죽음의 하품이 터져 나옵니다. 자야 하겠습니다. 길이 자야 하겠습니다. 온 세상이 고요하게 잠든 이 시간에…….

오빠, 저는 한 올의 삼노끈으로 긴 잠의 베개를 삼기 전에 마지막으로 부탁합니다. 저의 보기 싫은 송장을 불살라 주시고 송장보다도 괴로운 저 어린 생명을 거두어 주세요.

명진의 손은 떨리면서도 마음은 이상하게도 가라앉는 듯한 침착한 태도로 명숙의 유서를 끝까지 읽고 머리를 들었다.

명진은 모든 것으 초월한 엄숙한 주검 앞에 마음조차 단정하게 꿇어앉았다. 지금까지는 자기의 말을 듣지 않고 필수를 맹목적으로 연모하고 헤매는 것에 대한 불쾌한 증오의 감정으로 어떤 일이 있든지 만나지도 말고 죽거나 살거나 저 될대로 되라고 내버려두려 하고 또한 영원히 그렇게 하려 했으나 눈앞에 이 꼴을 볼 때에는 그래도 동기로서 솟아오르는 정을 금할 수가 없었다.

"아아, 내가 좀 너그럽게 생각하고 좀 친절하게 했다면 이렇게는 안 되었을지도…….”

명진은 회복하지 못할 후회조차 어리석게 떠올랐다. 지나간 날 자기집에서, 오빠 그럼 용서해 주세요. 저는 저 갈 데로 갈 테니, 하고 어린것을 들쳐업고 표연하게 나서던 이 세상에서의 마지막 이별이 새삼스럽게 추억되었다.

추억은 추억을 자아내었다.

자기가 감옥에서 나와서 운외사 승방에서 명숙을 만나던 황혼이며, 신문기사를 보고 자살미수하여 용산 병원에 입원한 명숙이를 찾아간 만나던 것이며, 여자미술학교를 졸업하는 명숙이를 축하하기 위해 뜻밖에 찾아가서 놀래 주던 일이며, 자기와 명숙이가 어머니 아버지 슬하에서 자라날 때 갈피리를 만들어 달라고 성화를 하고 자기를 쫓아다니던 아득한 옛날 일까지의 추억의 줄을 따라서 별처럼 나타나는 것이었다.

"이 어린아이는 어디 갔습니까?"

명진은 비로소 정신없이 앉아 있던 자기를 발견하고 주인을 돌아보며 어린아이의 일을 물어 보았다.

"네, 저 방에 있습니다. 아침부터 이 때까지 악을 쓰고 울어서 목이 꼭 잠겨버려 울음소리도 못 내더니 지금에야 막 기진해 잠이 들었습니다. 아이 참, 가엾어서 못 보겠어요. 어서 좀 들어가 보시지요.”

마루 귀퉁이에 앉아서 방안의 동정을 보고 있던 주인마누라인 듯한 여자가 주인을 대신해 대답하고 어서 나오라는 듯이 명진을 바라보았다.

명진은 말없이 주인마누라의 뒤를 따라 안방으로 들어갔다.

휑뎅그렁한 두칸방 아랫목 한 편 구석에는 명숙이가 자기의 목숨을 끊으면서도 차마 끊지 못하고 송장보다도 더 괴로울 것인 줄을 번연히 알면서 그 오빠에게 부탁하고 간 어린것이 조그맣게 누워 잠이 들어있다.

명진은 조심스럽게 어린애의 옆으로 가서 조용히 앉았다. 어린아이는 콜콜 잠이 들었건만, 아직도 서러운 울음이 사라지지 않았는지 윗눈썹이 찌긋찌긋 움직이고 흑흑하고 가늘게 느끼기도 하고 호오-하고 애처로운 한숨을 몰아쉬기도 했다.

“아아, 은혜 못 받은 생명이여!”

한참 들여다보던 명진의 크고 검은 두 눈에서는 굵은 눈물이 주르르, 흘렀다.

누이동생의 참혹한 주검을 눈앞에 보고도 나올 줄 모르던 그의 눈물이 그 어린것의 잠 속에도 숨어 있는 설움과 한숨에는 흐르고야 말았다.

인생의 거친 들에서 마르고 말라서 눈물의 종자조차 말라붙은 줄 알았던 명진의 눈에도 눈물은 남아 있었다. 그는 껄끄러운 자기의 입술을 능금처럼 붉은 부드러운 어린애 뺨에 고요히 문질렀다.

어린아이여, 불쌍한 천사여. 늦은 가을 산곡보다도 거친 가슴에서 솟아오르는 서글픈 인정의 <키스>를 받으라.

명숙의 시체는 명숙의 유서에 쓰인 대로 곧 화장을 해주기로 했다. 그러나 죽은 지 이십 사 시간이 못 된다는 이유로 화장 인가가 나지 않고 그 이튿날 아침에야 화장 허가가 났다.

허가가 나고 보니 한 시간이라도 보기 싫은 것을 남의 집에 두기에 무엇해, 보통 화장은 밤에 하는 것이지만 특별히 교섭하여 낮에 하기로 했다.

정오가 가까워서 조그만 그림자를 끌고 만리재를 넘어가는 명숙의 시체를 실은 마차 뒤에는 명진이가 외롭게 따르고 있었다.

시체가 화장터에 접수되어 수속을 마치고 붉은 벽돌로 쌓은 화장고의 시커먼 철문이 열리고 명숙의 시체가 주루루, 미끄러져 들어가자 뒤미처 그 뒤에 높이 솟은 굴뚝에서 한 줄기 검은 연기가 피어오르기 시작했다.

연기, 연기! 모든 것을 사라지게 하는 연기. 사랑도 돈도 명예도, 꿈보다도 종적 없이 흩어지는 연기!

그 날의 해도 어느덧 서산에 기울고 때 맞춰 일어나는 쌀쌀한 서풍이 명진의 눈물 흔적을 말리고 이 한 줄기의 검은 연기조차도 푸른 하늘로 날려버렸다.

명진은 가을 저녁 쓸쓸한 바람에 불리어 만리재를 넘어 어린애를 맡긴 집으로 돌아왔다. 주인마누라는 어린애를 방바닥에 앉히고 그 귀에다가 방울을 흔들어 들려주고 있었다. 어린것은 보지는 못하고 달랑달랑 흔들리는 그 소리만 듣고 까르르 까르르 웃고 있었다. 명진은 그 어린것의 천진스러운 모양에 다시금 흐를 듯한 눈물을 참으며 주인에게 두터운 감사를 표하고 어린것을 들쳐안고 그 집을 나섰다.

황혼이 깃드는 건너 편 담 모퉁이로 사라지는 두 생명의 쓸쓸한 그림자…….

은숙이 어머니의 죽음, 그것은 참으로 뜻밖이었다. 하고많은 날을 다버리고 그 딸의 결혼식 날에 그는 왜 죽지 않으면 안 되었을까? 그는 자기의 딸이 영일이와 결혼을 한다고 할 때 처음부터 끝까지 반대를 했었다. 그러나 신교육을 받은 과년한 딸이 영일이가 아니면 시집을 안 간다고 버티고, 따라서 그 남편까지도 양해해 승낙을 한 그 두 사람의 결혼을 막기에는 자기의 무조건적인 반대는 너무도 힘이 약했다. 그는 절망에 가까운 번민을 느꼈다. 결혼 날이 부득부득 다가 올 때에 그는 병을 핑계해 머리를 싸매고 윗딴방에 우울하게 드러누워 일절 간섭을 하지 않았다. 은숙의 아버지를 비롯해 집안사람들도 이것이 물론 진짜병이라고는 믿지 않았다. 말하자면 자기가 반대하는 결혼에 심통이 나서, 될 대로 되어라, 나는 모른다, 하는 것인 줄로만 알 뿐이었다. 그래서 은숙의 아버지나 은숙이나 그 어머니에게 괘념될 것 없이 그대로 진행만 하면 여자의 마음이라 잠시 그랬다가 장차는 풀어지리라 생각하고 결혼을 진행한 것이었다.

그러나 그와 그들 사이에는 그믐밤보다도 어두운 막이 가로막혀 있었다. 그 어두운 막은 마침내 그들로 하여금 죽음이라는 절대의 것을 통해 영원히 회복 못할 후회를 자아내고야 말았다.

결혼 날, 행복한 날! 그 저주할 날은 은숙의 어머니와 은숙, 영일에게 각각 다른 의미로 박두했다.

마침내 그 날 아침도 오고야 말았다. 오후 네 시라는 행복될 시간, 아니 저주할 시간은 이제는 시간을 두고 가까이 다가오고 있었다.

뒷방에 홀로 누워 있는 은숙의 어머니는 언제부터 쓰기 시작했는지 두루마리(周紙) 한 편으로 써 밀어 내놓은 편지가 수북하게 밀려 쌓였건만 아직도 쓰고 있었다.

신랑 신부 일행이 탄 행복을 꿈꾸는 수레가 결혼식장으로 향하는 나팔소리가 울렸다.

은숙의 어머니는 이 소리에 군호나 맞추듯이 황망하게 쓴 글을 봉투에 넣고 '영일과 은숙이 보아라'하고 써서 자기 머리맡에다가 놓고 미리 준비해 둔 듯한 사기사발에 담긴 액체를 눈을 감고 한 숨에 들이켜고 약사발을 방바닥에 내려놓고 자리에 쓰러졌다. 자리에 쓰러진 단 오 분이 못되어 극렬한 독약의 급성 중독은 그의 온 내장에 불을 사르는 듯한 고통을 주었다.

그는 마침내 정신을 잃고 헤매는 판에 어멈에게 발견된 것이었다.

아씨 잔칫날에 주인마님이 독약을 먹고 돌아가신 그 광경은 어멈을 참으로 놀래켰다. 어멈은 이 괴변을 즉시 자기 남편에게 고하는 동시에, 집에 모였던 일가 사람 동네 사람들은 물끓듯 수선거렸다.

아범은 무엇보다도 이 급보를 주인에게 알리기 위해 은숙의 어머니가 써 놓은 유서를 들고 피아노 소리가 유랑하게 흐르는 결혼식장으로 달음질 친 것이다.

육십이 넘은 은숙의 아버지는 자기의 자식이라곤 다만 그것뿐인 외딸 은숙의 결혼이라는 즐거움에 취해 앉았다가 뜻밖에 뛰어든 아범의 마누라가 돌아가실 지경이라는 보고에 과연 놀라지 않을 수 없었다. 그러나 아무리 마누라가 돌아간다고 할지라도 이미 시작한 만인에게 공표하는 결혼식을 중지하려고는 자기도 생각지 않았다. 그러나 아범이 내놓는 길다란 편지, 그 마누라의 유서를 읽어 내려갈 때에 이 결혼식은 아무래도 중지하지 않으면 안 될 이유를 발견하고 마누라가 끝까지 딸의 결혼에 반대하던 까닭도 알 수 있었다.

그래서 주례로 하여금 결혼식 중지를 모인 사람들에게 선언시키고 신랑 신부에게는 엄숙하게 떨리는 음성으로

"너희 두 사람은 부부가 되지 못할 사이다. 자세한 것은 집으로 가면 알 것이

니……."

　하고 황황하게 뒷문으로 끌고 나와서 결혼식 필하기를 기다리고 있는 자동차에 올라앉으며, 자기도 끝까지는 보지 못한 마누라의 유서를 영일과 은숙의 앞에 펼쳐놓고 자기는 바깥을 내다보며 길게 한숨을 지었다. 영일과 은숙의 네 개의 눈은 펼쳐지는 유서 위에서 달음질쳤다.

　유서!

　영일과 은숙아, 사랑하는 나의 아들과 딸……. 나는 이제 저 생의 문을 열며 이 글을 너희 두 남매에게 쓴다……. 영일아, 나는 지금 이 시간이 아니고는 이십육 년이라는 긴 세월을 두고 하루도 잊어 본 적 없는 나의 피를 나눈 너를, 나의 아들아 하고 불러보지 못한 나는 얼마나 애달팠으랴!

　영일아, 네가 만일 네 누이동생이 아닌 다른 여자와 화촉의 인연을 이루었다면 나는 남몰래 얼마나 기뻐했으랴. 내가 일평생 며느리라고 불러보지 못할 인연 깊은 며느리를 위해 그 얼마나 숨은 기도를 올렸으랴. 은숙아, 네가 만일 많고 많은 남자 중에서 영일이를 제외한 다른 남자와 배필이 되었다면 아아, 나는 얼마나 그 사위를 기껍게 맞았으랴. 그러나 이 무슨 운명의 애달픈 희롱이냐. 억 만의 남자가 있고 억 만의 여자가 있는 넓고 넓은 이 세상에서 너희 둘이 결혼하지 않으면 안 된다는 것은 그 무슨 눈물겨운 인과관계이냐?……

　은숙아 네가 운외사를 나다닐 때에 내가 얼마나 가슴을 졸였겠느냐. 그러나 너희들이 결의남매를 정하고 친오빠니 친누이와 똑같은 관계로 지낸다는 것을 들을 때 나는 가슴을 쓰다듬고 안심했다. 그리하여 나는 그 얼마나 하느님께 그윽한 감사를 드렸는지 모른다.

　영일아 은숙아, 그러나 나는 너희들이 오고가고 함을 볼 때마다 걷잡을 수 없는 불안에 바늘방석에나 앉은 듯 송구했다. 그것은 너희들의 젊음이 주는, 나에게 가장 두려운 불안이었다.

　그리하여 너희들이 마침내 젊음의 길을 밟으려 할 때, 결혼을 하려 할 때 나의 마음은 과연 어떠했으랴. 아이들아, 너희는 마땅하게 말하리라. 그러면 약혼담이 있었던 그때 왜 그 이유를 은숙에게만이라도 일러주지 않았느냐고. 그러나 아이들아, 이것은 나에게 책하지 말아다오. 약사발을 드는 이순간까지라도 생각하다가 마침내는 이 글을 쓰는 나에게 그것을 책해 괴롭히지 말아다오…….

이 세상이 넓고 사람이 많다 해도 내가 기탄 없이 나의 이십육 년 전에 어둠으로 사라져버린 비밀을 들어줄 사람은 없었다.

은숙아 너도 나의 딸은 될지언정 나는 아니다. 나는 이것을 너에게 조차 말 못하고 이 시간에 이른 것이다.

내 아들아, 딸아. 이 어미에게도 이십육 년 전이라는 젊은 시절이 있었다.

내가 너희들에게 할 이야기는 이십육 년 전보다 좀더 올라가서부터 시작해야 할 것이다.

나는 열여덟 되던 해 봄에 어떤 양가집 며느리로 출가했다. 남의 아내가 되었다. 그러나 나는 남의 아내로서 불행했다. 출가한지 오 년 후인, 내가 스물 세 살 되던 해 가을에 그 남편은 병으로 세상을 떠났다.

그 후로 나는 남편 없는 시집에서 없는 남편을 추억하며 바람 부는 황혼, 달 밝은 새벽, 청상다운 생활을 하고 있었다.

그 때다. 나는 청춘에 세상을 떠난 남편의 명복을 빌기 위해 승방에서 백일기도를 올리게 되었다. 영일아, 그 승방이라는 것이 네가 이십육 년 간 쓸쓸하게 자라난 운외사 승방이다. 그 때 그 절의 방주가 곧 너의 고독한 생명을 키워 준 너의 스님 해암이었다.

영일아, 나는 지금 새삼스럽게 이십육 년 전 사십의 고개를 막 넘은 풍신좋고 점잖은 중 해암이 내 눈앞에 떠돈다.

지나간 꿈이라기에는 너무도 잊혀지지 않는 끈적끈적한 추억이 지금의 나를 괴롭힌다. 모든 것을 너희에게 알려주기 위해 잡은 붓이건만 이제는 손이 떨려 붓 끝이 흐려 보인다.

아직도 백일기도가 끝나지 않은 어느 날 밤이었다. 내가 홀로 고요히 누운 어두운 방에는 한 개의 검은 그림자가 나타났다.

영일아, 이 검은 그림자의 주인은 누구이겠느냐. 그것은 곧 방주 해암이었다. 너의 스님이었다.

그것이 곧 네가 지금까지 모르고 지내 온 너의 아버지 그림자였다.

절에 간 색시가 방주중의 말을 거절하기에는 나는 해암이라는 중에게 미약하나마 호의를 가지고 있었다.

금일의 인과를 낳은 그 밤이 지난 뒤로는 나는 염불보다는 잿밥에 쏠렸다. 돌아간 남편의 명복을 빌기보다는 나는 나의 젊음을 노래했다.

수도하는 중과 젊은 미망인의 사랑은 원인과 결과를 분명하게 짓지 않을 수 없었다. 나는 마침내 수도승의 사랑의 씨를 가지고야 말았다.

내 몸의 이상이 다른 사람의 눈에 뜨일 만할 때에 나는 모든 사람의 눈앞에서 사라졌다. 그리하여 해암이 정해 주는 비밀한 곳에서 빛을 등지고 일곱 달이라는 어두운 세월을 보냈다. 나는 그 동안 어둠 속에서 자라는 너의 생명을 얼마나 저주했으랴. 어둠 속으로 묻어버리려는 악착한 마음을 일으킨 것도 한두 번이 아니었다. 그러나 나는 약하기 때문에 너를 낳고야 말았다. 그리하여 강보에 싸인 피묻은 생명은 해암의 지시대로 따뜻한 어머니의 품을 떠나 어두운 새벽 쓸쓸한 절 마당 한 귀퉁이에 떨어지게 된 것이었다.

너를 조심스럽게 내려놓고 조그만 돌로 강보 한 귀퉁이를 눌러 놓고 떨리는 그림자를 어둠 속에서 사라지게 하는 무서운 나의 발자취 소리가 지금도 나의 귀에는 남아 있는 듯 하다.

영일아, 그리하여 너의 쓸쓸한 생명은 해암과 내가 계획한 대로 아비도 모르고 어미도 모르고 의지할 곳 없는 고아로서 해암의 거친 품에서 이십육년간을 살아온 것이다. 아아 나의 자식을 내 품에서 기르면서 이 세상을 떠날 때까지 나의 아들이란 말을 내보지도 못하고 지내 온, 돌아가신 너의 아버지 해암의 마음은 그 얼마나 서글펐으랴.

아이들아, 그 뒤에 나는 어떤 경로를 밟아서 은숙이를 낳게 되었을까. 이것을 마지막으로 씀으로써 너희들이 알고자 하는 바를 다 알려주려 한다.

비밀한 사랑의 씨를 남몰래 낳아서 남모르게 내버린 그때도 나의 집 어머니와 아버지는 알았지마는 나는 어떠한 시골로 가서 이미 받은 마음의 상처를 고치는 동안에 다시 나는 여자로서 부활하게 되었다. 지금의 은숙이 아버지인 김씨에게 재가를 하게 되었다. 그리해 김씨의 정중한 사랑의 씨로 은숙을 낳게 되어 묵은 상처도 차차 감추어질 때에 서울로 올라와 살게 된것이다.

영일아 그 후로 나는 꽃피는 봄, 벌레 우는 가을, 비 내리는 아침, 바람 부는 저녁, 운외사에서 쓸쓸하게 자라는 너를 생각하고 남모르게 흘린 눈물이 그 얼마나 많았으랴. 은숙아 영일아, 내가 죽은 뒤에 너희들의 짧다란 꿈같은 행복의 그림자를 짓밟고 솟아오를 무참한 운명의 거울을 보고 너희들이 놀랄 것을 생각해 보았다;. 나는 과연 주저했다. 그러나 영일아 나는 내가 죽음을 눈앞에 불러 놓고라도 너를 나의 아들아, 하고 불러 보는 것을 기쁘게 생각한다. 그리하여 불행하게 나의 의식이 남아 있는 동안에 너희들이 달려와 어머니, 하고 불러줄 것을 그윽이 기다리는 한 편으로는 너희들의 얼굴을 나의 눈으로 보지 않고 죽었다면 한다. 영일아 은숙아, 죽음의 길이 나쁜 나는 너희들에게 얼마를 되뇌어도 끝이 없을 하소연을 거두고 이제 약사발을 든다.

마당에서는 장차 깨어질 너희들의 행복을 실은 자동차의 나팔 소리가 들린다. 아이들아, 너희의 앞길은 아직도 멀다. 부디 굳세게 살아다오……. 이것이 길이 가는 어미의 마지막 청이다.

영일과 은숙은 눈하나 깜짝하지 않고 참혹한 꿈이나 꾸는 듯이 유서를 끝까지 보았을 때는 자동차가 은숙의 집 문 앞에 닿았다.

그 유서는 영일의 이십육 년 간 잊어버렸던 아버지와 어머니를 찾아주었다.

영일은 서럽다기보다도 꿈같은 이 현실 앞에 온몸이 떨릴 뿐이었다.

그들은 자동차에서 내려 예복을 입은 그대로 허둥지둥 집안으로 들어갔다.

은숙의 어머니는 아지까지는 저 생 사람이 아니었다. 독약의 중독으로 성대의 고장이 생긴 그는 말은 못할지언정 귀와 눈은 아직까지도 명료한 의식 밑에서 듣고 보고, 했다. 이제는 방안을 헤매일 기력도 없는지 눈을 가늘게 뜨고 일초, 이초 앞으로 다가오는 죽음을 맞이하고 있었다.

영일과 은숙은 모여선 사람을 헤치고 어머니의 앞으로 나왔다.

"아이고, 어머니, 어머니."

은숙의 여자다운 날카로운 목소리가 눈물에 흐르는 한 편으로, 이 때만은 침착성을 잃은 영일이가

"어머니, 아아 어머니. 영일입니다."

하고 떨리는 목소리로 부르짖었다.

영일이는 십여 년 만에 비로소 눈물이라는 것을 흘려 보았다. 그의 눈에도 아직까지 눈물이 있었다. 어머니는 가늘게 떴던 눈을 크게 뜨고 떨리는 손을

영일의 앞으로 내밀었다.

영일은 그 어머니의 손을 잡은 채로 그의 앞에 쓰러졌다.

"어머니, 어머니! 이 어머니에 주린 영일에게 나의 아들아 하고 좀 불러주시고 돌아가십시오."

영일은 참으로 어머니에게 주린 사람이었다.

어머니에 주린 사람의 어머니를 만나는 설움이여!

"어머니, 어머니. 아버지가 돌아가실 때에, 아아 죽을 때만은 너에게 일러주려고 했더니 하시던 것을 지금에야 알겠습니다. 어머니, 어머니. 어머니는 저를 내버리고 어디로 가십니까."

영일은 어린아이처럼 소리처 울었다. 이십육 년 간 못 보던 그 어머니를 그 짧은 시간에 마음껏 불러보려는 듯이 어머니의 풀어진 옷가슴에다 어린아이처럼 자기의 얼굴을 파묻고 흐느껴 울었다.

애별哀別

벌써 와 있던 의사도 워낙 많은 분량의 약을 먹었기 때문에 손을 써볼 여지가 없다는 절망적인 진단을 내리고 나가는 그 뒤를 쫓아 다른 사람들도 죄 나가버리고 방안에는 영일과 은숙만이 남아 있을 뿐이다. 힘없는 두 팔로 자기 가슴 위에 엎드린 영일을 가만히 끌어안은 그 어머니의 눈에서는 그제야 비로소 눈물이 흘렀다. 그리고 무엇을 말하려고 애를 썼다. 그러나 입술만이 들썩할 뿐이요, 무슨 소리인지는 전혀 알아들을 수가 없었다.

영일은 안타까운 듯이 그 어머니를 들여다보며 흥분된 어조로 호소했다.

"어머니, 어머니의 말씀은 안 들립니다."

남의 말은 분명하게 들리는 그 어머니는 그야말로 안타까운 듯이 자기의 가슴을 쥐어뜯고 얼굴을 붉히도록 목에 힘을 주어 무엇이라 중얼거렸으나 그것도 역시 알아들을 수는 없었다.

다만 눈물에 젖은 여섯 개의 눈이 일초 이초 닥쳐오는 죽음 앞에서 일만정서를 가로 얽고 세로 얽을 뿐이다.

영일의 어머니는, 은숙의 어머니는, 삶의 최후의 순간을 맞이했다.

눈을 힘없이 감고 그야말로 일생의 힘을 다해 아들과 딸의 손을 갈라잡은 어머니의 손은 시체의 한 부분처럼 차지기 시작했다.

"어머니, 어머."

"아, 어머니."

영일과 은숙은 번갈아서 어머니를 불렀다.

아들과 딸이 부르는 소리에 어머니의 눈이 가늘게 떠졌다.

오십 평생을 살아온 한 많은 세상을 다시 한 번 돌아보는 눈.

부르고 또 불러보아도 끝이 없는, 영일이가 자기를 부르는 음성, 윤곽조차 흐려지는 그 아들의 얼굴……이것을 이 세상에서 마지막 듣는 음성으로 이 세상에서 마지막 보는 물체로 그는 마침내 돌아오지 못할 길을 떠나고야 말았다.

영일과 은숙은 소리쳐 울며 함께 어머니의 시체 위에 쓰러졌다.

황혼을 헤매던 바람소리도 이제는 그치고 밤은 그윽하게 깊어 왔다.

가늘게 가늘게 피어오르는 만수향 연기에 두 개의 촛불이 마주쳐서 조는 시신에는 영일과 은숙이가 입을 봉한 듯 말없이 앉아 있다.

그들은 유서를 볼 때부터 지금까지 서로 아무런 말도 없었다. 그 괴로운 침묵은 그대로 영원히 굳어버릴 듯이 무겁게 가라앉았다. 이 침묵의 다리를 통해 두 사람은 자기의 생각을 달리고 있을 뿐이다. 추억의 조그만 구멍으로 멀리 돌아 보이는 파란 많은 과거, 절벽처럼 가로놓인 무참한 현재, 그리고 그믐밤처럼 캄캄한 미래. 이 모든 것이 뒤섞여 숨어드는 그들의 머리는 마치 가을날처럼 텅 빈 것 같기도 하고 한 편으로는 무엇이 가득하게 차 있는 듯도 했다.

그들의 종잡을 수 없는 머리는 한없이 숙여졌다. 온몸은 그대로 밑 없는 구렁으로 미끄러지는 듯했다. 그 어머니의 시체를 지키는 영일이는 새삼스럽게 벌써 세상을 떠난 아버지의 생각이 간절했다. 지금 자기 생각의 전부를 차지한 해암 노승이 과거의 자기에 대한 일거일동이 육친이 아니고는 할 수 없는 일이었음을 새삼스럽게 느낄 때에 영일의 가슴은 무너지는 듯 했다.

아버지를 아버지라고 부르지 못하고 지낸 과거를 불이라도 사르고 싶었다.

이렇게 아버지와 어머니에게 붙잡혀 숙였던 머리는 자기를 돌아보기 위해 풀 없이 들렸다.

‘아아, 나는 장차 어떻게 할까? 나를 생각하는 ‘줄’에는 은숙이가 매달려 오른다. 그리고 은숙이는 어떻게 할 것인가?……’

이렇게 마음속으로 중얼거리고 한참이나 천장을 쳐다보고 앉아 있던 영일은 비로소 굳게 봉한 입을 열어서 은숙을 불렀다.

“은숙아…….”

은숙은 대답이 없이 고개만 들었다.

“아아, 은숙아. 너는 역시 나의 동생이었다. 한 어머니가 낳아 주신 피같은 동생이었다. 우리는 장차 어떻게 해야 할 것이냐?”

영일의 말소리는 침통하고도 서글피 울렸다.

이 말에도 아무 대답도 않고 다시 고개를 드리우는 은숙의 어깨는 새로운 울음에 떨렸다. 영일은 그대로 말을 계속했다.

“은숙아, 은숙아. 이십육 년 전에 강보에 싸서 어두운 새벽 쓸쓸한 절마당에 나를 내버리고 가셨다는 어머니는 이제 나를 좀더 넓고 쓸쓸한 세상에 내버리고 길이 떠나시는구나…….은숙아, 그 때에 내버린 고아는 아버지의 품으로 돌아갈 행복한 고아였다. 그러나 지금의 이 커다란 고아인 나로서는 돌아갈 곳이 어디냐?…….”

“오빠. 오빠! 저는 갈래요. 어머니 따라서 갈래요.”

은숙은 두 손을 영일의 앞에 내놓고 방바닥에 쓰러지듯이 엎드렸다.

“은숙아, 모든 것은 운명이다. 원인 이 맺어 준 결과이다. 운명은 결코 저주할 것이 아니다. 인과의 필연성을 똑바로 비추는 거울일 뿐이다. 그렇다. 온 세상 사람들은 이 거울 앞에서 자기의 그림자를 들여다보며 웃고 울고 하는 것이다. 그래서 죽는 것이라든지 사는 것이라든지 모두가 결국은…….”

영일은 이 애달픈 현실 앞에서 너무도 약해진 자기를 발견했다. 그리고 모든 것을 운명에 맡기려는 자기의 생각이 스스로 퍽도 스스러웠다.

은숙은 거기에 대해도 다시 아무런 대꾸도 없다. 쓸쓸한 침묵은 다시 온 방안으 싸고 돌았다.

지나치는 그림자와도 같이 물위에 꺼지는 거품과도 같이 스러지는 것이 인생이라면, 인생이란 죽음의 연속일 것이다. 끊임없는 장식葬式일 것이다.

늦은 가을 짙은 안개를 짓밟고 나오는 아침의 태양이 말달리고 수레를 몰며 개짐승이 달음질치고 웃고 고함치고 속살거리는 인생의 거리를 빈정거리는 듯 웃고 내려다보는 아침이다.

황토현 네 거리로 한 채의 상여가 수많은 발에 움직여 성큼 달아나고 있다.

은숙 어머니의 장례.

상여 뒤에는 사랑하는 딸 은숙이와 죽음 끝에 불러낸 아들 영일이가 따르고 있다.

추색에 잠긴 이태원 일대는 그야말로 무덤처럼도 쓸쓸했다. 앞으로는 푸르게 흐르는 한강이 내려다보이고 뒤로는 이끼 낀 고총古冢같은 남산이 돌아다 보이는 높다란 위치에 흙냄새 새로운 무덤 한 개가 늘었다.

은숙 어머니의 무덤.

호상객이며 상여꾼도 다 돌려보내고 영일과 은숙은 어머니의 무덤 앞에 나란히 앉았다.

영일은 떠날 길에 바쁜 사람처럼 초조한 마음을 가라앉히기 위해 한참 하늘만 쳐다보고 말이 없었다.

은숙이도 말없이 앉았다. 영일은 모든 것을 결심한 듯이 입을 열었다.

"은숙아, 자 이제 우리는 어떤 길을 걸어야 옳을 것이냐."

"오빠, 우리는 함께 어머니를 따라가요. 저는 이 세상이 싫어졌어요."

이 때의 은숙은 이상하게도 침착해 보였다.

"아니다, 은숙아. 너는 삶에 대한 애착이라기보다 아무런 필요를 느끼지 않는 동시에 죽음에 대한 절대의 필요도 느끼지 않는다. 죽고 사는 모든 것이 자연일 것이다. 그래서 나는 너의 동의에 곧 찬성하지 않으련다. 내가 살 수 있는 날까지는 살련다. 살 바에는 굳세게 살아보련다. 그러니 내가 굳세기 때문에 사는 것인지 약하기 때문에 못 죽는 것인지 그것은 나도 모르고 남도 모르는 일이다. 그러니 너도 살아 달라는 말이다. 죽는 날까지는 살아 달라는 말이다. 그러면 너와 나는 오는 날을 어떻게 살아가야 할 것이냐. 이것이 남은 문제이다. 나는 이 순간까지 그것을 생각하기에 골몰했다. 그리하여 나는 한 가지 해답을 얻었다. 그것은 이별이다. 죽보다도 애달픈 이별이다. 오누이로 판명되었으니 오누이로 접촉을 하고 일생을 살아야 옳다고도 하리라. 그러나 그것은 도학자의 상식이다. 나는 도학자의 상식으로 교훈 삼지 못할 무엇이 나의 가슴이 숨어 있음을 깨닫는다. 자, 은숙아. 일어서자. 그리하여 너는 이길로 나는 저 길로 피차에 떠나자. 떠난 뒤에는 무슨 일이 있든지 만나지 않기로 굳게 약속하자. 너는 행여나 쓸쓸한 인생을 홀로 걸어가는 나의 자취를 묻지 말아다오. 찾지 말아다오. 사람 사는 거리에 가다 오다 혹시 만난대도 너는 나를 아는 체 말아다오. 자, 나는 간다……."

영일은 은숙에게 힘있는 악수를 남기고 돌아섰다.

"아, 오빠!"

은숙은 영일의 옷소매를 붙잡고 울 듯한 음성으로 불렀다. 그러나 할 말은 얼른 나오지 않았다.

"가는 나를 붙잡지 말아다오. 이 소매를 놓아다오."

영일은 쓸쓸한 표정으로 은숙을 돌아보며 부드럽게 소매를 떨치고 서서히 발길을 옮겨 놓았다.

은숙은 이제는 가는 영일을 붙잡을 용기도, 소리쳐 부를 생각도 나지 않았다. 그저 얼빠진 사람처럼 한 걸음 두 걸음 멀어지는 영일의 뒷모양을 바라보고 서 있을 뿐이었다.

은숙은 멀어지는 영일의 뒷모양을 더 한층 흐려버리는, 소리 없이 고이는 두 눈의 눈물을 손수건으로 씻고 좀더 분명하게 보려 할 때에는 영일의 길다란 그림자가 석양이 비낀 언덕길 모퉁이로 조그맣게 사라져버렸다.

은숙은 갑자기 앞이 캄캄해지고 발밑이 어지러워졌다. 두 손바닥으로 얼굴을 가리고 무덤 앞에 쓰러졌다.

그 날도 그윽이 저물었다. 인생이라는 비극의 한 장면을 덮는 검은 막을 끌고…….

黃昏●

一

『푸시상 신랫쨔』(上海삿투리로『朴先生 편지와서요』란말)

냥이(下婢)가 침대우에 내던지고 가는 편지를박진(朴鎭)은 이불속에서 쯧엇다 고국에잇는 안해에게서 온편지엇다.

『여러달째 소식듯지못하와 매우궁금하옵니다 일긔날노치워오는데.

이역객창에 별고나업스심니가쳐는 어린것데리고 몸편히잇슴니다 먼저통기도 아니하와놀나실듯하오나 당신을뵈옵고십흔생각도 간절하옵고 쏘는 친히뵈옵고 상의할일도잇사와불고뱃사하고 모레아츠차로쩌나 그곳을드러가겟슴니다.

로정은 문사(門司)를것처 근강환(近江丸)이라는일본배를타고 가게된다함니다 맛츰상해에발익은 동행이잇서々 가치가오니 안심하시옵소서 이편지가먼저 드러가거든 배닷는시간을아라보아 마주나와주시옵소서.

만세는 쩨여두고 갈가하다가 당신이섭々해하실듯하와 데리고쩨나기로하엿 슴니다 멧칠압둔반가울날을 고대하옵고 이만주리옵나이다』

편지를 다보고놋타 마즌편침대에 누어든잇 김철(金哲)이라는친구가 건너다 보며.

『돈붓친다는 편지가?』하고 무럿다.

『아니 왜?』

『글세자네 얼굴에 깃분표정이 낫하나니말일세』

『웅 우리집에서 드러온다네그려』

『엇던지 자네이마가 넓어저』

● 이 작품은 ≪신민≫(1927.8)에 발표되였다.

이러한 남의얼골에 조고만표정까지 놋치지안으리만치 객고(客苦)에 쪼들니는 그들이엿다.

이역객창(異域客窓)에서 가신(家信)을 밧아보는 그윽한깃븜이란 이역에 방랑(放浪)해본이래야취측 할수잇는 깃븜이요 자기의신세가 고단할때이면 한층 더 생각하는것이다.

국에잇는 안해가 자기를 차자 드러온다는한장의편지는 그 성화갓흔 주인녀편네의 방세의 독촉과 사자우름갓치도 그를의협하는 보판(包飯)-우리의 상밥 갓흔것 장수되놈의 야로에 구김대로구긴 그의이마를 대림질이나하는듯이 피여 주는것이엿다.

그는 갑작이 자기에게 무슨큰힘이나 생기는드시 자기의 환경이 든々하여지는듯 하엿다 사년전에 창황이작별한 그안해를맛나볼 남편짜운깃븜 일즉이맛나 본적이업는 네살된 자기아들 만세를 쓸々하든 자기품에안아볼 어버이짜운 깃븜 그리고 자기의안해가 드러옴으로 목하에견듸기어려운 물질적고통을 잠시라도 면할수잇는것 이모-든 깃븜이 그가 지금까지 품고잇는 자기안해에게 대한 불평을 녹여버리고도 남엇다.

그는 이편지를밧는 시가까지 어린아들을 데리고 고향에 남아잇는 자기안해를 꽤ㅅ심히 녀기고 원망 하엿다

『어데두구보자』하고 저주에 갓가운 감정까지품고잇섯다 그리유는 일정한수입이업시 이역에방랑하노라니 피치못할물질적고통이 만헛다 그래서 고생은 고생대로 하면서도 본래넉々지못하든 자기살님에서 적지안은돈을 소비하엿다 그는 참다못하여 금년여름에 염치업는 청구를 자기안해에게 쏘하지 안을수업섯다 정 할수업거든 집간이라도 잽히든지 팔든지하여 얼마간이라도 보내주어야 살겟다는 것이엿다.

그랫더니 그안해는 짜정을 내여 회답을보냇다 자기가 학교ㅅ일이라고 보아 겨우 사오십원의월수입으로 어린것을데리고 근々히 부지하는판에 무슨여유가 잇겟기에 속상하는 편지를 하느냐는 말과 세상업섯도 집한간을 마저파러 업샐수업다고 짝 거절을하고 나라ㅅ일이고 무엇이고 다집어치우고 처자나 건저주든지 그것도 힘에부족하거든 이편한몸이나 건지라는 핀잔 비슷한 조롱비슷한 구절로 씃을막엇다.

그는 당치못할 모욕이나 당한듯시 분하고 노여윗다.

다른것은 다참는다하드래도 ……다집어치우라는것만은 자기의안해로써는 잇지못할생각이라는불쾌한감정이 어느째 까지나 사라질듯도 십지안엇다 그래서 이반년동안은 자기가 편지를 하지 안는것은 물논이고 집에서 오는 편지에 회답도 하지 안코 지내왓다.

그러나 이치운겨울에 어린것을대리고 불이야 불이야 차자드러온다는 편지를밧고는 약한 처자에게 째하여 한끗미안한 생각이나지 안을수업섯다.

그는 안해가타고온다는 기선의입항하는 날자를 알기위하여 거리로나가 일본우선회사(日本郵船會社)로 전화를 거러보앗다.

래일아츰 여들시에 우선회사압 마투(埠頭)에닷는다 한다.

그는 우선회사가 일본령사관 과 마조안즌것을 생각하고 자기가친히 마주나가지 못할것을즉각(直覺)하엿다.

×

겨울날짧은 하루를 지리하게 보낸 그는 잠들수업는 참으로 기-ㄴ밤을 마지하엿다 자정이넘어서 자리에누엇것마는 잠은 올듯도안엇다.

잠이 안오고 이것저것을 생각하매 자기안해의 드러오는갓이 무슨리유가잇는듯하여 새삼스러히알고 십헛다 지금까지 한번도 드러오겟다는 편지갓흔것은 업섯는데 졸ㅅ지에드러 오는것은 아모래도 궁금한일이엿다.

편지하여도 내가답장도업고하니가 안해된약한 마음에 짜라 드러오는것인가 그러면 급히상의할일도 잇다는것은무엇일가 어린것을쩨두고 오려다가 내가 섭々해할듯하며 데리고온다 하엿스니 물논드러와서도 오래묵을예정이아닌것은 확실하다 그리고 두살나는해봄에 백여보낸사진으로본만세는 그동안 얼마나 컷슬가 래일나를맛나면 다라나버릴터이지 이런별노신통치도안은 생각이며 기미년 ××××에 참가하여ㅅ다가 다른동지들은 다 잡혀드러가고 자기만이 홀노 이리저리 피해 댕기다가 맛츰내 결혼한지 얼마안된 몸묵어운안해를 고국에남겨두고 언제도라올 기약쪼차업는 방랑의길을써나든 쎈티멘탈한 회상이며 이모-든것이 가로세로 줄다름치는 서슬에 그의눈은 점々 말쏭~하여지는것이엿다.

농당(골목)을 새여나가는 장사아치의 묵메인소리며 밋층에서 울녀올나오는

왜가~골패짝이 마주치는초마장(麻雀)소리가 깁허가는 밤을짜라 점々날카로워 지는것이엿다

그는 머-ㄹ니다라나는 잠을 불너나보는드시산코를 더르릉~고라도보고 눈압헤 아지리는엿흔잠을 달내다 보는드시 이불을푸-ㄱ뒤여쓰고 눈을 가볍게감고 숨소리를 한곳나추어도보앗다 그러나 잠은 싯내들수가 업섯다

마츰내 쓴눈으로 그밤을 새엿다 날이밝자 니러난 그는 쇄대(晒臺)로 튀여나가서 거리를 내려다보며 일업시서성거렷다『내가 마주나가지를안어서 낫선부두에 처음내리는 안해가 얼마나 섭々해할가 대관절 상해에길이익은동행이라는 것은 누구일가』그는 불과 두어시간후엣일이 몹시도 궁금하엿다

하-얀서리가 덥힌 집웅우에 붉은 해ㅅ발이 빗길때는 벌서 여들점이엿다.

이제배가 다아슬터이닛가 집배에서내리여 여게까지 차자드러오누라면 한시간은걸닐터이닛가 아홉시쯤 될터이지

아홉시가지나고 열시가갓가와도 기대리는 가족을태인 왕바척(人力車)는 문압헤닷치안엇다 그는적이초조하엿다 혹기선이 연착이되나『올타 배가 오고 아니온것을 알아보아야겟다』그는분주히거리로나가서 전화를 거러보앗다.

배는 정각에 입항하엿다 한다.

『그러면 웬일일가? 이배를 타지못하고 다음배를타나 그럼녀 뎐보라도 노를터인데』그는 자기로는 풀수업는 문제를 이리생각하고 저리궁리하기 에부질업시 속을 태엿다.

오후세시가 지나서 그는 시내배달의편지를 밧고 반겻다 그것은 기대리든 안해의 필적이엿다 그러나 봉투뒷폭에 쓰인『虹口 西革德路太陽館內』라는것을 보고 적이의아(疑訝)하엿다

『웨 이리드러갓을가?』좌우간피봉을 쎄엿다 오늘아츰에 무사히 배에서 내렷습니다 저와동행해온이의 인도로이리로드러왓습니다 이편지보시는대로 곳좀 와주시기를 초조히 기대림니다.

그는 적이불쾌하엿다 자기를차자왓스면 무슨짓을 하든지 자기잇는데까지 드러올것이지다른데가 안저서 편지로부르는것이 이상하고 쏘그동행해온 작자는 엇던사이기에 태양관으로 인도를하엿슬가? 그러나 그는 이런생각으로 주저할때가 안이엿다 모-든것은 안해를만나봄로 해결될것이다 그는 총々히주인집

을나섯다.

二

그는 태양관 정문을드러섯다.

분을하얏케 바른 하녀(下女)가 마주나왓다 갑짜게숙는 일본하녀의머리도 초라한중국옷을 입은 박진의압헤는 얼는숙지 안엇다.

『오늘아츰 근강환에서내린 어린애데린 부인손님이 드시지 안엇소』

그는 한마듸에 알아듯도록 될수잇는대로 분명이무럿다 그제야하녀의고개는 두어번거듭숙으며

『네々어서 올나오십시요 손님께서 벌서부터기 대리고 게심니다』

하고 스립퍼를 돌녀 노앗다.

그는 하녀의 인도하는대로 정원을향한 란간을 통하여 깁숙한방으로드러갓다.

사년만에 사랑하는 부부의 이력에서맛나는 반가운 장면은 몹시도 어색하엿다 그네들은 일본사람들모양으로 골백번이나 절도하지 안엇다 양인(洋人)들모양으로 얼싸안고 쨈도문지르지 안엇다.

『만세야 아버지오섯다 아버지……니러나 절해라 너왜 경례 잘하지 별노 칩지는 안엇서요 배ㅅ멀미는 좀 돼엿지마는 만세야 아버지한테 좀가봐 너왜 아버지한테 가자구그랫지』이것으로 그들의 맛나는 인사는 긋낫다 만세는 호인복색을한 낫서른 아버지를보고 어머니무릅에서 점々꽁문이를 쌔여 누을두리번거리고 잇슬쑨이엿다.

그는 방안을 휘-ㄱ 한번둘너보고나서

『대관절 이치운데 엇덧케 그럿케 미리말도업시 졸ㅅ지에드러왓소 그리고 엇째서 나잇는데로 곳드러오지안코여게가드럿소 쏘편지에쓰인 동행이라는것은 누구요?』

하고 자기가 궁금이생각하는 모-든것을 대번에 무러 버렷다.

『편지에도 말슴한바와갓치……참제가 써날째 서울서한편지밧어보섯서요』

『밧아보앗서 어적게아츰에 그리구 오늘아츰에배가닷는다구하나 나는……히돼서 나갈수는업고 주인집에서 얼마나기대렷는지 그래서?』

다음대답을 최측 하엿다.

『몟달ㅅ재 편지를하여도 답장도아니하시고 하도 궁금하여서 시원이 드러와 뵙기도할겸 쏘무슨의론도 할겸……』

안해는 예까지 말하고 그남편의얼골을 체다보앗다.

『의론은 무슨의론 어듸니야기를해보 그리고동행은 누구엿소?』

『갓치온이는……맛침 갓치 왓섯요그리고그이가 이집으로 인도하여주어서드러왓섯요 제가일보는 학교 교장의 소개로 알게되엿는대 매우친절한이애요』

하녀가 차와과자를들고 드러와서 두사람압헤다 짜라놋코 나갓다.

그는몹시 불쾌한사람모양으로 이마를 쩝흐리고 안젓다가 하녀가 나간뒤에

『그래 의론할일이라는건무에요』안해는 한참이나 주저하다가.

『여보세요 제말을꼭좀드러주서요 어린것까지 단세식구가 이러케 쩌러저서 엇더케살수잇서요』

『그럼 엇덕하우?당분간은 할수업는일이지 이렁하다가 내가 해외에서 무슨 생활의근거를 잡게되면 물논함쎄모혀사는게구……』멀니차자온 안해의말에 부부사이에만 늣길수잇는 그윽한 정의에 그의말은 한긋부드러와젓다.

『당신이 헤외에서 자리를잡는다것은 언제ㅅ일인지 알수가잇서요 지금의형편으로는 당신한몸도 지내시기러 펵 괴로운 모양이신데』안해의 부드러운 시선이 맛득지못한 그의 옷우흐로 지나갓다.

『글세 그러기에 내걱정은 말고 지금하는 교사노릇이라도해서 어린것이나 데리고 지내요 나도그쯤생각하고 엇더한 곤난이잇든지 일절알니지안코 지내볼작정잉요 지금 새삼스레 그러면 무슨 옷쑥한수가잇소』

『그러지마구 우리조선으로 도라가 사러요 이번에 갓치 드러가요』

안해는 자기가할여는 가장 중요한말을 쓰내엿다는드시 긴장된 시선으로 남편을 바라보앗다 남편은 허 허 우스며

『그래 나한테 급히의론할일이라는것이 이것이요?』하고 스스러운드시 무럿다.

『네-』

『여보 내가지금 조선드러가 할일이 무엇이요 감옥에 밧게 더 갈곳잇소!』

『감옥에는 안가도록 될수가잇서요……그뿐안이라 상당한생활보장까지도 당

신이드러만가신다면 될수잇서요……그래서 제가……굿게 하엿서요 당신하고만……식혀준다는……』

　침착한눈으로 물끄럼이 그안해를 건너다보든그는

『여보 나의안해로는 넘우도……소리가아니요 그래서 날더러……과 멧가지 조건에……』그의 말씃혼 날카라윗다.

『아니애요 아니애요 그것은 해석하기에잇지요 만일당신이 어느날 까지나 고집을세우신다면 그것은안해와 자식의존재를 무시하시는것이지요』

『그것은무슨동에닷지안는소리요 안해와자식을생각하는 사람은 모-두…… 드러가야 된단말이요』

『그게 고집이라는것이애요 당신이참으로 안해를 사랑하고 자식을사랑하시는 싸듯한아버지요 남편이라면 그만한……은 참으로실수잇지안어요 그러한……을 참는이가 ……에도 당신쑨이겟서요 병적고집을 가진 해외의 불평객을 제한외에는 모-두가 그만한……환경을 위하여 참는것이아니겟서오 그들도 칼씃갓치 날카로운 감정도 가젓고 바위갓치굿은 결심도 가젓고 주정불갓치 쓰거운 사상도 가젓서요 해외에서 불평만 부르짓고 댕기는것이 반드시……하는 본의가안이겟지요 생각해보서요 모-두가다 당신갓치내지에잇는 동포도모루고 심지여 처자도 모루고 남의쌍에와서 불평만 부르짓고잇다면 장차 어느지경이 되겟나 우리에게 무슨리익이잇겟나 냉정한 두뢰로 깁히 생각해보서요』

　수다히느러놋는 안해의말을 골피를 씽그리고듯든 그는 한번코우슴을웃고

『이건……드러와서 이싸위ㅅ소리를하오 그래 아무개~! ……쏠이 그럿케 보기가조흡듸까 그래서 나를……?나는……고 하우 어서당신이나……평안히잘사루나는나대로 밋친개처럼쏘댕기다가 우랄산밋치거나 간도골잭이거나 아무데서나 걱구러질터이니』

『글세 그게고집이애요 웨조선안에 잇는사람은모두가인……가요 ……도할수 잇고……아니애요 도로혀 거게서……남의나라로 쏘댕기는것보다 갑시잇지안어요 도로혀 해외에서 무어니~하고 쩌댕기는이들이 내지에잇는 그들 보다 우리의 사정을……짜라서 그들의 하는일이란 언제나 합리적이못될것이요 그리고 그들은……과는 거리가 먼것이 안이애요 어서당신도 당신의말대로……저와갓치 드러가서요』

『그것은 그것은 구실이야내지에서 소위××을위하여일함네 무엇을함네하는
놈들의 뒤를발바보면 그놈들을 쩌러내놋코×질하는 놈들보다 더고약한것들이
야 ……의압헤서는 발을구르고 주먹을 부르쥐고 무엇이엇더니 엇더니 하다가
도 밤만들면 ……순례를하기에 밤잠을못자는놈들이야』

그는 자기압헤 그놈들이 죽느러안젓기나 한듯시눈을 크게쓰고 주먹을부루
쥐엿다.

『글서 그것이 모-두 만성된 홍분이야요 좀냉정이생각하세요 그들이설사 그
런다치도래도 ……을 송쿠리채쩨놋코하는것은 안이애요그들에게도 상당한 리
유가잇 슬것이애요 궐자들을……하는것만도 고만한것은 상쇄(相殺)할만한 리
유이애요』

『글세그만둬×××에게도 리유가잇고 ×××이게도 리유가잇고 제애비를죽이는
놈에게도 그놈자체로는 리유가잇서!』

그는 소리를 버럭질넛다.

『여보세요 다른것은 다그만두고 저를사랑하는마음대로 저만세를귀여하는
애정에 끌녀서라라도 도러가주서요 저는쏙 모시고야 갈터이애요 당신은 우리
가결혼당시에 말슴한것을이젓서요 당신의생명만치나라를 사랑하고……만치저
를 사랑한다고 말슴치안으섯서요 그런데 지금은 만세가한아더. 잇스니 저와만
세를 합하면 보다는 좀더귀야하지안켓서요 당신이만일언제까지나 국외에서 방
랑하다가 당신말과갓치 그대로 이역에서 외로이스러진담녀 그것이……여 무슨
큰 도움이되겟서요 네? 생각좀 잘해주서요 이것만은 쏙한번만드러주서요 글세
한번돌녀생각해보서요 제생각에는 이세상 모-든사람들이 자기한몸의 영달(榮
達)을 위하여 다시말하면 나잘살기위하여신고도하고 뇌력도하는것갓해요 ……
일을 한다는것도결국은 내가잘살수잇기째문에 하는것이아니겟서요 그일을함
으로 내게아모리익업고 일생을 고생만 할줄을 번연히안담녀 아마 누구~하시
는분네들도 종달니생각할분잇스리다 그래도 무엇이되려니하는 어림업는 희망
이라도잇기째문에 목전에오는 고초를참고 지내는것일겝니다 그러치안타면 이
라는 그것도 과갓치엇던의미로의 직업이 되거나 그러치도안타면자기고집에 희
생되여 번연히안될줄을알면서 도불평이라는일종병에걸니여 서으로동으로표랑
해댕기게되는것이안일가함니다 그러니 당신도 불평이라는병이중하여 방랑이

라는 증세가 심하기전에 어서 내지로드러가요 먼저 당신자신의안정한 생활을 도모하고 그럼으로써 당신만을믿는 약한 처자를 구해주는것도 적은일이나마 되지안을 큰일을위하야 일생을희생하는것보다 갑잇는㉘이이아니겟서요 조선사람 모-두가다 당신의생각과갓치 시베리아 만주쓸노 다라나온다 칩시다 그러면 결국조타구나 하고 와살니들은 누구겟서요 좁은짜에도 비비대고 드리끼이는판에 실컷사러라 하고 내여주면 누가마다겟서요그러니 다른것으로 싸홀힘이업는 우리는 만가지고초를참아가며 생활의본능만을 가지고라도 믖가지억개를비비대이는것이 득책이겟지요』

설교보다도 지리한 안해의말을듯고 잇든 그의머리속에는 성장(盛裝)한 애인처럼 곱게보이는조선이 쩌돌고 눈오고바람치는 시베리아가 쩌도랏다 입을다물고 눈을감은 그의압헤는 모란봉이보이고 간도골작이가 보이고 구슬갓치맑은 한강이보이고 막걸니갓치흐린 황포강이보이고 쌋뜻한 자기집 아랫목이 보이고 찬달이새여드는 쑤러진객창을보앗다 그는마지막으로 자기의 안해와 아들이 뒤짜르는 곱다란 상여(喪興)가보이고 광이와 거적을 질머진동지가차자가는자기의 시체를보앗다.

어쩐해 양력삼월오일 첫토요일이엇다

봄소식이 느즌서울은아츰부터 해토ㅅ비나 올드시 음산하고흐릿하든 한울에서 꼭매화송이가튼눈이풀풀 날리기 시작하얏다

『빌어먹을날이눈은웨올까』

상학하기전에 다녀나오는 사무실을첫재ㅅ시간을 마치고 쏘한번 다녀나오는 한영자(韓榮子)는 누구에게도 물어볼길이 업는자긔의심화를 무심히내리는 눈발에나 던저버리려는트시 혼자서 종알거리며 놉직한 문턱에몸을 비스듬이 기대고류리창 넘어로 펄펄날리는 눈발을 바라다보고 잇섯다 내리는눈은쌍에 부드치는대로조고만 흔적을 남기는듯마는듯 녹아버럿다 쏘리에쏘리를달고쩔어지는 눈은 압서쩔어진것과 쪽가튼 운명을밟고는스러지는것이엇다 소사실(小使室)로부터종소리가요란히울리엇다

영자는 그제야 류리창에서쩌나서교실로들어갓다

선생의교수를 듯는지 먹는지 자긔공상에 쌔저서한시간을마치고난 영자는선생의 뒤를쌀흐다십히교실을 나와서 사무실로 다라갓다

『정선생님……안왓서요?』영자는아못조록 가비엽게 물어보리하얏스나 어쩐지 자긔의말이 서슴어지는것이엇다

『안왓는걸……배달은되엇는데』

서무겸 서긔사무를보는 키가 작달막한 남자는 좀미안한듯한 어됴로대답하얏다

『데-』

◉ 이 작품은 ≪동아일보≫(1928.2.27-3.8)에 발표되었다.

이러케 풀ㅅ긔업시 대답하고 나가려는 영자를 위로나하려는드시그는

『서류(書留)는혹 나중에 오는수도 잇스니까 다음시간에 한번더와보구가지』

『녜』

영자는 입속으로 대답을하고 사무실을 나왓다 정선생의미안해하는듯한대답이 영자에게는돌이어 미안하얏다 그리고난로엽헤모여섯는 선생들이 자긔의돌아서나오는뒤ㅅ모양을보고나서『저애가어듸서올돈이나 잇는걸 기대리는지?』하고 뒤ㅅ공론들이나 하지안흘까하는 생각에 영자는 혼자서얼굴을 붉히엇다

이날의 마지막수업시간인 셋재ㅅ간도쯧이낫다

어느틈에 내리든눈도 그치고 춘설에저즌 기름걸레를 친듯한 대디우에는 이른봄 한나절볏이 흐ㄷ는듯번쩍이엇다

『애 어느틈에볏이저러케낫니입째오든눈은 그림자도업시 녹아버리고……』

『어는게 봄눈슬듯한다니봄에 온눈이 자취잇드냐』

『아아 하까나이 하루노 유씨요!(허무한봄눈이여)……』

『애- 장래 녀류시인(女流詩人)이 감흥이막끌어올르는구나 그다음 구를 쏘좀읇허야지』

『아 이러케 히야까시 하기냐 그리지말구야 래일우리 날 조커든청량리(淸涼里)나니가보자강아지버들이 퍽자랏슬테니 그것을썩거다가 화병에쏫고 봄의 향긔에취하잔말야』

『너가튼 장래의시인이나강아지버들썩거 화병에쏙고 봄의향기를마틀줄알지나가튼 멍텅구리야 말리어 불쏘시개나한다면 몰르지만……』

『재가웨저리빈정거릴까저공부ㅅ괴자리가시험째되니까공부하려고저러지 공부넘우하면 성공도 하기전에 폐병부터 걸린다나』

『처녀가 폐병으로죽는것도시뎍(詩的)이라면서』

『예이 망할계집애 너와말안하련다』

이러케 봄의소녀 그것들처럼 재쌀이며 교실을 나오는 동무들의 뒤를쌀하나오는 영자는 그네들과가티 봄을 속삭이고 시를속삭이기에는 넘우도 그의가슴이 현실에 눌리엇다그는 자긔뒤에 쌀하나오든 학생들 지가 다빠저나가도록 문엽헤가 기대서서 무엇을 생각하다가내키지안는걸음으로 사무실르 향하얏다

사무실문압헤짝다다른영자는 다시금 주저케되엇다

『안왓서……』하고미안해할정선생의대답-자긔의등뒤에떨어질 모여슨 선생들의시선-영자는 암만해도 그문손잡이를비틀용긔가나지안핫다

『에-그만그대로 가비리지웬걸왓슬나구 만일 왓스면월요일에오면 불러서 줄터이지』

『억지로 단념하고 막돌아서려 할째 사무실문이안으로 확열리엇다 문을열고 나오는것은 정선생이엇다

『웅영자-가왓서 왓서!웨들어오지안코 게가섯서? 나는쏘그대로가버리지나 안홀싸해서 쏘차나오든길인데』

자긔의 비겁한태도를 남에게보인 부끄러움에 잠간불쾌하든영자의가슴은 정선생의 외인편손으로부터 한봉편지를 바다드는 순간에는즐거움에군성거렷다

『京城××女子高等普通學校第三學年 韓英子 卽展』

이러케쓴 봉피에십전우표가 붓고장방형(長方形)의도장이씩히고그미테 갈죽한 조희조각이부튼그것이야말로 이멋달 동안영자의 조고만가슴을 태우고기대리게하든것이엇다 머리를 숙이어례를하고 돌아서 나오는 영자는『그럴줄알앗스면얼른 들어가서여러선생들 압헤서 보아란드시가지고나올걸』하는야릇한후회가끌어올랏다

교문을나선영자는유쾌하얏다자긔의보드러운쌤을할고다라나는 쌀쌀한서풍도 어쩐지시원하고 눈녹은언덕길에 뒤축달은구두가찍쩍밋그러지는밟걸음도경쾌하거든 개이는한울에서 퍼저내리는 삼월의태양이랴!

길가에서라도 어서 쯔더보고 십흔 조급한욕망을 꾹참고하숙으로돌아와서 대문을 호긔잇게 열고 마당으로들어슨영자는 마루에서 무슨일을하고잇는 석달동안이나 밥갑을못준 주인마누라의눈치를처어다볼생각도안코 자긔방으로 들어섯다 그방에가티잇는다른학교에다니는순덕이는아즉돌아오지안흔모양이엇다

영자는 손에들고잇든 편지를 딱쯔드려다가 무엇을 생각하고 초록전으로덥흔 조고만 책상우에다가노코 그우에자긔의두손을포개언ㅅ고 아베마리아의 초상처럼끌어안것다

『대테얼마나왓슬까 청구한백원을 다보내시기는 쉽지안흔일이 고만 에오십원이왓스면큰일인데……밥갑석달치사십이원,월사금구원,그것만해도 오십원이넘는데 신학년준비는 집에내려갓다와서 하드래도 위선동무들에게 쑨돈이며 이

봄방학에내려갈차비는 잇서야지 방갑은두달치만주어 그래도모자라지』

　머릿속에서 수판이 움즉이는영자의미간은잠간어두엇것다

　『좌우간쎄어보구야할일이지』

　봉피를쯧고 알맹이를 쑥잡아쌔인 그는아버지의편지보다도 먼저붉은글ㅅ자로 인쇄한『가와세』부터 손에들엇다『가와세』의 액면(額面)을 본 영자의 가슴은 쒸드시 깃벗다

　『아─아감사한아버지』기름ㅅ긔가조금퍼진듯한검은먹으로씌은백원이라고쓴 돈수효가영자로하야금 이러케 부르짓게하얏다

　『이만하면넉넉하다 모다물어주고도 여유가잇다』

　세번이나 장가리를하야서 대다리가험하게된구두를버서 버릴 단 또깃벗따 영자는즐거운 공상을 멈추고 아버지의편지를읽기시작하얏다

　『객디에돈편이잇다니 반갑다집안에별고는업스니 안심하야라 보내라는돈은 지금까지백방으로구처하다못해 금년 량식인벼스무섬잇는것을 열섬을팔아서 돈백원을부친다 너도짐작할바이지마는 집안형편은 말이아니구 삼년동안 네공부ㅅ뒤치거리한다고 어접지안흔 쌍낟가리나잇든것은 다팔아버리고 작년부터 드 남의쌍을 부치지안핫느냐 네가아모리 안달을하드래도 애초에 그만둘것을공연히예산이는짓을 시작해노코 지금에는후회막급이다 졸업이래야 겨우일넌박게안남은것을이제그만둔다는것은 너를위하여도 애석할일이고 남보다기에도 붓그러운일이지마는원수의돈이업는데야어찌하느냐 공부도 먹어야하지안느냐 여러말하기실타 너도이 이상 아비의애를 태우지말고이학그만 마치고는 공부는 단념하고 내려오나라 그래도억지를스면무슨도리가 생기겟지하고 생각하다가는큰랑패를할터니 그리알어라 부 평서』

　『가와세』액면백원을보고 써올르든 깃붐은 꿈가티사라지고 영자의난빗은절망에어두어젓다

　편지를끚까지읽고난 영자는 그아버지의 쯧을야속히 생각하기에는 사연이넘우 간곡하고눈물겨우며 그쯧대로순종하고단념하기에는 그편지가 넘우도자긔의 모든희망에대한 절연장이엇다

　『삼년동안이나 싸하노흔것을 이제일년을못견듸어밋그레트려버리다니』하고 생각하매 영자의 가슴은 답댑하얏다 이학교만이라도 마치엇스면 무엇이될듯하

댓다 아무것도되는것이업다 하드래도 이것만은 졸업을하여야할것가태ㅅ다

　모든짐을싸매가지고 서울을 영영써나는자긔-아츰부터저녁까지 집안에서 낫잠이나자고극장을쑤고잇슬자긔-빈둥빈둥놀고잇는 자긔를 시집못보내서 속을썩일 아버지어머니-그밧게여러가지의 자긔가학업을중도에 폐하고 내려감으로 매저질과가 영자의눈압헤 나타낫다

　『아아 나는어쩌케하면 조하?』

　영자는 책상으에팔을고이고 슬어지드시 업듸엇다

　아모리하야도 자긔의 힘으로 버틔어볼길이업는현실압헤영자는 울며항복할수밧겟업섯다 이번학년휴가에내려가서는 다시올라오지안흘준비를하고 내려가려고생각하매 분주하든 시험준비도갑작이한가하야젓다

　『졸업도못할텐데 시험이나잘치면 무슨소용이잇나』그는조고만자포자긔(自暴自棄)에빠저버렷다 이멋칠전까지는 사긔도그러하얏것마는 교실 한모퉁이에서 오굴오굴러리를 모으고수하공식을푸는동무들이나『리-더-』(讀本)를두고 운동장가으로거닐며『스펠』(單字)을외이는동무를보아도 마음이 조치안핫다야릇한시긔까지 끌어올랏다

　멋칠을지내서 영자는 비로소 담임선생에게자긔의 사정을말햇다 담임선생으로부터 영자의사정을들은 교장이하 여러선생들은 입학이래 삼년동안을줄곳우등첫재로 내려온 조행이단정한 영자의 중도퇴학을가석히생각하얏다 그중에도 특별이영자의 경우에 동정하는것은삼년급담임인최(崔)라는선생이엇다그는엇더케하든지 공부잘하고 얌전한영자로하야금 이학교만이라도 마치도록 해주엇스면하는 생각이 간절하얏다 그리나팔십원의 월급을타가지고 일곱식구살림을해나가는 최선생의 처디로는 그야말로 마음쑨이엇다학교당국에서는 누가 영자에게밥만먹여주는사람이 잇스면 수업료 기타학교에 납입하느비용만은어쩌케 면제토록 해줄의견까지를가지고잇섯다

　『영자 아모ㅅ조록 락심하지말고 공부하는 날까지는열심으로해야돼 혹시계속하야공부할그회가 다을지도모르니……』

　최선생은 의미잇게말햇다 그는이멋칠동안 영자의일을 걱정하야오든쯔테 어제ㅅ밤에 어쩐친구에게 시내어썬 사립고등학교리사요 부호실업가인 백원긔(白源起)의집에서보통학교에다니는 어린애들의 하학후의 복습동무나 하야줄 가뎡

교사겸보모비슷하게 와잇서줄 얌전한녀자한명을 구한다는 이야기를 듯고 그는 즉석에서 영자의사정을말하고 좀천거하야달라고대섯다

『응 그런이래야 가장덕당할터이지 특별히 무슨봉급을내일것도아니니까 직업덕으로 할이에게는 될수업는일이고……무엇 내가추천할것도업겟지 자네도 백씨를잘아는터이니 래일아츰이라도 뎐화로물어보게나』

이러케대답하는그친구의말대로그는오늘아츰학교에출근하는즉시로 백씨에게 뎐화를걸어서 그런사람을 구한다는것과 아즉약속한곳이 업는것드알고 그일에대하야오늘오후네시후에 방문하겟다는 약속까지를 하야둔그만치 자긔싼에는 팔구의긔대를가지고 잇스나 만일에무슨고장으로 안될째에 일보다말이압서는 경솔을면키위하야 영자에게는 자세한사정은 말치안코 다만영자가 하로라도 락심하고 공부를 게을리하는것이 민망하야 백씨집을차자가는길에 영자를불러서말한것이엇다

× ×

그이튼날아츰―영자는손수나와불르는 최선생을짤하 응접실로들어갓다

『거긔안저』

최선생은응접실한복판에노인둥그런 테불엽헤둘러노인 의자에안즈며 영자에게도 안기를권햇다

『데』

영자는 몸을굽히어 대답은하얏스나안ㅅ지는안핫다

최선생은 더권할 생각도안하코의론성깁게말을쓰냇다

『저-영자에게 무슨의론을좀해보려구불럿는데……』

『……』영자는말업시최선생의입을처어다보며 선생압헤서 하는그들의 버릇으로 몸을굽실하얏다 이런경우의 침묵은저편에대한경의표시(敬意表示)이다

『영자 저- 어썬상류가뎡에가뎡교사로 들어가볼터이야?』

『아이 제가무슨그릴자격이잇서요』

『아니야 별로어려운것은업서금년애 보통학교 이년급되는아홉살되는 게집애하구 유치원으로부터 보통학교로 올마가는일곱살먹은사내애-그두애의동무노릇해줄ㅅ게야그것두영자가학교에 갓다온 여가에밤저녁으로 복습이나시키고

할것이니까……그러치안코야 영자가공부할수도 업슬것이 아닌가그대신무슨 일정한봉급을 바들것도 아니고그저 밥이나 어더먹고교과서나 문방구가튼것이 나는 이편에서 말치안하도 그집주인이 생각이잇슬터이니까……』

최선생은 이만하면 만족하지안흐냐하는듯한표정으로영자를바라보앗다

『아이 선생님그러케된다면저는얼마나 깃불지몰르겟서요 그러나 그러케될수가 잇슬가요』

『아마 십에팔구는되겟지어제저녁때내가 그집주인을 차자갓드래서 그랫더니 아즉아무도온사람이업스니까 사람만 얌전하면 두겟다고 오늘하학후에 나더러 영자를 데리고자긔집으로오라고 햇스니 하학한뒤에나와가티 좀가보는게어째?』

『데조토록해주셔요 그러나붓그리워서 어쩌케해요 쏘그러다가 안된다고나하면』

『되고안되는것은 장차보아야알일이고 붓그럽기는 무에붓그러외 그집주인이래야 나히오십이나된 영자에게는 하라버니벌이나되는로인인데……자―그럼하학한뒤에 내게로 바로와 응』

최선생은 이러케다지고 교무실로 들어갓버렷다

교실로부터나온 영자는여러가지공상에 선생의 교수는 들리는지마는지하얏다 최선생의말슴대로 그러케 계속하게되면얼마나조흘까하는 즐거운긔대와만 일차자갓다가 일이 틀어지면 그째는 어쩌케할가하는 걱정에가슴은부절업시 군성거렷다 오후시간후에알수잇는엇던결과가멀고먼 자긔의장래의 행복과불행의 갈림길가티 중대하게생각되엇다 자긔의 일생을통하야처음으로당하는 큰일가 탯다

『어쩌한대도로 그집주인을대하셔야 조흘것인가』하는궁리도쓸어올릿다 매일밥알한개 부치지안코 먹어치우든 양털벤쏘에담긴덤심도 그날은 반도못먹어서배가불럿다 지리하게 기대리든 마지막시간은곳이낫다

안국동네거리에서 뎐차를내린 최선생과 영자는 화동읍합하야 올려가다가 어쩐집문압헤다다랏다

네모지개 깍가씨운 두개의 돌기둥에는 무거워보이는 털문이 환히연리이잇섯다 돌기둥한편에는 『백원긔』라고쓴커다란대리석문패가 달리어잇고 그엽헤는 『일본적십자사 명예회원』이라는 목대가부텃스며 쏘한편기둥에는 뎐화번호

표『라듸오가입마--크』가튼것들이시시하게 부터잇섯다 이모든것은 이집주인이돈이만타는것、명예와디위도남부럽지안타는것、문화생활을한다는것을 설명하고잇는것이잇다 통털어간단히 결론을지으면 그모든것은 돈만흔집간판이엇다

돌문을들어서면조고마한뎡원(庭園)이잇고그뎡원넘어로정면으로 규모는적으나마 소 쇄한이층양관(洋舘)이보이고 그바른편으로 깁숙이들여다보이는치하가 번쩍들리고 용마루가길다란 조선기와 흔것은 이집안방인모양이엇다

『아아내가 이런집에서살게된다면』영자는 이런공상을하며최선생을짤하 양관으로들어가는문압헤섯다 최선생이 초인종단추를 눌르사 조금뒤에우 우훌부훌한 류리를끼인문이 안으로열리며 사환인듯한 소년이나와공손히 그들을마지하얏다

사환의 인도를 짤하그들은응접실로들어가 주인나오기를 기다리엇다

사환이 홍차를들고 들어와두사람이압헤 막권하려할째에 스립퍼쯔으는 소리가나자이집주인인듯한 쓩쓩한남자가 물어밧다

최선생은 황망히 자리에서일어서며 허리를 굽혓다영자도짤하 일어섯다

주인은 외표보다는 좀경망해보이는어됴로

『오래 기달이시게하야서미안합니다-자-여긔는 쏘다른손님도차자오구하면분주할터이니 우리저-이층으로 올라갑시다』

손들이변변히인사도할틈업시두손님을쯔을고이층에잇는자긔의서재겸 응접실로 쓰는방으로올라갓다

파르스름한 커-틘을 새여나려오는오후의태양에 비취는 이방안의모든장식은 안옥하고도 파리하얏다

영자의눈에 비취이는 모든것은 그저화려하고진긔하얏다 기름절레를 친듯한사면벽 그미트로 들리노인 우단으로 씨운『쏘푸어』이집주인의 유일한자랑거리인 사 인지멋해가되도록 한번도멈처본적이업는 키놉흔 책상에가득이 쩌어잇는손두터운양장책-남쪽창미테노인대리석으로만든 둥그란탁자우에 봉오리진 철쑥가지를쏘즌 순금화병-

『저화병한개만해도 내가십년공부할 학자는되겟네』

영자는 남몰래속으로 이런생각도하얏다

『선생님 이학생이어제제가말슴하든 그학생이올시다』

최선생은 조심스럽게 영자를 주인에게 소개하고 영자를돌아보며

『아짜내가 이야기하든어른이야 일어나인사하지』

하고영자에게주의를시켯다

영자는 여자고등보통학교 입학시험을치를쌔에 교장실에서구술시험을 바들그쌔보다도한충더 조심스럽고 경건한마음으르 허리를굽혀 인사를겨우하구는 안질생각도안하코 고개를숙인채로서잇섯다

『아하 한영자씨군공부를 매우잘하신다는말은 최선생님에게들엇소 자─어서 거긔안지우』

『거긔안ㅅ지』

최선생의 말이쩔어진뒤에야영자는 날라갈드시갑법게 교의에걸어안젓다 좁웃한 이마미트로 쏘렷하게빗나는두눈、 뒷둑한코미트로붉게타는입술에잠긴긴 장한입、이모든것을 알맛게싸고잇는 갸름한륜곽、 은듯한목뒤로부터 밋그러저억개에서한박휘궁글러온몸을싸고도는십팔세처녀에게서만볼수잇는부드러운 곡선(曲線)이 테불한개출격하야안진주인의시선을사로잡앗다금년오십이라는 자긔나히도 이저버리고 손자쌀가튼영자를 녀자로써바라보고 안젓든 백씨는

『그러면우리어린애들의 동무를해주시우 그것들을 사람을좀맨들어주시오』

주인의승락이 쩔어지자 영자보다도 최선생이 먼저머리를숙이어 감사하다는쯧을 표하얏다

『자─그럼 래일부터라도공연히 밥사먹고 하숙에잇지말고집으로오우 위선 우리마누라에게 소개를할터이니 나와가티잠간안방에 다녀나오료? 최선생여님은 긔서 잠간기다리시라구하구』

영자는 주인을쌀하 안방으로들어갓다주인이자긔마누라라구소개하는녀자는 그언어나 동작으로보아 학생인듯십흔 삼십세쯤된 얼굴에암상이 가득해보이는 녀자이잇다

『이게본마누라일까?』

영자는 속으르 이런생각을하며 어색하서잇노라니까

『숙자、영철이다─어데갓니?』

그아버지의 부르는 소리 하어데서쒸어들어오는지 그어머니모습을달믄게집

애와그아버지외모를달믄사내애가그아버지압헤나타낫다

『오-어데를갓섯니 자-너히들 인사해야해 이이가선생님이야래일부터 너히들 글가르쳐주고 창가가르쳐줄 선생님이야선생님 이쎄지안흐냐 어서인사들해』

숙자라는 계집에는 영자를잠간치어다보고 부쓰러운드시 돌아서고 영철이라는 사내애는쓰지도안흔 모자를벗는 숭내를내고고개를쯔쩍하얏다

지금까지 수집고 조심스럽게 안젓든 영자는비로소 두 쌤이쏙들어가며 방그시우섯다 그리고 사내애의손목을 잡아 자긔압헤안치엇다

『너멋살되엇니?』

『나는일곱살이애요 누나는아홉살이구……』

『아이구용쿠먼 누나나까지알고』

『내가일본말도썩잘하는데』

『조까칫게무슨일본말을해』

아버지엽헤 안젓든숙자가 짜짜를올리는 바람에 화가난영철이는

『왜몰라왜몰라 내할게봐-모모노하나 사쑤라노하나 네쏘우시 우마 우마노구비니 쓰쩨짜스즈-왜못해 왜못해』

이러케지즞게늘어놋는영철의대ㅅ구에온방안사람이쌀쌀우섯다

『고기 짜부는덴제일이야암만 그래봐 네가락제하구야말테니』

『암 영철이야락제할리가잇나 이제우등첫재해서 상을만히타올터이지』

영자는이러케 영철의편을들고 자긔엽흐로 한걸음바투쓰을어안핫다

이러케귀여운아들을동무하야이제부터 평한히 공부할것이생각할스록깃벗다 학자를못대주겟다고 걱정을하시는 고향부모에게도 쩟쩟이 버칠수가잇공부를못하고내려간다고 쌀보는듯동정하는듯 이상히 대하는동무들에게도 크다란 얼굴도번듯이대할듯하야 유쾌하얏다 그것보다도 나의힘으로 내가공부를한다는것이 영자로하야금 일즉이 경험치못한 깃붐을자아내게하얏다

영자는 그이튼날부터 백원긔의집 식구가되엇다 아이들이무시로 드나들며 공부를하는데는 영자의방이 편리할것、 아이들의공부하는처소는 위생에 덕당하고 한정하고 아이들의톄육장려로보아 의자를노코 지내야할것이라는됴건미테서 영자의거처거처할방은 양관이충남쪽으로 길다란「베란더」를통하야 쑥쩔어져잇는 조고만양실로 뎡하얏다 그방한편에노힌 영자의침대에는 연남색 장막

이안윽히가리어잇고 이편으로는 영자의 책상이노히고 그다음으로 키여튼책상과 조고만교의두개가 나란이노힌것은 아이들의 공부하는곳이잇다 한편모퉁이에는 그러크지는안흐나 얌전한피아노까지 노혀잇섯다

영자는 새로뎐개되는 그생활에 만족하다기보다 『내가 이러케호사한생활을 하다가 어더케될까』하는야릇한 불안을늣기지안을수업섯다 그생활은 영자가처음으로 맛보는 『쌀조아지ㅡ』한것이오 문화뎍인것이엇다 매일 두어시간식 어린 아이들의 동무노릇을 하야주는것으로써 밧는보수로는 넘우큰것이엇다 더욱이 이집주인의 자긔에게대한친 은 그저황송하얏다 짤하서이집안사람들은 누구나 영자를보고 선생님이라고 존경하얏다 다만 이집주인이본마누라가 살아잇슬때부터 학생처녀와 상중 하다가 아이(지금의 숙자)를 배게되매 싸로이집을사주어 살림을시키다가 본마누라가죽은뒤에 마자들이엇다는 주인마누라만이영자에그러케조흔낫을 보이지안코 쓰루퉁하고잇는것이 영자의마음의 평화를문란케하나 순진한처녀인 영자로는 그주인마누라의 쓰루퉁한감정을 검토해부해보려고 생각하기까지 녀자로써의 경험이업섯다

가족보다 하인의수효가 훨신만흔이집의 식구로는 주인내외를 비롯하야 작년에 대학예과에들어갓다는 스무살된 주인의전실소생인 『원철』이라는 장남과 영자가 마타가르키는 두오누이를합하야 다섯식구가 주인집의 원가족이고 그다음으로는 손님대오를밧는 두식구가잇스니 하나는 영자자신이오 쪼하나는명년에 외학전신학교를 마친다는주인의 친구의아들이라는 스물세살되는 『안형식』이라는청년이엇다

이집가족중에 영자와 가장거리가먼것이 그두청년이엇다 아츰학교로갈째나 저녁 학교로부터돌아올째나 멀리 압서 가는 그들의뒤ㅅ그림자를 보거나뒤에서 짤하오는 그들의발자취를듯는영자는 자긔가 뒤썰어젓스면 일부러 걸음을 천천이것고 그들이뒤에 오는눈치가 잇스면일부러 걸음을쌜리하는것이 엇다 젊음을 경계하는그들의거리는어색하게도멀엇다

영자의눈에 비취이는 두청년의시선 그것은 원철의 그것이 정열뎍이오 유혹뎍임에비하야 형식의그것은 행정하고 초연한것이엇다

록음을젓시는 한녀름 구즌비가 고요히 내리는 어썬날 밤이엇다

조고만뒤ㅅ사랑문이열리여어둠속으로 조심히나오는것은원철이엇다 원철은

그림자처럼소리업시 양관이층으로올라갓다

젊음에썰리는 원철의손이영자의방문에 달린사괴로만든동그런 『앤들』을붓잡고 안으로밀어보앗다 문은안으로걸리어잇섯다

원철은 황망과주저에 썰리는가슴을부되안고 벽에기대어 머리를숙이며 무엇을 생각하얏다

이째이엇다 저편으로부터 걸어오는 누구의발자취소리에 깜짝놀란 원철이는 저편모퉁이로 뚤린막다른 란간으로 황망히몸을피하얏다 이편으로 점점갓가이 오든 발자취는 영자의 방문압헤서 멈추는듯하더니 서슴지안코 그방문을열고 그방으로들어가는것을 원철은보지안코도알수잇섯다

원철의온몸에서는 사내가 타올랏다

『대태주구일짜 영자의방에들어가는것이……형식이놈인가』

원철의가슴은 질투에 뛰엇다

원철은가만가만이 영자의방으로 뚤린창앞에로가서 온몸을귀삼아 방안의동정을 살피엇다

『에그머니 이게 누구애요!』

잠결에 웨치는듯한 영자의육성이엇다

『나요 나요 써들지말우』

원철은 누을동그러케썻다

『그릴리가잇나?』원철은영자의말에대답하는그육성이 본명히자긔아버지 인 것을들을째에자긔의 귀를의심하려하얏다

그러나 일순(一順)간뒤에 다시자긔의 귀에들리는 남자의육성에원철은 온몸에 맥이풀리는듯하얏다

『내가 영자를귀여워서그러는게니……이밤중에 누가알기나할터인가……』

『그건무슨말슴이애요 귀여우면 그저귀여워하시지 실허요실허요 어서나가서요』

『글세 고집쓰지말고 내말만 들어 영자에게 해로울것은업슬테니 내가영자의 모-든편리를도모하아줄터이니……응』

『실허요실허요 리로운것도편리한것도다실허요 당신께서는저더러밤이며방을꼭꼭잠그고자야한다고하시지안핫서요그러시더니당신은이잠근문을 언제든

지열수잇는열쇠를 로이……실허요 그런진심은 저는무서워요』

　잠간침묵이 지나간뒤에 영자는 울듯한음성으로 부르지젓다

『노서요노서요 소리를 지를터이에요 사람을불를터이애요』밧게서듯는 원철은 손에쌈이 흘럿다 가슴이부질업시 두근거렷다 이제영자가 소리를지르고하인들이 쒸어올라오고 할광경을생각하매 발악하는영자가 돌이어얄미웟다 그리자 그만단념하얏는지문을쾅하고 다치고 저편으로걸어가는 그아버지의 발자취소리가 썰어지는것을 들은원철은 그째에나마 단념하고나감으로써 어썬창피한광경을 당치안코 그장면이 사라지는것이그아버지를위하야 안심되는 한편으로 환경과 정실모든것을 저버리고 사내의야심을 여디업시 짓밟는영자가 가진녀자의 힘이 통쾌하기도하얏다

『남자의 친 을 처음부터경계하는 여자는 약은녀자이다 바더오든 친 도중애 물리칠수잇는 여자는 굿셔인것이다 사내가가진돈과 사내가 가진친 을 물리칠수잇는 여자만이 이세상모-든 사내의야심을 짓밟읇수잇는 굿세인녀자이다』

　원철은 는듯이 마음속으로 중얼거리며자긔가무엇하러 올라왓든것도이저버린듯이 올라올째 보다도더욱조심스러운 걸음으로 알애로내려갓다

　마당으로 내려와서 뎐긔불이환이흘러내리는 영자의방을 치어다본원철은

『그러나내가들어갓스 영자가그러케 물리치지 안핫슬는지도모르지』하는 야릇한사내가머러 를지안는것도 아니엇다

×

　그이튼날아츰 일즉이 일어난 영자는 조반도먹지안코 급한사정이잇서서 자긔집으로 내려간다는 간단한리유를 주인마누라에게만고하고 자긔의 짐을가지고 백씨집을 나와버렷다

　영자가이러케 총총히 나가버린 리유를아는사람은 다만주인부자(父子)뿐이엇다

　영자가나간 그다음날 오후이엇다 학교로부터 돌아오든원철은양관밋층응접실에서 자긔아버지와 마주안진손님을 류리창넘어로바라보고 쌈짝놀라지 안흘수업섯다 그것은 영자를처음에 소개하든 최선생이엇다

『아하마츰내 저이가담판을하러왓구나』

이러케 짐작한원철은 그아버지의 점잔치못한행동을 면전에서육박하고질문할광경이 불안히생각되어 그대로 지내칠수가업섯다 그는책가방을 든채로웅접실에안진 그들의눈에 쓰이지안흘곳에서 그들의대화를 엿들엇다

『선생님을차자온것은 그한영자일에대해서 좀엿주어볼양으로……』

『최선생은 비로소 심방온요건을말하는모양이엇다』

『데영자일이오 데대관절영자가로형을보고 무에라구 말해요?』

『저는영자를 맛나본것은아닙니다 어제학교에 오지안키에별일인가햇더니 오늘저녁게 편지를 밧는데 쯧밧케 공부를단념하고 자긔시골로 내려가노라구햇기에……』

『응그래 편지에무어라구 썻서요?』

그아버지의 어됴는 하얏다

『무엇자서한사연도 업시그저 내려간다는 인사뿐이두군요』

최선생은 편지를그대로 읽어들려주는모양이엇다

『선생님 저는공부도무엇도다집어치우고 집으로 내려갑니다 선생님을 차자가뵈옵고 고별의 인사라도 엿줍고 내려가는것이 도리에 맛당할것이 오나 차시간도밧브고 다른사정도잇사와 이대로 실례하옵니다 선생님부대안녕히게시옵소서 여러선생님께도 제사정을말슴하야 주옵소서 뎡거장에서 이편지를들이나이다』

『갑작이 무슨일이그러케급하게생겨서 집으로내려갓는지 댁에서는 아실듯십허서……』

하고말씃을흐리는 최선생에게 그아버지는 가장점쟌흔어됴로대답하얏다

『으훙 사실인즉 내집에서내어보낸것입니다 그래서 내집에못잇게되니까 락심이되어서 자긔시골로 내려간모양이구려 먼저 소개해주신 로형에게의론이라도하고 내보내는것이 사리에당연할것이지마는 피차에 조치안흔 이야기를 구태어하는것보다도……』

원철은 그아버지의다음말이몹시도각급하얏다

『그까짓 이미지나간일을비밀에 무더버리지안코 점쟌치못한실태를 솔직히자백해버리려나』하는걱정도 원철에게는 업지안핫다

『데-그러면영자에게 무슨불미한일이라도……』

최선생의 황송한듯한 음성이엇다

『응-요즈시체사람들에게는 레사의일일는지 모르지마는우리완고한사람의 눈으로보아서는 참을수업는 일이거든……다른게 아니라 내집에는 금년스무살되는 내자식놈이잇고 쏘내가 마타공부시키는친구의 자식인 청년하나이잇는데……영자가 내집에온지 불과몃달에 여러가지로 눈에 거친일이잇서……허허……이것도 젊은사람들이 들으면 썩어진늙은이의완고한 수작으로 돌려버릴지몰르지마는……암만해도 우리눈으로보면련애니 무에니하는 것도말할수업시 외입이요 서방질로밧게……허허……그래어린아이들동무해줄생각은안코 밤저녁이면 우리집손님 학생을동무하야 출입이넘우 자자서……그러니 책임지고 마튼친구의자식의공부에도 방해가될듯하고 쏘는 로형의부탁인 영자의신상에도 조흘것갓지안코 쏘는제일에가령풍긔가문란해서이래저래참다못해 과한실태나 업기전에 박정한일이지마는 나가달라구 했더니……그러나남의처녀의일이고해서 로형에게도 통정을안흐려햇더니 이처럼일부러 차자와물으시니 말슴하는게니 이미지나간일이고 혹 서신으로라도이런말을 그처녀에게 비취지는마시우』

『데 데 그것은 매우미안한일이엇습니다 제생각에는 그애만은 아무데 내노하도 든든하려니하고 저로서도밋고 천거를하얏섯는데요』

『암 물론 로형이야 그랫겟지 범연하면야 내게 소개를하겟소 그것도 그영자가그르다기보다 내집에잇는 청년이단정치못한탓이겟지요 어쌧든 마음놀수업는것이 이지음 젊은남녀들야 그러니 짤가진사람이그짤을공부시켜야 조흘지 소학교나마치면 집안에 둘여안치어야할지 몰라서 주저하는것도 무리가아니야 더육이디방에잇는 부정들의……이것만은누구보다도녀자교육 당국자들인당신네들의 깁히생각할문뎨이야……』

『데-그덤에는우리교육자들의 언제나 주의와감독을게을리하는바가아니지마는 청년남녀자신들의 자각이 생기기전에는우리들의 힘만으로도 도뎌히……』

최선생은 한심한드시 한숨을 지으며 자리에서 일어서는모양이엇다

『아웨좀더이야기나하시지요』

『아니올시다 넘우오래괴롬을끼첫습니다』

주객이문밧그로나오는수선한소리에 원철은 한편으로몸을비켯다

문밧게나서서 썻든모자를 버서들고 공손히인사하는 최선생에게

『모처럼 오섯는데실례햇습니다……아짜도말슴햇지마는영자에게는 언제까지나 내게서이런말들은체마십시요』

『데데 무이다시맛날일도업게구요 그대루내버려두는 수밧게……』

이러케대답하고최선생은나아갓다

원철은 이째처럼 그아버지를 점잔치안케생각해본적은업섯다문밧게나아가는최선생을쏘차가서그저쎄밤일을사실대로이야기하고십혼충동에모자를 홱버서들고자긔방으로들어갓다

青春의 罪●

一. 독일의학박사

독일의학박사황세창(獨逸醫學博士黃世昌)을원장(院長)으로한세창병원(世昌病院)이라는것을 요즘서울에사는독자이나 사라본독자이면 대개지나가는길에라도 그훌륭한 금자간판을보아 알앗슬것이다。 그리고 지방에게신독자라도 신문ㅅ장이나 보는 독자이면 신년축하째라든지 덩간이되엿다가다시속간이되는째다든지 대개빠지지안코 넓다란지면을차지하야 뇌신경쇠약, 정신병일체, 병, 척퇴제질환전문치료, 입원수의, 세창병원 원장 독일의학박사황세창 (腦神經衰弱, 精神病一切病脊椎諸疾患專門治療, 入病隨意 世昌病院 獨逸醫學博士黃世昌)이라는 어수선한광고를본긔억을 더듬어서 장차쓰러는이야기속에 나오는세창병원이라는것을 『오! 그것말이구나』하고 수긍하게될것이다。

『독일의학박사』-라는 길다란 학위(學位)는박사자신이 만족하는이상으로 세상사람들이눈을크게쓰고 놉고 부럽게보는것이다。 그와반대로사실박사자신은 의학박사라는학위우에 『독일』이라는 남의나라일홈을 붓치지안으며안되는것이 슬그머니화가나지안는것도안이엿다。 그러나그것을관사(冠詞)로써우지안코는 박사자신이 자긔의생명 다음으로 귀하고 사랑스럽게 씁는 『의학박사』라는 『가다가씨』를붓칠수업슴을 엇더케할수가 업섯다。 좀더픱절이 그의 심경(心境)을 살피여본다면 『의학박사』라는 『가다가씨』를 가지지안코 사는 사람들의 생애가 무의미하게 빗취을난지도모른다。 엇잿든 그는자긔의 『의학박사』우에 『독일』이라는 글자들을너놋치안으면안되는것이 두눈애 『다래씨』보다는좀더귀치안코 거북하엿다。 조선사람의 하는일에 당국의쩌먹이드시일너주는 그친절한주의가

<hr>

● 이 작품은 《문예공론》(1929.5-6)에 발표되었다.

원수갓탓다。

　그몸괴로운당국의주의는한겁풀섭질을볏기고 드러다본다면 홍, 네까짓게 박사가 무슨박사냐 정말박사라고하고십거든 론문을 데국학사원(帝國學士院)에 제출하야 가지고 되여라。 그러치 못하겟거든 『독일』이라는 사깟을쓰고잇거라。 별수잇느냐』하는쌀보는수작일것이다。

　사실 박사자신이 가만이생각하여도 그쌀보는 수작에어느정도까지는 마음속으로 수긍하지안을수도업는것이엿다。 일본가서 천엽의학전문학교(千葉醫學專門學校)를 졸업하는데 여든세명졸업쥬에 밋흐로부터 넷째로급제를하야 에누리업시팔십으로졸업한후에 의사면허장을 어든것까지는 조흐나 배운학술으 좀더젼문으로연구한다는 독먹을 빙자하야 독일백림(伯林)으로다라갓다기 백림에서는 공부할학교에드러도못가고 엇던소도회로밀니여가서 제삼류(第三流)나되는 대학의과(醫科)에서 청강생 (聽講生)명부에 일흠만을 놋코 한주일에 세번도강당에는드러가지안코 맑크(馬克-獨逸貨幣)가 휴지처럼싸지는통에 자긔집에서 부처오는 매달학자 삼백원을 청강이나하며 하숙에서 밥이나 사먹는것으로는도저히 써버릴도리가업서〃 독일본국학생들은양말이라고는 신어볼생의 도못내는데 비단양말에칠피구두를괴이고 자동차로통학하기러일수이며 하숙집 심바람하는게집애로부터 발천하야 홍동의거리로게집산야으로밤을새우다가 삼년이라는 세월이지난뒤에그대학으로부터 의국사람을대우하는의미에서 소위명예학위라는 학장(學長)의싸인맛튼조회를 무겁게밧아들고나온 자긔자신의 독일류학한 경로를 도라볼째에 독일이라는군동〃이의유래가 전혀의미업는것도 안인듯십헛다。 그리고지금새삼스러히론문을써서 군동동이업는 박사가되려고 로력할용긔도 졸지에나지안엇다。 사라서 자신도업섯다。 그저 좀귀치안은대로 독일의학박사로 늙어죽을것은 자긔에게잇서서 필연의운명갓핫다。

　그는 독일로부터 귀국하는봄으로 굉장한 병원을 신축하고 개업하기로하엿다。 그리고 개업과목은명목만이라도 독일서 삼년간 전공(戰功)하엿다는 뇌신경쇠약이며 정신병을전문으로 내세윗다。

　엇잿든 그는 현하 조선에잇서서 도규계(刀圭界)의 신인(新人)이며 더욱이 정신병학에잇서서 독보덕권위(獨步的權威)를가지고잇섯다。 동시에인물이는 조선에서는 돈만코일흠놉흔 그는 음즉일수업는 일류신시요명사이엿다。 한약에 감초모양으로 그가싸지는곳에 사회라는것은업는것갓핫다. 경성의사회(京城醫師會)부회장갓흔것은 그의직업상 맛당한 부직(副職)이 겟지마는 신진녀성들로조직된 녀자수양단테 삼월회(三月會) 고문(顧問)갓흔것은 그에게 잇서々 전혀명예직이요 한직(閑職)이며 의학계와는거리가좀먼 조선항공학교창립준비위원회 상무위원(常務委員)이된것은 어지간히 밧분일의한가지이엿스며 나이 겨우삼십이지나고 물질이풍부한데다가 사회의명성이자못놉고 인물도 말숙하게성긴마큼 그의본치가 죽어지라고 하누님끠 거룩한기도를 남몰래울니는『모더-ㄴ썰』이 서울장안에도수십명된다는것은 그긔도를 본명히드른사람이업는지라 족히취하야 그의염복을 축하할것도 못되지마는 료리집출입의 자즌마큼 한달에도몟번식 『기생나지미』를가라대는그가 공창폐지운동(公娼廢止運動)의 선구(先驅)로써 공창폐지긔성회(期成會) 총문간사라는 일흠을씌고잇는것만은 누가듯든지 우슬일이엿다.

그가의사개업을하는것은 물론영리의목먹은 안이엿다. 적어도 그것으로 돈을버러서 밥을 먹으려는목덕은안이엿다. 그의말맛다나 덩그런 돌집을지여놋코 개업을하야 나오는수입은 설비에대한 자본금의금리(金利)도 만족히드러스지안엇다. 중학으로부터 전문학교 다시독일류학을 하기까지에 쓴돈을사업투자(事業投資)에 비하야본다면 의사로써의번다는돈은 그야말로 은행리자도 드러스지는 안는것이엿다. 치료하는전문이 전문이닌마큼 그러케환자가만치도못하고 짜라서 수입도설비의비례로보아서는 엉성한편이엿다.

세창병원에서는 언제나 원장의 그림자는 보기힘드럿다. 원장이 청진긔(聽診器)를귀에 끗거나 반사경을 이마에대고잇는째는 한달이가도몟번이안되엿다. 조수(助手)인 의학사(醫學士)세명과 간호부세명이런애씃헤는 하품이나하고 크다란 돌집을직히고잇는것이엿다. 원장은 이론바사회ㅅ일째문에 분주하엿다.

독일의학박사타령이 넘어기러젓다. 이제부터 이아기의줄거리로드러가자.

二. 긔괴한병실

세창병원에는 다섯칸이나되는 정신병자수용실이잇것마는 금년봄에 병원한 모퉁이에 붓이야 살이야특별한긔교를다한 이상야릇한 정신병자수용실이신축

되엿다。 것호로보면 경쾌한뎡자(亭子)처럼 보이고 한거름문을드러스면보기에
도지긋~한 속에털편을대고지은듯한 두털듸두터운 석회(石灰)집의문과창에는
감옥보다도 훨신보기흉한굴근쇠창살을가로세로 질른 마치동물원의사자우리갓
흔것이엿다。

그 긔괴한 병실이락성되자 그병실을 짓기시작할째부터 본판에달닌 정신병
실에 수용하엿든 이십삼세가량이나되여보이는 묘령의녀자를 옴겨갓다。 이병
자를옴겨 가는데는 웬일인지 원장박사가 조수의사도부러지안코 아범비슷한 장
정한사람과가티 손수덤비여서 팔을 부르것고 끌고가는것이엿다。

『글세 나를웨밋첫다구 그리시우 져는안밋첫서요 정말밋치지안엇저요。 내가
그이를죽이엿기죽이엿다는것인데 웨저더러밋첫다고그리셔요。 네 안타까워 죽
을일이 안이애요』

끌녀가는젊은녀자는 참으로안타까운드시 원장박사를처다보며 애원하엿
다。 박사는

『글세 그게 모다 밋처쇠하는소리다』하며 골피를찡그리고 끌고갈쑨이다。 세
수는언제나하여보앗는지 눈만쌘짝이는 말나쌔진얼골이라든지 헝클니고쥐여트
더서 범벅갓된 머리털이라든지를보면 짜정밋친사람갓흐나 그녀자의말하는것
을드러쇠는 암만해도 밋친사람갓지는안엇다。

안드러가겟다고 발버둥이를 치든젊은녀자는마츰내 신축된긔괴한병실에 수
용되고야말앗다。 그녀자가 드러간 식컴헌쇠창살에는 밧그로부터 크다란 잠을
쇠가 박사의손에 튼튼히잠기여버럿다。

三. 뎐화

젊은녀자를 긔괴한병실에 감금한 원장박사는 곳진찰실로 도라와서 손을짓고는
원장실(院長室)이라하고 주석패를놉즉이 붓친 크다란문을밀고드러갓다。

그는 푹신한 안락교의우에 몸을파무드며 굵다란한숨을 쏩앗다。

—저것이 죽거나 짜정 미칠째까지는 저안타까운꼴을 보아야겟지—하고 생각
을하면 미상불남몰래한숨이나왓다。 이편이 도리혀 밋치지나 안을까하는 불안
조차 쓰러오르는것이엿다。 『영철이를 내가죽엿기에 죽엿다는데』하는소리가

자긔귀에서마치새암이나솟드시 쯔러나오는것이엿다.

그는 모든것을 애써 이저버리려는드시 머리를 썰네썰네 내혼들째에 마츰동 그런손탁자우에 노여잇는뎐화가 요란히울니엿다.

『여보세요!』

뎐화통을붓잡은 박사의음성은 몹시거츨고 우울하엿다.

『네 네 현경씨요……나요 네 네』

박사는 『여보서요』하고 부르든 툭명스러운 음성과는 정반대로 부드럽고 정다웟다. 그엽헤서박사의뎐화밧는음성을듯고보는이가잇다면 쪽갓혼사람의 성대에서 그처럼 차이잇는 음향이 울녀나오는것은 피아노 외인편씃줄을 눌너보고 바른편씃줄을 눌너보고 늣기는그것보다도 한층더한층절을 늣기려니와 그것보다도 그의얼골표정이 소낙비지나간 여름날 하눌보다도 갑작이맑게개이는것을 웃지안을수업슬것이다.

현경이로부터의뎐화―그것이 그의감정을 그만치주무른다는 그힘을박사는 일본으로 독일로도라단니며 연구한 자긔의학문으로도 용이히 해부하고 비판할수가업섯다. 그것은 결국 과학으로써 분석할성질의ㅅ것이안이라고 단념하고 그저긧거워할수밧게 업섯다.

『네―네 속달우편을 냇슴니다. 무어 말하자면 속달우편을 내도록까지 급한 일도아니지마는……네 네, 그러나 제말슴드러서요 그러나 내가당신에게 하고 십흔말 남이드르면 픠우서버릴말 한마듸까지도 여간중대한것이 안인것갓치 생각될뿐아니라 편지갓혼것도 급하기란 내발로 다름박질처서 내손으로 전하기전에는 참으로 안심하고 만족할수업서서 그런것임니다……네 네 그런데 오늘좀 맛나주서야 하겟슴니다.

네 네 아모리밧버도 오후다슷점으로부터 여슷점사이에 조선호텔로 와주서야합니다. 저녁은 거기 오서서저와갓치 잡숫게하시고……네, 네, 꼭 기대리겟슴니다. 그러케해주서요』

그는 앗가운드시 뎐화를씃코 그즐거운 긔분에서 써나기가실흔것처럼 눈을 가늘게쓰고 뎐화통을 바라보고는 테물한모퉁이에노인 좌종을 드려다보군 하는 것이엿다.

×   ×

첫여름 길듸긴 해는 오후다슷점이 지낫것마는 아즉도 중텬애 걸니여잇다.

황토현 네거리로 억개를 나란히하야 거러가는 한쌍남녀가잇다.

서울에서는 좀체로 보기드문『맵시』를 가진 양장미인-그의 나히는 보는이를 짜라서 이십이삼세로부터 삼십갓차히 볼수가 잇슬것이다. 삼십갓가히 보는사람 요사히 년년히 나히를 드리쏩는 소위 모더-ㄴ쩔들의 그것을 생각하야 약게 보는것이고 그대로 집히는대로 보라면 스물둘을 넘겨보는것은 설서더먹엇다할지라도 그녀자에게는 어굴할일인지도모른다. 궐녀의 어데인지 모르게 째버슨 모양은 시퉁그러진기생퇴물갓치도보이나 기생퇴물로써는 숭재내지못할 고귀한표정이빗나고 더욱이 화장을하면 할사록 낫타나는 절제업는 성덕생활의 자최인 눈가장자리의 검은 그림자를 차자볼수가 업섯다. 궐녀와갓치 것고잇는남자-그것은 궐녀와갓치 것기에는 그러케 빗나지못하는 차림~이엿다. 이십오륙세나 되여보이는 그의 그러케 닥고 문지르지안는듯한 검퇴한 얼골에는 모든『모던쏘이』들에게서 볼수업는 순실한표정과조각갓흔 남성미(男性美)가 흘럿다.

그들이 자긔들것흐로 지나가는 사람이 잇슬째에는 잠간 끈엇다가 다시닛쿤하는 속살거리는 니야기는 픽 정다워보이엿다.

『글세 이것봐 그 사우씨-저-황인 독일 의학박사인가는 영철이만 죽으면 내가 곳 자긔와결혼이라도 하겟다고 약속이나 한것처럼 요즘은 부득~조르는구료. 내 참 엉터리 업서서……』

『거야 그러치안켓소 현경씨가 해나온 말이잇스니 ……그러기에 지금쯤은 짝 잘나맹 그러케두고~그리케 하는이상에 나야튼々히 밋어도 조켓지마는 그래도……』

『그래도 무어애요 그짜윗걱정은 마시고 나하는대로만 내버려두서요. 지금 좀 대답하기 어렵다고그자를뱃타버리면 우리는 무엇을 먹고 입고 살아요. 먹고 입고 살기위하여는 그만한 괴롬과 희생은 당하여도 할수업시안어요.

그들은 어느듯 조선호텔 정문에 다다랏다.

『자-그럼 밤에오서요 기대릴터이니。』

양장미인은 이러한 인사를 남기고 양산을 돌니여 호텔문으로 드러섯다.

『우리 저녁이나 가티먹세』

엇던라 저녁에 X신사문로 K군을 차자갓든나는 이런 히한소리를 K군의 입으로부터드럿다

친구간에 저녁한끼 가티 먹자는것이 무엇이그처럼 희한하드람-하고 내말을 우습게 드를넌지도 모르지마는 누구나 K군을 아는사람이면내가이처럼희한하게 생각한것을 괴이히생각진는안을것이다 그러나 K군을 모르는이에게 조곰설명을 하지안으면 안될터인데 엇더케하면조흔가

올치 이러케설명을하면 과히머리가 노둔치안은이는 고개를쯔덕일터이지……

K군은 이짱에서 신문긔자를 댕겨서 그밧는월급으로 저금을하야 쌍마지기나 장만하엿다는것이 사실이다-이러한 K군인줄만안다면 리해관게가 업는친구를 맛나서 저녁을가티먹자고 붓잡는데에놀나는 나더러 밋첫다고는 하지안을터이지……

나는 물론 K군의 초대에 응하엿다 신문사에서 전표를써주고 점심을 대여먹는××식당으로 쪼차갓다.

일원 미만의회계를 내이고 두사람은 입에서 약간의 술냄새까지 피우며 식당 뒷문을나왓다

첫여름황혼은고요히 짓터왓다.

『여보게 자네 차한잔살미천잇나?』

막 헤여지려할째에 K군이 하는말이엿다.

◉ 이 작품은 ≪신민≫(1930.7)에 발표되였다.

『차살돈?』

나는 잇다는말도 업다는말도안코 이러케반문하엿다。

『응 차살돈말이야 그죽사오십전 잇스면 넉넉해』

나에게는 다행히 이원남짓한 돈이 잇는데다가 K의 초대를 밧고나오는길이라 그의동의를물니칠수는업섯다

『어듸 조흔데가 잇는가?』

『응 조흔데가잇서 가보려나?』

이것으로써 두사람의 장차할 행위는 결의되엿다 K군을 선두로 우리는 종로로나갓다 언제나 음울해보이는 K의뒷태도에도 어덴지 활긔가 씌여보이는것을 나는 그의 유난히가벼워보이는 거름거리에서발견하엿다

그가 나를인도하는곳은 나도멋번 가본긔억이잇는 내용이초라하고 점잔치못한엇던 양식집이엇다

술주정군에게 해를입은듯한 복판으로 비스듬이금이간 우툴두툴한 파란류리문을밀며 K군은나를돌아보고 벙긋이웃는다。

나는 그우슴을 서너가지로 해석하엿다 장차 자긔기대하는 향락에대한깃븜-나에게대한감사

-자긔의행동에대한변명-이러한 세가지로……

그러나 그곳에를들어갓다가 둘너나올째에는K의 미소의 거이전부가 자긔행동에대한 어색한변명임을 알수잇스리만치 K의 행동은 나의예측을무시하는것이잇섯다。

웨? 내가그째까지 아는K는 그런곳에갈K가안이엇다 설사 친구밤님으로 간다고 할지라고 그러케 허덕이고 깃버할K가 안이엇다 먼저도말하엿거니와 그가만일그러한곳에서잔돈을쓰고쾨탑지근한 환락부스럭이를 맛볼줄을 아랏드라면이요 학술이며 사상문제 강연이라면째지안코드르면서 사회사상전집(社會思想全集)을 밧는대로그달그달에 읽고외일만한시간은업섯슬것이다

세멘트바닥을한 넓다란 「홀」에는시드러가는화분을노은 식탁들이한산하게 뷔여잇다

『어서 오십시요』

압치마를 입은쯩쯩한녀자가갑산우슴을 뿌리며마주나온다 쯩々 보뒤에는 이

녀자가 살이쩌서실혼양반을 나를보고 우서주서요하는듯한 명태를련상케하는 말나빠진녀자가 쏘차나오며 역시판에박은드시웃는다.

우리들은 가장 안윽해보이는 자리를택하야안것다.

『무얼가저와요?』

『명태』가 K의 억개에다 손을언즈며 주문을 청한다 그태도는 궐녀가 K를 사랑하는증거까지는몰나도가장숙친한임것은으심할것업서 보이엇다

『홍차를 가저오우』

나는 얼른 대답을가로맛탓다.

『홍차만이오?』

이러케 되집허뭇는 궐녀의 표정에는 분명히불만한빗이 떠오른다.

그넓은곳에 손님이라고는 우리밧게 업는데차두잔만을 사고만다는것은 미안하다는 생각이얼른드럿지마는 「홍차만이요?」하는 말끗이 조곰무거운것이 나의 조고만반감을이르키는것이엇다.

『그래요 웨 홍차만은 안파르우』

『안임니다 천만에요』

나는궐녀를 한마듸로 항복케한조고만승리에 유쾌하기보다도 그경우에 두사람틈에 중립(中立)을직히는 K에게대한 미안한생각에나는적이괴로윗다

녀자가 둘식이나 시종을 드는압헤서 차한잔식을바다놋코 안젓는것이 어지간히 거북하여서주머니를 죄 털드래도 맥주나좀먹을까 엇절까하는것을 마음과 의론할째이엇다.

돌연히 엽문을밀고 들어오는 양복장이 한살람이잇섯다.

『야-』

『야-』

K군과나는 약속이나한드시 드러오는 사람을마지하엿다 그는 K와도나와도 친한 R군이엇다

『이거 장히 쓸쓸한풍경일세그려 크다란신사들이 차한잔에가 매달니여 안젓게……』

교의를쓸고 우리의 안즌자리로오며 이러케쩌드는 R군의 태도는 몹시 쾌활하고친절해보이엇다.

『맥주가저와 맥주』

R군이 명하는대로 녀자한아가 이러나서맥주를 가저왔다.

술잔이 오락가락하니 제법자리가 째이엿다.

말라짜진녀자는 K군의무릅에 안젓다가는R군의귀에다 무엇을 소군거리고 하는것으로보아귈녀가 K와R두사내를함께 사랑하거나 혹은롱락하거나쏘는반대로 두사이의 그것을 밧고이는것임을알수가잇섯다 동시에 K와R사이에는 그 녀자한사람을 사이에두고 조고만 덕대행위(敵對行爲)가엉벙쩨웃는속에 숨어 잇슴을 엿보기어렵지안엇다

별로히 어엽분것도안이지마는 파란 던등밋헤서 귈녀보다도 한층더 어엽부지못하고 몸매업는 쏭々한녀자와 대조되는곳에 귈녀는 훨신돗뵈이엇다 술이 취하여옴을쌀아서 나도 그만중립태도를버리고 그들의 애욕의선풍속에서손을 내밀고 십흐리만치……

K와R은 내가잇는것도 관계할것업시 잇는수단을 다짜내여 귈녀와 노닥거리엇다.

K군은 무엇을생각하엿는지 그만먹고 가자고 긴급동의를 건늬엇다 이경우의 동의는 회계를막을 의무가업는것을 선언하는동시에 럼치와테면을유지하는 수단도 되는것이엇다.

R군이 회계를하고 세사람은 그곳을나오게되엿다.

K군은 변소에를 가는지 나오는우리와는 반대로 저편안으로 들어갓다.

이윽고 문밧게서 기대리는 우리들압헤낫타난K군은 무슨깃분일이나 본사람처럼 벙글벙글웃는것이엇다.

『이사람아 무어시 조와 그러케 웃나』

내가이러케 무르니 K군은 나의이말을 기대리기나한것처럼

『홍 우서운일이 잇서서 웃네』

『웨 귈녀가 갓다가 이짜 혼자 오라고하든가』

나의 이말은 K군을노녀주기보다도 엽헤섯는R군의 신경을자극하엿다.

『안이 천만에 그런것은 안이고……이것보아요귈녀가 무슨큰마음으로 이걸 주네그려』

K는 양복호주머니에서 무엇인지 조희에쑤린뭉치를 내보인다.

『그게 무엇인가』

『양말이야 거지갓흔……』

K군은 보아라하는드시 싼조회한구퉁이를 쑥찌저보인다 그것은 과연 양말이엇다.

『홍 기특한애인일세그려』

지금짜지 엄정중립을하고잇든 나이건마는 궐녀의 그긔특한일을볼째에 엇전지「새암」비슷한감정우에 부러운생각을 수노으며 이러케빈정거리엇다.

R군은 빈정거릴감정의 여유조차 업섯든지눈을둥그러케 쓰고 입살을 쏙째물며 싼천을 바라보는것이엇다

그리하야 K와나는 이쪽으로 R은저쪽으로 헤여젓다.

나는 K와 나란히 한참을것다가

『참으로 긔특한녀자인데 그물건이 대서로운것은이지마는 맘보가 고마운일이안인가』

나는 쏘한번 그의행복을 기리엇다.

『안이야 그녀자가 주기는 경치는걸주어내가산것이야』

『웅?』

나는 K군의 쯧밧게대답에 놀낫다.

『내가 사가지고 온것이야 그저 그래보앗지』

『그건 웨?』

『웅 R이 배를좀알는것을 보려고웨해해……』

이러케고백하고 웃는 삼십이웰신지난오늘짜지독신으로지내는 K의얼골은우슴과는 맛지안는쓸쓸한빗이쩌올낫다.

K의취측대로 R은 얼마나 배를알는지모르지마는 압홀듯하든 나의배는 그대로 머저버리엇다.

서곡(序曲)

　모-든사람의 운명을 지배하는 무슨크다란존재가 사실로 잇다면 그리고 모-든 인간들의생사고락(生死苦樂)의 장부(帳簿)를 들고안저서 자긔서사-비서(秘書)를명하야 마치「스위치」한개를 외로운비트러서 불을끄고 바로비트러서 불을켜는 전등니나 혹은 단추를 이리꼿고 저리꼬자서 말을통하고 못통하게하는 전화교환대(電話交換臺)모양으로 실행하고 안저서 사람들이 나고죽고 눕고쒸고 울고웃고 후회햇다. 자랑햇다하는그밧게 모든가지가지의 꼴을내려다본다면 안인게안이라 자미잇슬일이렷다.

　그리고 사람들이 네가 글흡(非)네 내가 올흡(是)네하고 선악(善惡)을 가려가며 살기위하야버둥거리며 죽음을피하야 다라나려고 애를쓰는꼴도 그에게는우섭게보일것이다. 그리고 쏘 사람들이 자긔의손으로 법률이라는 함정을파놋코 스서로 그구렁이에 쌔저서 신음하고 쏙갓흔사람으로써 소위법관이라는것을 내여놋코 그압헤서죽을죄 살죄의 판단을 개대리는것이 마치 어룬들이보이는 아이들의 원님노리처럼 긔특하게보인다기보다도 인형극(人形劇)가치 우섭고 자미잇슬것이렷다.

◇

　그것보다도 자긔(운명의지배자)가 가지고잇는모-든인간들의 생사지휘패(生死指揮牌)-한편쪽은 식컴엇코 쏘한편쪽은하이안마치 구멍뚤니지안은「핀퐁」(卓球)채갓흔것-를 손바닥모양으로 이리뒤집고 저리뒤집는 가장손쉽고 간단하

 이 작품은 ≪신민≫(1931.1-)에 발표되었다.

방법으로 처리해버리는 저히들(인간들)의살고죽는 그것인줄을 모르고 제가 올타고생각하는일도목숨이앗가워서 감히못하고 벌々썰고 제가하는일이 번연이 장이우섭고 어리석어보히렷다.

×　　　×

1. 고발(告發)

독자중에는 이야기의 허두만을보고도 「응-그이야기로군 ××읍내에서 생긴 색주가사내가 죽은것으로 온골이아니-황평양서(黃平兩西)가 쩌들석하든……」 하고 짐작할쑨이 만히잇슬것이다. 그만치 그당시에는 물론 십년이갓가워오는 오늘까지 사람들의 긔억에남아잇는 긔괴한사건이엇다.

느진가을 지리한밤이 한긋깁헛다. 그것은 밤이라기보다임의 새날이엇다. 한편벽에걸닌 육모(六角)괘종(掛鐘)이두점을치고도 이십분이나 돌아갓고 송편갓튼 반달(上弦月)이 서산에 깃드린지도 한참되엿슬째이닛가……

달지고 서리찬 하늘을 방향도업시 나라가는듯한 짝일흔 외기러기의 구을러내리는듯한 우름이 한층그새벽의청적(靜寂)을 수(繡)놋는것이엇다.

우증충-××경찰서 정문으로 다름질처 드러오는 한사람의 침착지못한 발자최에 수부계(受付係)책상을마조안저 그밤의당직(堂直)근무를 보고잇든 홍순사(洪巡査)가 그둔한삼각(三角)을짓는 유순치안은눈을 크게쏘고 밧갓흘 내다보앗다. 숙직실에서 자다가 그날의당직근무를 함께보게된 동료(同僚)인 일본인 순사와 방금교대(交代)를한 그이것마는 눈에는 그러케 잠이개발니지도안엇다. 다만 수면부족으로부터온듯한 약간의 충혈(充血)이 그의피로(疲勞)를 설명할쑨이엇다.

사무실문을 박차다십히하고 들어스는것은 그 읍안에서 술잘먹고 게집질잘하기로 손곱히는 유종준(兪種駿)이라는청년이엇다.

「응 오늘은 자네가 숙……숙직일세그려 저……저 큰일이낫데그려……」

유군은 근무를하고잇는 홍순사를 처다보다가 입을여럿스나그의비틀거리는 아랫도리돠 아울너썰니는 입술은 순々히말이계속되지안는것이엇다.

「이사람아 취햇나 무슨말을 쏙々히 해야지 큰일이라니 무슨큰일이야?」

평소에는 유군과 네냐 내냐하고지내는 친구사히이것마는 지금은 그장소가 장소요 처지가 처지인만큼 목소리를엄숙히하야 경관으로서의 위신(威信)을 일치안코 경관과인민의 구별을흐리지안코 공사(公私)를 혼동치안으려는 태도를 보힌다.

「가만히잇게 원넘어……넘어……글세저……강서(江西)ㅅ집사내가……송서방이……글세 에이씀직해……」

「글세 이사람아 말을 쏙々히해요 강서ㅅ집사내가―송가가 무어시 씀직하단 말이야?」

홍순사는 한층더 음성을놉힌다. 그것이 엇더케들으면 귀치안코 싱크러워서 역정을 내는것갓기도하고 쏘엇더케드르면 썰니는것갓기도하엿다.

유군은 홍순사의 썰々시러운태도에 노염을쓸만한 감정의 여유조차 업는듯시 그저머리를 굽실~하며

「응 이야기를할게 내가지금까지 동무들과 저―아랫거리에서 술을먹다가 헤여저서 나혼자 강서ㅅ집에를 가보앗네그려……」

이러케 아직도 숨이찬음성으로 느러논는 그의 입에서는 술냄새가 흘너나왓다.

「아 이사람이 정말 술이 취햇네그려 그러케 느럿만놋치말고 어서 이야기를 하게나 강서ㅅ집 사내이야기만을……」

「응 그래 그래 가보앗드니 송가자가 피가걸쓴방에 그대로 쓰러저 죽엇나부데그려……」

유군은 겨우 이말을하고는 가장무서운것을본 지나간 찰나(刹那)를 회상하고 몸서리를 치는것이엇다.

「응? 무어 송가가 엇던자에게 칼을마자죽엇서?」

홍순사도 놀나는음성이엇다. 피가 걸쓴방에서 죽어쓰러젓드라는 고발을듯고 「엇던자에게 칼을마저 죽엇서?」하고뭇는것은 순사로써의 직업적(職業的)으로밧는 직각(直覺)이엇든가?

「응 응 그래 그런모양이야 내원 그런 무서운꼴을 나히삼십에 처음보앗다니

어지간히 취해든술이 대번에깨여버리겟지……」

유군은 쏘한번 몸서리를 치기는첫스나 그의태도에는 차차로 랭정하여지는것이 보이엿다. 고발을 온 유군과는반대로 이번에는 홍순사가 허둥지둥하엿다.

「그거 거……큰일낫네그려 자네는 자—잠간여기섯게 내가 숙직실에가서 동관을쌔워가지고 올터이니……」

이러케 홍순사는 유순을 세워노흔채로 뒷문으로쌔저 좁다란복도를 쏩으라저서 저쯤쩌러저잇는 소사실(小使室)과연하여노힌 숙직실문을 두드리엇다.

「고바야시씅—고바야시씅 오씨다마에 오씨다마에!다—다이헨다 다이헨나 고도가 데씨짜!(소림(小林)군 이러나게 큰일낫네 큰일낫서)」하고 서들엇다.

「웅 웅 무슨일인가 큰일이 무슨일이야……」

시누런 담료밋헤서 엿흔잠이 들엇든「교바야시」(小林)순사는 크다란 잠고대처럼 부르지즈며 마치 긔게장치를한인형모양으로 이러안는다.

「엇잿든 이러나요 사무실로 들어와요 지금 살인사건이생기엇스니……」

홍순사는 그곳에서 더 문답을 할필요가 업다는드시 여러노흔문을닷칠생각도안코 돌아섯다.

「무엇?살인!강도살인인가?」

소림(小林)순사는 홍순사의 뒤ㅅ모양을향하여 한번더무러보며 이러서서 버서노아앗든 정복을팔에 쎄인다. 살인이라면 벌서 강도살인을 련상하리만치 그도 직업적으로밧는취측을 사실이상으로 과장하고 십흔모양이엇다.

소림순사가 사무실로 쮜여드러왓슬째에는 홍순사는 벌서 전화통에가 매여달녀서 초조한동작으로 서울이나 큰도회처에서는 볼수업는 구식(舊式)인「핸들」을 돌니고잇다가 소림순사를 돌아보며

「나는 지금 서장관사로 전화를거러서 보고(報告)를 할참이니 자네는 당직부장에게로 급히알니여 주게나 아모리 제집이갓갑드래도 숙직실에서 자는것이지 제집으로 가서자는법이 어듸잇서 만일 서장이들어오면 야단을만날터이니…… 곳좀 가서 야단을처서 깨와주게 그리고 소사(小使)를쌔워서 사법주임에게 우선 보고를해주도록 해야지……」

명령이라고는 할수업서도 소림순사보다 고참이요쏘는 수완잇는사람으로 상하가 인증하는 홍순사는 야멸진태도로소림을 지휘한다.

「요시! 요시! (그럼 그럼세)」

소림이는 사무실에걸닌 모자를쩨여쓰고 패검을 쩨여들며 허둥지둥문밧그로 튀여나갓다. 이윽고 전화통에 대이고 잇든 홍순사의 입술이 움직인다.

「모시 모시 쇼쬬- 도노데 이랏샤이마스까 와다시 슉ㅅ죠쭈노 고-쥰샤데승아 (여보서요 서장이심닛가 저는 숙직보는 홍순사올시다)」

시골순사의 일어로는 발음도쏙쏙하고 어세도상당히 류창하엿다. 그러나 직무적으로 몹시 흥분된탓인지 어데인가쎌니는곳이잇섯다.

홍순사는 전화를 계속하엿다.

「급히 보고할말슴이 잇서서요……저-지금 바로 이근처에잇는 음식점주인이 급히 변사를하엿다는 인민의고발이 잇사옵기로 ……네 네 사법주임택에는 곳 하인을 보내는중이올시다. 네 네 지금곳드러오시겟서요?네 네」

홍순사는 전화기를 제자리에걸고 엇절줄을모르는드시 두손을합처쥐고 마두를내려다보다가 갑작이 무엇을생각하엿는지 자긔가 안젓든자리로 돌아오며 지금까지 그대로 멍하니 서잇는 고발차로 들어온 유군을보며

「웅 안게나 안저요 웨그럿케 섯나? 그교의에 걸터안저요……」하고 비로서 그사람의 존재를 발견한드시부자연하게 말한다.

「이 사람아 이제는 나는 가도 조치안은가? 그만 나가자겟네 승한데갓다가……」

유군이 어름 어름 이러케 말하고 나가려고 주츰거리는눈치를본 홍순사는

「안이 그교의에 안저서 잠간기대리게 이제서장도들어오고 주임이며 형사들도 들어올터이니까 그째까지 기대리게」

홍순사의 음성은 여전히 엄격하엿다. 그표정도몹시 부드럽지못하엿다.

유군은 입맛을 쩍쩍다시고나서 홍순사가 가르치는대로그뒤벽에 대여노혼 길다란 「쎈취」 한편에가 털석주저안즈며 홍순사도 아라듯지못할입속말을 무엇인지 중얼중얼한다.

주위는 잠간 침묵하엿다. 벽에걸닌괘종이 아까보다도 좀더 큰음향으로 초침을 움직이고 「스리가라스」(不透明琉璃)를씨운줄미다지넘어로 울니여오는 류치인(留置人)들의코고는소리가 새삼스러히 요란히 들니엇다.

쎈취에 걸터안즌 유종준은 갑작이 당하는공포(恐怖)째문에 물러갓든 술긔운

이 다시 돌아오는지 또는 긴장하엿든 신경이푸러짐으로써 그반동(反動)으로
오는 피로가심하엿슴인지 교의에 걸터안즌채로 꾸벅꾸벅 조으는것이엇다.

삼분 오분 십분—긴장한침묵이계속될째에 뒤ㅅ 문이열니며 부장집으로 달녀
갓든 소림순사가 도라오고 조곰뒤에 「구마다」(熊田)라는 그날밤의 숙직인 순
사부장이 구두소리를 요란히내며 지금 소림순사가 들어온 뒷문으로들어슨다.

이서슬에 쩬취에서 잠간 졸고잇든 유종준은 눈을번쩍쓰고 이러슨다.

「엇지되엿서 무어시……강도살인이낫다고?……」

「응전」부정은 자다째인눈을 썸버거리며 지금 소림순사로부터 바든 요령부득
의보고를 근거로하야 홍순사에게뭇는다. 홍순사는 부동자세(不動姿勢)를 취
한채로 유종준의고발을드른대로 보고하엿다.

「서장에게는 전화로 보고하엿다지?」

부장이 뭇는다.

「네 지금 곳오신다고 그리십듸다」

「곳오시마고……그래 나는 내집에 나가서잔다고 그랫는가?」

「안이요 숙직실에서 지무시는중이라고……」

「응 그랫서」

부장은 목하에 이러난 큰사건보다도 자긔의관심되는 그일이 무사히피엿슴
을 안심하는듯하엿다.

부장이 또무엇을 무르려고할째에 압문이 조심업시열니며 「도데라」(일본사
람의 솜둔자리옷)우에다가 「임바네스」를걸친뚱뚱보서장(署長)이 들어온다.
어정어정 서서 이야기를하든 부장과두순사는 마치무엇에놀나는 사람들모양으
로 두발을모아 긔착을하고 허리를굽히여 경례를하엿다.

서장은 자긔방으로는 들어갈생각도안코 그엽헤갓가히노힌 교의를 쓰러다리
여 안즈며

「엇더케되엿서? 저거시 고발온자이냐?」하고 유종준을 가르친다.

경관들을싸리 덩다라 긔착을하고섯든 유군은 별로히 의미업는 절이지마는
자긔를 손가락질하는 서장에게 굽실하엿다.

지금까지 자긔집에서 자다가 쓸니여나온 「응전 부장은 막 홍순사에게 드른보고
를 귀둥대당 서장압헤 느러노음으로 이날의 숙직인상관으로써의 체면을유지하엿

다。 이것이 그들의 일의순서이며 계급의 차례이엿다。 응전부장의 보고가 채끗나기전에 사법계에근무하는 정택규(鄭澤奎)라는형사와 오쑤무라(奧村)라는 일본인형사가 언제나 그들의 하는것모양으로 나란히 쌍을지여 드러온다。

그들은 그때까지 어듸서 함께술을먹은모양으로 얼골이붉으레하고 인단(仁丹)을 씹는그들의 입에서는 괴상한냄새가 흘너나오는것이엇다。

「사법주임은 엇지되엿서?」

두형사의 인사를밧는둥마는둥 서장은 새로들어오는 그들을보자 새삼스러히 생각이나는드시 뭇는다。

두형사는 자긔들에게 뭇는말이지마는 엇더케대답할지를몰라서 어름어름하노라니 소림순사가 다시금 긔착을하며

「네 그 숙소(宿所)로 하인을 보냇는데 아직 돌아오지안엇사외다」

그해봄에 배명되여 강습을맛치고 나온 소림순사의 태도에는 어덴지 아직도 신참병(新參兵) 냄색가 난다。

「우리들이 지금 하인을맛낫는데 그길로 주임에게로 다라갓스닛짜 곳도라올터이지요」

그제야 오촌형사가 뒤느진대답을한다。

「자-그러면 시간을지체하지말고 곳 현장림검(臨檢)을가야겟다。 그런데 사법주임이업서서……그러면 당직(當直)이지마는 홍순사 너도가자 자긔의 계(係)에 직접생긴일이니……그리고 소림순사는 최(崔)사법주임이 들어오거든 곳 현장으로 달녀보내란말이야」

서장은 이사건의 직접책임자요 쏘는 자긔가 가장신임하는 사법계주임 경부보(警部補)최익환(崔益煥)이가 그자리에 업는것이 섭섭하엿다。 그러나 최경부보를 기대리기위하여 시각을지체할수업는 중대한사건의 현장림검(現場臨檢)을 조곰이라도 유예할수는 업는것이엇다。

이럴지음에 심바람갓든 하인이 쮜여들어오며

「저-최경부나리계신 집주인이 그리는데 최경부 나리쎄서는 저녁째사퇴하야 나오서서 곳 평복을 가라입으시고 나가신채로 아직 저녁진지도 잡수러들어오시지안엇대요」하고 숨찬음성을 가다듬어가면서 아뢰엿다。

「오늘쌀에 그어데를가서 무치여잇담 경찰관이라는것은 언제 무슨일이잇슬

지 모르는것이니까 어데를가드니 행선(行先)-거취-을 분명히 해두어야 하는것
인데……음!」

서장은 못마당하다는드시 쓴입맛을 다시며 거기에 잇는다른 부하들도 정사 ㄴ려 들어두라는듯시 훈시(訓示)나하는듯한 어조로 말하고나서

「자-그럼 어서들가자 가」

부하들은 무슨황송한일이나 저질른것처럼 머리을숙이며 서장의뒤를딸아슨다. 경관들의 그것보다도 더한층 황송한드시 주름을펴지못하고 섯는것은 유종준이엇다.

「……저……저는 그만 나가도 좃슴닛가?」

유군은 두손을 합수하고 그러케 류창치도못한 일본말로 처분을 무러보앗다.

「무엇이 엇재 안돼 안돼……」

서장은 유군을향하야 꽥 쏘다가 다시 무슨생각을 하엿는지 적이 음성을 부드럽게변하며

「미안하지마는 이사건의 참고인으로써 현장까지 다시좀가주게 응」하고 슬쩍 눗군다. 그리고 의미잇는듯한시선으로 유군의얼골을 잠간내려다본다.

「아차……홍순사 공의(公醫)에게 뎐화를 거럿느냐 곳들어오라고……」

문고리를 잡으려로 손을 내밀든 서장은 쌈작놀나는드시 홍순사를 돌아본다.

「안이요 쌈박 이것슴니다」

홍순사가 머리를 긁으며 황공해한다.

「빠지-의사가업시 현장림검이 될수가잇느냐」

서장은 자긔도 겨우 그째에야 생각한것이마는 그것은 놉직이 선반에다 올녀놋코 홍순사를 닥가헤우고는 소림순사에게 공의에게 전화를걸도록 명령하는 한편으로 하인을불너서 곳 공의의집으로가서 만일자거든 문을두드려쌔워가지고 함께 들어오라 분부하고 부하를 잇글고 사무실을나섯다.

유군은 하는수업시 경관들의 압장을 스지안을수업섯다.

-슬이 파야 실컨 취햇스면 그만집으로 돌아가잘일이지 그년의집에는 쏘 웨 갓다가 그 무서운광경을보며 그랫거든 한거름에 다라나버릴일이지 무슨 정성이 쎄처서 경찰서에는 고하려왓드람……!-

유군은 마음속으로 중얼거리며 다시한번 쏙바로 보지안으면 안이될 그무서

운 광경을 눈압헤그리니 등어리에찬물을 끼엇는듯 몸서리가 처지엇다。 그러나
도살장으로끌니여가는 가련한황소의 운명갓흔 참혹한줄이 자긔를쓰을고 가는
듯할째에 「흥 젠장 간밤꿈자리가 사나웁드니 별일다보는걸」하고 입밧게내여
중얼거리며 짤아섯다。

　서장의시선은 연방 어둠을통하야 유군의행동을 감시하기를 게을니하지안는
것을 다른부하들은 물논 유군자신도모르고잇섯다。

2. 현장림검(現場臨檢)

　피에잠긴 비릿내나는 술집지아비의 시체를보기전에 먼저 그집의 주위를 두
루삷혀보기로 하자—

　그집은 그러케 외싸른집이라고할수는업지마는 안방굴둑이 잇는편으로 이웃
집이 붓터잇는외에 주위는 모두 채마밧(菜田)이들니여잇는 허랑한집이엇다。
그리고 가옥제도는그지방의 증류이하의 소규모(小規模)의 가옥에서는 대개볼
수잇는 수수쌍이로얼근 키놉흔「바주」(울)가 들니여잇고 남향으로쓸닌 정면은
집흐로(草茸)이엿슬망정 웃독한 새로세운일각대문이 아담하게 보이엿다。독
일서쫏겨난황제 「카이자—」의 모자(帽子)를 련상케하는 장명등에 비취인 음식
점영업(飮食店營業)이라는 간판우에 붓흔송삼손(宋三孫)이라는 서투른글시로
쓴 문패를 그집호주의 일홈이라면 음식점영업간판한편구석에 ××군××리×××
번지라고쓴 그밋헤쓰인 김보패(金寶佩)라는일홈은 애써뭇지안어도 송가의안
해요 영업자인 녀자인것을알것이다。 그집을 뒤로한번 돌아보자 이웃집과 맛붓
다십히하야 살진사람은 통과하기 어려울만한 그밋헤 조고만개울 (下溝)까지가
통해잇는 좁다란골목을쌔저나가면 다시 넓듸넓은 밧이된다。 그것이 송삼손의
집을뒤이다。 뒷울도 역시수수쌍이인것은 물론이다。 그가을에 새로해친 「울바
주」이련마는 그한모퉁이에는 어룬한사람이 넉넉하 기여나가고 기여들만치 찌
저지어잇스니 그것은 보통 개구멍이라기보다도 그러한영업을 하는집에서는 대
개볼수잇는 남자들의엇던필요에응하야 드나들게된 그것일것이다。

　슬ㅅ군들을비롯하야 이웃사람들이 보통 「강서집」이라고부르는 송삼손의 집
문압헤 다다른 서장의거느린 경찰관일행은 방금 유종준이가 겁결에 쒸여나왓

다는 「파인애풀」(무과수)빈총이 안으로매여달니인 반만치열니인 일각대문을
덜그렁 덜그렁 요란히밀고들어섯다. 웅전부장이들고잇는경찰서 「마-크」를그
린 접등(提燈)이 마당을 환히비초이것마는 두형사의가진 회증권등(懷中電燈)
은 좀더무엇을 차지려는드시 둥그런전광(電光)을 탐조등모양으로 번가라마당
의 저편구석구석까지로 움직이고잇다.

그안의 방제도는 남으로 향한 기억ㅅ자(ㄱ)집으로 북편으로노힌 건는방한간
이 안방부엌에서 불을째도록 맛붓터잇고 집을보아서는 엄청나게 넓은 뒷분까
지가잇는 부엌을 각도(角度)로하야 안방이간이 마투는커녕 널쪽한장쌀니지안
은 퇴마두와나란히 노여잇섯다. 우와아래로 난 두개의문으로는 불빗한줄 새여
나오지안코 그럴사해서그런지온 주위에서 찬바람이 휙 도는것갓했다.

「그래 어느방이냐 사람이죽엇다는것이?」

서장이 자긔엽헤섯는 홍순사에게 무르니 홍순사는 다시 유종준에게 서장의
말을 숭내나 내는드시 그대로 뭇는다. 유종준은 말도쭉쭉히못하고 손으로 안
방아레ㅅ문을 가르친듯

서장은 유종준이가 가르치는대로 두툼한손으로 무서운쑥검을여는듯한 조심
스러운 태도로 문고리를 붓잡으려다가 무엇을 생각하엿는지

「주가 장갑을 가젓거든 한짝만 버서내게」하고 부하들을 부아본다. 그뒤에섯
든 웅전부장이 얼른장갑을내여주니 그것을바다낀 서장을 다시한번 부하들을돌
아보며

「여기의잇는 아무물건에든지 문에든지 기둥에든지 함부로살손을 대지마러
요 웅 아러듯겟서」

하고 의미잇게 분부를하는것은 범죄수사(犯罪搜査)함에잇서서 등한히볼수
업는 손가락 문의(指紋)째문일것이다. 서장에 손에 문이 획열님을쌀아 방안을
문밧게서 홀녀들어가는 초등불이며 회증전등빗째문에 환하게 밝아지엇다.

「웬일일까 아싸는 남포불이 켜잇섯든범한데……」

유종준은 이러케중얼거리며 그무서운것을 자긔는 쏘불필요가업다는드시 새
벽별들이 반짝이는 남쪽하늘을 치여다본다.

「아싸는 불이 켜잇서니?」

유종준의 혼자중얼거리는소리를 드른 오촌형사(奧村刑事)가 발음은 싸다롭

지마는 쏘련쏘련한조선말로 뭇는다.

「네 아마그랫지요 그랫기에 내가보앗지요」

「확실히 그래서?」

「네」

형사와 유종준의 대화를듯는 서장은 웬일인지

「쓸데업는이야기를 거기서 짓거리지마러라」하고 톡쏘고나서 응전부장의 귀에다 무엇을 소군거리고

「다들 이리로 들어오게」하고 부하들을 방으로 불너대인다. 응전부장만이 웬일인지 밧갓퇴가역에떨고섯는 유종준을 감시하는듯 그겻헤가 밧삭 붓터서잇다.

그방안은 이간방을 장지로막은 아랫방이엇다. 유종준의고발대로 방안에는 피천지이엇다. 장판방에 안이고 흙을바른 온돌(溫突)우에다가 갈보전(蘆席)을 짜랏기째문에 피그빗갈은 붉다기보다 짓혼자주빗이엇다.

송서방의 시체는 뒷문으로 머리를두고 아렛목에 비스듬이 누어잇스며 엷은 째무든 이불이 한편으로 밀녀여잇섯다. 서장은 정형사(鄭刑事)의가지고 잇는 회중권등을 바다들고 그것을비취며 시체갓가히가서 그얼골을 드려다보앗다.

시체의 얼골을 드려다보든 서장은 쌈작놀나는표정으로한거름 주츰 물너스며

「아직 절명되지안엇구나!」하고 부르지젓다. 그엽헤섯든부하들도 다 가치 놀나고문밧게섯는 응전부장과 유종준이도쌈작놀낫다.

「보아라 아직도 눈을쓰고잇지안으냐?」하고 서장은 전등을 좀더 가차히 「시체」의 얼골로드리대이며 귀를기우리며 안ㅅ다가

「아직 숨결도 분명히들닌다」하고 쏘한번 무슨 신비한것을 발견한것처럼 소리치고나서

「애 여보! 여 보! 내얼골이 보이느냐 말을해보아라」하고 송서방의얼골을 쏙 바로드려다보며 조선말로 소리를첫다.

그러나 그자의입은 굿게닷치여 열니지안코 다만가늘게 써잇든눈이 힘업시 감기고 그미약한 숨결이약간 거츠러지는것을 세밀한주의를가지고 듯는사람에만 쌔다를수잇섯다.

서장은 감기는 그눈이 안타싸운드시 쏘한번 소리처불넛다.

「여보! 여보시요 여보시요!」

송서방은 다시 눈을 힘업시쓰고 서장을 치여다본다.

이째에 서장은 무슨신통한생각을하엿는지 입속으로 「올치! 올치」-하고 중얼거리고나서

「응전부장 그사람을 데리고 드러오게」하고 문밧글향하야 소리처불넛다.

응전부장은 서장의 분부가 쩌러지자마자 유종준을다리고 서장의엽흐로 등대하여 거의습관적으로 허리를 굽실한다.

서장은 응전에게는 눈도거의쩌보지안코 그뒤에짜라섯는유종준을 자긔의압흐로 불너세우고 오촌형사로하여금 회중전등을 유종준의 얼골에 조곰멀직이 비취게하고 다시초롱볼도 종준의 왼몸까지를 될수잇는대로 밝히비최이고나서 송서방을보고 돌연히

「야 여보 당신을 칼로찌른사람이 이놈이지?」하고 날카롭게 무러보는것이엇다.

갑작이 이광경을 당한 유종준의얼골은 파랏게 질니엿다. 두다리가 우둘우둘 썰니는것을 서장의 날카로운 눈은놋치지안엇다. 그의부하들도 쯧밧게 서장의 하는일에는 놀나지안을수업섯다.

송서방은 서장의 뭇는말을 알아듯고 그리는지 못아라듯고 그리는지 가늘게 떳든눈을 조금크게쯔는듯하드니 서장이가르치는 유종준의얼골을 쨘히치여다보는것이엇다.

유종준은 그경우에 몸둘바를모르는드시 이제는전신을덜덜 썰엇다.

식컴언 선지피투승이를한 칼마자쓰러진 송서방의 얼골을드려다보기도 무섭거든 하물며 그의 이승과저승을왕래하는눈이 자긔를주먹하여보는 그눈은 전률한만치 불유쾌하엿다. 그보다도 무서운것은 자긔의얼골에서 무슨조고만 흠집을차즈려는드시 금방불꼿이라도 내쏨을듯한 서장의부리부리한두눈이엇다.

서장이하 림검한경관들은 숨이막히여버린듯한 긴장한침묵을직히며 엉기인 검은피속에 잠겨잇는 송서방의 입에서무슨대답이 나오기를 기대리엇다. 만일 대답이업스면 그의벼개도 베지안코 누은머리가 좌우(左右)로흔들니는가 상하(上下)로 쯔덕이는가라도 분명히 보이기를 초조히 기대리엇다.

일초-삼초-긴상한시간이 지나갓다. 그러나 송서방의 입에서는 좀체말이 나오지안엇다. 눈만이 쨜시 쩌진 외에는 그럴듯한 표정도 차질수업는것이 서장

이하 모든경관을 초조케하엿다.

서장은 마츰내 손을대여 송서방의 입우에엉기인 선지피를 씨처주는것이엇다. 그것은 피에엉키여서 입술을놀니여 말하기가어려울것을 넘려하는 까닭일것이다.

그리고나서 서장은 정형사를 통역을식히여 「자—쪽바로보고 말을해요 말을할수가업거든 머리로대답을해요 응 안이거든 좌우로 흔들난말이야」

그야말로 썩먹드시 일너주며 다시 그대답을 기대리엇다. 그러나 송서방은 여전히 아모런대답이업고 인형의그것처럼 쓰고잇든눈이 그만 스르르 감기려하엿다. 서장은 안타까운드시 송서방의 귀에다 입을대이고

「여보시요 야—여보시요 말이해요 말이해요 쪽쪽히보고」하며 서드럿다.

송서방은 서장의 보채는통에 다시정신을 차리는드시 눈을떠서 서장이 가르치는대로 유종준의얼골을 쏘다시 쪽바로 치여다본다.

긔적(奇蹟)!—

무슨말을 하려는지 송삼손의 피무든입술이 간신히 움직이엇다.

모든사람의 시선이 그입술노 한층더깁히 뿌리를박으며 그입술에서 울이여나오는 엇더한적은 음향도놋치지안으려는드시 온몸을 귀삼아 쓰고잇섯다.

유종준은 여전이 햇슥한얼골로 벌벌쩔고 잇섯다.

송삼손의 입에서는 장차 그무슨 비밀이 폭발되려는지

疑問의 手帖

무슨말을하려고 애를쓰는 피에저즌 송삼손의입살은 안탁갑게 움직일쑨 아모런음성도내이지못하엿다.

씨여질듯이긴장된순간과순간의련속은 마츰내일분! 이분 삼분을계속하게되엿다.

「아아 모—짜메짜나(틀니는가부로군)」경관들의 초조한 호긔심에 녹아지는갑갑한시간은 마츰내 서장으로하여금 실망의ㅅ 말을 입속으로 중얼거리게 하엿다.

그러나귀로써 실망하게된 그들의 긔대는 눈으로올마가게되엿다.

지금짜지 가늘게긔운업시쓰고 유종준을바리보든 송가의눈은 웬일인지 점々

크다랏케쩌지며 괴상한 광패까지가 빗나게되엿다. 마치 마두밋 어둑한속에업
듸여잇는 고야이의눈처럼……각일각으로 커지는 송가의 눈은 마츰내 한싯부릅
쩌젓다. 그것은 누가보든지 송가가 「웅이놈 네로구나고약한놈갓흐니……」하
고노려보는것갓핫다. 송가는 눈을부릅들쑨이아니라 이를바드득 가라붓치기까
지하엿다.

경관들은 다갓치 손바닥에서 쌈이나도록 주먹을 부르쥐이며 하회를기대리
엇다.

유종준의 살빗은 좀더핼숙하여지고 서장의명명대로 허리를 반만치 굽히고
서잇는 그의다리가 우들우들떨니는것이엇다. 그의 이렇나 랑패는 송삼손의 부
릅쓴 두눈과아울너서 서장의기대우에 십분의만족을 주려하엿다.

「인제는 무슨말을 하려나부다」

그러나 다시 이분삼분의 시간이흘너슬쑨 그입에서는아모런말도 나오지안엇
다.

돌연! 돌연히 그입술에 아까보다도 훨씬 굵고괴상한전률이 이러낫다. 크다
란진동—

그러나 이것으로써 무슨말이한마듸라도 나오리라고 밋기에는 그것이 죽엄
의 직면한 마지막으로의생리작용이엇다. 검은피가 영키어붓튼 턱밋헤서 맛치
쌀국질을하는듯한 이상한음향이 쩌오르며 그턱이 두어번 천정을향하야 쩌불니
자 지금까지크고무섭게 쓰인눈에서빗과약동(躍動)이 사라저버리엇다.

음산한 바람이 방안을 감돈다. 보기에도 몸서리가나는 씀직한피무든 송장한
개와 괴괴한 수수격씨한자리를 내던진채로 강서ㅅ집사내인 송삼손은 마흔다섯
해라는 구차한력사를남기고 저세상으로 가버리엇다.

「에이 그만 죽어비리엇구나 그런데 공의 인가 무엇은인오는셈인가 엇지되엿
서?」

서장은 회를내여 중얼거린다. 지금까지 자긔의엇던게획에취하여잇노라고
그자리에는 업서서는 아니될 의사의 존재까지 이저버리엇다가 마츰내 한사람
의 생명이 자긔의눈압헤서 완전히 스러지는것을 보고야 새삼스럽게 의사의오
지안음을 한탄하엿다. 말하자면그의 머리는 말을마자쓰러진 송삼손의 경각에
달닌 목숨의 죽사는것이문제가아니라 그를칼로쩌른 범인이 누구인것을 아직쩟

생명이붓터잇는 송가의눈을통하야 차자내이려는 심각한 직업심리(職業心理)
에 사로잡히여 잇섯든것이다。

밧그로부터 우중충발거름소리가들니자 까만 오리가방을 엽혜씬경찰서하인
을쌀아 문을열고 드르스는것은 그고을에배치되여잇는 공의(公醫)명제병원장
현명제(明濟病院長玄明濟)의사이엇다。 코밋헤 조곰남겨노은 까만수염은 되다
밋그러진쨔푸린을 련상케하고굵다란 인조대모테안경은 로이도를방불케하는것
이엇다。

아모리 씀직한경우와 창황한처지를당할지라도 그것이남의일이라면 쏘는자
긔의 의사라는직업으로써 대하여야할일이라면 초조하거나 랑패하지안음으로
써 과학자로써의 랭정한태도를일치안으려는든시 가장침착하게 서장이하서원
들과목례를하고 나서 서장의경과설명에 귀를기우리며 부릅든시체의눈을 드려
다보는일변으로하인에게들니고온 오리가방을 바다 그속으로부터 우선청진긔
를쓰내여 아직도 피가 덜식어 드스한 송삼손의 가슴에다 한참눌너보고 고개를
좌우로 흔들며 「절명 절명」하고 중얼거리며가―제(消毒紗)와 핀셋트(攝子)를쓰
내여 송서방의 턱밋헤 보기실케

엉키여붓튼 피를싹고나서 칼에씰닌상처를 드려다보고그깁히며 주위갓흔것
을 재여도보고씰너도보는것을 비롯하야 눈속 입속 코속 이며 신체의모든 부분
을 보고 회중전등을 밝히여 송장의 흉부와복부를통하야 그살밋을자세히드려다
보고 그가죽을 잡아느러워도보앗다。

이리하야 의사의 시체검안은 긋낫다 더자세히알기위하여는 사체를 해부에
붓치는수밧게는업고 자세한것은 검안서 (檢案書)를 쑤미어 제출하기로하엿
다。 엇재든그시간에 사체를 검안한바로서는 그죽은원인(原因)이타살 (他殺)인
것과 목에바든 상처가 치명상인것은 물론이엇다。

그것쯤은 누가보든지 알일이라고 생각하엿는지 서장은 별로히 감심하는빗
도 업시 그저 코대답을하며 자긔의 생각에 골몰하엿다。

유종준의 신변은 부하에게 던지는 서장의 눈찌에 쌀아서 한층 그경호(警護)
가 엄중하여젓다。

밝는날 다시엄밀히주위를 수삭을할것은 물론이요 시체는 해부에 붓치는 장
소로 옴길째까지 위치를변동치말고그대로두고 날이새일째까지 정택규형사와

응전부장으로하여금 현장을 직히게하고남저지 경관들은 우선 경찰서로드러사
서 범죄수삭에대한 선후책을 강구키로하엿다. 유종준의팔을 붓잡다십히 따라
스는 오촌(奧村)형사를 선봉으로 그다음이 홍인권(洪寅權)순사와 하인이짜라
스고 맨뒤에 현공의화서장이 짜라나슨 순서를엇지 그러나 그한 표정을짓고 흉
행현장을 써나 본서로 돌아왓다.

서장일행이 막돌아오자 엇더케알고 달녀오는지 고등계에 근무하는 판본(板
本)이라는 일본인형사와 원근하는순사한명이 총총한거름으로 뛰여들엇다.

서장은 본서로돌아오자 우선 자긔방으로 드러가서 오촌형사와 홍순사로하
여금 유종준을 다려오라하야 엄격한어조로 유종준에게

「그대는 이사건에대하야 참고로써 조사할일이 잇슴으로 당분간 류치하여둘
터이니 그리아러」하고 명령을 내리우고 오촌형사에게 다시 턱씃흐로 던지는
명령대로 유종준은마츰내 류치장손님이 되게되엿다. 그리고 나서 서장은 그시
하인과순사를식히여 긔민한수삭을 하는데에 필요할사람을 급히소집하도록 하
엿스나 웬일인지 아까부터기대리든 사법주임최익환의말을 그이상더하지 안는
것이엇다.

「서장영감－사법주임께 사람을쏘보네보아서 곳들어오시도록하여얍지요」

오촌형사는 구절이 쏙쏙 써러지는 군대보고식으로뭇는다.

「음 그만두어 잠간가만히잇서 그것보다도 자네들을 나와함께 지금으로 잠간
어듸를 단겨오세 아차 지금이 몃시나되엿는고……」

司法主任留置

서장은 오촌형사와 판본 고등계형사두부하를다리고 본서를 나왓다.

오촌과판본이는 어듸를 가는지 방향도 모르고 묵묵히서장의뒤를 짜라 거름
을빨니하엿다.

이윽고 그들은 의외의ㅅ곳에서 발을 멈추엇스니 그것은 사법계 주임 최익환
의 숙소이엇다. 아니다 이사건에당면책임자인 사법주임의 집을 차자오는것까
지는 차라리당연한순서일지모른다. 범죄수삭에대한 엇던 명령을 내리는데도
쏘는 의론을하는데도 최익환으로 더부러하는것이순서인만큼……그러나 서장의

태도는 결코 그런것이아니엇다. 최익환의방만을 출입하는데에 필요한 그집뒷 문밧게이르자 서장은 두사람부하의 머리를 자긔의 턱밋헤다가나란히 숙혀놋코 그들외에는 주위에 아모도 자긔의 말을 드를사람이라고는 업는것마는 필요이상 의 작은 음성을로비로소 그곳까지 총총히 달여온리유를 간단하게 설명한다.

「지금부터 최익환의방에드러가서 가택수삭을 행할터이닝 그러케들 알게 말 하자면 최익환을 중대한 혐의자로하고 수삭하는것이야 그리고 주의할것은 이 수색도 아모쏘록 비밀히하야 이집안의 어느한사람도 우리가 이방을 수색하고 간줄으 모르도록하지 안흐면 자미업서그리고 다른 동료들에게도 알니지안는것 이조와 특별히「선인」순사「鮮人巡査」에게는 이눈치를 채여서는 그들끼리 내통 할 념려가 잇스니쌔 그러나 간단하게 말하자면 최익환이로하여금 자긔가 이번 범죄에대한혐의를 밧는줄을 모르도록 하지안흐면 범죄수사상 곤난한졈이만흘 것이란말이야 아라들드러?」

「네 네」

오촌형사가 황송히 대답한다.

「념려마십시요 이집에는 밤이고 낫이고 저히들이 허물업시 드나들들든곳이 닛가 우리가 들어가서무슨짓을 하고가든지 그들에게 이상하게보일것은 업슬것 임니다. 그러나 최경부보가만일 그러한 중대한혐의자라고 한다면 어리석게스 리 다시 도라올리가 잇슬너라굽쇼」

리론을 잘캐이기로 유명한 판본형사가 의견을말한다.

「최익환은 령리한사내인까닭에 쪼는 자긔가 오래동안 종사하여온 범죄수사 의 경험이 잇는만코 물론 돌아올것일세 돌아오다뿐인가? 느저도 출근시간싸지 에는 「서」(署)로 들어올것이니 두고보게」

서장은 가장자신이는드시 말하고 교묘히 드러가서서들지안코수색에 착수하 기를 명령하엿다. 형사한사람은큰문으로도라드러가려다가 무슨생각을하엿는 지 호주머니로부터 손칼을쓰내여 안으로 빗장(閂)이 가로질닌 대문을 고요히여 는것이엇다. 서장이하세사람이 드러간뒤에 조고만대문은 다시 안으로 빗장이 걸니엇다.

그들은 아모조록 요란히내지안토록 퇴마루로 올나서서 우선 회중전등으로 사면을두루살펴보고나서 방으로드러가 양등에 불을켯다. 이부자리 조차 펴놋치안은싸느라케 식은 두간장통온돌방은 어데인지 호래비냄새가 홀석 쩌오르는 것이엇다. 웃목으로는 관청비품갓흔 책장이노히고 애랫목으로 「경무휘보」등 허술한잡지며 서적이 되는대로 노히고 ㅎㄴ옷가지가 횃대에 결닌외에 이러타 할방세간도업는데다가 책상이며 책장설합도 잠겨잇지를안어서 방안을수색하기에는 아모런힘도 들지안엇다. 동시에 아모런 범죄혐의될만한 물적증거도 차즐수업는것이엇다. 그러나 정작 수삭할곳은 아직 남아잇섯스니 한펴구석으로 난 벽장이 그것이엇다. 그러케 크지못한 갈춤한 외짝문이지마는 열고보면 그안은 퍽넓엇다. 빗낡은 버들고리짝이며 이부자리도 그속에 드러잇고 그밧게 허접시러한 세간은 모주리그곳에 감추어 잇는것이엇다.

우선 이부자리부터 쓰집어내여 펼처보고 터러보며 그속에잇는 물건이라고는 헌 여름모자짜지도 쓰집어내여놋코 좌우로써친 컴컴한 구석까지 전등을비취여 보고나거는그속으로부터 쓰집어내인 물건을일일히 여러보고 터러보고나서 최후로 삼노끈으로 그허리를 서너둘네 얼거매인 버들고리를 열고 그속을 수삭하기로하엿다.

엇더한리유로 경부보최익환이 이런살인사건에 혐의를밧게된바를 모르는두형사는 처음부터 그방을 수삭함으로써 무슨 시원한 증거를 어드리라고 기대되지안엇다. 다만 서장의 지휘대로 긔게처럼 눈을움직이고 손을움직이면서도 「나오긴 무엇이나와,하고 하품이 터저나올지경이엇다. 그리고 서장자신으로도 엇전지 자긔의 긔대가 그대로 그자리에 버러질것갓지안엇다.

고리짝뚝겅이 열니엇다. 낸우에는 빠라서 풀도먹이지안은채로 개너흔 여름복장을비롯하야 조선옷 겨울외투등순서로 한가지 한가지식 방바닥에 쓰내노히엿다. 맨밋흐로신문지에뚤뚤뭉친 쓰럼이 한개만이남앗다. 그쑴럼이는 마츰내 펼처지엇다.

의외(意外)!

신문지를 헤집고 그안에 싸힌물건을 보는세사람은 다갓치놀낫다.

처음부터 그런것이 잇서지이다 하고 빌며 헤집은것이리할지라도 설마 그런것이 꼭낫타나리라고 밋지못엿든만큼 새삼스러히 놀나지는것도 무리는 아니엇다.

「역시 그랫구나 그러면 그러치」

서장이 날카롭게 속살거리며 방바닥에 펼처놋는것은 소매뿌리를 비롯하야

검붉은피가 군대군대에 무든 명주겹조구리이엇다. 동정에 무든까만째라든지 자주빗 대화단쪽씨를 기워노은품이라든지 입어서 더러운것이 분명하며검붉은 피자죽은 숫가락을대여보면섭진섭진 무더나리만치 새로운 그것이엇다.

「아하 이런 괴변이⋯⋯」

서장은 거듭한탄하엿다. 그한탄속에는 피흔적이 새로운 무서운범죄의 자최를보는 놀나움과 차드려하야 차자내인직업적 쾌감과만족 그리고 자긔가 친애하는부하가 그러케 무서운죄를범한것이라는 엄정한 사실압헤 늣기는실망의 온갓감정이 뒤범벅을 짓코잇는것이엇다.

「올타 이제는 좀더 세밀히 벽장속이며 이방안을 뒤저보고 다시밧그로 나가서 보조적 증거가 될만한것을차자보자 이것만으로도 증거는 물론 충분하지마는⋯⋯」

서장은 착잡한감정에서 비로서 해탈이나 한드시 부하를 독려하야 세밀한 주의로써 방안을 수삭하고 밧그로 나와서 군불째는 아궁지속이며 수채구멍 단정밋이며첨하끗까지를 전등을비춰여 보며 도라가다가 깨여진 시루ㅅ밋으로 덥흔 굴둑속을 드려다보앗다. 아직도 어두운 새벽인데다가 써름이 담북 드러안즌 굴둑속인지라 좀체그속이 드려다보일리는 업섯다. 그러나 그대로 무심코 지나첫스면 모르겟스나 이미 드려다보기 시작한이상 그속이 드려다보이지안는다고 그대로 내던저두기에는 그들의배암갓치 끈적 끈적한 직업적심리와 탐구심이 허락지안엇다.

형사의한사람이 그엽헤서 수수깨이를 한개주어가지고 전등을 좀더 깁히 비취이며 굴둑속을 이리저리 씰너보앗다. 그속이 캄캄한폭치고는 그깁히는 의외로 얏탓다. 수수짱이가 세마듸도 채못드러가서 그끗이 바닥에 부듸치는 것이엇다.

수수까이를 이리저리 저어보든형사는 자긔만이 째다를수잇는 수수짱이를붓잡은 손바닥을 통하여오는 엇던감촉에 눈을 샐눅하게썻다.

「이것이 무엇일까?」

그러나 원악 속이 식컴한관게로 좀체 그물체를볼수는업는것이 그들을 안탁갑게하엿다.

「이것이 무엇일까?」

그러나 원악 속이 식컴한관게로 좀체 그물체를볼수는업는것이 그들을 안탁갑게하엿다.

「여보게 이사람아 애써 그우흐로 드려다보고쑤시느니 이밋흐로 드려다보세그려」

엽헤서서 동료의 하는일을보고만섯든 다른형사가 중얼거리며 허리를 굽힌다. 그의말대로 진흙과돌로싸은 그굴둑밋헤는 싸앗든 돌멍이가 한개빠진듯한 구멍이 어지간히크게 뚤닌것을 지금까지 못보고잇든이엇다. 그구멍으로손을 드리민다면 지금까지 수수쌍이로 탐삭하든곳을 눈압헤드려다볼수도잇고 손으로만저보기도 용이한것이엇다.

「오오 참……」

형사한사람은 수수쌍이를 내던지고 즉시 손을 데미러서 지금 수수쌍이 쯧헤 부듸치든 물건을 더듬어서 손쉽게 쓰내엿다.

「아하 이것보십시요」

「에ㅅ……」

그들이 쏘한번 크게 놀나는것도 괴이치 안엇스니 그것은 기리가 한쏨이될낙말낙한 일본제단도(日本短刀)이엇다.

「자-증거는 이것! 이것으로써 충분하다. 이제는 범인을 놋치지안토록 하는것이 급무다」

예상한것보다도 오히려 쉬웁게 증거를 찻고난 서장의만족은 범인이 그대로 멀니 다라나지나안을까하는 불안에흐리는것이엇다.

「판본형사는 아모데도 가지말고 이곳에 나어잇서서 최익환이가 혹시 돌아오지안는가를감시하고 잇서애해」

서장은 이러케 판본형사를남겨두고 수삭한증거품을 가지고 오촌형사와함께 최익환의집을 나와 본서로 돌아왓다.

이으고 날이 완전히 밝고 오전아홉시라는 출근시간도갓가왓다.

하나 둘 서원들의 출근하는 패검소리가들니기시작하엿다. 서내(署內)의궁긔는 극도로 긴장하엿다. 그중에도서장과 오촌형사의 가슴은 초조히 죄이엇다. 그시선은 잠시도 정문을쩌나지안코 사법주임 최익환경부보의 낫타나기를 기대리는것이엇스나 그의 그림자는 좀체 낫타나지안엇다.

출근시간은 아홉시 짜지에 단오분을남긴째까지 최익환이가 출근치안을째에
서장은 절망에 갓가운 한탄을지으며 미리하인을보내여 갓다두엇든 정복을 떨
처입으며 아츰검열준비를하엿다。

쌍-쌍-괘종은 아홉번을첫다。서원들은 일제히 마당에 「출입」을하고서 검열
바들 준비를 하고잇섯다。

서장은 적이 흥분된태도로 마당으로 나아가 칼을쌔여들며「긔ㅅ착」을불넛
다。뒷ㅅ니여「우로 나라니」를부르고 「번호」를불넛다。일, 이, 삼, 사, 오, 륙,
칠……막 이러케번호를 불너나갈 그째이엇다。저문으로 부터 요란한구두소리
가 들니엇다。서장이 무엇에 놀나는사람모양으로 고개를 정문으로 돌니엇다。
번호를 부르고난 일렬횡대(一列橫隊)도 서장의 고개가도라가는편으로 일제히
시선을 향하엿다。

그곳에는 칼자루를 한손으로 검어쥐인 최익환경부보가슴이차서 다라드러오
는것이엇다。그리하야 칠팔보거리를두고 서장에게 황송한드시 거수경례를하
고 자긔의슬자리로가서「긔착」을하고섯다。

최익환의 출현에 가슴이 두근거리도록놀나는것은 서장과 오촌형사쑌으로
다른서원에게는 다만 최경부보가 출근이 느진것이라는것외에는 아모런것도 알
도리가업섯다。

그러나 그로부터 삼십분이 조곰지난시간에는 그경찰서안에는 크다란 수수
격끼가 이러낫스니 그것은검열을마치는듯 마는듯 서장실로불니여가서 무슨밀
의를하든 그경찰서에서는 차석직원이요 사법주임인 경부보 최익환이가 그자리
에서 정복을벗고 류치장으로 드러가게된것이엇다。

이제서장실로 불니여드러간 최익환과 서장의 극적대면(劇的對面)과 그대화
의 요점을 초하야보자

「최익환!」서장의 그음성은 비록 낫기는할지언정 서리가맷칠드시 차고 매왓
다。

「네」

「모든것을 다 알고 뭇는것이닛가 조곰이라도 숨겨서는안돼」

최익환은 일직이 그처럼 무서운 서장의 얼골은 본적이업섯다。

「네 라고할것이 아니라 자네는 어듸로부터 오는게야」

「네 저 어제 저녁째 온천에를갓다가 자게되여서……?」

「누구와 함께가서 그리고 어듸서 무얼하고잇섯서?」

「네 저……엇던 녀자와 함께갓다가」

최익환의 대답은 참혹히 떨니엇다. 부동자세를짓코잇는다리도 그음성의 박자나 맛치는드시 떨니엇다.

서장은 로긔라고도 증오라고도 형용키 어려운시선을 최익환으로부터 거드우며 재판장이 선언이나 하드시

「그대는 살인피고의 혐의가잇서서 이시간으로 류치취소를할터이야」

서장은 그자리에서 더 오래말할것도 업다는드시 초인종을 눌너 류치장간수를 불너가지고 손수 류치명령과 수속을하엿다. (아래부분 루락)

舊痕◉

1

뷔로 쓸면 한거풀 고히버서질듯한 열븐가을볏이 퇴마루며 마당ㅅ가에 다사히 쌀닌아츰이엇다。

바람도 별로업건마는 장ㅅ독대엽헤 외로히서섯잇는 조고만 뻣지나무가지의 빨가케 물든 닙새가 바스럭소리를내고 돌틈으로 써러지는 고요한 가을아츰이엇다。

결혼한지 얼마되지안는 영일과 그의 안해는 단둘이 겸상으로 다정한 아츰식사를 마치엇다。

설거지를다하고 방으로 드러오는 안해의 습긔잇고도 보드러운손에는 갸름한 양봉투편지가 들리어잇섯다

『이 편지좀 쓰더보고 가서요』

안해는 이러케말하며 출근을하려고 경대를향하야 넥타이를 조르고 쑤러안젓는 그남편의 압헤 편지를노앗다。

정혜원씨-

『이건 당신에게 온편지 아니요 웨날더러 보라우 더구나 「친전」이라고까지 쓰여잇는데。』

남편은 자긔 무릅밋헤 노인 편지표면을 내려다보며 더답하엿다。

『그 뒷폭을 뒤지버보서요 발신인을』

『그건왜?』

남편은 말은 이러케하면서도 그안해의 시키는대로 편지를 뒤지버보앗다。

『김……무어시라?나는 모르겟는데 누구인지?』

<hr>

◉ 이 작품은 《문예월간》(1931.12)에 발표되었다.

발신인의 일홈을보아도 누구인줄은모르겟다는드시 남편은 중얼거린다 『좌우간 쓰더보서요』

안해는 빙그레 우스며 그남편에게 편지뜻기를 권한다.

『실쿠려 당신에게 온편지를내가 웨 먼저 쓰더본단말이요』

글씨로보나 성명으로보나 발신인이 남자임을 그남편은 곳질투까지 이러나지 안는다 할지라도 엇전지조곰 빈정거리고도십고 쏘한편으로는 안해의 권리를 존중하는뜻도 포함한 대답이엇다.

『아니애요 관계업스니 쓰더보서요 네』

안해는 한거름 더다가안는다.

『글세 실혀 남의편지를 웨 내손으로 쓰더』

『그럼 뜻기는 내가 쓰들께 보기만은 보서요』

안해는 자긔손으로 봉투를 쓰더가지고 남편의 압흐로 내여 민다 버틔기는 하면서도 저기 궁금한 그는안해가 들고잇는 봉투속으로부터 알맹이만을 쌔내여 일거보앗다 쓸줄도 모르는 글씨를 자긔짠에는 멋을부린다고 획은 이상야릇하게 돌려가며 가로쓴 그편지 사연속에는 여드람이 덕지~씨인 고등보통학교 사오학년중도퇴학생을 생각키는 곳이 잇섯다.

ㅡ쌍수를드러 당신의결혼과 장차올 아름다운 생애를 축복하여마지아는 나는 나자신의 외로운령과 이로부터올 쓸々한 압날을 조상치 안을수업소이다 그러나 엇지하릿가.

나는 쩌나감니다 실연의 압흔상처를 행여나 고처불짜하야 방랑의 길을쩌나감니다 북으로 ~차듸찬나라로 정처업는길을 긔약업시 쩌나감니다ㅡ

길듸긴 편지속에서 이런구절을 일글째에 그남편은 한편으로 비우서지기도 하지마는 쏘한편으로는 분명히질투가 쯔러오르는것이엇다.

『대관절 이게 누구요?』

『저ㅡ내가잇든 우리 아주머니집에 주인하고잇든 학생이애요 놈이 못낫서요 밤마다 활동사진구경만도라다니다가 말경에는 락제까지하고』

『그런데 당신에게다 웨이런편지는……?』

『그러기에 못나니란말이애요 내게 다 퍽귀치안케 굴려는것을 여간 랭정히 굴지를 안엇는데두』

『……』

영일은 그안해의 변명비슷한말에 별로히 대ㅅ구를 하려고 하지도 안엇다 그러나 무엇이나 불쾌한 일을 당할째마다 그의 미간에 나타나는 굵다란금은 펴이지안엇다.

2

영일이는 설혼한살되기까지에 세번장가를 드럿다 그가 아모철도 모르는 열네살적에 그의 부모들은 열여들살나는 색시를 구하여 장가를 드럿스나 그가 한개의 남편으로서의 자격을엇게될째에 그는 자긔보다사년마지인 그안해와 리혼을하고 스물세살째에 그는 자긔눈에 맛는신녀성과 연애를하야 재혼을 하엿다

그러나 그결혼도 그들에게 장구한행복을 주지못하엿다

그의 한째의 방종한생활과 그안해의 어접지안케하방된행동은 그들의 부부생활에 서로용납지못할 파탄을 가저오고야 마랏다 오륙년의 재혼생활은 쏘한 번파경(破鏡)의 탄을 부르짓게되여 그는 몃해를 독신생활을하다가 금년에 세번재 지금의 안해와 결혼을한것이엇다.

지금의 안해를 마지하는 세번재 혼인을 하는데는 그로써 나모르는고심과 노력이 드럿다 사실 첫번장가를 드는데는 죽이쓸는지 밥이타는지 모르는사이에 그의 부모들의 의사로된것이라 그로써 사실상 책임을 지기가 어굴한 결혼이엿다 할것이다 두번재는 순전히 자긔의 의사대로 한것인데 그것을 자긔손으로 깨트리지 안으면 안된다는것에 크다란모순을 경험하고난 그로서 세번재혼인은 참으로 주저되엿다.

전등 마르테기나 진고개골목으로 산비탈을 내려가는 노루거름을치고 도라다니는 「모던썰」들에게도 그러케 침이너머가지를 안는 그는 그러타고 새삼스러히실을쏘아 눈섭을짓는 드러안즌색시를 마지할수도 업섯다 차라리 용긔를내여 산진수진을 다격근 화류계녀성으로붙 ㅓ물색을하거나 일본녀자가튼것을 어더불까하고도 공상하여보앗스나 그것은 역시 공상에 그치고말고 마츰내 실현된것이 학교교사인 지금의 안해와의결혼이다 그가 돗보든중에는 비교적 몸차림이나 생각이 점잔어서 한가정의 주부로써 쏘는 조선사람으안해로써 건실할

것이라고 생각한까닭이엇다.

그안해 혜원이는 금년 스물네살이엇다 스물네살이되는 금년까지 궐녀는출가를하지안엇섯다.

요즘에 늦게까지 시집을가지안코잇는이른바「올드·미쓰」(老處女)들에게는 궐녀들을 그러케 맨든리유를대개서너가지로 엿볼수가 잇스니 하나는 원체얼골이못나고 요즘시체ㅅ말로「이트」가업서서 남성들의 시선이부듸치지안는 선천적으로 불우(不遇)한 그네들이요 쏘하나는 전자와 반대로 너머도 일직부터 련애바람을 들날리는서슬에 정당한결혼을할여가가업시 남자로부터 남자를 다리노코 건너다니는 신시대가 나혼아가씨이며 그다음으로는 극히 소수에 속한다 할지라도 조선안에서도 소위 서양식교육을 밧고나서 다시태평양을 건너도라다니다가 도라와서 키적고 코납작한 제동포중에는 암만차자보아도 자긔의 남편될만한놈이업고 그러타고해서 자긔가쑴꾸는 미국청년은 자긔를데려가주지안어서 그럭저럭 늘거가는 녀자일것이다.

그러나 혜원이는 그어느종류에도 쏙드러맛지안는 녀성이엇다 그러케 얼골이 못생기어서 사내들이 눈도거들쩌 보지안을정도도 아니엇고 련애노름에 밧바서 정중한결혼을 노치도록 그러치도 안엇고 눈이 이마우에가부터서 노픈곳만을 치여다보고 공상하는 그런 눈쏠신녀자도아니엇다 이것이 상당히 세밀한 관찰을가지고 안해를물색하는 영일의 눈에들게된것이엇다.

그래 그런지 저래그런지 그들의 결혼생활은 어느편으로보든지 거이 쯧과가튼 만족한 그것이엇다 그들의 신혼생활은 가장조흔의미에잇서서 마치 아들쌀을 멧개나 나코사는 날근부부와가치도 미듬성잇는 그것이엇다 비록 설탕을 할는듯 약과를 씹는듯한 달큼한 맛은업다할지라도 인절미를 깨무는듯한 쓴지가 잇스며 인조견가튼 광택은업슬지라도 풀명주가튼 부드럽고 은근한 맛이잇섯다.

이것이 결혼생활의 거듭실패한 영일에게 그윽한만족을 주는것이엇스며 늦게시집은 그안해에게도 불평이업는것이엇다.

3

『웨 그러케 불쾌한빗을쯰서요 당신은 그편지를보시고 혹시 나와 그남자사이를 의심하시는것이 아니애요』안해는 그남편의 쓰듸쓴표정을 한참이나바라보다가 무러보앗다.

『누가 무에라고 하우?』

자긔의 가슴을 헤집고드려다보는듯한 안해의 질문에 그는 잠간 창황하여저서 이러케 둘너씨어무르며 고개를 외쏘앗다.

『아니애요 당신은 분명히 불쾌하신것이애요 입으로는 아모말도안는다 할지라도……』

아닌게 아니라 그안해의 말대로 그는 입으로는 무에라고 말할수업지마는 마음은 몹시 편치못하엿다 그러나 한편으로 생각하면 그안해가 만일에 손톱만치라도 자긔에게 의심을 살만한일갓다면야 애써 그편지를 자긔더러 쏘더보라고 하엿슬리가 업슬것은 물론이엇다 자긔를 모르게도 얼마든지 처치할수잇는 그편지가 아니엿든가 쏘 한편으로는 그러케 조곰도 문제가 될것이업는것이라면 자긔가 모르고 지나처버리는것이 자긔를 위하여 좀더 마음편한일인데 일부러 쩌들고 드러와서 자긔의 턱밋헤다 밧줍고 쏘더보이는 그안해의 고지식이 원망스럽기도하고 쏘한번다시 뒤집어생각할째에는 그한가지ㅅ일을 미루어서고지식한 그안해가 몹시 미덤직한듯도 하엿다 그래서 그는 일부러 나에게 쓰더보일리가 잇겟소 그리고 나는 당신을 미드닛가 과거의ㅅ 일이거나 장래에거나 당신은 무엇이나 나를 소기지안을만한 정직한 안해인줄을 나는 밋고 쏘는 미드려하닛가 자—그까짓건 찌저내버리든지 코를싹가버리든지 하면 그만이아니요

당신도 명예 구려 짝사랑에 속을태우며 방랑의길을쩌나는 남자가 다 잇스니 허허』

그는 일부러 롱담까지를 부치고 안해의 억개에다 손을언즈며 별로히 해보지안은 키쓰까지를 하고 자긔집을 나왔다.

4

그날 마츰연회가 잇서서 신문사에서 바로 요릿집으로갓든 영일은 그곳에 모힌 누구보다도 먼저 빠저서 집으로 도라왓건마는 밤열점이 지낫섯다.

친구들의 권에 못이기여 량에 과하리만치 술을 먹은 영일의 긔분은 퍽조왓다

아츰에 미친사나히의 편지조건으로 잠간일망정 불쾌하엿든것도 이제는 이저버리리만치 되엿다 그반대로 영일을 마지하는 그안해는 몹시 침울하여보이엇다 조곰도 풀ㅅ긔가 업서보이엇다.

『웨 어듸가 편치안으우?』

영일이는 그안해의 얼골을 바라보며무럿다.

『아니요 아모데도』

이러케 대답하는 그래도는 역시침울하엿다.

『그럼 내가 늣게 드러왓대서 화가낫소 그래도 나는 친구들에게 신부인의 자불기가 무서워서 다라난다는 히롱까지를 바드며 애써빠저나온게 이겐데 허허』

『아이 별소리를 다하시는구려』

안해는 잠간우섯다 그러나 그우슴이 사라지는듯 마는듯 그표정은 다시침울로 도라가고 가느단 한숨까지가 들니엇다.

『웨 그러우 무슨 불쾌한일이 잇서서 그러우 아츰의 그편지째문에 그러우 그러타면 부질업슨일이야 나는 벌서 이저버릴지경이니까 그까짓것을 가지고 다시 생각하고 엇전대서는……』

『……』

안해는 그말에는 아모대답이 업섯다 그래서 영일이는 안해의 저긔압은 역시 그편지로부터 오는것이라고 생각해버리고 썰썰 우스며

『흐흥 역시 그런가보군 내가 이저비리는것을 당신이 혼자생각하는것은 우스운일이아니요 그만잡시다 자리나 까라주』

안해는 역시 아모런말이업시 남편이 시키는대로 자리를 까라주엇다.

영일이가 자리에 누은뒤에도 그안해는 잘준비를하지안코 우두먼이 천정을 치어다보고 안저잇섯다 이짜금한숨소리가 들리엇다.

『글세 웨 이러우 그전에는 이런일이 업드니 어서 자요 자』

영일이는 자리에 누은채로 고개를 돌이여 그안해를 바라보며 조곰 어성을 노피엇다.

『네 어서주무서요 나는 좀잇다잘터이니……』

『웨 그래 웨/』

『그저……』

『그저 래서야 알수가잇나』

『……』

『에이 모르겟소 자든지 말든지』

영일은 짜증을내며 벽을 향하야 도라누어 버렷다.

한참동안의 침묵이 계속되엿다.

『주무시우?』

안해는 안즌채로 남편을 불럿다.

『아니 잠이 무슨잠이야』

『오늘밤에 취하섯지요』

『억지로들먹이닛가 멧잔 마시기야 하엿지마는 취하기는 무얼취해 웨?』

『글세……』

『글세라니?』

『저-제가 무얼좀 무러볼려구요?』

『새삼스레 무얼무러? 뭇구려 무어시든지』

남편은 이러케 대답하며 다시 안해를향하야 도라누엇다.

안해는 고개를 수긴채로 몹시 거북한 어조로

『당신은 당시노가 결혼한 제가 처녀엿다고 생각함닛가 아니라고 생각함닛가?』

『그건 새삼스레 무슨 쑥스러운 소리요 어둔데 홍두깨를 내미러도 분수가잇지』

사실 그안해의 뭇는 이상한말에 영일이는 대답할거리가 얼른생각나지안엇다.

『글세 대답을 해주서요』

『나는 그런것을 생각한적도업고 애써생각해보려고도 하지안코 짜라서 알려고도 하지안코……』

영일이는 겨우 이러케밧게는 대답할도리가 업섯다 그리고 이것은 어느정도까지 솔직한대답이엿다.

『그런대답은 실혀요 좀더분명히 해주서요 처녀라고 미덧다든지 밋지못엿다든지 쏘는 밋겟다든지 밋지 못하겟다든지』

『글세 이건 무슨 쑥스러운소리요 밋고못밋고가 어듸잇소 그리고 그런것을 말할필요는 어듸잇고』

『아니애요 아니애요 웨 분명한대답을 안들려주서요 그러면 역시 당신을 미들수업다는말이지요』

『천만에 천만에 그런것도 아니지만』

『그런것도 아니지만 뭬애요?』

『내참 답々한일도 보겟네 글세 미드면 엇저구 안미드면 엇전단말이요 엇전단말이요 지금에……그럼 내가 좀무러봅시다 당신은 처녀로써 결혼을 하엿소 아니엿소? 당신이야 모르겟소?』

『……』

남편의 역습(逆襲)에 이번에는 헤원이가 얼른대답을 못한다 고개를 수긴 궐녀는 입술을 꼭깨물고말이업섯다。

5

『웅 웨 대답을 안으우』

입술을 깨물고 대답이 업는 그안해의 태도에 영일의 가슴에는 정체모를 불안이 머리를 드는것이엇다

『저는 암만해도 그러케못는 당신을 소길수는업서요 저는 처녀가 아니엇서요 당신과결혼하기전에 저는다른 남자에게 처녀를 쌔앗긴녀자애요』

영일이는 갑자기 방망이나 무엇으로 어더마진드시 머리가 어지러웟다 아피 캄캄하여지는듯하엿다。

『무어? 그게참말이요』

영일의 음성은 분명히 썰리엇다。

『네』

『상대자는 역시 편지를한 그남자요?』

영일은 이번에는 분명히 그편지의 발신인에게 질투를 늣기지안을수업섯다。

『아니애요 앗가도 말한바와갓치 그남자는 내가 몹시 실혀하엿서요』

『그럼 쏘 누구란말이요』

『우리 형부(兄夫)애요 언니남편이애요』

『무어 언니남편? 저 시골서 보통학교 훈도질하는?』

영일은 비로서 그안해를 더러운게집……하고 노려보앗다 그리고 자기가 장

가를 든뒤에 처가집인시골갓슬째에 맛나서 인사를한 초학훈장째가 쏘루르흐르
는 소위 맛동서된다는 궐자를마음의 눈아페 불너내엿다.

『네』

영일은 대번에 『그래 어듸 사내가업서서 형부를 부터머것단말이냐』하고 소
리를 지르고시픈 충동을 참고.

『그래 형부와 련애를 하엿단말이지?』하고 분명히 반말을하엿다.

『아니애요 련애니 무어니하는 그런일은 절대로……』

『련애는 절대로 아니라? 그럼 대체무에야?』

『그리고 형부도 아니애요』

『이건 도모지 무슨소래요?도모지종자불수가업스니 앗가는 형부라드니 형부
에게 처녀를 쌔앗기엇다드니 지금은 련애도 아니래 쏘 형부도아니라니……?어
느말이 올탐』

『……』

『말하든중도에 잠잣코잇서야 알수가잇소 응 쏙쏙히 좀말을하구료』

『제가 어렷슬째애애요』

『어렷슬째라니?대관절 멋살에 어듸서 그랫단말이야?』

영일은 마치 검사가 피고를 심문하드시 육박하엿다.

『제가 열여슷살적 시골보통학교육학년째애요 그이는 담임선생이엇고……』

『그러면 벌서 팔년전쯤일이로군 그째가 그남자가 당신언니와 결혼한뒤요?
하기전이요?』

『전이애요』

『전이라 그러면 형부가아니라 순전히 선생님이엇군』

『네』

『그러면 대관절 당신이 처녀를 그자에게 바친것이요 쌔앗긴것이요 어느편이
요 이미 말을쓰낸게니 무엇이나 숨기지말고 내가 뭇는대로 죄다말해주오』

영일의 어조는 좀더 흥분되려하엿다 언니의 남편을 그자라고 부르는데에 야
릇한 덕개심(敵愾心)이포함된것이다.

『저는 몰라요 엇더케 되엿는지』

『모르다니 그럼 당신은 모르는사이에 그랫단말이요? 그럴리야잇나 그랫다

면 거야쌔앗긴것이지 도적마친것이지』

『아니요 모르는사이는 아니애요』

『그럼 엇더케 하는말이야?어듸 그러케 되든째의이야기를 해보아……』

『……』

헤원이는 그만 침묵하엿다.

영일이는 자기가 너머 기피 파고드러가뭇는것이 그안해에게 잔인스럽고 미안스러운 생각도 드럿지마는 상대가 침묵을 지키는것을 볼째에 무서운것을 다믄 쑥경을 열고시픈듯한 욕구가 아플서서

『응 어서 이야기를 해보우 이경우에 당신이 침묵을 지켜비리는것은 당신이 자진하여고백하든본의도아니겟고 나로서도 불쾌한 일이닛가』

『저는 그선생을 퍽 조와햇서요 말하자면 짜랏서요 그리고 그이도 저를 퍽귀여워햇고 그래서 그선생이 잇는데를 밤이나 낫이나 늘놀러갓서요』

『응 그래 그째의 그는 아직 장가를 안갓섯소』

『네 남의집에 주인을 정하고 잇섯서요』

『그래서?엇더케 되엿담』

『늘 놀러갓댓는데 몃해를두고……그런데 바로 그학교를 졸업하기 며칠전에 혼자서 밤에 놀러갓다가……』

『그남자가 먼저 덤볏나』

『네』

『그래 그째에 당신은 엇데케햇섯소 소리를 치든지 반항을하든지도안코……』

『……』

『그째에 그의 하는일이 올타고 생각햇소 글타고 생각햇스』

『선생님이 하는일은 무어시나 조케생각하든 그째이니까요 더우기 내가 제일 조와하는선생이고』

『그래서 그대로 내버려 두엇단말이지 그러면 역시 련애이엇든가』

『또 그런말슴을……그째에 저는 련애가 무어신지 참말몰랏서요』

『그래 그선생과 그러한 관게가 얼마나 오래 게속되엿소?』

『얼마나 오래가 뭐애요』

『몃해나 몃달이나?』

『몃해몃달이뭐애요』

『그럼 몃날이나?』

『그날 그러케 된뒤로는 다시 선생집을 가지안타가 졸업한뒤에는 곳 서울로 와서 공부를 햇스니까요』

『웨 다시는 그선생을 차자가지안엇슬까』

『그저 무섭기도하고 붓그럽기도하고……』

『그럼 단한번 그러케되고는 다시는 그런일이 업섯단말이요 그럴리야잇나 저편에서 무슨짓을 하든지 당신을 맛나보려고 하엿슬텐데』

『정말 업서요』

『그런데 쏘 엇더케 되여서 그가당신의 언니와 결혼을 하게되엿드람?』

영일은 엇전지 거이 제삼자적태도로써 냉정히 문답을 하고잇는 자긔를 발견하엿다.

『그후 이틔되든해가을에 그가 말을하엿는지 중매를 내세워서 서울서 공부하고 잇는나로 더부러 약혼을 하려고 우리집으로 청혼을 하엿스나 그째에는 우리 언니가 아직 축가하지전이엿슴으로 순서로 보아언니를 먼저 출가시키는게 맛당하다고 해서 엇더케 의론이 되엿든지 언니와결혼을해버렷서요』

『흐응 그럼 집에서든지 언니든지 물론 당신과 그의 관게는 알지못하엿서군』

『물론이지요 지금까지도 모르지요』

『그래 그가 당신언니와 결혼한다고 할째에 당신의 생각은 엇댓소?한뒤에든지』

『무엇이 엇대요』

『불쾌하든지 심술이 나든지 안엇느냐 말이요 말하자면 질투』

『아니요 조곰도』

『그럴리가잇나 그째에는 당신이벌서열여들살이나 되엿슬째인데 자긔가 조와하는남자가 다른녀자와 결혼을 하는데 마음이 편할리가 잇나 천치가 아니담에댜 그러면 그뒤에는 그를 아조 고약한사람으로 둘리어 미워햇섯든가』

『아니요 그러치도안엇서요 여전히 그를 짜르고 조와하는 생각이 잇섯서요 그러기째문에 저는 그이가 우리언니하고 결혼하는것이 깃벗서요 한집안식구처럼 언제나 허물업시 맛나볼수잇게되는것이깃벗서요』

거이 랭정하고 허심탄회하여지든 영일의 마음에는 그안해의 이말에 질투의 불이 확 켜지는것을 깨다랏다 무엇이라고 다음말을 무르려하는 그의 입술은 썰리엇다 혜원이가 그남자가 그언니와 결혼하는것보고 몹시 질투를 하엿다는 것보다는 훨신 더 불쾌하엿다.

『그러면 그러면 당신은 그자를 당신의 언니와 결혼시켜노코 당신은 당신대로 애욕을 채운것이 아니요 련애관게를 게속한것이아니오 말하자면 당신의 처녀를 선생님에게 바치고 그뒤에는 안악네로써의 쏘밧치고……』

『천만에 천만에 업서요 업서요 그런일은 절대로 업서요』

혜원이는 지금까지보다는 엄청나게 빠른어조로 날카롭게 대답을 하고는 지금까지 수기고 잇든 고개를드럿다 그눈에는 눈물이 핑도랏다.

『물론 그랫는게지』

영일이는 잔인스럽게 자기의 주장을 세우려하엿다 자긔의 주장을 세우고나니 그안해를 마조보기도 불쾌하엿다 열여슷살머근 소녀로써 담임선생에 소갓다면 그것은 용서하고도 나믈만한일이나 자긔언니와 결혼을시켜놋코 그행동을 게속한것이라면 도저히 용서할수업는일갓햇다 그는 안해의 입으로부터 그이상 더불쾌한 이야기를 듯고십지 안타는드시 신음에 갓가운 한숨을쉬고 다시 벽을 안고 드러누엇다.

남편은 누은채로 안해는 안즌 그대로 대화가 끈어젓다 의사교통(意思交通)은 완전히 두절되엿다. 다만 속으로 속으로 늣기는 안해의 우름소리가 잠못드는 영일의 귀를 찔럿스나 그의 흥분된감정은 무어라고 위로는 고사하고『울기는 웨 우느냐?』하고 한마듸 무러볼여유와 호의(好意)조차 업섯다.

6

기나긴 가을밤이 괴롭게 거치엇다 아츰은 다시왓다 열븐볏다사히 비취는 고요한 가을아츰은……그러나 그들의 가정(家庭)은 고요하지못하엿다.

누어서야 잠도들수업겟지마는 그러타고 이러난대도 할일이업는 영일은눈을 지르처감고 꼼작도 안코 누어잇섯다 책상우에다 머리를 드리우고 한밤을 보낸 혜원이는 날이 밝자 자긔의 옷가지를 주섬주섬 보자기에다 싸기시작하엿다.

영일은 그안해의 하는일이 무엇을 의미한것인지를 잘알고 잇섯스나 먼저 무러볼멋도업서서 무에라고 저편에서 입을쎌째까지 두고보리라 하엿다.

『저-저는 갈터애요』

『……』

영일은 일부러 대답을 안코 누어잇섯다.

그대오 미다지를여는소리가 들리엇다 그제야 영일은 벌컥 이러안젓다 말업시……『

안해는 서슴지안코 그방을 나가고잇섯다.

『여보 지금 어듸를 무엇 하려간단말이요』

영일은 비로서 그안해를 불럿다.

『아모데로나가요』

안해는 미다지박게슨채로 대답하엿다 그음성은 의외로 침착하엿다.

『갈째에 가드래도 좀드러오시우 그러케 가는법이 어듸잇단말이요 하든말을 끗이라도 내야지 안우』

『말은 하면 무얼해요 당신이 밋지안는데야……일부러 불쏫을 이르지븐 내가 어리석지요 그대로 소기고 지내는편이 피차의 행복이엿든것을 공연히 글거 부스럼을 내이는 내가 못낫지요 사람이란 소기기는 쉬웁지만 리해시키기는 어려운것인줄을 저는 비로서 깨다랏서요』

이러케 말하는 헤원의 태도는 한끗침착하고도 랭정하엿다.

『좌우간 좀 드러와요 당신답지도 안케 경솔히 구는 구려 드러와 내이얘기를 좀드러요 할말이 잇스니』영일은 무슨중대한물건을 발견이나 하려는드시 그안해를 불러드리엇다 그러하야 말을게속하여

『간밤에는 당신의 이야기를 채듯지도 안코 나혼자 결정하고 만것이 아마 경솔햇나부오 그러니 당신이말하고저 하는바를 더말해주구려』

영일은 거이 애원하는 태도로나왓다.

『나는 더말할것도 업서요 내가 아니라면 아니요 그러타면 그런것뿐이닛가 그대로 미더 주시지안는다면……』

『그런데 새삼스러히 오늘 당신은 웨 그러한 무근 이야기를 일부러 들추어 내엿소 당신이 나와 결혼한뒤에 늘 그것을 생각하고 후회를 하거나 걱정을 하고 지내오다가 오늘은 결심을 하고 고백을하여버린것이로군』

『아니애요 그런것도 아니엇서요 나는 거이 그일을 이저버리엇섯서요 나의 기억에서는 거이 사라젓서요 만일 긔억을 할수잇다면 그것은 마치 어린째에 쑤엇든 쑴이 엇던째를 타서 히미하게 긔억되는것과 마찬가지얘요 이상한것은 언니의 남편을 지금에 늘 맛나도 그째의 일을 추억하여지지는 안어요 오늘 내가 새삼스러히 긔억이 새로워 진것은 그편지째문이얘요 그편지를 당신에게 보힐째에 문득그생각이 나의 머리를 무겁게 눌러요 그래서 엇전지 당신에게 고백하여두고시픈 생각이 낫서요 거이 충동적(衝動的)으로 말해버렷서요 그럼으로 만일 내가 그것을 고백할까 말까 두고 두고 생각하엿드라면 모르긴 몰라도 그대로 숨겨두엇슬지도 몰라요』

『웅……』

영일이는 무엇을 기피생각할째마다하는 버릇으로 두팔을 가슴우에다X자(字)로 겻고 눈을가맛다 한참뒤에 그는 서서히 입을 여럿다.

『그럴듯하오 당신말을 나는 밋겟소 당신의 그말을 밋는나는 그이상 당신의 과거를 이심할필요는 조곰도업소 그리고 당신의잡백한대로의 사실을가지고는 당신에게 아모런 추구(追究)도 나는 더하고 십지안소 나는 당신이 아파하는 묵되무근 상처를 건드리어 당신을 괴롭게할 아모런 권리도업고 악의도업소 만일 당신이 가젓다는 무근 홈집을 내가 언제까지나 건드린다면 나의 만신창이된지 나간날의 상처를 도라보지안코는 배길수업스니까……』

그는 말을쓴코 고요히 그안해를 쓰러안엇다 그리하야 어제아츰에 더진것보다는 좀더쓰거운 자긔의 입술을 그안해의 쌤우에 눌럿다.

서리 더핀 돌담우에서는 참새의 쎄가 지지울고 잇섯다.

두번재ㅅ男子°

　녀직원 김정희는 종일노동에 헌솜가티 피로한몸을 쓰을고 다른 동무들과 함께 기인 행렬에 끼어 J백화점뒷문을 버서나온다 매일 당하는 일이지마는 전제밋테 노려보는듯한 문에 섯는감독자들의 날카로운 시선은 역시 불쾌한 그것이엇다 하로에칠십전 혹은 팔구십전의 일급은 이순간에 당하는 모욕의 배상으로도 오히려 싼것이 아닐까?-

　서글푼밤은 수업시 느러슨 거리의전등솨 현대인의 감정처럼 혼들니는네온사인을 에둘너서 점々 지터온다-이 가장 갑싼 교통긔관도 일급팔십전에 목을매고 도라가는 정희에게는 인연이 머럿다

　찌푸린 하늘 음산한 동북풍은 마츰내 눈을 날닌다

　봉익동 개천가 엇던 찌그러저가는 조고만 대문을 기어드러 문턱만이 남은 중문을 넘어슨 정희는 그집쓸아랫방문압헤서 눈길을 거렁노 발을 두어번 구른다

　『이이 아씨 인제 오슈?』

　정희의 신발소리를 듯고 할멈이 미다지를연다

　『오늘은 얘기가 좀 엇더우?』

　정희는 무엇보다도 먼저 이러케 뭇는다

　『나제는 좀 그만하드니 저녁째부터 몸이 불셍이가 되며 저러케고달퍼하는걸입소』

　터덜거리고 도라온 집에도 정희를위하야 조흔소식은 기대리고 잇지안엇다

　사오일전부터 감기비스름이 알키 시작한 금년 세살이 잡히는 그아들의병을 이날부터 더한모양이다

◉ 이 작품은 《월간매신》(1934.5)에 발표되었다.

정희는 옷을 가라 입을생각도 안코 바로 어린애가 누은 아랫복으로 갓다

『아가 일남아 엄마왓다 엄마……』

그러나 어린거슨 듯는지 못듯는지 숨결만이 놉흘쑨 눈도 거드쩌보지못한다

정희는 어린애 겨테가 비스듬이 누어서 쓰러안고 젓을 물니어 보앗다 어린것은 그것도 귀치안타는드시 젓꼭지를 미러내며 얼골을 찌푸린다

그입속은 몹시쓰겁다 그입속은 까맛케 탓다

『아이 이를 엇재 이러케 더우니……』

정희는 안타까웁게 중얼거린다

『오늘은 아모래도 의사를 청해보여야할싸봐요 아씨 요즘 어린애들 그런병이 돌님이라는구료 그리고 까짝하면 참 큰일 난다는걸입쇼』

할멈도 짜라서 걱정을 한다 할멈의 말을 듯지 안는다하드래도 요즘 감기갓헤 페염이 되여서 어린애들을 죽긴다는 소문을 정희도 여러번 드럿다

의사를 처앵 보여야한다―이러케생각할째에 정희의 가슴은 답답하엿다 이시 급한 문제압헤 한거름 더압스는것은돈이엇다

한달에 이십사원이라는 수입을 가지고 할머 알래 세식구의 생활을 보장해가는 정희에게는 금방 죽는일이생긴댓자 응급으로 지출할만한 그런여유가 잇슬수업섯다

방세 오원 어린애보는할멈의월급삼원전등료 무엇~들 모도 짜저보면 아모리 눈을 디집고보아도 수입보다지출이 만흔 자긔의 생활을 정희는 무슨 조화ㅅ속처럼 괴롭게 넘어가는판이엇다 그러노라니 아모리 쌀씀한 정희로도 질수잇는 범위와 한도안에서는 소술구레한빗을지고 더욱이 체질이약한 어린것을 자긔는 버리함네하고 할멈하나를 처맷겨 기르노라니 그째문에 아는곳 모르는곳에서 진약갑도 적지안엇다 그리고한번 진돈은 무러논는 도리라고는 업섯다

급할째마다 쏘차가서 쩨라도쓰고염치라도 부릴곳은 하나도 남겨노치못하엿는지라 이제 빈손으로 차자갈만한 병원도 의사도업섯다

『아씨 좌우간 저녁을좀 쓰서야지우거지찌개 한가지밧게업는데 죄다조라버리기전에』

할멈은 정희가 친정을 치어다보고 시름업시 안젓는쏠이 짝한모양이엇다

『조라버리면 대수요 지금 밥이넘어가겟수 어듸』

정희의배는 지나치게 곱팟다 그러나 밥을 쩌너흘생각은 조곰도업섯다

『그래두 억지로라도 한술 쓰서야지 엇더케해요』

『인제 먹죠 내버려 두서요』

이러케 말매기를 해버리고 정희는 다시 변통업는 궁리에 잠기인다

『애기어머니 인제왓소 그래 어린거시 더하다구?』

미다지가 방시시 열니며 이집주인안방마누라의 마치쥐여쯧다가 남긴듯한 반백이 넘은 머리가 보인다

『그러탐니다 해가쩌러지며주터는 아주 대단하걸입쇼 마님』

정희는 겨우고개만을 쓰덕이고 정통말대답은 할멈이 가로맛는다

『저런걱정이 잇나 요즘들은 어린애병들이 야단들이래 저 나 아는 집에서도 셋이 한쩌번에누엇다가 기어히 둘을 일허버렷다는걸』

마누라는 이러케말하며 방으로드러온다

『원 저런변 보아』

『엇더케「의언」을 불너보이든지 해야지』

『누가 아니랍쇼 그런데 그원수의 돈에잇서얍죠』

『아이 할멈두……』

정희는 부지럽시 다수히 느럿놋는할멈의입이 귀치안은드시 눈을 쌔랏다。

『아이 경칠놈의 돈이 무엔지』

할멈은 눈총을 맛고나서도 여전히돈타령을한다

『저러케 드려다만보고 안젓스면엇더커우 밤이깁기전에 엇더케 의사를불너 보여야지 그러다가 정못견듸게되여 밤이깁흔뒤에서들면 고마누라의말도 그럴 듯하엿다』

『그러나 돈업시야 의사를 부를순들잇서요?』

할멈의 돈걱정을 막지른 정희의입인서도 역시 돈걱정을 막지른 정희의입인 서도 역시 돈걱정이 나왓다

『이런 짝할데가……』

이러케 중얼거리며 나갓다가 조곰뒤에 도라오는 주인마누라의손에는 오원 짜리한장이 들니어잇섯다

『아모러나 어린것이 살고야보지안소? 남의는 맛튼게지마는 우선써놋코봅시

다 내일은 엇지되엿든지 엇수』

『아이 원 저런 고마울쩨가……』

할멈은 벌서 치하를한다

『남의돈을쓰면 어쩌케험닛가

정희는 벌서 자긔손에 그러잇는 쌔무든지화를 만지저거리며 참아쓸생각을 못한다

『엇지 됏든지 쓰고보잔박게 어여의사를불너보도록하우』

『그래두……』

이러케 주저할째이엇다 촉박한 숨을 쉬고잇든 어린애가 흙ㅅ하고 한번늣기는듯하드니 눈을모루쓰고숨이맥킨다

『앗벌서 저애가 풍이 이는군 큰일낫군』

주인마누라가 소리를친다

『아이그머니 이일을……』

정희는 어린애의 얼골을 비비며운다

『글세 어여 의사를 불너 대야한다까—자 할멈 아무데나 가서얼핏 의사를 오라구 그래……이돈을 가지고가야지』

할멈이 돈오원을 바다쥐고 허둥~튀여나간다

의사는 왓다

관장을하여 쏭을뉘우고나니 어린것은 으악소리를치고 울며피어난다 주사를 한대하고나서 의사는

『가서 곳약을 지어보내리다 그런데 암만해도 이대루두면 폐염될염녀가만소이다 폐염만되면 손을대일도리가 업스니까 오늘밤에는 이대로안정을 식키어두고 래일은일즉이 입원을시키도록해야지 큰일나겟소 대단히중합니다』

하고 침착하게말한다

『선생님댁에 입원할수가잇습닛가?』

정희는 무럿다

『우리병원에도 입원실이야잇지마는 나는 소아과 전문이 아니닛가 어차피 입원하실바에는 전문의에게로가시는게 좃습니다 그러치안으면 대학병원이나 의전가튼 큰병원으로가시든지 엇젯든 내말대로 꼭 입원을 시키시요 이런데 두고

는 위험합니다』

의사는 명령적으로말하고 가버린다

어린것은 주사약기운엔지 숨결은 놉흘망정 잠이든다

정희가슴에는 다시 태산갓튼 걱정이 가로맥킨다 의사의말대로 밝는날아츰에 입원을시키자면 십일분이상의입원비는 먼저잇서야할것을 잘안다

방안은 고요하다 괴롭게잠든 어린병자의 갓분숨결이 말업시 안젓는 방안 사람들에게 현실이라는 자극을 줄뿐이다

『글세 애기어머니……내가 이런 소리를하면 쏘 듯기실어 할터이지마는 그저 공연히 안할고생을 그고집째문에 사서 한단말이야』

주인마누라의 쓰내는 이야기가 불쾌한 정적을 흔든다

자긔에게 건늬는 이야기인줄을 알면서도정희는 아모런대ㅅ구도업시 머리를 숙이고안젓다

『외모가 고러케 입부겟다 공부를그만지햇겟다글세 무엇째문에 이고생을 하드람 곳으로말하면 아직 피지도안은 스물두살에……』

그래도 정희가 아모런말이 업는것이 승거웁든지 째마츰 약을가지고 도라오는 할멈을 바라보며

『글세 할멈그리치 안어? 애기어머니가 지금 숫색시라고 시집을간들 누가아니랄테야』하고 응원을청한다

『그럼입쇼 아- 요즈막 학생색시들이라는거 어듸 종잡을수 잇드라굽쇼 별의별짓을 다하고도 처넙쇼 숫색시쇼하고 가는판인데요 멀』

『아이 할멈은 수다한게병이야 약이나 어서 이리 가저와요!』

정희는 만문한게 할멈이라 사정업시 쏘와붓친다

『우리 아씨는 시집이라면 질색이닛가 호ㅅ그러나 어쩌우 녀자의 팔자란 그저 사내에게 달니도록 된법인걸요 암만해도 녀자의버리야줘버립죠 혼자버리산다니 오죽함닛가』

『암 게야 쪽바른말이지 녀자가 버러산산다는게 욕이지 욕이구말구 그보다 웬만한자리만 골나가면야 세상에 부러울것이 무엇이냐 쏘인간재미도 거긔잇구』

두늙으니는 언제싸지찌코까불넛다

정희가 이런소리를 듯는것은 이번이처음이아니엇다

파랏케 젊은나히 쮜여나는 미모를싸고도는 여러남자들의만혼유혹도 이기고 어려운바가 만헛지마는 남편도업시 어린것하나만을 다리고 쓸아래ㅅ방사리를 하는 자긔를동정하여선지 쌀보아선지 남의굿인양 보지안코 권해보앗다 일너보앗다 간청햇다하는 주인마누라의 쯘적~한 그거는 참말로 귀치안엇다 장사ㅅ속이아니고서야 저러케 곱이씨고 몸이달수가잇슬싸하고생각킬째도만헛다

『글세 내가 어제저녁에도 잠간이야기하다가 마럿지마는 충청도라든가 원 전라도라든가 하여튼시골사는 젊은 서방님인데 나도얼핏보앗지마는 생기기도 잘 생기엇지마는제집도 큰부자라는군 그런데지금장가를가려고 색시를고르는데 다른것다안보고 쏙제눈으로보아 인물만골나서 데리고살년대 그런데첩도아니라의저시 본마누라로 민적에올녀줄테라는걸……』

주인마누라는 길다라케 설명을한다

『머 우리아씨는 아모데다 선을보여두 인물에 쌔진다거나 그럴니는업슬걸요』

『그러기에 나도권하는게지 갓다가 창피나당할만하면야 말이들하다?』

『아씨 아씨두 글케 고집만쓰실게아니라 생각을 잘해보시우 사람이 늘점짜우? 공연해 저리케 고생만하시면 누가갸륵하다우? 모자분이 다 고생만되지』

『이러구 이번자리는 그러케퇴해버릴자리가아니야 거야아모리돈이 만흔사내라도 수염이허여케 늙은작자라든지 정할수업는시골 무즈러기라든지 그려면야 실켓지마는 이게야서울 무슨학교졸업까지를하고햇다니……일전에도하로밤선만본색시에게도오십원인가를주어보냇다대 그런자리가어듸쉬운가』

『글세 그만들두서요 나는시집을안갈테애요 차라리시골무즈러기나 낡으니에게로 가면갓지 그짜위 젊으니에게는 더 실혀요』

정희는이러케 발악을하고 고개를돌니엇다 그눈에는 눈물이펑도랏다 눈물이어리인그의 눈압헤는자긔가슴 깁히아푸게뭇친 지나간날의 저주할추억이낡아쌔진 필림모양으로 풀니엇다쓰니엇다한다

×　　　　×

사년전가을 청년회관에서 열니엿든학생웅변대회-

중학부의 연사로 쏩히엿든 관게로알게된 전문부의연사인B전문학교학생리호영의 그씩씩한모양-

두사람이 나란히 드러가고나란히나오든조선극장이며 단성사의 『기도』-단장을곱게한소요산의 단풍-바위우에웃둑서서 마른세수를하든다람쥐한마리-버들까지가눈을쓰는봄-청량리의 그윽한숩속-나무가지에 안젓는 파랑새가 가우시엿듯는 두사람의맹서-오오 밋겁지못한사내의맹서-탑골승방에 저무는 해-

멋칠후에 비가올것을 예고하는듯한 그저녁의 달무례-

B전문을 졸업하고 잠간시골을 갓다오마고 써난후로 그여름이 다가도록 소식이업는 리호영-

쓸쓸한가을-불안과 공포속에 어머니가된날을 기대리는 죽엄갓치 어두운 가을-

눈보라치는겨울-창의문박 엇던윗짠집 건는방에서 죽엄의고비와함께어든어린애-

정희의눈압헤 번개갓치 지나가든 이모든광경이 한데 뭉치이는곳에 크다란 얼골이낫타난다

빗치 낡고 씨저진 사각모숫치만코검은눈섭 총며스러운 웃둑한코 좁웃한입-

이거슨 웬일인지 다른것들처럼 쉽사리 사라지지를안는다

×   ×

정희는 그것이 마치 한개의 무겁고 더러운탈박아지가되여 자긔얼골에 씨여진것을 써루어 버리기나하려는것처럼 머리를 좌우로 흔드럿다 눈물이 후두두 써러진다

눈물이 써러진 정희의 눈압헤는 분명하게 그아들 일남이의 병든얼골이 누어 잇다

넓은이마 눈섭 코 입-그것은 아모리 부정하랴도할수업는 리호영의 모습이엇다 생각만하여도 이가갈니고 가슴이문허지는 리호영의얼골 그대로인 일남의얼골이 언마는 정희는 엇전지 그것을 미워할수가업섯다

정희는 눈물에 저즌 자긔의쌤을가만히 일남의 쌤우에 문질넛다

『아々 이것을죽여 이것이죽어……』

정희는 잠고대모양으로 중얼거린다

『아아 못써 내가 개가되든지 소되든지 죽드래도 이것을 살녀야해……』

　정희는 머리를 사뭇내흔드럿다

　그리고 나서 손수건으로 코를풀며

　『아주머니……』하고 부른다

　그음성은 이상하게도 침착하엿다 냉정하엿다 이러한음성은 대개 누구나 엇던비장한 결심을한째에만 말할수잇는것이 아닐까

　『아주머니 그젊은 사내를 오늘밤으로라도 맛날수가 잇소?』

　정희의입에서는 마츰내 의외의ㅅ말이써러진다

　『암 거야 애기 어머니만 마음을 돌닌다면 야 내가 엇더케 서돌든지……』

　『그래 시집을 가지안어도 하로밤선만보고도 돈을준대조』

　『그럿태……원 선보인다는말은 쏙바로 아라듯고 저리나 족하님이』

　『암니다 알구말구요 엇든놈이 낫파닥지만보구서야 돈줄놈이 잇겟서요 다아 러요 그러니까 나를오늘밤으로 데리고 가주서요 내 내……몸둥이하구 이것의 생명하고 밧구지요 밧구지요』

　정희는 마츰내 그자리에 쓰러저운다 울면서도

　『아주머니 참말입니다 참말이니까 그까짓시집입네 선입네하는 듯 조혼소리 는 다 집어치우고 나를 오늘밤으로 그남자에게 소개해주서요 어서가서 말을해 노으서요 이리로 데리고 오든지 내가가든지 조홀대로 ……자……어서요』

　마누라는 돌변하는 정희의 태도에 엇전지 무서운생각도 들엇다 그거시거짓 말갓지는 안음으로 대답은 안코 자리에서 이러만슨다

　『어서요 네 벌서 열한점이나 되엿는데……』

　정희는 더욱 서둔다

　『그럼 세수도 좀 다시하고 머리도손질을하고 그래야지』

　마누라도 이제는 본가락으로 들어간다

　『암 그리지요 그럴께 어서 다녀만오서요』

　정희는 마누라를 내보내놋코는 마른수건을가지고 얼골을 박박 문지르고홋 트러진머리를 손으로 쓰다듬어 올니고 잠간 거울을드려다보며

　『할멈 내가 사내를 마저간다닛가 이제는 조치 마음이 노이지?』하고 억지로 우서보인다 그리고 이런경우에도 얼골을 만지고거울을 드려다 보는 녀자의 행 동이 정희에게는 미웟다

할멈은 그말에는 아모대답도하지안코

『아씨 진지를 좀 쓰서야지 생판굶으서요』하고 웃목에 신문지를 덥허노혼 밥상을 바라 보다

『가면 인제 훌륭한 요리상이 나올걸 이식은밥을 먹어』

할멈은 그래도 무어라고 대답할만한신이나지를 안어서 정희의 행색만을보고안젓슬쑨이다

삼십분이 지나고 한시간이되여도 주인 마누라는 도라오지를 안엇다

창밧게서는 짝대기소리가 단조하고 쏘 차게울니어 이밤이 깁헛슴을 아뢴다

『아이그 눈이 엇더케 퍼 내리는지 발이푹푹 뭇치는걸-』

새로한시가 거진되여서 주인마누라가 중문턱에서 발을쿵쿵 구르며 도라온다

『자-그럼 우리나가볼까 마츰어듸를가고 업서서 사면으로 사람을 노아서 겨우 모서다가 노앗 ……저익선동 우리수양동생집이야 아주 조용하니까 가도 번잡할것도업구……저기 인력거 까지 불녀가지고 왓지』

주인마누라는문밧게슨채로 느러놋는다

『네』

정희의 대답은 썰니엇다 그리고 자긔의결심이 움츠러 들것을 겁내이는드시 벌썩 이러슨다

『아이 그러면 애기는 엇더케 해요?』

할멈은 정희가 그대로 시집이나 가버리는것처럼 걱정을 한다

『아니야 오늘은 잠간 맛나만보고올걸』

주인마누라가 할멈의걱정에 정희까지드르러 하는드시 대답을 한다

우비를 씨운 두채의 인력거가 밤깁흔 동관큰길을 가로질너 다라난다

우비속에 갓치인 정희는 조바심을하엿다 아모리절대의경우이고 악에밧친결심이라 할지라도 자긔의 지금의행동을자긔로써 용서할수가 업는것갓했다 만일 인력거를 안타고 거러가든 길이라면 정희는 도라섯슬는지도 모른다

『나를 희생한다고 한바에는 그방법은 엇더케 하든지 관게가 업지안으냐 어린것을 살니기 위하야……그리고 복수다 복수다 리호영에게 대한복수다!』

정희는 마음속으로 부르지젓다 이러케 부르짓고나니 악이 다시금 치밧처 오른다 이경우의 『악』은 정희에잇서서는 『용긔』다

인격거는 엇던막다른집 대문압헤 머물넛다

주인마누라를 짜라 중문안을 드러슨 정희의발은 그대로 쌍에 어러붓기나 한 것처럼 쩌러지지를 안엇다

『아이그 어서들 올나오시요』

대문소리를 듯고 쏘차나온듯한 주인녀자의 음성이 마루에서 들닌다

『복수다! 복수다!』

정희는 최후로 자긔의 마음에 채치을해여 겨우몸을 쓰을고 마루로 올나 웃방으로 들어가서 한편구석에안젓다 그거슨 삼간방을 전반을 갈나 미다지를 드린 웃칸이엇다

『자ㅡ어서 내려갑시다 여긴 질어서』

그집주인이 손을 잡으며 아랫바으로 내려가기를 청하엿다 남자가 기대리고 안젓다는 아랫방으로ㅡ

정희의 가슴은 쮜엿다 얼골에는 모닥불을 피운다

『복수다! 복수다!』

지금에는 이호령도 정희의몸을 움지기지못하엿다 소리를 처서울고십흔충동에 가슴이 막힐쑨이엇다

이째이엇다

『원 숫색시가 되다보니 오죽 이나 붓그러워 헤이지……동생 그대루두고 그만이미다지만을 열면 서로볼수가 잇겟지』

하고 주인마누라가 중간으로 한짝만열니엇든 미다지를 한편으로모라처여러 버린다

『에ㅡ』

아랫목 보료우에서 정희의얼골을 바라본 남자의 얼골이 해ㅅ슥해진다

『앗!』

남자의 놀나는 소리에 짜라 얼골을 드러 아랫목을 내려다본 정희도 이러케 외마듸ㅅ 소리를 지른 그자리에 쓰러저서 그대로 정신을 일는다

정희가 녀자의 자격으로 맛나는 두번째의 남자 그거슨 리호영이엇다

삼년동안소식이 업든 리호영이엇다

곱게 속이여 정희의 일생을 짓밟고 다라낫든 사내이엇다

追憶의 씨-슨°

머-ㄴ압흘내다보고십흔것이봄이라면 아득한뒤를도라다보고십흔것이가을이요 봄을憧憬의씨-슨이라면 가을은追憶의씨-슨이다 나는今年가을이들면서도 이런소리를 여러번재하고 엇던雜誌에도 이런意味의感想文을쓴일이잇다。 쓴첫다니엿다하는 귀쏘람이소리를드르며 아득히사라지려는 옛記憶을쓰러내임도 이째가아니고는할수업는일이다

兒孩는어데로낫나?

내가여슷살인가 일곱살적인듯하다 엇던날저녁에 바로엽집에서 간난애우는소리가 쌕-하고들녀왓다 나하고갓치자든 할머니가 『에-저집에애기낫군』하섯다 내누이동생을씨고아랫목에누어게시든 어머니께서할머니의말심을바다 『산애낫는죠게집애낫는죠』하고무르섯다 그째나는무슨생각이낫는지 할머니의엽구리를쑥지르면서 『할머니 간난애를 어데루낫나?』하고무럿다 할머니는서슴지안으시고 『어데루낫킨 배를째고쓰내단다 이것보렴 애한아쓰낼째마다째서 이자죽난걸!』할머니는 나의손을쓰러다가 자기의배우에다 문질너주시엿다 그야말노할머니배에는 굴근줄이죽々그어저잇섯다 나는끔직한생각이나서 얼는손을째고

『쎗 쫴입술씰』하고 할머니의러골을보앗다 『압흐고말고』할머니가우스시고 어머니도짜라우스섯다- 나는그뒤에 언제엇던動機로 할머니의말심을 거짓인줄 알엇는지는 아모리해도 쏙々히기억할수가업다

靑鳥의 使

이것은그이듬해의일엿든듯하다 나의兄님의艶書配達하든일이다 兄님의附托
대로 꼭봉한편지를아모도못보게 쌈이나게쥐고 것는마을그處女집을가면 허리
가좀굽은듯한 그處女가 四面을휘々둘너보고는 편지를밧아 고츰에다 게눈감추
듯해버리고 나의손에다 오리사랑이나 엿조각을먼저쥐여주고는 다시편지를쓰
내여 나를주는것이엿다 나는엿조각 사랑알을엇어먹는자미도잇섯지마는 그處
女의은근한귀염을밧는것이조왓다 그래서나는 兄님이편지를안주는날이면 궁금
증이나서『형님거게편지가저갈거업나』하고 독촉을할째도잇섯다 그흐득~늦기
여우는 轎子뒤를 다른兒孩들과 따라가노라닛가 크-다란 버드나무밋헤 우리兄
님이우두머-니서잇섯다 나는『형님』고 부를나다가 무슨생각을하고 그만그길
노도라와버렷라

奇怪한 選拔試驗

아마여들살적인듯하다 진달내꼿썩글째닛가 봄이다 원님이잇는 內衙마당에
서 憲兵補助員選拔試驗을치는光景을보앗다 限二十名을一字로죽세워노앗는
데 그中에短髮한사람이三四人잇섯슬뿐이요남아지는모다상투상이엿다 검정服
裝에 불근테두른帽子를쓴 日本憲兵이 압헤가서서 支援者들에게 旗取競走를식
히는것이엿다 불근공을그린日本旗를사람數々되리만치蓮못을隔한 저편에다
쏘자놋코 하나 둘 셋의軍號를싸라 旗를가질너다라가는데 四五人은옷바릴생각
도 하지안코 그못가역으로 도라서旗를쌥아왓다 그래서結局은 蓮못으로안드러
간사람들이 옷도안맛치고 旗도쌜니가저왓다 한참잇다가 憲兵에가쌥혀서服裝
입고 구두신고나오는것을보닛가 蓮못에쮜여드러가든 사람들쁜이엿다 나는너
머異常하여서 엽헤서구경하든 兒를보고『애거웬일일가 나중간사람들이 쌥혓
스니』하엿더니 나보다 키가훨신큰兒가코를훌적드리마시며『이놈아 것두몰나
日本사람덜은 고러케 씌부리는거보다 물속에라두 텀벙~막드러가야 조와하는
게야 그래야쌈하라나가서도 이긴단말이야』나는그제야 고개를 쓰멕이엿다

✕

그이듬해 우리시골에 장마가저서압내가 큰江갓치되여 交通이杜絶되엿슬째다 蓮못에싸지고 選拔되든 補助員하나가 新聞紙에다우린무엇을帽子우혜다라매고 헴을헤여 물을것느는것을보앗다 물구경하든엇던 사람이『이장마에어데를가오』하고무르니 그補助員말이『日本하고朝鮮하고合邦을해서 그寄別紙를가지고××守備隊廳으로감니다』하든것이 只今도記憶에새롭다

處女嫉妬

아홉살먹는해봄인듯하다 우리이웃에는 술장사하는사람이 새로移舍를왓다 그집에는 나와동갑이되는게집애가잇섯다 송화색저고리에다홍치마를입고 머리에다기름을 쌘질하게바른 그게집애는나와동갑이라도나보다 점잔아보엿다 나는그게집애하고놀기를 몹시조와하엿다 『게집애하고놀면배쏩이써러지느니엇저니』하는남들의 비난을 무릅쓰고학교에만갓다오면 문밧게서 冊가방을드리밀고는그게집애들차자가서 술독틈으로 울밋흐로 붓허댕기며놀기에 밥먹기도닛군하엿다 그리든중 우리이웃에 무슨主事댕기는사람이 쏘移舍를왓다

그집에는 나와나히비슷한 사내兒가잇섯다 이兒가自然히 우리두동무틈에가 찌이게되엿다 그래얼마지낸뒤에 나느異常한생각이들게되엿다 그게집애가 나보다개하고 더親한것갓하서不安하엿다 그리든차에엇던날 셋이함께山에를올나가서풀쌈을 하기로하고 셋이各々 온갓풀을뜻어다놋코 이것내놔라 저것내놔라하여 남이가진풀을 못내노흐면한번젓다 두번젓다하고셈을짜지는데 내가내노라는것을 그산애兒가못내놋케되면 각금 그게집애가『내꿰 줄게』하고는 제풀속에서 融通을하여주는것이 나는너머나 괘ㅅ심하고 골짝지가나서 뜻어온풀을두애압혜다 확내던지고『그짜위로하는 거나는안해』하고니러섯다 게집兒는『그럼우리두리하지』하고저편으로 싹도라 안저서『제비꼿내놔라 뻡국대내놔라』하고 머리를모으고 종알대는것이 나는울고십게눈골이시엿다 그러타고울수도업서ㅅ두兒엽헤가 밧삭업듸여서 그들이귀치안코 싱크럽도록『학도야 학도야 청던학도야』하고 소리를지르고 쏘지르고 하엿다 그제야개들도골이나서 사내兒『唱歌를할테면 너혼자가서해라야』하고 짜증을내엿다 건과를못잡아 애를쓰던나는 닷자곳자로 그兒의쌤을붓치고 대드럿다 둘이는한바탕대판씨름을

하고 써러젓다 나는그래도 암상이푸러지지를안어서 신엇든가죽신을버서들고 그애의 코ㅅ중방을 후려갈것다 푹업더지는그애에게서는코ㅅ피가흐르는 모양 이엿다 나는한발에신 엇든 신을 마저버서들고 눈이올낭하여집으로 다라내려 왓다 그째에나를 흘기여보든게집의눈을 나는只今도 想像하기러실타 이것이 나의 處女嫉妬이엿다

턱업는同情의눈물

열한살적인지 그後인지알수업다 何如間金色夜叉翻案인 趙一齊의長恨夢이 每日申報에連載될째이다 나는 아츰新聞配達을大門밧게서기대리여밧아보거나 그러치안으면 學校에서도라오는길노 舍廊으로 그날新聞차즈러가기에 紛走하엿다 아버지와兄님은 『新聞보는것은 조치마는小說을보면못쓴다고』야단이시엿다 其實나는 長恨夢이업스면 新聞차즐必要가업섯다 나는新聞紙를어더들고는안방으로 골방으로 거게도누가잇스면便所로가거나 山으로 오나가거나하엿다 엇던날나는안房에가혼자 드러안저서 沈順愛가 金重培에게로 시집을가는 대문을읽다가 턱업시李守一이가불상해서 눈물을앗김업시흘니고 안젓노라니門 밧게서兄님의 발자최가들니여옴으로 나는蒼卒間 엇절줄을모르다가 눈물자죽은 싯지도못하고 長恨夢만 안보든척하기 爲하여 新聞을얼는뒤집어서 方向도 업시내려다보고잇섯다 나의態度를 한참내려다보고서잇슨듯한兄님이『솔개는 웨내려다보구 눈물을짜고안젓니』하고 필우ㅅ고 나가버렷다 나는 그제야 쏙바루보니 내가보고잇는것은 魚乙彬의萬病水 金鷄納廣告이엿다 商標인솔개가 날개를훨적 벳치고잇는것을보고 나도혼자싱겁게픽우섯다

上海黃浦江畔의 散策◉

나의 『로맨틱』하든時節을 적어보라구요。데 吩咐대로 하지요。

第一期는요 먼젓달이엇든가 三千里에쓰인 나의첫사랑이야기가 잇지요。앗다 그玉丹인가라는 下婢와『쑤랫토닉』한 첫사랑을 하엿다는 그것말이애요。그것이 趙一齊의 長恨夢을 每日申報를 通하야 본 바로돼요。春園의 無情을 보기 좀 前인가 보구먼요。表紙에 石竹花한가지를 雅淡하게 그린 德富蘆花의 不如歸譯抄本을 再讀三讀하든째도 그前後인듯합니다。그리고 第二期는 아마 내가 큰뜻을 품고 上海까지 나라가서 留學이랍시고 할째인데 간신간신히 애가키이게오든 學費가

그나마 쩌러진 半年만에 最後로온 學資五百圓을 소매치기에게 일허버리고, 에이 그만 黃浦江에 빠저 죽어나버릴까하다가 죽지도 못하고 虹口橋畔에서 밤을 서서새운後로 絶望끛헤 反動으로 이러나는 『로맨틔시즘』그것에 支配되는 그째이엿나보이다。내가 지금까지에 詩를 써본것도 그째이엇습니다。碧波라는 匿名으로 東亞日報에 投稿하야 四五次에 한번比例로 四號一般의 詩가 나는것을보고는 큰 出世나 한드시 스々로 慰勞를 바덧스며 더욱이 그째에 購讀하든 『英語研究』에 비(雨)라는 題目으로 英文短詩를 써보낸것이 選外佳作으로 실닌것을 보고 하로밤 잠못자든것도 그째이엇나보이다。그리고 工夫도 못하게되고 異域에서 밥굶을 지경이어서 上海梧州路에잇는 日文紙上海日日新聞에서 募集하는 校正記者一名採用試驗에 合格하야 入社하여가지고 編輯同人合作小說『青葉の空』의한대문을 執筆한것이 因緣으로 日本大震災통에 長田幹彦이든가 누구가 執筆하든 連載小說이 中斷되게되여 『蹂躪』이라는 달듸

◉ 이 작품은 《삼천리》(1932.4)에 발표되었다.

단『로맨틱』한 小說을 獨鵑이라는 일흠으로 連載하야 그것이 滋味잇다고 日女學生 나부랭이 들에게 편지를 바다보고 근지러운 快感을 늣기든 그時節도 어지간히『로맨틱』하엿나 보이다.

그보다도 第一로맨틱한 時節은 내가 雅號를 누구와 議論한마듸업시 獨鵑이라고 짓든時節인가보이다 信川에 잇는 우리집 北窓을 열고 누엇스면 松籟를 싯고 부러오는 바람소리가 솨-하고 들니여오고 그바람소리우으로 뻐국이소리가 아스렁하니 들니든 그때인가봄니다. 不如歸보다도 無情보다도 훨신 눈물나고 자미잇는 小說을 써본다 構想을하든 그때입니다. 그때에 構想한것이 中間에 여러번마음속으로 修整을 加하야 僧坊悲曲이된것이람니다. 그러니까 日文으로 發表한 蹂躪보다는 僧坊悲曲이 腹中의 나히로는 언니뻘이 되는 셈이지요.

길게 말할것업습니다. 나는 지금도 오히려 로맨틱한時節에 잇슴을 告白함니다. 그어느時節보다도 오히려 지지아는-이놈의 時節을 어서버서나야 나도 어룬이 좀 되여보려니하고 생각은 하면서 이놈의 헌누덕이를 좀체벗기심드니 엇지하면조와요.

『로맨틱시즘無料讓渡-헌누덕이드렁사우』

김산 편

기묘한 무기[1]

1

이 이야기는 1923년, 상해의 황포강연안에서 일어난 중요한 사건에 관한것이다.

2

포악한 룡과도 같은 자본제국주의가 봉건적집단이였던 각 나라사이의 경계를 꿰뚫어버린이래 그때까지 평화스런 요람과 같은 세계에 깊이 잠들었던 사람들은 이제는 그 잠에서 흔들려 일어나 안정을 잃고 더 이상 태평스럽게 행복을 꿈꿀수는 없게 되였다.

그녀석은 영국에서 태여나 독일에서 뛰놀다가 지금은 미국에 머물고있다, 기뻐날뛰고있다. 자신이 전세계를 지나가는 곳에서 지금까지 어느 누구도 그에게 용감히 저항해온 일은 없었다.

자신이 하늘의 총애하는 아들로 전 세계의 권력자 실력자들이 자기앞에서 무릎을 꿇고 기꺼이 자신의 충실하고 고분고분한 자식이 되여 그의 힘을 과시해주고 또 그가 소나 말처럼 여기는 군중들을 학대해주는 일에 그는 만족하고있다. 이 세상에는 자기밖에 없고 자신이 이 세상의 주인이라고 느끼고있는것이다.

이 자식들이 하나도 빠짐없이 ≪타고난≫ 미독이나 결핵환자로 장수를 할수 없다고 한들 상관없었다. 그는 단지 이렇게 몽상하고있을뿐이다.

● ①단편소설 ≪기묘한 무기≫는 작자가 직접 한어로 쓴것을 ≪문학과 예술≫(1990년 제3호)편집부에서 번역한것임. 원제목은 ≪寄怪的武器≫임.

남의 자식들은 이 세상의 소나 말같은 군중 한사람 한사람 모두에게나 스스로를 위해 내가 원하고있는 무엇인가를 하게 하고 그것이 끝나고난 뒤엔 하나씩하나씩 죽으면 그만이다. 일을 완수한 곳과는 다른 어딘가에서 쓸쓸히 죽어가는것이다.

그렇게 되면 누렇게 뜬 얼굴에 버쩍 마른 그놈들은 이 세상에서 보지 않아도 된다. 놈들은 태여날 때부터 아름다움과는 거리가 먼 더러운놈들이다. 그 어리석고 불안하고 소란스런 소리도 들리지 않을것이다. 그것은 안락하고 평온한 선률에는 어울리질 않는다. 세계는 행복의 벽돌로 쌓아올려지고 주위엔 오직 향긋한 내음, 은근한 달콤함, 아름다움 그리고 즐거움이 있을뿐이다. 그는 그렇게 느끼고있는것이다.

많은 사람으로부터 칭송을 받을 필요는 없다. 왜냐하면 자신이 충직한 자식들이외의 인간이란 어느 누구에게도 자신을 찬미할 자격조차 없기때문이였다. 그는 이렇게 교만할대로 교만하여 무서운게 없었다. 그리하여 자신이 아름다운 꿈을 완성시키기 위한 그의 발자취는 유럽전역을 뒤덮었고 미대륙으로 번져져 갔으며 그것도 모자라 거기서 육중하기가 마치 황소와도 같은 그 몸으로 아세아의 문까지 쪼각내버렸다. 여기 일본에서도 그놈은 새끼를 배여 재생했다. 이리하여 그의 자손이 일본에서 드디여 번식을 시작한것이다.

이것이 곧 현재의 일본제국주의자들이다.

일본은 자본제국주의의 길을 걷기 시작하였으며 부친의 뜻을 이어받아 충실하게 조상의 유덕을 닦아올리기 위하여 혀바닥을 내밀고 사람을 먹어치우지 않을수 없게 되였다.

이리하여 처음 먹힌것이 대만이요 두번째가 조선이였다. 그 다음은 겉으로는 늙어 볼품없어도 놈들의 눈에는 속에 많은 보화를 감추고있는듯이 보이는 우리의 이 나라로 순서가 돌아온것이다. 일본제국주의자는 이처럼 대단한 먹보이다.

이러할 때 《병이 입으로 들어오는》 일은 없을가? 있다. 이놈은 많은 병을 지니고있는 대단히 위험한 존재이다. 만일 각종의 병들이 한꺼번에 폭발해버린다면 다음에 기록하는것은 일본제국주의의 몸에 현재 나타나고있는 증상의 하나이다.

3

　지금으로부터 7년전 상해에 일본인(일본내의 피압박계급을 제외한)의 눈에
는 반역자로 보이는 사람들이 조선에서 도망쳐왔다. 한사람은 리군이라 하고
한사람은 김익상 그리고 또 한사람이 바로 오성륜이다. 그들 셋은 모두 조선에
서 태여난 청년들이다.

　그 집안은 모두들 국내에서는 예로부터 선비의 가문으로 알려져있었고 경제
적으로 적어도 중산계급에 속했다. 그들의 부모는 자녀들이 조금이라도 더 공
부를 해서 장래 관리가 되여 재산을 모을 발판을 만들고 자기의 뒤를 이어 가문
을 영화롭게 해주기만을 바라고있었다. 그들 셋은 이런 모자랄것 없는 가정에
서 태여나 평온한 생활을 했고 당연한 일이지만 더없이 행복했다.

　그리하여 부모는 빛줄기처럼 반짝하고 힘차게 약동하는 희망을 지니고 상쾌
한 바람이 불어올 때 록음이 푸르른 뜰에서도 생각없이 하지만 실은 의식적으
로 그들에게 열심히 학교안으로, 책속으로 향하도록 이르군 했다.

　그들은 어린 시절 늘 부모의 이러한 말없는 기대를 받아들여 모두들 국내의
학생들사이에 섞여 부모의 가르침을 충실히 따랐다. 그들이 평소에 학교안팎을
오갈 때 그 눈에는 언제나 금빛으로 빛나는 희망의 꽃이 떠올라 동경에 차서
흔들리고있었다. 자신들은 전생에 이미 운명이 정해져 태여난 행운아라고 그들
은 느꼈었다. 모두들 얕보고 경멸하며 이 세상은 자기들의 세상이며 제곁의 다
른이들은 그들이 있는 아름다운 울타리밖에서 살짝 그들을 엿보거나 혹은 고개
를 떨구고 한숨을 쉴수밖에 없는것이라고 생각하고있었다.

　그러나 불행한 일이 닥쳐왔다. 그것은 그들우에 홍수처럼 밀려와 그들을 흠
뻑 적시고말았다.

　그 아름다운 희망의 꽃을 열심히 추구하고있던 바로 그때 포악한 룡과같은
저 일본제국주의자가 눈을 휘번득이더니 살찐양처럼 조용히 자라고있는 조선
에 언뜻 눈길을 멈춘것이다. 그리고 그놈은 아귀가 돌연 음식물의 산더미를 발
견하고 그것을 먹어치우듯이 일본에서 한걸음에 확하고 달려들어 살찐 양처럼
탄수화물 단백질의 단맛이 가득찬 이 조선을 맛보기 시작한것이다.

　조선은 독룡이 몰고온 이 엄청난 홍수를 뒤집어쓰고는 우로는 국정을 주관하

는 왕궁에서부터 아래로는 로동자, 농민의 세계까지 모두가 이 물난리에 허둥거리며 방안은 온통 진흙투성의 란장판이 되였다.

이때 금빛으로 빛나는 희망의 꽃을 가슴에 간직한 조선의 세 청년은 어찌되였는가. 물론 그들도 피지 못하고 휩슬려 숨도 끊어질듯말듯하고있었다. 아직 인간세계에 있다고는 해도 큰 물속에서 오래동안 허우적거리고있었는데 그후에 다행히도 황해의 파도가 그들을 구하여 오송강입구의 황포해안에 데려다주었는데 남몰래 강둔덕으로 간신히 기여오를수 있었다.

이것은 그들에게 있어서 실로 이 세상에서 재생이였다!

강둔덕에 오른 뒤 그들은 자기들이 아직도 이 세상에 살아있는것을 함께 기뻐하고 조국의 많은 동포가 한사람 또 한사람 그 큰물에 먹혀들어가던것을 떠올렸다. 지금 우리 셋은 정말이지 생각지도 않게 이 황포해안에 상륙할수 있었다. 이것은 얼마나 다행스럽고 기뻐할 일이냐!

그러나 그 남부러울것 없던 가정, 자애로운 부모, 우애있던 형제와 친척, 친구들 이모두가 연기와 구름이 되여 허공에 흩어져버린것을 다시 한번 생각했다. 곧잘 련인을 데리고 놀러 가군했던 번화한 거리, 푸른 산과 많은 물의 고향, 꽃향기가 코를 진동시키던 정원, 거기는 지금은 어딜 가나 동포의 피자욱, 진흙과 뒤엉켜버린 피자욱만이 온통 흩어져있을뿐이다. 옛날의 해방감, 청결함, 고요함은 이미 한쪼각도 남아있지 않다. 조국은 벌써 철의 사자에게 짓밟힌 어린 양이 되여 완전히 자유를 잃고 말았다.

여기까지 생각한 그들은 저도 모르게 여섯개의 눈동자에서 한꺼번에 금빛으로 빛나는 눈물방울을 주저없이 방울방울 황포강우에 흘리며 이야기를 시작했다.

황포강아. 황포강아!
우리의 사랑해 마지않는 황포강아!
영원히 잊지 못할 황포강아!
해맑은 물결로 조용히 띄운 그 보조개, 깊은 슬픔을 머금은
보조개
저 미쳐날뛰는 파도속에서 우리를 건져내며 그 품에 깊이
품었다가 지금 다시 무사히 이 해안에 보내주다니

그 자비, 사랑 그리고 달보다 빛나는 그 마음
어떻게 도대체 어떻게 너를 그리고 감사하고 동경하는 마음을 나타내면 좋을가!
황포강아, 황포강아!
사랑해 마지않는 황포강아!
영원히 잊지 못할 황포강아!
어떻게 알고있는거니 우리가 둥지 잃은 새
말라버린 물속의 물고기와도 같음을
그 자비깊은 심성으로 상냥한 보조개를 띄우고 저 소용돌이
치는 파도속에서 우리를 구해내준것이냐? 만약 내가 맞아주지
않았더라면 그때 우리는 틀림없이 저 미쳐날뛰는 물결에 삼키워 죽었을게다
이 천국과도 같은 황포연안을 거닐수 있을줄이야?!
너와 이야기를 나누는 오늘을 맞이할수 있을줄이야?!

황포강아, 황포강아!
사랑해 마지않는 황포강아!
영원히 잊지 못할 황포강아!
너야말로 틀림없이 이 세상의 신일게다.
우리를 구해내준
이곳은 얼마나 아름답고 영화로운 거리인가?
—아아, 그러나그러나
이 둥지 잃은 새 물이 마른 물고기
어떻게 이대로 여기서 살아갈수 있단말인가?

생각난다 조국의 쓰러진 동포들
생각난다 가정, 부모, 형제, 자매 그리고 사랑하는 이
생각난다 대문밖에 언제나 늘어섰던 네마리 말이 끄는 멋진마차
생각난다 그 번화하던 거리, 푸른산과 해맑은 시내가 흐르던 전원
이것들 모두가 저 독룡이 몰고온
홍수에 벌써 거의 잠겨버리고

이우에 무슨 더 살아갈 필요가 있는가?!

황포강아, 황포강아!
사랑해 마지않는 황포강아!
영원히 잊지못할 황포강아!
진정 이 세상의 신이다!
신이여, 감사합니다. 우리를 구해주어서 아마도 그 자비가
바로 지금 홍수속에서 허덕이고있는 저 리재민을 구하러 가라고 우리에게
이르는것이겠지!
그대 알았다! 너의 충실하고 용감스런 신도가 되자.
재난속에 있는 저 수많은 동포를 구하러 가자.
이렇게 우리의 뜨거운 눈물을 한방울 또 한방울 네 몸우에 떨구고
그것을 서서히 퍼뜨려 끝내는 저 독룡의 보금자리까지 넘치게하여 그것을
완전히
잠기게 하리다
아아, 신이여 안심해주소서 우리는 결단코 배신따위는 하지않는다.
그 자비를 위하여 싸워야만 한다.
우리의 가정, 부모, 형제와 자매, 친척과 벗들, 련인을 위해 싸워야만 한다.
그리고 무엇보다도 사천여년의 력사를 지닌 조국을 위해 싸워야만 한다!
우리는 간다! 가서 싸우자!

4

세사람은 조선에서 상해로 도망쳐온지 며칠이 지나도록 조국을 위해 어떻게
복수할가 하는 문제로 온종일 골치를 썩였다.
결국 상해에 있는 조선인 청년을 다 모아 ≪한국의렬단≫을 조직했다. 이
단체가 성립되고 그들은 이것이야말로 조국의 복수를 위한 무기라고 느꼈다.
이 단체를 하나의 폭탄으로 연단시켜 저 일본 전토를 폭파하여 두번 다시 지구
상에 존재치 못하도록 하는것이다. 일본옷을 입은놈들은 하나씩 남김없이 죽여

없앤다.

그러면 겨우 마음이 풀릴게다. 그리고 겨우 자신들의 복수도 성공했다고 할 수 있을것이다. 이리하여 그들은 매일 아침부터 밤까지 침상에 누워서도 꿈을 꿀 때까지는 잠시도 쉬지 않고 적을 멸하러 가려고 벼르고있었다.

어느날, 신문에 갑작스런 한가지 뉴스가 실렸다. 일본의 륙군대신 다나까 기이치(이하 다나까로 생략)가 ×월×일××선을 타고 공무로 동경에서 상해까지 올 예정이라는것이였다. 그들 셋은 이 뉴스를 보고 모두 고개를 움츠리며 기뻐했다. 그리고는 이렇게 정했다. 한사람은 두손으로 칼을 들고 한사람은 량손에 폭탄을, 그리고 한사람은 피스톨을 지니기로 했다. 이야기기 끝난 뒤 오성륜을 피스톨을 슬쩍 들어올리며 말했다.

≪내가 먼저 쏘겠어. 너희 둘은 한사람은 칼을, 다른 하나는 폭탄을 들고있다가 만약 피스톨이 명중되지 않으면 폭탄을 든 사람이 바로 목표를 향해 폭탄을 던지고 만일 거리가 너무 가까우면 칼을 든자가 해다오.≫

그가 말을 마치자 김군이 폭탄을 서둘러 집었고 결국 칼은 리군이 지니게 되였다.

셋은 임무가 정해지자 다나까가 최근에 찍은 사진을 한장 찾어내여 황포해안에 가지고가서 일본의 배가 닿을 부두에서 그를 확인하기로 했다.

모든 준비가 갖추어진것은 오후가 되여서였다. 그들은 황포강의 강변을 향해 걸으며 생각했다.

일본에서 공신이라지만 그 죄악이 천하에 진동하고있는 다나까여, 늑대보다 더 흉악한 그 군대로 하여금 동포를 살륙케 하고 내 조국을 삼켜버린 일본의 륙군대신이여! 이제는 쉬여도 좋을 때가 왔다. 우리의 총알과 칼날아래 지은 죄를 뉘우치고 죽어가라! 그리고 알아두어라. 이 세계에서 너는 살인을 즐기는 교형리였던것이다. 너는 일본에서 많은이들을 죽였지만 그것은 모두 너의 일본이 알아할 일이다. 우리에겐 관계없다.

하지만 이제 또 피에 굶주려 우리 조국의 동포를 죽였고 그 시체들은 산과 들에 널리고 그 피는 강을 물들였다. 너는 이처럼 짐승같이 사람을 죽이고도 전혀 후회하지 않는단 말이냐? 좋다. 뉘우치지 않아도 좋다. 우리가 신의 명을 받들어 정의를 위하여 너같은 악당을 지옥으로 보내여 징벌해주겠다.

다나까여, 죄악이 넘치는 다나까여! 알아두어라. 물이 넘실거리는 이 황포연안이 곧 네가 최후로 노닐던 곳이라는것을! 알아두어라. 지금 너는 죽지만 그래도 신은 얼마간의 련민때문에 이처럼 편한 죽음을 허락한것임을! 그렇지 않으면 너같은것은 칼로 란도질을 한대도 씨원치가 않다.

세사람은 이처럼 울분에 싸여, 하지만 웃음을 머금은듯도 한 얼굴로 걸음을 재촉하였는데 정신을 차려보니 어느새 황포연안이였다. 좌우로 늘어선 매서운 표정의 일본군 그리고 사냥개와 같은 눈초리로 주위를 살피고있는 경관을 보았을 때 세사람 가운데 하나는 조금 겁을 집어먹은듯했다. 아, 아, 이렇게 군경이 가득찬 곳에 다나까를 죽이러 가다니 위험하지 않을가?

이때 용감한 오성륜은 어떻게 하면 다나까에게 피스톨을 제대로 묘준할수 있을가 궁리하고있다가 슬쩍 고개를 돌려 동지들을 보고는 리군이 약간 떨고있다는것을 눈치챘다. 오는 그것을 보고 마음은 급하고 화가 나서 리군을 향해 타이르듯 말했다. 여기까지 와서 겁을 내는놈은 가버려, 빨리 돌아가라. 나는 아무래도 저들과 한바탕 해내야만 할테니.

그가 리군에게 화를 내고 있는 바로 그때 갑자기 ≪부웅―부웅―≫하는 소리가 나며 배가 이미 기슭안에 닿았음을 알렸다. 세사람은 그 배를 뚫어지게 바라보았다. 닻을 내리자 많은 사람들이 연안에서 나간 나루배를 타고 연안을 향해 곧추 오고있는것이 보였다. 그때 오성륜은 서둘러서 봉투속의 사진을 꺼내여 손바닥에 감추고는 살짝 강나루에 오르는 사람들과 맞추어보았다.

그리하여 평소에 관부에서는 거드럭거리지만 밖에만 나왔다하면 사람들속에 숨으려 드는 그 다나까대장을 찾아내였다. 그 매서운 표정, 사치스런 몸치장, 피냄새와 추잡과 죄악으로 뭉쳐진 몸을 보았을 때 오는 증오때문에 미칠것만 같았다.

≪탕! 탕! 탕!≫

오성륜은 잇달아 세발을 쏘았다.

총성이 울린후 오는 곧 뒤돌아보며 김익상에게 말했다.

≪어때! 맞았어? 빨리…빨리…빨리 폭탄을 던져!…빨리!…≫

≪휘―익≫소리를 내며 폭탄 하나가 김군의 손으로 던져졌다.

≪아, 터지기전에 영국해병이 강물에 처넣어버렸어. 저걸 봐!≫

오가 당황하여 말했다.

≪에잇, 빌어먹을 영국해병! 왜 우리 폭판을 강물에 내던져? 네놈도 일본제국주의의 졸개냐?≫

≪당연하지. 영국의 해병은 영국제국주의의 개잖아. 생각해봐라. 제국주의와 제국주의, 제국주의의 개와 제국주의의 개란 언제나 한패인거다.—제기랄! 동지, 다나까는 죽은거냐?≫

오가 다시 정신을 차려 물었다.

≪죽었다, 죽었어, 죽었음이 분명해, 네가 쏜 세발은 전부 제대로 된 소리였잖아, 보아라 그놈은 예쁜 서양녀자 하나와 함께 땅우에 쓰러져있지 않느냐?≫

김은 이렇게 증거를 들어 대답했다.

≪죽었구나, 정말로 죽었어. 우리는 성공한거야, 조국을 위해 조금은 화풀이가 된거지—아! 김동지! 경관이 왔다. 빨리 피하자.≫

오는 이렇게 말하면서 뒤돌아보고 리군을 찾아 함께 도망치려 했다. 그러나 고개를 돌려 찾아도 리군은 이미 거기 없었다. 그는 곧장 김에게 물었다. ≪리군은?≫그 얼굴에는 불안스런 표정이 떠올라있었다.

≪그녀석, 내버려두자. 여기 올때부터 별로 내키지 않았던거야, 네가 한발 쏘자마자 어딘가로 도망쳐버렸어.≫ 김은 이렇게 대답했다.

≪아아, 지긋지긋하다. 비겁하고 믿을수 없는 엉터리같은 가짜 혁명가놈, 결국은 마지막에 와서 도망치다니! … 좋아. 지금은 빨리 피하자. 저걸 봐. 저 시체 옆의 양복을 입은 젊은 서양인이 이쪽 내닫고 있어. 틀림없이 우리를 잡으려는 거야…빌어먹을, 동지, 주변의 경관도 다들 오고있다. 빨리 뛰면서 쫓아오는 놈들을 피스톨로 쏘아. 도망쳐! 빨리! 빨리! 빨리!…≫

≪탕! 탕! 탕!≫

5

오성륜은 다나까를 세발 쏘았고 다나까가 총탄에 맞아 죽어버렸다고 생각했다. 하지만 정말로 죽은것은 다나까가 아니라 아메리카의 저명한 ××왕의 딸이였다. 그녀는 어떤 젊은이와 결혼하여 상해에 신혼려행을 온것이였다. 그녀가 다나까대신 죽어버렸다.

그녀와 남편은 동경에서 다나까가 ××선을 타고 ×월×일 상해로 간다는 소식을 들었다. 두사람은 다나까가 타는 배라면 쾌적하기도 할것이고 다나까와 같은 배로 중국을 려행한다는것은 영광스런 일이라는 쓸데없는 생각을 했고 결국 다나까와 함께 ××선을 타고 중국에 오기로 정한것이였다. 한편 다나까는 그녀가 아메리카의 귀족출신 자본가의 딸이라는 말을 듣자 물론 기꺼이 그들을 맞아들였고 자기와 같은 배에 태워 상해로 왔다.

상륙할 때 신혼의 두사람은 손에 손을 잡고 어깨를 맞대고 한걸음씩 걸어나왔다. 다나까는 이때도 많은 환영인파의 물결을 제치고 그녀의 꽁무니에 바싹 붙어나왔다. 다나까는 그녀에게 얼이 빠진 모양이였다. 체면이고 뭐고 함께 숙소에까지 따라가 들여다보아야겠다고 생각한것 같았다.

그런데 강나루에 오르자마자 《탕! 탕! 탕!》하는 소리가 몇번 나면서 그녀가 갑자기 《풀썩》 땅우에 쓰러졌다. 동시에 그녀의 몸을 꿰뚫은 최초의 붉은 총알이 벌써 회색으로 변해가면서 다나까의 몸에 부딪쳐 약간의 통증을 남기고 땅에 떨어졌다. 다나까는 그대로 몸을 웅크려 지면에 쓰러져 움직이지 않고 죽은체하고있었다.

그는 알고있었다. 이것은 분명히 누군가가 나를 죽이려 하는것이다. 그러나 나는 운이 너무 좋았다. 놈들은 나를 죽이려다 실수하여 앞에 있던 그녀를 죽이고말았다. 다나까는 곧 병졸에게 범인을 잡으라고 명령했다. 그런 뒤에야 겨우 뒤뚱거리며 일어나서는 수많은 총검에 둘러싸여 휴식을 취하기 위해 일본령사관으로 향했다.

한편에서는 다나까의 부하와 경관 그리고 신혼려행에 왔던 그녀의 남편이 함께 일심불란하게 오와 두 흉악범을 쫓고있었다. 두사람은 있는 힘을 다해 달리면서 뒤돌아보니 누군가 벌써 바싹 옆에 와있었다. 거기서 다시 《땅!》하고 한발 쏘아 놈을 땅우에 쓰러뜨렸다. 한번은 적이 총을 쏘아대는것을 보고 곧은 길에서 재빨리 새길로 빠져 도망치기도 했다. 날아오는 붉은 총알을 피하려는 것이지만, 잘하면 저희들끼리 쏘아댈수도 있다. 이렇게 도망치면서 《탕…탕… 탕…》하고 뒤를 향하여 쏘아대여 전부 십여명을 사상시키고 마침내 오성륜을 프랑스조계(2차세계대전이 일어나기전 중국의 개항도시에서 외국인 거류지로 개방되였던 치외법권지역)의 막다른 골목으로 뛰여들고말았다. 뒤를 쫓던 놈들이 차례로 달려왔다.

그는 더는 도망칠수 없음을 깨닫자 각오를 굳히며 체포되였다. 도중까지 끌려와보니 김익상이 이미 잡혀와있었다. 이리하여 용감히 싸운 두명의 젊은이가 이리와 같은 군경들의 손으로 공부국(工部局)에 보내져 구금당하고 말았던것이다.

그날 밤 두사람은 옥중에서 적잖이 풀이 죽어있었다. 하지만 다나까가 총에 맞아 죽었다는것을 떠올리면 그들은 금방 자랑스럽고 즐거운 기분이 되였다. 다나까의 죽음은 조국회복의 징조이며 조국을 위한 복수의 첫번째 성공이다. 동시에 또한 이전의 부족할것 없던 가정생활, 자애로운 부모와 사랑하는 벗들의 따사로움이 멀지 않아 되돌아오게 된다는 실마리이기도 하다.

우리는 지금 잡힌 몸이지만 그다지 슬퍼할것 없는것이다. 이제 혹시 사형을 당한다 해도 조국과 동포에게 볼낯이 있지 않는가. 더구나 장래에 조국이 다시 서는 날이면 온 나라가 우리를 기념해줄것이 틀림없다. 두사람은 이런 생각들로 옥중에 있는것이 조금도 고통스럽게 여겨지진 않았다. 두사람은 이런 내용의 이야기를 나누고있었다.

이 뻔뻔스런 다나까여, 어느 누구도 너에게 손가락하나 대지 못했건만 지금 바로 우리들 손에 의해 영원히 끝장이 난것이다. 이제 무서운걸 알겠지.

이야기를 하고있는 둘의 얼굴에는 웃음이 떠올랐다.

이튿날, 두사람이 일본령사관에 호송된다는 소식을, 공부국의 간수로 있던 베드남병이 몰래 알려주었다. 그 베트남병은 두사람이 망국인으로 국외에 떠돌면서도 슬픔속에 잠겨버리는것이 아니라 오히려 복수를 하려고 세상을 깜짝 놀라게 한 큰 사건을 일을켰음을 알고 있었다.

이것은 자기의 조국의 현실과 또 스스로가 적의 하수인 그 살인의 도구가 되여있는것과 비추어 생각하면 정말이지 스스로가 부끄러워 견딜수 없었다. 자기라는 인간은 어쩌면 적의 하수인이 될 정도로 비루한걸일가. 왜 이리도 의지가 약한걸가. 옥중의 이 조선의 지사들처럼 장거를 행하지도 못하고 조국을 멸망케 한 프랑스제국주의를 물리치러 가지 못한 스스로를 탓하고 락담하며 울적해지는것이였다.

그러는 한편 용감하고 장렬한 기개를 옥안에 가득 채우고있는 두사람의 지사를 쭉 지켜보노라면 저도 모르게 외경스런 느낌이 그리고 가엾다는 생각이 치미는것이였다.

《위대한 조선의 지사, 경애하는 용감한 젊은이여! 그대들이 다나까를 죽이려 했던것은 더할나위없이 훌륭한 일이였다. 허나…》 오, 김 두지사에게 말하면서 그는 진심과 의분이 함께 하는 얼굴로 옥문밖에 서있었다.

《허나…어쨌다는거냐?》

오와 김이 동시에 물었다.

《하지만 그대들은 대단히 위험한 상태이다. 그대들이 죽이려 했던 그자는 실은 죽지 않은거야.》

《뭐라구? 안 죽었다고?!》

오와 김은 그 말을 듣자 놀라서 웨쳤다. 그러나 그들은 곧 자신있게 그놈은 죽었다며 오히려 베트남병이 거짓말을 하고있음을 의아하게 여겼다.

《죽지 않았어…확실합니다.》

베트남병은 정색을 하고 말했다.

《……》

오와 김은 그래도 여전히 속이려는게 아닐가 의심하며 베트남병을 꼼짝않고 바라보고만 있었다.

잠시후 베트남병은 그들이 자기의 말을 끝내 믿지 않는걸 보고는 그날 신문을 찾아와 거기에 실린 《다나까 암살미수》의 기사를 잘라내여 두사람에게 보였다.

오, 김 두사람은 그의 손에서 조그마한 신문쪼각을 받아들고 거기에 실린 사실이 베트남병의 말과 완전히 일치하다는것을 보고는 경악하고 말았다. 그러는차에 오와 김 두 흉악범을 일본령사관에 호송한다는 통보가 날아들었다. 명령을 쫓아 옥문을 열고 두사람을 내여놓을 때 옥문지기 베트남병은 귀에 대고 속삭였다.

《어떻게든 도망쳐야 합니다.》

두사람은 이 말을 듣고 또 그가 아까 알려주었던 기사를 떠올리고는 겨우 자기들을 속이려 했다는 의심은 베트남병에 대한 억울한 루명이라는걸 알았다.

두사람은 뭐라고 사과하고 싶었으나 호송계가 어찌나 거칠었던지 전혀 틈을
주지않아 그들의 재촉에 끌려갔다.

6

　상해의 일본령사관은 홍구에 있었는데 바로 앞에 황포강변을 바라보고있었
다. 끊임없이 넘실거리는 양자강이 아침저녁으로 자신의 먼지를 씻어내려는듯
이 동쪽을 향해 흐르고있었다. 령사관은 구석구석까지 서양의 건축양식을 도입
하였고 높이는 약 15메터 넓이는 적어도…우선 겉모양에서 그 새로운 양식과
견고함은 어떤 서양식건물에 못지않았다.

　내부는 전부 4층이였는데 그중의 두층은 최신의 일본식 꾸밈새였으나 서양
이나 중국의 아름다운 집기들로 몇점인가 놓여있는 등 특별히 지성스럽게 치장
되여있었다. 이것은 령사관 관원들이 그곳에 살기 위해서였다.

　하지만 1층과 4층은 이와 몹시 달랐다. 1층에 살고있는것은 주로 노예나 가
축취급을 받는 몇명의 고용인들이였고 따라서 그곳의 꾸밈새(당연한 일이지만)
도 2, 3층과 같이 해서는 안되였으며 그럴 필요도 없었다. 4층은 오로지 죄수들
을 가두어두는 공간이였으니 더구나 꾸밈새같은건 문제가 되지 않았다. 거기는
횅한 공간에 철조망을 둘러쳐서 만든 커다란 감옥이 하나, 그리고 그안에 똑같
이 만들어진 작은 감옥이 하나 있을뿐이다.

　오성륜과 김익상은 공부국의 류치장에서 나와 험악한 눈빛의 십여명의 병사
에 의해 차에 실려 호송되였다. 두사람은 심문에서 다나까가 건재하고있다는
기사를 본 뒤로 놀라고 원통했고 스스로의 무능함에 정나미가 떨어져있었다.

　어째서 짐승만도 못한 그놈―다나까를 죽이지 못한거냐? 그놈만 쏘아죽였더
라면 우리는―설령 어떻게―죽어도 죽는 보람이라는것이 있다. 하지만 실은 죽
이지 못했다. 그렇다면 이제부터 일본령사관으로 간다는것은 놈에게 모욕을 당
하러 가는것이 아닌가…아아, 우리는 얼마나 멍텅구리들이냐…

　두사람은 차안에서 호송병의 감시를 받고 앉아서 자기들의 무능함을 한탄하
고있었는데 문득 고개를 들어보니 어느새 일본령사관문앞에 이르러있었다. 두
사람은 속으로 흠칫했다. 눈을 치켜뜨고 욕지거리를 해대는 몇명의 경비병들앞

을 똑바로 걸어나갔다. 이때 두사람은 짐승과도 같은 일본인 경비병들이 너무나 밉살스러워 당장 달려들어 박살내버리고싶었다. 하지만 온몸이 이미 자유를 잃고있다는 사실을 새삼 깨닫고는 쓴웃음을 지을수밖에 없었다.

두사람이 일본령사관에 들어오고보니 웬일인지 김익상은 약간 죄가 가볍다고 판단된 모양이였다. 두사람이 서로 다른 감옥에 수감되게 되여서 오성륜은 좀 섭섭했다. 오는 곧 4층의 그 작을 감옥에 수용되였다.

이 작은 감방은 커다란 감방의 한구석에 설치되여 사면은 온통 철조망이 벽이였다. 한쪽벽이 창에 면해있어서 밖으로 쪽빛하늘이 보였다. 정연하게 통일되여 얼마나 사랑스러운지. 오성륜이 그 작은 감방에 발을 들여놓았을 때 큰 감방쪽에서 세사람의 죄수가 감금되여있는것이 보였다. 모두들 웃음띤 얼굴로 오성륜을 맞아주었다. 오는 그것을 보고도 끝내 한마디도 입을 열지 않았다.

물흐르듯 시간이 흘러 오성륜이 일본령사관의 감방에 들어온지도 벌써 며칠이 지났다. 거미줄처럼 짜여진 감방의 철벽과 철막대기가 끼워진 창을 보고 오는 이것이 이 세상과 작별하는 첫번째 정거장이라고 생각했다. 때때로 창에 기대여 밖을 내다보면 황포강에 끊임없이 일었다가 스러지는 파도들이 일어났다 싶으면 금새 다른 파도로 가루처럼 부서져내리고 그러면서도 강은 유유히 흐르고만 있었다. 그것은 그대로 인생의 물거품을 상징하는듯해서 저도 모르게 슬퍼지군했다.

때로 그는 인간의 잔혹함에 분노를 느꼈다. 어찌하여 인간은 짐승처럼 자기의 무리를 죽이는걸가, 례를 들면 지금 자기와 같이 왜 피스톨을 손에 들고 누군가를 쏘아죽일수밖에 없는가. 그는 생각이 여기까지 미치면 어떻거든 스스로 이에 답하고자 하였다.

만일 저 흉악한 사기군 일본이 우리 나라를 점령하지 않았더라면 그들과 원쑤지간이 되였을가. 만약 저 악랄한 다나까가 자기의 졸개들을 움직여 조국의 동포를 학살하고 또 우리와 같이 약간이나마 정의감이 있어 조국의 멸망과 동포의 억울한 죽음을 좌시할수 없는 청년들을 온 세상을 떠돌며 돌아갈 집조차 없는 처지에 몰아넣지 않았더라면 내가 이렇게 모질게 다나까를 저격하게 되였을가.

또는 만약에 우리 조국이 지금 대단한 힘을 지녔고 일본인에게 무시를 당하지 않는 정도가 아니라 오히려 일본인도 우리의 조국이 강대한 까닭에 우리와 손을 맞잡고 두 나라가 이 세계, 아니 최소한 아세아에서 한사람의 량팔이라 일컬어진다면 그때 우리는 일본인을 적대시하지 않을뿐더러 이런 흉포한 행위도 하지 않았을게 아닌가.

여기까지 생각했을 때 오는 깨달았다. 모두 알것 같았다. 지금 이 세계는 사람이 사람을 죽이는 세계, 강한자가 약한자를 죽이는 세계인것이다. 그는 이 세계를 움켜쥐여 작은 공으로 만들어서 있는 힘을 다해 지면에 내던져 가루로 만들어버릴수 없는것이 원통했다.

물론 그것이 완전히 공상에 지나지 않는것을 그는 알고있다. 세계 모든 나라를 평등하게 하고 오직 저 ≪피에 굶주린≫ 포악한 민족을 한사람도 남김없이 없애버릴수만 있다면 이 세계는 평온해진다. 그러나 이번에 다나까를 죽이려 했던것을 잘못이였다고 할수 없을뿐더러 조국을 회복시키고 원통하게 죽어간 동포들의 원쑤를 갚기 위해서는 이렇게라도 하지 않으면 다른 방법없는것이다.

감옥속에서 이런 생각을 하기 시작하면 오의 마음은 언제나 물이 펄펄 끓는 듯한 열기로 뒤덮여 ≪사형을 당하지나 않을가≫하는 따위의 걱정이 사라져버렸고 도리여 자칫 죽음을 당할번했던 다나까가 이번 일의 화풀이로 우리 민족을 살해하려는 음모라도 꾸미지 않을가 하는 생각이 들었다. 동시에 그들 죄수들을 호랑이나 이리로 간주하여 도망치지나 않을가 매일 념려하는 간수병 지어는 자신과 같은 감옥의, 그가 처음 이곳에 들어왔을 때 웃는 낯으로 맞아주었던 세사람의 일본인 죄수까지도 모두 포악한 민족이니 당장 옥문을 부시고 뛰쳐나가 놈들을 몰살시키고싶었다. 그리고나서 도망칠수 없다면 피스톨로 자결이라도 해버리면 일본의 사기군놈들에게 모욕을 당하고 사형에 처해지는것을 면할수 있으니 통쾌할것이다.

매일 아침부터 밤까지, 밤에서 새벽까지 눈을 감고 잠든 시간이외에는 오는 항상 울분으로 가슴이 미여지는 모양이여서 무의식 또는 의식적으로 그리하여 현실적으로는 그 세사람의 일본인 죄수들에게 적의를 불태우고있었다. 때로는 감방문을 지키고 있는 일본병에게도 눈을 돌렸다. 물론 울화는 한층더 치밀었다.

오는 당시 일본인은 모두 나쁜놈이고 남녀로소 할것없이 전부가 우리 조선인들에게는 용서받지 못할 적들로 생각했다. 만약 정말로 감옥문을 부시고 뛰쳐나갈수 있다면 반드시 피스톨을 손에 들고 일본인을 보기만하면 쏘아죽이리라.

이리하여 홀로 좁은 감옥에 들어앉아 언제나 몹시 고독했다. 그리고 외로움 때문에 기분이 가라앉고 우울에 잠기군 했다.

커다란 감방의 세사람은 하나가 가토우라는 이름이였고 또 하나는 그의 매부, 나머지 한사람은 직업이 목수였다. 가토우는 무정부당으로 적발되여 체포당했다. 그 매부 역시 무정부당이라는 혐의로 함께 끌려왔다고 한다. 목수는 필시 자기만을 생각하는 별 볼일없는 사내였던 모양이였다. 사기로 고소를 당해 잡혀왔으니.

이 세사람은 그날 오성륜이 감방에 들어오는것을 보고는 다들 그에 대해 동병상련의 느낌을 가졌으나 유감스럽게도 셋 모두 조선말을 몰랐고 오성륜도 일본말을 몰랐다. 그러니 그들은 서로 의사소통을 할수 없었으나 그후 십여일이나 지나고보니 오성륜은 일종의 ≪머나먼 이국에서 똑같이 잡혀있는 신세≫라는 동정심이 우러나 때때로 그들을 향해 자기도 모르게 허물없는 표정을 짓기도 하였다. 또한 가토우는 오에 대한 경의를 입으로 나타낼수 없어 곧잘 엄지손가락을 내들고는 오성륜에게 이렇게 말하고자 했다. ≪자네는 이거야!≫

오성륜은 이처럼 가토우가 자신을 치켜세우는것을 보고 일본인을 미워한 나머지 가토우에게까지 옮겨붙었던 분노의 불꽃이 조금씩 사르라짐을 느꼈다. 이렇게 한달 넘게 함께 지내다보니 서로 접촉도 많아져 그들은 눈에 띄게 친해져갔다.

어느날 해가 질무렵 오성륜은 혼자 이리저리 탈옥을 궁리하고있었다. 하지만 작은 방의 4면이 모두 철망으로 짜여져있음을 보고는 결코 도망칠수 없음을 깨닫자 장차 일본사기군놈에게 모욕을 호락호락 당하느니 차라리 자살을 해버릴가 하고 생각하기 시작했다. 이런 생각을 하면서 있는 힘을 다해 팔로 철조망 벽을 두들기며 때려서 구부려보려 했지만 결과는 실패였을뿐아니라 두들길 때마다 팔만 너무나 아파서 오는 결국 다시 침울해져버렸다.

바로 그때 오는 힘이 빠져 아무런 생각도 없이 문득 창밖의 새파란 하늘에 눈길을 돌렸다. 그러자 돌연 따스한 남풍을 타고 피리소리가 들려왔다. 호는 얼른 귀를 기울였다.

≪어디서 들려오는것일가?≫ 이렇게 중얼거리며 고개를 들고 둘러보려는데 이어서 가느다랗고 해맑은 부드러움을 흠뻑 머금은 흐르는듯한 목소리가 창을

통해 감옥속으로 날아들었다. 이때 머리가 좋은 오는 틀림없이 감옥속의 누군가와 저 밖에서 피리를 불고있는 사람과 어떤 관계가 있어 이러는구나 하고 판단했다.

아니나다를가 오가 곧 큰 감방의 세 죄수의 행동에 주의를 기울이자 그중의 하나인 남다른 표정을 한 사람이 피리소리에 ≪그래.≫하고 대답했다.

대답을 한것은 오와 친숙해져있던 가토우였다. 그는 조선말은 알지 못했지만 당시 대단히 유행하고있던 영어는 약간 할줄알았다. 가토우는 오성륜이 이런 바깥과의 소통에 흥미를 나타내자 숨기려하지 않고 영어로 일러주었다.

≪밖에서 피리를 분것은 제 누이동생입니다.≫

그리고는 옆에 있는 사람을 가리키며 말했다.

≪이 사람은 그 남편이죠.≫

오성륜은 그 말을 듣자 서둘러 일어서서 창가에 다가가 밖을 내다보았다. 그러자 기모노를 입고 게다를 신은 하얀 분칠의 젊은 녀자가 건너편 건물의 옥상에 서서 그를 똑바로 바라보며 웃음지었다. 한달 내내 우울과 번민으로 머리속에 꽉 차있던 오는 이 아름다운 미소에 현기증이 일것만 같은 령롱한 세계로 끌려들어갔다.

≪……≫

어쩌구저쩌구하는 일본말 소리가 한바탕 이번엔 가토우의 발음기관—입에서 쏟아져 오군을 돌려세우더니 다음에는 또 한동안 전보다 더 가느다란 이러쿵저러쿵하는 목소리가 오군의 마음을 빼앗았다.

그런 소리들이 몇번인가 오고가자 오성륜은 머리가 약간 멍해져버렸다. 아름다운 녀자가 서있던 곳에서 사라진 뒤 오는 가토우를 향해 지금 그녀와 무슨 이야기를 했는지 물었다. 그리고 그걸 듣고 세사람의 형량을 알게 되였다. 가장 무거운것이 가토우로서 이미 징역 1년의 판결이 내렸고 매부는 반년, 그리고 목수는 사기미수로서 징역 3개월을 보내면 석방된다는것이였다.

가토우는 또 오에게 말했다. 날씨가 너무 더워 갈증이 나서 지금 동생에게 배를 사오라고 했으니 가져오면 다같이 배를 먹을수 있다고.

잠시후 피리소리가 났다. 배을 사온것이다. 하지만 배를 우까지 올려보낼 방법이 없었다. 마침내 그것을 본 오성륜이 한가지 방법을 생각해서 그들에게 일러주었다.

이야기가 끝나자 오른손(수갑이 채워진 채로)으로 신중하게 침대의 돗자리에 짜넣어진 끈을 한가닥씩 풀어내여 거기에 저가락을 하나 묶어서 창으로 내던졌다. 저가락에 손수건을 걸게 하여 다시 끌어올리려는것이였다.

생각대로 배가 창밖까지 올라왔다. 하지만 창살의 폭이 배의 꾸레미만큼 넓지 않았으므로 오는 한손으로 끈을 꽉 잡고는 다른손의 기다란 세손가락을 펼쳐 하나씩 안으로 집어들였다. 이렇게 해서 큰방의 세마리 아귀들에게 건네주어 먹게 하는것이였다.

마지막으로 오는 그 손수건속에 작은 칼 하나가 들어있는것을 발견했다. 그것을 본 그는 뛸듯이 기뻤다. 이 칼이 있으면 틀림없이 일본사기군놈을 몇인가 없앨수 있다. 설혹 죽일수는 없더라도 놈들에게 모욕을 당하는 일 없이 자살을 할수는 있다. 그렇게 생각이 들자 그는 자기의 몸으로 세사람의 시선을 가리면서 슬쩍 칼을 집어 숨겼다.

이 작은 칼을 눈치채지나 않았을가 하고 그는 쉴새없이 세명의 일본죄수들에게 신경을 곤두세웠다.

하긴 그것이 당연한 일이기는 했다. 큰감방의 세명의 일본인은 어느 누구도 배를 끌어올릴 방법을 몰랐지만 오성륜은 그 좋은 머리로 그 일을 해냈다. 세사람은 전부터 오에 대해서는 동정과 함께 경애심을 나타내고 있었지만 지금 새삼스럽게 얼마나 지혜로운 사람인가 하는 감탄의 느낌을 싱글벙글하는 얼굴우에 나타내고있었다. 가토우는 오의 령민함에 감탄하여 특별히 많이 배를 나누어주었다. 오는 배를 손에 들고 천천히 먹으면서도 마음은 온통 숨겨둔 칼에 가있어 어떻게 그것을 사용할가를 곰곰히 생각했다.

이렇게 하루 또 하루 은밀히 계획을 짜고 있으려니 감옥안에 있는것이 전혀 고통스럽지 않았다. 언젠가 반드시 이 몹쓸 곳에서 도망치리라 별렀다. 이리하여 오는 감옥안에서 벅차오르는 기분으로 날을 보내고있었다.

7

4월의 기후, 온후한 남방—상해의 해살은 이미 약간 자극적일 정도였다. 그래서 상해에 살고있는 사람들은 매일 한번씩 목욕을 하는것이 통례였고 어느 누구도 그것을 거르지 않았다. 일본사령관의 감옥에 갇힌 죄수들 역시 마찬가지로 그들의 신—여기서는 무어라 불러야 좋을지 몰라 외람되지만 이렇게 해둔다.—의 은혜로 저녁마다 목욕을 하도록 보내져서 그 몸의 더러움을 천천히 성수로 씻어내렸다. 이래야만 장차 겨우 천국에 올라갈수 있는것이다. 그러니 그들은 두말할것없이 고분고분하게 이 세례를 받는것이였다.

하지만 웬 일일가, 신의 자애로움은 게으른자들을 감동시킬뿐이여서 태여날때부터 완강하고 스스로의 죄악을 알고있는 오성류은 오래동안 물에 잠겨있다가 끝내는 거기에 등을 돌리려하였다.

그날 저녁 간수병이 언제나 하는것처럼 그들을 목욕에 데려가려 왔을 때 오성류은 꾀병을 부려 목욕하러 갈수 없다고 말했다. 그 병졸은 오의 창백하고 여윈 얼굴을 보고는 그의 속셈은 전혀 눈치채지 못하고 그를 그냥 두고 큰방쪽의 죄수 셋만을 데려갔다.

≪이야말로 하늘이 주신 기회다!≫ 그들이 내려가버린후 오의 가슴은 소용돌이쳤다. 그는 서둘러 몸을 일으키고는 그 작은 칼끝을 족쇠의 나사에 대고 빙글빙글 돌려서 못을 빼여내려 하였다. 몇번인가 돌리자 드디여 나사가 헐거워졌다. 조금 더 힘을 주자 나사가 빠져버렸다. 오는 무척 기뻐하며 이번에는 그 칼로 수갑의 나사를 뽑기 시작했다. 잠시후 이것도 대성공이였다.

그러나 목욕을 하러간 세사람이 돌아오는게 아닌가싶어 금방 원래대로 채워놓았다. 하지만 한참이 지나도 그들이 돌아오는 기척이 없었다. 그러자 다시 했을 때 안되면 어쩔가 하고 걱정이 되여 다시 나이프로 손발의 자물쇠를 열어 제대로 되는지 어떤지를 시험해보았다. 그 결과는 완전히 더 바랄나위가 없었다. 그래서 다시 원래대로 해놓았다.

마침 그때 계단에서 ≪탁탁≫하는 소리가 나서 목욕갔던 이들이 돌아오고있음을 알았다. 오는 얼른 잠자는척하며 꼼짝않고 누워있었다.

이제는 수갑을 풀어버릴수 있는 칼이 있다고 생각하니 전보다는 훨씬 마음이 편했다. 지금의 오성류은 스스로를 결코 일본의 사기군놈들 손에 저세상으로 보내질 정도의 인간은 아니라고 느끼고있었다. 일본인을 몇인가 죽이고 도주할수 있는 수단이 있는것이다. 설사 그렇게까지는 안된다 하더라도 스스로 목숨을 끊을수 있다는것에 대해서는 확신이 있었고 의심의 여지가 없었다.

이런 생각을 하고있는 사이에 그 시커먼 밤의 구렁이는 눈앞에서 슬슬 사라지고 이어서 붉게 빛나는 해빛이 다시 찾아왔다. 이때 오는 소년시절 조국에서의 고요하고 청명하던 정원을 떠올리며 한층 가슴이 뛰여 어쩔줄을 몰랐다. 다행히 시간은 흘러 슬픔과 기쁨이 온통 뒤섞인 그의 마음도 언제까지나 그 자리에 연연할수만은 없었고 이 대지를 지배하는 권세도 결국은 저녁노을에 건네지고 뒤를 이어 다시 암혹의 밤이 드리워졌다.

이리하여 목욕시간이 찾아왔고 같은 층의 사람들도 언제나처럼 나갔다. 드디여 하루 온종일 걸려 계획한것을 시도해보는거다. 오는 생각했다. 도망을 치는것은 한밤중 모두들 잠들었을 때가 물론 좋다. 하지만 한밤중이라 해도 간수병이나 경비병은 혹 졸고있을지 모르지만 큰방의 일본인 셋은 실컷 낮잠들을 잔사람들이다. 밤중에 부스럭거리다가는 그들에게 들키지 않을가? 그렇게 되면 몹시 위험하다.—넌덜머리가 나는 일본놈들—가토우에게서 얻은 작은 빗과 저가락 한짝을 한데 모아 그 우에 자기의 가죽허리띠를 풀어서는 피스톨모양을 만들려했다. 한밤중 조용할 때 그들을 위협하여 탈옥을 방해하지 못하게 만들려는것이다. 마음을 정하자 그는 작은 빗을 총의 몸체로 저가락을 총대로 하여 가죽허리띠로는 그사이를 둘둘 감았다. 그리고 담배갑은 은박지로 저가락의 앞부분을 완전히 감쌌다. 제대로 만들어지자 창의 희미한 달빛아래서 그것을 번쩍거리게 움직여보았다. 멀리서 보면 진짜로 보일게다. 오는 싱긋이 웃었다.

오래지 않아 목욕갔던 사람들이 돌아왔다. 간수병은 잠시 어슬렁어슬렁하더니 귀찮은듯 아래로 자러가버렸다. 오성륜은 바로 지금이라고 생각했다. 작은방도 자물쇠가 풀려있었다. 오는 재빨리 칼로 손발의 수갑을 풀어내고 큰방으로 뛰여들었다.

왼손에는 칼을 움켜쥐고 오른손에는 피스톨을 들고 세사람을 위협하기 시작했다.

≪어이!…≫

일본인들은 갑작스레 오의 손발이 풀리고 량손의 무기가 달빛에 번쩍이는것을 보고는 너무 놀라 할말을 잊어버렸다..

오성륜은 그들에게 말했다.

≪이제 우리들은 살아남을수가 없어. 우리 조선의 의렬단이 수백명을 보내서 벌써 이 령사관을 포위했거든. 만약 내가 나가지 못하게 되면 이 총소리를 신호로 사방에서 불을 놓고 폭탄으로 이 건물을 폭파한단말야.≫

오는 그 일본인들이 자신을 도망치게 돕도록 하고싶었다.

≪아, 그러면…어 어떻게…하면 되지?≫

목수가 벌벌 떨며 걱정했다.

≪나는 3개월만 살면 되니까 이제 곧 만기가 된다. 그러니 그러니 나는…나는…어찌하면 좋냐?≫

≪아니? 그러면 우리 목숨도 다 끝난것 아니냐? 그래 어제 안해가 말했었지. 나도 6개월 징역일뿐이니 금방 출옥할수 있어. 이래가지고야 우리는 어떻게 해야 하나?…≫

가토우의 매부도 울음을 터뜨릴것 같았다.

이때 가토우는 오가 손에 든 피스톨과 칼을 보고 겁이 났지만 동시에 매부의 말을 듣자 자기도 동생에게서 들은 ≪징역 1년뿐≫이라는 통지를 떠올려 한층 당황스러웠다. 그래서 오성륜에게 ≪그렇다면 빨리 도망쳐라.≫고 말해주었다.

오성륜이로서야 물론 바라던바였다. 그가 말했다.

≪도망치려면 이 철창을 두들겨 부숴야 된다. 하지만 어떻게 하면 되지?≫

사기범인 목수가 한가지 꾀를 생각해내였다. 철창옆의 나무테두리를 물로 적셔 칼로 그것에 틈을 벌리는거다. 이렇게 하면 소리가 나지 않는다. 틈이 벌어지면 나무틀은 저절로 통채로 빠져버린다. 그리고 도망치면 되지 않느냐.

다른 사람들은 그 방법을 듣고 ≪맞다, 맞아!≫하며 목수에게 그 일을 시켰다.

그런데 한시간 정도 나무를 깎아내여도 전혀 효과가 없었다. 오성륜은 점점 다급해져서 말했다.

≪역시 이 문을 밀어 열자. 그편이 어쩌면 간단할지도 몰라.≫

세명의 일본인 죄수들은 문을 밀라는 오의 말대로 한덩어리가 되여 힘을 다해 밀어보았다. 얼마후 드디여 문이 열렸다. 그러자 모두들 얼굴빛이 달라지고 방안 공기도 일변했다.

네사람은 기쁜 나머지 오에게 빨리 가라고 재촉하는데 그치지 않고 모두 한꺼번에 도망치려 했던것이다.

하지만 오성륜은 수가 많으면 불리해진다면 가토우에게만 함께 갈것을 허락했다.

나오면서 오성륜은 일본령사관측이 도망치지 않고 남은자들에게 왜 알리지 않았는가를 따지면서 중벌을 내리지 않을가 걱정이 되였다. 그는 언젠가 배를 달아올렸던 끈과 칼로 조금 잘라낸 철사를 사용하여 두사람을 손을 뒤로 하여 옥문에 묶었다.

그리고나서 헝겊조각, 휴지, 손수건 등으로 두사람의 입을 틀어막았다. 이렇게 하면 일본의 사기군놈이 봤을 때 오의 일행이 도망치는것을 보고도 그들이 알리지 못했다고 생각하겠지.

일처리가 끝나자 오와 가토우 두사람은 뒤꿈치를 들고 가만가만 4층에서 아래층까지 곧바로 내려왔다. 1층의 입구밖까지 와서보니 앞에 보이는 담장의 문 옆에 있는 경비병은 전혀 눈치를 채지 못하고있다. 그들은 그 담장옆을 기여 밖으로 빠져나왔다.

8

오성륜과 가토우는 일본대사관을 도망쳐 나오자마자 바로 헤여졌다. 오성륜은 곧장 인력거를 잡아타고 프랑스조계의 조선인이 살고있는 곳으로 향했다. 도착하자 그는 인력거에서 내려 문을 두드렸다. 한참 두드리고 나서야 누군가가 나와 놀란 소리로 물었다.

《누구요?》

오는 그 소리를 듣자 서둘러 이름을 대고는 빨리 문을 열라고 재촉했다. 하지만 문을 열려 온 사람은 진짜 오성륜은 지금쯤 일본령사관에 감금되여 절대로 나올수 없다고 생각했으므로 바로 문을 열려고 하지 않았다.

이렇게 싱갱이를 하고있는 동안에 집안의 사람들이 모두들 잠자리에서 일어나 귀를 기울였다. 목소리를 듣고 그것이 오성륜이라고 확인하고서야 그들은 문을 열고 오를 들여보냈다.

오는 집안에 들어서자 한사람한사람 벗들과 손을 부등켜잡고 이번 다나까의 살해계획에 대해 그리고 체포될 때의 일들을 이야기했다. 그리고 이번 탈주계획이 얼마나 굉장한것이였으며 앞길에는 또 얼마나 빛이 넘치겠는가 하는데까지 이야기가 이르자 벗들은 오를 위하여 만세삼창이라도 할것 같았다.

하지만 바로 이때 나쁜 소식이 전해졌다.

가토우는 오와 헤여져서 곧장 누이동생의 집으로 달려갔었다. 동생은 가토우의 이야기를 듣고는 자기남편이 나오지 못한것을 알자 일본령사관에 뛰여가 밀고를 해버렸다. 령사관에서는 이를 듣자마자 군대를 풀어 프랑스조계의 조선인마을을 포위하고 도망친 흉악범이 숨어있지 않는지 수색하겠다고 하였다.

이때 오성륜은 마침 벗들과 밀담을 나누고있었는데 집이 포위되였다는 말을 듣고는 재빨리 지하실로 달려내려가 깊이 몸을 숨겼다. 일본군이 문을 밀치고 들어와 수색하였으나 아무것도 찾지 못하고 서둘러 다른 곳으로 가버린 뒤 오는 지하실에서 기여올라왔다.

올라와서 마음을 가라앉히고 생각하니 상해에 있어가지고는 아무래도 위험을 피할수 없다고 여겨졌다. 그는 그 자리에서 머리를 삭발하고 보통사람들처럼 꾸미고는 날이 새자마자 외국배를 잡아타고 독일로 피신했다.

그날 아침 상해의 신문들은 모두다 오성륜의 사진을 실었고 그늘 잡거나 신고하는 사람에게는 거액의 상금을 주겠다고도 씌여있었다. 그밖에 그가 일본령사관의 옥중에 남겨둔 기묘한 무기도 동시에 공포되였는데 세상사람들은 그것이 무엇인지는 알았지만 어떻게 그런 일이 있을수 있는가 하는것은 리해할수 없었다. 오성륜이 상해를 떠나고난 뒤 동지인 김익상은 동경에 압송되여 무기징역에 처해졌다고 한다. 오는 조국을 위해 복수하며 희생당한 동지를 위해 싸우고자 독일에서 얼마동안 지냈다. 그러나 그것이 자신의 혁명사업에는 그다지 도움이 되지 않는다고 생각되자 거기에서 방향을 바꾸어 세계혁명의 본거지— 모스크바로 혁명을 공부하러 갔다.

1926년에 들어 중국의 혁명운동이 대단히 활발해져가자 혁명의 열정에 불타는 이 망명청년은 안정된 생활을 누리고있을수만 없어서 또 마음이 초조해나는 것이였다. 그는 중국의 혁명운동도 한국의 혁명운동도 모두다 제국주의를 타도하려는것이요 모두다 세계혁명운동의 일부라고 느꼈다. 혁명에 힘을 쏟아부으려한다면 어느 곳 어느 나라에라도 뛰여들어가야 한다. 더구나 지금의 혁명에 있어서는 오직 압박자와 피압박자의 구별이 있을뿐 국경따위는 오로지 봉건집

단적인 유물이므로 어떻게든 소멸시켜야 할 대상인것이다.

이전에 혁명운동에 참가하여 다나까를 죽이려 하던 시절 그는 일본제국주의를 증오한 나머지 모든 일본인 더구나 하층민들까지도 전부 원쑤이니 죽여버려야 한다고 생각했었다. 그 당시 자신을 지배하고있던 이 유치한 관념은 정말이지 종잡을수 없어 지금 생각해도 부끄럽다.

지금 해야 할일은 모든 피압박민족과 피압박계급을 깨워일으켜서 모두 하나가 되여 제국주의자 압박계급을 향해 총공격을 개시하는것뿐이다. 이렇게 하여야 비로소 하나하나의 제국주의자를 타도할수가 있다. 모든 압박계급을 소멸시킬수가 있다. 또 이럴 때 비로소 전 세계의 피압박민족과 모든 하층계급이 고개를 쳐들고 새로 이 자유와 평등의 사회를 건설할수가 있다. 이렇게 생각하니 가슴속에 숨어있던 혁명열정이 한꺼번에 확 솟아올라 그를 중국에로 재촉했다.

중국에 와서 그는 실제로 혁명운동에도 가담하였다. 그러나 후에는 무슨 일인지 옛날에 살았던 상해의 작은 방에 들어박혀 거기서 숨죽이고 지냈다.

어디로 소문이 새여나갔는지 오가 상해에 돌아온지 오래지않아 일본군이 그 집을 포위했다. 다행히 그때는 외출중이여서 그들에게 잡히지 않았다. 그뒤 그 일을 알고는 다시 상해를 떠나 남몰래 혁명을 위해 자기의 조국으로 돌아갔다.

『新東方』1卷1930年 4月